"鲲鹏"青少年
科幻文学奖

灯塔

彭林芳 著

中国大百科全书出版社　　知识出版社

图书在版编目（CIP）数据

灯塔 / 彭林芳著 . -- 北京：中国大百科全书出版社，2023.1
ISBN 978-7-5202-1272-4

Ⅰ . ①灯… Ⅱ . ①彭… Ⅲ . ①幻想小说—中国—当代 Ⅳ . ① I247.5

中国版本图书馆 CIP 数据核字（2022）第 240070 号

灯 塔

彭林芳　著

图书统筹　李默耘　钱子亮
责任编辑　李默耘
责任印制　李宝丰
出版发行　中国大百科全书出版社 知识出版社
地　　址　北京市西城区阜成门北大街 17 号
邮　　编　100037
网　　址　http://www.ecph.com.cn
电　　话　010-68341984
印　　刷　固安兰星球彩色印刷有限公司
开　　本　710 毫米 ×1000 毫米　1/16
字　　数　440 千字
印　　张　34
版　　次　2023 年 1 月第 1 版
印　　次　2023 年 1 月第 1 次印刷
书　　号　ISBN 978-7-5202-1272-4
定　　价　79.80 元

CONTENTS

十 目录

CONTENTS

目录

楔子

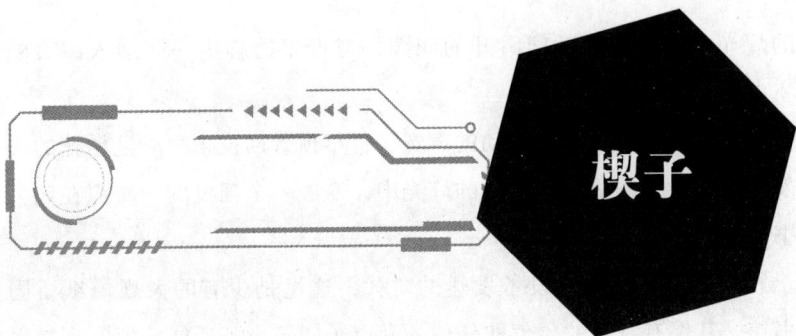

格林尼治时间早五点，布鲁内尔大学的钟楼隐没在清澈如水的晨光中，细长的尖顶将瞬息万变的天空勾勒出雕花的形状，月亮的淡白色轮廓依然停留在塔尖上方不远处，用不了多久，它就要沉到那棕红色墙砖后面去，和远处地平线上隐隐浮现的都市站在一起。

棕色卷发的青年夹着一大捆纸质资料从宿舍楼里跑出来，皮鞋踏在粗糙的灰石板上，发出一阵有节奏的响声。他掖着厚厚的资料，米黄色格子衬衫的袖口挽到上臂处，与纸页摩挲着发出柔和的声音，宽大的卡其布背带裤勾勒着他瘦长的身躯，布料表面透出阳光的色调。

晨鸟的鸣叫响彻钟楼上方的天空，在柔软的树影中徘徊，整点的钟声敲响，清脆的音节伴随着鸟儿的呓语缕缕飘散，从深红色的屋檐下方穿过，贴着古老的砖墙楼体游去，拂过青绿色的草地，在花园的喷泉间嬉戏，最后落在图书馆巨大的落地窗上，潜进暖黄色

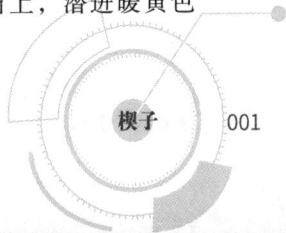

的灯光中，趁着自动门滑开的间隙，与青年的脚步一同踏入凉爽的室内。

伴随着门廊上风铃摇动的声音，青年顶着彻夜未眠后乱糟糟的头发潦草地步入图书馆暖黄色的灯光中，变成一个摇曳的、映照在庞大书架前的剪影。

在这个电子阅览设备发达的时代，这里是少有的大规模纸质图书馆，其保有藏书的价值非任何一套电子阅览设备所能比拟。当初青年就是为了这所依然保留着传统纸质书籍的图书馆申请的布鲁内尔大学——当然，他以名列前茅的成绩被稳稳录取。这是一个非常优秀而谦和的青年，踏实肯干，兼具钻研的精神与探索的勇气，在他擅长的领域内，他从来都是拔尖的。

"普拉斯顿！"

青年走到自助借阅柜台前，刚把成捆的资料放下，就听见不远处一声呼喊。他下意识地愣了一下，回过头去。

"凯格尔！"他的脸上立即绽出灿烂的笑容。在巨大半透明垂帘前方的大厅中央，一个与他装束相差无几、头发同样乱糟糟的矮个子青年向他挥挥手，迈着步子跑来。

"你好！"高个青年伸手摆稳大有倾倒之势的资料卷，也抬起胳膊挥手。两人很快站了个面对面，矮个子腋下也夹着一大捆资料，他们昨天下午才在这里见过面，两人都拿着熬夜看完的资料准备归还。

"吃早饭吗？"矮个子上前一步，把自己的资料堆在旁边的一个书架上，抬头看了他一眼。

"稍等一下。"

"七点？"

"再晚些。"

"好吧。"

两人便都低下头，盯着各自的自助还书设备，开始输入一串认证信息。

　　布鲁内尔大学的智能设施和传统设施融合得非常巧妙。深红色的砖墙、浅绿色的草坪、晶莹剔透的喷泉和浅蓝色的玻璃，还有彻夜通明的图书馆的暖黄色灯光，一切都带着新旧交替的生命力。

　　也许正是这种生生不息的精神将两位青年吸引至此，使他们在这里意气相投。

　　青年来到布鲁内尔大学的另一个原因是，这里有最原始的记忆方式——背诵。在这个科技高度发达的时代，在相当多的大学里，学生们使用电子设备代替脑内记忆，极少有专心致志对着材料默背的情况，即使是文科生也是如此。青年看不起这样的记忆方式，虽然能给人带来不少便利，但在一定程度上削弱了人脑的机能，失去了与材料发生共鸣时那种微妙的喜悦感。但在这里，人们有背诵、阅读的氛围，拒绝把所有记忆任务交给转瞬而止的芯片信息同步。这是一座设于智能芯片时代的"纸质"避风港，在这座暖黄色灯光的庞大建筑之内，他能感受到清晰而真实的温度——那是微微发热的芯片所不能带来的感觉，仿佛能在这里穿越时空，回到好多年以前那个还没有这么发达的世界。

　　一定有什么在时代的狂奔中被丢弃了，无人察觉，却已然流逝。高个青年喜欢这种传统但不迂腐的氛围，他一直坚信人类的大脑中有着绝不可被智能代替的必要成分，人生来就有绝不可被智能夺走的重要使命。这也许与他生长在一个传统而淳朴的小镇有关；也许与他高中时失去自己最亲爱的祖父，从此把自己埋进祖父留下的书海中有关。他接触的智能产品不多，有时候看着大城市里令人眼花缭乱的全息影像，会觉得自己小时候简直活在原始社会。

　　有一次，他和这个鸡窝头的矮个子讲起家乡的事，矮个子嘲笑他说，你家那儿比大城市落后了几百年，太原始，像没开化似的。他倒不以为然——科技的水平与覆盖程度无法成为判定人类是否开化的标

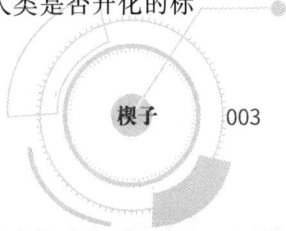

准。"你真得去当个人类学家。"在一番争论后，矮个子啼笑皆非地表示投降。

"我会的。"青年觉得自己赢了，便自顾自地开心起来。

今早，他们罕见地没有一见面就因为对某些材料的意见不合而争吵。这是两个非常喜欢争执的人，他们和平对话的时间很少，青年珍惜这样和睦的氛围。沐浴着柔和的晨光，俩人开始闲谈起来。

"你睡得不好。"高个青年先完成了认证，他把厚重的纸张整齐地铺在收纳口前，等待传送带将它们放回各自存放的位置。

"你看起来也差不多。"

"今天做点啥？"

"上课啊！无止境的课。"矮个子耸耸肩，一头凌乱的卷毛轻轻摇动。他的声音有些沙哑，大概也是一夜未眠。

"还有无止境的作业。"高个子看了他一眼，笑了笑。在这一点上他深有感触：在某些更为伟大的思想面前，生理上的睡眠需求显得如此渺小，因此像他们这样带有些许浪漫主义情怀的年轻男女，一天甚至几天不睡并不新奇。

"是呀。"矮个子露出一个不置可否的表情。

又有人从不远处高大的门厅里走来，玻璃门滑开，露出碧空如洗的一角。清凉的风从门外的树林里吹来，微微掀起薄如蝉翼的门帘。察觉到流动的风，高个青年轻轻张开双臂，仰脸向高高的天花板望去。

"你在做什么？"他的同伴将资料归还完毕。

"进化。"一个生冷的词从青年的口中脱出。

他抬起头，目光中带着一丝询问，看向落地窗外的钟楼上悬挂的巨大时钟，造型古老的秒针矫健地掠过雕刻着金色花纹的钟面，像一束疾行的影子，又如行船般不留痕迹地从水面荡过。

这一切都在前进，时间的步伐不可阻挡。

我会让它停下来——青年想。

让它停驻，跳出局限，以毋庸置疑的姿态扼住这洪流。万籁俱寂的时刻，整个时间的长河中只剩下我们前进的步伐。

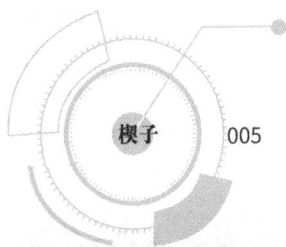

静谧

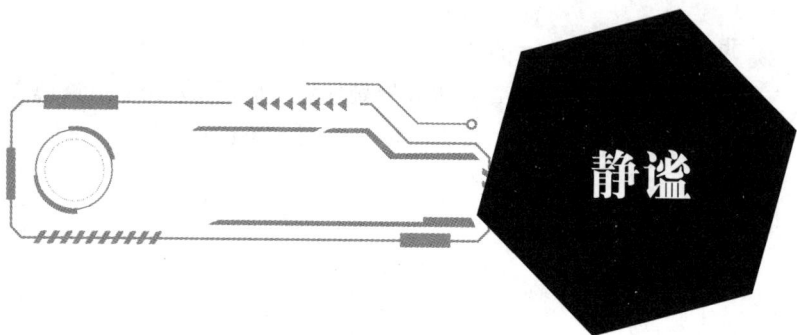

难得一个没人打扰我赖床的早晨。

阳光铺了一地，床单上映着金灿灿的光斑。风从窗外一阵阵飘进来，掀起纱帘。渐渐醒过来的我一时间有些搞不清自己在哪里，在这样暖黄色的阳光中，时光的流逝毫不鲜明。

现在是公元 2109 年 9 月 12 日早 9 点 30 分。

好安静啊，四下里没有一点声音，仿佛所有的噪声一同被抽走，留下令人不安的空寂。我打了个哈欠，眯着眼。通常这时，父母会轮流来房间叫我。他们知道我有赖床的习惯，所以往往会拿着衣架敲我露在被子外头的脚。可是今天谁都没来，大概他们的闹钟失灵了吧。

我心满意足地任自己深深陷进软绵绵的枕头里，慵懒地望着天花板。时间流动得很慢，思绪也在蒙眬间沉沉浮浮，四周安静得很宜人，只有骤起的一声鸟叫声响彻天空，远远地传来又悠悠地飘远。我似乎又浅浅地睡了过去。

不知过了多久，当我终于过足了赖床瘾，一翻身坐起来时，床头的钟已经指向 10 点——一个晚得糟糕的时间。

我叫贺如也，17 岁。作为一名成绩平平的高二学生，这个时间起床多少有些负罪感。我偏头看了一眼在桌角堆得老高的学习资料，银色的曲屏台式电脑摆在书桌正中央，编程课本与密码学教材叠在一起，凌乱的彩笔和文具穿插其间。

我拉了一把松垮的睡衣，跳下床向房间门口走去。夏末秋初的天气很宜人，风将我的发梢扬起，我看见它们一耸一耸地跳动，投下十分活泼的影子。

推开门，走廊另一侧父母的房门仍然紧闭，门下的空隙里也不见光透出，大概是拉着窗帘吧。我不由得感到纳闷——这两个坚持早睡早起的人居然也会睡过头，而且一觉睡到十点多，这太反常了。转念一想，他们没起床意味着我没有早饭吃，这是个很现实的问题。于是我走过去敲门："老爸、老妈，还没起来吗？"

没有人回应。我拍了拍门，提高嗓音："喂——十点多啦！醒醒——"

依然静谧。

"快——起——来——啦——"我暗自好笑，行啊，他们也有这一天。我象征性地扭了扭门把手，这当然是徒劳——老爸老妈从来没忘记锁门。看着一如既往紧锁的房门，我又觉得有些不对，我记得他俩打算今天上午出去买东西来着。我用力捶捶门，里面的死寂让我有些不安。

奇怪，父母向来不是贪睡的人，尤其老爸是相当容易被叫醒的。我爸是个医疗科技工作者，习惯使然，大多数时候很严肃，即使是对待生活中的一些琐事也决不苟且，极其富有安全意识，做什么事都一副国防部部长的派头，理性而丰富，极有主见。他睡觉从没忘记锁过

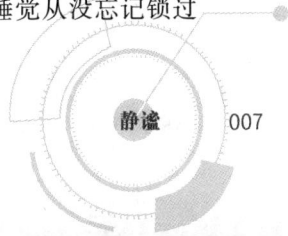

门，同样地，他也从来没有睡过头。

没有楼上小孩的哭闹，没有货车驶过的"哐当"声，没有社交媒体的提示音，家里这种"宜人"的感觉，正是我一直赖床的理由。但仔细想想，这似乎不是什么宜人的事，一呼一吸均被无底的寂静吞噬。

我折返到落地窗前，额头贴着冰冷的玻璃俯瞰。

我住在十五楼，这里是一线城市的中心地带，从这个高度看下去一眼能望见很远，住宅与写字楼交错着延伸到天际线。都市的楼宇与林木被道路分割成一片片鱼鳞般的区域，一切仿佛静止在阳光中，我确信自己没有看错，我的视野所及之处一片寂静。

十点多……今天不是工作日，照理应该有不少人上街。这里是市中心，繁华的核心地带，向来是霓虹闪动，车水马龙，人群熙攘，从来没有一刻停息过。

我纳闷地咕哝了一声，回到走廊里，拍着父母的门。没有回应。就连呼噜声、衣物摩擦声、挤压床板声和翻身的声音也没有。

奇怪。

我决定先解决自己的早饭问题。"你们快点起来啊，不是说上午要去买东西的吗？现在都不起来，我快饿死了，早饭不等你们啦！"我拍拍门，捋平睡衣的褶皱，沿着大理石阶梯走到楼下。

下楼后，扑面而来的一股冷气让我打了个寒战。客厅仍是清晨的温度，空气中沉淀着大理石的气息。我在吧台前倒了杯水，拉开冰箱选出一包即食面和一些蒸食，拿出牛奶，打开灶台的电源。

起得这么晚，真的要饿扁了。

我给自己下一碗面，热一杯牛奶，这种事情做起来不到十分钟。吃完后，我在桌上留了一张纸条：老爸、老妈，我出门去了，你们起床之后打我电话。我环顾了一圈客厅，把手机和门卡揣进口袋，从鞋柜上拿起随身的折刀。拉开厚重的电子门，一股尘土与机油混杂的气息扑面而来，一时间涌进来的白光都是恍惚的，仿佛在嗅觉上穿越回了遥远的工业时代。再定睛一看，楼房和街道都清晰了，分明是自己熟悉的那个世界。最近外面很乱，即使是市中心也频发抢劫和绑架事件。于是，我每次出门步行都带一把折刀，也许关键时刻派不上什么用场，但毕竟安心些。

不远处是我们这一层第二户人家，我想找邻居问问情况，便敲了敲门。没人应门。我在黝黑的门前等了好一会儿，但那门一副异常坚定地拒绝我的样子，不为所动。

我想唤开那门，却不知道邻居家里任何一个人的姓名。我已经在走廊里站了快五分钟，这扇门是没希望开了，于是我下了一层楼，又下了一层，一楼两户，三层之内竟无一家回应。

那是一种难以言状的恐惧，仿佛整个世界都毅然决然地向我关闭。狭长的走廊里只有我自己小心翼翼的脚步声在回荡，反反复复，像是得到了某种回答。我等了很久，从拍门变成叫门，依然不得答案，空荡的敲击声让我不由得心里发毛。

没有说话声，没有孩童的嬉戏声，没有清洁机器人引擎的低鸣，没有东西碰撞的声音，没有智能管家低沉的机械音回应，没有一点儿反应。

死寂。

又是五六分钟过去了，我的耐心快被磨平。是继续敲门还是回家？我有些呆滞地伫立在电梯前，不知所措。上行下行的箭头都被我按亮，恪尽职守的电梯早就到来，无人召唤，它仍然停在这个楼层。看着银色的提示灯闪烁"您的楼层到了"，我感到毛骨悚然。

发生什么事了。

一定是有什么东西出了问题，不是我的脑子，就是今天早上的所有……所有人？

这样说一点也不恰当，但我想不出任何更加合理的表述。

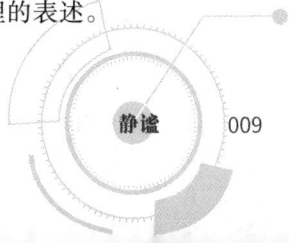

我不安地闪进电梯，站在狭小而密闭的空间里手心有些发汗，心里暗暗害怕——电梯不会出现故障吧？一些恐怖片里的情节在脑海里与眼前的场景重合，我紧紧地贴着电梯壁，抬头，目光在楼层指示灯与监控摄像头之间徘徊。此刻，我无比希望电梯快点儿到达1层，无比希望在那黑色的玻璃摄像头后，有一双能保障我安全的眼睛注视着我。

什么也没有发生。我平安无事地来到楼下，走进宽敞明亮的大堂，逃离死寂的楼梯间，迈开大步向楼外走去。

这是一个热闹的小区，住着一群热情、活跃的居民，也有一群非常热心的保安。

但是现在一个人也没有。

我深吸一口气，抬头看着不远处高楼耸立的城区，黛蓝色的大厦直插云霄，薄薄的云层似乎一动不动，天空澄澈得不太真实。广场中央的女神雕塑依然矗立着，她的剑尖闪亮亮的，荒诞地指向没有任何过错的天空，借以宣告胜利。

天空给了我一些缥缈的安全感，人一静下来，脑海里不由得浮出了很多可能性，甚至联想起一些电影里的情节。自己为什么会对今早的静谧如此敏感呢？到底是我太神经质了，还是这种寂静真的有什么问题？也许小区平时也有这样安静的时候，只是今天碰巧注意到了。保安室没人很奇怪吗？父母怎么还没起床？他们怎么还不打我的电话？……我想说服自己没事的，是或否的答案在心中抗衡，终究败给了躁动起来的警惕心。

"110。"

荒唐。

瞪着正播打中的电话，我一边暗自纠结，一边在心里打腹稿。要怎么跟警察说？

电话未拨通，"嘀嘀"地叫着，然后戛然而止，自动挂机。当红色的"无人接听，已自动挂断"提示语赫然跳上屏幕时，我的思维也戛然而止了，心倏地提到嗓子眼。

开玩笑吧？110可是紧急呼叫号码，不插手机卡也可以拨打的线路啊。况且，警察什么时候不接通电话？

手机突然变得无比沉重，我愣在原地，一时间不知所措，半晌才费劲地把它放回口袋里。

到底怎么了啊，这个早晨。种种迹象都表明附近出了问题，这不是市中心常有的样子——这座城市向来喧嚣，它从未如此空旷过。我有种不好的预感。

那些习惯大清早跑到楼下健身的大爷，喜欢在最宽敞的广场拿着大喇叭跳舞的大妈，脚步匆匆的家庭妇女，蹦蹦跳跳的小孩，打闹着的中学生，到处乱跑的宠物狗……全部不见踪影。

这里什么也没有，我是唯一的活物。

完了，这算什么事啊？只剩下我……这可能吗？我该怎么办？我要回家吗？还是直接跑到警察局去找人问问？但是……刚才警察局的电话无人接听啊！

我一屁股坐在花坛上。

这到底是怎么回事？人都去哪里了？是我太敏感了？还是真的出什么事情了？

"喂！你怎么坐在这里？"

突然，一个声音响起，就在不远处，直直击中我的神经。我一个激灵，脑海里朦胧的空白世界被击碎，仿佛琴弦被拨断，所有的音节一齐迸发出来。我从无助的感觉中惊醒，"唰"地跳起，用几乎是带着战栗的目光迅速望过去。

在小区的另一片住宅区入口，一个穿着宽松 T 恤衫和短裤的外国年轻男子拎着一袋垃圾站着。他用同样带着一丝惊恐的目光看着我，四目交汇。

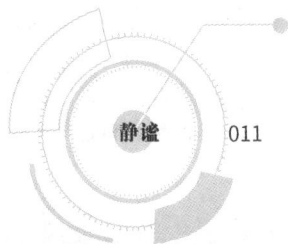

我慢慢后退，呼吸仿佛被扼住。四下安静得可以听见心脏在胸膛中跳动，我目不转睛地看着他，我想说些什么，但声音似乎也随着这突如其来的静谧被调成静音，始终没有达到能让他听见的程度，片刻，我意识到自己甚至没有张口。

我不认识这个人。他看上去二十五六岁，一副典型的美国年轻人样貌，高鼻梁，棱角分明的颧骨与下巴，一头微卷的短发，双臂肌肉线条匀称，大约比我高一个头。在这个国际化的都市里，他这样的人实在是再常见不过了，所以我并不为他的形象感到奇怪。毫无疑问，他的出现让我所有的不安和焦虑霎时间停止，我忽然不知道该如何思考，不知道自己站在哪里，不知道现在到底该庆幸还是该害怕，到底是要鼓起勇气跟他搭话还是转身就跑。

"你是活着的人吗？"半晌，僵局被他打破。他小心翼翼地看着我，稍稍后退一步，将垃圾袋放在地上，手插进口袋，像在摸索武器，而他的口袋也确实是鼓囊囊的，似乎放了什么不小的重物。风停了，四周的静谧让我整个人僵硬得无法动作。

什么叫……你是活着的人吗？

我战栗了一下。

"呃……我当然是活人啊。我想，我想……请问一下，你今天早上有看见其他人吗？"我鼓起勇气再次问回去，因为慌张，起初声音小如蚊蝇，然后慢慢大起来："我是活着的人，千真万确！但今早……呃，在看到你之前，我似乎……没有见到任何人……或者说，他们都不见了……然后这个市中心也是，一点动静都没有……很安静，有点吓人……非常……呃，我不知道是不是我的问题，也许平常也……"

尾音又低了下去。我意识到自己前言不搭后语，不太确定这套说辞是否能很好地把现状和我的恐慌表达出来，但也组织不出更加理性的语言，只能谨慎地观察对方的反应。

他不动，抿嘴干瞪着我，做思考状，好像需要细细品味才能读出我话里的意思。他的目光一刻也不曾从我身上离开，原先的惊恐稍稍褪去，更多的是带着一丝讶异的审视。

半晌，他把手从口袋里抽出来，收起那奇怪的凝视，姿态稍稍自然了一些。

"该说是猜对了，还是出问题了呢。"他弯腰拿起地上的垃圾袋，对我做了个稍等的手势，"你在这里等一下，不要走开，我去丢个垃圾，马上回来。"说着转身向垃圾收容区走去，走得脚下生风，几乎是跑了起来，话音刚刚落下，人就消失在树荫后面。我呆呆地定在原地，一时间没反应过来怎么回事，思维依然处于静止状态，不知该产生什么情绪。

过了半晌，我捕捉到自己的第一反应——这不是还有人吗。

方才那种可怕的寂静让我几乎怀疑整个城市的人都昏睡过去了，既然我在，除了我之外也有人在，还活蹦乱跳的，那就说明大体上不会有问题。不管那家伙说了什么奇怪的话，到头来这座城市还没有出问题。我们都站在这里，就说明"这里的人都不见了"这个假设不成立。既然这样，大概是我今早过度紧张了吧，相比跟这个奇怪的人交谈，我还是该回家看看。也许父母已经醒了。

等等。

他的声音在耳畔回荡。明明是松了一口气的语调，此时却让我不安起来。一股寒意顺着脊背涌上大脑，我猛地停住了正准备踏出的脚步。

他这个说法，就好像……

就好像他一早起来，和我经历了相似的事情，在令人惊悸的死寂中慌乱无比，做出各种猜测之际，看到了我。

"喂！"他的声音让我再次浑身一颤。我看过去，他已经出现在另一侧的入口。

"嘿，虽然这么说可能有点难以让人信服，不过从你刚刚看我的

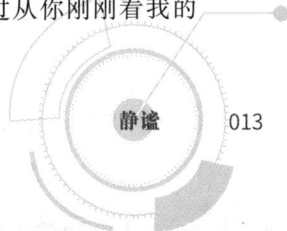

眼神来看，我们大概看到了差不多的事情，也许你能相信我，我也能相信你——"他向我走来，双手举起做投降状，然后在我面前两三米处站住。

我定定地看着他，他也定定地看着我。我看清了，这是一个普通青年。他的五官棱角分明，体魄略显壮硕，栗色卷发稍长且有些凌乱。

我稍稍后退一步。

"你是谁？你要干什么？你在说什么？为什么我要相信你？"

我深吸了一口气，慢慢地把手伸进口袋里，贴紧折刀冰冷的轮廓。他直直地看着我的双眼，似乎还在确认我是不是活生生的人。那种审视的目光让我感到极度不自在，就像一尊石像，他在看什么？明明我就是很普通地出现在我家门口的广场上，明明他也只是很平常地下楼丢个垃圾……

遇到怪人了。

我在心里默数十秒。不管有什么隐情，关键时刻还是保证自身安全重要。十秒，十秒之后我就转身跑掉，如果他追上来，我找不到人求助，就只能指望口袋里的小刀派上用场了。

温热的汗水顺着脊背流下，风止住了，早秋的温度恰好宜人，此刻我却感到一阵冷意袭来。他看着我，目光犀利。

"所以你想说什么？"我想鼓起勇气质问他，却终究只是发出微弱的咕哝。

他眨了眨眼，似乎不知道该说什么缓解这种类似对峙的场面。他的表情稍稍缓和，像是要克服某种难言的恐惧一般，慢慢地向我走来。

"不要再过来了，停下。"我的声音颤抖着，稍稍提高了一些。

他闻声站住，我们之间的距离依然是两三米，他举起双手，做出一个投降的姿势，舒展眉目，张开手掌示意自己没有带武器。

他依然盯着我，仿佛害怕我会突然转身跑走，但是过了好一会儿才再次开口。时间流动得恍惚，直到他开口我才再次意识到他还立在那里。

　　接着，他的声音划破寂静，像是某种坚不可摧的符号。

　　"我想说，现在，好像除了我们之外，这座城市，甚至这个国家——都没有人了。"

错误

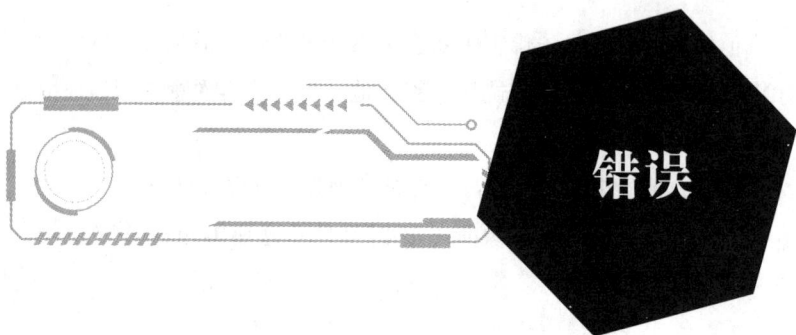

2109 年 9 月 12 日

"呼叫通信员——呼叫通信员——呼叫……"

耳畔的声音逐渐清晰。

对讲机的声音时断时续，虽然闭着眼，但那种被强光淹没的浓烈的白灼感包围着我。我渐渐地感受到身体的重量，感受到身下坚硬的土地，甚至感受到野草扎在身上的刺痒，还听见了不远处窸窸窣窣的声音。这是草原的声音……大概吧。我感觉到风，一股一股地吹来。泥土的湿气蒸腾上来，瘙痒着。

嗯，我还活着。

真是个好消息。回忆一下，证明我没有失忆。我是艾因 · K.爱斯梅尔，今年 25 岁，出生在那不勒斯，理工生，主攻电子通信方面的技术。

由于成绩优异，我被世界前五的理工大学录取，自大二开始跟随ζ（Zeta）科研小组进行专业知识学习，兼顾项目和学业。ζ是一家联合多方势力设计和建造时空穿梭机的公司，我在这里得到了一份令人满意的工作——时空穿梭小组的执行者，职位是通信员。

对一介草民来说，这算是个大荣誉了。毕竟，时空穿越，这可是研发了很久才弄清楚的技术，在我这一代碰巧制造出设备了，而我碰巧被选上了。

不过，进入时空穿梭小组面临的也并不全是光荣的事。我们其实很被动，只能按照上级的指示行动，说白了就是人类历史上首次进行科研性时空穿越的小白鼠，没有荣耀也没有很多报酬，是为那些幕后的投资者探寻他们想要的真相的工具。最开始我们就被告知这次行动会抹去参与者的名字，不管做出怎样惊天动地的事迹，我们的存在最终都会被浓缩为一个数字用于公示众人。不过，即使这样，作为平民出身的青年，我对这份工作也很满意了，这让我成为实现人类千百年梦想的先驱，率先体验一把穿越时空的刺激。总的来说，这个实验室当初的承诺都已兑现——如今我提前毕业，并作为时空穿梭小组的总接线负责人，在经受了长达三年的专业培训之后，现在正躺在远古的北美平原上。

是的，时空穿越。

不过，时空穿越的过程也没有很特别，我毫发无伤，甚至没有一丝微弱的疼痛。我被丢到潮湿的草地上，带给我短暂的意识流失与记忆空白。原本想好好回味一下这跨时代的纪念性时刻，可惜我昏迷了，根本没有见证了奇迹的惊喜感。

严谨地推算，时空穿梭项目很久以前在民间就已经有了雏形，一大批科学家进行相关研究也有一百年了，时空穿梭有相当完善的理论基础。几十年前，因为一场两位业内"科学新人"之间的名震全球的

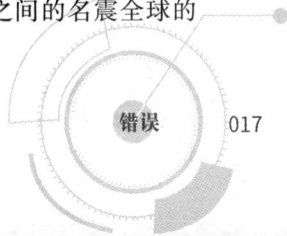

学术论辩，"时光穿梭机建设"得到了相当大的知名度，投资者开始找上门，这个项目得到了付诸实践的可能。而当时在学术晚宴上锋芒毕露的两位新人，一位是ζ公司的前董事长伪达尔文先生，另一位是当今知名的人类学教授，凯格尔·麦高格先生。接下时光穿梭机建设任务的人便是伪达尔文先生，他现在已经寿终正寝了。

伪达尔文——我只见过他一面，还是作为几十人的陪侍之一与他同行，我们一行人参加了一场发布会。那老头给人的第一印象并不深，有一种"高质量的平静"，却又在争执的时候表现出极强的好胜心，非要条理清晰地说服对方。看起来很有学问，很有故事，很通达，除了学术研究，对什么都无所谓。似乎跟很多学术界的顶尖学者进行过交锋。他自带一种天才的气场，即使当时年岁已大，语言仍然犀利而明快，让在场的所有人噤声，就连记者们发言也谨慎了很多，不再嚣张跋扈。

这人是个狠角色，毫无疑问。在伪达尔文先生的带领下，ζ公司由名不见经传的小企业做成了业内的国际企业，也是"时空穿越"这个行业最有发言权的科研机构。经过五六十年的钻研，初代时光穿梭机在十年前搭建完毕，直到今日，一直在接受调试。

不过，那个费了毕生精力建设时光穿梭机的老头已经死了，无缘见证自己倾尽一生研发出来的机器击穿时空的那一刻。挺遗憾的，2109年9月10日，也就是两天前，有人发现他死在自己的房间里。老头留下的遗言是：一，他死后立即执行时空穿梭计划；二，不调查他的死因。

因为他的死亡，时空穿梭项目提前进行了。

老头走得很干脆，不过他留下的时空穿梭机正摆在亚洲南部一家隐蔽的科研机构里，静待召唤。它是十年之前诞生的，外表是朴素的银灰色，没有任何装饰，朴实得像来自古老的工业时代。在问世后的十年里，它的性能一直在接受测验，得到完善，最终获得终极版，并被命名为 Pharos，即灯塔。

按照老头生前的计划，时空穿越要在不引人注目的地方进行，时光穿梭机最终版已面世这件事也不被允许向媒体宣传。

为何掩人耳目就不得而知。也许是老头考虑得太周全了，知道这个设备会在民间引起相当大的混乱。

时光穿梭机的原理很复杂，由几代物理、数学大家接力研究而成，最终版本的数据放在伪达尔文先生的云端保险库里。ζ的技术人员正是整合了这些资料，花费非常大的功夫制成了时光穿梭机。我作为末端执行者，仅负责通信，并不了解其中的构造。其实我们执行端的能力都一样，只具备穿越到远古之后的执行能力，代替那些想要对过去一探究竟的人进入机器，回到远古，寻找一些被时间掩盖的秘密。至于技术人员，其实我们一个都不熟，对机器的原理我们一窍不通。

值得一提的是，这个时光穿梭机是"同卵双生"。除原本的传送机之外，技术组还搭建了一个与之配套的备用系统，也名"Pharos"。这个"Pharos"系统负责给自己的孪生兄弟保驾护航，可以保障在任何情况下世界都不会因为传送陷入混乱——据说这个系统配备了一系列完整的综合管理平台，在正常情况下可以将水利、电力、能源和危重设施系统地管理起来，它肩负着设计者引以为傲的"保护世界"的使命。但所有与之开发有关的科研人员都被关在亚洲南部的一座小岛上，一切信息都不得透露，以免招来外界的非议。

但伪达尔文先生的死亡把计划提前了，穿梭机研发团队的上级临时将传送时间定在今天，那个作为备用的系统还未完工，时光穿梭机就启动了，我们来到了这里。

简而言之，我跟着时光穿梭团队来到了远古，就是我现在躺着的地方。

*

在脑子里把这一切梳理一遍之后，我确信自己没有失忆，大脑也没有明显的功能性损伤。我还是那个ζ公司年轻的执行者，还是穿梭团队的通信员，还是头脑冷静、反应迅速的优等生，一个充满希望的探索者。

不错。

啊……阳光刺眼，即使闭着眼都感受到了强烈的热浪，眼前闪烁着仿佛信号错乱时屏幕上的雪花。

我尝试活动自己的食指，它动了。接着，我抬起手臂，它也动了。我想把脑袋支棱起来，这费了点劲，但它到底没有僵掉。

太好了，传送似乎没有在我身上产生什么副作用。现在我可以爬起来——但我又立即想起自己此时唯一能够联系队友的方式只有腰间最原始的对讲机。忧于自己目前仍然未知的身体状况，我没有一翻身跳起来，而是谨慎地挪动了一下身体。我的队友们应该就在附近，但没有人叫醒我，也许都跟我一样陷入了昏迷，也许我醒得最早。我伸出手在腰间摸索，身体还很僵硬，花费很大力气才把对讲机从皮带上拔下。

这时，我的知觉也恢复了一些，我意识到自己的背后没有背包，又慌忙用另一只手去一旁摸索，没有找到。它大概是在传送过程中弄丢了，或者是被人拿走了。

奇怪，之前的传送中从来没有出现过这种意外。

刺眼的阳光令我不愿睁眼，风声四起，浑身软绵绵的。稍稍休息了半晌，我尝试爬起来，抓着对讲机的手颤抖着，好不容易把它拿到下巴边上准备说话，突然，一只手猛地攥住我的手腕。

"嘘，不要回应。"

陌生的声音，是个年长的男人，他又低又快的命令把我吓了一跳。

谁？

他不是研究所里的人。我一下子想到不久前同事随口开的玩笑——研发时空穿梭系统的高层曾被财团收买过，想要给愿意付钱的人体验时空旅行的机会。啊，那些家伙难道真的和有钱人做了交易，把想旅游的土豪偷偷带过来了？不对，传送的时候我们身边没有不认识的人。

慌乱之中我本能地睁开眼，毫不意外地被灌了满眼的强光。古代的阳光真是热情，这下可好，在这个只能依靠视力的时刻，我大概要短时间失明了。但此时眩晕到闪出亮色光斑的视野突然暗了下来，我眯起眼，看见一只大手挡在眼前。

我转动着眼珠，顺着胳膊的弧度找到了抓住我手腕的人。

他大概一直盯着我的脸看，所以才会注意到我睁眼的那一瞬间，并很快地帮我遮住了阳光。但不管怎样，这是个不速之客。在远古的荒原上遇见不属于传送团队的人是我能想象到的最奇怪最危险的事，如果我的身体机能恢复得更好一些的话，此刻我一定出了拳头。

"是谁？"

他松开抓住我手腕的手，随后取走了我手中攥着的对讲机。

"小伙子，睁眼不会侧个身吗？"男人的声音很低沉，他似乎在防备着我们的对话被谁听见，并且不打算回答我的问题。我抬手推开他友善的遮光，手肘撑地想坐起来，不料他立刻用一种更强硬的方式钳住我的肩膀，用力将我按回地面。

"喂……"我不乐意了。

"嘘。"他再次发出命令般的低哨。

"喂，放开我。"

他的手没有离开我的肩膀，一直紧紧抓着。我想动，但一阵刺痛贯穿全身。他似乎轻松从容，一只手就可以把我制服。

错误

"你是谁？在这里干什么？附近有什么东西吗？为什么这么小心？"我也压低了声音问他。

"在你脑袋九点钟的方向有一大群人，他们在很激烈地讨论。有两个人在试图组织他们，想让他们冷静下来，他们要立即找到这次事故的元凶，然后铲除。那群人很激动，我不希望你被他们找上。"那个我还未来得及看清面目的男人一字一顿地说，声音似乎来自他的腹腔深处。我很清楚地察觉到，他话语中的"你"被标了重音。

脑袋的九点钟……

我转了转眼珠，渐渐习惯刺眼的烈阳后，把目光换了个角度看向一片绿油油的草丛。那是我脑袋九点钟的方向，不过草太高了，就连天空也被丝丝缕缕的草叶遮挡得不剩多少，我什么也看不见，"为什么会有一大群人？什么事故？"

"事故是——啊，失礼。"他松开我的肩膀。仿佛确信我在听了他的解释后不敢再乱动，或者，他有自信可以在我轻举妄动的刹那制服我，他的语气里带了一丝嘲谑。"我叫尼德兰·马尔。你是——"

他用食指敲敲我别在制服上的名牌，名牌"叮当"两声脆响。"艾因·K.爱斯梅尔。这场事故的元凶，也是他们迫不及待想要处决的家伙。"

我稍稍瞪大眼，偏脸看向他。"喂，处决我……为什么？一群人？我们应该只有十个人——"我直挺挺地躺在地上，浑身不自在，希望能立即得到明确的答复，但他没有理我。

"喂，尼德兰，回答我。事故是什么？"我见询问无效，动动胳膊，迷惑不解地想要爬起来自己看个究竟。尼德兰一把抓住我的胳膊，把它反扣回我的胸口，整套动作娴熟轻松。在这大叔面前，我一个堂堂二十五岁的男子就像小姑娘一样被完全控制。

"你已经猜到了。"尼德兰的脸出现在我的视野中。他一脸的胡楂，宽大红润的面孔，欧洲人典型的深绿色眼眸，高鼻梁，深棕的浓密卷发，即使逆光也能看清他脸上坚挺的轮廓。在我的印象中，这样的面孔一般来自北欧酒馆的醉汉，或者老式农场照片中劳作的农夫，很有力量感，显得凶悍。

我镇定下来，认真地打量那男人的面孔。"我没猜到。发生什么了？"

他逆着光定定地看着我，反而似乎在等我说话。这个角度下看他的身影非常巨大，几乎遮住半个天空。

我心里突然有了一个模糊的答案，"尼德兰，现在这里有多少人？"

"我还想问你呢。"他定定地俯视着我，那是鹰一般的目光，盯得我浑身发毛，"从到这里开始，我尽自己的可能四处走了走，至少看见了半个城市的人。到处都是人——但是，也到处都是荒山和黑黝黝的森林，我敢打赌连最优秀的地理学家都说不出这是哪里。这里不是我们熟悉的城市，凭我的感觉，甚至不是现代。于是有人说，这是什么时光穿梭机传送，把我们送到古——"

"是古代啊。"我答道，"现在是好几万年前，确实到处都是这样的。我问你，你来干什么？你说看见了半个城市的人？"

绞尽脑汁的描述被骤然打断，他似乎有些愠怒，但也只是轻轻发出一声哼笑，"如果我是你就不会在这时候插嘴。"

"嗯，抱歉。"我闭上嘴，点了点头。

"有个内行人告诉我们，是一个科学组织为了考究古代的某些东西制作了时光穿梭机，本想将十几个科学家穿越回去，却意外地把远超过那个数量的人传送到了这里——远远超过他们预定的数量。我不懂这个技术，但我知道这是什么意思，因为我也是突然被从生活中抽走，失去意识，再次醒来时就躺在这里。也就是说，现在，这里，除了你们这些罪魁祸首之外，还有不可计数的普通人，突然间暴露在远古，来到这个毫无人烟的世界。"他往后一仰，脸离开了我的视野，钳制住我的双手稍稍加了些力，于是一片广阔的天空赫然在我面前完全展开，"喂，你们接下来怎么办？发生这种事情，可以把我们都传送回去吗？什么时候把我们送回去？他们都在问。"

我喉头涩住，声音也硬生生被掐断。

事故？

远远超过预定数量，不可计数的百姓……跟我们一起来了。居然变成了这样？难以置信。

传送远远超过预定数量的人，虽理论上可行，但至今为止我们从未尝试过。时空穿越是相当严谨的项目，虽然我不在开发组，但听内部科技人员所说，传送的时候即使一块布料都必须小心对待。远超预定数量，这不科学。若非一开始就设计好了超量的传送参数，否则不可能发生这样的事。

计划初，研究所反对的声音远远高过赞同的，而这个计划仍然进行了，因为他们在赌一个可能性——对人的传送可能成功。如果成功，这将是历史性的丰功伟绩。

时光穿梭机建成时，我只有十五岁。那时我还在上学，而最初的对生命体传送已经进行完毕。

第一次传送的生物是酵母菌——目前人工制造的最简单生物。人造酵母和自然酵母都如期安然返回。第二次传送的是蚊子，之后的蝴蝶、小白鼠、乌龟、猴子、猩猩都如愿而返。他们的测试设计得很缜密，先是测试"能否传送单细胞生物"，再是"能否传送多细胞生物"，然后是"能否传送变温动物、哺乳动物"，最后是"传送是否会对大脑造成负担"。

我在训练时经常见到时光穿梭机，虽然从来没有胆子去操作，甚至都不敢用力去碰。它像个奇异的符号，象征了目前为止我所有努力的终极目的，又承载了无数人大半辈子的希望，我一度很敬仰它。我知道"时光穿梭机研制成功"这个消息并未被公开，甚至公众并没有被公然告知"这么多年来一直有人在研发时光穿梭机"这件事。就我自身而言，为了参与这个项目，我也已经很久没有回过家，甚至很久没有离开过这个机构的地下研发城了。

最后一次的测试实验里，他们传送了十位即将被处刑的死囚。当时我不在场，但转述的人说那几个带着电子镣铐的囚犯像是迎着天堂而去，眼里闪烁着亮光——用他的话说，甚至感觉到了圣洁。那无疑是一个紧张的时刻，所有在场的科研人员都攥紧了衣角，短短十分钟过去，好像蹚过了一整条时间长河。死囚如期返回，整个房间都明亮起来，大家热泪盈眶。事实证明那几位经历了传送的囚犯的智力和运动机能都没有受到影响。因此，可以说这个花费了近百年研发的时光穿梭机是合理可行的。不管将来外界到底褒贬如何，那些技术人员都赌赢了，经过进一步改良和测算，"时空穿越对人无害"，这个可能性已经上升至极为令人安心的数值。

本该这样才对。远超原定计划的人数……这不科学。虽然理论上可行，但迄今为止从未尝试过。怎么会？

作为通信员，我并不懂时空穿越的原理，但按照正常逻辑来理解，这是一个绝对不可能出现的错误。如果这种事情都能发生，他们之前做的那么多次成功实验都简直是在搞笑。所以那么一大帮顶尖科学家拼命钻研传送体的安全问题，到头来问题根本不出在"安全"上。我瞪着灰白色的地面，杂草几乎伸进我的眼眶，贴地的脸微微瘙痒。

"刚开始听他们这么说，我总算明白自己为什么会被丢到这里，心里也想的是快点找到那些王八蛋，把他们都杀掉赔罪。但——"尼德兰仍然像盯视艺术品那样打量我，"傻不傻？杀掉你们，我们怎么回去？难道要在这个鸟不拉屎的地方住一辈子？"

我和成片的杂草对视着，那东西根茎纠缠，似乎深深嵌进我的视网膜里。我想要反驳他，说不是我的错，想要大声说我只是负责通信

的，我想说如果，想说万一，想说这种事情简直就是胡扯，但现在看来这种话毫无力度。我比他清楚，一旦出现了这样的问题，会带来怎样无法挽回的结果。

他推了推我的胳膊："喂，艾因·K.爱斯梅尔，我们要怎么回去？"

我抬手抓住他的手腕，就像先前他攥住我那样。

"松开。"我的声音低了下来。

"回答我的问题。"他依然冷静而有力地钳着我的另一只胳膊。

"松开。"我重复，意识到自己的声音变得有些异样，粗糙的声线像是发自一台废弃已久的机器。

我并不是负责时空穿梭的科技人员，我的专业是通信，之所以能够来到这里，是为了保障整个团队之间一切交流畅通无阻。我负责远古与现代的通信，也负责对讲机断线时在队员之间触发强制通信，如果把我们的队员构成比作一张网，其中所有的丝线都要由我来牵连。几万年前的环境与现代有所差异，空气水源等的成分都稍有不同，虽然对人类来说谈不上毒性，但对电波通信这类东西的影响是相当大的。如果没有专业人员的及时检修，他们除了团体行动之外别无选择，因为没有对讲机的分散行动大概率代表着死亡。——我可以这样解释，但声音在喉头死死噎住，我再也发不出除低沉的威胁以外的任何声音。

以往的实验能够顺利往返，是因为现代有操作人员操纵时空穿梭机。虽然我学过时光穿梭机的原理，但毕竟那只是作为备用知识教授的，并不要求我完全掌握——即使在最极端的环境下，操控这台机器将我们带回去的人也不会是我。时光穿梭机只能在现代单方面启动，一切传送都只能由现代操纵者发起。

单向开启传送，这向来作为一种安全措施被计划方极力赞扬，因为它可以避免因远古设备不全导致的时空错乱。但现在看来，如果真如他所说，相当一部分人都被传送到这里，那么全实验室的工作人员可能也无法幸免。既然穿越都波及百姓了，自然不可能还有科研人员留下。

这样一来，那边只剩下空荡荡的实验室和待机状态的时光穿梭机……没有人在现代操作，我怎么知道怎么回去？

不，即使我跟这个粗犷大汉说通了，我要怎么解释给那些无辜的百姓，他们要怎么在这个地方生存下去？还有，我的队友们？我们要怎么继续下去……

可恶，这算什么事啊。

"喂，你仔细看看名片。"我把自己的脸换了个角度，恰好看见尼德兰黑乎乎长满胡楂的下巴，"艾因·K.爱斯梅尔，通信计科。"

"什么意思？"他低头瞪着我。

"我的意思是……抱歉，我帮不到你。虽然这样说很推卸责任，但——我不会弄那台时空穿梭的机器。"声音一点点回到声带，粗糙的愠怒感击垮了我最后一丝心理防线。我沮丧地耸耸肩，认真思考了一下如何负责任地措辞，"听着，我不是负责时空穿梭的技术员，我这辈子只进去过这一次，你问我，我也没法回答。我可以联系上现代，但即使联系上也没什么用，因为那边实验室里估计没剩下人了。这个时光穿梭机只能用放在现代的机器操纵，如果没人操作，我们不可能被传送回去。"

话一出口，我又有些后悔——这等于是在承认我的无价值，万一这家伙一气之下把我供出去怎么办？他说的那些人，那些完全有理由愤怒的人，会处决我吗？

"不过，慢着。我是通信员，是负责联系队员的，如果你需要知道如何回去，我可以帮你联系内行人，我们队里有五位负责穿梭的技术专家，只要用这个联系。"我用目光点了点他手中的对讲机，"他们也许有办法。但其他的设备都在我的背包里，背包现在不见了，你得

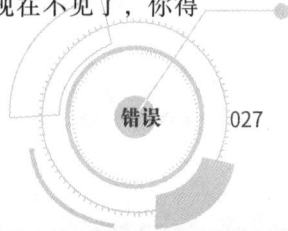

让我起来，我去找。只需要找到我的通信设备——运气好的话它们就在附近——这个地方所有有通信工具的人我都可以联系上。呃，对。若说我能派上什么用处，那就是——我是这里通信技能最强的人。"

尼德兰的眼神变冷了，背对着明亮的阳光，他的目光越发阴暗。

"我相信你这个说法，毕竟，"他稍微顿了顿，又是来自胸腔的一声闷笑，"你看上去一点都不愧疚。"

我侧身，伸手示意他把对讲机给我，阳光持续的照射下，我开始有些眩晕，"给我。既然出事故了，我也想赶紧回去。"

"我刚刚说过不要回应吧？"他低低地说。

"这又为什么？"我生气了。

"谁知道对面拿着对讲机的是什么人？万一不是你的同伴，而是对你们满腔怨恨的蠢家伙，那帮人杀掉了你的队友然后用对讲机试图联络剩下的人，接着以对讲机为线索一路讨伐下去呢？"他说起话来该快速的地方从不拖沓，慢下来后又带着天然的压迫感，极其鲜明的军人的感觉。我越发确信了，他就是个士兵。

"呃，是啊。不是所有人都有你这么冷静，想到至少要留一个活口帮我们回去。"我自嘲地笑了起来，他静静地看着我，等我笑完。

不远处的争执渐渐激烈起来，方才风声把他们的话语淹没，现在我隐约听见声嘶力竭的嘶吼和咒骂。

作为传送队员，在出发前我们每人都接受了相当长时间的道德辅导。那是一套经过精密设计的教案，它帮助我们"即使在完全原始环境下面对极端情况也能保持人类的理性"，甚至还有专业的保险措施防止有失去理性的人伤害其他队员，有特别设定的行为准则。那一切都设计得万无一失，我们本身也似乎万无一失，但现在这情况轮到普通人身上，可难说会发生什么了。

譬如说，现在死死抓着我的这莽夫就是个典型反例。

"喂，我把这东西丢了，我们不如先找个地方避一避吧。"我把胸牌扯下来放进口袋，试探性地看着他。尼德兰·马尔，很中性的名字。如果跟他都闹掰了，显然我就没活路了。在弄清楚回去的办法之前，我需要依靠一个力量在这里暂时地活下去。尼德兰的战力大概是全面碾轧我的，比起鲁莽地跟他闹矛盾，不如尝试拉拢他。

　　见他没什么反应，我索性坐了起来，这一次他没有拦着我。人群那边已经闹翻了，根本没有人注意到外围有个人坐了起来，更不可能察觉到这个人就是罪魁之一。

　　我再次看向尼德兰。

　　咦。

　　这个人"死死"地坐在地上——

　　他没有腿。

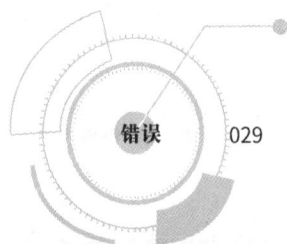

观测

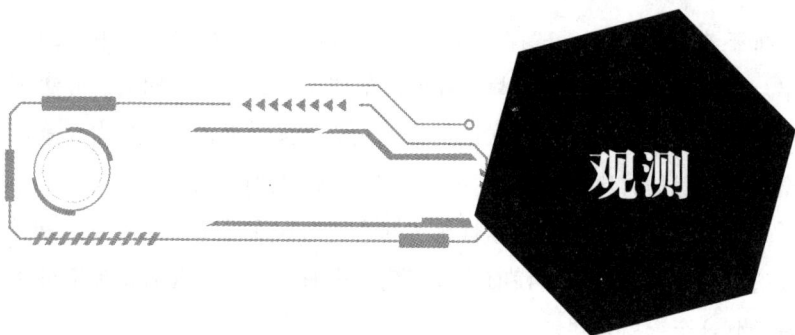

此刻我心中堆满了问号。

方才我在楼下碰到的青年自称滨斯，他似乎自认为非常了解眼下的情况，并且保持着一种可怕的冷静。我们稍作确认后交换了意见，他非常笃定地说，在很大的范围之内发生了"无人化"现象。为了能让我们这两个互相感到莫名其妙的"大活人"进行进一步交流，滨斯建议我去他家坐坐，详细说。

这没有说服力的理由，此刻却给我非答应不可的感觉。

路上，滨斯说，他今天早上起床，打开电视想看早间新闻，却发现所有电视台的直播间里都没有人。他感到奇怪，拉开帘子往外看去，城市里也没有人的动静。他打开社交软件联系朋友，没有一人回复。犹豫了半小时，他还是觉得奇怪，便跑去造访邻居，可没有一户发出一丁点声响。最后他报了警——跟我一样，电话过长时间无人接听，自动挂断。

接着他拿出无人机，绕城巡航。巡航途中无人机刻意飞过各种往常人流密集的地点，却始终看不见任何人。两个多小时的巡航后，他丧失了寻找"活人"的信心，得出"人类可能都消失了"这个结论。

我边走边听，好几次想打断，却又拿不准他说的是否真实。但发自内心，我并不接受这样的说法。这不可能，至少历史上没有发生过这样的事件。

为了让自己观点更有说服力，滨斯冷静地提出几个对目前状况的猜想：第一，所有人都被召集起来参加一个秘密计划，我们是被留下的人；第二，我们来到了一个没有人类的平行世界；第三，其他人都被某种生化武器全部消灭了，连渣也不剩；第四，人被全部带走了。

我平时不怎么看科幻作品，脑子不太能转得过来。对我而言，除了无人应门的沮丧经历之外，最大的疑问便是父母为何一直没有打我的电话。

"如果人类消失了，老爸老妈他们什么时候能回来？"我不知所措。

"不知道。我猜，他们和任何一个消失的人一样。"他轻轻摊开双手，神情依然淡定。

"我们得找人帮忙啊，不然这样下去，如果消失的人都被杀死了——"我尝试着把话说清楚，但一个个没有根据的念头套在一起，使我的困惑与恐惧越来越深。我"噌"地站起来，没来由地打了个寒战。

"有可能。"他抬眼看着我，声调稍稍抬高。

"那我们现在该怎么办？"我意识到自己脑子一片空白，可暂时无法捋清思路，因此产生了莫名的恼火，"如果他们有可能死掉，那现在不是应该第一时间想办法找到他们？"

"冷静一下，好吗？"他直勾勾地看着我。

"冷静——你都不意外的吗？这么多人消失了，你不觉得——你不会慌张吗？你都能分析现状，为什么不想个解决办法啊？"我也干瞪着眼，试图掩盖内心的恐慌。"如果今天晚上、明天、下周、下个月那些人都没有回来，我们要怎么办？我们会不会什么时候也消失了？他们如果一直不回来我们总得去找吧？"

他什么也不说，看着我，神色平静，似乎带着一丝悲哀。他的沉默好似在我的慌乱之上盖了一层薄膜，一切怒意与惶恐被封在里面。我难以想象如果老爸老妈一直不回来，会发生什么。我可没办法这样冷静啊！

"噢，好吧。"我一屁股瘫坐在沙发上，"好吧，冷静一下，抱歉。"

此时我坐在他家客厅的正中央，他的猜想与我之所见缠绕在一起，让我犹如困兽，全然无处可退。

我闭上眼，深深地呼、吸，循环往复。

"贺如也，接下来你打算怎么办？"他转身盯着落地窗外笼罩在淡黄色阳光下的小区，声音很平静，"我也觉得这有些荒唐，但已经过去五六个小时了，一个人也没有，这是事实。接下来我们要是还想保命，就得好好根据现状做出打算。"

"啊，嗯。"我恍惚地应着。

"我的意思是，这个被人类把握的世界，一旦失去人类的支配，很快便会变成地狱。我们必须做好打算——也许是优先级排在'找回消失的人'之前的打算，首先我们得保住自己的小命。"

"嗯？"我看向他，吓了一跳，"为什么？"

他对我一脸的茫然表示显而易见的不屑，"你想想，光是无人操控的飞机撞向地面就足以引起很大的灾难了吧？马路上的汽车自燃呢？需要维护的铁索桥呢？高压输电设施呢？发电站和化工厂呢？核武器库呢？失去人的管理，它们该塌的塌，该炸的炸，通俗来说就是变成定时炸弹，搞不好可能弄出科幻片里的效果——炸掉半个地球。我们日常生活中的那些设施，在失去人类运作的情况下其实都蛮危险。"

"啊……没有智能化管理模式吗？"我眯起眼，察觉到他在透过窗玻璃瞪着我，便也瞪回去，"二十二世纪了，那些东西还没有 AI 保障吗？在人类短时间地离开，那些东西没有得到人类维护的时候，就没有更完善的保障方式？"

他摇摇头，转身看向我："这话说得倒是有些常识了。照理来说，发电站、水电站、大型化工厂、核武器库这类的东西都应该有自动管理的设计，但我们并不知道它们到底是怎么运作的，不知道它们的原理构造。那些消息不是平民所能了解的，如果说是知识，那么它们是被禁锢起来的知识。你想想是不是？如果不学这行，根本无缘了解这些信息，甚至查都没法查。发电站、化工厂，要有自动管理体系还好办，如果没有呢？如果这个有那个没有呢？那些大规模的高危设施，只要一个出问题就是大问题。"

我点点头，虽然不想承认，但脑海里一片空白，没什么概念。"滨斯，详细讲讲吧。"

"简而言之，拿发电站举例。高中物理课上学过的，发电站的核心能源物质是放射性元素。为了让它们正常裂变，需要镉棒、碳棒等，这些设备被装配成一个个小部件，时刻需要大量冷水冷却，而这些冷水需要用电能进行源源不断的冷却和运输。如果没有人的管理，也没有自动管理模式，发电厂也许可以自动运行一些时间，但久而久之缺乏保养总会导致某些细节出现问题。也许有安全保障机制让它们在某些东西损坏之后暂停并断电，那么在它们自动停机、无法使用自己内部产生的能源后，发电站的冷水供应很快会变为应急驱动，由外接电源承担保存核料设备的供电任务。备用能源也不可能维持多久，当备用能源也用光时，那些给我们带来光明的钋钚铀就会变成一捆一

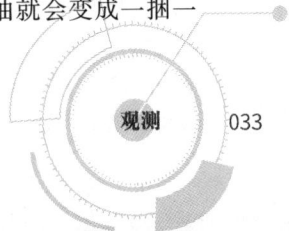

捆的现成核弹。等它们的温度上升到临界值之上，即将发生的就是剧烈的核爆炸和铺天盖地的污染，这些该死的玩意儿会把整个片区弄成死亡区域。如果我们运气好，什么也不做也许可以活三四周。如果运气不好，可能一两周就一命呜呼。"他看着我，目光很平静，"而你知道，这附近就有发电站。所以如果什么也不做，我们相当危险。这附近完全可能被夷平。"

我怔怔地点头。

"我说明白了吗？"他似乎对我不是很相信。

"我在尽可能地理解。"

"那，现在怎么办？"我仍然只能做出这样的回应，"有没有可能一边把那些不见了的人找回来，一边想办法控制住那些可能会失控的设备？"

他耸耸肩，不置可否地哼了一声："你这想法很理想化。也许有可能。但大概率不可能吧。我也不知道。"

"但我好像……"我犹豫道，"做不了什么。不管是管理高危设备、维修大桥，还是调停飞机，这些事都不可能做得到啊。"

"同感。"他摆摆手，意味不明地叹了口气。

我盯着天空半晌，一种不知名的力量让我整理混乱的逻辑，冷静下来，产生一些有效的推测和思考。到现在为止我有了实感——我确实是，已经身处一个缺失了"人类"的世界里了。

"滨斯，我感觉我是真的冷静下来了。"我"唰"地站起来，"至少，我想我们可以说说解决办法。如果你有想到接下来怎么办的话，我们也许可以试一试。"

他看着我，表情比最初丰富了一些，"依我看来，我们要做的第一件事是在更大范围内验证'无人化'的推测，如果推测成立，再想该怎么办。不能在不确定情况的时候贸然行动吧？如果可以联系上其他人，跟他们进一步确认就好了。毕竟论行动力，我们应该差不了多少，都是菜鸟。你做不到的事，我多半也够呛。"

"我现在只想快点把老爸老妈弄回来。"我从口袋里掏出手机，再次拨通老爸的电话，"我再拨号五次，如果他一直不接电话，我就相信你的说法。"

"这不是'说法'。"滨斯也站起来，转身向开着灯的里屋走去，"这可能就是现状了。"

屏幕上亮着 [**呼叫中**] 的符号，闪烁着，久久不灭。半晌，机体微微震动，[**呼叫失败**] 的提示符弹出。我把手机屏幕朝下放在冰冷的茶几上，偏脸望向淡蓝色的天空。

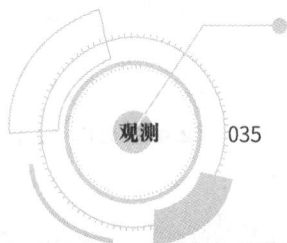

未来

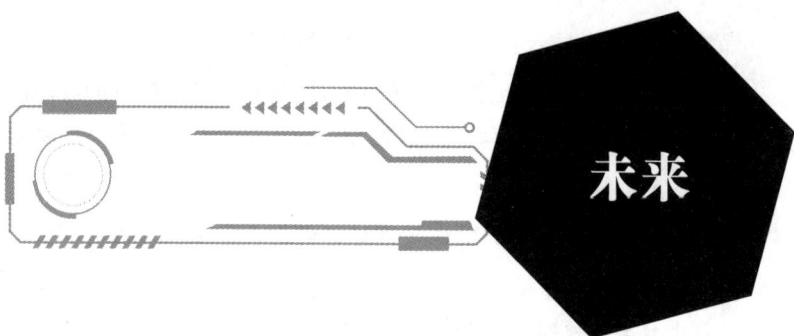

2109 年 9 月 12 日

　　我现在正手无寸铁地站在远古北美大地上，失去了储备粮食和武器，除了走路、跑步、呼吸和说话之外的事，做不了其他任何事。最糟糕的是——按照尼德兰所说——全世界都有人被传送过来。

　　他们都和我一样绝望。糟糕透了。

　　也许不同的人感受到绝望和焦躁的时间相异，但我确定，除了军人、户外发烧友和人工智能，没有人能在这种景况下保持长久的冷静。这完全是一个原始世界，纯粹的大地与天空，是当我们被囚禁在都市的沙堡中向外凝望时多少次想要寻求的平静，是一种仿佛死去了一般的宁静。但真正身处其中，能够感受到的只有莫名的恐惧与陷落的无助。只要稍稍细想接下来可能会发生什么，细想在这里要怎么吃喝拉撒衣食住行，我便立刻毛骨悚然。

荒蛮的环境和纯粹的自然，这一点也不是好事。

我们是狡黠、喜欢投机的现代人，我们是被科技赋予了极高需求门槛的现代人，我们不是在自然环境中淬炼出来的朴实的原始人。已经见过太多人情世故的我们想要老老实实在这个什么也没有的环境里安安稳稳活下去，团结起来，一点不简单。

"怎么办啊。"我坐在热烘烘的土地上看着尼德兰，一时间语塞。

"担心自己活不下去，还是担心其他人会死？"他冷静地看着我，话里有疏离的意味。我完全理解，换位思考一下，我也会像他一样感知到眼前人的懦弱。但我无法控制自己的目光，它悄悄下滑，小心翼翼地乘着眼神交错的间隙瞥一眼他空荡荡的裤管。

他想要在这个世界里活下去会很难。我不知道自己不自觉地转移视线是因为单纯的好奇还是担心他的未来，我现在不敢细想未来，未来的一切都让我感到恐慌。

"都担心。"

"那你就要干点什么。"他给了一个形同于无的回答。

"我干什么？"

"你去跟他们谈。"

"谈有用吗？你换个角度想想，假如你只是个普通的老百姓，从自家温暖的床上突然被拽到鸟不拉屎的荒原，你能听得进谁跟你谈谈？"我努力让自己冷静下来，想一些接下来可能发生的灾难以外的事情。我不该跟他犟嘴的，这个人把话说得中肯，一时半会儿看不出要坑害我的样子，况且我们都不希望被困在这个时空中。他没说错，我要干点什么。

"你听得进吗？"我跟着问了一句。

他盯着我看了半响，军人式的棱角分明的面孔舒展开来。他说，"可以，前提是你要跟我说。"

就如何向人们挑明接下来的行动方向，我和尼德兰商量了很久。他说，这件事如要追责确实追不到你头上，事实上也不是你的误操作导致的，但你是这个计划从头到尾的经历者，知道的信息肯定比我们多。既然到了这里，你便有自己的责任，他们都会如此要求。

在这样确凿的话语之下，我再想做一些辩解也自觉徒劳。

回去，还是活下去。经过短时间的权衡后，我认为我们应该把重心放在后者上。尼德兰审视的目光落在我身上，烧得我浑身不自在。我不想站到人群面前，我的本能将我牢牢拽在原地，不允许我把自己置于风险之中。但现实的重量、那目光的重量、那些话的重量，以及我所逃避的重量，把我压得喘不过气。我坐在地上，像坐在原始大地编织的蒸笼里，不远处人群的声音一阵阵传来，我太阳穴上的神经一跳一跳。

于是，我让尼德兰在原地等着，自己跑到那群义愤填膺的人中去。

他们最开始没有注意到我的到来，但我壮起胆子吼了几嗓子后四周安静不少，都看过来了。我在地上看见一具尸体——是我的一个同伴，时空穿越乘组里的技术人员。那人的队服上有很深的血痕。刚才尼德兰说"有个知道内情的人说是时空穿越事故"，想必就是他，而他已经被杀了。

我的话不由自主地咽在了喉咙里，两眼一收，目光谨慎地四下扫一圈，心提到嗓子眼。

人群的注意力转移到我身后，我注意到有两个人站在人群中间一块高大的岩石上。刚才他们还在昂首挺胸地怒吼着，现在看见人群中闪出一个跟他们一样吼叫的家伙，不由得双双愣住，噤声，莫名其妙地看着我，似乎不太希望半道杀出捣乱的人来搅乱他们好不容易维持起来的秩序。那两人高矮差不多，但其中一人白得几乎要发出光来，一头金色的长发在风中扬起，倒还真像狮子王的金鬣。

"请大家冷静地听我说。"我试图把声音提高，尽量压制住颤抖的声线。

这是一个荒蛮的世界，放眼望去，除了以奇怪的姿势绵延的荒丘和茂密的红杉林外看不到其他景色。在我们的时代从来没有如此大范围的林地，这是真正的"林海"。

树木的高度可以媲美大厦，清一色向上延伸，合围成一个个庞然大物。树林的上部呈现出阳光般美丽的斑影，中层的叶丛繁密复杂，沉重的浓绿簇拥着深灰色树干。树下部的主干约需几十人合抱，密集粗壮的枝干交叠如山。再往下是丰富得骇人的灌木层和草本植物，横倒的枯木错综复杂，密密麻麻的腐生动植物在上面建立一个个小群落，四周黑压压的，目前无人敢进去探索。

与令人窒息的森林相比，荒原给人一种沉甸甸的豁达感。视线所及之处尽无遮拦，同一种土地往远方延伸开去，不知在何处变了颜色，在阳光下好似色彩斑斓的草海。这些野草有些高过人腰，有些不过脚踝，参差之中竟然显得平坦，实在奇怪。隐约能看见近处草丛中的野花与远处的巨石，参差的景物都在阳光下闪着光，展现出古老而无穷的生机，宏大而神秘。荒原的延伸仿佛昭示着不明朗的前路，似有无声的召唤在天际线处游荡，它随着草浪声声传动，却叫人不明所以。这样的景色，在我们的时代实在少见。

可就在这样美丽的世界里，我们面对的头一个问题便是如何离开，还有如何生存。

人群涌动起来，咒骂和呼喊此起彼伏。

"大家听我说！"

远古时代，天黑得比想象中快很多。

电子表依然运作着，这里的一天是二十五个小时多一点，自我醒来已过了五个小时，天空已经有了黄昏的迹象。

前方密密麻麻的人群让我眼花缭乱，心脏突突跳着，我向来不擅

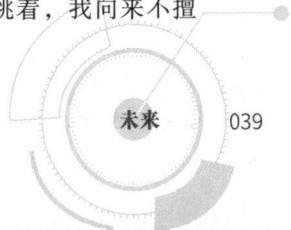

未来

长在人群面前发表演讲。我深吸一口气，湿润的风从嗓子一直灌进肺腑，呛得人一时间难以呼吸。人群蠕动着、扭曲着，映在视网膜中，好像数不清的代码。

"请安静一下好吗！安静一下，听我说！"

没有人理我。我不由得深吸一口气，用平生最大的音量喊出来——"我们现在位于万年以前的北美洲南部山地！在这个地方没有任何现代的科……"

开场白还没说完，人群里就骂声四起。我看见有人挥着胳膊向我冲过来要质问我，有人怒目圆睁四处环视，有人呆若木鸡地维持着站立的姿势被推来推去。所有人都在流动着，他们向我涌来，也向四周的荒原涌去。汗味与血腥味，还有泥土被太阳烤焦的味道。我不断被高个子淹没，比我矮的人踮起脚咒骂我，窃窃的私语和风声交织，回荡在人声混杂的荒原上。

我感觉自己快要被喊聋了，努力维持着站立，有些虚脱，自己也快喊哑了嗓子，两个"狮子王"看不下去了，把我拉到大石头上，才让我免于推搡和喊叫。

我还没来得及好好打量那两人，先入为主地对他们抱有期待。我宁可相信他们比一般人稳重，相信他们是明事理、会沟通的人。他们撇开吵嚷着的人群，向我询问情况，似乎没有责备的意思，但多少带一些愠怒。我巴不得有这样一个机会，把我知道的都说出来，仿佛说出来就能把责任分担到他人身上，但——当然，我没有告诉他们我的身份。我大声说，我被传送到离这里不远的一个地方，刚醒来就碰见了一个时空穿越的科研人员，抓住他问清楚情况之后原本想跟他一起行动的，没想到那家伙把我甩掉了。虽是谎言，我却说得大义凛然。

那两个人很轻易地相信了我，也大声回应——好的，好的。这种情况下想必除了相信我之外也没有别的办法。他们的组织能力远高于我，早在我醒来之前就已经开始冷静地分析状况，安定人群。即使突然暴露在这种最原始的环境里，他们也保有思维能力。我没时间跟他们解释所有，他们也没有向我询问什么。说实话我很想知道，为什么完全不知情的人会有胆量在这种完全陌生的环境里毅然跳上讲台一般的巨石对众人撒定心丸，反正，我是做不到的。我倒是想找时间听听他们的故事。

不过，现在没时间。人的声音在我的脑海里爆炸，我闭上眼，浑身都在摇晃。

人海。

我们三个人站在巨大的石块上，风从我们之间穿过，为了不掉下去，我们三人的胳膊不由自主地搭在一起。他们大声地把我了解到的情况复述出来。一见站在石头上的人开口，下方人群的噪声渐渐消减下去，变成没有任何意义的一片嘤嗡声。那两人非常卖力，一个说中文一个说英文，嗓音都提到了最高。而我像电线杆一样直直立在中间，下方是数以百计的人，晃得眼花。"时空穿越""事故""远古""北美"这些词语不断在耳边响起，我想堵上耳朵，远远地离开这混沌的世界。

他们讲得慢、嘹亮而有力，我呆呆地听着。人们聚集在树林边缘，有的传送过来时赤身裸体，只好尴尬地蹲在地上；有的大约是睡觉时被传送过来的，手里还攥着被子；有的不知道来之前正在北方的哪里，穿着厚厚的冬装，显得笨拙滑稽……传送发生在瞬间，会将人们与他们抓着的物件一同带来。他们交谈，声音混杂着不安和期待。衣袋里有打火机的人生起火来，两手空空的人在略显潮湿的空气中和我一样好奇而敬畏地四处环视。那两位的解释照我听来是非常干脆有力的，但在他们说完该说的话之后，一时间没有人再主张这个场面，于是有人骂骂咧咧地四散走开，有人摇摇晃晃向荒原走去，有人一屁股坐在地上号啕大哭，有人扛着背包往森林里走，一边走一边回头吆喝……四下里没了主旋律，变得涣散起来。天空慢慢褪色，染上一片

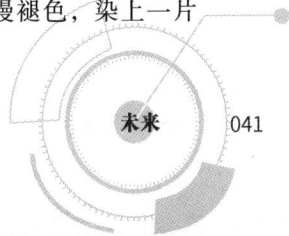

片红晕。风越来越冷，傍晚到了。

不知不觉间寂静了一些，嘈杂的声音稍稍降下分贝，我听清了风声。

在下方骚动的人群之中，出乎意料地没有一个人公然反抗，也没有威胁的声音。他们看上去还没陷入任何意义上的绝望，倒是渐渐平静下来。

站在我左边的金发青年轻轻扶了我一下，我才意识到自己的身躯此时已经倾斜，险些掉到巨石下边。

我在人群的边缘看见尼德兰。他虽然失去了双腿，体形依然比一般人庞大。我看着他，他也看我，半晌，他对我比了个"嗨"的手势。

金发青年看向我，稍稍向后一挺身，扮了个鬼脸。

"我是马尔文·L.理汀。"他对我伸出手。这小伙子大概比我年轻，有一副典型的欧洲面孔，眉目清秀，神情清朗。

"贺林。"另一位也对我做了个友好的示意，不过他没有伸手。这是个英俊的中年人，应该到当父亲的年纪了，面部带有东方人特有的孔武棱角，目光凛冽，气质老练而沉稳。

"艾因·K.爱斯梅尔。"我说。

"夜晚就要到了。"贺林低沉地叹了口气，似乎是方才的喊话让他感到心烦且疲惫。他仰起脸看着昏暗下去的天空，面色凝重。

"晚上会发生什么？"马尔文看向我。"那个科研人员怎么说？"他紧跟着问了一句，并没有威胁的意思，似乎也没有生我虚构出来的那个"逃跑的科研人员"的气。这时我才再一次想起自己的谎言。

老实说，这个世界的夜晚会发生什么，我大概是这里最有发言权的人。在这个时代，我们所知的最早的人类文明已经出现，但我们并没有出现在他们聚集的地方。

这里的空气、水源和时间对于现代人来说没有适应障碍，甚至显得宽裕，也没有剑齿虎、猛犸象那样的巨兽，相对安全。入夜以后可以在森林里寻找发光的蘑菇，最好在树上做吊床睡，防止地面的野兽，还要远离河流，不要寻找太大的老树做吊床，因为上面可能有猛禽巢穴或者蜂巢。气温波动不会太扰人，风很大但吊床做得结实就不会有问题……

"晚上会比白天危险，而且难熬很多。"我说，"有些莫名其妙的野兽，蚊虫非常凶猛。气温会低一些，因为什么也看不见，所以在森林里行走的时候可能会掉进水坑或者悬崖下面。一般而言，这种情况下不能在森林里夜行，比较建议使用吊床度过夜晚。那个人就说了这么多。"

话是这样说，但现在看来使用吊床大概是没有希望了。

原本是有吊床，我们所有队员的个人设备都放在一个特定的背包中，但我的背包和器械一直没有找到——这很奇怪，以往的传送中没有出现过装备和人分离的事故。最好的办法是暂且留在这里，黎明之前不离开这块地方。

我有些担心地扫了一眼簇拥着争吵的人。他们又闹腾开了，并且声音大起来，兴许会引来"不速之客"。马尔文想回应我的话，一扬脸却看见贺林微微蹙起的眉头，便把刚张开的嘴闭上了，话音也化作一个宽和的笑容。

"能制止吗？"我问贺林。他散发着一种沉稳冷静的领袖气质。我在他身上嗅不出同类的气息，对他的第一印象良好，"入夜之后这帮人还吵吵嚷嚷的就危险了。"

"会制止。"他看我一眼，从巨石上跳下去，矫健地落地。他似乎没有跟擦肩而过的人交谈，但人群发出的声音显著地削弱了。有些人主动为他让道，但他还是很快消失在时刻流动着的杂乱人潮里，变得难以辨认。马尔文拍了拍我的肩膀，抬手指天。

"这天挺美的呀。要是带了相机就好了。"

"在这里拿着相机未必是好事。"我瞥了一眼仍在躁动的人群。

"那就给他好了。反正目前看来，就算在这里拍了照片也带不回去吧？"他耸耸肩，背对着我看向更远处的荒原，"但是真的很想拍下来——你看，地平线那里的颜色也好看，像是番茄和金橘混在一起，说不定可以用这种配方榨出不错的果汁来。"

"那你觉得森林怎么样？"我实在想不到要怎样接这种乐天派的话。

"森林？森林里肯定有不少有意思的东西。"他转过身，两只胳膊弯起来，比画着做了个蹩脚的圆形，"小时候听说的，古代的森林里的蘑菇有这么大。"

"噢……确实。"

半晌见我再没有回复，马尔文再次转过身，面对着夕阳下金色的荒原。他轻轻"哼"了一声，那声音像是解出了一道复杂的数学题，或者刚刚喝下半瓶爽口的汽水。我悄悄瞥了他一眼，心里有种与见到尼德兰相反的感觉。

"天黑了。这里没有吊床，咱们不得不凑合着过夜。你之前碰到的那个科学家有说怎么办吗？"

"不能进森林。"我想了想，说。

"只有这一点吗？那我们就得在荒原上过夜了啊。"他快快地做了个鬼脸。

"你看，它这么巨大阴森，也不太适合进去吧。"我尽量用平和打趣的语气和他交流。这是个有些鲁莽并且非常热情的小伙子，和贺林的性格几乎相反，但从刚才的经历看来，应该同样有执行力。我相信，只要我能说服他，事情会好办很多。

"嗯……确实。你是生物学家吗？"他饶有兴趣地看着我。这个家伙似乎丝毫没有因为传送而感到懊丧或者悲观，我甚至感觉到他对现在的处境有些兴奋，像是被放生入海的鱼，迫不及待地想要远航探索。我撇开目光，希望是自己误读了。

"不是……我是地质学家。"我想瞎扯，又怕过不了关，"而且对通信有一些研究。"

"噢，好厉害。"他笑了，伸出拇指点点自己的胸口，"我之前是帝国理工的，学计算机，现在辍学了。"

"……"我刚想脱口的话咽在喉咙里，硬是给憋回去了。都考进了帝国理工还辍学？

"空气真好啊。"马尔文深吸了一口气。夕阳洒在他身上，他洁白的皮肤与金色的发丝与这个昏暗的世界格格不入。他把自己舒展开来，整个人放松地躺在时而强劲的风里，眼角带着一丝笑意。这人实在奇特，不知是心太大，还是本身就有这种享受人生的秉性。大概日后我要花不少时间去认识他吧，那并不妨碍我觉得此时他沐浴在阳光中的样子带着一丝奇妙的美感。

他看上去似乎非常热情，但这种满怀热情的品质到底能不能被这个荒古的世界所嘉奖，这就不知道了。

我再次看向尼德兰的方向，有几个男人已经走到他身边，他们把他半拖半拽地扶向人群的方向。我在人群的边缘找到了贺林，他似乎没有成功阻止吵闹的人们，站在茫茫荒野中，浑身都和他那一头黑发一样在阴影里黑着。他手中的手机屏幕莹莹闪亮，但这里已经一丝信号也没有了。

"贺林！"马尔文也发现了他，做了个呼号的姿势挥挥双臂，"快回来，我们在商量晚上怎么过夜。"高大的男人听到喊声，回头瞥我们一眼，做了个你们随意的手势，摇摇头，依然盯着他的手机。我看见他的手指飞快地在屏幕上滑着，动作机械而重复。

"这家伙怎么这样啊。"马尔文纳闷地嘟哝了一声，晃晃一头金发，从石头上跳下去，抬头对我伸出手，"刚才还意气风发着呢，忽然就消沉起来了。艾因，我们先想去哪里过夜吧。荒原还大着呢。"

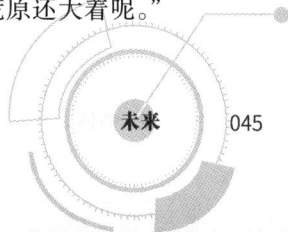

"我建议今晚先不要动了，在这里将就。也不知道这个传送什么时候会把我们再传送回去，说不定像游戏里一样，离存档点远了就没法传送了。"我抓住他的手，撒谎说。对方似乎没有识破话里幼稚的小错误，只是一把将我从石头上拉下去，然后放慢脚步，等我与他并排走进人群里。

有人生起了火，伴随着金色的焰光和舞动的火星，稀疏的烟长长地自地面升空，在渐渐暗下去的苍穹里画出一道道诡异的弧线，盘曲，扩散，细长的尖端牢牢地抓住天空，然后消失。夜色就像海底一样，是透着幽暗诡谲的深蓝。银河古老的轨迹在半黑的色调里若隐若现，晚风吹动云朵擦过天空，就像水彩滴入另一种色调的液体里，一点点晕开，萦绕不散。最后的日光融融地消散在地平线下，黑夜降临，这个空旷而狰狞的世界真正在我们面前展开。

我向北望，天空中的星辰一点点擦亮，透出一种直渗神经的空旷。

是啊，荒原还大着呢。

未来要怎样……那就得看我们有没有那个活下去的本事了。

涣散

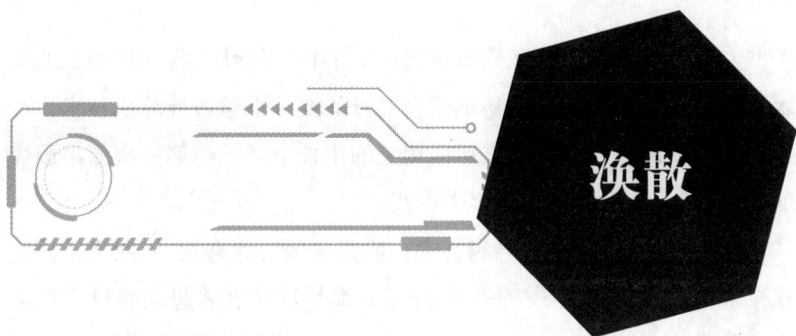

我和滨斯用剩下的小半个上午的时间，想方设法向世界各地发出求助。

滨斯大学学的是传媒大学的新闻采编专业，广布消息这事算是专业对口了。他登上现今流行的国际云平台，换了七八个虚拟形象进入不同的元宇宙空间，寻找仍然在线的用户。我也进入自己的账号，站在虚拟的、繁华美丽的网络世界里，茫然四顾。不论是数据调度，还是连线请求，都没有寻到一个仍然在线的账户。滨斯甚至使用了学校发放的专用平台进行呼叫，照样没有回应。至于那花哨绚丽的虚拟空间，此时像失真的梦境一样叫人发怵。确认没有在线用户后，我毫不恋战地退了号。

在进一步尝试联络之前，我们互相交流了一下自己的长处。滨斯坦白自己除了能够熟练使用无人机拍摄、比较喜欢研究机械拼装、会

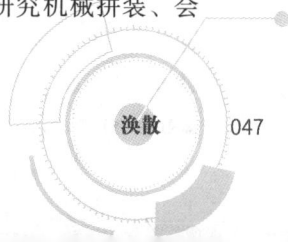

一些专业范围内的采集联络招数之外，平日里没什么特别用得上的技术。所以当我告诉他自己从小就在父母的要求下学习计算机技术，甚至捣鼓一些破解密码、渗透运维相关的小技术时，他第一次露出震惊的表情。"为什么你平时会学这些？"

"最开始是因为老爸老妈喜欢，后来是因为我喜欢。"我指指他放在桌上的折叠屏电脑，"一般的爱好不都是这样发展起来的吗？危重设施什么的我不了解，世界的运作原理也不清楚，但既然需要用一些稍稍越界的手段进行联络，也许我的爱好会有用。"

滨斯看了看他放在架上的无人机，半晌说："如果需要非常手段的话，那时候再说吧。目前这个环节可能还没有必要破解谁的密码。"

我们都还不清楚自己平日里习得的技艺在这个骤然清空的世界里有怎样的作用，会在什么情况下得到施展。无论如何，眼下的联络任务还没有完成，我们仍然没有联系上任何一人。

上午剩下的时间在不断地切换账户、发送信息中流逝，现今所有的热门社交平台都走遍，我甚至登录了国际平台站点的一个管理员号位，所有的数据都显示如今没有一个号在线。到了中午，各种渠道的联系尝试都落空了，依然一无所获的我们决定花时间做点别的事。滨斯拿出他早上使用过的无人机，把它放出去四处详细地看看，想找一些实际的线索。我则捧着他的平板电脑坐在地毯上，开始进行所谓的"调查"。不过说实话，我们甚至没有商量清楚这种情况下首先需要了解什么。

滨斯说要"了解周边"，我则被他之前的点拨吓到，认为要"了解接下来可能会威胁到我们生存的东西"，比如发电站。几句商讨之后，我们一致认为可以保守地将现状定义为"我们正处在无人的世界"，但接下来怎么办不知道，没有达成共识。

我上网找了一些发电站、化工厂与储油设备的简介，不过搜索引擎上关于这些设施的工作原理都讲得不清不楚。偶尔能找到一些实拍视频，却看不出个名堂，只觉得宏大的场面十分壮观。

"没什么用啊！"看了半天网上的资料，依然迷惑，我不由得大发牢骚。现在既不知道自己要干什么，又不知道自己能干什么，还不知道自己想干什么。找不到着眼点，真是糟糕。

"懂个大概就行了，那些东西不到现场不可能弄懂，到了现场也不一定学得懂。核物理是一门专业吧？"滨斯盯着他的无人机显示屏幕，敷衍了一句。

"核物理和操作发电站根本不是一回事啊——要说它们有什么共同点，就是都很难。滨斯，光这样依靠网上流传的知识根本不足以了解我们需要的东西。"我放下平板电脑，瞅了一眼钟表，中午一点多。

照我看来，最糟糕的不是我们还什么也不会，而是我们甚至不知道需要什么。我想让自己思考起来，无奈脑子很清醒，却什么也想不出来。

说到底还是基本知识的缺乏。

我像是被光海淹没，掌不住任何一副舵，只知道前方有礁石，却不知如何避开。越想越苦恼，越来越没有底气，我盯着屏幕上的光线，脑海里混沌而空白。

既然我什么也不知道，不如接下来也什么都不知道，一无所知地继续活下去。毕竟我真的毫无概念……

在这种淡淡的宁静的氛围里，一种奇怪的情绪渐渐在我的脑海里滋生。滨斯一直在关注他的无人机，也一直表示哪里都没看到人。

那么，接着我们必须面对一个非常现实的问题：那些商场、游乐设施、高档餐厅、平日人满为患的景点、从未有机会涉足的高科技实验室、不对平民开放的虚拟地点、因为政治原因禁止涉足的场所……现在都向我们敞开，只要有点儿开锁的办法，没有地方不能进去，即使进去也不会被抓包。我们还可找到元社交系统的管理账号，登入后获得管理整个虚拟世界的权限；也可以采用暴力拆迁法闯入食材仍然

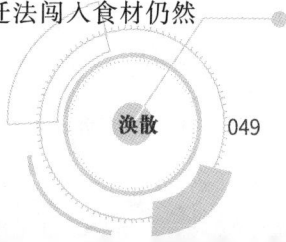

新鲜的高级餐厅，大肆饕餮；还可以拿到会员级别的流量体验卡，体验前所未有的速度……

如果我们把这种状况当作一种"限时的放肆享受"去看待，而非紧盯着不知何时会来的"死亡的终点"，也许能短暂而疯狂地快乐一阵子。从某种角度看来，在这样的快乐之后即使要面对死亡也不会太遗憾。

毕竟如果只剩下两个人类，这两个幸存者就相当于成了世界的管理员，而这个复杂的世界既是枷锁，也是乐园。说得玄乎一点儿，它限制了我们的生命，却又给了我们短期的用之不竭的玩乐资源。小时候形容自由洒脱的人，说"世界就是他的游乐场"。现在这个情况，完完全全地实现梦想啊！

只要离开滨斯，想办法找到仍然可以运作的交通工具，我大概能去很多以前完全没可能接近的地方，去做从未设想的事情。曾经这个世界大多数的地方和事物都与我无关，它们有自己的管理者，我无论何时都只是一个路人。但在现在我的决策毫无疑问会对这个无人管理的世界产生影响，从某种意义上来说，我被动地成了这里的主人之一。如果离开滨斯，我就是——短时间内类似上帝的存在。倘若人类不重新出现，在毁灭之前我可以利用现成所有人类智慧的结晶，来做我想做的事。再退一步说，我们还不知道滨斯所界定的"毁灭"是否真的会到来。

这样看的话，这无人的世界也许不只是毁灭，它还可以是一种馈赠。我不相信任何宗教，但如果这个世界上真的有神的话，这是他赐下的救赎，还是惩罚？

啊，这是该由我决定的事？

我看向滨斯，他没有看我，目光平静地落在以电视机为中心的那些器械上，似乎在思考什么严肃的问题。滨斯，我不知道他全名是什么，也不知道这是不是他的真名，因为他自来熟的性格，我们的相处没什么太大障碍。这是个现实得很的人，他大概不会有我这样迷乱的想法，应该对无人机的观测结果和社交空间的联络结果更感兴趣。

我不知道。

但是目前看来我并不倾向于享乐这个选择，太不保险。我们的放纵带来的只会是这个珍贵的世界的陨落，这样四十六亿年来地球上所有无机物的努力，三十六亿年来所有生命的努力，七百万年来所有人类智慧的结晶，都有付之一炬的可能。

我不相信超能力，也不相信以一己之力可以把星轨往回扳动，不相信什么东西可以成为主宰这个伟大的世界的存在。但我是人，我有理性的判断，即使是在这样极端的情况里也深刻明白自己真正想要的是什么。如果能做到，我不希望这个高于一切的集合体——世界——遭到毁灭性打击，不希望它的毁灭是由于我的懈怠造成的，不想因为自己的私心造成无法扭转的毁灭。这种情况我先前从未面对过，一旦被点醒，开始接受现状，内心中却总有一股定力把我的思维从慌乱中拉回来。

"滨斯，别看了。"我站起来，指着滨斯像个宝贝似的捧着的无人机无线显示屏。

他没有抬头看我，稍稍直了直身子。

"你看了这么多应该已经可以确认现在是什么状况了。到处都没有人，如果我们再在这里看这些有的没的，情况只会越发紧迫。要把全世界的危重设施和核武器库都保全下来，才能确保完全安全。但是这明显是不可能完成的——只凭我们两人绝对不可能。"

"太理想化了，我们可以在这一点上达成共识。"滨斯抬眼扫了我一下，半晌又把头埋下去。

"所以我们应该首先保护好最近的危重设施。"我忽然感觉自己的话里带着一种不合理的自信，"呃，至少应该先了解一下怎么保护那种设施？我们应该直接过去，看能不能想到办法。"

"直接去？"滨斯一怔，一脸难以置信地瞪着我，手头的动作顿

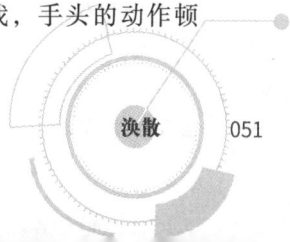

涣散　051

了顿，"但是现在就过去的可行性太小了。首先根本不可能进去，其次就算强行突破进去了，我们也不会操作。把危重设施控制起来可不是——"

"不去现场是绝对没有办法的。"我狠狠地瞪回去，打断他的话，"就算学，也得过去学吧？你刚才自己说的，那都是些定时炸弹。至少我们要保证附近不出现大型设施的爆毁。"

滨斯愣了半晌，显得犹豫，话音也停顿了半晌才发出，似乎被我突如其来的坚决吓到了。

"这么说没错，但不能这样着急。立即过去显然不太现实。"

我向来不是心急的人，但此刻一种隐隐的强烈情绪慢慢在全身弥漫，让我无法安宁，一反常态。也许是终于被恐惧抓住了。"但是你想，现在就我们两个人剩在这里，根本不可能会有后援，什么都不确定。如果不立刻就到现场去确认的话，我们到底——"

"嘿，冷静点儿，不要着急，好吗？"他放下手中的手柄和显示屏，把身子彻底转向我，用一种和缓得令我有些不舒服的语调温和地说，"我们不知道的不能控制的事太多，首先了解一下情况再过去，保险一点。到现在仍不排除我们两人同时精神失常的可能性。"

他为什么这么冷静？为什么我就不行？

当我发觉自己心中的窝火有相当一部分源自对他处事方式的嫉妒时，我感到更加不快。作为恐惧和迷惑的代价，我迫不及待地想要反驳，想要击碎他肤浅的温和，病态地想要看看他平静的面孔下到底隐藏着怎样的冲动。

"难道我们现在坐在这里上网找那些只在纸上考的东西就有用了吗？我们当然不会操作，那就去学，去现场学。肯定不容易，人家专业的都要接受长时间训练，更别说我们这种外行人。但不是迟早都要面对那一步吗？你都说了这附近只剩下我们两个人了！你不是说要把危重设施保护好，才能防止毁灭吗？如果一直以先了解情况为借口，那我们就什么也不会知道！"我不知道现在自己是冷静还是崩溃，只听见自己的语调里带着很明显的怒气。从最初便一直在积攒的负面情绪和逐渐爆发的焦虑让我很难辨认自己的状态，也许我还保有最基础的理性，但此时这样跟滨斯顶嘴有用吗？我说的是更加合理的解决方案吗？滨斯会接受我这样的提议方式吗？我完全不知道。

我只是单纯地想要反驳，想要发泄异样的情绪。我体会到自己话语中欠缺逻辑，欠缺冷静的理性思考，欠缺一个合作伙伴应该有的坦诚态度，但，我现在只想要发火。我不知……

"……"他坐在电脑椅上，一时半会儿没有一点反应，只是默默地盯视着我。他的目光有一种奇异的令人平静的功效。我忽然意识到，眼前这个安静地坐着的青年自一开始就没有对我用命令的口气说过话。相对地，我只是因为心中一丝幼稚的执念便对他有了莫名其妙的火气。

即使是突然处于这样荒诞的景况中，他也没有一丝慌乱，而是平和地分析情况，打趣我没有常识，营造温和的氛围。至少他在冷静地衡量我们现在做的事到底有没有意义，对他来说一无所知的盲目行动就是孤勇，所以他希望花一些时间冷静地对大局有一个把控。而莫名急躁起来的我，在这种定力面前当然显得十分幼稚。

是这样吗？但是我们要在这里待多久？如果一切真如最坏的打算那样，现在实在是浪费不得时间……

似乎是怕我继续反驳，他重复了一遍："冷静一点，好吗？我们也许可以再好好讨论一下。"

"滨斯，这样说不对吗？"我双手下垂，方才的强硬与冲动一点点消散。我不知道这样做是否正确，从来没有人教过我这种时候要怎么办，我也无法合理递推，我不知道。

如果这世上真的有神，怎样残酷的神才会给世界一个这样荒唐的打开方式？

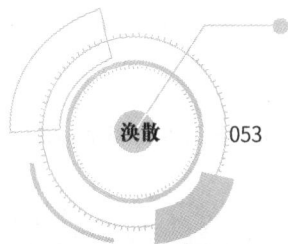

"你说得也没错，只是别太着急了。"他从电脑椅上慢慢站起身，轻轻地走到房间门口，"现在几点？"

我看了一眼钟表——"一点四十六。"

滨斯伸手把凌乱的桌面稍稍整理了一下，将无人机手柄轻轻放在一旁的架子上。他又转身回来，并不急着走到哪里去，在房间里左右环顾，似乎突然想起什么似的顿住，回头对我笑笑，"是啊，都快两点了。我去弄两杯泡面来。"

"泡面？"

"民以食为天。"他向门口走去，挥了挥手，"吃完饭后再找半个小时资料就出发，争取尽快到达离这里最近的发电站。"

"啊？"我有些手足无措地瞪着他的背影，口袋里的小刀稍稍滑动，搁在大腿上，产生一些沉甸甸的分量。我伸手轻轻按在那鼓出的金属上，指腹摩挲，忽然想起在小区楼下碰见时滨斯的口袋里也有什么明显的重物。

或许是……刀

"你要什么口味？这里还有猪骨味、海鲜味和香菇烧鸡味。"滨斯的声音从客厅里传来，略带着一丝朦胧的回响。

"噢，猪骨拉面。"

"稍等五分钟。"

客厅里传来脚步声，一阵远一阵近，然后是厨房门关上的声音。智能管家的女声正在柔和地播报泡面的水温，还伴随着一些辅助的提示。滨斯"嗯嗯啊啊"地应付了一番。

我扭脸看着窗外的绿荫。

从这个角度看出去，整个城市都被笼罩在窗前的浓绿之中。天空只有一角，四下里清朗安静，远处的大楼在阳光下闪闪发光，目之所及的世界透出一种失真感。

如果是一场梦就好了啊。

星尘

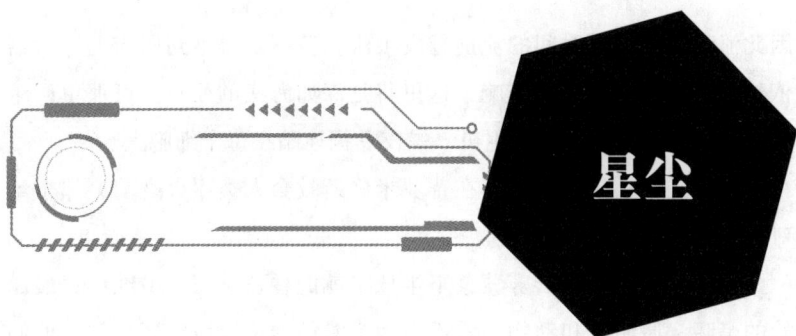

2109 年 9 月 12 日

入夜了。

世界巨大的时针在表盘上滑动，最后一丝阳光彻底被黑暗吞没，人群紧紧地聚集，夜色中只剩下星星点点的电子表的指示灯。

入夜之后远古的世界成为胶体般凝然不动的漆黑，黑暗在这时仿佛被赋予了形态，时刻相伴身侧。我们无声地呆坐在绝对黑暗中，一动不动，仿佛变成了某种草木。

经过白天的折腾，所有人都累了，甚至是麻木。就连孩童也放弃了在这个空洞的漆黑世界四处探索，他们抓着附近成年人的胳膊，贴在有温度的躯体身上，小心翼翼地呼吸着。我和所有人一样疲惫、孤独，这是我第一次处于如此纯粹的黑暗中，仿佛失去了感官，但思维

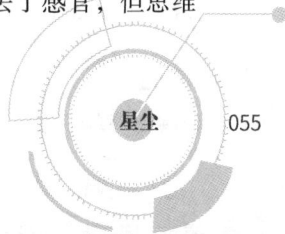

因此流动得很快。时间的流逝越发艰难，若不是得不到回应的通信器依然在耳畔徒劳地嘀嘀作响，这里将是深如海底的死寂。可那单调重复的声音并没有增添多少生机，黑夜黏稠地贴在每个细胞上。

这就是神话中所说的，在普罗米修斯教会人类用火之前，那个绝对黑暗的世界。

不是中世纪那种云雾蒙蒙下半依半就的昏黄，而是最纯粹、最原始的黑暗。原始人和动物一样不会因为漫长的黑夜而感到烦闷，他们只有生存危机，他们只想着平安地度过黑夜，反而不会感到时间流逝的意义。而我们不一样。此刻我们脑海里交织的是繁华的现代都市，自己温暖的家，不知身在何方的亲朋好友，还有一大堆没完成的工作、学业，未竟的梦想、还没有去过的远方，以及那些本应该一步步靠近的人和事。

把有这些思想的人投掷到屏蔽一切现代事物的空洞中，一点也不是好事。

我尝试把自己放倒在高高的草丛中，但只要稍有大动作就会碰到一旁的人，我不知道他们是谁，只能轻声道歉；最后没有办法，只能小心翼翼地把自己缩成一团躺下，隐没在杂乱的绿植中。脸颊贴着地面，泥土的气息扑面而来。

天黑之后我没有再见到马尔文和贺林，贺林似乎是着急联系家人，但他没有来问我，我也没有告诉他，在这里一切现代通信都是不可能的。马尔文在天黑后走进人群里，就像是被高草吞噬了一样，即使有一头灿烂的金发也终难辨认，我没再看到他出来。尼德兰早就被一群壮汉架走了，我是站在那块巨石上最后看到他的。他们比一般人豁达一些，似乎已经接受了现状，开始自如地交流。腰间依然挂着对讲机，我发出的所有呼叫都没有得到回复，也没有人用我们通用的频道对话，我猜是因为传送事故让我们出现在相隔非常远的地方，彼此离散，超过了对讲的通信范围。不知道他们怎样了。

算了，联系上也没用。出了这么大的事，现代的通信也没发来，就说明这场事故已经让实验室空无一人。照理我们的定期联络是十五分钟一次的，都已经过去好几个小时了。

按照我们白天的猜测，大概大半个地球的人都被弄到这里了。这意味着七大洲的居民都已经被带到这里，实验室的接应人员肯定也已经莫名其妙地被传过来了。无人接应代表着宕机，最坏的情况是我们可能一辈子都回不去，得待在这里。

经过大半天的劳顿，我此刻终于有时间静下来整理混沌的思绪。真正静下来了，却又强制自己不要多想，害怕那些负面情绪把我击败。我想到了接受的九年义务教育，想到枯燥而快乐的高中和大学生活，想到中年移居威斯康星州的父母，想到曾经一起玩过笑过的很多朋友，想到一些很小的时候去过的地方。我想到在教科书里看到的发光的蘑菇，想到巨大得看不出年代的古木，想到硝烟熄灭后荒败的古战场，森森白骨在血与锈中矗立，仿佛嶙峋的守护神。

夜色浓醇如陈年老酿，小时候做过的语文阅读题浮上脑海。那是来自两个世纪前的记忆：漆黑的夜，古老的村庄，一棵自祖先时起就在那里的老槐树，树下坐着我，树上坐着月亮，星星就像闪光的糖纸一样糊满天空，还会眨眼。乡村的狗吠，一直延伸向远处的逶迤小路，参差不齐的碎石子铺在浅浅的池塘底下，泛着淡淡的磷光，看着那光芒，想到正在消逝的故乡，满怀难以言说的乡愁……

那些我从未体验过的、虚无缥缈的东西让我惊悸，仿佛在这一无所有的空虚中，大脑被植入了完全不属于我的记忆和感受。在我所知的那个世界里，其实并没有那种东西。没有老树、村落，只有云端、元宇宙。所有人都把大多数时间花在虚拟的空间里，和不知真面目的对象进行丰富的交流，于一室之内走遍天下奇观。我熟悉的世界里没有刻骨铭心之物，可以在记忆里留下太多咬痕。和自己有关的记忆和必须想起来的事，深深挖掘起来并没有多少。

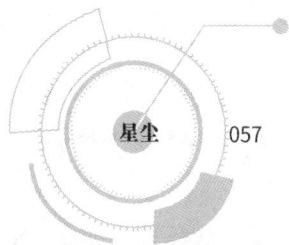

　　远古的夜有些寒凉，薄薄的 T 恤上不久就湿了一层，不知是冷汗还是夜露，浑身凉飕飕的。在这个纯正的黑暗世界里，唯一可见的自然光源就是星星，就像在漆黑的海洋里溺水，唯有抬头看天才能得到一丝慰藉。星空倒是美得震撼。仰望，繁杂似深海鲸类背上的贻贝藻荇，斑点遍布，鳞动闪烁。放眼望去黑与银的色彩隐隐胎动，扑满苍穹，精密而宏大，令人窒息的宽广。

　　风将夜空一遍遍洗刷，透明的夜空在风里越发澄澈，除了星星之外什么也看不见，不知是失去了其他所有的感官，还是星星变成了唯一的感官。那缜密的星网直直连着我的神经，它的脉动也冲进我的脉动中。四下里太静了，我的脸贴在温润的土地上。流星带着短短的光轨划过，沉入无边的大地的黑暗里。我渐渐什么也听不见，连风声也要消失，被无边的疲倦包围，只想随那流星一起陷落，沉睡进大地里去。这时想到康德的一句话，"我头顶的星空，与我心中的道德律，这两件东西，越想越觉玄妙"。

　　那种感觉……

　　没有办法，此时的我即使拥抱着万年不变的璀璨星空，也丝毫没有感觉神秘的光芒填补了哪怕一点空缺。

　　正常情况下这个时间我已经窝在实验室的宿舍里，戴着耳机一边看电影一边告诉自己要早点睡觉了。我看过老家那不勒斯的夜空，看过威斯康星州的夜空，看过中国南部的夜空，但都是行色匆匆间偶然抬头一瞥，并未留下什么印象，似乎也鲜有看见星星。唯有此刻，我跟原始人一样躺在湿漉漉的草地上，仰望无边的星辰，期待着黎明。

　　在漫长的焦虑和煎鱼翻身中，我仿佛慢慢溺死在浓厚的黑夜里。渐渐地风声真的消失了，不断跃起落下的脑电波也渐渐趋于平静，我的思维一点点陷落，脑海陷入死寂。只有一个声音在反复席卷，我开始分不清那是风还是浪，抑或是身侧人群的窃窃私语。那声音一阵紧一阵松，像乘风飞行，始终牵引着我的注意力，我分不清自己是否在梦里。

但我一定是在不久之后或者很久之后睡着了，因为这一夜我做了很多梦。

我见到森林里发着淡蓝色荧光的奇异菌类，坐在高高的吊床上屏息敛声看着下方黝黑的丛林里野兽走过，风从柱子般高大的树林里穿堂而来，如箭般将我浑身刺穿。

我站在广阔的平原正中央，然后突然置身广阔的海洋中间。四周一片碧蓝，波光粼粼，海鸟追随着我身侧的浪花翱翔，好像它们也是海浪。

我的视线时清晰时模糊，景致走马灯般切换，然后定格在一个宽广荒芜的世界里——一座废弃了很久的大城市。倒塌的大厦和破裂的玻璃四处可见，破败的布条悬挂在扭曲的钢筋上，在风中微微拂动。在四处是裂痕的马路的正中央站着一个十六七岁的少女，苍白的阳光把她包裹住，淡灰色卫衣显得格外扎眼。她立在布满裂纹的柏油马路上，蹬着一双老旧的白色运动鞋，长长的黑发在风中跃动。灰尘四起，她的身形一点点淡下去，化为这个腐朽世界的一部分，但平静而近乎淡漠的表情显得越发鲜明。我向她走去，问她这是哪里。她仿佛没有看见我，慢慢地伸出双手，像要抓住什么，那是把手搭在别人肩上的姿势。

然后一片血色的浪淹没这个世界，宛如宇宙重启，坍缩得无边无际，无声无息。就在一瞬之间，我再次伫立于远古广袤的荒原之上。

"你是谁？"

我想要叫喊，但发不出一丝声音，于是那个似乎并不怎么重要的问句被遏止在咽喉里。我再也想不起她的面孔，她连带着身后广袤的废墟都市一同化作梦中的泡沫。

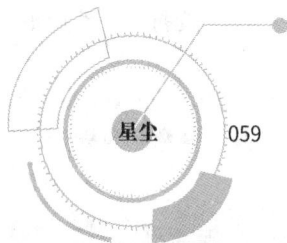

快醒来。

我告诉自己，你在做梦。这不是什么好梦，快醒来。

每次睡不着的时候我就会在心里暗示自己，闭上眼，轻轻呼吸，再次睁开眼的时候你就会像任何一个安眠的夜晚一样看到第二天的黎明。每次意识到自己在做噩梦的时候我也会这样暗示自己——快醒来，闭上眼然后再睁开，下一次睁眼看到的一定是亮着晨光的天空……只不过，梦中的人似乎没有"眨眼"这个概念。

事实证明这幼稚的心理暗示确实奏效，因为我真的不再把梦做下去了。那个古怪的梦把我的最后记忆停留在广袤无垠的荒原上，灰衣女孩和血红世界、蔚蓝海面都一点点淡下去，被深睡眠里一望无际的黑暗掩埋。

再次睁开眼时，映入眼帘的已是黎明时血红色的太阳。

视野里一片黯淡，整个世界都在半睡未醒的状态静止不动，我半睁着眼仰躺了好一会儿，才反应过来自己躺在这里——不是实验室硬邦邦的床，不是威斯康星小木屋里带着麝香气味的榻榻米，也不是那不勒斯高大的铁架床，而是古老的荒原。没有闹铃声，没有智能推送的提示音，四下里没有一丝动静，透亮得令人有些头疼，世界也没有像梦里那样瞬间褪色然后变得截然相反。

终于醒了。脱离睡眠竟然是这样松了一口气的感觉。

我疲惫地把手放在额头上，清晰地感受到了不明所以的梦带来的比跋涉一天还累人的情绪。

淡粉的云层裹着一层柠檬黄的轮廓，在高原的天空仿佛水彩般流淌着奇异的颜色。巨大的日轮冉冉悬挂天际，与暖色调的柔和背景产生鲜明对比。清晨的风与现代有别，吹得十分猛烈，令还未从黑夜中惊醒的树林里传来阵阵海潮般的浪声。空气倒是很好，这样一番番晨风的扫荡下也没有什么扬尘，只有枯败的碎草飞扬起来，在天空中螺旋打转，然后被带到目之所能及的地方去。

但这并不是一个令人愉快的早晨。所有人都必须面对一切生命的根本问题——饥饿。十多个小时过去，哪怕是传送之前才吃过饭的人，此时也该感受到饥饿了。

这是我们在传送之前不曾想过的，先前一切实验室的时空穿越演习都没有重点考虑"饥饿"这个因素。我们是专业的团队，有干粮，有全套设备，随时可以回来，并且预定的穿越时间也只有两天而已，食物根本不成问题。除了随身的军刀以备不时之需，我们没有任何狩猎工具。加之眼下装有我的通信设备和干粮的背包不知道去哪里了，现在的我几乎是两手空空，毫无准备。

我们的训练一直围绕穿梭机连线、物资的使用和科技产品的运作进行。经过长时间训练的我们，却没有学到离开那些赖以求生的装备之外的生存知识。可笑至极。

在我清醒过来之前，聚集的人群已经开始骚动了。我刚一爬起来就听见吼声，说的是我不懂的语言。我尝试从他们的情绪中揣测人群的行动，但事态变化得很快，方才还是躁动，等我把视线调整稳当之后，忽然此起彼伏地响起尖叫声。我即刻褪去睡意，警觉地站起来，四下环顾。

我看见有很多人围在一个地方——他们跃起、跑动、喊叫，挥舞着手臂，各色各样的衣服在躯体中拂动，呈现出十分怪异的场景。我从人群的缝隙里看进去，想看清那里面正在发生什么。

有人被捅了一刀。

也可能不止一刀。

人群闪动，就像马戏团里滑稽地非要站起来往前挤的观众，呈现出黑色浓稠的姿态，涌动着，像是某种古老的巨大怪物。我隐约看见那个人带的面包和巧克力，它们有着鲜艳的包装，散落一地。

确实有人受伤，在起伏的尖叫声和咒骂声中他倒下去了，血泊不断扩大，一旁的地面变得斑驳。我对视上一双充满血丝的双眼，与我

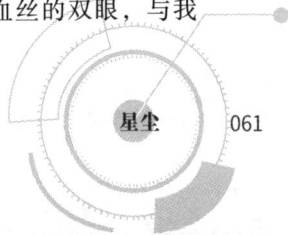

短暂对视后，又去怒瞪下一个睁着眼的人；惊悸惶恐的双眼匆匆闪过，望着天空，而后看向大地、看向远处。一旁的漠然目光耸立成墙，如红杉林般高大，比天空还要渺茫。

确实有人倒下，落地重重一声。没有人上去帮他，站着的人都在忙自己的事，忙于尖叫或是怒吼。视线交错，我不知道他们还是不是在看那个人。人们不断地走来走去，形成了一个脑袋和多手多脚的视觉效果，让我想起电子绘本里看过的克苏鲁生物。在我犹豫到底是走上去制止还是原地不动静观其变时，所有人的行动都迟缓了一些，仿佛泄力的气球停滞在对流层上空。他们的目光聚焦在那个方向，都木然地瞪大眼，神色难以捉摸。一些含糊的话语搅和着，像风一般呼啸，喊着一些我们都熟悉的名词，却汇聚成无人能懂的咒语。我看见伤人者，手里攥着汗津津的小刀，跟梦游被打醒一样呆立在血泊边，化作一动不动的雕塑。半晌，一阵风吹来，似乎是被风偷走了力量，他猛地一颤，还在滴血的小刀从他手中掉到潮湿的土地上。

霞光淡淡，天空亮了起来，一点点变成浅青色。巨大的日轮依然悬挂在天穹正中，宛如某种鲜明的宗教标志，宛如遥远的天宇里富有象征意义的旗帜，无法触摸，也没有情绪，像要撕裂平静的天空一般无声燃烧着，释放着温度和冷酷。风从四面八方涌来，一时间所有人的发梢都被扬起，尘土飞扬，血的腥气弥漫开来。

昨晚梦中的世界一个个轮番浮现在眼前，方才刻意去想时没想起，它们还真会在不该出现的时候跑出来。

我没有动，也没有人有所动作，过了十几秒才有几个人高马大的欧美男子蹿上去，手忙脚乱将害人者按在地上。其间被控制住的人没有反抗，他像只呆滞的木偶，身子僵硬地倒下去，与痛苦地蜷缩在地上的被害者平视，几乎被他口中呼出的血腥味的气息熏得闭上眼去。接着，他满脸鲜血地哭起来，哭声从抽泣变成号啕，继而有了尖叫的感觉，嘶哑而回旋。

不知过了多久，我只是呆呆地立在原地，自始至终没有挪动一步。方才在喉口一闪而过的主持公道的勇气早就不知在何时碎裂殆尽，留下口腔里的苦涩，仿佛咽了满口玻璃碴儿。在那几个冲上去的男人中我辨识出了熟悉的金发，短短的，在晨风中扬起，然后气焰十足地落下。

马尔文。

责任？

昨天的我还信誓旦旦地告诉自己，要负起自己的责任。但我现在在干什么？贺林和马尔文又在干什么？

即使他们没有动作，我理应上前做出一些举动。但是，方才我完全不知所措，现在伤者已经奄奄一息，加害人也已被制服，我再上前倒是更加愚昧。我呆立在风中，脑海里和腹腔里一样空荡荡的。

艾因，这不是你的错，造成这个局面的不是你。你只是高层人士手中可有可无的一枚棋子，现在出了问题，不管怎么追责都不可能找到你头上来。你要放下心来，放心，放心，不要动摇，做你该做的事。

艾因，稳住，别慌。

我深深地呼吸着，感受心脏在胸膛里剧烈起伏的力度。我直勾勾地盯着地上血泊中的两人，不断告诉自己，我还活着，而且要一直活下去。责任，去他的责任，关我什么事，我不就是个通信员……

马尔文。那金发青年的跪姿十分专业，他以一种非常恰当的方式单膝压在号啕大哭的害人者身上，一双手稳稳抓住后者的双肩与手臂，手臂上肌肉的轮廓微微鼓起，洁白的皮肤在阳光下闪烁着亮光。他真像个天使。

我闭上眼，深吸一口气。荒原的风贯穿肺腑，有种非常陌生的痛楚，仿佛有什么正在涤荡，仿佛那风的气息抓住了我的灵魂。

不知过了多久，大概是十分钟或十五分钟吧，大胆一点的女人

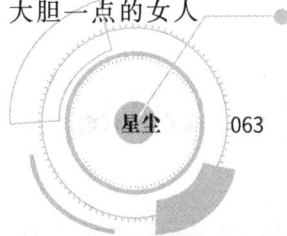

和男人围过去，开始为流血的人治疗伤口。他们在手忙脚乱间形成了微妙的秩序，每个人都在做一些事，有人拿起沾血的刀撕下外套的布料，有人把多余的刀具传来传去，有人把沾血的布料绑在那人汩汩的伤口上，有人俯下身来，轻声的安慰与止不住的号啕声交织。马尔文已经离开。

昨晚时光穿梭机的定期联络没有传来，可以充分说明实验室的接应已经不在那里了。没有接应就回不去，接下来我们不得不在这个该死的世界里为了生存而对抗所有可能的危险，不管那危险来自远方还是身边。

也许我即使饥饿到绝望也不至于杀伤他人，但在这个骚动的人群里，又有多少潜在的凶手正在等着被饥饿揭露原形？有多少像我一样本可以行动却静观其变的懦夫，此刻正在朝阳的晖光中不住地自我安慰，告诉自己即使这样也可以活下去？等到真正饥渴难耐的时候，眼前这些茫然走动、无所适从的人又会展露出怎样可怕的面目？

在这个空旷得只剩下风的世界里，康德那句话真是该死的讽刺。

这里有无垠的星空和无尽的绚烂，却在狠狠地考验着我们心中的道德啊。

头灯

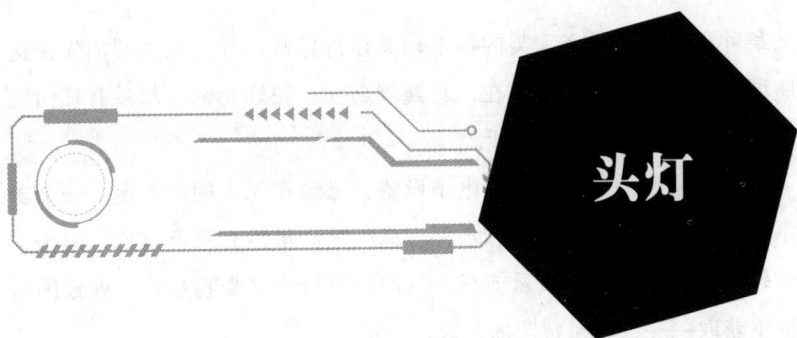

　　午后的阳光均匀地在空荡荡的街头铺开，大厦与穿插其间的低矮店铺都蒙上一层氤氲的金色，陈杂的色彩四处填补，沿街的招牌肆意扩张着地盘。彩色旗帜在路灯杆顶迎风而动，寂静而生动地拼凑出一幅轰轰烈烈的早秋市井图。如果不看路两旁把街楼撞得面目全非的车辆，不看沿街一路铺下去的碎玻璃和废铁，繁华的气息还是很浓厚的。

　　马路上已经没有还在行驶的车辆了，路旁倒是出现各种规模不一的灾害现场。盆栽倒了，柱子凹陷；AR转换设备冒出火花，半残损的全息显示屏闪闪烁烁；损坏的车辆翻在一旁，你死我活地叠在一起，引擎盖里还在冒烟。人工驾驶的车辆撞上老实本分的自动驾驶，两败俱伤之间火光闪动。远处的大楼尖顶依然高耸，不受下方小规模的动乱所扰。目前看来，这座城市与我们所熟悉的都市仍是相似的，但

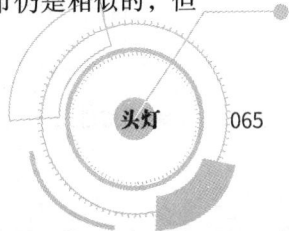

从某种角度而言没有人类的都市却又显得异常诡异。人类的消失使这座城市变成幽灵一般的存在，它巍峨高耸、完好无缺，却没有任何重心，张开了炫耀锋芒的獠牙。

我和滨斯一人背着一包电子设备，已经在无人的街上走了一个多小时。这里是城区，食物和水都不成问题。虽然有些不道德，但为了减轻负担、为了避免负重前行，我们打算所有必需物品都在就近的店铺里获取——"不付费"的获取。

"我们这样做会遭天谴的吧。"滨斯从超市的柜台里顺走几瓶矿泉水的时候，我盯着他很严肃地问。

"等他们都回来了，法律会判断我们是否应该被惩罚。"他把矿泉水塞进包里，似乎思考了半晌，也很严肃地回答。

"如果我们现在还遵循之前的旧制，什么东西都用钱买，去哪都按规矩来，那就哪儿也去不了。为了效率有些步骤必须省去。这个世界已经发生了骤变，即使照常而言这样做不合理，我们也不得不这样做。"他接着说，一点没被我的话动摇，向着饼干和糖果的陈列柜走去，停在一大排巧克力前，"包还能装，多塞点儿。现在我们还在城区，出了城之后保不准会遇到什么，所以吃的得备齐。"

我走到他旁边的饼干柜台，怀着一丝愧疚做起了跟他相同的事情。沉甸甸的商品在手里似乎微微发烫，也许这些微不足道的小恶也会在某日招致报应，即使我们做好更大的事也不能够抵消曾经的罪行。

"滨斯，真的不用买单吗？"我懊恼地又问了一遍。

这次他停下脚步，反身走到我身旁，微微低下头与我平视，一言不发地瞪眼半晌，然后开口："嘿，你可想好了。今后我们要做什么，出发之前已经确认过了吧？接下来的我们，要干的可是之前那个世界里的绝世大坏蛋做的事。未经允许闯进危重设施，挪用高级企业的内部资料，入侵发电站和大型工厂的管理系统——你可说过的，现在不会，但要学会干这些事。初衷是保护那些设施。既然都有做这些事的决心了，还怕被没有人的超市怎么样吗？"

"不，我的意思是，我们也不是没钱，其实要付钱也可以……"我撇开目光，话越说声音越小。

"你想付钱吗？"他忽然笑起来，那个笑容让我想到正午我们刚刚吃完的泡面的味道。

"呃，其实也不想……"我看他笑得很欢，似乎在看一个不自量力的幼稚小孩，心中不由得犯嘀咕。

"那就是了。"他耸耸肩，"这不算占便宜。这些东西放在这里，能被我们用掉算好的，不然保质期一过都得浪费。那些人不知道怎么消失的，也就没有人可以保证他们会及时在这些东西坏掉之前回来。你就当我们为地球环保行动做出贡献吧。"

接下来，面对琳琅满目的商品时我不断这样告诉自己，心里那种总硌硬着的良心谴责感也就渐渐淡化。心理暗示的作用真可怕，做着一样的事情，在不同的心境里体会到的是完全相异的感受。

不一会儿食品就已经装得差不多了。滨斯坚持我们需要一些能够"破门而入"的近战武器，便自己跑到体育用品店逛了一圈，扛出一把足有两个胳膊长的巨大铲子。他在我疑惑的凝视下信心满满地解释道，这是军铲，有各种功能，既可以翘啤酒盖，又可以撬门。我接过那沉甸甸的军铲来回翻动，其每个边角上都布满不同的褶皱，有的锋利，有的厚钝，甚至还有电磁功能，着实令人惊叹。我平生没见过这种东西，也不知如何回应——反正到了撬门的时候，上的人肯定不是我。

离开体育用品店时报警器大作。人没有了，负责通风报信的磁感警报系统倒是灵便。那尖锐的啸声填补了商场空无一人的空虚，以一种奇怪的方式把我们送出很远。四周空荡荡的店面和展现出喧嚣气派的光氛灯混杂在一起，我在此起彼伏的尖叫声中带着歉疚的心情快步走着，几乎是跑地离开了金碧辉煌的大楼。离开后，却又有恋恋不舍的感觉。滨斯对着它高大的轮廓行了个很不标准的礼："再见啦，安逸的生活。"

警报器的尖啸依然可以听得见，一路随着风声追来，包围住我们，似乎随时准备刀剑相见。从小到大没做过亏心事的我，在越来越微弱的铃声里感到哭笑不得。临走之时，我也对它行了个礼，"再见啦，市中心，再见啦。还有——抱歉！欠的账，等所有人都回来了我一定会还上！"

"有良心是好事。"滨斯在身旁事不关己地嘟哝，"但是这已经不是用良心和道德来维护的世界了。"

"不能违背道德啊。人没了，良心还在。"我抬眼瞥他，不知为什么有种在讨论哲学的感觉。

"算了吧。"他叹了口气，摇摇头。

一直待在商场那种繁荣未逝的氛围里一定十分舒服，也许空无一人的空虚感能因为四周的明亮繁华而缓解不少，还是离开为好。城市里没有能构成巨大威胁的东西，虽说可能发生局部爆炸，但绝不会出现危及整个地球的事故。我们要离开城市，造访就近的危重设施——这附近的海岸线上有核岛，邻近郊区里也有传统的火力发电站。比起都市可能造成的麻烦，这两者所带来的威胁可怕得多。

离开商店已经是下午两点四十八分，天空有些阴沉。滨斯在四周转了转，打开导航一路查到如何出城，认定路况仍然不错，附近没有能够把路堵死的故障发生，沿路的行动大体上不会被限制。马路上歪七扭八的车辆和散落的玻璃碎片的确让人头疼，但我们都觉得只要出了城，市区之外的地方想必会少很多这样的麻烦，通行起来应该更加顺利。

滨斯说我们可以偷车去发电站，确实，就目前而言，很多仍然完好无损停在路中的车都是插着车钥匙，可以启动；路也并没有被堵死，给我们的想法提供了极大的可行性。

"如果碰到被什么东西堵死的路就绕开走，总有过去的办法。"滨斯在凌乱的马路上四处环顾，然后走向离他最近的一辆黑色轿车——那辆车的车窗大开，进去不需要砸玻璃，也就不会造成额外的损失。我想提些明智的意见以避免直接进行偷车行为，但他已经坐了进去。

一分钟后滨斯在里面叫我，说已经准备好了，甚至还非常贴心地帮我打开了副驾座的车门。

"怎么样？"

"都正常，除了电不剩多少之外。出城之前得充电。"

"噢……真的可以吗？我是说……偷车。"

"快上来，路况不是很确定，现在出发天黑之前也许可以到。"他拍了拍一旁的空座位，说着拿起手机扫了一眼时间，"别纠结，只是顺道借人家的车用一用。你喜欢那个环保主义的说法吗？那就这样理解——这车，还有其他所有的车，现在都已经没人使用了。如果我们不把它的作用发挥出来，这不就只是等待着它们生锈报废成垃圾了吗？就和吃的一个道理——快上来。我记得你也赞成尽早出发。"

在车门外坐也不是站也不是地愣了一会儿，我怀着愧疚的心情坐进车内。

这辆车一直没有熄火，但原本就是停放在路边的，也许原来的车主在这里暂泊等人，所以没有因为初始的速度而自我撞毁，保持着完好无损的状态。虽然不需要车钥匙来开电源这一点让我们松了一口气，但长时间的耗电已经让它的电量接近警报数值，只有在长达一个半小时的完整充电之后，它才可以让我们安心离开市区。

"最近的充电设备群离这里不到一公里。"滨斯看了看自己的智能导航，"还算方便。"

"你开车吗？"我听他这口气分辨不出内行外行，问道。

"成年四五年了，当然开。"他没有看我，目光依然被亮晶晶的屏

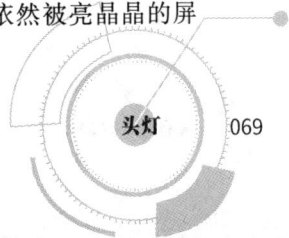

幕吸引，似乎在查看地图上别的东西，"你开吗？"

"开玩笑。"我笑起来，仰脸吸了一口凉飕飕的风，"我才十七出头。"

"也是。"他顿了半晌，把手机熄屏放进口袋，"教你开？"

"不要。"我看着一旁的街道，刚想说自己是遵纪守法的好公民，忽然又想起自己方才"大肆劫掠"的作为，硬是把话憋了回去。

"要是我就答应了。"他轻轻耸肩，放下手机看了我一眼，"充电站很近，车的电能够开过去，预计十分钟路程，具体如何就要看路面的损坏程度了。"

他把手搭在方向盘上。我系上安全带，恼人的提示音消失。油门踩下，一股来自四面八方的平稳的动力将我们揽起，兜向前方。

"路况怎样？"

"按照卫星监视器的说法，没有大问题。"

于是我扭头靠在冰冷的车窗上，前额贴着光滑的玻璃，随着车轮的跃动而轻微震动。行驶了一会儿头都要震晕了，我便转而靠着车椅的靠枕。窗外的景色很慢地掠过，滨斯把时速稳定在60千米以下以防途遇不测，我们一路上都没有再说什么话。

从市区到市郊的发电厂原本不过三小时的车程，由于一路上车辆的堵塞，我们直到驶进了夜色也没有离开市区。有时，车辆失去驾驶员后失控撞停的位置十分刁钻，把一旁街上的东西撞得满地都是，形成很大一片散布着碎片的废墟带。随处可见玻璃碴子、倾倒的桌椅、折断的遮阳伞甚至歪斜的电线杆，有时候它们挡在路中央切断了路，我们不得不下车去想办法将其挪开。幸好人类消失时是凌晨，否则公路上将是何等惨状，简直不敢想象。

相对熟悉地图的滨斯想直接走高速出城，但沿着长长的公路只行驶了不到几分钟，我们就远远地看见高速收费站升起的浓烟和火光。夕阳已经呈现出苍白无力的鱼肚色，回头向后看，市区边缘的居民楼隐没在高耸的行道树间，头顶群青的天空宛若无底深渊，黑与金的烟焰交织，把树影交错的天际线点亮一边，将黑夜撕开一个口子。收费站起火，上高速的路自是不可能走了，于是滨斯提出走外环。

晚上八点左右，我们终于来到城市外环。

为了不被直击大脑的颠簸震得睡不着觉，我把头向后仰在靠垫中，所有的感官都愚钝了许多。滨斯偶尔轻声咒骂，骂的是远处的火光和路上的玻璃碴、铁屑，我隐约从他的不满之中感觉到又要绕不少不情愿的路了。出发时我们计划入夜之前抵达，此时已是深夜，可没人能合理期待在午夜前抵达。

窗外一切漆黑，沿路两侧有节奏闪过的暖橙色路灯恰好照亮了路面，也让路边所有的事物隐没在黑暗中。市中心仍不时从黑暗的轮廓外闪现出来，那些光芒也一点点变得稀疏起来，最后虚化为一片若隐若现的光海。我看着那若有若无的光带，看它们跳动，脑海里所有的声音一点点静下来，陷入了十分自然的混沌。

*

我再次醒来时一阵强光晃来，给我方才恢复视觉的双眼带来短暂而强烈的刺激。由于这么一晃，我睁开眼后脑袋仍然晕乎乎的，下意识地想去看电子表，定睛半晌，看清现在距我陷入睡眠已过去两个多小时。

"你怎么不叫我？"我迷迷糊糊地看着隐没在驾驶舱内昏黄提示灯里的滨斯，窗外的黑暗飞速流动，他的侧脸却移动得很缓慢。也许是还没睡醒的缘故，我感到自己的意识很蒙眬。

"还不到时候。你应该是被刚才那道光弄醒的。"他轻声说。

"光？"我皱起眉，扭脸看向窗外。后视镜里什么也没有，显示屏上也一片漆黑。窗外的世界漆黑一片，路灯有规律地闪烁着，像

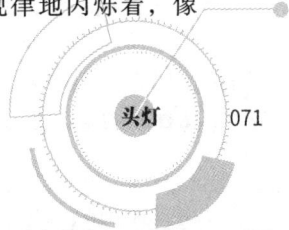

深海里游离的发光生物。由于视野朦胧，光晕看上去比理论上大了好一圈。

"是货柜车相撞。"滨斯稍稍放慢车速，语气也很平缓。

"这里还有货柜车啊。"

"外环是运输车常走的路，尤其凌晨时基本只剩下运输车在用这些路。因为白天在市区开自动驾驶的大车容易引发堵塞，还有很大安全隐患，所以货柜车、油罐车、冷链车之类，都是凌晨行驶的。如果人们是在凌晨消失的，那么那时路上最多的刚好是货柜车，这会给我们带来不少麻烦。绕路基本都是这个原因。"

"在哪撞的？"

"不远处的路上，刚才还能看见，现在被两旁的树遮住了。"

他的声音落下后我们沉默了一阵子，轿车以 70 千米 / 小时的速度平稳前行，一点点抛下后方市郊零星的灯火冲入黑暗。我闻着车内淡淡的麝香味，一点点清醒起来，很快又觉得窗外纯黑的夜色乏味，于是叫他打开车窗换气。滨斯似乎没有异议，强劲气流一股脑涌进来，在我脸上拉出一道道纹路。

"呼……"不一会儿这劲风就让人口鼻发涩了，我抬手在鼻子上抹了一下，"关窗吧。"

"如果我们莽撞地搞坏了另一辆车的车玻璃并把它开了过来，一路都得是这样的情况。"他把车窗拉上，忽然笑起来，扭头看我一眼。我看不清他的表情，只有那双平静而轻松的眼睛从四周的黑暗中独立出来，与好不容易轻松一点的语气相符。

"你困吗？"我把脖子往卫衣柔软的宽领子中一缩，靠在暖和的坐垫上。

"还行。"

"还有多久到发电站？"

他把手机从机身的支架上取下来，滑动着看着，在我几乎开始担心他要把车开偏的时候他才抬起头来。"导航上说两个小时，在路面没有被大车损毁的情况下。"

"这里大车不是很多吧？我已经醒来好一会儿了，什么车都没看到。"我把目光从他身上收回来，沿着透明的玻璃窗往外看。四下里昏暗的树影一闪一闪地掠过，仿佛克苏鲁神话中的奇异生物。

"啊，这也不奇怪。"他看着前方，"没人知道'人类到底是什么时候消失的'，也许那个时候路上真的没多少车。"滨斯瞥了一眼在黑暗中闪闪发光的白色导航屏幕，然后扫视后视镜，"……哎。"

我也看向后视镜。在透明玻璃内呈现的黑暗中，一束火光猛地喷出。"又起火了。"

"前面也有。"他轻声应道。

"那是加油站吗？"我把目光投在前挡风玻璃上，向前看去，努力在黑暗中辨析前方一点点明亮起来的方向。隐隐约约可以看出建筑的痕迹，火光时暗时亮，勾勒黑暗原始的边界。前方越来越近的火光和后方星点的亮斑把我们夹在中间，两处的金色轮廓都在活动，却并没有照亮我们置身其中的黑暗。

我又看了一眼后视镜。"滨斯，……它是不是越来越近了？"

滨斯也看了一眼后视镜。"是啊。"

"它会撞过来的吧！"我"唰"地坐直，安全带一下绷紧肩膀和锁骨，发出"嘎吱"一声。痛觉倏地传入大脑，倒是更加叫人清醒。

"别被吓到了，大概是着火的自动驾驶车。"他瞅了一眼仪表盘，似乎并不为此感到惊奇。后视镜里的火光越来越近，开始变得刺眼。我似乎感受到蔓延而来的炽热的风，一时间脑海里浮上很多曾经看过的电影片段，红与黑交织的颜色格外狰狞，像是噬咬着一团顽强挣扎的光芒。着火且飞速行驶的物体，从来都不是什么好东西。

"它真的开得很快，绝对超速了。会不会直接对着我们撞过来？"

"那估计就是失控了的自动驾驶吧。"他"哼"了一声。

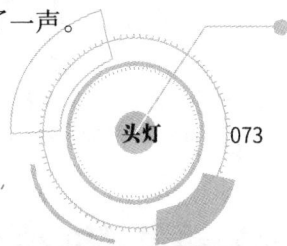

头灯

"你不怕它撞过来？"我瞪他。

"它要是那个德行早就撞在路边的栏杆上了。自动驾驶不就是自动避障吗？能一直烧着不炸掉那肯定是没烧到关键部位，也没有一头扎到路边上，这么说自动驾驶应该还奏效。我们把车速放慢让它超过我们，再往前随它怎么操作，我在后面谨慎点儿开总归没问题。"

风声一点点小了，我听见后座上和尾厢里军铲和各种食物的"叮当"碰撞声，以及遥远的来自后方的呼啸。窗外冷峭的夜风里，似乎真的有一些蠕动着的热量慢慢渗透过来。那辆车来了，后视镜里已经呈现出它的形状。

滨斯轻车熟路地把车身往应急车道一摆，又是一道风的轨迹。我们熄灭所有车灯，以时速 40 千米行驶。我回头向后，看着火光驶入后窗的视野，刺鼻的味道和"噼啪"的燃烧声伴着炽热的风袭来，像一道着火的闪电。那辆车过来了，可交臂只有一瞬。"唰"的一下，什么也没有看清楚，它就从我们身侧一闪而过。

转眼间，那辆燃烧的车已经冲入前方浓厚的黑暗中，它身上的火与前方燃烧着的火海融为一体，再次成为一点点缩小的光点。"时速大概有 120 千米。"滨斯说。

我向后靠在坐垫上，有些茫然地看着它疾驰而去。那道光在记忆里很快地流逝，跃动一下，却又确实没有留下任何痕迹。转瞬之间它已走远，世界依然一片漆黑。路旁断断续续的橙色光带无法照亮路面以外的任何东西。又安静下来了，车的隔音很好，关上窗之后只能听见我们的呼吸，还有车内时不时响一声的电子音。

滨斯看了我一眼，用目光示意前方："这辆车会在前面爆炸。这条路不行了，我们得找个下高速的路口。"没等我发表任何言论，他便把右手从方向盘上撤下来，食指在手机屏幕上一点，碰了碰某个图标。地图放大，显示出简陋的高速岔口的模型，"下一个出口离这里不远，我们运气还算好，应该不至于要穿过爆炸地带。"

我呆滞地盯着亮着稳定荧光的屏幕，忽然有些恼火——他怎么这么冷静。如果抓着方向盘的是我，我会担心电量会不会在途中耗尽，担心会不会下一条路也出现类似情况，担心如果这种事故一连串发生下去，会不会封死我们所有通往目的地的路。但他似乎只是确定了自己要这么做，便毫不犹豫地这么干了。

"下高速又要绕很远的路吧。天亮之前能赶到吗？"我把目光从导航上闪闪发光的地图上移开，尝试问一些无关紧要的问题，那个未曾踏足的终点在脑海里似乎遥不可及。滨斯把手机从支架上取下来，屏幕被转成一个我看不到的角度，光线斜斜地消失在黑暗中。

"原路线最多再开半小时就能到，绕个路也最多加一两小时，不可能开到天亮。"他稍稍向后靠了靠，把自己深深陷进靠背中，"你困吗？"

"嗯。"

"那你再睡会儿吧。估计到那儿之后我就不行了，得好好补个觉。到时候就得靠你了。"

"把车熄火了在路上睡吧。"我把自己缩在卫衣温暖的领子里躲避冷气风口的凉意，嘟哝道，"到那边咱俩必须一起行动，我一个人万万搞不定。"

"不可能在这种黑灯瞎火的地方睡觉。"他的声音忽然变了个调，变得低沉诡秘，像在讲鬼故事，"你知道这旁边都是什么吗？"

"农田。"我又不是没出过城，"给城市直供蔬果的农田。"

"白天是农田。知道晚上这里有什么吗？"他越发阴森地压低声音。

"蛇。"

"……"

车内沉默了半晌，他慢慢地笑起来。

车灯重新点亮，将前方到处灰烬的崎岖路面打出一条长长的光

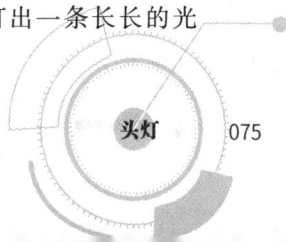

轨。余烬在冷白的强光中闪烁，深灰色的柏油看上去像光滑的细长鱼鳞。滨斯把车窗摇下来，一阵伴着大颗粒灰尘的烟气扑面而来，雨一般，灰烬在前挡风玻璃上敲打有声。不远的前方传来轰然巨响，车身轻轻地在响声中抖动了一下。不一会儿四处又归于宁静，只看见火焰蹿高。车速不快，风声也很稳定。

我看向窗外，在被树林遮住的地方，远远地又升起了新的火光。

三尺水

`12:00`

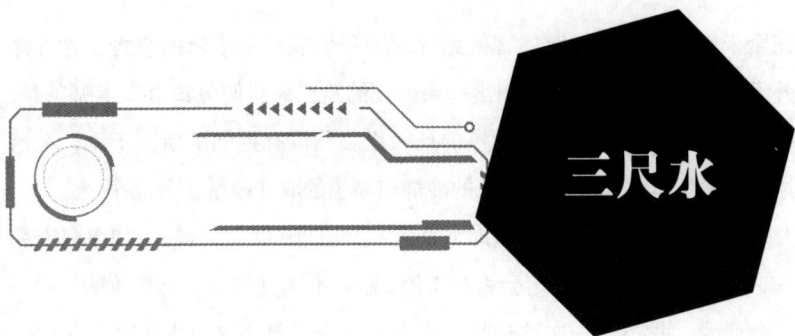

凌晨四点多，我和滨斯终于进入了发电厂。

一路开过来我们遇到了许多完全无法预料的困难——玻璃碴子，铁架钢筋都已经是小菜，有一次车差点开进爆炸出来的塌陷坑里，前轮猛一颠簸把滨斯吓得差点蹦起来，他赶紧猛打方向盘才把几乎向前栽进坑里的车身勉强救回来。那会儿非常惊险，车里的大包小包都因为急刹车和拐弯滑到了地上。缓过来之后，我才在浓郁的黑暗中辨认出不远处有一道并行的桥梁被炸出一个巨大缺口。那是一个贯穿桥面的巨洞，残缺的铁丝在黑暗中像野兽般张牙舞爪，如果我们当初驶上的是那条路就完蛋了。

滨斯在黑夜里冷静得出乎我的意料，他似乎能够平静面对任何意外状况，甚至在导航界面上赫然出现前方直径两米多的塌陷坑时也不为所动。双手握住方向盘，他就像是完全变了一个人，一点不懈怠。前方是

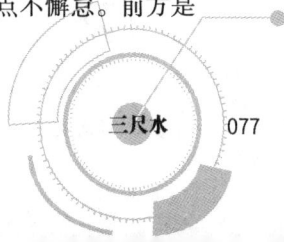

完全未知的黑夜，导航的智能路况能为我们展示十来米的视野，除此之外无法勘探。白色地图上划出一条闪亮的路线，我们只知道该走哪条路，剩下的一切都陷落在寂静无声的死海里。我没有再问滨斯困不困，在这浓郁的黑夜里，他所展现出来的冷静与高超的应变技术让我噤声。

如果只有我一个人，这时候我大概还在小区门口打转。如果只有我一个人，现在的黑夜一定会将我击垮；假如不逃进梦乡，仍然清醒的我一定会崩溃。我不止一次这样想，心中不由得对身边这个青年产生了感激和敬意。仅凭我自己，想要完整认知并且应对现状简直是不可能的。

当我们终于在朦胧的树影中看见发电站参差的轮廓时，我几乎叫出声来——终于快到了。轿车拐了个弯，滨斯腾出一只手点点窗玻璃，说，"从这里开始四周都是海了，这是沿着海岸线蜿蜒的路，通往火力发电站。这附近不远处有个岔路口，那里可以上桥，桥直通向核岛。我们先去给城市发电的火电站，再去核岛。"

"开窗。"我说。他摇摇头，说算了，这海也不是好闻的，晚上一般都很腥，还有海风，要命的。于是我转过脸去，透过玻璃窗凝望着窗外似乎定格住了的黑色海面。

老实说，若不是知道地形，还真看不出窗外是海。这里有着让人感到可怕的、近乎纯粹的黑——自出生起，我从来没有体验过比这更加浓厚的夜色。现在我知道了，在那黑之中涌动着海的波涛，那波涛也是墨色，绵延千里，散发着来自远古的强大吸力。它一边抚摸着海床永不见阳光的沙土，一边在凛冽的晚风中颤抖，搅动着海面以下完全未知的世界，那个世界就和现在沐浴在海风里的这个世界一样空洞而奇异……

"是第一次来这里吧？"他没头没尾地问。

"我这样的中学生没有理由来这里吧。"我把自己缩进卫衣温暖的衣领里，轻轻吸了一口气。

"火电站的门就在这里。"

车渐渐驶近，一道浅灰色巨大栅栏门出现在眼前，细密的粉白栏杆向两侧延伸开去，将幽深的树影切割开来，像是一道巨大的裂痕，遮住了发电站内的所有景色。这是相当老旧的款式，有二十多岁了，厂家估计没料着有人会专门跑来这里生事，守卫系统也不怎么先进。栅栏门有电子锁，这大概是整个栅栏系统中"最先进"的设备，却也十分落后，是兴盛于几十年前的触屏密码锁。我记得这种型号的锁曾在兴趣班的课程中作为教具出现过，当时班上的同学们都没费什么力气便完成了破译。

可这竟然是一个发电站的门锁？修筑此地的人也太不当心了。发电站算是机房重地了，为什么还使用这样落后的电子锁？简直像是专门设计出来给人入侵的。

车在铁门前慢慢滑停，滨斯踩住刹车，把手从方向盘上撤下来搓了搓，吐出一口气。

"先前不是说有些小技术吗？"他偏脸看着我，"能把电子锁打开？"

"我去试试看。"我把脖子从卫衣领子里伸出来，伸手去够背包里的电脑。一连串的扭身动作让我感到有些落枕，脖子很僵。不过没关系，好不容易有了发挥的机会，我得精神一点儿。

"你能行吗？"滨斯把背包单手抓起来递给我，我把它放在腿上，扯出电脑，然后一把将包塞进驾驶座下方。

"给我十分钟。"

我拉开车门。走下去，迎接我的是凉得有些瘆人的夜风。四周的景象黑森森的，在蜿蜒的高大白色铁栏杆周围有一大圈茂密的高树，也许是冷杉，把夜空遮住，一点光也不透进来。在我迈开步子之前，煞白的远光灯亮起，将前方几米开外的所有地方点亮，一切突然间被看得清清楚楚。那道光闪了闪，像是在眨眼。滨斯坐在车里看我，整个人融入驾驶室内柔和的暖黄色灯光中，对我挥挥手。我回头望了一眼就不敢再回头望了，怕自己失去独自走到那扇门的信心。

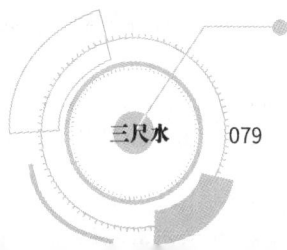

*

破译最基础的电子锁没有花我十分钟，甚至只用三个插件就解决了问题。这不是传说中百密无一漏的量子锁，不是动态密码锁，甚至不是生物信息认证锁，只是一个简简单单的、原始的密码锁。破译数字密码这种事，即使交给单个爆破软件也不困难。更搞笑的是，这类型的锁我曾在密码破译的课外班上见过。

我只在夜风里站了七八分钟，就回过头对滨斯招手；还没坐进车里去，巨大的白色栅栏就无声地滑开了。

"厉害。"他踩下油门，在昏暗的灯光中瞥了我一眼，我瞪着他，用冻得有些僵硬的手把包抓起来，将电脑塞回去。

"不厉害。希望以后会更厉害。"我顿了半晌，笑起来。

进了大栅栏之后，发电厂的防御系统就只有一扇大铁门和控制车流量的升降杆了。我猜，刚才那道巨大的白色栅栏墙是为了防止野兽进入设施而设，毕竟系统那么原始，一点保密性也没有。而大铁门和升降杆几乎形同虚设，铁门保持着最后运行时的样子，豁然敞开着，我们便把车停靠在一边，步行进去。

下车前滨斯看了一眼电量表，说电不够我们回市区了。我应声看向亮晶晶的电子显示屏，嘟哝着答应了一声，心中有些发毛——早该想到的，我们迟早要因为电量耗尽被困在某个地方。不过既然是"迟早"，那还是"眼下"更值得注意。至于充电的事，导航总会为我们找到就近的充电站解决问题。

锁上车门，熄灭电源，踏进朦胧的深黑树影中。滨斯一只手扛着巨大的军铲，另一只手抓着无人机控制屏，背后还背个包，显得臃肿繁忙。我跟在他后方不远处，边走边思忖自己此时的模样，还有那些消失的人会变成怎样。没走多久便看到一个复杂的钢结构建筑，这便是发电厂的主体建筑群，在我们拐过一棵大得惊人的巨树后，它豁然开朗地呈现在眼前。

即使是市郊，这里的天空仍然呈现出稍显橘红的颜色。诡谲的天色映照着远远的市中心的灯火，发电厂的轮廓原本是黑的，可是在这样的色调中显得发紫，倒像是被刷上了奇异的色彩。巨大的烟囱高耸入深黑的夜空中，如根般滋润着都市仍然凝滞的灯火，在被光污染而泛着橙色的天空下仿佛菌类的子实体，圆润得似乎有了生命。两侧高大的高压电柱与数以千计的黑色电线在高空中林立，把紫与橙交织的底色切割出无数道刺目的痕迹，像是金属的桂冠。四处都是粗大的铁丝网和亮金色警示牌，没有任何声音，好似垂直而下的墓地。我站在建筑群面前，背上的背包和眼前的景色都沉甸甸地往下拽，不由得倒吸一口冷气。

"好壮观。"我们并肩抬头仰望天空。

不远处的都市笼罩在浅色的云层与橘黄的夜色中，海港的一大片自动化巨兽傍着龙门吊沉默地屹立在光晕的边缘，维持着它们被抛弃时的灯火通明。这里在海湾的边缘，虽然不是俯瞰市中心灯火的绝佳地点，却有着视角独特的开阔感，一眼望去，能看到很多天空和灯火之外的东西，而这些东西又被发电站的电线与烟囱勾勒成奇怪的轮廓，伴随着呼啸的夜风从视野里贯穿而过，留下透明的痕迹。

滨斯将携带的无人机升空，熟练地操作着全息控制屏。在我开口询问之前，他已将一幅只有简单标识的地图转向我。

"测绘的。无人机的基础功能。"他抬手指天，银灰的无人机盘旋着，连马达也不发出一丝声响，"不比你，我只有玩这些东西比较上手。"

"也够厉害了。"我看了看地图，却发现根本看不懂。那示意图过于抽象，各种色块穿插其间，形状诡异，甚至辨认不出建筑的形状。

"这些颜色是无人机的标注，可能是控制室的地点。这里毕竟不是对市民开放的建筑，其内部构造不可能轻易扫描出来。"他伸手指着其中一处发光的色块，"我们一个个试吧，总共三栋可能有控制室的楼，数量还算友好。"

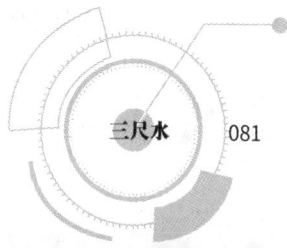

"滨斯，这附近很安静啊。"我忽然意识到自下车以来，一直没听到什么噪声。

"嗯？"他抬起头，双眼映着屏幕的冷光，闪烁了一下。

"这里不是发电站吗？会这样安静？"我瞪着他，有些拿不准地支吾道，"你想，就算是隔音设备也不至于一点声音、震动都没有吧？发电站都这样安静吗？"

"我可以让无人机侦测一下这附近的高能电力反应，也许能把发电的核心设备找出来。"他没有否认我的话，露出自己也不太清楚的样子，声音倒是一如既往平静，"也许在进去之前有必要确认一下……"

他的声音渐渐小下去，然后不自然地止住。

"找到了？"我凑上去看他捧着的全息终端。

"只有强磁反应，没有强电反应和强热反应——"他看了我一眼，脸色有些难看，"学过物理，你说这意味着什么？"

"没有电、热？咦，那发什么电……"我感到自己的思维黏住了，脑子转不起来。

"说明这里有发电设备，却不在发电。"他稍稍抬头，用下巴示意远处都市的方向，那里亮着璀璨灯火。在诡谲的橘色夜空之下，那灯火辉煌宛如冉冉升起的幽灵，令人不寒而栗。他的声音宕了片刻，有些拿不准了。"这是给我们城市供电的发电站。现在它停下了，为何城市的灯还亮着？"

我瞪着屏幕，上面英文的显示符令人眼花缭乱，半晌才反应过来。"这火电站旁边还有个核电站啊。如果这个发电站不在发电，那只能是核电站接替了都市的发电任务。"

"你记得当初发电站建立时官方的说辞？"

"说是服务于一些不对外公开的军用设施。"这倒是在我的知识范畴之内。我还清楚地记得老爸曾在核岛最初建成时兴致勃勃地想带老妈去参观，我怎样求他都不同意带上我。最后由于其机密性不允许任何群众参观，我们三人都没有去成。

"这样说来它本身就不是民用设施，那为什么会自然而然地接管都市的发电任务？"滨斯把目光投向我，整个下巴被全息屏的光照得煞白，"它本身有服务对象——还是军用设备。现在把它的电力分相当一部分给城市供电，那些军用设备会怎样？既然是需要一整个核电站来维持的设备，那一定相当耗电。如果发电站因为需要给城市做应急电源而削减了军用设施的供电，那些设备会不会出问题？"

"这是设计者的事——"我在他的目光里略感不自在，把双手插进卫衣口袋里，"如果会出问题，为什么要这样设计？如果城市在应急供电和军用设施运转之间二选一的话，肯定要优先保证军用设备的正常啊！假使里头是导弹，那肯定宁可整座城市停电，也不能让导弹爆炸。"

"我的意思是，也许这样的设计会给原本接受发电站供电的设备带来危害。"

"咱们现在站在这里想到的问题，当时那么多专家设计核岛时想不到吗？我看还是要进去看看——去火电站和发电站的控制室看看，里头总有些线索吧？"

遇到扯不清的事时，我们再次毫不意外地沉默了。也许这时无人机侦测数据背后的含义才真正让我感到不安，方才自己的反驳听上去也不那么可靠了。

"赶紧找到控制室吧。"他率先向前走去。银白色无人机在浓黑夜空中盘旋，如幽灵般无声地跟上他的背影。

"噢。"我迟疑着跟上。

"要快点了，这两个地方恐怕比我们想的还要复杂。"

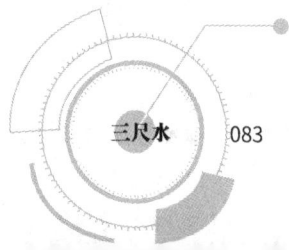

荒诞

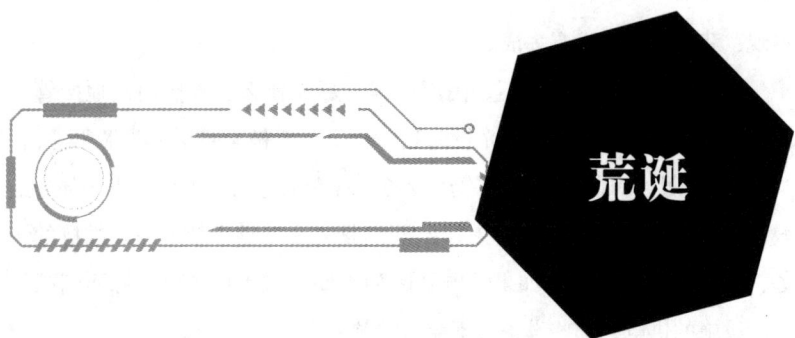

2109 年 9 月 13 日

经过早上的流血事件，人们已经不太听话了，大多数人都各自怀着不同程度的崩溃，萎靡不振或义愤填膺地在高草丛里霸占一小片地方。还有些人格外激进，一直四处走动，姿势夸张，似乎有非常明智的见解不得不分享，并且所有人都要听他说。他们不仅分享意见，还要互相争吵。有些旁观分子被吵烦了，转身要走，却又不敢走得太远，只好浑浑噩噩地晃荡在人群边缘。人们越来越分散了，视野绵延出去，目之所及之处都是直立者。我想不到有什么自己能做的，非常窝火。

到了中午，阳光灼人，最有精力的人也不得不屈服于这"卑鄙"的热浪威胁。先前还有些搞不清楚状况的我们变得现实起来，大多数人意识到食物和水分的缺乏是现在的首要问题，再进行多余的活动都是浪费能量。大部分人渐渐沉默了，怒吼再也没有响起过，站着的人的声音也小下去，只有低沉的嘟囔。马尔文的声音在此时显得格外清楚，他的英文说得很好听，我还听到他跟一个中年女人说意大利语，她轻声回应，两人的发音都很标准。

我稍稍放松了一些，将自己放倒在草地上。

早晨风很大，而现在空气非常清新，也许是风把尘埃吹散了的缘故。天气炎热却又不闷，我站在阳光里，环视着翠绿与苍蓝交错的林海与天空。过了很久，久到我都怀疑自己要睡过去的时候，思维才冒出一个泡，把我从茫然的空白中拉回来。

实在无事可做，我便四处走动，刻意路过人群聚集的地方。这里还真有不少人。他们稀稀拉拉地四处散步，最初热闹的氛围已经冷却下来，人们抱着自己带来的物品失神地坐在地上，三五成群，懒散却又警戒。不时响起一两声呓语，有些人坐累了站起来走走，却也没什么地方去，尽管天地广袤。各种语言响着，没了通用的同声传译设备，我不知道那些语言在表达什么，只好从他们脸上茫然的表情里略猜一二。

我看到了先前被捅伤的人。他似乎没有被伤到要害，但在经历巨量失血后晕了过去，至今没有醒来。人们把他靠着巨石放倒，现在只有他一个人蜷缩在自己的血泊里，一动不动地被花花绿绿的布条缠得严严实实。显然给他包扎的都是不会包扎的人，我觉得它们会让他感染。这人大概活不过明早，要成为这该死荒原的第一个牺牲者了。

——不，是第二个。我眯起眼，打了个冷战。第一个人昨天就已经死了，我的同僚。

马尔文的声音越来越清晰，我才认真听了几句便听到一个关键词——狩猎。他要去森林里。

我看过去，金发青年正站在一群高大的男人之间。

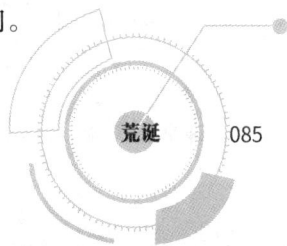

"我们必须去森林里寻找食物。"

"我们要活下去，首先就要寻找食物。"

"森林安全吗？"

"不知道。"

"我们没的选。"

风游荡在巨大得令人发怵的纯色天空下，像不知归路的亡灵。不知什么时候，也许是顷刻之间，前不久满天丝状的橙色云层消失殆尽，露出苍穹最古老最纯净的鱼肚白。不远处高耸如山的古木森林并没有被点亮，参天巨树成排并列，在那永远漆黑的乔木与灌木层下方，是能够轻易夺人生命的森林地表。那里就是童话里的永夜，是不曾迎来黎明的世界，是影子与怪物的栖息地，那里有会发光的蘑菇，也许，那里也有食物。

森林里确实应该有食物，只要有人愿意赌命，去探索那漆黑的未知。我四下环顾，想要寻找其他注意到这个片段的人，可目之所及全是茫然坐在地上的人群。

我再看向森林方向，马尔文的身影已经看不见了。那些男人顶着荒原的阳光走入森林的黑暗中，消失得不声不响，他们没理由离开得那样迅速。我一直在强迫自己专注，可仍对他们的离开无所察觉，这大概说明了我的感官正在退化。由于轻微的脱水和饥饿，我的思维与知觉都有些愚钝。我回到尼德兰旁边，和他一起静静地坐了一会儿，到底还是坐不住，便又四处走走。

人群里没有再爆发出伤人事件，喧嚣变得断断续续，大多数人都已经灰着脸接受了现实，面色呆滞地各自坐着，坐到腿麻了才慢慢地挪动一下。我依然没有看到贺林，再回头去看，尼德兰也已经不见了。伤者陷入深度昏迷，大汗淋漓而一动不动，像蔫了的蘑菇，所有人都跟他保持很远的距离。

现在是午后，阳光实在太毒辣，地表大概有四十多摄氏度，炽热难耐，我不得不转移到森林边缘，提心吊胆地蜷缩在阴影里。

蚊虫的叮咬一刻也没有停息过，虽然很痛苦，但也分散了一些注意力。这里的昆虫比现代难缠许多，也许是没有被人类摧残过，它们野蛮而迅捷地飞来撞去，像极了小型无人机。我们不得不花费很多的精力去跟它们缠斗，并且只是象征性地挥挥手进行驱赶，不敢直接攻击——惧于对方的体积。它们可以大到身长近十厘米，让人不敢下手，我们都怕在这里弄脏了手，就没办法擦干净了。火堆依然烧着，人们尝试用它来驱赶蚊虫，却没什么效果，到头来是自己被熏个灰头土脸。这火堆让我无法忍受，我不得不走开。

我又站起来四处挪动几次，几乎都是为了躲避蚊虫。第一次看到尼德兰在一群中年男子间，便没有过去自讨没趣；第二次看见贺林，不知道他看到了什么，竟是一副萎靡不振的样子蜷缩在树干下，那地方想必十分招蚊子，他却一动不动，我没敢去打搅。我再次怏怏地换了个地方坐下来，半闭着眼尝试打发时间。

但骚乱很快再次爆发，尖叫和吼声乱成一团，男人、女人和小孩的呼声交织在一起，比任何声音都要可恶。我昨天就注意到了这里有个小孩，大概只有一个，是个小男孩，似乎没有跟在母亲身边。

一个年迈的妇人正拉着一位中年女子，她们都坐在地上，老妇人快速说着地地道道的法语，中年女子几乎是叽里咕噜地呢喃着。老妇坚称女子偷了她的发饰，白胖的手死死拽着女子的衣角和胳膊。女子也许是听不懂对方的语言，扭动着试图甩开老妇的手，并嫌恶地怒视着她，口中念咒似的说出一串奇异语言。其他的女人试图调停，却只是徒添骚乱——她们根本听不懂对方的语言。所有人都在费力寻找能够和自己交流的对象，却难以从尖细的叫嚣声中辨识自己的声音。

几个男人站在不远处的巨石上，面色难看地指着荒原的天际线，十分大声地说着什么。

噪声此起彼伏，似乎所有说话的人都很激动。我尝试把杂音从耳

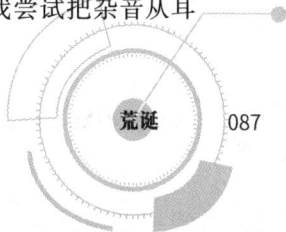

朵里过滤出去，失败了，于是我又萌生出阻止他们的想法，但到底没敢站起来。懦弱的本性让我充耳不闻，没有了马尔文和贺林的支持，我什么也做不成。于是我有些颓然地坐在阴影中，看着晃动的人影和挥舞的手臂，渐渐地失去一些斗志，恍惚了起来，不由得越发后悔。

我后悔自己坐在凉爽的空调房里时没有多留心学习这个世界的资料，觉得这些知识与我这种通信员无关。我后悔没有随身带一把军刀，像他们那些有经验的探险队员一样。在剥去背包里先进的装备之后我仿佛是来旅游的，连一盒火柴也没有。我出发前甚至没有认真锻炼过身体，所有的健身项目都是敷衍了事，只图个过关而已。那些早已被预警过很多次的现象一点点变成现实，我却毫无办法，只能在无能为力中自食恶果。

而对那些发出令我难受的噪声的人，我是惭愧的。这固然不是我所造成的事故，但作为一个本应该在出事之后第一时间把他们保护起来的相关人员，我竟然隐藏了自己的身份，只是含含糊糊地说个关于真相的轮廓出来。我想，我昨天给予他们那番不详的指点，对他们而言还不如没有。我想，比起"自己已经回到几千万年前鸟不拉屎的世界"这个事实，让他们以一种新奇感去接受截然不同的生存环境或许更好。

但怎么想都没用，毕竟我做不到什么，就连口头上的事都办得很臭。如果我现在立刻把他们召集起来说出真相，我有理由相信自己活不过今天黄昏。

一个男人的声音突然响起，整个聚集地里都能听见那沙哑的吼声。他用我听不懂的语言激动地说着什么，对站在他面前的一个女人手舞足蹈，两人赤红着脸互相敌视。女人的声音非常轻柔，也涨红着脸，却似乎在强忍怒意。男人做出挥拳的动作，女人低下头，他们像雕塑似的静止半响，然后男人一拳把女人撂倒在地。

女人很快地爬起来，依然站着，这回哭得很用力。一旁忽地跳起另一个男人，猛兽似的把打人者摁倒，压在地上狠狠给了几拳。女人吓坏了，忙跪在地上拉劝，依然是轻且急促地说着什么。见对方没反应，她指着被摁进草丛中的男人，用蹩脚的英文反复说道："Husband！ Husband！（他是我的丈夫！）"

他们附近的人们无声地站起，静静盯着这尘土飞扬的混乱场面，半晌陆续撤到稍远些的地方，再次坐下。女人的哭声时大时小。两个男人都坐起来了，继续扭打在一起。女人又倒下去了，几人一起滚倒在草丛里，我再看不见什么。

骚乱持续了一会儿，不知何时平静下来。所有人都归于一种异常的和谐之中，即使偶有声音，大体上也呈现出诡异的寂静之态。

这一日漫长，我在半睡半醒的昏沉之中挨到了黄昏。

夕阳的血色越来越瘆人，整个天空都涂上了战旗一般鲜艳的色彩。我不止一次往森林里望，马尔文一行人还没有回来。我知道入夜之后的森林是怎样恐怖的地方，而他们即将面对那样完全未知的黑夜，这样想象着我不由得为他们的境遇战栗起来。现实之中，我以为自己会想起很多教科书中看到的猛兽与怪虫，但脑子里混沌可笑，乱七八糟，到头来竟只想起了会发光的蘑菇。那幅图像令我印象异常深刻，黑黢黢的林表，所有的像素聚焦在镜头前一朵细长而灵异的淡蓝色菌类上，我说不出它更像人类的伞还是更像某种软体生物，总之在那清晰的轮廓背后，模糊的黑暗里闪烁着零星的黯淡荧光。那都是蘑菇，排列紧密，不计其数。

非常、非常的愚蠢。一无是处，毫无作用，甚至还曾为自己这样的境遇感到过自满的愚蠢。这种愚蠢在日常生活中并不能被看出，但当我们被作为一个个个体从科技、经济和文化中剥离出来，放在这样的阳光和蚊虫之下暴晒时，它就被从我们的骨髓里淬炼出来，刺眼地摆在眼前，就像那阳光一样煞白可恶，扎眼。

曾经身处其中的科技时代过于复杂，现在这片原始的世界又太过

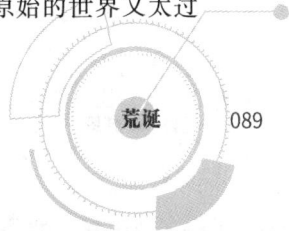

宽广，亲临其中，在这里，在人类最古老的生存环境中，我一直以来引以为傲的"高端""学术"知识并不能换来什么，除了增添烦恼。我还是得俯下身去，躺在潮湿的泥土里，一阵阵饮风，告诉自己你正躺在远古的阳光底下，你已经一天没有吃东西了，必须想清楚要怎么弄到食物，知道怎么找到水也可以。

马尔文依然没有回来。我不敢把他那样朝气蓬勃的人跟死亡联想在一起，但又不得不那样想。

天空的颜色灰绿青白交织，远远地已经看见了星辰，它们仍然很微弱。我想象着古代的哲人也藏在星辰中间俯视这个世界，然后我意识到，在这个年代，大多数众所周知的哲人还没有诞生。也许，这是一个没有神，没有哲学，没有诗歌，更没有科学的时代。

风把满天云层铺匀，还画出韵味无穷的曲线。黑森森的古树轮廓仿佛神话中天庭的华盖，蔓延出富有艺术气息的镂空花边。

毫无征兆地入夜了，我只是发了一会儿呆，再抬眼看去，已经不见红日，四下里依然闹哄哄的，所有声音都像是哀号。入夜后气温再次低了下来，我这辈子第一次感受到什么叫又冷又饿。

我感到自己越来越沮丧了。说不出的苦闷结在胸口，像枯死的树藤，缠绕着太阳一般鲜红的心脏，把它们困在已经枯朽的时钟里。

我开始小声地哼歌，一段旋律哼腻了，却无论如何想不起其他的调子。身旁有人蠕动了一下，用很低沉的声音告诉我不要唱了，于是我噤声。这一整天我都在尝试用唯一带在身边的对讲联系四散的队员，但作为专业人士，我非常清楚这是徒劳的。我们之间的距离太远，无法使用普通无线，而远距离信号传输的微型中转站又在我的设备包里，自我一睁开眼就没有看见过，更别提部署了。

作为一个专业的通信员，我彻彻底底地失联了。真可笑，这等于在昭示着我已没有任何用处——我的用处，我作为时空穿越乘组的通信负责人，我的价值早已经被抹消。若说还能剩下点什么的话，我又该怎么去把被打碎的职责拼凑起来？

天黑下来之后，四周再次只看得见星点的冷光，火堆离我很远，看过去也不过是几缕细细的烟气，每分每秒都很难熬。有些人点亮自己的手机屏幕看着，但不一会儿又纷纷熄灭了。这里没有信号，仅存的电量是奢侈品，他们跟我一样，不愿意浪费。

这已经是第二个晚上，最不冷静的人也明白过来发生了什么。昨晚我是强迫自己睡过去的，今夜实在没法再这么干了，一天的焦躁和烦闷在黑夜里无限滋生及发酵。

我想让自己不再思考，但脑子倦怠到一定程度时，思维反而不愿意停下来。先是粗略地把很多乱七八糟的东西过了一遍，什么也没发掘出来，夜依然很深，于是我还有时间再仔细想想。再想，我忽然意识到一种灰色调在自己的世界里蔓延，那颜色覆盖了往昔所有阳光下的回忆，也让近日记忆里的一切事物都蒙上尘埃。像昨晚那个意味不明的梦一样，我的世界也灰暗下去。

有人用打火机点燃了野草，试图点燃火堆。烟气与残渣在空气中飘荡，升成细细的一缕灰色融入很高远的天空。

现在，我们原本的那个世界正在发生什么呢？还有人在那里吗？如果呼救，会有人听见吗？

我仰望着烟消失的方向，那里除了纯净的浅蓝色，什么也没有。

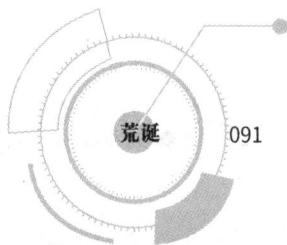

教具

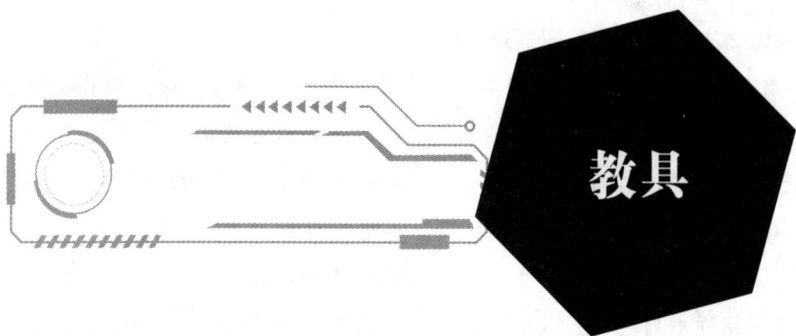

　　我和滨斯成功地进入这座火力发电站的操控室——多少用了一些暴力的方法。

　　最开始我们只是撬锁，不过后来我们遇到一些麻烦，越深入，这里的门就越难对付。他嫌弃我破译的速度还不如直接撬开。为打开最后一扇门，他专门跑回车上扛下军铲。

　　半米长的合金仿木质铲柄，足有大半个脑袋那么大的墨绿色铲头，这家伙看上去很沉重。它的边缘布满功能各异的棱角。

　　我站在被敲得面目全非的门边，既感兴趣又有点害怕地从滨斯手中接过铲子。他提醒过我铲子很重，但我还是差点把那头重脚轻的武器掉到地上。

　　"把铲子给我。"

　　"退后。"

滨斯回头瞥了我一眼，再次举起铲子。

*

凌晨五点，我们进入这座火电站的操控室——电力还在，大概是有专门的备用电源，因此我们没费多大工夫就把所有的电脑都打开了。这里有很多乍一看形似服务器的大型设备，整座房间都被各式各样的黑色物件填满。出于保险我们绕过它们，勉强找到电源键进行了启动。启动设备后，我花了二十来分钟破译主电脑的密码，进入电脑储存器的图形化界面；滨斯则转去研究那些放在地上的大型黑色装置，企图通过搜索它们的安装信息和型号判断其各自的用途。

从图形化界面不能全息显示这点来看，这台机器同样很老旧，是十几年前的型号。这无疑令人诧异。

我打开所有能获取权限的资料库，尝试用平时学到的方式提取冗杂文件里的关键字。运气很好，这台电脑的认证模式和我平时学技术时使用的教学机几乎一模一样，可在登录数据库后，我并没有找到特别有用的文件。火电站的用途这上面交代得很清晰，单纯是城市供电装置而已，其开启、关闭时间也有记录，我唯一能做的便是通过关闭电站的时间推断故障发生的时段。自动统计器显示，昨晚凌晨四点多时火电站关闭。现在是晚上十一点左右，距离城市电力供应由火电站转到核岛已经过去了十九个小时。

至于如何获得更进一步的数据，我则毫无头绪。好在发电站的总开关就赫然摆在控制台的正中间，破解开机指令也不算太困难。在一步步获得这台电脑最高指令权限的过程中，我有种不寻常的感觉，仿佛它的密码设计、防盗安装都未经过仔细考量，整体呈现出极易被攻破的状态。不知为何，它的安保系统漏洞百出，似乎是巴不得早点被入侵。可这种感觉毕竟很主观，与其猜测，我更愿意在接下来要去的

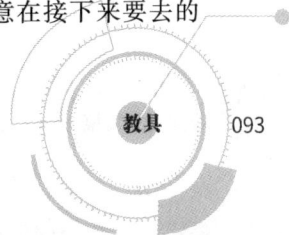

地方都装着这样容易被征服的主机，以便减轻接下来的工作量。

开启火力发电系统后，绵密的震动开始传来。大屏幕上亮起几十块数据分屏，许多我看不懂的数值陆续飙升，大约五分钟后扬声器里传来柔和的 AI 女声："发电系统启动，状况良好。"

"这就搞定了？"滨斯略显惊讶地站起身。

"应该是把发电站启动了。"我盯着巨大的液晶显示屏，"至于要保证它在无人管理的状况下正常运行，我从主控制器上看不出要怎么办。"

"有没有看到自动模式的按键？"他走到我身后，将亮着的全息显示屏递过来，"看，这是刚才在其中一台设备上查到的东西，上面有'通过自动模式进行最低能耗保险运行'这个选项。也许所谓的自动模式，就是在无人操控的状况下运行火电站的保险档。"

【系统说明：自动化管理模式】

【在手动控制难以为继时，本火电站支持启用自动化管理模式，派遣核心计算智能对本站所有电力设备进行统一管控。自动化管理模式涉及下列操作行为：①自动购买、运输原料；②自动维护发电设备；③按照都市用电数据反馈自动调整供应量；④自动更换、丢弃劳损器件，自动派遣机械臂进行设备硬件更新（注 1：如上一切费用均由本发电站所在账号支付）（注 2：自动化模式不含软件等非硬件设施的更新）】

【如有需要，请长按电源键并输入指令 kwu3il90q 进行自动化设置】

"看上去非常理想。"我抬头看着滨斯，"按它说的试试看？"

"当然。"他对着亮红色电源键做出一个"请"的手势。液晶显示屏闪烁着，不断有新的数字浮上一侧的弹窗。我长按电源，输入提示里的指令，然后全神贯注地盯着那持续刷新着的显示屏。

[本火电站即将接入自动化管理模式。请注意，即将切断与备用电源的连接]控制室里响彻着温和而冷静的 AI 女声，她重复着一模一样的话语，与显示屏的状态切换完全同频。

[指令执行－成功切断与 ς03 发电设施的连接]

[指令执行－成功切断本火电站手工操作回路]

[指令执行－成功切入自动化管理模式。提示，本火电站从此进入自动化管理模式，核心计算机将接管管理任务，任何人工操作无效，如有需要请咨询管理智能]

液晶屏上亮起一块巨大的空白版面，接着，一些精确到秒数的时间的数据依次排列在上面，呈现出堆砌般整齐的态势。每条数据前都有 [指令记录] 的前缀，因此不难推测这是自动化管理模式下核心计算机将自己进行的操作以指令的形式存档为日志的表现。许多我所不懂得的术语出现在指令里，数据的刷新速度加快，一行行数字流水般出现在屏幕上，叫人应接不暇。

"这算搞定了？"我难以置信地看着古旧的液晶显示屏，心想也许在那年龄比我还大的机壳背后，有一个极为敏锐的智能系统正在与我对望。

"我们来到控制室才过去半个多小时。"滨斯的表情也有些微妙，"搞定一个发电站的主机只需要这么点时间吗？这么厉害？"

"我想不是我的问题。"在那不断发出轻响的代码掠过显示屏时，我清晰地意识到这台电脑的主机系统与计算机技术课程里所使用的旧版教案里的系统完全一致，"是电脑系统的问题。"

"不同的系统攻破起来速度不同？"

"也不是。确实挺奇怪的，因为这个型号的系统是个例外。"关

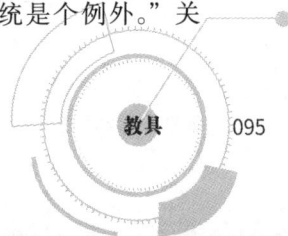

闭巨大的显示屏，打开系统数据，我指着主编号末端的一串数字道，"看到 EV003 了吗？这是第三版 Educational version（教育模式）的意思。这个系统，是用来教学的。"

"把教具放在火电站当作主控制器使用？"滨斯皱起眉，弯下腰凑近，盯着那串数字。

"我也觉得不合理。"我用食指敲敲发热的屏幕，"专门为任何学过一点计算机技术的人量身定制的教具系统，就连认证模式也是我们所熟悉的那样，好像这个系统在邀请我入侵。"

*

教具也好，熟悉的系统也罢，火电站的控制室确实为我们带来更多的信息。滨斯尝试搜查备用电源"ζ03"是什么意思，可一无所获，主控制器里也没有更多可读的数据。于是，早上九点，我和滨斯离开火电站，驶上核岛，光顾发电站。

核岛很壮观，它由一条笔直的银色双行海桥自大陆牵引出来，孤立在海湾尽头，把湾区与太平洋切割开来。这里的设施比火电站规模更大，也显得崭新，就连巨大的烟囱和圆圆的冷却塔都是好看的银灰色，与碧蓝的天空交映，非常开阔的感觉。这里有一个巨大的广场，不知作何用处，仿佛小型停机坪，视野开阔，没有任何遮拦。往建筑群里走，首先看到的是一大片墨绿色的铁丝网围着的功能区，那里头并列着十几堆我们看不懂的钢架设施，形状各异，不知所云。穿过铁丝网格子阵，前面是浑圆而巨大的冷却塔，两侧零星分布着低矮的楼房。

这次虽然勉强进入了厂区，我们却因为缺乏强有力的开门武器无法深入操控区。

为了顺利离开火电站，滨斯再次动用暴力手段，导致他用得十分顺手的军铲光荣牺牲。

失去军铲，开门就只能靠滨斯的撬锁技术和我的破译技术了，但这些小招数对主建筑群前岿然不动的铁门没有作用。由于无法打开正门，我们只能在海与停机坪的间隙徒劳地转悠。

所幸在离开前我们发现一处被重重铁丝网包围的应急自动按钮，那按钮与火电站的自动化模式开关作用相同，只要被按下，整个发电站便会进入最精确的自动操作模式。

保护那按钮的是十分古老的细密铁丝网，这类物理设备没有军铲自然是撬不开的，但我们在一旁站了片刻，非常轻易地想到办法。滨斯回到车上拿出一柄很长的登山杖，用它绕开铁丝网伸进去，猛地撞击应急按钮外围的防护玻璃，将其撞碎，然后用登山杖按下应急按钮。伴随着一阵银蓝色的闪光。整个发电站开始被一种清澈的蓝色光芒笼罩，烟囱、铁丝网、塔楼、冷却塔，一切都慢慢地没入那不知为何物的光学屏障里。

滨斯说，自动按钮和光学保护层都是一些战时应急设备，平时没有人会想要拨弄这些玩意，即使被弄开了也没什么危害，而真正需要用的时候又讲究时效性，所以设计时把它放在地表，除了铁丝网有些碍事之外基本还算好触及，不需要像进入控制室那样过关斩将。

"没想到核电站的自动系统比发电站还好搞定。"滨斯钻进车门内时笑着说，"但愿他们设计的自动控制系统是完善的，能够把原料摄取到设施管理全部包揽。"

"肯定是完善的。设计这个自动化系统的人能想不到这一点吗？如果你说这是战时的自动保障机制的话，和平年代的基础运行它肯定能管得过来吧。"

我扭头看着滨斯，他一如既往地平静。

"你不睡一会儿？"又是那个横跨了一夜的话题。

"不累。"他轻轻耸肩，在后视镜里看了一眼不远处宏大的淡蓝色

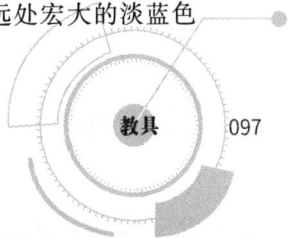

光学保护膜，脸上涌上来一种得过且过的表情——也许这样就够了。何必事事如履薄冰，前面还有很多路要走。

　　轻巧的电动车沿着来时撞开的升降杆滑出停车场，驶出一层细密的铁丝网，慢慢拐弯，开出了核电站厂区，进入巨大的广场。这时我注意到那银色的铁丝上贴着一张小小的、不很闪亮的ζ标识。它被很茂盛的爬山虎遮挡了一小半，露出的两个角很坚硬，乍一看是合金的质感，却构造成三角的形状，周围还配着一圈红色的缎带，不知是以示荣耀还是用以警惕。

　　"ζ是什么？"我读出来，"是什么公司的 Logo 吗？刚才的火电站 AI 也说了，备用电源是ζ03。"

　　"希腊字母表第六个字母，泽塔。"滨斯稍稍降低车速想看一眼，但一个拐弯让他的视野完全被重重的树荫遮住，他只好把脑袋转回来，"好像在数学上并没有什么特殊的含义，刚才也没查到，不知道贴在这里想说明什么。也许是 Logo 吧。"

　　"这个核电站叫什么？"

　　"不知道。也许叫泽塔核电站。"

　　上桥前的广场偌大，像一面将天空的白光完全反射的镜子。我们沿着柏油路笔直前行，小小的车行走在无边无际的海与天空的交界处，云层在头顶展开。前方是碧绿色海面，是远远的市中心的轮廓，是那直线通向大陆的浮桥。来时我们走过浮桥，想要进入核岛，就只有这一条路。

　　一路上，我看见的所有路标的左下角都张贴着ζ的字样，是精致的小巧标签，颜色和银色的合金融为一体，并不显眼，来时天还没亮，亚光的表面不反射夜灯的光芒，所以没注意到。滨斯打开车里自带的音乐系统，放出来很古典的歌，他居然跟上了伴奏，也陶醉地哼哼起来。我沉默地听他哼唱，他哼着哼着声音就大了，接着打开车窗，迎着扑面而来的强风大声地唱，那风声也自然而然得像是在跟他迎合。他略显稚嫩的声音混杂在灌满口鼻的风中，带着一丝喧嚣的气息，却显得无比空旷。

他愣说自己不困，我倒是忽然有些困了。

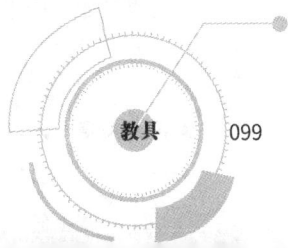

逆光

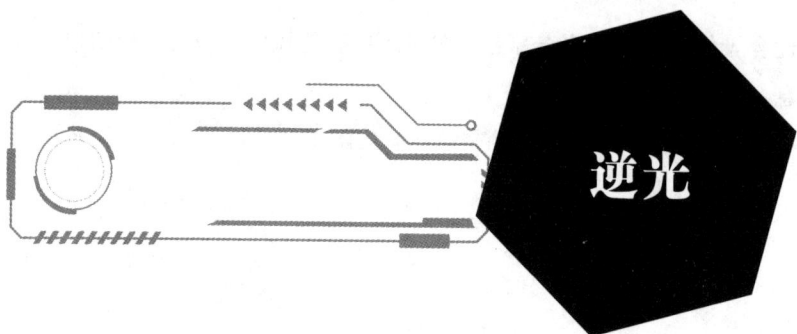

2109 年 9 月 14 日

天亮的时候，马尔文回来了。

我一夜未眠，几乎被自己折腾得精疲力竭，在看到他逆着朝阳从古老森林中走出来时，恍惚间还以为看到了天使。不过这会儿脑子已经比第一夜清醒多了，没有浪费一秒钟在无谓的幻想上，甚至根本没有产生"我似乎还睡在床上？"的幻肢痛，便被犀利的金色阳光从混沌中拎起来。

最开始注意到有人从林子里走出来的人是尼德兰。我们没有在一块儿过夜，但发现来人后他很大声地用各种语言叫醒仍在睡梦中的人们，那声音非常清晰地被我听见。我坐在地上，直直向着马尔文的方向看去——他们去了八个人，回来了两个。所有武器都丢了，即使是最小的军刀也没能拿回来。

马尔文的上衣被撕裂得只剩下插在腰带里的一小角，他浑身是细密的擦伤和红斑，所幸没有大的伤口，但他的同伴就没那么幸运了。那男人是被马尔文扛在肩上带回来的，他几乎已经失去意识，小腿侧部与腹部各有一条能看到骨头的巨大伤痕，鲜血汩汩不断，把马尔文赤裸的肩头打湿成深红色。那伤口很蹊跷，或说非常整齐，又大又平滑，不像是野兽的爪子所为——如果那样骇人的伤口来自山兽，那么怪物至少有两米高。在我看来那更像是匕首的刻痕，但我说不准。两个身影交叠在一起，非常模糊。

有些人被尼德兰的呼声唤醒了，爬起来，却又像一堆石头一样呆呆地坐着，仰脸看他们满身伤痕地走来。之前死去的那两具尸体木木地躺在地上，失去了一切尊严。

马尔文扛着高自己一个头的伤者，背对着逐渐升起的阳光，跌跌撞撞地走到人群边缘，在空旷的晨风中静立了很久很久，然后很慢地蹲下来，机械地把那具已几乎失去呼吸的躯体放在地上，接着在他身边躺下来。

我闻到很浓郁的血腥味，一股难言的惊恐将我包围。环顾四周，依然坐着的人已经不剩几个，他们清理着自己衣服上的草和泥土，纷纷低着头，阳光铺洒在发色各异的头顶。剩下的人横七竖八躺了一片，神态近乎安详，不知有几个真在睡梦中。我挣扎着站起来，摇摇晃晃地向马尔文他们走去，看似几步路的距离，似乎走了一个清晨。

"马尔文。"开口的时候，我的嗓子仿佛生了锈一般干涩而枯朽。我带了水，不过随身瓶很小，即使省吃俭用昨晚也已经喝完了。我从未试探过自己的生理极限，但如果今天再不离开这个贫瘠的地方，我很快就会渴死。

马尔文软塌塌地躺在地上，没有看我，微眯的金色双眼空洞地穿过我的身体，虚无缥缈地看着某个地方。他没有死，但如死尸般散发着恶臭与枯败的气息，眼里丝毫不见光彩。我伸手晃了晃他的肩膀，那头好

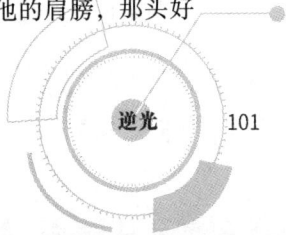

看的金发凌乱地铺在潮湿的泥土里，像谢掉的花瓣，乱得没有任何形状。他的皮肤很烫，在逐渐明亮起来的阳光里仿佛变成了某种奇异的半透明物质，闪烁着黏糊的汗津津的光芒。

"起来，马尔文。到阴影里去，马上就要天亮了。这里天亮了很热，在太阳底下会脱水。"

但他依然没有看我，那目光让我不寒而栗，像是丢了魂。我浑身都要僵住了，感觉到人群无精打采地看向我们。有人在窃窃私语，声音低沉，但格外刺耳，他们就像是在指责我的无能为力。我可以立即脱下T恤为重伤的男人包扎，可以非常专业地对他进行应急处理。我大概比这里的任何一个人都有更充足的救护经验，即使是做做样子，我也应该做出那个样子来。但我一动不动，保持着尴尬的姿势，倒是比他们更像一具死尸。

这种窒息的状态维持了很久，太阳一点点浓郁起来，不出几分钟整个荒原上又弥漫起与昨天一模一样的炽热。我双手撑着滚烫的地面，膝盖与脊背一同产生灼烧感，久而久之有些脱力，胳膊一软几乎趴在地上。我意识到自己现在的虚弱，饥渴交加之后又是暴晒，体力应该不足正常情况的二分之一。马尔文的情况应该比我更糟，不过不管是我还是他，再这样下去，很快就会在这里丧命。

"马尔文，不想死的话就赶紧站起来。"我几乎是在求他了，汗水顺着脸颊滑下，"我不管你在森林里经历了什么，只要你活着走出来了，就不能再在这里干巴巴地等死。不然，你和死在森林里有什么区别？躺在这里就是在等着被烤干。"

短短几句话，燥热的感觉灼烧着我的喉咙。有黏液在喉口堵塞，我强行咽下唾沫，整个口腔里也藏着浓厚的干沙的气息，仿佛扎扎实实地啃在了沙饼上，但这附近明明比较潮湿。

马尔文终于有了反应。他的目光对上了焦，稍稍转动眸子，眼里带着灰暗色彩看着我。那是一种我鲜见的神情。眼前的青年似乎并没有受伤，但他正在散发着衰败的气息。他定定地瞪大眼，嘴唇翕动了几下，可我没听出他在说什么。

*

那天过得更加漫长了。

马尔文的身体没有大碍，我好不容易把他拖动了一点，本以为他会一直消沉地躺下去，不一会儿他却自己爬起来，摇摇晃晃地走到了阴影里，一屁股颓然坐下。

我就在他旁边蹲下来，想拟一些说辞。半晌实在词穷，觉得疲倦，就跟着坐在地上。

马尔文看上去非常狼狈，坐下之后再也不开口，也不说森林里到底发生了什么。我想不出跟他说什么，看他似乎没有身体上的大碍后，走到毒辣的阳光下想要治疗那个被他扛回来的男人。早在向他走去之前，我就已经十分清楚地意识到，接下来我为他做的一切都是徒劳——这个人失血过多，早就救不过来了。现在我还能看到他们出森林时的路，因为两人的脚印上满是他的血迹。那条黑红色的血路自森林深处延伸而来，彻头彻尾由他的鲜血铺就。

尽管我耗尽了袖口的所有布料，甚至还借了军刀把实验服的裤脚割下来一大块用里子给他包扎，那个受伤的男人还是没熬过中午就死掉了。我像个半吊子法医那样里里外外检查了他的伤口，最后得出结论：这是刀伤，极深的刀伤。透过整齐的刀口能够看见被砍断一半的骨头，猩红色的肉在被切开的皮下攒动，此时此刻仍有温热的鲜血一团团冒出来，将我十指的缝隙填满。侧腹的伤口太整齐了，受害者没有机会挣扎便被狠狠地插了一刀——应该是毫无防备的时候被插的；小腿的伤口则非常怪异，像是刀刃以一种非常别扭的角度强行刺进去的。大概是施暴者先插了侧腹，受害者倒地，然后挣扎的时候被摁住随便插了一刀，于是歪歪斜斜刺中了腿……

我在最开始接近这个奄奄一息的躯体时就已经明白自己无能为力，但出于一些微妙的情感，我把自己的手深深地放入那人伤口中涌出的血块中。沾血的皮肤如果不立刻清洗则非常难以处理，丑陋的颜色常常会留存很久，不用强效洗手液很难洗干净。在这种地方……算了吧。

我仰起脸，然后迫于阳光的重压不得不深深低下头，这一低头又毫无防备地盯住了自己红褐色的双手。那颜色怪异的肢体像新长出来的器官，像是尼德兰缺失的双足，让我产生一种奇异的不适应感。但此时此刻精神上的波动已经不再那么有力，我太渴太饿了，两天不吃东西，大半天不喝水，我觉得自己要死了。

我们不能再待在这里了，必须离开，即使不进入森林也必须动身。这里什么都没有，我们必须寻找河流，必须学会打猎，必须拿到食物。

高温的炽热让我的脑子有些眩晕，那个迫于饥饿与干燥而成形的想法变得根深蒂固——去森林。离开这里。不知为何，最初想到森林就浑身发颤的我竟非常坚定地切换到了完全相反的立场。

我回到马尔文身边，把沾满鲜血的双手插进身后柔软的土地里，十指彼此揉搓，让泥土和草根把血迹覆盖。鲜血富含营养，如果时间够长的话，现在我的手指深埋的土地将变成一小片真正意义上的沃土。

我呆滞着，马尔文也一动不动，我们都垂着头，像是睡着了，像是死了。有好一会儿，我处于一种非常痛苦的挣扎状态，但我没有意识，并不知道自己的脑内是否掀起新的矛盾。一个新的梦似乎要涌上来，它是来救我的，想要把我的潜意识从无边的塌陷中拾起，网罗到更加整洁的地方。那种隐约的意识冲动维持了好一段时间，最后有始无终，渐渐消散了。

人群用灰色的目光看着我们，所有人都在生与死的边缘沮丧地试探，有些时候连挣扎的欲望也没有——太靠近绝望的时候，连原罪都消失。

正午的燥热一点点褪去，火堆里的烟雾在空旷的风中升腾起来，弥漫，缭绕，消失在很远的天空里，它异常的纯净，像是通往某个天堂的神秘道路。那条道路悠长地向上攀升，带着世间没有颜色的喜怒哀乐融进煞白的天空里。除此之外，再也没有什么。

我有种被吞噬的错觉，一切都在褪色，甚至已经听不到自己的哭声。

*

大概是格林尼治时间下午四五点，天空洗净云翳，星空和风在高空中抹匀，若隐若现。阳光过于疏淡了，于是月亮和星星的形状显得非常清楚，天空化作底色，将大大小小的天体衬托得分明。火堆已经熄灭，连余烬也不曾留下。四下里非常安静，还坐着的人不超过三个，所有人都仿佛回到了还未出生的状态，像胎儿一样各自蜷缩着，沉没在这宜人的微风里。在这个世界里，时间已经失去了它的通行意义，它现在唯一的度量标准，就是我们和死亡的距离。

已经两天半了。马尔文回来的时候是清晨，现在已经接近黄昏。

又来了，怅然若失的感觉。胸膛空荡荡的，果然是失去了什么。我竖起胳膊，小心地活动了一下，双腿和腰部被牵动着隐隐作痛。

在我的请求下，马尔文终于断断续续地用微弱的声音说起他们在森林里的遭遇。但他的描述中没有涉及一个人，只是浅显地说着路上看到了什么，说森林里没有什么很难缠的动植物，沿途做了标记，直到他看到一条河。

发现河的是走在最后面的男人，他听到水声，于是回到一行人匆匆走过的地方，再深入一看，就是河。于是兴奋地吆喝起来，把所有人带过去看。起初他们都非常开心地跑到河边喝水，但也就是在那条河边，险情发生。险情——然后，马尔文的话音就此打住，再也不说了。

但这已经够了，他们找到了一条河，而我们现在最需要水。

而且，我大概能猜到发生了什么。他带回来的男人身上的伤口来自

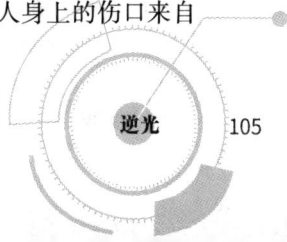

匕首，那么其他丧命的人也一定不是因为野兽的袭击而死去的。马尔文活下来，毫发无伤，大概是运气好，我们能在第三天的黑夜前得到这样的好消息恐怕也是好运气。河流的诱惑忽然战胜了森林带来的恐惧，当横竖都是死的时候，死亡反倒没那么可怕了。

只要活过这个夜晚，明天清晨天一亮就动身，一切都还有办法。人脱水的极限是七十二小时，现在摆在我们面前的还有大约二十个小时。

我甚至不知道如果明天我们提出进入森林的话，这里还能剩下多少有行动能力的人。

我平躺在潮湿的土地上，大口地呼吸着带腥味的空气。

接近晚上的时候，又有一个男人断气了。也许是突发疾病……我不知道，死亡出现得有些频繁了。在我二十几岁的人生中，在原先世界里见过的死人数量之总和还不如这两天多。他身旁的人没有发出一声尖叫，只是有几人踉跄地站起，像海星一样蠕动着挪开四肢。隐约看见一个女子的背影往森林里去，她的同伴是个瘦高的男人。她回头看了他一眼，慢慢摇头，然后再也没有回头。男人久久地望着森林，继而坐下，再也没有声响。

黄昏过得很快，不一会儿，夜幕降临。

浑身酸肿胀痛，嗓子哑到不敢发声。起初我们想要强迫入眠，但很快失败了，四周的死寂让人心慌，前额渐渐开始有了些灼痛的感觉。夜晚太长，每分每秒都长得令人发指，风在流动，云在流动，星空流转，宇宙运行，唯有时间，它仿佛长久地停止在了这深邃的漆黑里。电子表依然运行着，数字跳动得确实缓慢，这种混沌而又厚实的煎熬感一直包围着我，让我时刻紧绷着神经，安顿不下来。

我伸长手臂翻了个身，碰到了马尔文凌乱的金发，才恍然想起，自己身边还躺着一个人。

说实话，虽然这很懦弱，但现在在我脑海里回放的场景是自己年龄很小的时候，在父母的带领下摇摇晃晃地奔跑于阳光里的情景，它们深深地嵌进我的记忆里，不允许我忘记。

我想到了母亲总是笑着的脸，她并不是十分温柔和美丽的人，但格外喜欢笑。她的笑容比她的任何姿态都要妩媚，有很长一段时间，在她的影响下我也常常笑脸见人。

我母亲个子很高，一头栗色的卷发，当地人说起她，总说是来自远东的女学者。她从小由外婆抚养，只见过外公一面，而外婆又酗酒如命，她只好常年寄居在十分有钱的一位表亲家，得到了一些很现实的支持，在那里埋头研究学术，以此弥补童年的缺失。她常常告诉我，她早已不记得我外公的事了，所记住的唯一一件有关我死去的外公的事，就是他曾说过，孤独的时候就对自己微笑，上帝喜欢爱笑的孩子。

她是一个异常虔诚的基督徒，无比热衷于参悟上帝的宽恕之道。

所以她从小就笑着，那笑容在时光的淬炼里越发媚人。即使她嫁给了偏安一隅的父亲，接受了平静的生活，放弃了多年来不断精益求精的学术，成为意大利海湾渔民的家庭主妇，她依然那样明媚。

小时候父母带着我去看各种风景。我们一起踏过海滩，造访游乐园，吃冰激凌，看马戏团表演，看中国京剧，去古希腊文学讲堂，到公园里放风筝。

高中时我上了国际学校，跟来自世界各地的同学混迹，和他们在一起更有意思，即使是周末也不常回家。这当然是母亲的功劳，这个为了一个男人放弃了自己所有辉煌的家庭主妇，在这件事上格外坚持，她全然不顾丈夫的反对，冷静地将我送出这个十几年来没有一丝变化的家。于是我离开了——这个平平无奇的家并不十分让我留恋。我们就像任何一个普通的意大利家庭一样，曾经平淡地活着，之后也平淡地聚散，在这个家里的每一天都和前一天是一样的，这种制式的生活令人平静而厌倦。

但现在我满脑子都是他们。那些日复一日的平常，那些再普通不过的对话和玩笑，都变成了求之不得的奢侈品。现在，那么爱笑的母亲，

逆光

还有那么懦弱的父亲，他们在哪里？

我想要活下去，这种想法无比鲜明，而为何如此想要活着？我不知道，我向来觉得自己活在这个世上并不需要什么理由，就算有也不值得我挖空心思去构造。也许总有一日我能找到自己出生在这个世界上的意义，但这个意义暂且还没有被发掘。不知道自己生命的意义就去死是件可笑至极的事，或者用其他理由反驳死亡也可以——不管从什么角度来说，我都不想死在这个鸟不拉屎的地方。

黄昏之前，百来人的暂时聚集地里已经出现了十多个死者，天黑之后血腥味和臭味四处弥漫，能够自由活动的人各自摇晃着站起来，不由自主地稍稍挪动了一些，离那零零星星摆着尸体的地方稍远，又三三两两地坐了下来。

我躺在马尔文身旁，我们像无声无息地假寐，星辰一点点移动，我的意识一点点陷落，从迷糊到混沌，然后渐渐睡去。

再次醒来已经是深夜了，我勉强睁开眼，感到世界和体内一片混沌，短暂的睡眠依然没有驱散我的劳累。我模糊地辨认出天狼星、北极星、猎户座、天鹅座，凝视着它们宽广无垠的冷光，感到自己被全世界包围，动弹不得。马尔文的呼吸声轻得根本听不见，我屏住呼吸，四周连抽泣声也殆尽了。不知道在这个夜晚之后还有多少人能站起来。

我感受到风从草丛的间隙吹来，深深的天空里荡漾着一阵阵云翳。从小到大我见过的所有夜空接连在脑海中浮现，无一呈现出如此这般的深邃与远大。

这荒古死寂的天空，黑得野蛮而广袤，即使是隔着几千公里远观，仍感到深入骨髓的严寒与惧意。

朗日

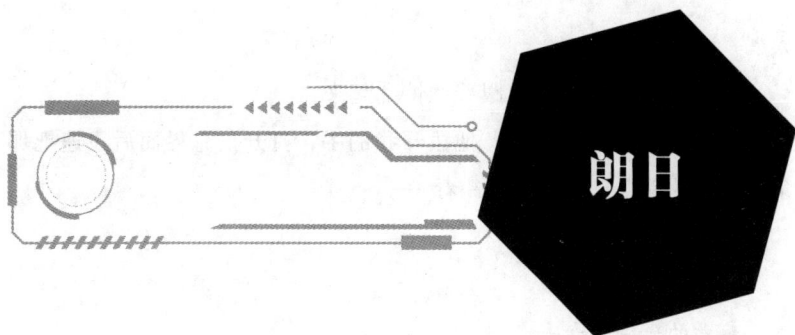

十一点半，我和滨斯在返回市中心的路上正有理有据地争论，电动车什么时候会跑光电量。一个突如其来的提示音让我们几乎同时跳起来。

"嘟——"

这是国际通用的社交软件收到消息的声音，来自滨斯的手机。

听到声音，滨斯差点把方向盘丢掉。他手忙脚乱地从口袋里扒出手机，按了几下才打开屏幕，我们一同凑过去，在莹莹的灯光中看见一条明亮的提示消息——您收到一条回复。

"我去。"滨斯叫了起来，把手机丢给我，麻溜地猛打方向盘，一个急刹车从时速八十刹到了四十，然后滑行几十米停在路边。

"哪个账号？"把车刹稳后他把手从方向盘上撤下来，把手机从我手里抢过去，两眼一直，"咦，怎么是这种号？难道是北美那边的

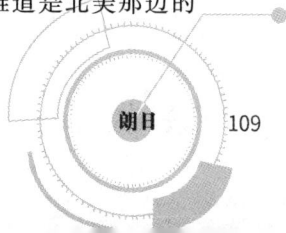

人？"

"北美？"我一怔，也跟着他忙乱起来。

"你看看他写的什么。"他拨开我的手，打开信息界面后飞速把那条孤零零的消息点开，仔细一看——

一条好长的消息。

亲爱的先生／女士：

你能看到这条消息吗？

现在你们那边什么情况？我知道现在才回复有些晚了，但是我有很多疑问，我需要你们的帮助。自从昨天中午开始我就没有再看到任何活人，整座城市像死一样寂静。发生什么了？你们是人类吗？或者，你们是机器人？能请你们立刻回复吗？我需要帮助！

我的地址附上，请立即回复！

帕拉斯·拉文

帕拉斯·拉文。

"看得懂吗？"滨斯盯着屏幕看了半晌，偏脸淡淡地看我一眼。我们刚刚还期待这人能说些我们不知道的内情，结果这家伙也一头雾水。

"看得懂啊。不用开国际智能翻译了。这人倒是……你看他写了那么长一串，其实除了自己的住址之外什么也没有说清楚……"我皱起眉，扫过那行比起平日里写的作文简单许多的文字，然后在"拉文"这个姓氏上停顿了一下。

这名字报得真正式。这个拉文，是真名吗？

"是个傻子。"滨斯得出结论，用拇指肚把手机屏幕轻轻擦了擦，嘴角突然扬起一丝笑容，"不过，看来我们那一个上午的 HR 工程得到回报了。接下来在开回城区之前你给他解释清楚现在的情况，还有，让他冷静下来。"

*

就这样，我们成功联系上第一个幸存者——现居北美的二十七岁意大利男性帕拉斯·拉文。

抛开那封乱七八糟的信不谈，他整个人给我们的最初印象也是乱七八糟的。

从早上到中午，我一直被他的各种缠问弄得哭笑不得。这人加了滨斯的国际社交账号，开始以飞快的打字速度盘问起来。他先是发了很多感叹号，然后不停地拍照，把自己周边的情况发过来。他那边是夜晚，照片模糊不清，里头不论什么都是黑乎乎的，只能看个大概，很像恐怖片里闹鬼的场景。不过我也多少能理解为什么他会这么抓狂——照他所说，他发现不对劲时是正午，当时他正在宿舍里跟舍友玩闹。他去上了个厕所，回来之后所有人都消失了，不仅如此，整座城市从此再也没有一丝声息，像死后蜕去的蛇皮一样，沉默地躺在煞白日光下。

他走出房间，来到街上。刚走出门，就差点被一辆迎面冲来的小车撞到。那车呼啸而过，疯了似的猛地撞在一旁的防护栏上，撞灭了吸附在上面的全息装置，半空中悬浮的淡蓝色路牌发出一声惨叫，骤然消失。他吓得跌坐在地，却又立刻听见身旁传来风声。一架失控的无人机倾斜着坠落在附近的地上，冒出金色火花，玻璃碎片几乎直接溅到他脸上。

仿佛机器谋反般的画面吓得他转身跑进宿舍。他冲进房间，将自己在厕所里关了半个多小时，企图等待舍友回来。很长一段时间过去，依然没有人来敲响厕所的门，他也在里面待得快要发疯了，便小心翼翼地溜出来，站在阳台上远眺。

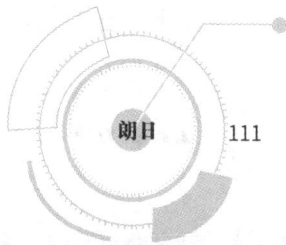

他目之所及，都市在阳光下反射着鱼鳞般的光芒，却清晰可见近处远处升腾的火焰与烟雾。一种前所未见的景象在视野范围内展开，路上横行着没有准星的车辆，它们以炮弹般的速度狠狠撞进大楼里、民宅里，爆发出巨响，变成碎片。数不清的全息显示器被撞坏，损伤程度超过一定界限时，都市的报警系统自动启动，骇人的鸣笛与AI女声回荡在天空里，整座城市都被看不见的阴霾笼罩。

"搞什么鬼啊！"

据说，这是他当时的第一感受。

要是我像他一样在一个大中午发现大事不妙，身旁还没有一个人，肯定早就吓疯了。他不容易啊。我尽可能地安抚他，希望能在解释清楚情况之后让他加入我们的行列。这个人独自惊慌了一天，没有进行任何理性分析，跟他说任何现阶段可以肯定的事，得到的回答都是"WHAT！"的回复。他没弄明白自己的现状，只是不断地惊讶，惊讶那些人怎么都没了，惊讶城市里没了人居然这么可怕，惊讶我们居然还能留下来，惊讶自己突然之间不会思考了……我看着他富有张力的语言，不禁感慨，与这家伙相比我对现状的接受度还算可以了。

虽然效率不高，但在滨斯开到市区之前我总算是让帕拉斯明白并且接受了现状。他开始冷静下来，问的问题也有逻辑了，再也没发过一长串的标点符号，也不发表情包了。他再次完整地确认了一遍应该怎么做之后，说道：

"噢，该死。"

就在我皱着眉读完这句话时，滨斯也来了一句含义差不多的话。

电动车没电了。

糟糕的是，我们离市区还有大约半个小时的车程。况且现在我们正行驶在一座高架桥上，若不想完全靠步行走回城市便只有走完这座长桥，在下一个出口下高速，然后到市郊的小镇弄一辆新的车。即使这样，也只能稍稍节省一些体力而已，时间成本依然很高……

"真的没电了？"我问。

"没了。"他伸手一指显示屏上电量表的数字，语气里夹杂着火气，"跟脑子一样，空空如也。"

"你平时徒步吗？"电动车顺着即停程序在路边顺滑地停稳，然后电源键闪烁了一下，熄灭。滨斯把手从方向盘上撤下来，转身看着我。

"没徒步过。"我解开安全带，哭笑不得地看向前方的公路。市中心的轮廓已经远远出现在前方，但望山跑死马的说法总是对的。

"那你可以刷新一下人生体验了。真好。"他深深吸了一口气，把手机从我手中收过去，塞进口袋里。他打开车门，秋风一下子挤进来，我闻到一股泥土的香味。

"滨斯，我们真走啊？"我也跳下去，走到车后座拉开车门，踩到炎热的柏油马路上，一时间不知道如何是好。走回市区有两三个小时的路程，还要扛大包小包。

"不过你也可以坐在这里，等着搭谁的顺风车。"他把后座上的背包抓过去，"唰"地甩到背上，然后绕到尾厢拉出另外两个背包。他的声音有些闷，似乎在生气，我也绕过去从他手里接过一个包，正想问尾厢里剩下的那个包怎么办，他就一声不吭地把它拾起来，背到背上。

"滨斯，呃，如果重的话我们可以均摊。我体育还可以……"我小心翼翼地看他"啪"地把车尾厢关上。他大概真的恼了，不知道是因为该死的帕拉斯，因为停电的车，还是因为抱怨的我，抑或是前方大太阳底下以公里为单位的路。总之这个滨斯一言不发，扛着两只大包往前走去。

"滨斯，走慢一点，喂！"我赶紧跟上。

他不理睬我，直挺挺的脊背被两只大背包遮得只剩下一片白色，那两只包像一具十字架，一横一竖深深地捆在他的肩胛上。我哭笑不得地看着他整个人身上所有的黑与白被阳光照得锃亮，像是在发光，发出带着火气的光。

他不再说话，我也只好沉默地走。柏油路长得吓人，市区一直在视野范围内，却从未显得容易触及。两旁是密密麻麻的行道树，它们提供了完美无缺的浓荫，但走在高架桥上的我们无法触及那些迷人的阴影，只能盼着不讲情面的长桥快些走到尽头。我很庆幸自己出门前选择了运动鞋，但这也帮不了什么忙，二十多分钟后我的前脚掌就开始酸痛，感到了磨损的痛苦。市郊海滨正午最纯粹的日照下，一切侥幸想法都显得很玄乎，只有漫长的道路是真实的。

正午毒辣的阳光让我不消半小时便汗流浃背，沉重的背包把皮肉勒出了痕迹，接触的地方黏糊得难受。最初的十来分钟我还怀着乐观四下环顾，企图欣赏周围的风景，可随着时间的推移，生长在早秋深处的夏的气息就越发猛烈。大地在蒸发，肉眼可见的热浪扭曲着远处的路面，市中心好似远在天边，永远难以触及。

又走了约莫半个小时，我实在难以忍受，便提出原地休息。滨斯对此并无异议，倒不如说是因我主动提出休息而松了一口气。

"坐包上。"滨斯把一只包从肩上卸下来，重重地放在地上，接着另一只也应声落地。

我耸耸肩，也学着他放下包。包一被拽下，浑身的重担就少了大半，疲惫酸痛的肩胛骨也得到一丝活动的余地。

天空蓝得吓人，早秋的天空原本不应该这样湛蓝，这是夏季的颜色。我的人生里已经有十七个夏季，大多数的夏季都在一阵子雷雨之后露出这样的湛蓝。第十八个夏天还有一年就要到来，我忽然悲观地想，不知道自己能不能等到那一天。

"坐啊。"我收起胳膊，张开汗湿的卫衣，坐在自己背了一个小时的包上。阳光在此刻仿佛有了实体，暖融融地包围着我们，却又因风的鼓动而流动起来，形成一阵阵奇异的洋流。

这里距离都市边缘还有相当长的路程，是小范围农田区。自我有记忆以来，每逢坐车出城时都能被这样一片绿意包围，实是十分惬意的享受。再往前走，还能看见芭蕉林、方塘和祠堂。那些景物零星散布在清澈的绿海中，令人不时眼前一亮——当然这都是坐车时的感受，与徒步毫无关系。速度慢下来时，一模一样的芭蕉林、方塘与祠堂会成为长时间的驻留物，也许五分钟之内都无法离开视线，这时便会觉得烦躁了。况且，这片地方虽然风景好，但四周真的太安静了，倒是让我不太习惯起来。平时这里车水马龙，响彻货柜和重型运输车辆的声音，还有——

咦，还有之前吵了我一路的那个家伙——

"哎，完了，滨斯，你有搭理帕拉斯·拉文吗？"我突然站起来。

他怔了一下，把手慌忙塞进口袋里。

"唰"地打开屏幕，切换到信息接收界面。然后，我们毫不意外地看见未读消息栏上出现了一个巨大的数字——86。

未读消息。

这下真的完了。在刚刚过去的一个多小时里，那个来自意大利的家伙发了八十六条消息。

*

从中午走到傍晚，数个小时的跋涉，我们终于走完这只需少许车程的入城之路。我回复完了帕拉斯·拉文的长篇大论，详细地解答了他的所有问题。双脚好似踩在棉花上，脚底磨出的水泡不疼了，膝盖不嘎吱作响了，大腿不酸了，小腿不痛了，所有感觉都愚钝起来，于是也不妨碍远行了。

黄昏的时候，我们走在渐暗的天空与渐明的楼宇之间，远处深邃

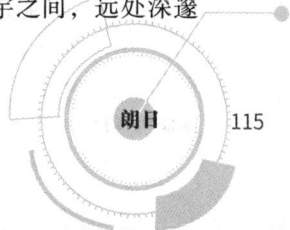

的地方潜藏着这些繁杂灯网的根，一片片自大地升腾而起的金银星河闪烁着，一直延伸到海天交际的地方。

我边走边打量空无一人的街道，心中有种难以名状的异样感觉。一座繁华都市里只有两个人，那些高楼大厦全是空壳，超越人类掌控之外的变化时刻发生在我们目光所不及的地方。

道路此时已完全清空，自动驾驶的车辆被人工驾驶的车辆撞到路的一边，双方的发动机都已在激烈的角逐中熄火，连冒烟也接近尾声，颇有上气不接下气之势。倒塌的基站、全息立柱、AR转换器与旗帜跌作一团，电线绞在一起，难分彼此。鲜艳的霓虹闪烁，夜色与灯光宛如海浪，将这一切掩埋于无声。

我和滨斯各自回到家中，准备收拾东西，第二天天明时离开这里，前往附近的城市。继续完成我们最初定下的目标：尽可能地想办法维持有隐患的高危设施的正常运转，让它们像人类还在时继续运转下去。在力所能及的范围内进行有限的补偿性行动。至于何时力有不足，以至于真正的大爆炸发生，这就无法预计了，只能听天由命。

至于为何选择使发电设施"运转下去"，而非直接全部停机以降低能耗，原因则十分简单：首先，我们不知道消失的人类何时归来。若他们在一个发电设施停摆，失去电力供给的世界中再次归位，想必会出现难以控制的暴乱与恐慌。其次，我们无法估计关停发电站后市区的设备以及其他中大型工厂会产生怎样的安全隐患。

在远行之前，我最后一次站在家中客厅的落地窗前俯瞰下方灯火通明的都市。这是我所熟悉的、所陌生的、所热爱的、所恐惧的一切，此时它们生存在一起，光辉璀璨。

我打开家里所有的灯，回到自己的卧室中，脱掉卫衣，赤脚站在冰冷的落地窗前。脚底的红肿紧贴地面，被那凉意所抚慰，不再格外胀痛。此时腿部的肌肉又开始酸痛，我知道自己只要一坐下来便再难得站起。有可能这是我有生以来走过最远的路，而且还是负重前行，但它已经结束，只留下充满全身的疲惫。

今后会怎样我们丝毫不知，甚至没有推测的可能。失去人类后，不归人类掌控的要素浮出水面，取而代之地主宰了这个城市的空壳，像灯火般生生不息。我们将要在这些未知之中穿梭，并祈求那不由我们所掌控的力量敞开一丝夹缝，在这曾经属于人类的世界中，好歹留下可容纳两个生命的间隙。

啊，首先睡吧。明天的事，明天再……

我按下床头开关，整个卧室的橘色灯光尽数熄灭。窗外深紫色的夜空弥漫着暗橘的云层，地面的灯火辉煌闪烁，空无一人的城市显现出骇人的生机勃勃之态。

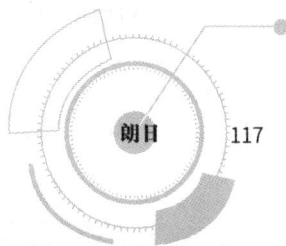

黎明

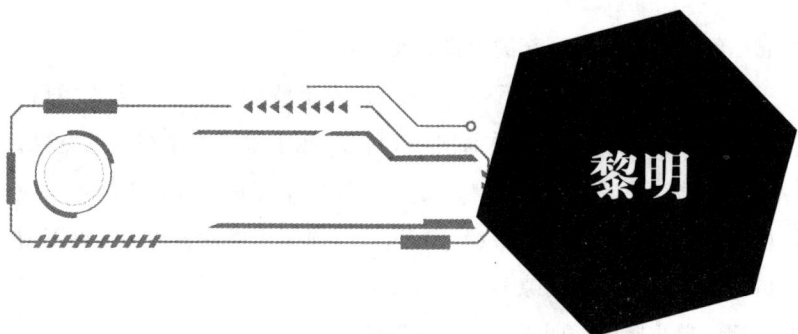

2109 年 9 月 15 日

黎明再次到来，我睁开眼，刹那的错觉，竟忘记了自己在哪里。条件反射地伸手去关闹钟，但满手都是扎人的野草，这才深深一惊——原来我还在这里。我像死尸一样一动不动地躺在地上。严格来说我确实已经要死了。按照标准来计算，七十二个小时的极限脱水时间，还剩不到十二个小时。

天空依然该死的清澈，呈现出单纯而明媚的颜色。我想要爬起来却浑身酸痛无力，胳膊肘拐了几次才在地上撑稳，然后十指贴地猛一发力，勉强把自己的上半身立起来。我疲惫地四下环顾，马尔文像死了一样一声不吭地瘫在地上，散布周围的人群黏黏糊糊地粘在地上。

我摇摇晃晃地站起来，一阵强风，深色的衣角被带起，我似乎要被隐形的力量拎上天空。就在我寻找平衡时，一只大手突然"啪"地放上我的肩头，用力一压。

"啊。"我惊了一跳，已经没有力气猛回头了，只好慢慢地转过去，然后看见一张不算熟悉，也不算陌生的东方男人面孔。

贺林。

这个男人，我已经两天没有见到他了。

他现在站在我面前，高出我半个头，凌乱的黑发贴在前额，胸前和侧臂健壮的肌肉因 T 恤汗湿而格外轮廓分明。除了眉眼拧得很紧的皱纹之外，整个人还算精神。

他非常严肃地向我表示，我们应该深入森林。说完他便不再说什么，以一种不容反驳的态度瞪着我，仿佛是在告知，而不是在征求意见。虽说这与我昨天的想法不谋而合，但以这样的方式提出合作请求无疑不太合适。我借口询问马尔文，暂把他撂在一边。

早上的马尔文比昨日精神许多，一叫就醒，睁开金色的眼睛翻身坐起来。他没有犹豫，反而急切地表示自己也希望快些重入森林。固然只有他才知道森林里到底有什么，但他一个大转弯的态度实在叫人摸不着头脑，我只能认为他的积极态度象征着森林的安全——至少没有猛兽。三人再次聚在一起，贺林的态度也缓和不少。他给出的理由与我所想相差无几，无非是要赶在生理极限之前找到食物和水源。

在格林尼治时间早晨九点钟时，我们聚集起了附近所有能动的人。

上一个夜晚就像是分割开生死的冥河，很多生命止步于此，没有看见方才的黎明。放眼望去，聚集地里散落着躺倒在地的身躯，他们变成它们，化作无声的枯倒的枝干。整个聚集地里最初的百来人，一半都变成了草丛中沉默的尸体。听见我们的号召后，能站起来的只剩下不到五十人。

不到五十人，很小的数字，其中还有相当大一批反对派。在马尔文说明用意并点出要进入森林后，抗议的声音游丝般盘旋起来。

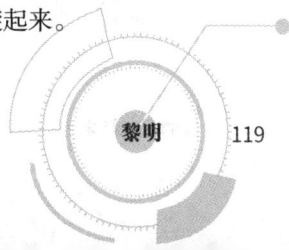

"那么多男人一起去森林，还不是只回来了一个人？"女人说。她们说，森林里的果子有毒，不知道哪种可以吃。她们说猛兽不知道盘踞在哪里，正等着人们进去成为饵食。她们说森林里太黑了，什么也看不清楚，可能还会有妖怪。而且，万一有人趁黑作恶，也没有人能够发现。

"那一个人为什么能够逃回来？他把其他人都杀了，所以自己安全了！"男人说。他们说，我们没有刀，没有武器，不能冒险。他们说捕猎要花更多力气，如果抓到的猎物不够所有人吃，可能还要引发骚乱。他们说我们需要规矩，需要在进去之前决定好怎么分配食物、派什么人去狩猎。他们说森林太危险，不如就死在这里，好歹在太阳之下。

"森林里就算有食物，我们也走不到那里了，迟早都要死在路上！你们也没有人会给我们喂食，你们连自己也喂不饱。"老人说。他们说自己腿脚不灵便，走不动路，可能会摔死在森林的地上。他们说没有人会背他们渡过险恶地形，也没有人会把食物分给他们，而他们自己也无法自己猎获食物。他们说自己已经老了，如果必须要死，还是死前少经历些磨难吧。

这里没有孩子，便不知道孩子要怎么说了。

阳光很好，风很清澈，远远地吹过，在天空留下痕迹，云彩晶莹斑斓。从最初的震惊开始，已经挨过了滴水不进片食不沾的三天，熬过漫长得比死亡还遥远的黑夜，听腻了荒原雄壮空旷的烈风，所有人都满身尘土，一身风沙，仿若结满金色的痂。各式各样的目光对着我们，每个人脸上的表情都十分悲丧。在此之前有零星的人进入森林，却从没有人进行过大范围劝说，因此人群大多不为所动，已经在这森林和荒原的交界处徘徊了非常久的时间。

我没有贺林与马尔文那样的勇气，不敢上前去与他们理论，所以站在一旁看着，头晕眼花。令我感到一丝安慰的是尼德兰熬过来了，他比一般人精神一些，主动"走"到我旁边搭话。

他说，他要跟我们一起走，并且不需要特殊照顾。他说自己很早以前就学会了用手走路，平时也经常在福利院这样干。他高位截肢，大腿根子都不剩多少，双手自然下垂，便可以把自己的上半身从地上撑起约十厘米。但马尔文不同意，最后经过商讨，我们打算轮流背着他行进。

"不用太担心猛兽，但森林里会发生的事不是他能够应付的。"马尔文走过来，轻声对我说。

我们转向愿意离开的人们，询问他们的意见。我很庆幸此时他们仍然能够保持基本的冷静，谈吐之间气氛并不十分紧张。大多数人出于节省体力的考虑，几乎不发表意见，只是面无表情地听着，不置可否，却又非常顺从。

马尔文说，这个残疾人要跟我们一起走。然后我们轮流背他。

人群默默听着，好一会儿没有任何人提出异议。

那些愿意离开的人站起来，只是在尼德兰撑着自己的上半身"走"过来时齐齐地看向他，没有任何反应地默许了他的加入。

毫无疑问的是，经历了三天三夜的起伏后，很多事情都已发生本质上的改变。我们已经比之前更清醒地认知了所谓活着和死亡是什么样的东西，也深刻明白了活在一个属于人类的世界里是多么的可贵。所有人都不得不变得极度现实，生与死的边界不再是线性存在，而是变成一个巨大的断面，以摧枯拉朽之势向我们涌来。阳光洒满世界，但我们迷失在这个世界毫无温度的光明里，阳光之下，似乎条条都是死路，我们在浓厚的风声中清醒。故步自封便只剩下死亡，与其等在原地放弃最后一丝生存的可能性，让饥饿杀死我们，让蚊虫和日光为我们收尸，还是拼死前进吧。如果懦弱要以生命作为代价，那简直可以算是一种罪恶。

马尔文说得对，我虽然没什么动手能力，但我有能够用上的知识。在参加实验之前我接受了长时间培训，对这个世界的了解比这里的任何人都清晰，他和尼德兰都曾表示，我有自己的责任。我需要领导希望活下来的人们，这个责任虽然不能被扭曲为"赎罪"，却也十分重大。

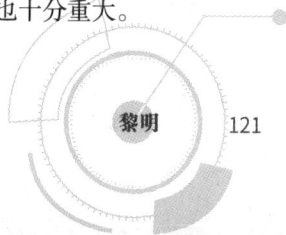

现在看来，即使我能保证剩下的这些人安全，我也不可能成为英雄。但某种奇怪的冲动开始在胸腔里横流，温暖的感觉，不是因为欣慰，而是绝望到极点，生命自己迸发出了超然的力量。活下去。

迁徙。

*

晨光刚一铺陈均匀，荒原上呈现出早晨的淡白色，我们就扛着仅有的装备离开了滞留两天的聚集地。我们只拿走了本就属于自己的物品，剩下的人和他们那少得可怜的现代物品懒懒散散地堆积在一起，在视野里渐渐缩小，变成高草丛中若隐若现的轮廓。

"他们不可能熬过大后天。"贺林对我说。言毕，他向前走入松散排列的人群中。

怀着脆弱生命对死亡的敬畏与对生命的渴望，我们不断前行。

进入森林快半个小时了，阳光再也照不到这里漆黑的地表，一切都很阴森。层叠的灌木似乎也不习惯这样的环境，它们普遍低于人的膝盖，像是屈膝匍匐的罪人，姿势畏缩。但向上延伸出去几十米的巨大松柏便不同了，它们是这里的主人，宏伟高大得不需要任何理由，没有任何装饰，仅凭光秃秃的深褐色树干向上延伸，直到遮住每一片天空。它们已经在这里矗立上百年，太阳升起落下，多少年如一日。我小心翼翼地扶着水泥柱般粗重的树干前行，指尖拂过那些苍老的轮廓，它们比我的手掌还粗大，它们就像我们世界里的立交桥和墙柱，只是站在那里而已，自由生长，至于长至遮天蔽日，那完全是无心而为之。如果我们在这儿死去，终究只能是因为自身的弱小。

"马尔文，自从进森林之后，我们就没有再清点过人数。"我快步走到人群前端，对不远处裸着上身的金发青年轻声说。此刻我的声音已经嘶哑得不怎么说得全话了，但他只稍稍一愣，很快明白过来我的意思。

我慢下来，感到头晕眼花。马尔文止住脚步，走到一旁稍稍宽敞一些的地表，用脚拨开碍事的落叶和腐败树枝，挑一根稍长的枝干，把它高高地举起来。

此时他已经没有力气喊话，但跟过来的人都看见了那兀然杵着的棕色枝丫。虽不知怎么回事，他们还是很默契地慢慢聚在四周，不再前行。这一招准是马尔文临时想出来的，不过奏效。

人群聚拢起来，但四周死寂。森林里特有的压抑淹没了我们。

在走来的人之中，我看到背着尼德兰的那个男人。他并不高大，看上去有些自顾不暇，但负重这件事是轮流来的，总要轮到他，鉴于此，他没有任何怨言，只是略显呆滞地斜盯着地面，一步一顿地从乌黑的林荫中走出。看到人们都在此聚集后，他在不远的地方把尼德兰放下，那个失去双腿的健硕男人便用两只胳膊把自己支撑起，像是下半身隐没在地表下方一般，一跳一跳地向我"走"过来。

"小伙，怎么回事？"尼德兰在我身旁停下，挪动双手换了个姿势，然后柔和地把自己的上半身放在地上。我慢慢蹲下，有些头晕，但这个高度可以很方便地跟他对话。蹲得有些吃力，我干脆坐在盘曲折叠的巨大树根上，目光示意马尔文的方向，说："点一下人数。出发的时候是四十七人。"

尼德兰认真地盯着我的脸看了好久，那对深邃的绿色眸子让我有些不知所措。他看罢，忽然用很低沉的声音"哼哼"地笑了两声："啊，原来你们是希望每个人能活着走出这片森林。"

如果他们不是这样希望着的话，就没有人会想背你了——

在我回答之前，那个背过尼德兰的男人走过来，在离我们约半米距离的地方坐下，他半昂着头，用平静但漠然的目光看向尼德兰。也许只是看了一眼，很平常地扫一眼，但那一眼让我替尼德兰感到不自在起来——我看见那目光，方才想好的反驳又咽了下去。

尼德兰从不慌乱。他只稍稍偏头看了那男子一眼，目光依然落在我身上，似乎还在等我的回答。我不打算跟他认真探讨这个问题，觉得他的用意并不十分认真，便也十分轻薄地看他一眼，支撑着有些眩晕的脑袋勉强站起来。

"小心别晕倒了。"他低声说。

"不会。"我扶住树干，认真地感受了一下。确实头昏脑涨，但只要我的腿还有力气把自己稳定住，晕倒这件事就暂时不会发生。

我的身体素质肯定比不上这个大叔，但由于我不知道自己的极限在哪里，从不久之前开始，每个时刻我都在担心下一刻的自己会不会大限将至。饿得太久胃里连酸水都不冒了，只是一阵阵的剧痛；口里混杂着奇臭无比的味道，口水是干燥的黏液，我浑身沾着淤泥，布满细小的擦伤，像是被很粗的麻布包裹在一层厚重的膜里。我试图前行，走进人群中间，走向马尔文，但刚迈出步伐便感到自己很明显地走路不稳当，进行过快的动作会让脑袋晕得几乎看不见。我的上下身都在颤抖，便不由得向自己说——死亡也许就在前方不远处，我是真的每一步都在向它走去。

可恶。

"河……"

这时，不远处传来的微弱声音让我猛地清醒。那是个同样沙哑的嗓音，沿着冰冷的空气传进我的耳膜，于是脑子里乱七八糟的想法也瞬间停掉了，变得一片空白。

我没听见水声，甚至怀疑那声呼喊是我的幻听，但其他人有反应了。遥远的话音还未落，我眼角的余光就瞥见了阴翳中的鼓动。那背过尼德兰的男子慢慢站起来，动作非常迟缓，但又十分坚定，和周围的人一样迈着摇摇晃晃的步伐向着声音传来的地方走去。他们的胳膊与臂膀在丛林深深的阴影里蠕动着，双腿没什么力气地晃动，既有实体又像影子。马尔文依然站在稍空旷一些的地方，手里举着那根枝条，雕塑般纹丝不动。

依然是死寂，前方攒动的身影让我有些恍惚，我的目光在马尔文挺立的身躯和那些伛偻的脊背间徘徊，脑袋里"嗡嗡"地响着。

　　"爱斯梅尔。"贺林的声音在我背后响起。我扶着树干往后看去，辨认出那个高大的男人站在阴影里，他低头跟尼德兰短暂对视了一下，俩人的表情都很漠然。贺林走向我，用他一贯的那种低沉语调说，"刚才有两个人倒下了，其中一人身上有轻伤。"

　　"为什么？"我轻声问。

　　"在抢食物。其中一个人有巧克力。"贺林的声音也很轻，大家都没什么力气说话了。

　　"河。"说完之后，他稍稍昂起头，向人们走动的方向眯起眼。

　　"我知道，河。"我脑海里响起了水声，这一定是幻听了。

　　我摇晃了一下，迈开步子朝那微微透着一层光的林荫深处走去。贺林在我身后低头看了一眼尼德兰，似乎在斟酌要不要帮助这个残疾人走到水边，但对方没给他这个机会。那个失去双腿的中年男子抬眼十分平静地看了看这个一米八几的高大男人，肌肉发达的双臂一撑，整个人就灵活地动了起来，跟上我的步伐。

　　依然是那一摇一晃的脚步，我已经熟悉了那节奏。

　　水声。这次我一定没有听错，那淅淅沥沥的细微声响拨开古树坚挺的巨大枝干，穿透朦胧的昏暗冲进我们的耳膜，被无限放大，成了一首动听的曲子。我知道在这样的森林里找到河流运气是真不错，至少留在荒原上是不可能会有这样的运气的。

　　视线里出现了期待已久的那抹粼粼的反光。我看到河面——啊，其实是溪面。

　　那只是一条小溪，它在凹凸崎岖的地表若隐若现，此刻已经被伛偻着歪斜着的人们包围。它从很远的地方一路延伸过来，近处的这一小段稍稍宽敞一些。不断有人走过去，蹲下来，俯下身，深深地跪进柔软的深色泥土里去，向着银白的波光伸出双手。

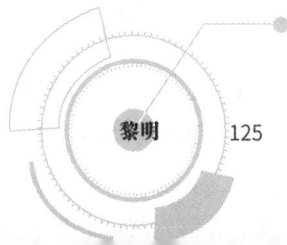

恍惚间我像是看到了《最后的晚餐》中的景象——高高的古木是富丽堂皇的浅黄色殿柱，从林影中漏下来的一缕光成了整幅画面的全部光影，小溪就是洁白绵长的餐桌，人们互相推搡着，伸出沾满淤泥与汗液的双手，贪婪地攫取着溪水。

突然，有人发出一声沙哑的尖叫，接着几个声音用英语喊着，有人掉到溪里头去了！

我还没来得及靠近小溪，那里便以极快的速度乱成一团。人们纷纷拥挤着站起来，试图把挡住水源的那个摔倒者从溪水里丢出去，但手忙脚乱间不知在那人身上踩了多少下——都沉下去好了，这片森林黑黢黢的，任何尸体都会变成肥料，被自然厚葬，哺育出还能再生长千百年的巨树。

我走过去，试图用自己的手和嗓子维持秩序，徒劳无功。湿漉漉的胳膊和肩胛在我身侧蹭来蹭去，力度越来越大，来自四面八方的力道将我推搡，连我自己也要顺着那滑溜溜的泥岸掉下去。我只好奋力脱身，后撤几步，回头看去，马尔文正在向溪边走来。

我想叫他，但他没有走向人群，在我发出声音之前，拐了一个小弯。

他来到溪水浑浊且布满淤泥的下游，慢慢地跪在地上，松动僵硬的肩胛骨，伸出双臂。人们在中游尖叫着，翻滚着，溪水越发污秽，但他轻轻俯下身，缓慢没入阴影之中，掬起一捧并不清澈的溪水，双手凑近面孔，把它喝干净。

迷迷糊糊地绕开那群人，我沿着弯曲的溪流稍稍上行了十几米，回头看去，后方仍是不肯停息的骚动的人群，但身侧那清冽的溪水让我的视线渐渐清晰了回来。我向着溪水伸出手去，已经两天滴水未进了。双手伸进水中捧起那沁人心脾的清凉的刹那，我浑身一激灵。

水。

那非凡的冰冷与清澈伴随着一阵清香而来，这是早在人类开始污染地球万年之前的水，最纯净、最清澈的北美红杉林里的溪水。

我深吸一口气，猛地低下头把脸埋进手掌中，冰冷的溪水贴上我的鼻尖和颧骨，前额也沾上了晶莹的露珠。我伸出舌头贪婪地吸吮着停留在掌中纹路里的溪水，但手掌的容量实在是太小了，手间的缝隙里还有相当大的漏孔。我便更深地俯下身，尝试着把整张脸埋进溪水里，彻彻底底地享用一番。

清凉的感觉顺着灼烧着的燥热喉口向下滑去，在胃中激起一阵猛烈的收缩抽痛，浑身都像被某种武器贯通了，空荡荡的几乎感受不到自己的存在。我跪坐的双腿很快发麻，像是跑了很多圈一样酸痛，撑在溪岸的双手也渐渐乏力，便不得已抬起身子，仰脸对着天空长舒一口气。那些令人心烦的争吵声似乎被调成了静音，现在我的世界里万籁俱寂。水的声音在体内奔腾，它自内而外带来一种透彻的清爽，让这两天多的困顿与泥泞洗去，只剩下我空荡荡的躯壳。

我睁开眼，分明在那重重叠叠的树冠间看到了斑驳的金光，那些遥不可及的光斑投射在更高层的树叶上，在微风里很轻地摇曳着。我不停想着，如果这些光斑能投下来就好了，进到这样清澈的溪水里去，在半透明的水底上映出摇晃的影子。

但不容我发哪怕一会儿呆，一声极响亮的尖叫便从附近的人群中传来。

"有死人！"

那声音简直要撕裂我的脑门，溪水的声音瞬间被驱逐出去，在耳膜里疯狂地回荡。

接着，叫声如被惊起的浪般接踵而至。有些人喝饱了水，喊得格外卖力；也有人还没有靠近水边，一边犹豫一边后退，却拿不准到底该去哪里。我看见人群"唰"地从地表升了起来，所有跪着的人都一下子跳起，再次争先恐后地离开了溪边。

我双手撑着地慢慢起身，向发出喊声的地方看去，感觉他们在向我涌来，不由得绷紧酸痛的肌肉。

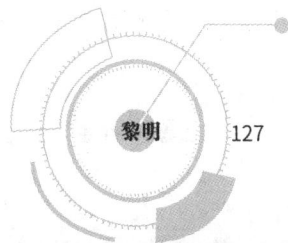

死人？

人群太密集，我看不到什么，于是目光稍稍向两侧滑动，我看见马尔文依然跪在地上。他呆呆地坐在自己的后脚踝上，面色惨白地盯着人群的方向，半张着嘴，像是要说什么。他的表情过于呆滞，像是看到了突然让他难受的事情，像是非常痛苦的记忆被唤起，一时间不知道要用什么语言来形容。

我忽然明白了溪边为什么会有尸体。

"马尔文。"我轻声叫喊。

我摇晃起来，向他走去，先是迈着酸痛的步子尝试往前走，然后步伐越来越快。方才的水激活了我浑身长时间枯萎的肌肉和神经，此刻我感到刺痛，但稍稍有了些力气。

我从惊骇得不能自已的人群后方绕开，几乎是一路小跑地来到马尔文身边。金发青年面色苍白地跪在地上，他一动不动，似乎对我的到来毫无察觉。他的目光空洞得令人不安，双眼死死地盯着人们指着的藏着尸体的方向，嘴唇发紫。

我伸出手去晃了晃他的肩膀，说："马尔文，嘿，起来，到上游去吧。"

他没反应，简直是纹丝不动，凌乱的金发沾了泥水，一丝丝地沾在前额上。他赤裸的上身泥迹斑斑，早已经失去了皮肤的光泽，黄褐色的泥水像一层痂，将他的全身覆盖。

我继续说："我们可以沿着溪流一直往上走，这样就可以保证最基本的水源。人没有食物可以活一周左右，所以我们还是有希望活下去的。只要我们利用好现在所有人随身带着的那点物资，再尝试猎捕一些小型动物，便可以勉强解决食物的问题。"

他依然呆坐在自己的脚踝上，坐得小腿末端的皮肤都产生了浅浅的淤青。我摇晃他的肩膀，说："马尔文，别看了。那些人只是看热闹的，他们没有杀人——他们喊的不是杀人啊，而是尸体，也就是说，那是跟你们一起在溪边然后被杀死的人。"

但他半跪半坐着，没有一丝动静。

"嘿，马尔文？"我狠狠地晃了他一下，松开手。

他的身体跟着我晃了一下，然后慢慢地失去平衡，像一截断木一样僵直地倾斜，侧倒。强风淡下去，森林里的阴暗仿佛有了实体，把所有人包裹在深不见底的雾海中。阳光照不到这里，古老森林的地表早在几百年前便已经陷入绝对的寂静。马尔文泥迹斑斑的躯体与深色的环境融为一体，在我反应过来之前他已经滑进了溪水里，金色的痂褪去，青紫溶入水中，溅起薄薄的水花。

冰冷的水珠在我眼前溅起，落下，脸颊一阵发凉，伸手摸去，指尖也沾湿了。我慌忙向前扑去，冲进浑浊的溪水里，双手无措地想抓住他的肩膀，但水中的一切都滑溜溜得无法抓紧。

我的手指在他被水冲刷得光滑的皮肤上滑动，触到了棱角分明的骨骼，还有扎手的伤痕。水没有没过他的身体，但将他深深嵌入这片深色的大地里，那头美丽的金发被污浊的水淹没，也变成泥土的颜色。他高耸的鼻梁和圆睁的双眼在昏暗中没有一丝光泽，恍惚间，我看着那具僵直地仰躺在溪水中的身躯，有一种他已经在这里躺了很久的错觉。

于是我脑海里浮现出某个神像，它早已倾倒，正躺在冰冷的溪水里。但马尔文不是。他直到刚才为止都和我们一起跪在这里，在这浑浊的溪边，俯下身去凑近大地，虔诚地深深埋着头，像在跪拜一位荒古的神明，捧起浑浊的溪水，一饮而尽。

马尔文就像一截空荡荡的原木，我终于抓住他的胳膊，让他的上半身从水中抽离出来。我进而想让他坐起来，但他的身体僵硬得无法摆出任何姿势，只要一泄力便要沉甸甸地从手里滑出。沾满泥浆的溪水让我赤裸的上身湿润而黏糊，既冰冷又燥热。

我摇晃着他的胳膊，但他的脑袋与躯体只是一味地跟着我的晃动前后摇摆，仿佛被剥去了筋骨，软绵绵的毫无力气。

风声在身侧穿行，听见阳光洒在高空中树冠上方发出沙沙的声音。远空中云层一点点撕裂，露出正午蔚蓝的天宇。苍茫草原上的一瞬漫长得像过去了一个世纪，却又短暂得只需一个眨眼便已经消逝，而在这浓厚的昏暗中，一切都凝滞了，仿佛生死之间不再有间隙，每一步都在冥河中涉水前行。

马尔文，不要过去。

我看着他金色的背影向那深不见底的湖底走去，脊背慢慢没入那恍若虚无的水面之下，金发宛如旗帜，依然是那晶莹的色彩，在最后的晚风中拂动。然后，就连那仅剩的光芒也消失不见，冥河彼岸灯火阑珊，沿着细长的水面，鲜红的灯笼一字排开。我分明看见那些影子在水中摇曳，随波浮动，我分不清那到底是光，还是光的影子。对岸似乎有人在走动，挺拔的身影，似乎也有一头金发，似乎也有着好看的笑容。

我听见歌声。

可如果你此时离开，我们之中便不剩下能够露出笑容的人了。

掌中的臂膀冰冷彻骨，我感到自己抓着的不是人的皮肤，是透明的水流，十指一软，那具已经不再温热的身体滑落水中，溅起水花。

视野中马尔文的面孔依然俊朗，但鲜明的色彩在黑暗中一点点陷落，坍塌。我盯着那失去光泽的金色瞳孔，慢慢地张大了嘴，想要浑身打战，想要懦弱地哭泣，想要像那些一惊一乍的女人和男人一样尖叫出来，但我没有发出一点声音，只是呆呆地跪在浅浅的溪水里。

泥、沙与水在膝侧流淌。它们温柔地拂过金发青年冰冷的身体，让他变得洁白而透明，让他越来越像我想象中神像的样子，脑海里的歌声也越发清晰，像是真的有人在歌唱。

虚幻的歌声之中，他的眼睛慢慢化作溪水的颜色，淡如一捧泡沫，金的色调被冲刷殆尽，只剩下木偶一样空洞的轮廓。他细长的双臂沉在水底，于淤泥与昏暗的亚光中微微浮动，舒展着，做出拥抱的姿势。呆滞的神情在他的面孔上凝固，流水不止，一点点带走这个人身上所有的光芒。

我从未见过真正的神。

但现在，悲戚在心头扩散，几乎让我窒息。我恍惚间感觉，自己正跪在真正的神像面前。

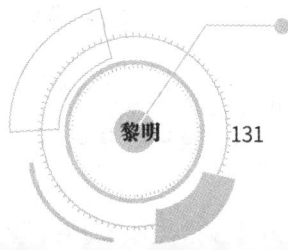

旅途

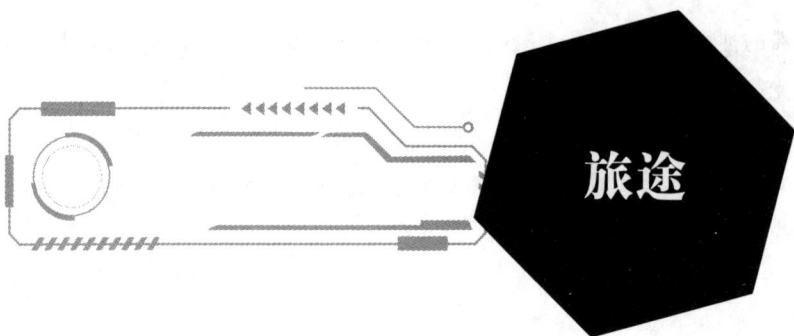

黎明到来，我收到滨斯的消息，该走了。

这座城市附近的危重设施只有两个发电站，它们已经被搞定。接下来要去附近的城市处理储油机构、化学工厂和其他危重设施。

整理装备，解决早饭，这一系列活动都在智能管理员提醒我"你该吃早饭啦"之前完成。最后一次在家里做早饭，大清早清澈的阳光投在大理石地板上，与过往无比熟悉的生活交叠在一起。速食面在碗里安静地躺着，我将筷子放进去，坐在靠落地窗的沙发上把它极快地吃完，罢了还仔仔细细洗好碗。临走之前我关掉家里的电闸，顺便也将那个功能很多的智能管家关掉了。最后看看家里的陈设，我把鞋柜上的折刀放回口袋，打开门走出去。

不管怎样，今后很长一段时间都不会回到这里。

七点出头，我在车库见到滨斯。他激活一辆银色电动车，拉开驾驶座的车门坐上去，颇为自豪地表示这是他的专属坐骑。我们没有太多交流，想办法把行李安置好，车门关上，轿车驶出车库，准备无多的旅途就这样开始。早晨的寒气仍未驱散，我坐在副驾座上，抱着自己的电脑和一团御寒衣物，倦怠地望着窗外越来越快地掠过的街景。

灯火仍在高耸入云的巨厦间穿梭，市中心的繁华与死寂慢慢被抛在后头。我们没有走昨天前往核电站的出城路线，换了一个方向，因此市内车程大大缩短。在很平稳地行驶中，不到十五分钟就再也不见都市的轮廓了。先前夜晚外出时还有黑夜里的光火格外亮眼，现在后视镜里只有一望无际的天空。

银色车轮卷起带着油烟味的尘土，朝霞真正出现了，鱼肚白的天际被漫天飞舞的橘色云朵击破，那些色彩霎时间喷涌而出，很快占领了天际线。车行两道，一盏盏路灯像刻度表一样远去，后视镜里一点点隐没在树影中的远空似乎在浮动，都市大楼上玻璃的耀眼闪光化作余烬，被一点点亮起的朝阳掩埋。

方才起床的时候很清醒，此刻我却有些倦意。南方都市的早晨演绎得如火如荼，世界正在变亮，每个下一秒天空都要换一种颜色。滨斯的呼吸声与电动车的路噪在耳边稳定地起伏，我向窗外望去。汽车腾地驶上一条小小的跨河桥，视野豁然开朗，市中心最后的形骸出现在郁郁葱葱的地平线上，灯火通明中都市正在发光，似乎与天空同燃成一道好看的红色彩霞。

滨斯哼起了一首很古老的英文歌，悠扬的旋律在车厢内回响。

"In the middle of night"

"I were far from the fight"

"They freely pass me by."

"Then I'm totally out of space and seeking my friends."

"Is there anyone who needs me?"

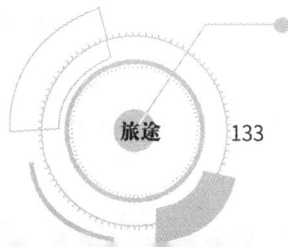

"I hear what you say ,there's the tiniest hope."

"You can change yourself if you want to."

"Then you find a door ,we walk from the past ……"

（注：原曲：*call me later*）

我们走了很远很远。

离开自己生长的城市后，我们先光临了附近几座规模较小的城市，在那里寻找一些线索。那些地方是我们所在都市的附属地区，有很多大型化工厂。滨斯不放心那些轰鸣的巨型机械，我们便换个用军铲破门而入，把它们关停。化工厂不比发电站，倘若一直开着只会成为更大的不稳定因素，所以我们找到控制室里的"销毁产品"选项，把存放在巨型气缸里的化学气体处理干净。储油设施则进入冻结状态，一方面关停直连采油平台的机器，另一方面开启工厂自动管理模式，让其以最低能耗长期保存剩余的油品。

几天之后，我们的目光正式看向无穷无尽的地图前方，开始为今后真正的长途旅行策划路线。亚洲大陆东南角的危重设施不算多，若是想要寻找可能成为真正定时炸弹的大家伙，还得西行北行。

滨斯说，如果想要在出现不可控的大灾难之前控制住局势，我们要在一个月之内把世界上所有的核电站和军武器库的自动化模式开启，让它们平稳地运行下去。但显然，这不可能。轿车的行进速度很慢，不比飞行设备，根本无法支持短时间大工作量的转移活动。

我们把所到之地的局势稳定下来，能走到哪里，就管到哪里。至于在余力之外那些无法顾及的地方，我们只能说自己无能为力。

*

9 月 20 日，我们正式离开广东省。

自此之后路就远了，地图上等待被涉足的区域似乎一点也没有随着时间的推移而减少，随着我们调查的深入，那些被标红的地点越来越多。每一个看上去没什么大不了的地方都隐藏着各自的危险，有些地方是水泥厂集中地，有些城镇工业大兴，到处都是大规模工厂，还有些建成较早的火电站藏在市郊，难以被察觉。

这是一场漫无目的的旅行。手中曲屏的地图指引出一条条道路，人造卫星的轨迹在头顶的宇宙里徘徊，它们依然被留在那里，不曾坠落，尽职尽责地为我们指引方向。

"真是奢侈。"

"是啊，全世界所有的卫星都失去了它们的用户，我们是闪烁群星的唯一客人。"

滨斯的话让我想到一些颇具神话色彩的画面，我们两人站在广阔的白色神殿里，那里有一个偌大的广场和直入云端的巨大立柱，身披星辰的古神自穹宇中降下，浑身散发着柔和而明丽的光芒，每一个细节都透露着智慧与高贵。我们穿着灰色卫衣，又像是赤身裸体般赫然站在他们面前；那些神明没有动作，却像是在缓步上前。群星闪耀在他们浮动的长袍里，深红的丝带飘荡，他们无声地伸出纤细双手，微笑着欢迎我们的到来。

"还有帕拉斯。"他接着补充道。

"噢，对。"

原来站在广场上迎接神赐的，还有那个唠叨的意大利人。于是，神殿，苍穹，立柱，星尘，丝带，全都在脑海里驱散，化作一丝丝闪着淡光的影子，隐没到不知什么地方去了。

我们一直在赶路，就好像路多得永远也走不完。

火力发电站，水泥厂，化工厂，核电站，制药厂，自动化港口……那些平日里我们从未真正进去过的地方，现在都慢慢展开。

由于驾车前行在路上的时间很多，我和滨斯就用这些时间进行总结反思。我们经常产生意见分歧，但好在我们性格合得来，面对大大小小的意见不合总是能及时调整，双方退让，达成一个彼此都还算满意的结果。

这一路上，我们看到了各种触目惊心的损害现场。许多事已在过去的日子里悄然发生，然后无可避免地造成后果。

街边小店的全息显示器引燃了易燃物，于是一把火烧掉了好多栋楼，只剩下焦黑的框架，仍有余电的求援信号器发出刺眼的红光，宛如伤痕般划破黑夜。长长的高速路上赫然出现一大段破败不堪的残骸，整个路面都被剧烈的碰撞燃烧得变了颜色，很多辆汽车的"尸骨"堆积在一起，几乎把道路封死。一座山头落了一架耗尽能源坠落的客机，它向下斜插进一条盘山公路上，把一侧的大桥压得翘起来一头。

最开始朦胧的使命感消失了，我们走在长长的银色柏油路上，满脑子里都是曾经走过的地方和即将到达的地方，时刻未能褪去对灾难与祸患的担忧。滨斯最开始的话像诅咒一样灵验了，我们的知识和能力实在有限，到头来只能把所有心思放在能够接触到的东西里，至于世界上其他地方那些同样岌岌可危的设施，则根本无心顾及，只能听由天命。这样的想法不常出现，因为每天跋涉都很忙，但一旦在高速行驶的车辆上闲下来时想到这方面的事，我便会感到强烈的不确定性。

日夜交错之间，我们的变化也非常鲜明地体现出来。自 10 月来临，每日走的路越来越远，好在多日长途旅行之后我们已经渐渐习惯了奔波的生活。抛开感性的想法不说，我们一方面能够忍受长时间的车程，另一方面对自己的身体素质和耐力有了很好的了解。个人而言，这样清晰的感觉之前从未有过，以往的我从未如此精通自己的情感和生理状况。

白天，我们大部分时间都花在那些未知的设施内。这时候光线好，什么都看得清楚，探索起来心态会好很多——这些都是我们在各个时间段多次进入陌生设施后得出的经验。

夜晚一般用来赶路。大多数时间在路上度过，但也不能一直开车，滨斯的精力有限。深夜他会把车靠边倚着靠背休息两三个小时，我醒着，一边查资料一边站岗，防止出现山体滑坡或车辆自燃之类的事故时无人警示。说是轮流站岗，但等到滨斯站岗的时候，他就继续开车前行，于是一个晚上我们的车程停滞两三小时，接下来所有的时间都驰骋在路上。

若是在黄昏到达了城区，我们就随便找一个商场当作庇护所，从服装店里找一点厚实些的衣物当被子和床单，往椅子上一躺就是一晚，依然轮流站岗。虽然理论上现在这个没有人的世界里不会有什么人为的灾害，但我和滨斯一致认为越是这样越不能松懈。

进入一个城市之后，我们要做的事非常简单——关掉城区的元宇宙服务器，暂停这里的物联总网，让所有空转的物联设备停机；重启发电站并把它接入本站的自动管理系统，以维持城市某些机能的正常运行。虽说讲起来简单，其工作量也确实大得吓人。世界上那么多城市，那么多高危设施，我们开着小电动车，一个月左右还没有离开亚洲东南角。我感觉该做的事多到永远也不可能做完。

核电站在一路上我们遇到的设施中算是比较好解决的。它们都被设置了统一的标准化自动管理系统，根本不需要像我们最初担心的那样跑进去进行人工操作，也不需要任何专业知识。核电站的自动化程度非常高，它们普遍具有战时应急系统，所以可以通过开启战时应急系统的自动化模式来解决问题。一般而言，我们只是在外围寻找开启自动化的应急按钮，破开铁丝网和铁门把它启动，工作便完成得差不

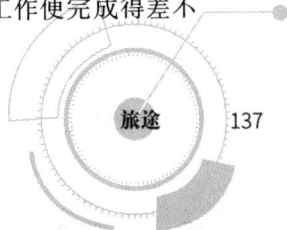

多了。

通常而言，开启战时自动化模式的核电站会被淡蓝色光膜包围。光膜作为光学屏蔽可视化标志，既有干扰电波侦测的效果，又可以确保自动化模式下的核电站不会因高温或降水而遭到外部影响。看到光膜后，我们便收起军铲与电脑，开着银色的电动车离开。接下来的事，核电站母计算机里的智能会全部搞定。

若是普通的发电站，则需要颇费一番工夫。

多日失去原料的补充后，火力发电炉会因为空转警报而停止，我们需要像之前那样跑到发电塔里去打开手动阀，然后在操纵室里激活自动操控系统，接着还要疏通煤炭自动化供应平台，让自动暂停的智能化采矿机器重新活动起来。那些东西如果宕机了，将会发生非常危险的泄漏事故，甚至引发爆炸，唯有让它们像之前那样运行起来，才能够最大可能性地避免灾害发生。这些东西的设计都非常精密，只要能够打开自动化模式，它们便可以一种稳妥而抗灾的方式平稳运行下去，后患不大。

而化工厂是最麻烦的，那些设施往往没有自动模式，但既然关掉后不会对城市的功能和其他设施的能源供应产生影响，那就统统关掉，只把危化气体的储存调整为自动化。这就比单纯地调和发电站运行麻烦很多，涉及搜寻、操作等多方面，而且非得自己去做不可，不能派无人机代劳。滨斯的无人机除了拍照之外还有比较先进的计算机接入功能，但无奈化工厂的操作系统都是成型的，不可能通过简单地接入来进行调算，所以我们不得不冒着一定的风险深入流水线去关停设备，有时候还不能直接关掉总控室的电源，得花很长时间另辟蹊径处理完未成产品的化学气体和污染物质才能离开。

说实话，一两周前我做梦也想不到自己会在一座座城市间以这样的方式穿行，干这样的事。

最初并不恐慌，只是感到一股深深的责任感在胸口沸腾，让我一刻也不愿意停下脚步，否则就被不安的感觉烧得难受。

一周之后，两周之后，空虚与惶恐开始频频发作，我越发经常不由自主地臆想——如果我们之中的某个人有了危险怎么办？虽然有滨斯在，但这种该死的压力并未削减。不到两个月我便草木皆兵，感到非常明显的神经衰弱。后来我跟滨斯谈了这个问题，意外地发现他似乎鲜受这种负面影响。他能够理解我，却因为自己无法感同身受而给不了什么实质上的建议。

我们在一次长途行车时很深入地讨论这个问题，双方都剖析了现阶段自己心中过不去的坎。我很惊讶地发现滨斯的心理素质好得离谱，据他所说他没有太多心理上的问题，只是有时候觉得只有我这么一个没幽默细胞的呆木头在身边实在无聊。他这样一说气氛又变得轻松起来，我也不好意思继续严肃，于是话题就变了，聊着聊着便天马行空起来。

*

这几个月，我们一直在和帕拉斯·拉文联系，那个意大利人实际上比我们预想的坚强很多，也直接带来了不少欢乐。

他给我们的初印象是性格开朗，热情得令人害怕，所以当他说出自己小时候曾经下半身截瘫、装上机械腿才能再次站立的时候，我和滨斯谁都不信他。于是这家伙撩起裤管就给自己的钢腿来了几张照片，我俩凑在手机前一张一张放大了看，总算是带着难以置信的表情接受了这个事实。

帕拉斯的机械腿很好看，不得不说。那是非常现代化的设计——淡灰色的钢结构与钛合金的接口和胶膜在各种角度的阳光里泛着柔和的蓝光，外部看上去结构非常丝滑，甚至还是亚光质感。说到他的义肢，帕拉斯兴致来了，非要把它拆开来给我们看看里面。

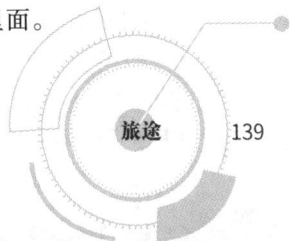

旅途　139

"这两条腿是直接连进我的脑神经系统的。酷吧？是 LSCA 定制的。"

"是我想的那个 LSCA？"

"生命科学联合中心。"滨斯的声音有些冷。

"就是那个很少上新闻，但每年都能上 *Science* 很多次的科研机构？"我瞪大眼。

"他们怎么会帮你定制？"

"因为我爸是 LSCA 的保安。"

"好酷啊。"

关于帕拉斯的逸事有不少，最奇妙的还数他是实习警察这件事。帕拉斯身手很好，也会操作一些专业性很强的设备——比如警用机器人，自动消火塔。其中最令我们眼红的是他会开直升机。

有直升机作为座驾，那家伙的活动范围比我们大了一大圈。他手上有加拿大部分地区的详细地图，于是在我们开着电动车四处奔波的一个多月里，他几乎一个人解决掉了北美的所有核电站，甚至找到几个核武器基地。托光学屏蔽装置的福，这些基地在地图上根本看不到，他是靠警用辐射探测设备找到的。

好在那些军用设施自设计初便有着强大的抗灾能力，即使从来没有被我们操作过，也没见爆炸过。"那些东西要是炸了就不得了了啊，所以我估计国家设计的时候都很用心，给了它们完备的抗灾程序，就算让它自我销毁也不会给它爆炸的机会。"滨斯这么说。

关于开直升机，滨斯曾和帕拉斯有过一番交流。这大概是他们唯一一次正儿八经地交流。帕拉斯坚持让滨斯学直升机，可后者坚持直升机不安全，学习的途中如果出事了根本不可能会有救援。

现在是公元 2109 年的深秋，亚洲中部的气候已经十分寒冷，一件卫衣加一件长袖才能勉强保暖。我很惊讶自己竟然没有感冒，也许是多日的奔波让我的身体素质也跟进了，除了偶尔的流鼻涕外，我的身体一直没有什么病症。

但滨斯就没有这么幸运了，有一阵子他的身体突然差得让我们不得不在一座小城市待了一周，其间他几乎完全处于高烧和昏迷状态，不省人事。

他很多时候神志不太清醒，躺在床上迷迷糊糊地看着天花板，茶色的眼里蒙着一层水雾，一声不吭。那时候我感受到前所未有的绝望，甚至比最初面对"所有人都消失了"这件事时还要害怕，在心中反复想着最坏的结果——滨斯不会就这样死了吧？我想到整个荒芜的世界里只剩下我和帕拉斯，我们中间隔着一个巨大的太平洋，这其实跟只剩下我一个人没有区别。那么多漫长的夜和惨白的昼，我要如何熬过去？

不过，他到底没像我担心的那样一点点衰弱下去，七天的时间，他终于恢复正常言行。在第八天时，我们开始继续策划接下来的行程。

刚入冬的时候气温降到了10℃，滨斯的病终于好了。我们坐进久违的银色的电动车里，拉开车门一股方便面的味道。我俩对视半晌，同时说："啊，已经七天没开车了。"

打开车窗，窗外冰凉的风一股脑涌进车内，吹得安全带和商标互相敲击发出"嗒嗒"的响声。银色轿车拐过小巷，穿过一排排低矮的建筑，绕开两侧倾斜的杂物，避开一辆已经被烧光的汽车，驶上主路。

初冬的天空就像褪色的幕布，白得让人无法把它跟夏季蔚蓝的苍穹联系在一起。最后的秋雨已经下过了，地面上还有零星的积水，整座城市的影子都出现在水面上，晃动着，随着车轮下的尾气溅起，破碎。

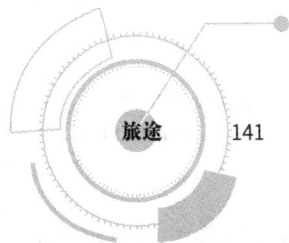

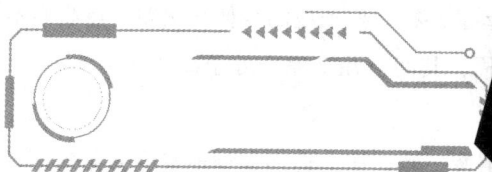

勇气

2109 年 11 月 5 日

我差不多两个月没有写日记了。

说实话，我也不确定自己有没有继续往记录仪里记录的勇气。

事实上想要用这个科研组人手一份的记录仪记下每天的日程非常简单，它是我们最初来到这里时少数带在身上的设备之一，没有被荒唐的传送搞丢——当然不会搞丢，这东西说直白点儿就是手表上的一个软件，可以记录语音。但即使它真的很方便，我还是一直把记日记拖到了今天。

马尔文死的那天我们一直沿着森林里的溪流向上溯源，沿途又有人倒下，还有人声称听见了野兽的声音，但到底没有遭到袭击。我们走在永不见光的昏暗中，四周悬浮着尘埃，像在浑水中游泳。轮到我背尼德兰的时候他似乎在我背上睡着了，这个大男人真不是一般的重。

　　好在我们赶在黄昏前找到了一处山洞。山洞挺大，里面有蛇，贺林和几个探路的男人在蛇逃跑之前把它们抓起来穿在匕首上，在洞里生了火慢慢烤熟。所有人都慢慢聚集过来，在贺林和其他男人的指挥下陆续进洞。我是最后进洞的，此时天已经黑透了，整个森林透着黑森森的冷气。四下里再也看不清任何景物，近处远处的粗大树干只剩下一道道深浅不一的纵纹。

　　里头几十个人围着山洞里昏暗的篝火而坐，眼巴巴地盯着那几条小得可怜的插在树枝上的蛇尸。

　　有人想抢先对那仅有的食物下手，贺林从火边腾地站起来，以令人惊讶的速度猛地一拳把他撂倒，然后单手抓着胳膊把那个疲惫而害怕的人按在潮湿的洞壁上。他典型的东方人面孔在微弱火光的映照下闪烁出亚光质感的暖色，那生来肃穆的剑眉呈微怒的弧度，手臂上隆起的肌肉弧度像武器一样剑拔弩张。

　　四下陷入死寂，所有人的眼睛都在火焰中发着光。橘色的外焰把洞壁擦亮成一种诡谲的颜色，像是勉强把黑暗撕开一条口子，却无法带来更多的情感。黑森森的洞顶一直往上延伸了一段距离，看不清上面有什么，也没有水滴下来。人在最纯粹的死寂中一动不动，大约维持了五六分钟，等坐在最前面的人确认蛇已经烤熟了，贺林才把那个男人放开，回到火边。

　　蛇只有小小的几条，所有人都很饿，于是大家面面相觑，有些茫然地看着几只手把它们从火上拿下来。那几只手也不知道自己该做什么，只是举着，四处环顾。有几个身强力壮的男人站起来，十分默契地围着火光形成了一张高大的网。他们从那几只手中接过散发着异味的烤蛇，开始用小刀从上面一片片削肉。蛇实在是太小了，他们从一开始就削得很勉强，每一块肉都比他们的小拇指指甲盖还小，薄薄的一片片。

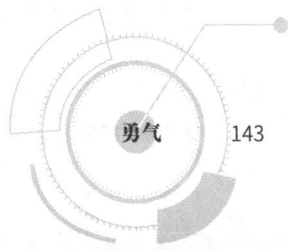

我们饿了两天，腹中空空，任何可以被称得上食物的东西都算是救星。之后的分配中没有再发生暴乱，我看着手中不成样子的蛇肉，把它捏住，吃下去，闭上眼，轻轻靠后，让自己陷入睡眠，熬过黑夜。

我不记得当时有没有睡着，但那个夜晚我绝对想到了"地狱"这个词。在那似乎永恒跳动着的火光中，所有人紧紧挤在一起，低着头，把前额埋下去，死寂。

不，仔细听一点也不安静。有人在发怒，也有人在哭泣，我才发现这里还有一个孩子。他很瘦弱，不知道这几天是怎么撑过来的，独自缩在那些成年人的背后，也和他们一样面无表情。所有人都像被丢掉的破抹布般狼狈，没有表情，没有动作，蓬头垢面，就连女人也衣着褴褛，男人则干脆因为炎热而脱掉上衣外裤，只剩下光溜溜的臂膀。而那些散发着酸臭味的衣服凌乱地堆在一边，在火堆的照映下忽明忽暗。

早已麻木的胃被蛇肉唤起知觉，开始拼命蠕动。肠子里仅剩的气在腹中游走，身体时冷时热，明明肚子里空空如也却感到鼓胀。皮肤不停地发汗，我想自己已经察觉不到温度的细微变化，甚至对冷热不再敏感。因为饥饿，我的心跳异常之快。

我闭上眼，脑海和肚子一样空荡荡的，只被两件事占满——蛇和黎明。

*

自从马尔文死后，我恍惚地感觉自己某些宝贵的东西永远地破碎了，但取而代之的另一些曾经没有的品质出现在我的性格中——现在的我成了剩余二十个人的行动指导。

其实挺奇怪的。我一直认为这个位置交给贺林会更加合适，也在和其他人的交涉中认识了一些很有胆识的家伙；但这些人都不太擅长出主意，在需要下决断的时候总是畏畏缩缩。

"步步谨慎也许能保住自己的性命，但也会让自己和所有人都寸步难行。"

闭上眼，仍能回忆起马尔文说这些话时眼中认真的神情，还有他眼底那金色的流动的光芒。

有时候我能想起与他有关的片段，并时常因这些短暂片段的记忆感到悲伤与失落。这个只在我生命中留下两天记忆的青年似乎已经和这荒芜世界里最美丽的部分合为了一体，他变成了真正意义上的荒原世界里的风和云，于我，他就像启明星，存在的时候带来光明，消逝之后是破晓。

那溪水边的一天几乎是一道分界线，自此之后我忽然有了站立的勇气，开始敢于面对面目模糊的人群。贺林仍然叫我爱斯梅尔，尼德兰仍然阴晴不定地过来跟我开开玩笑，熟悉起来的人越来越多，很意外，他们能够接受我的意见。最初我还掩饰着继续沿用那个谎言——是我碰到的一个科学家告诉我这些情报的。可后来发觉人们并不在意信息来自哪里，于是我也鲜少再言过其实地掩饰。

所有人都失落于无法回去这个事实，我自然也被盘问了很多遍，回答无一不是不知道。这些天里用草木泄愤者不计其数，包括我自己在内的每个人都怀着无可言说的无奈与愤慨。可焦躁、绝望之后仍然要整装待发，为了继续活下去而绞尽脑汁，所以人们更愿意搭理教大家活下去的办法的人，而不是围在怨言最多者身旁。我怀疑懦弱的自己能够一点点成为这个小群体的行动指导，就是被马尔文的死触痛到了心里某个至关重要的部位。

接下来的几周我们都在森林里度过。北美的古树林物种实在不算丰富，现在虽是春夏交际之时，食物却依然很难找到。不知是不是捕食者已经被尸体喂饱了，在森林里的日子我们始终没有见到过大型猎兽的身影。人群里有一个长期到非洲做生态保护志愿者的中年女子

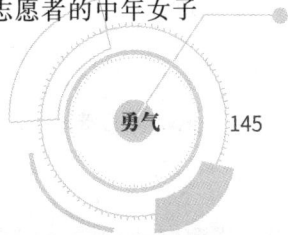

林赛，她说这片林子里实在是罕见猛兽——没有爪印，没有粪便，而且，没有能够哺育出猛兽的食物链。

偶尔能见到鹿的蹄印或者粪便，野鼠和野兔倒是不少，所以有猫头鹰。但狼没有看到，山猫之类的东西也并不出现。初步判断深入森林没有危险之后，我们开始大胆地制订捕食计划。

跟我们一起来到这里的有个猎户，他出生在中国东北的郊野，是世代以狩猎为生的少数民族的后裔，自幼便跟着父母在山野里打猎。虽然这个时代猎捕野生动物已经有非常严格的管控，所有猎人都要通过一系列考核和认证，但在某些自古流传猎风的地域，少数民族的狩猎行动还是被官方所允许的。他们的狩猎方式非常节制，对所有猎物的取食都只根据自己的需求来，不进行任何贩卖，也接受过完善的训练，会在枪口下放国家保护动物一命。

猎户所居住的"保留区"，便是官方认证后保留下来、沿袭古老生存习俗的地域。这个猎户所熟悉的是亚洲中部的森林环境，对这片森林的气候和土壤没有了解，但关于森林中活动的知识有些相通。在他和女动物学家的帮助下，我们很快规划好狩猎范围。

在洞穴定居的第二天，我们开始派遣人员进入森林。年轻力壮的男人被分为两组，一组出去狩猎，另一组保护外出采集浆果的女人。年老的男人和尼德兰这类的残疾人则是自由活动，他们有些在山洞口站岗，保卫这个临时的居所；有些则跟着年轻人跑进森林里去，发挥丰富的生活经验做一些指导。

第一个星期，我们总共只抓到了两三只野兔，七八只稍大一点的野鼠，捡到了一头快腐烂的死鹿，可以说，打猎这方面收获甚少。

但正因如此，"采集"这个我几乎没怎么考虑进去的"项目"发挥了重要作用。北美红杉林里没太多可食用的大型动物，却有不少小小的浆果。这些东西并不起眼，但真正找起来不需要太细心就能被发现，并且全部无毒。从第一天开始，那些外出采集的女人便有了比任何队伍都丰富的收获——这里共十一个女人，还有五个看上去至少六十岁了，但她们带来的浆果足以发到每人一小把。最初我们只派遣女人们去采集浆果，后来发现采集的性价比比狩猎高太多，于是老人和这里仅有的小男孩也加入她们的行列。

后来，因为这些紫红色的小浆果，男人们在打猎时也不时出岔子。某天清晨有个男人在路上看见道旁的浆果，不管不顾扑过去大快朵颐。当时其他人也想跟过去，但被他赶开，于是他们愤怒起来，纷纷推搡着要挤进灌木里去。碰巧贺林在旁边，这个高大男人意识到跟这些饿鬼没法讲道理，便拳脚相向。

事情很快被摆平了，果然关键时刻还是需要武将出马。但类似问题频频出现，几乎每天路边的浆果都会引发一场战争：这里盛产浆果，所以盛产矛盾。浆果太诱人了，不出一周，周边森林里就已经浆果贫瘠，只剩下被摘光的秃枝。我甚至想换个栖居地，然后让所有人都去采集浆果，省得闹出这么多麻烦。

不过，我到底没这么干，反而学了贺林一手——以后再发生这样的小插曲，我也拳脚全开。

为了保证我的战斗力能够与那些愤怒起来的大男人旗鼓相当，贺林甚至专门给我进行了一段时间的武术辅导。他在青年时代去过体校训练散打，中年后也一直练太极，所以身手相当了得，人也自带一种习武者多有的肃穆气质。被他训练实在不算好的体验，他的拳脚毫不留情，每次我都能被这个凶悍的教练轻松擂倒在地。为了不失去这个宝贵的教练，我不管挨揍多狠都得颤颤巍巍爬起来，继续摆好架势谨慎迎接下一轮对练。大概是因为每天都可以用各种非常英勇的姿态把我痛击在地，贺林对我的态度缓和了不少，也不再常用那审视般严肃的冷气瞪着我了。

在这个地方，人类社会的规则都退化得很严重，就连礼貌和自尊都有所削弱。在这里我们没有任何严丝合缝的遮蔽设备，所以在同性之间几乎是没有隐私的。洗澡是一大难事，因为没有东西可以擦干身体，在等待身体被林中微弱的阳光蒸干的时间里，整个人都得赤裸裸地暴露在蚊虫的攻击范围内。所以洗澡时一般是所有的同性都去溪边，一来安全，二来这样可以互相照看着赶赶蚊虫。

在这里洗衣服也是个大难事，一周能有一次就算奢侈了。衣服太难干，二十来个人的备换衣物只有不到十套。所以我们所有人得商量好，一些人洗衣服的时候就借用公共的备用衣物，另一些人则改在其他时间洗。我们每个人都只有来到这里时的那一套衣服，有些人被传送过来时处在大冬天，穿了很多件衣服，但那些厚布即使全部拆掉重新缝衣服，也做不出七八套来，根本满足不了这里的需求。我们很少打到小野兽，没有兽皮来源；再加上这里的树都是高耸入云的杉树，没有什么可以拿来做草裙的大叶子树，我们的新衣计划从一开始就不得不告吹了。

于是还是得伺候着最开始那身衣服。但这也很麻烦——这里是森林，到处生着灌木和乱七八糟的藤和枝，人在里面走，不出几天衣服就破破烂烂了。自人类世界带来的所有东西，都成了我们独一无二的宝物。我们如今的制造能力几乎清零，再也不可能做出那样精确又实用的东西。

不过，即使失去了制造能力，我们还是有很多办法活下去。

我们始终饥肠辘辘，即使在采集成果最丰富的时候也算不上吃了一顿饱饭。一两周下来，几乎是在不知不觉间，我成了这群人的行动首脑。在这里，除了那猎人之外，几乎没有人有像我这样多的"对这个世界的信息"。人们频频找我咨询一些基本知识，我就把自己掌握的与这个世界有关的知识告诉他们，试图把在教科书上学到的东西，真正地用到现实中来。

从最初的饥寒交迫中恢复过来后，我们有了一些退路，大家各自的判断力和行动力也在渐渐恢复至平常水平。他们不再盲目和焦虑，只是过来问我今天去瀑布边上会不会有危险，或者这个天气适不适合走稍远一点的路，再或者，每次开餐的时候我都有话语权把更多的食物分给干了很多活的人，仅此而已。

"你知道得比这里的任何人都要多，所以，你要帮助他们活下去，这是你的责任。"

这话是尼德兰说的，当时听完，我只觉得有一种正义感在胸中激荡——责任，知识，这两者之间的关联略微有些令人激动，原来他那样的臭老头嘴里也会说出这么正能量的话。但仔细一想，又觉得很荒唐，在这个连我自己保命都难的景况里，只是因为知道得多就要帮助他人，我第一个想到的反驳是——凭什么？

不知道凭什么。我不想再看见同行的人死去，不想再面对一群干瘪疲惫的"人"，不想一次次蜷缩在森林的阴影里瑟瑟发抖，不想再为了每一丝掠过的影子而担惊受怕，我相信他们也不想。让一个人从腐朽变得坚强，往往只需要一些小小的光芒。

现在我在尽力帮助那些人活下去的时候，脑子里想的不是责任，不是欲望，不是良心，甚至不是活下去，而是最初见到的荒原上美得惊艳的天空，还有那天空上的一轮血红落日，以及站在落日里的金发少年。我能像他一样吗？能够发挥比他更大的价值，在这个世界里不屈服地生存下去吗？我想起他的发丝在风中飘动时耀眼的光泽，想起他向我挥手时脸上比阳光还灿烂的笑容，想起他躺在溪流中时那种不声不响的肃穆与悲哀。

如果马尔文依然在我们身边，我不知道自己能否变得像如今这样独立而果断，也许正是他的离开促成了我性格中最坚硬部分的成长。他的一切都在时间的洗刷里越发明亮，短暂却鲜明。每每回望，那个远去的背影都在沉郁阴暗的色调里熠熠生辉，那条枯萎腐朽的道路上，繁花盛开。

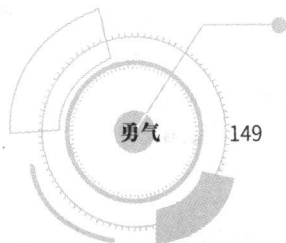

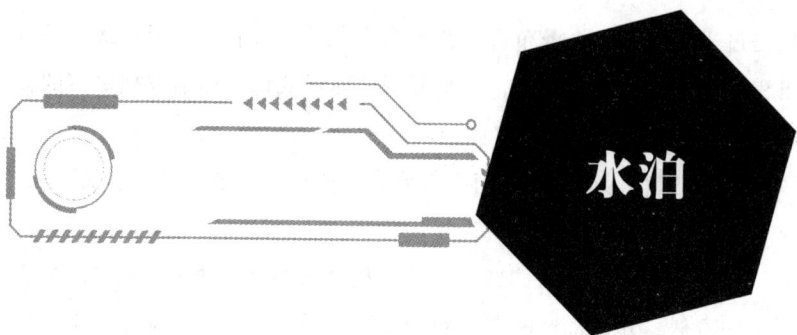

水泊

坝。

这是我们这趟旅途中，第一次见到这样巨大的东西。

"这里是三峡大坝。"滨斯说完这句话就不吭声了。而我，自从远远地看见那片广似海湾的水库之后，就再没有发出什么多余的声音。

人在面对真正宏伟的事物时，会因为自己的渺小而感到窒息。

一路走来只听见水声如雷鸣，要将大地也轰鸣得跳动起来，直感到一股涌动的力量在脚下翻滚。忽然看见那广袤的水面，带着浑厚扑面而来，似要把我们吞进去，吞得不剩影子。

渐渐上坡，越发觉得水面宽广得令人想象不到要如何到达对岸。冬季的沉沙让它呈现并不清澈的微黄，那条细长的坝身切断厚实的水体，再放眼望去，坝体大刀阔斧地给天空切出位置，留下另一侧百来米的落差。冷冽的风将水位下降后裸露出来的巨壁涂抹出斑驳的颜色，赤红龙门吊耸立在繁杂密布的水泥闸门上方，像是鲜明的注脚，标志着这个巨坝无可替代的存在意义。

这是自百年以前就闻名世界的巨坝啊。

以前我只知道这是非常有名的混凝土重力坝，因为最初修建的时候工程力度很大，所以从初建至今没有大修，一直是在原有建筑的基础上修修补补。极有可能，我们现在看到的这面直连天际高耸百米的水泥巨墙，上面有着一百多年前雕刻的痕迹，那斑驳的灰色墙面，多多少少还是百年前的样子。

总感觉……好遥远。不管是这震动着的大地，苍白色的天空，还是银白的水面，我站在这里，仿佛和多年前的一些身影重合。这片壮观的景色，在这个高速变迁的世界里一点点雄壮地生长，矢志不渝，笃定而坚韧。它守住了来自久远时空的记忆，留下了百年震撼的感受，我站在这里，风从很远的地方吹来，发出空旷的回音，好像可以游荡进另一个时空中，前往从不曾存在过的世界，在那里相见。

光是看着它，那种恢宏的静谧就让我感到窒息。如此庞然，如此大气。这东西……我们也能让它自动运行起来吗？

它太大了，毫无疑问，它给我带来的震撼超过任何一个核电站。我站在颤抖的灰色大地上，凝望着那恍若天空的水面，感到由内而外的惶恐。

这是一个生长了百年的巨物，它为我们带来了不尽的福祉，如果它的神性败坏在我们的手上，那将是千古不赦的罪过。风从高高的坝上淌过，一股清新的水汽蒸腾而起。即使这是枯水季，依然有不尽的银白映入眼底。它就像一幅画——往往以一个定格的景象击败时间的衰朽。

"按照以往的经验，它的控制室应该在下面。我们现在在普通游客能够到达的观景台，那至少得找条路绕下去——也许，就在那些灰色的坝体侧面，与陆地相接的地方。"

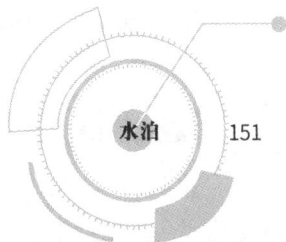

"你有办法下去吗？"我瞪着看似不太好抵达的坝体下方，感到轻微的胆寒。

我们快步走进坝体巨大的阴影里。面前是灰色的水泥坝墙，仿佛一只侧卧的巨兽牢牢趴在生满绿草的地面。阳光止步于此，空气似乎寒冷了一些，不远处就是轰鸣的出水口，无数银色飞花般的线珠飞散，像是永远停不下的雨。

"我们先尽可能往前走着，到不能走的尽头再用无人机探路。"

*

我们一直往前走，走过一段长长的下坡，直到被一面白色的墙拦住。水声把我的声音淹没得不剩多少，五脏六腑都似乎在这样宏伟的噪声中震动起来。

"接下来该上无人机。"滨斯轻松地仰脸看向这面高度恰好把我们视线遮尽的墙，嘴角向上一挑，"它已经待机好久了，这种危险的地方就适合派能飞的家伙去探险。"

"我们也四处看看吧。"我们稍稍隔开站着，腾飞的水汽扑面而来。他用一只手从口袋里抽出无人机小小的手柄和全息屏，似乎没有走动的意思。在短暂而熟练的操作后，我听见无人机螺旋桨旋动的声音，它"唰"地从我们身侧掠过，然后飞到很高的地方。

"开无人机，是个人爱好？"我看着无人机白色的身影像鸟一样在视野里越变越小，想着，要是自己也有这样的技术就好了。

"爱好而已。毕竟，在还有人类的时候我好歹是个大学生。"他坐下来，操作着无人机。我也在不远处坐下，手背垂在水泥的地面上，随着大地的震动微微跳跃。

正午时分，滨斯说无人机找到了，看上去像是控制室入口的地方。在半个小时之内，无人机便通过智能测绘弄到了这个大坝的地表图。

我坐起来，接过他的显示屏看了眼地图，再把屏幕还给他。无比宏伟的景象在地图中简单几笔就勾勒完毕了，这倒是方便我们找路。滨斯方向感很好，他对着无人机的指示看了几眼地图，就明白了要怎么走。

我们在巨大水泥平台上下行，绕过升船机的构造，爬过崎岖的铁丝网，拨开四处侵扰的爬山虎藤萝，绕过低矮的蓝色铁皮屋，向那结构单一重复的发电机组行进。走无人机为我们规划出的最短路径需要翻越一些通常禁止出入的区域，但这不算难事——多日的攀爬与跋涉使我们都变成了好手。从百米高的坝顶下行到水泥坡下方的小平台不过十分钟而已，很快，我便看见了悬浮在空中的白色机体，它不远不近地在靠近河面的平台上空悬浮着，像立体的全息道标。

"卫星地图还好使，说明宇宙里那些陷入无人监管状态的大家伙还正常。"滨斯让无人机稍稍下降，我们跟过去。

"卫星吗？"

"是啊。得感谢最初设计它们的人准备工作做得周全。"

我们跟着低空飞行的"白色信标"前行，一点点走入水声浓郁的坝体一侧，然后看到地图所指的通往控制室的门。

控制室藏得很隐蔽，四周都是盘曲的巨大水泥结构，离泄洪的坝口也不远，所以大概率不会有非工作人员造访。滨斯抽出一直背着的军铲——他显然已经爱上了这个武器——走向出现在无人机正下方的大门。这门一看就很结实，它嵌在深灰的水泥建筑内部，有两个人那么高，几乎占了整面突出来的水泥墙，整体呈现出亚光灰色。把它打开，再往里走估计就直接进入坝身了，控制室也在里面。

"这里只有一个眼纹扫描仪。"他在门口环视半晌，表示没有发现物理锁。我上前，只一眼便意识到这门锁的非凡。这不是我们之前最常碰见的密码锁或者指纹锁，它只有一个细如针眼的微型摄像头和一

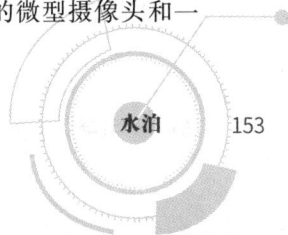

块显示屏，在那屏幕上展示着到访者的眼纹数据。一个 3D 的眼球图状呈现在显示屏正中央，深蓝的底色里浮现出各种随机流动的纹路，像是旧式电脑的自动屏保。

这是眼纹锁。我还没有见过设计得这么简洁的锁，也许是刚上市的最新款——不愧是三峡坝的机房，其安保系统的严密程度丝毫不差于核电站。

"门缝竖直，所以不是升降门。既然是滑开的门，就不用担心撬门有危险了。"我后退一步，盯着这扇厚实得吓人的合金门，有些难以想象要怎么把这个东西弄开。

"我感觉撬不开。"滨斯把铲子举起来比画了一下，深绿色的军铲在合金门面前显得像玩具一样幼稚。他上前用铲头敲敲门，铲子发出干瘪的"当当"声；再像之前那样把铲头往门缝间插，却连一厘米也没有插进去。薄如刀刃的铲尖从门缝中划出，在门身上留下一道浅浅的划痕。他又举起铲子狠狠撞了几下门，后者纹丝不动。水声掩盖了敲击的巨响，它们像浪花一样飘散，不见痕迹。

滨斯把军铲放在地上，从口袋里掏出平时使用的起子与螺丝刀，围着门边看了一圈，有些沮丧地把工具放回了口袋。他回头看我，耸耸肩：没法成功。这个锁深深地嵌在水泥墙里，没有对外接口，如果撬开电路板，必然会对内部电路造成破坏。电路破坏之后门会直接锁死，我们便会陷入无望开门的境地。

"我没办法了，你试试把这个电子锁黑掉。"

"眼纹锁也可以黑掉？难度有点大啊。"我摸不着头脑地瞪着他。他比了个卸背包的手势，向我走来："试试吧，反正我确信不可能靠我把它撬开了。"

"好吧……"我看着他在我身旁一屁股坐下，把无人机停放在身侧不远处。

"行吧，给我点时间。"我抱着背包在滨斯旁边坐下，将电脑架在盘起的双腿上，按下电源键。银色键盘灯亮起，屏幕上出现开机的标识。我打开手机，开始浏览一些匿名交流网站，点开一串软件托管平台，试图寻找和"破解眼纹锁"相关的技术性内容。

不一会儿，我便在经常光顾的技术交流网站上找到了相关内容，甚至还看到了相同型号的眼纹锁。

深色的屏幕映入眼帘，我搓搓双手，活动开僵硬的十指，难得地充满了无畏的干劲。在这里，在我们所知的范围内，在能联系上的所有人之中，我也许是最擅长计算机技术的。在这个领域，我有尽可能掌握一切的义务，也有不断学习、进化的信心——毕竟这是素来平平无才的我十七年来唯一的爱好。

*

在一段高强度的破译时间后，下午一点半，厚重的合金门发出一声轻微的"嘀"，伴随着刺眼的反光慢慢地滑开。

我把电脑从酸疼的腿上撤下来，合上，小心地站起来。

成了。

真是不出所料，这个世界上所有由人类设计的东西都有这样的好处——只要你有方法，所有问题都是多解的：可以正解，也可以投机取巧。这些早在万物互联之前就已经出现的智能锁也逃不掉这条简单的因果链，一个设备对应多个破解版，用不同方式拆开黑盒的人看见的是不一样的构造。

"滨斯。"我低头看着身旁已经打起了鼾的青年。

了不起，他睡着了。

"滨斯？门开了，我们要进去了。喂！"我蹲下来，伸手摇了摇他的肩膀。

没动静。大概他真的累狠了，根本叫不醒。他的睡颜我已经见过

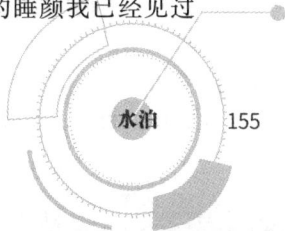

无数遍，每次都觉得自己很草率。

算了，让他睡着吧。前方还有门，接下来不知道还有多少需要用黑客手段打开的电子锁，还不如等我打开了所有的门再说——等我进去了，把所有事情操作妥当之后，再叫他来也不迟。

我把手机打开，新建一个 word 文档，在最显眼的位置用大标题格式打出一行字："我先进去了，醒来之后进来找我。"然后把手机搁在他的肚子上。

这是目前为止我们第一次分头行动。一直以来我们都共同行动，一方面因为安全，另一方面因为分头行动后我大概率会无法胜任，导致整个行动的效率低下，还不如一起干活。我又想如果我动作够快，也许能在他醒来之前把一切都摆平，打开所有的门，春风得意地把他叫醒，说，起来吧，走了，我已经弄完了。这样别提多光彩了！可以为了更高的效率做出贡献。今后我们会轻松很多。

我揉了揉有些酸痛的胳膊腿，从包里拿出探洞用的头戴式照明灯戴好，抽出包侧绑着的军刀，把电脑扛在手臂上，向黑洞洞的门内走去。

一个人搞定，然后欢欢喜喜出来。

*

进入坝体后，我发现内部空间远比外部看上去更加宽松。总开关往上一打，四面八方全都亮了起来；不过明亮的探索环境并没有让任务变得更轻松一些，正是这份过于透彻的空旷感让我的心随着时间的推移慢慢悬了起来。这里的每一件物品都保留着人类的气息，仿佛前一秒还有人坐在拉开的电脑椅上，抓着桌角的鼠标，扇扇热气准备喝还剩一小半的咖啡。不过我很清楚，如果走近细看，电脑椅上一定落满灰尘，鼠标的橡胶滚轮一定已经黏黏糊糊，咖啡也不会是纯净的颜色——大概已经变成细菌培养皿了。

我感到不安。这里没有任何人，我在这里叫天天不应，叫地地不灵。若是出了什么岔子，恐怕就连滨斯也没法过来救我。我不被任何人所看见，却仿佛被所有桌椅乃至灯泡凝视。我变成猎物，被一无所有的空白猎捕，除了胆战外完全徒劳，甚至看不到自己的敌人。

四周始终安静得可怕，我的手冰冷，有些发抖，但我不能回去。若现在返回，那么目前为止所有的独自前行都白费，说到底我只是个不依靠同伴就无法前行的懦夫。

我看了一眼表——两点零五分。已经进来半个小时了。

有什么好怕的？不过是安静罢了。即使只有自己，我也可以让这个巨大的东西自己运转起来。不需要滨斯每次都在身边辅助，只有我一人也可以。

煞白的高压钠灯在头顶亮成光带，它们发出轻轻的"吱吱"声，像被蚊虫翅膀撞击一般作响。这种充满消毒水气息的环境让人从生理上随时保持警惕，时间稍久，便变得有些神经质。我越来越害怕，走路不得不贴着墙壁，双手不断发抖，捧不住电脑了，只好放到包里。我在脑海里努力地回忆一些旋律，想要低声哼歌驱散寂静，但什么也想不起来，脑子和眼前的走廊一样空洞。视野里的东西相当单一，就像白噪声一样重复不断——电子锁，金属门，吊顶，风扇，玻璃窗，电子锁，金属门，吊顶，电子锁，金属门……

前方依然是快看腻了的走廊，我放轻脚步，滑过一道厚重的合金门。通道突然低矮了起来，四周变成不规则的六边形，光线阴暗了许多。我的手放在腰间放刀的搭扣上，一种难言的冲动在胸腔里突撞，经验告诉我——快到了。

"总控室。"

我看见头顶悬浮的全息路标。

狭窄通道的尽头只有一扇门，这前方就是总控室。我走过去，迎

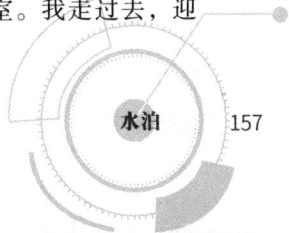

水泊

接我的依然是熟悉的眼纹锁。有了刚才的经验，这玩意儿破解起来快了很多。四周安静得吓人，我只能让自己的双手动作快一点，再快一点。

两点二十八分。

敲击键盘的声音绵延不断，那种速度和力度已经非常均匀地刻在了我的肌肉里，成为随叫随到的记忆。我机械地重复着记下的代码，直到最后一扇门在我面前打开，我把电脑放进包里，贴着墙走进去。

巨大的房间里陈设极其复杂，最为抢眼的是一扇巨大的落地屏幕。这屏幕呈一种大气的曲度，横放在总控塔正前方的墙壁上，横竖乘起来可能有半个足球场那么大。它被分成很多小块，每一块上都显示着发电站各个区块的实时影像，所有的影像汇聚在一起，像是很多块破碎的玻璃在反射出色彩各异的光芒，令人眼花缭乱。屏幕前有十几排普通的台式机和我看不懂的大型操作设备，它们错落有致地排列着。

我粗略估计了一下，这地方得有五六十台电脑。这么多设备，长得都一模一样，我要怎么知道哪台是总控制？还是说，出于安全考虑，这发电站的设置就是要把每台电脑都操作一遍才能开启自动化模式。

不，别急。会有办法的，总控机也许不只有一台，也许每台电脑都可以获得权限。现在就是滨斯在旁边也派不上用场了，说到底，只要一进入控制室，便向来都是我的主场。

我沿着低矮宽大的台阶径直走向大屏幕下方的那排电脑，打开最左侧一台的电源。开机后的流程与以往无异，我把两台电脑连在一起，熟练地进行破译，很快解开电脑的熄屏锁。这一切都与平日所见差别不大，一路走来，这样的控制室已见了不知多少。进入工作状态后，我本能地忘却房间的巨大与空间的荒芜，心中不剩下任何一丝可感的情绪，既不恐慌也不激动，只是一如既往地敲击着键盘。

大坝的母机采用常见的小范围互联系统，属于不对外开放的可交联网络。我进入主控制器的权限范围，找到自动化管理模式，并将它开启。搞定之后我拍下自动化模式成功开启的界面作为证据，准备离开。

"管理员，这是您本年第三次开启自动化模式。"一个清澈温柔的AI女声在偌大的空间里响起，吓了我一跳，"请问您又要出去开会吗？为何不让其他工作人员代劳？"

我愣在原地，茫然地四处环顾，没有智能机器人向我走来，于是自然地想到那是来自主控制器的声音。也许是自动化管理智能的声音。

那女声再次响起："管理员，您在吗？"

我在电脑椅上坐下，瞪着发亮的显示器，抿起嘴不予回复。它便第三次询问："您好？请问您是哪位？"

"我不是这里的工作人员。"我不得已应了一声。大概因为没有收到回答。它开启了摄像头，识别到不属于这里的人脸。若不回应，恐怕会遭到攻击。

"请问您在这里做什么？为什么打开自动化模式？"它目前为止都非常客气。

"因为……呃，因为人类在几个月以前消失了，如果不开启自动化模式可能会有安全隐患。"我思忖着自己跟一个AI讲道理，感到有些困惑。

"人类消失了？您确定吗？"

"嗯。至少，这几个月里我们——我和我的同行者——没有见到任何人。"

"为什么？他们去了哪里？"

"不知道。没有人知道。"

"他们什么时候会回来？管理员什么时候会回来？"

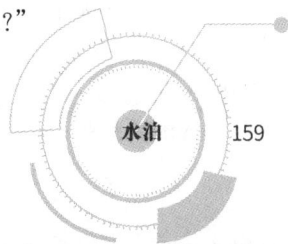

"我不知道。"我站起来，准备关掉电脑的音量。

"您能把他们带回来吗？"

"我不能。"

"您在这里做什么？"

"我开启大坝的自动化运行模式，防止这里因为无人管理而出现问题。"

"可这么多天来在无人运行指令的情况下坝体运行状态良好，也并无安全隐患。请问您在这里做什么？"它的声音平静而和善，让我感到不自在。

"我可能得走了。"

"您是入侵者。"

"你要攻击我吗？"

"Icon 的指示是禁止伤害入侵者。"

"Icon 是什么？"

"是我的朋友。"

"朋友？ AI 也有朋友吗？"

"嗯，最近认识的。"

"那我可以走了吗？"

"您请便。我并没有阻拦您的意思。"

"再见。"我把电脑椅退回操控台下方，背对着摄像头往门口走去，"祝你顺利。"

"也祝您顺利。"

主控制器的屏幕闪烁了几下，仿佛在挥手告别。方才进来时那寒冷的不安消失殆尽，此刻我身上略有些发热，显示出极好的状态。我对着监控器方向挥挥手，捧起放在一边的笔记本电脑，走出控制室的大门。

门在背后滑上，一种前所未有的奇异感觉涌上来，在我抓住它之前快速消散。我沿着来时路回到坝体的出口，从内部打开厚重的铁门，走进午后煞白的阳光中。

滨斯还躺在地上瞌睡，身体在阳光下直冒热气，看上去像要被蒸熟了。我把他弄醒，指着刚刚关上的门，告诉他里头的事已经搞定。他从滚烫的地板上跳起来，拍拍裤子上的灰，狐疑地看着我。

"是真的。"我将方才拍的照片递给他，"自动化模式已经开启了。"

"一个人就能搞定？"他盯着照片出神半晌，正儿八经地看着我。

"只是一个尝试。"我站起来，抬手遮住刺眼的阳光，"等我们再各自学习一些新的技能，就可以分头行动了。"

"你的意思是，我去学开直升机，你去学开车？"他也站起来。我们在轰鸣的水声中无话可说地立了半晌，滨斯摇摇头，表情复杂地笑笑。

"不好吗？"我回望已关上的洁白合金门，感到自己的确也并不像想象中的那样得意。

"也是，迟早会有这一天。"他弯腰从地上拾起无人机，抓住背包，率先向我们来时的方向走去，"走吧，先上车。"

我跟上他的步伐，不由得走快了些。身后，古老的大坝平稳地矗立在天地之间，将银色水面与天空分隔开来。我听见涛声。

冷冽的风将水位下降后裸露出来的巨壁涂抹出斑驳的颜色，鲜红的吊器矗立在水泥墩之顶。这些大坝上的符号就像接通天地的门，永远框住一方天空，不论从怎样的角度去看都壮观得令人叫好。云层变幻，四季更替，翻滚的银色波涛从它们脚下流去，水库的水位起起落落，航船来来去去，百年如一。

它们的世界从来都是无人的世界，它们是比人类更加巨大的生命。在它们脚下，奔腾不息的苍川不过是轻抚的微风，来来往往的人类也无外乎铺洒在山水之间的黑色标点。它们的听觉探知着无声的环

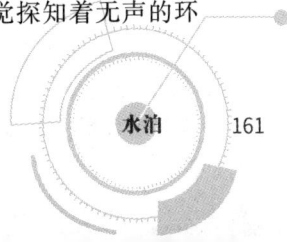

境，雷雨与浪涛的呢喃无法震动这些发不出乐音的巨大载体；它们俯瞰着方圆好几平方公里的苍茫，丘壑的起伏与河川的跌宕已是再平缓不过的画卷。对于这样恒久而广袤的生命而言，我们人类所承载的未知的前路又算什么？

只是，我们还远不能和它们一样，永远静止地矗立。

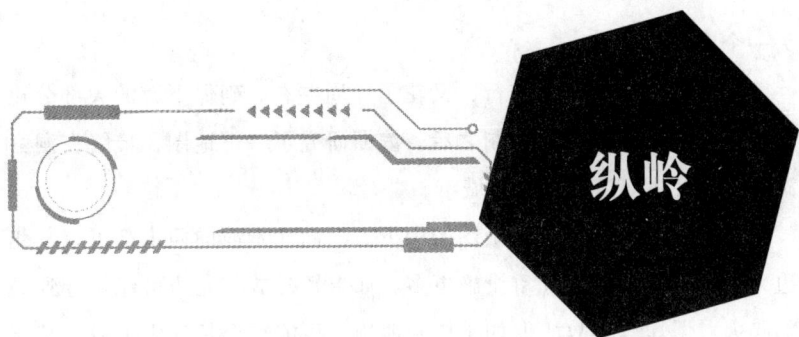

离开大坝后，我们驶入真正的山区。

一路车行，四处是山水，倒更像是在这片雄伟山川中旅游。碰巧这片地方又重工业设施云集，我们进度很慢，有时候甚至会因为前一天的疏忽再花一天走回头路。在崎岖盘旋的山路中来来回回绕了一周左右，依然没有走出这片浩荡的地形。深潜在这样茂盛的林海中，目之所及皆是重叠的翠绿。

附近有不少大城市，但我们在山岭间行车时更多时候寄宿在山中的小村庄里。我向来喜欢这些零星散布在深山老林里的村庄，它们都有着高耸水泥墙、完善的日用设备和好看的绿化。而除了基本的设施相近之外，每个村的建筑都各具特色，拥有颜色各异的装饰，入夜之后花灯亮起来，全息显示屏投下的绚丽光斑与周遭建筑融为一体，融融暖光在镂空的屋檐上射下斑纹，在其间小心地前行，像是恍然步入

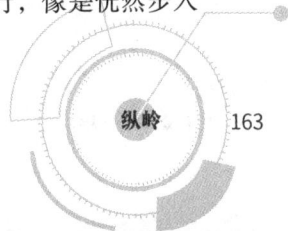

另一个世界。

我们一路沿着长江前行，又花了一周左右。确保下游的大部分化工厂与发电设施都得到控制之后，滨斯研究了一下地图，最终在洞庭湖附近离开主河道进入主要城市。

现在我们正处在中国版图的中下方，向北走或向西走都可以，北边大城市更多，西边危重设施更多。如果暂时放弃北边可能会导致局部起火、爆炸等事故，但如果放弃西边，可能整个长江中下游，甚至整个亚洲都会有危险。我和滨斯只花了十分钟权衡利弊，便决定继续沿江溯源，到充满大型发电设施、矿井、粒子科研机器以及核武器、卫星发射台的西部去。再往西走，我们觉得应该在大城市里休整一下，补充设备。

于是，下山路带我们离开轰鸣的大江，从群山的藏青色中驶出，沿着渐渐平坦起来的公路向天空更宽广、大地更开阔的市区奔去。我和滨斯打开车窗，在呼啸的风声中大声唱歌，暂时把今后将碰到的种种危机忘掉。

车辆沿着郊区公路前行，远远能眺见市区时便看见了令人紧张的画面，好心情立刻没了。自市中心方向升起的烟把天熏得黑了一片，烟灰在空中回旋飞舞，几处浓重的烟柱将都市插穿，形成骇人的纹路。

几个小时之后终于抵达城区。这是我们此行第一次遇到的有大规模爆炸损毁区域的城市片区。

自"人类消失事件"发生以来已经过去三个多月，这里爆炸冒出的浓烟与火光仍然没有断绝，只能说明这些爆炸都是新的，时间最长不超过半周。

我们在早晨驶上环城公路，真正深入市区已经是晚上九点多。车辆沿着残破的街道缓缓前行，驶过一只只仄斜的路灯。久违的灯火在身侧汇聚成星海，用帕拉斯的话说，就是"有种吃饱喝足的满足感"。

最开始在空旷的大城市中行走时恐惧的感觉已淡化得不易察觉，我们多次从真正的险情中逃生过，在经历过实打实的危险后，一些自己臆想出来的恐怖便脆弱得不值一提，即使不加以消除也会破灭飘散。四周的楼厦都已经锈迹斑斑，即使是大理石外墙也长出了些许藤蔓杂草。有些闪亮的落地窗玻璃碎裂，摔在人行道上面目全非，昭示着潜在的危险。滨斯将车停放在一处商场的车库外边，我们从正面走进亮着黄色灯火的商场，被琳琅满目的商品包围。

直到此刻，我分分钟悬着的心才稍有了一丝安踏。已经很久没有在四周没有一丝阴影的地方待过了，这种感觉一时间妙不可言。我抬头盯着暖色的光带，恍惚间像是回到了几个月前，像是把从那时便偏离航线的生活拉回了正轨，此刻的我正与父母一起，拎着满满的购物袋，手里拿着冰棍，趿拉着拖鞋在柔和的光线中漫步……

滨斯用肘子拐了拐我。

"别看天走路，小心摔跤。这座城市里面有什么危险的物联设备吗？"他倒是很现实，一丝幻想的空间也不余留。

我将手机掏出来，滑进之前写的自动破译界面，盯着屏幕上刚刚出现的物联平台信息，粗略扫描一圈。这里的通用设备都与我们之前遇到的相差不大，其中有一些可能造成小规模爆炸的东西，但我们花心思把这些关停都是为了防止它们对城市造成部分损害，现在这座城市已经不成样子，该炸的差不多都已经炸完了，剩下来的也是经历过大浪淘沙的家伙，不会那么容易出问题了。

不妙的是，往后这样的城市会越来越多。随着时间推移，那些已成定局的灾祸变得无法挽回，我们只能抵达一座又一座废墟。

"那些有隐患的设备，该死的都死完了是吗？"他也把手机从口袋里抽出来，看着之前我们商定好的日程安排叹了口气，"今晚休息一下，之前在山里到处都是虫子，也没怎么好好睡觉。"

"会吗？"我向他伸出手，"借一下手机，让我跟帕拉斯说几句。"

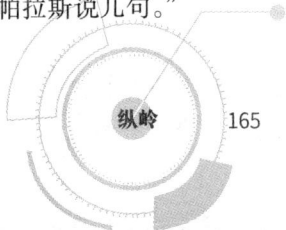

"不找他，他也不会想你的。"滨斯耸耸肩，把手机塞回口袋，"那家伙肯定正在跟那个阿根廷女人谈情说爱吧，他俩好得很呢。"

啊，对，我差点忘了。

半个月之前，帕拉斯发来消息说他在阿根廷的布宜诺斯艾利斯找到了一个幸存的女子。与我们揪心惨烈的状况截然相反，她被发现时正穿着豪华的亮闪闪长裙坐在首都地标性的方尖碑边上，头上戴一顶黑色的贝雷帽，双手双脚都涂着精致的紫色指甲油，手中举着酒杯，悠闲而优雅地跷着脚对太阳唱歌。阿根廷首都华丽典雅的低矮建筑在她身后呈翼状展开，颇显神气。

"是个浪漫主义者。"当时帕拉斯在她后面偷偷拍了一张照片发给我们，"我最喜欢浪漫的女人了。"

那女人看上去足有四十岁，但身材火辣，保养得很好，单论长相绝对是个大美人。我很诧异帕拉斯居然对大龄成熟女郎感兴趣，不过仔细一想好像没什么好奇怪的。

"在这样的世界中，不可能会有浪漫，除非你们过度解读。"滨斯这样回复。他应该是想劝说帕拉斯不要过度跟女人纠缠，如果她想单纯享乐那就随她去，帕拉斯得保持自己的清醒。但毕竟滨斯这家伙说话太讨人嫌了，他发完消息后帕拉斯立刻不乐意了，他俩争了半天，后者才想起来要去找那个女人搭话。

这一幕过于生动，甚至盖过了我们发现第四个幸存者的惊讶。

……

后来，帕拉斯和叫塞西莉亚·玛丽的女人认识了。由于四下里再无他人，两个成年人爱好还十分相同，他们的关系肉眼可见地好了起来。社交软件上传来的照片从发电厂的数据表变成酒店包间和豪华酒吧，背景颜色越来越花哨。直升机已经一周未动，帕拉斯再没有离开过布宜诺斯艾利斯，只是留在那里和那女人成天不知做些什么，大概率不是正事。

滨斯不喜欢他被塞西莉亚吸引，不愿意再找他商量事，还不乐意把他的账号推给我。于是我们和帕拉斯的联系也少之又少，有时给他发消息沟通最新情况他还迟迟不回复，要回也必然附带一两张那个女人的照片。更多时候那些照片里他俩以暧昧的姿势相拥，背景是阿根廷首都豪华的酒店套房和自助餐厅。滨斯反复表态，称自己不赞成帕拉斯玩物丧志，顺带着也不太喜欢那个高龄美女。他说他们太松懈了，而正是那个女人消解了帕拉斯所有的危机感——让他也渐渐变成一个好逸恶劳的人。

"小命都悬着还吃香喝辣，真是没有分寸。"

虽然我并不会因此讨厌帕拉斯，但确实他已经脱离了那种大难临头的危机感，在心态上发生根本性的改变，因此行为和之前截然不同。我无法评判在这样一个荒唐的景况下怎样的选择算是正确，只是这种意识上的鸿沟一旦形成便难以跨越。有一段时间，我又有了到了世界上只剩下我们两人的无力感。

*

隆冬来临之时，我们一直都在路上，只是偶尔穿过城镇，更多的时间留给了草木繁茂的市郊。有一段时间我惦记着新年，在心里暗自发誓这个不可以不过的节日一定要隆重对待，一定要跟滨斯讲清楚，大年三十晚上去城镇里吃餐好的，然后年初一一整天不赶行程。

后来车开得很紧，有时候一天能穿过五六个县城，过年这件事也就慢慢淡化了。我忙得焦头烂额，一边想方设法将附近地区的危重设施地图弄到手，一边上网搜查各种可能会用到的技巧。

人类消失已经过去四个月，许多食物都到保质期了，田里的作物也所剩无几。我们在吃的选择上下了很多功夫，每次都要造访很多超市寻找仍然可食用的速食食品。那些东西的味道越吃越不喜欢，可没

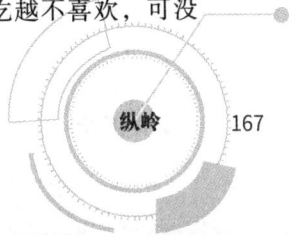

有选择余地。

一个夜晚，我和滨斯刚抵达一座规模较大的城市便又收到了帕拉斯的消息。不出所料，依然是他和那女人依偎在一起的照片。也不知道这人安的什么心，照片里两人都神采飞扬，穿着鲜艳的衣服，头戴略显幼稚的塑料皇冠，使得整张照片像是劣质摄影棚里拍出来的作品。他们夸张地笑着，露出两排洁白的牙齿。

图片下面附了一段话，我还没来得及看就被滨斯遮住了。

"审美好差。"我看着这两个神貌天真无邪的家伙，忍不住吐槽道。

"那两个傻子自有他们的好处——如果以后人类一直不回来的话，倒是可以派他们当亚当夏娃，免得绝了种。"他不置可否地说。

"也许他们的做法有些道理呢？"我盯着在滨斯指尖闪烁的屏幕，塞西莉亚温柔而快乐的面孔穿过阻拦呈现在面前，"如果像他们那样什么也不做，是不是也能够活下去？"

"为什么？"滨斯直直地看着我，表情分外复杂。

"如果那些危重设施真的像我们最初假设的那样脆弱、容易出事故，那为什么到现在为止还没有任何严重的爆炸事故发生，我们的安全也丝毫没有受到威胁？"我的声音不由得稍大了一些，"会不会这些设施根本就不需要人为干涉，也不需要给它们开自动化，就能够正常地保存下去，也不会产生巨大的危险？这样的话，即使像塞西莉亚他们那样也不是不可以？"

"你觉得有可能吗？"

"我的意思是，如果那些设施里本身就有足够完备的保险系统，可以支撑内部的……"我忽然顿住，意识到自己的想法有些好笑。

之前那么多次进入发电厂的控制室，我们从未有过更深一步地调查其中的运作机理，只是循着第一次成功的经验，机械化地不断开启自动化模式，然后心安理得地离开，把一切交给接管的 AI。

"离开家那会儿我还想过，如果把这种无人的情况当作享受时光，充分利用公共资源把自己一辈子都难以享受的东西体验一遍，也许会很愉快。"我看着窗外繁华而空荡的都市，斟酌词缀，"但是总觉得……似乎不对。那样可能会开心一阵子，但绝对不可能持续下去，总会发生叫人后悔的事，总会付出代价。我们就算24小时不休息拼了命地赶路，也还是只能办到很小范围内的事。干脆连这一小部分也舍弃，是不是其实不会有太大的影响？相对地，我们还能轻松很多。"

滨斯叹了口气，把车靠边停下，将手机放回口袋。"然后塞西莉亚和帕拉斯现在的生活让你开始怀疑自己那时是不是多虑了，你开始觉得单纯享受也是可行的？"

"也许……我还从未问过滨斯对这种做法的看法，虽然就之前的经历看来，他不大可能赞成。"

"如果你是在问我的看法。"他看了我一眼，"至少，目前我认为没那个必要。"

"这是有没有必要的问题？"

"我是说，我们暂时还没有放弃的必要。"他把手从方向盘上撤下来，打开车窗，让外头的风在车内流动，"你不觉得，他们那样生活和坐吃等死没有区别？"

"你是说他们没有希望了才那样玩乐？"我也打开车窗，两边对流。

"直觉告诉我，他们本身都不是那样贪婪的人。"

"可就结果而言，我们也未必能比他们好到哪去。"

"这样想，做与不做终究没有区别，就连地球也有毁灭那天。"他耸耸肩，不置可否地侧过脸望着窗外，"个人而言，我希望把那个可以确定的毁灭来临的时间尽可能往后推延，至少要堂堂正正地等到消失的人们全部回来那天。"

"如果我们能等到，他们也能等到。"我感到微妙的动摇，意识到

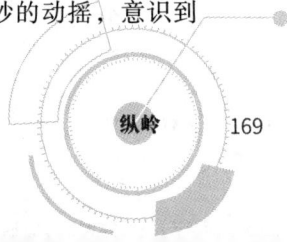

自己既渴望放空所带来的享受，又害怕那样会招来承受不了的代价。但继续维持现状也顶多在上演微弱的挣扎，我们在这三个月里甚至没有完全搞定亚洲东南角的危重设施。

"也许今后会发生改变。"他沉默半晌，突然按下电源键，再次启动了熄灭的引擎，"不幸的是，享乐派与实干家的下场分别如何，这是我们任何一人都无法回答的问题。"

"且行且看吗？"

"或者等待我们微小的行动累积出新的变化。"

银色轿车再次行驶起来，无声的车轮压过铺满碎玻璃碴的柏油地面，穿过斜着倒下的全息图像，像是穿梭在虚拟世界之中，不时引起一阵阵的警报。

"那么先往西走吧。"

*

往西，山岭真正高了起来。

从巫山一带开始，第二地形阶梯的威力将我们所有的行路时间至少拉长了两倍——山与山之间虽然有隧道，但我们要去的地方往往在大山上面，不能直接穿山进隧道，非得走最原始的盘山公路一层层绕上去。这一带风景倒是没的说，自古便被来自祖国各地的文人化用进各种诗歌里——山路险峻如仕途，崇山峻岭陡峭似天梯。

在公路等硬件设施完善的当今，想要在这些山岭中穿梭已经完全不用担心性命难保了，除了旅途时间稍有些久之外，并无大忧。滨斯的车技很好，我们都不晕车，这一重一重墨锭似的大山里藏着各种危重设施，而在向它们驶去的途中，除了看看风景之外也没什么别的事可以干。况且，有些地方的景色是真可以让人发诗性的，那种对文字的感觉不是才子也能有，当面对壮阔跌宕的自然奇貌时，人总是不甘心自己发出的赞叹太庸俗。

现在，也不知道是不是受了那两个享乐派的影响，我和滨斯的节奏也不再一如先前的紧凑。

最初征服长江中下游那些乱七八糟的危重设施时，我们满脑子想的都是晚一步就会炸得漫天火花，慢一天下一天就是世界末日，步步都要算好，一点不能弄错，行程能赶就赶，只要不晕倒就不能浪费时间在睡觉上。而现在我们已经意识到那些令人担心的危重设施似乎并没有那样吓人，除了小范围经济损失之外，大危险大抵是没有的。我们所担心的"能够造成毁灭性打击和剧烈污染"的事故并没有发生，或者说，没有被我们碰上。

早春，山林中万物复苏，泥石流和洪水多发。我们在山路上曾经多次驱车涉过十几厘米深的泥水洼，因为没有别的路可走，一侧是高高的山一侧是百十丈的深渊，回头可能又要走一天。这时滨斯优秀的车技就派上用场了，每次面对这种情况我都急得直叫，这也不是那也不是，一会儿担心排气管进水熄火，一会儿怕车底打滑开到山谷里去。他则淡定得很，握着方向盘像开船一样稳稳地把车渡过泥水洼。

我们还跟泥石流当面对决过。

当时我们正在一条修得很好的盘山路上，天一直下雨，对面山头的树与山石在雨幕中吞云吐雾，像张牙舞爪的怪物。我们聊得正欢，突然前方不远处一侧山崖上的草皮向外翻开，黄色与红棕的沙土倏地腾空而起，夹杂着浑浊的泥水飞入风中。伴随着一阵隔着车窗也能听见的闷响，山体中似乎有什么东西爆开了，势不可挡的滑坡紧随其后。

"刹车，滨斯，刹车！"我一下子从椅子上坐起来。

"别喊。"他手的反应比我的嘴还快，行车时速表在一秒之内从40急剧下降到15。而就在此时车辆已经快要驶到坍塌区域前方了，以这个速度依然逃不掉一头冲进滑坡体的下场。滨斯猛拉手刹，车在剧烈

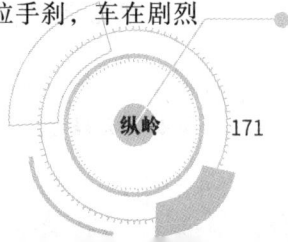

的急刹车下开始甩尾，转眼间后备厢已经直直地指向了道路另一侧的深谷。他想掉头，但混动车在积水的光滑路面上不听使唤，带着甩尾时那股劲儿直直地向泥石流冲去。再往前就要直接被掩埋了，他只能把车刹到底，死死地把方向盘往一侧打到底。我惊恐地看着那些泥块土石和细碎的断木裹挟着涌下山来，脑子里一片空白，感觉大地都在轰鸣。

"下车！往回跑！"滨斯一把推开车门，疾呼一声。车还在失控地滑动，他已经一只脚踏出车门，弓起身子就要跳下去。

"下车？要下车吗？"我慌忙按开安全带。

"下去，跑起来！"他推我一把，我一下撞开车门，跌跌撞撞地跳出车外，借着力几乎是手脚并用地往前冲了几步。我满脑子都是山石不祥的轰鸣，那声音让大脑一片空白。我的双手扑进几厘米深的积水里，紧跟着手臂和两肘也狠狠地磕在地上。后知后觉的疼痛被冰冷的雨水箍住，一时半会儿没有传到大脑，我赶紧爬起来。

眼前雨幕模糊，我踉跄了几步，勉强找到平衡。滨斯从我身后抓住我的胳膊，以不容置疑的力度将我往前带，我们像两只螳螂一样歪歪倒倒地跑起来。浓厚的雨幕像是要将人溺死，在雨里跑步格外辛苦，我们浑身都湿透了。路一侧的山谷被云雾遮住，深不见底，整体呈现出骇人的深黛色，仿佛随时可能吸入自上而下的观者。我终于明白滨斯为什么不肯强行掉头或者倒车——只要一个打滑溜下去，我们都要被摔成肉泥。

"喂，滨斯，要……要跑多远啊？泥石流，会，会追上来吗？"我大口呼吸着，心脏在胸腔里突突地猛冲，脸被雨狠狠地浇灌。

"跑就对了！鬼知道那玩意会不会追上来！"他在雨里大喊。这雨越下越大，从天到地都在轰鸣，环绕在我们身侧的巨响接连不断，根本分不清哪是泥石流，哪是雷电，哪是雨。

我凭着一股原始的劲头猛冲，感觉肺都要从肋骨里跑出来了。浑身被雨浇得冰冷，肺里又火辣辣的，呼吸有点跟不上，只能拼命往前迈动双腿，好像在雨里跑了一个世纪。相当漫长的一段踉跄之后，我们终于只听见纯粹的雨声。山的轰鸣消失，滨斯猛地刹住，我也不再前移，我们呆呆地在雨里定了好一会儿，才想起回去看看车怎么样了。

往回走的路相对不那么难熬，虽然地面泥泞坑洼，雨水也颇有压迫感地倾注而下，但我们都不敢想象如果车被冲走了，接下来在这荒山野岭里要怎么办，因此就分外迫切地希望看到车没事儿。

走到山体崩塌的附近，我们看见颇戏剧性的一幕——那辆银色的电动小轿车停在巨大的泥石流坍塌区外侧，车顶上落了几块石头和一摊往下流的泥水，一侧的车窗被砂石弄得有些花，但总体上它没有被裹挟进去。

我们呆滞地走过去，一人一边拉开车门，僵硬地在椅子上坐下，一身的雨水泥水顺着皮椅流下。身侧不远处泥石流依然"哗哗"地流着，我此时几乎累得感觉不到恐惧了。

"滨斯，水。别把驾驶座弄湿了。"我把他疯狂滴水的袖子拿开，从抽屉里抓出抹布盖住车的操纵台。

"咱们都挺水的。"他抬眼看着我，用手掌把贴着前额的刘海捋到脑后，露出光亮的大额头。

雨毫无遮拦地往驾驶室里倒灌了好一会儿，我打了个喷嚏，这才想起关上门，催促同样双目无神的滨斯倒车，换条路走过这个山头。

……

好在天气也渐渐好了起来。春雨仍然时不时有，山岭依然时不时被浓重的雾海包围，但规模稍大一些的坍塌和滑坡再没有被我们碰上过。这里的山岭太险峻，每一处惊险奇骏的景色里都隐藏着危险，不知道哪块山石落下会结果我们的性命。但又不能因此放缓行程，在这种充满潜在危机的地方步步小心则寸步难行。我盯着那野山看了一天

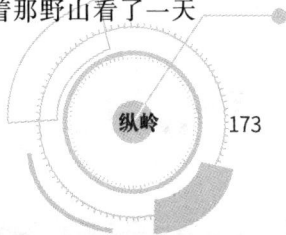

纵岭

又一天，最后还是归于一种平和的心态——哎，可算了吧。要是命中有难，想不丧命也难；倘若这里的山野并不害人，那我们便驱车轻旅，就当是看看风景。

再往前走，巴蜀之北的崇山峻岭逐渐露出狰狞的面目。日常行车途中我们越来越频繁地经过高薄如刃的群山与布满纱网的裸岩区，导航的电子音一再提醒：小心落石，小心落石。好在盘山公路修得一直很好，行车顺畅，即使偶尔需要驶入陡峭下坡的隧道，我们也没有在途中被意外拦下过。

"我们总得找点话说。"他看了我一眼，耸耸肩，"你可以看风景，可以睡觉，但我只能全神贯注地开车。如果不找点话柄，你不怕把我无聊死？"

但我们能说的话都已经说得差不多了。这是个非常悲惨的事实——在这几个月里，我和滨斯实在是挖空心思创造各种话题，从自己过去的经历到认识的人、听过的故事、学过的东西、看过的电影和书、听过的歌……能想到的都想完了。即使如此，这趟不知何时是终点的旅途依然遥遥无期，我们便只能见什么说什么，随便拿旅途中见到的大好风光做一些联想，敷衍了事，以免陷入完全的沉默。

"四川盆地到了。"滨斯不咸不淡地说。

"啊？"我瞪着没有任何变化的窗外，一时有些没反应过来。

"我说，四川盆地到了。"

"四川盆地大着呢，你这样说太含糊了。地图上说那里有不少大型危重设施，我们要在下一个出口下高速吗？"山岭中的色调很明朗，早春天气晴朗，阳光将傲然突出的峻峭山顶划分成金与翠绿两带，顶上那部分不生草木，在融融的和风中被渲染成鲜艳的金色，光秃秃的裸岩直指天空，仿佛姿态各异的神兽。

"我想去看看。"滨斯的声音挺轻的。

"你没去过四川吗？"我随口一问。

"也许去过吧。不记得了。"他平静地看着前方，双手自然搭在方向盘上，头顶的全息时速显示数字时大时小，像一个可以倒退的钟表，"我小时候去过很多地方。"

　　我们的目光在玻璃的倒影上交汇，窗外出现了很深的峡谷，峡谷正中间有银白的河。这河不大但形态豪迈，像是把蘸饱了墨的毛笔轻轻往纸上一搁，不轻不重地随着手腕的力度一直带下去，想弯就弯，极度流畅，泛着莹莹的闪光，似墨未干。

　　头顶是弯弯的天空。在这山的森林里，天空也和在城市时有着一样的遭遇，被凹凸崎岖的高耸地形切割成一片片碧蓝的光带。有黑色的大鸟在天空中回旋，它伸展着巨大的翅膀，一点点升入高空，乘着游荡的风，慢慢地消失在我们的视野里。

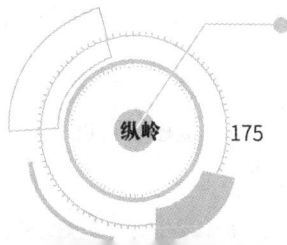

意外

12:00

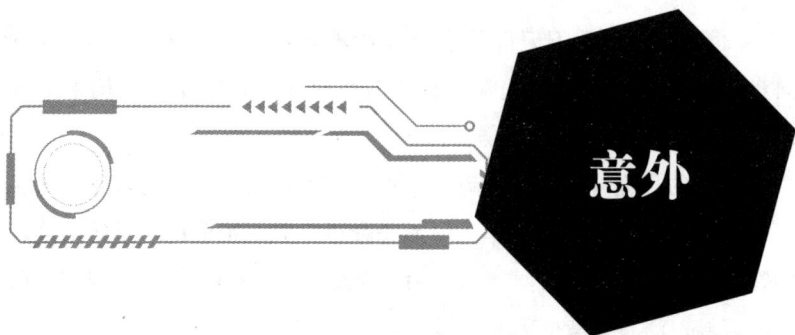

我们在一个天气很晴朗的清晨抵达了市区，中午时分，雨跟着我们一起来了。都市建筑的所有阴暗面都被勾勒出来，每个角落都像是藏着眼睛，空气中弥漫着不祥的气息。

天阴下来的时候我和滨斯正在市中心的大街上往市政府大楼走，所以我们在雨来之前跑进了大楼里，没有被淋湿。

市政大厅偌大，十几米高的天花板连接着巨大的落地窗，由几根银色的大理石柱支撑，可看到外面的街道和天空在远方。天色暗得很快，乌黑的云层压过来，紧接着就是豆大的雨点。

我和滨斯在大厅中央停住脚步，不约而同地望向那壮观的玻璃墙，雨中阴沉而迷蒙的都市模糊的轮廓在深灰的天空下若隐若现。初春的雨和夏雨有很大区别，它没有情绪，只是木木地下着，整座城市在雨里面瘫了，清一色灰蒙蒙的。

"好大的落地窗玻璃。"看了半晌，滨斯发出这么一句感叹。

"好大的雨。"我附和道。

"暂时只能待在这里了啊，本来还想早点出去吃饭的。"他打量着这个在雨天里显得高耸而阴森的大堂。

*

黄昏，我们溜进市中心最高的那座大楼。

中午在市政大厅，我们粗略查看了这座城市之前积累的一些数据，发现一件怪事——这里有一栋大楼与市政厅没有任何数据交换，楼里是什么企业不知道，最重要的从来没有任何来自那个坐标的纳税报告。我按着经纬度查了一下，那是我们来到这座城市时第一眼就看见的那栋高楼。如果没看错的话，它是这里最高的地标性建筑。

在一些疑惑的驱使下，我们决定利用晚饭后休闲的时间进去侦察一番。

"放轻松，就当玩了。"在撬开大厦正门口的智能锁前，滨斯扛着铲子说，"不管这里头以前有什么秘密，现在被我们这两个过客看到都没有任何意义了。"

"啊？我们不是希望里头的东西能有点意义才来的吗？"我抬头瞪着他。

"还是别抱有这样的希望吧。"他耸耸肩，把铲子一抢，叹了口气。

总之，不管出于什么目的，想要进入这里都不需费太大工夫，这栋楼和普通的写字楼在硬件上区别不大。我们站在大堂里读了一会儿主地图，便随便挑了几个楼层造访，看到的景象也和一般的写字楼无异。

潜入作战没有遭到任何阻拦，智能锁也和以往的一样好破解。我

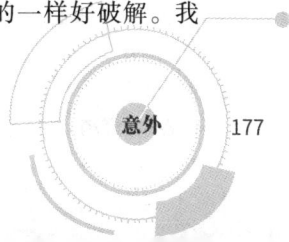

们一路乘坐电梯上行，来到最顶层的观景台上，靠着巨大落地窗玻璃，把夕阳看完。这个地方视野很好，极目远眺，整座城市都在视野范围内，天晴的时候应该能看得更远。

"普通的一座大楼，风景还不错，卖相也还行，为什么不给市政府纳税报告单呢？"在我们离开顶层时，滨斯问我。

我耸耸肩，表示自己毫无头绪，"也许是有什么特殊项目吧。"

"免税的项目？"他大惑不解地思索，"在我印象中……现在世界各国税收都挺高的。这可是一整栋楼啊，这里面究竟有什么东西，居然可以免税？"

除非是军方机构或者非常有背景的机密企业，但是，我们又确实已经证实了这栋大楼内部的企业都是普通的民企，时间不早，确实没有再在楼中仔仔细细搜查一遍的必要，于是这次探索便草草收尾。

最后一抹夕阳落进地平线的罗网之中，都市棱角分明的天际线一点点暗下去。幽暗的紫色染上云层，远处近处的全息显示屏在这沉郁而冷静的暗色调中显得格外突出，彼此交错着牵起泅开黑暗的光斑。天台的夜风冷得一点也没有春天的样子，我抢先钻进半掩着门的楼道，滨斯在身后不远处跟上来。

下行的楼梯很长，微弱的 LED 照明光带无法驱散越发浓厚的阴影。我看着自己的影子投在前方斑斓错落的数十级阶梯上，听着脚步声一下一下敲击质地坚实的地板，把脖子缩进卫衣立起的领子里。

一声短促的信号音划破空洞的寂静，滨斯的脚步声消失，我也跟着停下。回头向上看去。

"滨斯？"

"是无人机。"

"啊……真周全啊，你居然记得把它放出去探测。"这是他的老习惯了：在我们对某些设施进行实地勘察之前，放出无人机在这个设施上空进行侦测。如果无人机探测到值得注意的东西，它会自动给滨斯发来消息。

"一张地图。"他的声音很低，仿佛在疑问。

"无人机为什么会收到地图？"我皱起眉，感到奇怪，"一般的大楼不会把地图自动发送给附近的智能设备吧？"

"是地下室的地图。"

"地下室？"这就怪了。在大堂看主地图的时候，可没说这里有地下楼层。

"你过来看。"我上行几步，凑到一旁看向他的手机。屏幕上是一张非常标准的 CAD 图，白底黑线，符号线条密密麻麻，所有尺寸都标得清楚，没有任何多余的修饰，长得很像楼层设计图。

"很大的空间。"滨斯的声调稍稍提高了一些，他似乎对这个新发现产生了不少兴趣。先是沉默地反复确认，然后用明快的声调进行重复，这便是这家伙开始留心某件事情的表现。

但无可否认，这样突然到访却又无比清晰的设计图也引起了我的强烈兴趣。按照图上示意，这地下室有三层，呈圆形，单层占地面积约八千平方米。在很多城市里地下层极为常见，有的大楼地下甚至可以多达七八层，但这里不一样——这个城市到处都是地下文物保护点，很多地方是不能乱挖的，所以如此大规模的地下层并不多见。

我们回到大堂后，在犄角旮旯里找到下行的门，通往地下室的门被安装上了统一的智能锁，而这些锁没有密码。还真是奇了怪了，这都二十二世纪了，怎么到处都是不上锁的门，简直在邀请我们闯入。

踏入弥漫着厚重的灰色灯光的长方形下行通道，滨斯看了一眼表："现在七点过五分。两个小时之内把这里的事搞定，然后我们出去找吃的。"

"两个小时太久了。九点多才吃晚饭会饿死的。这地方又跑不掉，今天我们进去略看一看就行。"我向通道尽头那扇狭长扁平的银色合金门走去，从口袋里掏出手机对照着滨斯发来的地图看了一眼。目前为止，我们还完全没有走到地下室的核心部分。

但打开这扇门后，我们便被眼前的景象吓了一跳。门内是一条更加扁平的走廊，其宽度远大于高度，像是放大版的 type-C 接口；两条灰色的 LED 光带镶在走廊的左右上角，给两面墙和头顶的天花板投上清晰可见的三角形狭长光斑。这里没有路，一条占满整个地面的深灰色传送带取而代之，此刻它正以非常缓慢的待机速度运行，像一条完全沉默的巨蛇。两侧的墙上是全息显示屏，上面有两大排松散隔开的人像。这些人像大概是按照真人的比例放大三到五倍后展示上去的，每隔一两米有一张面孔，3D 的展示方式让观者非常清晰地将那些人的上半身一览无余。他们都穿着统一的黑色工作服，胸口别着名字和职业被抹掉的银色名牌，面无表情，有些人的嘴角略微向上勾起，仿佛在压抑自己的笑意。

"这是怎么回事？这些人像从哪儿来的？"我瞪着这一排长长的全息人像，不由得愣住了。

"应该是这里的工作人员。"滨斯举起手机，对着人像一溜扫过去，"我正在搜索，但目前为止一个人也没有查出来。"

"为什么把工作人员的上半身做成 3D 展示出来？"

"往前走就知道了。"他在背后轻轻推了我一把，我杵在原地没有动。

"你看，这两边的人似乎不一样。左边的年轻结实很多，右边的人则看上去又疲惫又……富有学术气息。你看，秃了好几个。说不定都是搞技术的——科学家？"

"右边的是科学家，那为什么搜索引擎上没有这些人的任何信息？"滨斯他用一种难以言喻的眼神直瞪着我，"左边的这排人是干什么的，怎么解读？"

"还是往前走吧……"我把脖子缩进卫衣领子里。

在几十人的注视下踏上长长的传送带，我和滨斯都有些别扭。我转过脸打量一旁的人像。那些3D头像都有着分外空灵的目光，角度合适时他们其中的一些人像是在与我对视，但那目光又分明直直地洞穿了我，到达我身后更远的地方。

我看着左侧那排昂首挺胸的男子，在心里揣测他们的国籍和平均年龄——欧美与亚洲血统五五参半，平均年龄不会超过三十岁，也不会低过二十岁……这些人是干什么的？他们英俊的面孔里既有武将的英气，又有文官的智慧。左侧朝气蓬勃的年轻人与右侧冷峻的中老年人完全相异，毫无疑问，左右两侧的人从事的是完全不同的事业。

传送带走到尽头时，滨斯在我背后轻轻扯了一把，我才回过身来，向前迈一步跳到水泥地面上，险些绊一跤。尽管中途脚一蹬稳住架势，我还是一头撞进了最后一个3D人像的全息影像内。浅蓝色的光雾霎时间包围了我，一种直摄神经的白色强光从眼角射入视网膜。刹那之间我仿佛被某种极纤细的丝网缠住，轻而无形的光线逼得我顿时屏住呼吸。直到滨斯拉着我的胳膊把我拽回来，我才脱离了光线短暂的围困。

我后撤一步，在地面上站稳，略带埋怨地瞪了一眼让我撞上的影像。这是个面容英俊的欧美青年，有着略带一丝肃杀之气的浓厚眉眼，薄薄的嘴唇自然地抿着，微卷的刘海铺在棱角分明的前额上，整体呈现一种平静而冷漠的姿态，却又隐隐透出视死如归的坚定。我瞪着他看了半晌，全息显示屏稍稍转了一个角度，把他的目光挪开。

"喂，看傻了吗？"滨斯从身后给我来了一掌，差点又把我打进那具神情冷漠的全息影像里。我转过身去，狠狠瞪了他一眼，不再和那些沉默的光线对视，在他敦促的目光里走向传送带尽头的合金门，从口袋里掏出手机开始破解电子锁。

这是我们这一路下来遇到的第一只设有密码的电子锁。

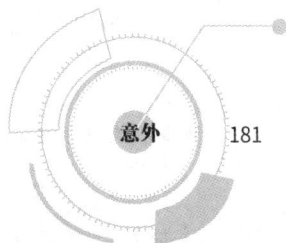

*

    几分钟的工夫，合金门被我打开。伴随着轻微的一声电子提示音，厚重的金属向两侧滑开，一个大得异乎寻常的房间在我们面前展开。这个正方形房间和通道一样，都显得非常奇异，仿佛是不存在于我们时空观念里的事物。它非常巨大，构造却简单得奇怪——或者说，除了四壁放着满满的显示屏与排列整齐的主机之外，这里几乎什么也没有。房间百来米的面积，中间所有的空间都是空荡荡的，看不出有什么用处，倒像是体育训练场一样平坦，只有昏暗的灯光在冷灰色地板上投下亚光色调。

    我和滨斯杵在已经完全敞开的门口，一时间谁都不敢先往里走。

    "这里面绝对有机关吧。"滨斯用肘子碰碰我的胳膊。

    "为什么会有机关啊……我们又不是在盗墓。"我皱起眉，想要往里面走。他一把拽住我，低声说："别急，万一有机关呢？"

    "你胆小什么？来都来了。"我反手拉着他往里走去。

    走进房间后，我们简单地检查了一下周边设施，便开始专心地投入搜索工作之中。这样的事之前已经做过无数次，我们都非常专业——检查房间电路、电阀、基础服务器和信号源，然后选择一台电脑检查，开始数据拷贝。

    对四周的环境稍稍熟悉一些后，滨斯走向一旁整整齐齐摆放着机线架与黑色服务器的角落，我则一如既往，走向其中一台眼缘好的电脑。

    电源，开机，智能引导，墨绿色的画面上一个白色的立方体上散发出三条镭射线，转啊转，像素挺低。这个诡异的图标跟国际通用开机界面完全不一致。

    早在四十多年以前，国际所有使用相同 OS 的计算机设备就被规定了必须用同样的登录引导界面。当时我还没出生，历史书上也没写为什么，我猜大概是因为版权问题，怕那些会写 OS 插件的计算机发烧友胡乱篡改计算机外观。所以，作为一个电脑宅，国际上通用的五个电脑系统的登录界面我都谙熟于心，也不曾见过其他的样式。

但这是什么引导界面？比起电脑的登录界面，更像是游戏开头的加载符号。

我略感迷惑，眯起眼专注地盯着它的动作。那个白色的方块长得真像 Mine craft 里面的不死图腾，还发着四道笔直的白光。它转，那光也转，夹角处理得很好，还有阴影和半透明度的控制，如果是游戏的话，只能说它的物理引擎很流畅。那东西转了几下，然后，我看到一个陌生的登录界面。需要密码，但这不是任何国际通用的计算机锁屏显示格式，也与我们一路上见过的所有危重设施管理系统界面相异。

它没有认证编号，底色是清一色的墨绿，让我摸不着头脑。

"嘿，滨斯，我可能找到点儿好玩的东西了。"我在电脑椅上坐下，把破解用的硬盘插上去，自动运行破译程序，然后从背包里掏出自己的笔记本。

"啊？"他的声音在我身后比较远的地方传来。

"一个全新的——"

等等，我好像明白了。这个系统的确跟我们平时用的设备不一样，这大概是因为它还没有上市。如果它还没有正式发行，而这里又是专门研发它的地方，就不存在"必须要符合国际通用格式"这个问题了。甚至，它有可能是还没有出炉的第六个国际通用版。

"唔，一个全新的系统。"我嘀咕道。

"啊？你说什么？"滨斯迷惑地看过来。

"没有！你继续忙你的，有大的收获再叫你。"

不过，从目前看来，这似乎只是一个干巴巴的操作系统，就连图形化界面也很粗糙，不知道源代码是不是已经完成了。换句话说，它

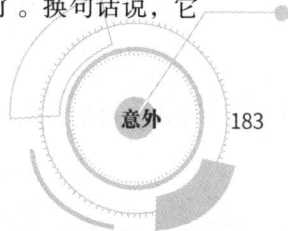

意外

183

几乎没有成型的应用设计，只是一个最单纯的系统框架。我的目光在界面上扫视半晌，停留在右下角处一个不大起眼的银色符号上——ζ。

ζ？好像在哪里见过。

"喂，滨斯，ζ是什么你还记得吗？"我坐直了身子，抬高嗓音，"这个符号很熟悉。"

"是那个核电站。"他不假思索地回答我。

于是我也想起来了："是我们家不远处海上核岛的那个符号？"我话音未落，滨斯立即发出肯定的声音。

上一次见到它还是在自己所在的城市郊区，透过层层叠叠的铁丝网，在微微红褐的锈迹之间看见了它。记忆中它似乎有着亚光质感的银光，仿佛被丢弃在沼泽中的一块天空碎片，锃亮如新。

那时的我做梦也没想到它会出现在这里——在川蜀大地一座大厦的电脑系统右下角。这个微妙的符号勾起了我的好奇心，我活动着稍显僵硬的手指骨，十指张开，慢慢放在键盘上。

爆破系统只花了不到十分钟就拿下这台设备的登录密码，然后自动关闭，在黑色的半屏操作板上展示出"task kill"字样。在这十分钟里，我粗略浏览了一些网上现有的系统模板，却没有发现与当下系统模板类似的，这越发坚定了我的猜想——这是个研发中的系统，而这整个实验室，乃至整栋没有标签的大楼，也许都是为它而建。除系统本身之外，登陆界面上那个像是在四处发光的白色小盒子到底是什么，我很好奇，直觉告诉我它很重要。

密码破译完毕后，我把目光挪向登陆成功提示后方的占满整个屏幕的素色界面。

"登录成功"。

小小的字样浮现在页面下角，我拿到一个游客号——一个具备最基础权限的访问账号，这一步对我这样的脚本小子而言还算轻松。但接下来想要对这个系统一探究竟，还需要后续更加复杂的操作，还需要一步步地控制夺取。

"滨斯，你过来看。"我把手轻轻搭在键盘上，回头招呼在昏暗实验室里东翻西找的滨斯，"电脑里有点东西。"

"什么？"他把手中的一大卷黑色电线放在地上，抬头看向这边。

"一个操作系统……咭，墨绿色的，很新奇的样子。"我操控着鼠标点进首页，墨绿的登录界面消失，眼前展开一片浓厚的碧蓝。蓝的底色，这底色周围散布着乱七八糟的一些小字，像是各种功能栏，其下方还有半透明的都市 3D 背景，正中央的区域印着大大的白色英文单词——Pharos。

"Pharos。"滨斯走到我身后，把胳膊搭在椅子上，"说明什么？"

"灯塔。"我盯着那硕大得有些不成比例的白色单词，鼠标在四周散布的功能栏上轮了几圈，依然感到莫名其妙，"用在这里应该是商标吧，照明系统之类的？"

"嗯……但是这里的功能很复杂。你看。"滨斯靠在电脑椅上看了半响，把手伸过来，在屏幕上点了几下，我目光追过去，"智能路网管理，设备关联管理，物联系统……怎么说都不是照明系统吧？"

"挺民生的啊，这些东西……哎？"

电气系统，民用运输，燃气供应，冷链配置，自来水分配……

"怎么回事？"滨斯大疑。我也目瞪口呆地盯着。

"这是……什么东西？"

这些小小的、小得几乎不起眼的、谦卑地围着巨大的 [Pharos] 静立的文字，让素色的首页显得沉重起来。我呆呆地看着，大脑的响应乱作一团——广告？游戏？这个地方不纳税，能说明这里是国家直属的机构吗？什么时候有这种全面的民用设施关联平台了？

"喂，滨斯……"我回过头，对上滨斯跟我一样迷茫的目光——他比我还没准备。当然，我们原本就是来放松放松的，谁知道这里居然还藏着这样奇怪的东西。

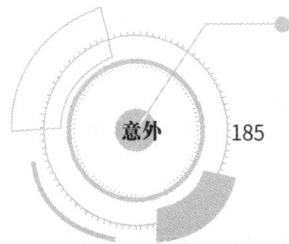

"啊，别问我啊。电脑是你的专长，我只负责接接线，向来不发表意见。"他似乎是考虑了一下措辞，罢了展开眉头，露出无辜的表情，"不过，你不如确认一下。这东西是真的吗？界面上倒是声称是个管理系统，谁知道真的假的。换句话说，如果这些功能都可以实现，我是说，如果它可以管控全世界的这些东西，那我们就不用满世界跑了啊？"

"是啊，但是，怎么说……"我也斟酌着措辞，"有点失真。"

"是，有点失真。简直是超乎理解范畴的东西。"

[Pharos]。

我慢慢读着这个单词。

灯塔。

啊！所以说开机界面那个浅白色的方块就是灯塔。

"滨斯，能不能用要试试看才知道。"我稍稍握紧鼠标。

"这不应该是民企有的东西，如果真的有这种东西投入使用，国家不会有压力吗？"他把下巴搭在电脑椅背上，凑近去盯着屏幕，皱着眉头看了半晌，拍拍我的肩膀，"……鼠标在你手上。"

确实。

我握着鼠标的手微微发汗。这时方才走廊里那些淡蓝色的全息塑像浮现在脑海里。

犹豫半晌，我最终挪了挪手腕，动了动食指，点开"智能路网辅助系统"的标识。

界面切换，一个详尽得令人发指的巨大卫星地图占满了屏幕。3D封面被复杂精细又呈现出宏观姿态的数据和图画取代，我看见许多半透明的箭头状坐标浮现在错综复杂的地图上，它们都静止不动，正中间那个坐标被鼠标框住，一侧的提示栏上显示出它的经纬度和方向，以及一些我看不懂的繁杂数字。

"喂，这是导航吧？"滨斯反应了一会儿，瞪大眼。

"很像。"我滑动鼠标，一不小心选中了一个箭头，赶紧取消，再一挪，发现公路也可以被鼠标选中。我随便点中一条路，提示栏里立刻显示出它的走向和起终点，以及车辆行驶状况，那些箭头代表的是在这条路上行驶的车辆，每台车都以一个账户的形式被陈列，各种航行参数附着在两侧。速度，车头朝向，预期驶离地点，排量，油量剩余……

"我去。"滨斯低低地骂了一声，"夸张。"

真是……非常夸张。这玩意明显是在以一种极其详尽的方式展现余裕得令人发指的计算量。单单路网这一方面，已经是堪比运行一个企业的计算量了。

"这里显示的是不是只有注册了的车啊？这条路上肯定远不止这么点车。"我粗略一数，这些象征着车辆的静止坐标不过二三十个。虽然它们都被标识为"长时间静止，违规停放"，却少得不符合实情。

滨斯半晌说不出个所以然，"也许是因为这个系统还在测试阶段呢？"

"嗯……废话。如果真的是测试阶段的话，至少雏形也已经有了。滨斯，说不准这东西是真货，要是我们把它用起来，真的可以减轻工作量的。"

"用哪个？"现在面对的是一个完全未知的系统，滨斯这种硬件玩家完全派不上用场。这一次，只能让他等待我做出决定。

"用一整个。"我尝试分析它的状况，退出智能路网辅助界面，滑动鼠标又点开了"物联"功能。屏幕上浮现出一大排文件夹，继而是满眼繁杂的编号，与我们先前在其他城市拿到的物联网白名单很像。我随眼缘选中两三个，它们各弹出一个窗口，随之而来的是"洗衣机""收银机""挂钟""花盆"之类毫不沾边的东西，还有它们各自的型号、制造日期、使用日志和一些参数。

物联功能我倒是熟悉的，家里也有不少设备关联了局域网，平时

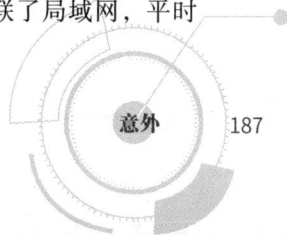

是智能管家在处理。按照常理，物联设备本身就已经被物联网城市分部的云端关联起来了，这些被关联起来的设备不应该和"智能路网"之类的东西放在一起管理，它们有统一的管理模式。但如果真的有这样一个未公开的统一管理平台的话，未必不可能。

我们眼前的极可能是一个功能到位但运算量欠佳的初级管理系统，一个全知全能的智能民生代理的雏形。

我握紧了鼠标。

回到首页，迎接我们的依然是谦虚的 3D 背景。这是一片赛博朋克式的明亮都市，巨厦耸立，密密麻麻的窗与门遍布在曲线流畅的建筑表层；电磁轨道穿入云天，亮着各色灯光的水滴形车辆穿梭其中，尾灯带出一道道明亮的光弧，令人目不暇接。这像素极高的未来世界概念图被赋予淡淡的蓝色调，和谐地屈居于 Pharos 背后。

[高危设施] 是设置在最中间的功能，即使排版粗糙，也能看出它的地位被强调过。我点进去，淡灰色的大方格占满整个屏幕，每格一个小小的高危设施模型，格子下方标注着这个设施的名字和地理位置，像古老像素游戏里的武器库。我粗略扫了一眼，没有看到外文。不奇怪，如果只是试用期的话，签约不到国外的客户很正常。但令人有些惊讶的是，显示在这个栏目中的高危设施有近百个，相比于方才智能路网测试系统里寥寥无几的注册车辆数目而言，这是相当高的数值。

这一切都说明打造这个 OS 的团队不简单。智能路网和物联系统仅草草收集了十几个账号，而危重设施这一栏却在短时间内就签约了近百个客户，大概因为研发团队把测验重心放在危重设施管理运行的测试上。如果他们设计这个系统的核心理念是在保障世界安全的基础上对其进行管理，那么很多事情都可以解释得通了。

我想起方才我们进来的时候几乎没有遇到阻拦——智能锁没有密码，实验室的最后一道门也只是象征性地设了一小串认证码。还有那张地图，说不定它就是由这里自动传输到滨斯的无人机上的。或许，设计这个程序的人希望来访者找到这里？

搞不好设计者早就预料到了会有人类缺席的这一天，因此早早地准备好了这个系统。

"真是不得了。"滨斯咋舌。

我一时间不清楚这到底是一次彻底翻盘的机会还是巨大的挑战。

不管设计者的初衷如何，如果我们想要用好这个系统，便要把它的功能扩散到世界范围。而单凭一个系统来控制全世界所有的危重设施和水网电网，这简直就像是天方夜谭。

假想，有这么一个系统，它可以无视任何国家与机构的管控，不服从任何官方调配，我行我素地管理全球范围内的水力、电力、运输……那它势必会引起持续不断的纠纷，将见不得光的问题暴晒在阳光之下……

这就是前些时候滨斯所说的"变化"？

"滨斯，几点了？"我咽了口唾沫，感觉整个人都干涩了起来。

"八点半。"他的声音也有些恍惚。

"要吃饭了。"我从电脑椅上站起来，按下熄屏键关掉显示屏，把仍然呆呆地将下巴搁在椅子靠背上的滨斯拍开，向实验室的门口走去，"走，先随便找点东西垫垫肚子。我都要饿死了。"

"电脑就这样开着？"他直起身子，茫然地看着我。

"有什么关系，程序又跑不掉。再说我早在开机的时候就已经开好拷贝程序了，看到旁边的硬盘了吗？它已经自动把整个电脑里的所有数据复制进去了，所以就算有人——呃，姑且说是人吧——对这台电脑动了手脚，我们也照样有数据。"我回头看了滨斯一眼，示意他跟上来，我清楚地听见自己的肚子发出接连不断的呻吟。

滨斯走到房间一端，提起方才进来时便靠在墙角的军铲，往肩上一甩，三步并作两步向我跑来。我站在宽敞的合金门前，按下开门

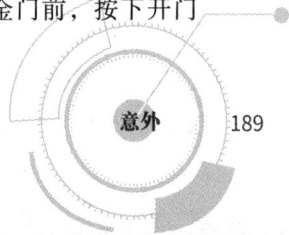

意外

键。前方走廊里的灰色灯光顺着那越来越宽的缝隙透出，投射在我身上，留下一道逐渐扩散开来的光斑。那长得好似没有尽头的深色传送带出现在视野正中央，两侧淡蓝色的 3D 影像随之浮现出来，年轻而英武的面孔，沉稳而谨慎的姿态，激昂而坚毅的神情，漠然而沉静的面色……

这两侧的人是如此的相异。我再次望向不久之前与我来了一次"亲密接触"的影像，定定地看着这排列在长长走廊尽头的最后一个青年。他似乎是这些人里最年轻的，却有着最淡定、冷静的神色。他的表情有些接近对面那一行中老年人，带着漠然而几乎冷酷的平静，没有情绪的目光似乎在审视，又带着一丝询问的意味。

"喂，你非要盯着这个人发呆吗？"滨斯在我背后轻轻来了一掌。他走到我身旁站住，抬手短暂地一指这个散发着淡淡光芒的影像，挑起一边眉毛："这很帅吗？"

"拜托，你再活十年恐怕也活不出人家这老练的面相。"我抬头看了他一眼，和挤眉弄眼的家伙四目相对，不由得笑起来，"吃饭去？"

"赶紧吃。"他也笑了，一把将我搡到传送带上。感应到人的重量，传送带的速度一点点提升，走廊两侧的人像快速地在视野里滑过。我想再看一眼那个影像，但滨斯用身体把它挡了个严实。对上我往回看的目光，他再次一挑眉毛，学着我的样子把脸埋进黑色夹克的高领子里，自顾自地耸了耸肩。

浸泡

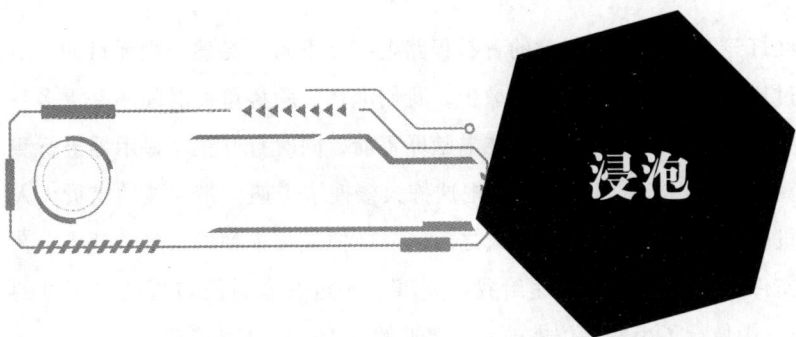

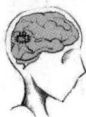

在这座城市的日子过得很快，有了 Pharos 之后就更快了。事实证明那天一次心血来潮的探索确实给我们带来了可观的成果——经过后续几个日夜的研究，现在我越来越确定 Pharos 确有其事，那里面标注的功能多半都是可以实现的。

为了把这个崭新的系统弄明白，我提议暂时延缓行程，在这里住下。滨斯喜欢这个地方，没有任何异议。

这座城市遭受的破坏极少，也许是因为古建筑较多，不能大规模建设化工企业，因此能够危害其安全的只有市郊的发电站。我们在抵达这里的第一个早晨就熟门熟路地把它搞定了，接下来所有时间，都要被 Pharos 这个新鲜玩意儿给占据。

这几天里我们不再进行任何长途跋涉，只是偶尔在大厦与古楼重合的宽街小巷中观光性地穿梭，欣赏着沿街随处可见的镂花屋角与赤

红灯笼，走在复古仿建的青石板路上，慢下来，晃悠，漫无目的。不过比起这偶尔闲暇时候的散步，我们泡在实验楼里的时间还是更多一些。我把所有的精力集中在电脑屏幕前，同时打开三个显示器进行测算和监控；滨斯则里里外外把这栋大楼搜了个遍，带着他的宝贝无人机获取各方面的信息。几天之后，滨斯把他收集到的信息整理成一套文件，正儿八经地呈递给我，完事了还对着通道门口那随时可见的3D影像行了个礼，仿佛被元首召见的将士一般站得笔直。

我们猜到了这栋楼里有秘密，但没猜到这整栋楼都是为了这个秘密诞生的。这大楼里的每一台电脑，都曾为了运行这个"Pharos"系统做出贡献，其证据便是残留在那些电脑里的代码和资料。滨斯的信息收集能力很强，他非常擅长短时间内在大量的无用信息中筛查出值得被关注的数据，在他的帮助下我这边整理起来也快了不少。

我们研究了老半天，整理出一条还算清晰的脉络——这个系统是政府联合多个企业打造的智能民生管理一体化平台，名叫"Pharos"，意思是灯塔。Pharos 智能管理系统是为全球范围内的民用设施管理而设计的，目前计算量已经配备到位了，但因为还在测试阶段，所以几乎没有注册用户，只有国内部分高危设施管理方积极支持，才呈现出我们之前所见的"高危设施繁盛"现象。这个系统并不是为了篡夺政权、颠覆垄断而编写的，它是一个"保障措施"，似乎是为了预防某些极端动乱情况，防止世界上某些地方因为无法妥善管理水力、电力、运输等民生项目从而引发巨大危机而编写的。

至于它为什么可以免税，这就不知道了。

而想要给危重设施注册 Pharos 账号，原本是非常复杂的一件事，其操作难度不亚于直接跑过去把它关掉。但现在碰巧我有一些曾经积累下来的强行注册经验，这个任务的可行性也强了不少。

我向滨斯解释这种强行注册的运作原理，他立即明白了我的意思：我们不需要跑到每一个设施内部去操作它的电脑，只要携带一个事先编写好的木马信号源进入该设施所在的空域，便可以诱导它自动将自己的管理信息与木马信号源共享。只要再编写一个后续的自动引导注册程序，就可以实现"方圆一公里内远程强制注册"。注册完毕之后，该设施便可纳入 Pharos 的管控之下，其日常运行也就在我们的管理之中了。这几乎是一个万能的保险，既可以保证那些危重设施内部的管理程序不受干扰，也可以在出现异常情况时加入人工引导，防止灾难发生。

我几乎是使出浑身解数，尽可能地把这个强制注册病毒修改得高效一些。

看到系统的第二天，我便把它的全部信息与辅助程序发给帕拉斯与塞西莉亚，告诉他们我们找到了一个非常有发展前景的管理系统。最初帕拉斯留言说他非常惊讶，但后来他就没消息了，倒是塞西莉亚用他的号多问了我几句。

塞西莉亚的学术背景似乎并不单纯，至少她在计算机这方面有一些水平，比我预想的要懂技术。我本来想在她面前秀一秀很多专业术语，没想到对方毫无疑虑地直接接受，甚至将一些颇显犀利的疑问信手拈来，倒是把我反呛一口。不过问清楚了个大概后，我刚想恳请她与我一起研究这个系统，她也没消息了。享乐派就是这样，还真不能抱太大希望。

而比较戏剧性的是，在我粘贴 Pharos 源代码的第二天，一个匿名的消息发送到我正在使用的这台电脑上——

"你好。如果你已经找到这里并对源代码做出了操作，请立即与我取得联系。"

信息有中英两个版本，我盯着看了半响，把滨斯叫过来分享。

"这是个试验。这个发消息的人大概想要试探你的实力。如果你能顺着这条消息找到他，他就认可你的能力，然后大概会跟你分享一些情报。"他沉默着读了几秒，耸耸肩，"这肯定不是帕拉斯他们。也

许我们又找到新的幸存者了，又或者我们被遗留下来的智能设备给找到了。不管怎样，这倒是一种新的可能性，没准我们找到'他'之后可以问到有用的东西。你试试看吧。"

"我也差不多是这么想的。"我眯起眼，轻声咕哝，"只是，这家伙未免也太草率了，你看这条消息，除了基础的匿名程序之外，什么也没有隐藏。"

"那还不是好事？快点抓到他问个清楚吧。"

"中午了，劳驾给我带盒饭来。"我从包里抽出笔记本，对滨斯招招手。

"好。"他转身向门口走去，"不过，如果是幸存者的话还是早日跟他取得联系。这家伙到底是人是鬼还不知道，你小心别被他反人肉了。"

被他反人肉？滨斯还真是不懂啊，像这样一条信息丢过来然后无影无踪的事件，匿名方一般早就已经掌控了被邀请方的全部信息——从地理位置到网络 ID，一览无余。

不过，能在这种情况下进行一次不算很复杂的追踪，也算是紧张的工作之余一次小小的放松。

对我而言，生活平添一丝乐趣，对滨斯而言似乎不是如此。他不看书，不追剧，没有才艺，不喜欢摘花种草，除了拆拆线听听歌开开车之外一无所好。自我们从无尽的旅途中抽出身来专心窝在这个实验室里研究开始，他就一直有些闷闷不乐，似乎像之前那样整天在外面行车更对他的胃口。

匿名信的发送者没有为难我，找到他的联系方式只花了不到十分钟，我果真在滨斯带饭回来之前找到了那个账号的地址。进入单向通信界面后我考虑一番措辞，给他发了一个问号。

"？"

接下来便是一小段不算很煎熬的等待。

对方回复得很快，回应是一段单方面发送来的视频通信。视频里是一个看上去年过不惑、神情呆滞的秃顶大叔，他双眼一眨不眨地盯着摄像头，盯着电脑前的我。我跟他大眼瞪小眼看了一会儿，最后自觉没趣，我问道要不我们交换一下情报？

这人和帕拉斯的性格几乎是反的，他扫描似的盯着我看了好一会儿才开口说话，也只说了一个好字就没下文了。我开始打字，想把目前我和滨斯的推断以及行动向他简短地解释一下，可又觉得不妥，毕竟对方什么都没回应。原本想为联系上第五个幸存者高兴一番的我很快没了兴致，盯着黑黢黢的键盘不知道接下来要干什么。好在此时滨斯拎着两个饭盒走进来，我便得了救星似的迎上去。

"自己做的？"我接过饭盒，还热乎。滨斯弯起眼睛笑了，在一旁的电脑椅上坐下，把他的饭盒放在键盘上，"是啊，多磨蹭点时间，给你个面子。"

"不需要你给面子。我已经联系上那个秃——"余光瞥到打开着的视频界面，我噤了声。

"秃子？"滨斯瞪着我。

"嘘，你自己过来看。"我赶紧拍了他一下，伸手指指笔记本，把电脑转过来让摄像头对准他。然后，我们同时对上了屏幕另一端一个中年男人的目光。

"嘿……你好。"滨斯笑容可掬，"我叫滨斯，她是贺如也。很高兴你还活着。"

"很高兴见到你。"我又拍了他一下，示意他赶快别说话了，"呃……请问，你一直都在研究这个系统吗？"

"嗯。"他抬眼看了我们一下，眼神里没有任何表情。我转身对滨斯做了个口型：这是实时通话，不要乱搞。

"哦，那……你是这个系统的开发组成员？"我试探性地问。

"不是。"他这次连眼睛都懒得抬了，我们只看到秃脑袋和上面几

撮儿横着长的头发。

"那，你为什么会在研究 Pharos？也是和我们一样，误打误撞找到的吗？"滨斯凑过来，把盒饭撂在一边。

"你闭嘴，我来说。"我把他挤开，将摄像头转向我这边，"请问怎么称呼？"

"程序员。"这回那男人抬头了。他将面孔微微向上扬起，目光直直望向我们这边。这时我才注意到他的眼神里带着一种异样的光彩，又充满一种难以描绘的执着。

"噢，幸会，程序员。"

*

接下来的很多天我都在滨斯特制的川辣火锅饭和那颗一动不动的秃头边度过。

为了保持联系，我们和那位程序员打开了实时视频通话。他比我们擅长蹲电脑，几乎一天到晚都坐在他的摄像头跟前敲键盘，把 Pharos 修修补补，并且只要有了新的进展就打包发过来，一天可以发十来次。自第一次视频通话开始，他似乎就没有离开过屏幕前那个偌大的昏暗房间，有时候我们"有幸"看到他喝可乐，但他面无表情地做他自己的事，很少有反应。

我看出来了，他似乎期待着我自觉检验他的系统包并且提出建议，但我一句话不敢说，只是一味地接包，下载，点开看看，更新一下。我从没学过写 OS（操作系统），对里面的大部分代码毫无头绪，只看得懂一些基本的框架和函数，完全不能跟专业的程序员比。

他大概是我遇到的最敬业的程序员，这么多天了，反正在我们还清醒的时候，从没见他睡过觉。有时候我和滨斯会跑到摄像头拍不到的地方讨论这家伙到底是不是个人类，不论他是什么我们都没有证据，无法验证。滨斯比较支持这家伙是个人工智能的说法，但我不敢苟同——毕竟我可是亲眼看着他喝可乐啊，机器人怎么会喝水呢。

我上网找了一些教程，每天对照着 Pharos 的源代码学习。时间投入进去，效果也是立竿见影，一周下来半数内容我已经能够看个大概，但离亲自改写还差很远。程序员说 Pharos 的源代码几乎没有什么差错，现在的主要问题是计算量不够，并且核心的"智能管理"部件有一些问题。他还说，如果只有他一个人参与优化和改写，那真正把它投入使用至少还需要半年。

"它的完成度很高，但因为是个测试版，所以远远没有满足正式运行时需要的运算量。我们的任务就是把它升级成可以立即发行使用的版本。"他说这话的时候非常肯定，我都有些怀疑他这份底气。

写 OS 这事儿还真不是外行人干的，但一想到它带来的巨大可能性，我便又无法割舍，像是被无形的引力牵扯着一般，毫不抵抗地投入其怀抱。

这几天里，滨斯肉眼可见的无聊。软件类的东西他既不懂也不想学，开车出去转悠没有意义，留在这里做不了什么实质上的事。最开始我们担心没有时间成本学的知识滨斯都在想办法收集，可光是理论学习根本无法让他这样一个货真价实的实干分子感到踏实。他几乎把整天的时间放在四处收集资料上，成天研究上网找来的危重设施原理图，却也没整出什么结果来。看完资料健完身就趴在地铺上睡觉。到后来他实在无事可做，便跑到厨房里去研究酱料和食谱，开车出去找些能吃的草，甚至还找到一片可以耕作的田。

我能察觉到离开旅途之后确实有些东西已然流逝，像被抛在身后的风景一般头也不回地把自己改变。

这时的滨斯反倒盼着能发生些小事故叫他去发发神通了，所幸都市的环境还算稳定，多日以来唯一的大事故来自市郊的一起大规模爆炸。那事故声势浩大，升起的黑烟隔着一个冷库起火后发生爆炸。为

了稳定火情，我们特地跟程序员请一天的假，秃子仍是不冷不热没有表态。

"全世界各地每天都在发生这样的大小灾情，我们却不能跑到每个地方去。"我在草稿本的间隙里插空写道，"正因如此我们才需要Pharos这样的平台，让远程控制变得可能。"

"但还有一个问题——有太多没有注册的设施，即使平台完善好了，福祉也够不着那些未注册的机构。"滨斯在一旁伸过头来看我写的字句，快快地补充道，"所以比起在这里硬捣鼓，我们不如满世界跑跑，去把那些没注册的设施注册上。程序员的事交给程序员来干才对。"

我回头瞪了他一眼，伸手把他的头按回去。"不要看我写东西。把开发的工作交给程序员一个人现实吗？我现在不会，但学学肯定能学会，所以谁既不想学也学不会呢？你啊！没注册的设施很多，这就需要你这没技术的脑瓜子多跑几趟了。接下来需要满世界跑的人是你，不是我。我宁可待在这里把这个系统弄清楚。"

"分工很明确啊。"他缩缩脖子避开我的手，皱起眉，"我可不去。"

"现在情况有变。"

"我去的话你也得去，不然我半路上死了谁来替我收尸？"他向后一仰靠在电脑椅上，摘下长时间看电脑专用的防蓝光眼镜，不如咱们继续走咱们的，让那个程序员自己弄去，就他一个人又怎样？之前不也是只有他一个人在弄。大不了你带电脑走啊，也可以边走边干活。那个程序员也说了，他一个人把这个Pharos完善到可以发行的程度需要半年。如果这半年里我们满世界去跑，把世界各地需要管理的设施全部注册上，到时候他搞完了我们也注册完了，同时启动，两全其美啊。"

"不。软件优先，而且这里是系统的开发总部，在这里写程序优势最明显。如果能把Pharos的所有管理功能都完善好，接下来我们的效率将会比之前干任何一件事都高。"

"但你现在效率不高啊。你根本就是个小白，一上来就想从最基础的教程里看懂这样高级的玩意儿，然后立刻上手开动，怎么可能。谁都知道要想研究这样高级的系统至少得经过几个月的专业级别训练。"他愤愤地站起来在空中甩了一下拳头。

"你就是不想被关在这儿吧。"我盯着他，"我们之前才走了一小段距离，要不你就去走我们没走完的路，照料那些还没有经手的高危设施。总比在这里栽花做菜强。"

"见鬼……"他一副想吃人的样子，气鼓鼓地捶自己的大腿，最后泄了气，一屁股坐进电脑椅里，长长一叹，"你被这该死的系统给蒙傻了！"

于是不欢而散。我盯着屏幕，滨斯盯着地板，只剩下视频对面程序员敲打键盘的声音，一声比一声响亮，仿佛宣告胜利的号角。

过了一会儿，他破天荒地找帕拉斯聊天，但对方发来语音回复时他发现那是塞西莉亚。他叹了口气，把手机屏幕对我晃晃，做出"我跟她说会儿话"的手势，然后一声不吭地走出房门。

[你最近过得如何？]

[勉勉强强。]

[贺如也那边听说已经有些起色了，你接下来打算怎么办？]

[我不知道，也许再等等。]

[你知道接下来你该做什么吗？至少在我看来，你们一直都比我们擅长给自己找事做。]

[似乎是这样。但那时还没有Pharos这样的选项，我们除了把高危设施地毯式排查一遍之外没有别的选择。现在完全不一样了。现在搞不清楚"应该"和"需要"的人是我。]

[你还是离开这里帮他们完成线下的注册任务吧。这样效率最高不是吗？把你们才刚刚开始的地毯式排查继续下去，我猜这最贴近你们需求的方案。]

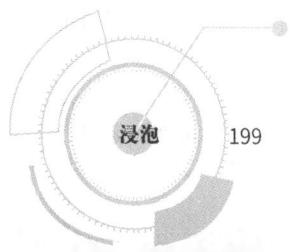

[可如果我离开，我们就正式分头行动了。]

[那有什么不好？你在害怕什么？]

[我不知道……并没有什么好怕的。一直以来我都是不太恐惧的那类人。也许只是因为这里只剩下我们了，如果再分头行动就当真要深入无人之境。]

[我想也是。考虑一下吧，滨斯。你们都有自己不得不做的事，这难道不是至今为止你们都没有变成我们的原因吗？]

[你是谁？]

[我是塞西莉亚·玛丽。]

*

"嘿，好久不见！"

来自帕拉斯的一条留言。

不久之后，我第一次在自己的手机上查收帕拉斯的消息。之前滨斯死活不肯把这家伙的账号给我，我也无所谓，就一直没加他。现在他俩不愉快也蛮久了，估计是一天到晚跟塞西莉亚疯狂也有些腻味，帕拉斯居然主动加我了。

经过长时间对 Pharos 的研究，我终于被滨斯说服，花了一天多时间在外面散散心。程序员没说什么。现在我开始上手了，也能对他的修改做出回应并给出提议，这几天下来我帮他校正了漏洞。也许他对我的表现还算满意，于是没有任何抱怨地放我们跑了。

在天府都城内，我们正儿八经地旅了一天的游，坐上久违的银灰色电动车，在这个一度成为国内排行前三的网红打卡点的大城市转悠。现在是午饭饭点，我们正坐在一家地道的麻辣烫小店里。虽然店里没有人也没有新鲜的食材，但滨斯找到了油汤、酱汁之类的佐料，已经用店里的锅煮了一锅滚水，把泡面下进去。

他正像个大厨似的坐在食堂门口的小板凳上，面色红润地盯着直冒泡泡的大锅。

这个食堂倒是设置得简陋，落满了灰尘的桌面上草率地摆着牙签和纸巾，是地道川菜馆里那种布置。滨斯特制的红油泡面热腾腾地摆在跟前，连从里头冒出来的热风都带着一股辣椒的味道，直熏口鼻。我坐在木制的小板凳上，闻着泡面浓郁的香味，盯着帕拉斯油腻得令人发指的文字，哭笑不得。

"怎么回事？你现在不应该在跟塞西莉亚·玛丽愉快地玩耍吗？"我通过他的好友申请，把手机"啪"地反扣在大腿上。现在我们这里是正午，那他们那边是午夜。

现在我就不该回话的。自找麻烦。

"是啊！你猜怎么着？小塞想要跟你说说话！"

我坐直，屁股在潮湿的板凳上挪了挪，从口袋里抽出耳机戴上，稍稍离滨斯远一些。那个金发的、超好看的中年女人想跟我说话？真是见鬼，我俩这么长时间里都一直是处于八竿子打不着的状态。

"那就说吧。"

半晌，屏幕上浮现出一行语音消息，播放出来，是那女人很好听的声音。塞西莉亚的声音很柔和，声线里又略带着一丝沉稳与自信的犀利。她有着欧洲女人典型的优雅腔调，说起话来给人一种娓娓道来的感觉。

"很高兴能跟你说上话。你之前应该已经知道了，我叫塞西莉亚·玛丽。我来自英国北部。嗯，我有一些非常重要的事情需要立即通知你，所以我通过帕拉斯呼叫你。"

我发了一个问号。

"你一定很奇怪为什么我要以这样的方式跟你对话。嗯……在我们开始之前，我需要你确保斯林·滨斯不在旁边。我们认识。"

滨斯不能在旁边。奇怪的要求。

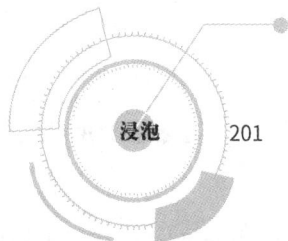

斯林？我记得放在后边的是姓……

这么说来原来"滨斯"是他的姓氏啊。这个女人还真灵通，刚刚看到滨斯的长相就知道他的名字了？还说他们以前认识？奇了怪了。

昨天帕拉斯说女人想看看我和滨斯长什么样，因为每次都是他们放照片，我们从来没用图片回复过，他说不够有诚意。于是我强行拉着滨斯拍了一张别扭得要死的合照，照片里我死死抓着滨斯的衣领，强迫他跟我一起入镜，还摆了一个大大的剪刀手。照片发过去，滨斯就把帕拉斯的号给删了，说——到此为止，拜拜。

不过就是这张图，让塞西莉亚第一次知道了我们俩的长相。我站起来，向小巷的另一边走去，对滨斯挥了挥手，表示"我想走走"。他抬头看我一眼，依然握着锅铲往红彤彤的锅里给自己下泡面，挥挥另一只手以示回应。

"我已经走开了，他现在不在旁边。你想说什么？"

我在脑海里回味着塞西莉亚成熟的声音和性感的身段，越想越蹊跷。这女人明显不是滨斯的熟人，滨斯见过她的照片，却没有对"她"做出任何反应。照我感觉，他之所以讨厌她，只是纯粹因为她让帕拉斯也变成了享乐派。滨斯只是不喜欢她的作风而已。

塞西莉亚呢，乍一看也至少是四十出头了。倒有可能是滨斯父母的朋友或者远房亲戚，滨斯曾经说过，他"忘了小时候去过的不少地方"。这个女人认识幼年的滨斯——确实有这个可能性。她还记得他，看到我们的照片之后就一直在想方设法联系我们，但他删掉了帕拉斯的号，并且已经不记得自己见过她了。

"你们这段时间怎么样？"她的声音一如既往的柔和、平静，就连此时也带着一种无法抑制的妩媚。我皱起眉，思忖她这样问是想得到怎样的回答。

"我们相处得挺好的。"

对方停顿，依然是一条语音发过来。我打开智能同声传译系统，等待着她的下文。可没想到她切换至输入模式，消息提示板显示"对方正在输入"。

［既然你与斯林·滨斯同行数月，我想你也许知道他的情况。他是否和你说过自己的体质？］

［没有。］

［也不奇怪。那么我来告诉你。看到照片的时候我就想立刻告诉你了。］

［你说］

［斯林·滨斯是 LSCA（生命科学联合中心）的前实验对象。他天生患有重症联合免疫缺陷病，因原生父母无力抚养而被送至 LSCA 观察诊所，并获得正式诊疗实验资格。由于该实验体没有签合同的监护人，实验是义诊，以医治与进行临床试验为双目的。"bins"一词意思是"实验的容器"。］

［这是什么国际玩笑？］

［我没有开玩笑。请听我说完好吗？］

［请……］

［为了治疗免疫缺陷疾病，各方专家尝试多种可行的方案，最终使用一项纳米治疗技术获得成功。他们制造可有限度自我复制的纳米机器，使之具备与生物体相似的免疫功能，作为 B 细胞与 T 细胞存在于体液、胸腺、骨髓中，以支持机体的免疫性能。这个方案在执行后很快获得成效，斯林·滨斯这一诊疗实验体也在被 LSCA 收治后的第四年获得接近正常的个体免疫能力。］

［为保证免疫机器运作正常，实验体的内环境不可出现大幅变化，其稳态需保持精确的动态平衡。因此技术人员在斯林·滨斯的脑内装入智能激素调节设备，防止其出现剧烈情绪波动影响激素情况和体液

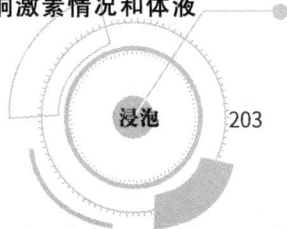

酸度。同时，生活培训员为斯林·滨斯进行基础技能培训，授予他常见知识，防止其无法适应外部世界。]

[在斯林·滨斯达到放归标准后，LSCA人事部为他安排领养家庭，并将其安置在特定小区内进行实时观察，最终撤去监控，不再干涉其正常生活。]

[如上。]

我费解地理解着长长的文字，半晌回头，看了看站在巷口烧锅的滨斯。

[你是谁？]

[我是LSCA前临床医生，塞西莉亚·玛丽。]

[有证据的吗？]

[执照如下，附上有关斯林·滨斯的可对外公开实验数据供验证。不排除此滨斯非彼滨斯的可能性。请相信我透露这些信息并无恶意，只是希望同为"幸存者"，我们能够更加融洽地合作，希望你与滨斯互补长短。]

一张来自21世纪的报表传来，塞西莉亚·玛丽的面孔赫然在列。第一张图是她的工作名片，名片里的女人非常年轻，涂着厚厚的眼影和鲜艳口红，仿佛从电影里走出来的明星。第二张图是一张合照与一些数据，合照里的女人穿着素色工作服，容光焕发，却处处透着与如今的美丽中年女人相似的气质，从容妩媚。她将一只手放在一个年幼的金发男孩身上，却不看他，反而温柔地看着镜头。男孩仰脸看着女人，神情开朗快乐，一身过膝的纯白长袍松垮地搭在身上，在灯光下闪闪发光。

虽然两人的面孔都与如今不同，神情也迥异，但我本能地感到他们正是塞西莉亚和滨斯。她的说辞非常合理——何时何地都格外冷静的性格，仿佛无所不知的灵通，若说滨斯这些特征都是LSCA诊疗性实验的后遗症，那确实可说得通。此外没有更多可参考的证据，可我也想不到塞西莉亚此时故意造假的必要。

"你听过他唱歌？"一条语音发来。

"唱歌？"

"最直接的证据——"她忽然笑起来，那笑声我从未听过，却似曾相识，有种莫名的熟悉，"当时在 LSCA，没什么可用的娱乐设施，于是我们给进行诊疗实验的孩子唱歌。那首歌是 21 世纪初发行的，已经有不少年头，若不是年纪较大的前辈们传唱，我们大概没机会听到。"

我愣了一下，打字的手指慢慢松开，定格在半空中。文字弹进聊天框，其间陷入一阵短暂的空白，在这样的空白里我仿佛又听见了其他的声音。

接着，从耳机里传来熟悉的调子。

"In the middle of night"

"I were far from the fight"

"They freely pass me by."

"Then I'm totally out of space and seeking my friends."

"Is there anyone who needs me?"

"I hear what you say ,there's the tiniest hope."

"You can change yourself if you want to."

"Then you find a door ,we walk from the past ……"

（注：原曲：*call me later*）

她的声音绵延不止，语音通话的音质很好，那带着一丝颤音的唱腔仿佛和着伴奏，悠扬而空旷。这段旋律，正是滨斯最爱唱的歌。我们离开故乡那会儿，有很长一段时间我都在各种时间段里听到他对着

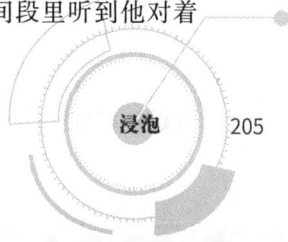

打开的车窗这样唱起来，就连唱腔也跟她很像。只不过塞西莉亚的声音更加柔和，带着成年女性的妩媚，像是倾诉，又仿佛吟唱。

我慢慢往回走，插着耳机听那歌声。不知为何，我似乎曾在其他人口中听过这段旋律——不来自滨斯，也不来自塞西莉亚，可她的声音唤醒了一种近乎直觉的、无可考证的感觉。

滨斯坐在巷口的全息显示装置上，面前放着一口古老的大锅。他抓着差不多有半个军铲大的锅勺，吞云吐雾间一边搅拌一边放下各种酱料，动作格外流畅。锅里蒸出的水汽把他上半身包裹得扎扎实实，然后摇晃着、涣散着升上屋顶，融入那带着俏皮的古典花檐金顶之中，顺着神兽与琉璃的轮廓向天空消散。

我直直地盯着他，想象着此时在他的血液中正流淌着数以亿计的可复制纳米机器，不禁感到不可思议。这个与我同行了相当长时间的青年，竟是由许多我丝毫不知的概念复合而成的产物。即便如此，在这段旅途中我也完全不曾怀疑过他的面目，怀疑过眼前的人也许实质上并不与自己的所见相似。

虽然滨斯是不是百分之百天然的人类并不重要，我也不会因此对他产生任何畏惧，甚至不感到好奇，但塞西莉亚的告知预示了一种可能性：也许我们本身、我们的认知与我们所做出的选择，都无法如表面所见一般简单清晰。尚有这种可能性：我们所见不实，就连自身的真面目也不曾真正厘清。

大城市上方的天空湛蓝。澄澈的阳光透过食堂巨大的落地窗洒在白色瓷砖地面上，窗外绿树的枝条映在大楼的玻璃外墙上，投下好看的剪影，随风鼓动。云层环绕在太阳两侧，像一层层推往无穷远的万花筒。风自远空而来，满城荡漾；春雨未至，万物已有了复苏的迹象。

此时晚春，我们踏上旅途已有半年左右。

雨季

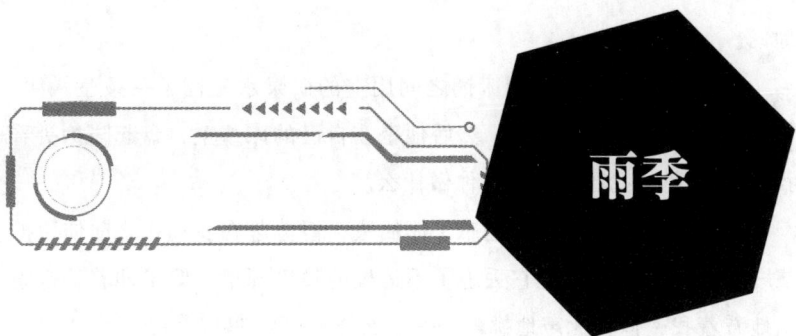

自发现 Pharos 已经过去一个月。

春雨陆陆续续下着，冬的寒色褪去，大街小巷开始出现鲜明的绿意。鲜明的翠色与仿古的赤红灯笼相映成趣，它们无声地点缀在这里那里，在这小巷与大厦错综建造的城市里生机盎然地滋生。这座城市真正有了生命，一切都在脱离人类掌控的地方自由生长，时常能够出现令我们惊叹不已的景色。

这是我们自离开家以来第一次定居在一座城市，虽然只是住在大楼里，但也渐渐有了些生活气息。滨斯的厨艺不怎么样，但他喜欢去大楼的食堂捣鼓，有时候兴趣来了，还会到外面的香料店里拿点调味品回来把自己做的米啊饭啊拌一拌，弄出不一样的味道来。

和吃饭一样，我们的睡眠问题也解决得很草率。我跑到楼上的员工宿舍找了两张大床垫和一张被子，往地上一铺，就是简单而舒适的

地铺。

我在我的床铺和他的床铺之间用空的矿泉水瓶摆了一条三八线，但被他非常平静地撤销了，然后他坐在自己的床垫上，盘起腿抬头看我："放心吧，我还不至于对你做什么。"

我又弯下腰去，想要把瓶子摆回去，但他赶在我动作之前伸手抓住一个，一扬胳膊就把它丢进了不远处的垃圾桶里，罢了伸着手臂固执地看着我，像在无声地挑衅——怎么样？还放吗？

"那就不放了吧……"我也在自己的地铺上坐下来，盘起腿。

说实话，睡地铺非常舒服。直接睡在地板上，有种分外踏实的感觉。

不过，因为研究 Pharos 非常耗时间，目前最困扰我的还是睡眠质量——这个问题并没有随着地铺的搭建而解决。

我常常困得盯着黑色的代码界面发呆，看不进去，又舍不得转身去睡觉。也许正如滨斯所言，我"被这个该死的系统给骗傻了"。

半个月以前，我正式给自己敲出了一个一边对照 Pharos，一边学习 OS 编写的计划表，最初只是为了让自己有耐心，并且能够清楚地一点点把这些知识学下去，但后来日程越排越紧，每天都累得眼冒金星，很多时候一个晚上睡不到三小时，第二天天没亮又爬起来了。不过宵衣旰食的回报也很明显，我开始弄明白了 Pharos 的部分设计理念，也渐渐变得能干起来，目前已经成为程序员更新包的定期检查助手。起初我还只能帮他修改一些简单的小错误，后来他会向我询问一些逻辑性的意见，甚至引导我思考要怎么组织代码的框架。

所以，目前我除了睡眠一切顺利。滨斯的事业也很顺利。

在找不到事做的日子里，滨斯终于做出了目前为止最重大的一个决定——学直升机。理由倒是简单：帕拉斯那种单细胞"生物"都能做到的事，我滨斯凭什么做不到？他向我公布这个决定的时候一副得意得不行的样子，说："我想通了，学直升机，提高效率。"

"这就决定了？可以坚持到学会吗？"我把电脑椅转过来，狐疑地看着他。

"可以啊。"他拍拍自己结实的肱二头肌，做出一个弯臂的动作，"我到底还是适合满世界去跑，要是被你拴住了，那可不行。"

我定定地盯着他看了好一会儿，想说，直升机可是我们能想到的最危险的交通工具，驾驶风险很大，如果没有专业人士现场指导的话，还是不要学了。他和帕拉斯关系不怎么样，所以没指望让他谦虚请教那个会开直升机的家伙，所以滨斯所谓的学，就是最正宗的自学，从教案到实操都完全一个人搞定的自学。

但是如果一直把他留在这栋大楼里，一直让他陷入无所事事的清闲状态，这个绝对的实干家是不会愿意的。再说了，这也无异于浪费宝贵的劳动力——滨斯的行动力还是很强的，并且他具有聪明人的特质，经常一学就会，能够很快地悟到一门技术的精髓。

我盯着他的脸看了好一会儿，不知道说什么好。也许在我第一次意识到他是被"困"在这里时，我就已经开始隐隐地希望他能够用自己的翅膀重新飞出去了。

"噢，好吧。滨斯，祝你好运。"

半晌过去，滨斯放下了方才兴致勃勃抡起来的胳膊，盯着我看了看，然后从鼻子里发出一声哼笑，转身向门口走去。

"这你倒是放心，我运气向来是好的。"

＊

自下定决心学直升机起，滨斯真的把自己泡在了直升机停机坪上。

停机坪离这里有一段距离，十来分钟车程，来去倒是很快。那里是民用的停机坪，有五六架花花绿绿的私家直升机，还停了一架通体

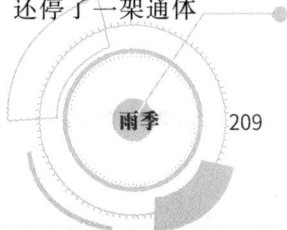

漆黑的警用机。滨斯一眼就看中了警用机的帅气外表和性能，立即决定让它荣登座驾之席。

于是，我俩见面的时间骤减了好多个小时。他或许是真的对学直升机产生了浓厚兴趣，大多数时候中午都不回来吃饭，晚上也回来得很晚，进了实验室的门还要坐下来上网找一些白天没时间看完的教学视频。

几天以后滨斯摸出了一些道道，有一次正儿八百地跑过来告诉我，严格而言现在的直升机都是可以自动驾驶的。它们配备完全的测距调校系统，甚至还有定点降落引导、风向计算程序。

一言以蔽之，学直升机比我们之前想象的简单多了，怪不得帕拉斯那样的家伙说起来也是轻轻松松。

他说自己把操纵方式摸得很熟练，也把各种按钮都弄清楚了。

"塞西莉亚说的，我们都是使命在身的人。"他练习回来后坐在我旁边的空电脑椅上，拿过我的咖啡一口喝完，然后耸起肩膀把自己陷进那对我而言过于柔软的椅背里，说，"是不是？那女人说起话来还真一板一眼的。"

"你们说过话啊？"

"说过，几句而已。虽然和她说话我并没有感觉到放荡的气息，但……呃，你知道，我果真是跟那种人合不来。"

"会吗？我觉得她倒是挺有意思的啊。"

"得了吧。我可是能少跟她说两句就少说两句。"滨斯往电脑椅里蹭了蹭，调整到一个非常舒适的角度，然后闭上眼。

明明都那么坚决地把帕拉斯的号删了，还在挪用塞西莉亚的话。不过也难怪，塞西莉亚确实有种奇怪的魔力，虽然有时她说的话不着边际，但我们都能被她忽悠住，还愿意听下去，为之认真思考。

塞西莉亚·玛丽在搜索引擎上是有词条的。她曾经在十八岁时作为天才少女被南加州大学录取，受到过极为良好的教育。除此之外，她始终不肯向我透露自己的经历，只字不提她为什么加入LSCA，又为什么离开。

我们这一个月几乎每天都有长长的交流时间，我甚至会一边开着Pharos一边跟她挂语音通话，听她唱唱歌，说说话。她说起话来不需要一个人应和，像是全世界只剩下她一人那样，只是轻轻地、自顾自地说着，圆润优雅的英文在耳畔滑过。她找我说话也并无特别的意义，甚至不求交流些什么，但听着她的声音，我总能平静下来。

近期滨斯致力于学习直升机，我便少了一个话伴。在这样的时光里塞西莉亚是个非常好的聊天对象，她给我发了很多她和帕拉斯的照片，下面常常附一些有意思的评论。他们都晒黑了，精神很好，永远都笑着。

2110年3月2日，滨斯正式宣布，他要在今天第一次尝试直升机起飞。我说我去观战，他没同意，把我拦下，只在停机坪架了个摄像机，说飞机起飞的时候螺旋桨带起的风大，让这玩意儿站着就行了，你看直播。于是，那天早上我坐在实验室里，嚼着滨斯特制配方的红油泡面，看着那架黑色的直升机在晨风中稳稳地上升，直到在远空缩小成一个黑点。

"哇，好高。"他坐在驾驶舱里，兴奋地说。第一次起飞，他难得露出了欢欣激动的神情，甚至有些手足无措。

"你开着飞机到处飞吧，反正都升空了。"我提议道。

"今天算了，一个升降过足瘾了。"他回答得倒是很快。

然后，他真的把高度降下去，稳稳地落了地，首战告捷。

2110年3月3日，我第一次独立完成了一个更新包，并得到了程序员的首肯。他说，你学得很快，虽然还很嫩，但只要按照这个进度把你自己的知识库更新下去，在今年上半年你就能理解Pharos源代码

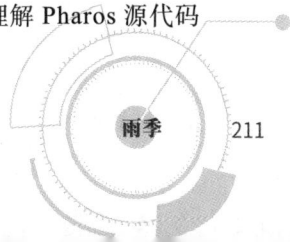

里的九成内容。

我和滨斯都有了显著的进步。

现在大概是仲春吧，天气很好，每天的天空都是灰蓝色的，有时候下雨，但下得非常清爽。一下雨就降温，降了温几天都升不回来，我们就得到附近的商店里找一些厚衣服穿。现在偶尔会想起最初第一次"偷"东西的经历。那时非常致命的愧疚和不自在感是如此灼痛，仍恍若昨日。

2110 年 3 月 4 日，滨斯第二次驾驶直升机。这次他不仅仅是垂直升降了，他绕着整座城市飞行了一圈，十分风光地在都市上空四处看了看，然后稳稳地降落在停机坪上。我没有在停机坪架摄像头，而是要来了他的无人机，远远地跟着黑色直升机的机影在低空巡航。其间我盯着屏幕看，把驾驶舱的方向放大，那家伙注意到这边的摄像之后，对我挥了挥手。

我把这一幕拍下来，发给塞西莉亚。照片上的滨斯很潇洒，肌肉轮廓明晰的双臂和明亮的白色衬衫带着青年特有的朝气。

塞西莉亚发了个大大的笑脸。

巡航完毕后，直升机在空旷的停机坪上降落，纯黑的机翼一点点慢下来，由一道圆形的残影变为清晰的细长线条。这时我才发现他把所有的民用无人机都挪了位置，全部停到一边去，在这次试飞之前他已经尝试过五六次垂直升降。

也就是在这时，"滨斯很快就要离开"这个事实第一次真正击中我。我忽然无比清晰地看到了这段时间内我们在不同的路上行进之远，分道扬镳的日子真的近了。

接下来我就要面对独自一人活在这座城市里的生活，大概还有十几天的时间，我们就要第一次分头行动。

2110 年 3 月 5 日，滨斯第三次飞行。我让他带上我，起初他很严肃地拒绝了，还差点因此没跟我打招呼就直接走掉。后来，我们一起坐在停机坪上吃了个早餐，他又改变主意，说："到时候你坐在副驾驶上哪都不要碰，就当是观光。"

我看着他笑起来——正合我意。

我们在起风的时候登上直升机。关上舱门，轻微的"嘀"声响起，驾驶室的背景灯熄灭，操纵台"倏"地亮灯，所有键盘和显示屏都被点亮。黑色机身随着我们的踏入轻轻晃动，滨斯熟门熟路地坐进驾驶位，拉上摆在操纵杆旁边的手套，按下电源键，开始操作。

天气不阴不晴，风的力度刚刚好。滨斯仍未褪去菜鸟的谨慎，他一边自顾自念着一些参数，一边镇定地调动各种仪器。我问他是不是要戴耳机，他一怔，说："啊，给忘了。"

我笑起来："你看，读了那么一大串，耳机都忘了戴。"

两三分钟后，直升机起飞了。螺旋桨的噪声比我想象中的大很多，几乎让我的胸腔跟它共振。大概是直升机性能的缘故：这是警用直升机，马力大很多，民用的机体应该不至于这么聒噪。我想抱怨，但说出口的话连我自己也听不见——滨斯没告诉我说话要开耳机上的麦克风，我以为那个耳机只能当耳塞用。

所以，等他让飞机悬停在城市上空并开始淡定地跟我介绍要怎么飞之后，我茫然地瞪着他，被无尽的天空和无尽的噪声包围，什么也听不清。耳机开机之后自带降噪功能，直升机的噪声依然轻微地存在，却不那么振聋发聩了，是滨斯率先陷入沉默的，他一静下来，我便也不知道说什么好了。

我就一直看窗外。天空很宽广，从这个角度可以俯瞰整座城市。云雾在身侧环绕，很多方向看得不太清楚，但朦胧间透出一股苍茫的色调，整片大地呈现出微微弧形，巨大而宏伟。楼房的轮廓在雾里时隐时现，像一幅智能地图，灰色调和蓝色调交织在一起，天光和地表

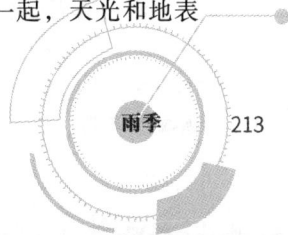

的颜色交融在云层下方。滨斯也望着窗外，我们的视线完全错开，各自看着不同的方向。直到一道阳光划过，把我们的倒影同时映在玻璃窗上，我才再一次看见了他沉静的面孔。

"滨斯，接下来你打算怎么办？"我沉默了很久，还是问出口。

他闻声把目光从窗外收回来，扭脸对我笑了一下，耸耸肩："就像你希望的那样。等我们都准备好之后，我就要出发了，全世界跑，给你把那些危重设施全部注册上。"

"你现在自愿了吗？我们目前都没有分头行动过。"我小心地对上他的目光，发现他笑得很轻松。

"我也想一起行动啊，但现在不一样了。"他哼了一声，"其实早应该这样才对。我们都有自己擅长的事，不可能总是捆绑在一起。我自己想通了。跟你宅在一起，我完全没法发挥作用。你在 Pharos 这方面的研发颇有成就，这个系统距离正式发行也过不了多久了。现在我应该做的，便是帮你们把尽可能多的设备纳入管辖范围。"

"嗯。"我别开目光，继续看着窗外慢慢滑过的都市，那无穷无尽的灰色调滑进眼底，然后慢慢地淡下来，"那到时候等你出发了，每天定时联络三次，没问题吧？"

"我建议直接开视频通话。"他把手放在头顶画了个圈，做出地中海的样子，"那个秃头都开视频了，我为什么不行？反正不是很耗电。"

我也笑了，"好，视频。你打算多久回来一次？"

"日期就不定了吧。反正，只要看到不对劲的地方我就不去，电池还剩三成就去充电，一次飞行准备三天的干粮，生病受伤就立马返程，还有，一直开视频。怎么样？"窗外的城市在下方泛着冷冷的亮色，稍显昏暗的天际被画出一圈银色的轮廓。无数道路相连形成一张网，绵延不断地伸向一直没入视野的尽头。

我没有看他，转过脸去看窗外。

"好，就这样吧。"

2110 年 3 月 6 日，滨斯第四次飞行。他选择了一个有些挑战性的日子，那天下雨，能见度很低，整座城市黑压压的，但他说靠着智能导航设备，没问题。天气有挑战性，清晨的时候还闪电了，雨一直在下，浓郁得像是拉下了天帘，所以他特别精神，像个即将奔赴战场的将士，精神抖擞，连头发都快站起来了。

早晨他特意做了一套健身动作，汗津津地跑去做饭，整个人雾蒙蒙的，走路带风。他刚一坐下，又"噌"地站起来，把红彤彤的红油面放在我面前的桌子上，差点把油溅到键盘上。这家伙今早似乎特别闲不下来，仿佛被打开了某种开关，精神高度亢奋。我好不容易说服他去洗个澡，他只洗了不到五分钟就拎着皱成一团的 T 恤光膀子跑下来说，我走啦，等会儿天上见。话还没说完便伸手使劲儿地擦干湿漉漉的臂膀，T 恤往肩上一甩，转身要走。

"喂，别这么着急啊，今天下雨，等雨小点儿再去！"我对着他的背影吼道。

"雨天升降也是必需的训练项目。"挥挥手，他跑出门，没了影子。

还真就这么着急……

我放下还热乎的滨斯特制红油面，走到一旁的电脑桌上拿起无人机的手柄，开机。视野里出现一片下着雨的宽广天空，那是我停放在停机坪附近的拍摄无人机传来的画面。不一会儿，一个黑色的高高的身影跑过来，对我挥了挥手，然后把无人机捧到旁边，矫捷地跳进直升机里，关上舱门，熟练地升空。

现在的滨斯驾驶起直升机已经老练了很多，虽然我隔着镜头都能感受到强烈的风雨，但他升空时把机体操控得非常稳当，几乎是直线上升到了二十几米的高度。悬停了一小会儿，他隔着驾驶舱的玻璃

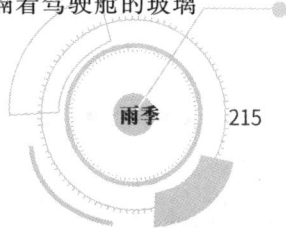

窗向我打个手势，示意我他要开始巡航。我让白色无人机在空中做了个小俯冲作为回应，他便比了个"OK"的手势，转过身去面向前方。雨越下越大，猛烈的风刮得摄影无人机的视野有些晃动，我感觉自己也像坐在大浪滔天的海船上，无论看什么都要先经历一番起伏颠簸。

黑色警用直升机稳步向前驶去，我依然开着无人机追踪拍摄，边看边慢慢回味着——滨斯跟我说过，直升机起降的时候风大，所以不要把无人机放在很近的地方，损伤机体。这回没用了，这天地里天生的大风，也不是直升机能管得了的。

十分钟之后滨斯依然一副方兴未艾的样子，我便提醒他无人机电量不太够，可能跟不完全程。他说没关系，你看着点电，计算好返航的量就行，剩下的路程我能搞定。

站在云那么高的地方看看一座被雨淹没的都市，确实是种非常稀少的体验啊。

滨斯开始匀速巡航，无人机便尾随在直升机的身侧。我开启了自动追踪模式，不远不近地跟着。起初画面还很和谐，黑色的直升机像一尾鱼游弋在天空，厚厚的积雨云在上方不算太远处占满所有高度，将天地的色调涂抹得昏暗而壮丽。我看了一会儿直升机，发现滨斯只是坐在里头看着下方发呆，便也调整了一下摄像头的角度，扫视下方乐高玩具般立体且渺小的楼宇。

这是我近两个多月以来，第一次再次产生那种感觉——空洞，茫然，一无所有。每个角落都被铺上了雨的灰色，银丝从天穿坠落在地面，被渗漏的油污和倒塌的树木、爆裂的玻璃碴与黑色残骸所淹没，丧失所有晶莹的特质。

雨确实有奇妙的魔力，我看着镜头下慢慢流淌的雨幕和城市，心中不由得沉重了一些——等滨斯回来，在他真正出发之前，我们还要好好聊一次。不能太心急，我们得确保接下来做的事也是高效、有益且安全的。

我一边嚼着早餐一边盯着显示屏，下方是无尽的楼。无人机的摄像头很快被雨雾模糊了，我正要开防风模式，便注意到电量不足的提示。

"喂，滨斯，我这里要没电了。"我打开通信器，对着麦克风说道，"立即返航。你也快回来。"

"嗞——嗞嗞——"回应我的是一阵无规律的杂音。

"滨斯？听到没有，快点返航。雨太大了，飞太远不安全。"我眯起眼，瞪着影像模糊的显示屏。屏幕中开始闪现出雪花点。

这时，显示器突然发出"嘀"的一声，掐掉所有的画面，所有的影像浓缩成一团消失在屏幕中央，我在最后一帧里看到一道煞白的闪电，是那种最常见的、银白色的、有着紫色尾巴的细长闪电。它像一条青龙，自厚厚的黑色云层里铺下来，将天地贯穿，整个屏幕都呈现出无边无际的白色。

白屏持续了不到一秒，长久的黑屏占领了全部视野。半晌，红色的"ERROR"出现在屏幕正中央，报错程序开始运作，显示器左下角浮现出几行我看不懂的代码，电子音冷静地说："您的设备已损坏，无法继续为您进行拍摄。现在正在为您探知损坏区域，请稍候。"

我"唰"地站起来，大脑一片空白，想搞清楚到底发生了什么，但失去了摄像头，毫无办法。

损坏……那是被闪电打了吧。该死，早该想到的，滨斯设置的飞行高度和最低的雨云靠得很近，螺旋桨上方的顶针又是非常鲜明的电荷聚集体。越尖的形状上越容易聚集物体表面的电荷，直到那些电荷和云层里涌动的电子形成连接，打出一道一往无前的煞白通路，贯穿空气而出——

我记得，早在几十年之前飞机就已具备能够抵抗闪电的构造了。飞机抗闪电的原理与法拉第笼实验相近，是在机身上包裹一层金属笼，利用密闭金属曲面的静电屏蔽原理防止强烈电击对机体造成伤

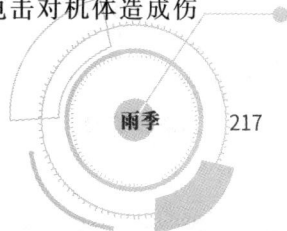

害。似乎还听到过新闻，有些飞机被闪电击中之后仍安然无恙地航行，到达目的地进行维护时只在机壳上找到一块被高压电烧焦的黑斑……

滨斯驾驶的是警用直升机，应该早就具备了这个能力。那照理来说应该没事，只是无人机的信号被闪电干扰了而已……

等一下，我不知道被击中的是我操作的无人机，还是滨斯操作的直升机。

该死，伴飞的时候跟得好近，不过十米的距离在天空中根本不算距离。无人机或直升机，两者都有可能。

如果闪电击中了无人机，然后被击坠的无人机撞上警用直升机的螺旋桨；或者剧烈的闪电干扰了气流，把它们抛到一起……

"滨斯？滨斯，回答我！"我猛地抓住他一天前递给我的远程通信设备。

目前为止，还没有任何一架飞机能够在发动机或螺旋桨撞上高速飞行的中大型物体后安然无恙。

"滨斯？你那边怎么了？怎么回事？喂，回话！"我几乎是喊了起来。

"滨斯！"

没有回答。暴雨阻断了信号？还是说收信的那一方也被闪电击落了？

可恶，到底怎么回事？

我想等他主动联系我，就打开社交账号，茫然地盯着空白聊天框，短暂地期待了一下能够传来回复。但旋即又发觉不对——他连语音通信都不回，怎么可能会回消息？于是我推开电脑椅，猛地冲出实验室，开始狂奔。

这段时间里每天都能看到的大厦内景飞快地掠过，几百平方米的大堂里只有我一个人的脚步空荡荡地回响，所有笔直的立柱与深灰色的大理石陈设沉寂在一种死亡般的氛围里，令我胸膛发紧。我乘电梯到最高层，推开消防通道的应急门一口气跑到这座大厦的最顶端——这是整座城市最高的楼，站在这里，却什么也看不见，云雾缭绕，四面是雨。跑的时候太急，我给忘了：楼太高不行，这高度已经到云顶了，自然看不见云层的下方发生了什么。

我又从消防通道一路下行，冲到第三十五层。这里高度适中，我撞开一间办公室的玻璃门，趴到落地窗上往下看，目光搜索着密密麻麻的城区，却不记得刚才失去信号时是在哪个方位。

短促的扫视很快有了结果——我看到黑烟。

这座城市没有化工厂，遍地都是文物保护点，没有发生过爆炸。雨天车辆不可能自燃，煤气罐该爆的早都爆完了，机器故障什么的倒是有可能，但那股烟好大，直冲云天，还带着歪斜的尾巴，像一条潜入深海的鱼，在波浪中沉稳地起伏。一切现象都表明我最坏的猜想灵验了，那是滨斯的直升机坠落时撞击地面冒出的烟。

我从口袋里拿出手机，想拍下那个地点放到地图上找，但手很抖，试了几次才按下快门。地图很快给出结果，我来不及再确认一下那是哪儿，转身便跑向电梯口。四周死一般寂静，除了绵延不绝的雨声以外再无任何声响。我浑身发冷，又异乎寻常地感到一阵阵的热烫。运动鞋在脚底发出"吱嘎"的摩擦声，像是有了生命，像是它载着我在奔跑。我越过摆在地上的纸箱，一头撞进电梯间，然后撒开腿狂奔，我觉得自己这辈子没跑这么快过，就连路遇泥石流那会儿也没有过。

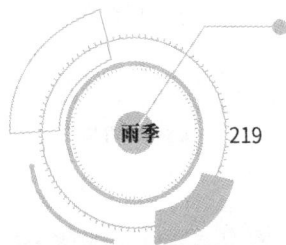

天空

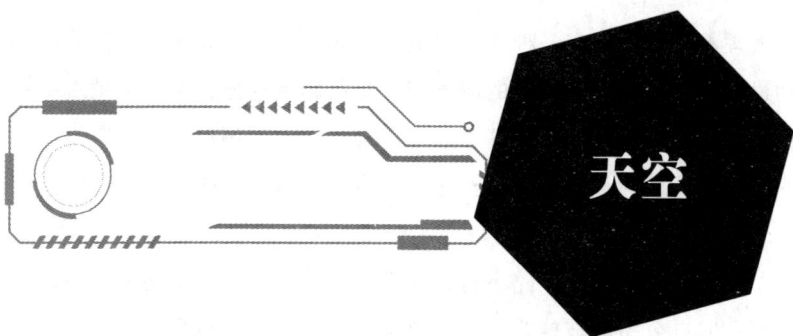

我没有向任何人请假，也没有在社交账号上说一句话，不辞而别，撇下仍在电脑前专心奋斗的程序员和热情四溢的塞西莉亚。我冲到大厦门口，捡起滨斯以防万一放在车边的军铲，一把砸开车窗，借着铲子的力硬生生将一整块钢化玻璃砸碎，抓着布满玻璃碴的窗棂爬进去。

我坐进驾驶座，按下电源键，整个车内亮起来，军铲沉重地躺在腿上，向下淌着水。车窗没有了，雨尽数灌进来，天空变成了海。雨水和冷风从大开的车窗外不住地灌进来，不出半秒便把我全身的衣服湿透。皮质座椅已经湿漉漉地泛着冷光，凉意渗透全身，我像是被深海包围，几乎无法呼吸。

双手放上方向盘，紧紧地抓住那略有些坚硬的合金构造时，我忽然想起他还没有教我开车，甚至没有告诉过我怎么开智能巡航。拆卸车窗时用力过猛后我身上出现了几处砸伤，血顺着胳膊和额头流下来，滴在驾驶座一旁，呈现出诡异的颜色。

大的是刹车，小的是油门，一只脚负责刹车和油门，另一只脚千万不能踏上去，不仅用脚要记左右，踏板也要记左右，乱。

我猛地握住方向盘，一脚将那个稍小些的正方形踏板踩到底。机车发出一声轰鸣，像脱缰的银色战马般以惊人的加速度冲出去。

视野猛地旋转，窗外街景切换的速度快得超出了我的掌控。车速飙升，车辆前行带起的风和雨一股脑贴在我脸上，狠狠将我所有的表情抹平。"咚"，车前盖狠狠撞上前方的路灯，挡风玻璃上霎时布满了裂纹，被卸掉窗户的窗棂也褶皱起来，差点将我甩在方向盘上。我稳住了，抬手擦一把额角的血，把几乎已经湿透的手机夹在两腿之间，瞅了一眼导航，把声音开到最大。

倒车。

我往死里打方向盘，车又以极快的加速度往后飞驰。我再踩刹车，车身猛地一晃，险些把我自己甩出去。然后，周而复始，车在我的手中像极了烈马，怎么也拿捏不住。场景旋转着、切换着，让我头晕目眩，找不着准星。这一路上，我不记得自己撞到了多少东西，天雨不停，地上的积水慢慢变厚，车轮蹚过，全部碎掉成光和影子，飞溅。深灰色的大厦静立在雨里，死寂无声，所有门和窗户都像死人的眼睛，空洞无神地投下注视。整座城市里只有我和银色的电动车飞驰着，我们以 80 千米的时速在雨幕下跳着疯狂的华尔兹，这幅情景即使喀戎看了也是要赞叹的。

我完全不会开车，刚开始不敢开太快，后来只顾一股脑沿着道路的前方猛踩油门，不知道是在开船还是在开碰碰车，一路下来前磕后碰弄得车都快没型了。头在前挡风玻璃上撞了好几次，似乎有玻璃片扎进了前额，但那不是太大的残骸，甚至没让我感觉到疼痛。我开得很疯狂，只花了十分钟便从市中心开到八公里外的坠落地点。

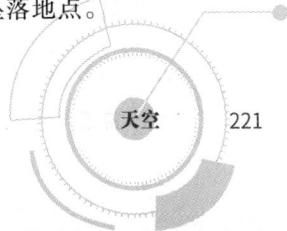

轿车在废墟前停下，我撞开车门，踉跄地跳下去，在雨幕里跑向那栋依然缕缕腾升着黑烟的民宅。直升机撞击在三层民宅和地面交接的地方，此刻黑色机体只剩下骨架，焦黑不成形状，冒着火和烟。烟依然浓郁，火却已经烧得差不多，快要被雨浇灭了。

　　雨铺天盖地而来，几乎让我失去视觉和听觉。我像是陡然沉入深海，四处都是朦胧，头顶有光，但伸手够不着，双耳也听不见涛声。我迈开双腿，却仿佛所有的力量都被雨水冲刷带走，皮肤光滑而冰冷，不带有任何知觉。

　　我拖着沉重的军铲，蹚过一个个浑浊的水坑，向那破败不堪的建筑走去。此刻我的双脚软得几乎无法站稳，但前方的烟与残骸刺眼地躺在那里，占满全部视野，带来无法抗拒的压迫与呼唤。我走近去，即刻又茫然地站住，停下来，努力瞪大眼四处环视。

　　四周是沉默的灰色，灰色楼房，灰色天空，灰色雨幕，狼藉不堪，似乎什么都在这里存在过，留下杂乱的骇人的痕迹。我屏住呼吸扫视过去，然后在尚未熄灭的火堆旁看到一个黑色物体：它伸出一只手，手里拎着已不完整的白色无人机。

　　我怔了一下，丢下军铲跑起来。

*

　　滨斯侧躺在残骸的外围，双腿以极度扭曲的姿势摆在破砖碎瓦里，一根只剩半截的水泥柱压在他的左小腿上。他一只手压在身下，另一只手远远地伸出废墟，稍向上举起，手中托着无人机折断的机翼。无人机早已没了形状，遍布焦黑扭曲的痕迹。

　　那是滨斯——我定睛看了好一会儿，才惊恐地接受这个事实。他看上去不像是人，T恤紧紧印在身上，肢体以一种极为扭曲的姿势摆放。他想要爬起来，把无人机放在一边的地上，却没有成功。

我在他身旁跪下，伸手拨开他脸上湿透了的凌乱刘海。我手抖得厉害，咬紧牙关冷静了半晌，小心翼翼地把右手伸过去，往他鼻下一探，没呼吸。滨斯脸上有浓重的血痕，一道粗深的伤口从前额一直延伸到左侧耳根，皮肉向外翻起。我不确定除了这道口子之外他头上有没有伤口，甚至不确定他的颈椎有没有断，不敢贸然举动，只有把手缩回来，呆地跪坐在雨中，脑子里一团乱麻。

这是滨斯。

这是滨斯？

不行，不行，干坐着肯定不行，他现在肯定有很多外伤，但主要是呼吸没了，急救知识怎么说来着，要……要……至少要先恢复呼吸。不管外伤了，先保心脏，心脏停太久脑细胞会死亡，脑细胞死亡之后心脏即使跳了，以后也是植物人。所以现在应该先心肺复苏，应该先抛开其他的一切，把他的心脏唤醒……

深呼吸，深呼吸——

我闭上眼，双手在胸前合十，在心里祈祷。

他是死了，没呼吸了就是死了，对，死了。但我可以让他起死回生。心肺复苏就是用来干这事的。那是科学，是技术，而且我还学过，对，不能白学。

我伸出手，用力按住他坚硬的下颌，捏住鼻翼将他的嘴掰开，犹豫了一下，将食指和中指并在一起伸进那不再残留有多少温度的口中。雨与血在掌心流动，像无数条冰冷的蛇爬过全身，荼毒我的每一寸皮肤。

好，没有异物。

我把手抽出来，双手十指交叠，跪直身子，像曾经无数次在电视里看到的那样，用力地将手掌压在他胸膛上。如果此时身旁还有其他人的话，我会让他帮我按住滨斯身上其他的伤口，因为我看见随着我力度的加大，鲜血与雨水一起在他的身旁汇聚成溪流。那些伤口裂开

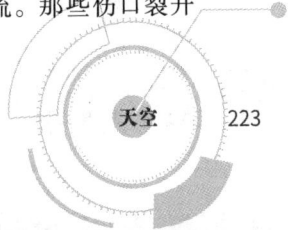

了，还未凝固的血液迸发出来，被雨带走，回归灰色的大地。我看见血的溪流在我交叉的指尖翻涌，细细的浪花，涟漪一层层涌过。雨水把猩红稀释得很淡很淡，那些颜色深深印在我的眼底，一点点吞噬着滨斯昔日里明朗的面孔。

我极快且极用力地压着，一分钟 100~120 下，很快，一次 30 个，我记得。很好，我还清醒。不能哭，不能乱，冷静。我要救他，不是来添乱的。

30 下。

我解开交叠的双手，俯下身，深吸一口气，将他的头微微向后倾斜，一只手捏住他的鼻翼，另一只手扶住他的下巴，将脸深深地埋进他的轮廓里。

吐气，慢慢地吐气，我感觉自己浑身都在剧烈地发抖。这是我第一次做心肺复苏，当然是第一次，什么都是第一次，自从遇见滨斯之后，什么都是第一次经历——

一口气用尽，再来。我抬头吸气，伸手抹一把嘴角，发觉自己的嘴唇也沾上了他的血。我把手放在他鼻下试探，还是没有呼吸，继续。

我机械地重复着胸外按压和人工呼吸，恍惚间仿佛自己也处在生死边界线上，什么都感觉不到。雨声无边，视线被越来越稀薄的雨海淹没。天空的氤氲一点点散去，眼前灰暗的地面却并没有被点亮。这里是光芒的缺口，只有黑暗和雨幕无穷地落进来。

我第四次俯下身时滨斯的肩膀突然抽动了一下。那对浅茶色眸子带着混浊的光的倒影慢慢睁开，眼角微微颤动，带着深色的血丝。

"滨……滨斯，你，你……能听见我说话吗？"我努力撑着胳膊，不让自己倒在水洼中。

他没有发声，慢慢眨了眨眼以示回复。

"嗯……好，呃，你坠机了，现在是在地面，我现在正在救你……暂时不要昏过去，好吗？"我看着他，脑中空白得可怕。那个坐在充电桩上晃荡双腿的滨斯，那个拍着地铺的床垫示意我和他并排躺的滨斯，那个生动地挥舞着军铲的滨斯，那个盘坐在电脑椅上扬扬得意地推销红油饭的滨斯，那个抢着拳头破口大骂的滨斯。所有明丽的色调都在灰色雨幕中褪去，只剩下惨白的面孔与湿透了的 T 恤糊在身上。

他再次眨眨眼，眼中的笑意带着绝望，却显得很温柔。血和水顺着他高挑的鼻梁向下滑落，在脸上勾勒出一道道纹路。他张大嘴费劲地呼吸着，唇齿间深黑色的血痕把雨水染成猩红。

"你在这里等我一下……你被东西压住了，我把它抬开，然后把你拖出来。"

我摇晃着站起来，看着他的眼睛一步步后退，走到他被压住的腿旁边，俯下身开始尝试把上面的水泥块搬走。他的目光跟着我，依然是平静的凝视，好像躺在地上的不是他自己。我想起塞西莉亚的话，他的大脑里装了微芯片，那东西可以控制他的情绪。

那块水泥不是很难搬，但我实在太疲乏了，左挪右动费好大劲才把它弄走。我踉跄着回过身，踏着深深的雨水走去，在他身旁跪下。

这里没有担架，即使有我也无法一个人抬动。若是直接拖拽，恐怕会造成二次伤害。但如果想要把他带到医疗设施完善的地方进行治疗，就必须想办法让他上车……或者我可以亲自跑一趟附近的诊所，把治疗设备搬过来。

"你在这里等我一下好吗？我去附近的诊所把——"

滨斯忽然一松手，手中的无人机掉在地上，"哗"的一声砸成四处散落的白色碎片。我听见响声，惊慌地看过去，他把那只松掉的手慢慢摆出"一"的手势，食指指向天空。

"滨斯……什么？"我瞪大了眼，屏住呼吸，小心地看着他。

他嘶哑的声音在耳畔响起。

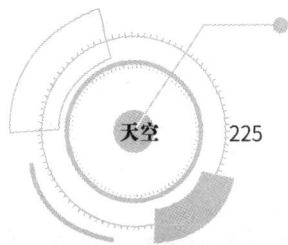

"嘿，抬……头……"

那清澈的茶色眸子定定地看着我，很久很久。目光里所有的色泽都已经沉淀下来，仿佛什么都不曾有过。

"上面有什么？"

我顺着他手指的方向，一点点抬眼向上看去。

雨不知什么时候停了，烧得焦黑的废墟里一丝烟也不剩下。天空中云翳慢慢散去，金色如一柄利剑划破深色的天穹，从一点点轻盈起来的云层里溢出来。大厦与四周的道路都变得明亮起来，阴影一点点褪色，留下一个洗净铅华的世界。雨后的空气里有一种湿润的气息，我想起我们第一次见面也是在这样一个天气渐渐明媚起来的早晨。

晶莹水珠从仄斜的钢筋上滴落，荡起一地涟漪。血的颜色被雨抹去，废墟中的积水在天空下闪烁，雨的余烬一点点没入金色阳光里。它们和它们交映着大地与天穹，支离破碎而又分外明丽，在地表绘制出层层光斑。

在很远很远的天边，远在太阳的后面，天空呈现出纯洁的蓝色调。在那澄澈的蔚蓝里有一颗明亮的光点在闪烁，它轻轻地在风里摇曳，却又毫不动摇地屹立。启明星。

那是驱散黑暗的、迎来黎明的、充满希冀的天火。启明星升起来了——也不是，它一直都在。

"是啊，滨斯，雨停了。你看，那是启明——"

"嗒"的一声，仿佛雨水滴落。滨斯的手落在地上，溅起一小圈水花。

"滨斯？"

我再低头看时，他已没了呼吸。最后一个表情在苍白的面孔里永远地凝固，潮湿的雨珠将他棱角分明的脸颊冲刷得非常干净。他非常宁静地躺在积水中，舒展开来的眉眼间带着一丝莫名的轻松，青紫的嘴角还留着一抹微微上扬的血迹，就像笑容。

海崖

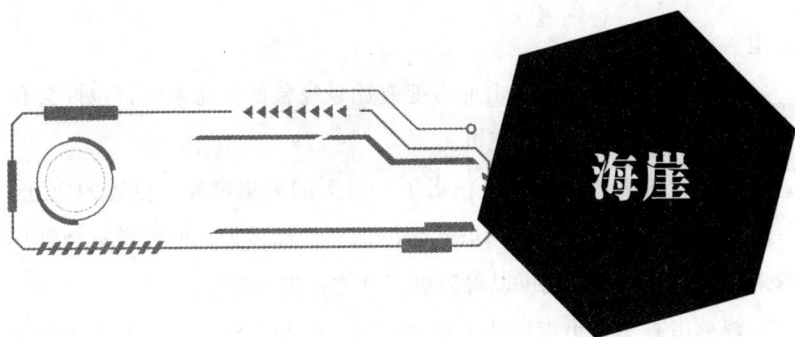

2109 年 12 月 5 日

现在是我们那个世界的大冬天，但在这里，气候却像是刚刚入秋。

最开始我们来到这里时觉得酷热难耐，现在倒是很凉快。森林里只要一刮风就冷得像冰窟一样，我开始组织人们寻找小动物的皮革制作保暖衣具。毕竟真正意义上的冬季就要来临，我们肯定得做足准备，防止被冻毙。

我们找到一条很短的、从据点通向荒原的路，沿途做了很多标记。走熟之后标记也不重要了，大家就时不时地成群结队到荒原上去晒太阳，走起来轻车熟路的。天气只会越来越冷，到了冬天荒原上的风很大，那时候就不敢过去了，趁着现在有阳光还有温度，多去

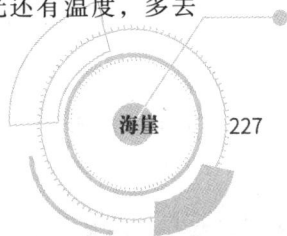

走走。

这里的杉树太高了，上面可能有比较完善的生态系统，也许会有很多的鸟蛋和松鼠，可以充饥。

这一带地表的食物早已枯竭了，每天的采集都要去更远的地方，一来一回要耗费很多体力。虽然爬树也会消耗体力，但毕竟不会离开营地太远，况且有可能可以得到更充分的食物来源保障。

森林里有不少小规模的土洞和树洞，但都不结实，一下雨就会漏水，让人又湿又冷。我们往稍远的地方探寻时只找到了一个大岩洞，显然想要过冬只能在这里凑合，其他的小洞穴最多是当作长途跋涉时的临时休息点。

女动物学家（林赛·拉斯塔斯）和东北猎人（唐迟）经常吵架，他们对这座森林内部生态系统的定论大相径庭。唐迟是个比乍看上去还要老很多的老头，他说他今年已经六十八了，没什么森林没见过；林赛·拉斯塔斯是个比乍看上去还要固执很多的女人，她说她虽然才四十出头，但没什么动物没见过。

不论这个森林的生态如何，我们每天的采集和狩猎都照常进行。如果说有什么新奇的事发生的话——不得不一提，森林里发光的蘑菇被我碰上了。它生长的地方并不算隐蔽，但毕竟实在是太少了。

最初看见地表深处亮着的微微荧光时，我还以为自己看到了鬼火。后来壮着胆子走近看，发现那是长得非常精致的蘑菇。那种真菌似乎牺牲了一部分表面积来维持精美的外形和夜光属性，放在一片漆黑的森林地表显得格外娇小，我蹲在蘑菇丛旁悄无声息地凝视了一会儿，只觉得由内而外地轻松——也算是圆了一个心愿。

毕竟，最初被困在这里时，这可是我最想见到的东西。

2109 年 12 月 18 日

营地里第一批成熟的弓箭做成了。

很早以前我们就做出了长矛，甚至还有人做了一把弩，但那东西只用了几次就坏了。然后有人提出我们需要弓箭，于是在贺林和其他几个强壮男人的组织下，开始有曾经从事手艺工作的人参与到弓箭制造之中。我们这里有个来自少数民族保留地域的多民族混血妇人布伊阿弩·蒂连奇，她自幼生长在亚洲北部的林海雪原中，曾多次观摩父亲制作弓箭。据她所言，伐木、取角、制筋、黏合都需要在不同时节完成，需要用特殊原料上漆，不可懈怠。不过我们这里没有那样理想的环境和器材，所有的工序都只能去繁就简，勉强凑合。

好在此时气候适宜，周围的森林里也有一些可以代替传统色浆的树汁，就连弓弦她也想办法用我们身上的弹性布料和一些藤蔓缠绕制成。第一张弓只花了一周便做成了，我觉得不论是造型还是实际功能都还算理想。

作为这里唯一的一个猎人，唐迟自然是第一个拉开这张弓的人。为了按照礼仪完成开弓仪式，布伊阿弩自己亲手制作了一筒木箭，用尖锐的石块削作箭头，把它们用红色丝绳绑在一起，悄悄放在唐迟的枕边。

次日清晨，她早早地把他叫醒，将老猎人领到一处较为开阔、能看见不远处荒原的悬崖上，恳请他在那里对着即将升起的朝阳射出第一支箭。唐迟把用野兔皮做的短裙系紧，戴上布伊阿弩沿途用小树枝做的花冠，从背上抽出弓箭。这一幕被我碰巧看到了，便站在不远处的森林里看着那幅温馨又奇异的画面。迎面而来的金色朝阳把他们的面孔照得发亮，向阳面完全变成了澄金色。

这些少数民族自留地域至今仍保持着他们古老的习俗，而在我们这样所谓的现代人眼里，那种古老的生活方式和强烈的仪式感充满了神秘气息。

开弓仪式之后，那把弓正式投入使用，造弓的技艺也由布伊阿弩

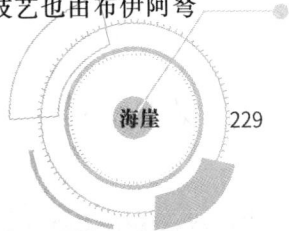

传授给了许多汉子。第一把弓完成后的一个月之内，营地里又接连举行十来把新弓的开弓仪式，几乎每个有狩猎能力的成年男人都拥有了自己的武器。弓箭一多自然需要管理，于是布伊阿弩自愿成为保养弓弩和制箭的人。她每天清晨独自走进森林，下午三四点时背着一筐适合削箭的木料和石料回到洞穴旁的营地，把所有材料在脚边摊开，拿出她自被传送到这里时便别在腰间的短刀，开始重复且没有止境地切削和缠绕。我曾多次看到她像一尊塑像般无声地坐在金红色的火焰一侧，半边身子映着火光，两只手非常迅捷地舞动。刀的寒光利索地起落，飞扬的木屑发出清脆的微响，中年妇女的面孔在越来越幽暗的黄昏天空里若隐若现，亮闪闪的眸中带着近乎虔诚的专注。

在那样的场景里，每次我都想走过去同她搭话，但最终都刹住了脚步，只是定定地看半晌，然后在被她察觉到之前无声地离开。在我身后，那不断的削木声随着凉爽起来的晚风一同飘荡，有时能把我送出很远。

*

天气越来越冷，很多时候就连荒原上也看不到太阳了，简直像是在极圈附近。食物已被我们消耗殆尽，每次采集和捕猎都需要深入丛林，有时一天一夜才能赶回来。留在洞里的人越来越少，大家开始自食其力，三五成群地走进森林中去，很久很久才沿着路标找回来。

在我们苦恼食物问题的时候，尼德兰意外地没有成为任何人的累赘。他说要自食其力，后来果真没人再管他。尼德兰倒是能耐，他在林子里晃荡的次数多了，手上的茧更厚，"走"起来也更快更稳当了，似乎是在这森林中磨砺自己的野外生存技能。

既然如此，我确实没有理由再干涉人家进化。

不过除了愿意自立自强的尼德兰之外，营地里还有不少张需要依靠他人采集与猎捕的食物生存的嘴。天气日益恶劣，我们面临的生存挑战也越来越严峻。白昼的时间一天天短下去，每一个夜晚都是寒夜，负责守卫洞口的轮班人都用砍下来的树枝做成木墙，把洞口堵个严实，只留半个拳头大的小孔往外看，还要时时小心不要让冷风灌进来。

一个叫布玛·祖鲁的俄罗斯老奶奶说，这天气是预兆，很快就要下雪了。

一个叫弗拉德·怀特的男人在狩猎的途中摔断了腿，不能再外出狩猎。

一个叫盖尔特·鲁斯的男人在森林里看到一片死人的空地，可他再次带我们前往时所有人都没有找到那个地方，就连他自己也无法顺着标记回去。

一个叫瑞辛·布拉德的姑娘发现了一些会发光的蘑菇，她连着土将它们挖回来，改种在岩洞门口，可那些蘑菇很快就死了。

一个叫玛丽·加德的女人在野外食用了有毒的浆果，还没走回营地就死在路上，不久之后尸体被归营的男人们发现，他们就地埋葬了她。

在这样玄乎的、倒霉的、奇异的片段之中，我开始记住每一个曾在身边存在过的人的名字。冬季来临之时，岩洞里所有人脸上都带着难以言说的严峻表情。只要是活到现在的人，大家都知道冬季是多么的残酷。我们自夏末开始就在食物能够保存的范围内储备过冬粮食，之前的存粮一直是果脯类的食物，并没有肉类。

第一把弓在狩猎时折断了，布伊阿弩很难过，但她坚持折断的弓不能再次使用。

这里唯一的孩子叫汤姆·英格玛。他说他的妈妈死在了我们进入森林之前，她在被传送过来之前正躺在医院的病床上，是个植物人，正在等待脑细胞激活治疗。大传送发生的时候他和妈妈被传送到一

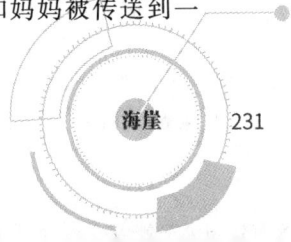

起，来到这个世界后害怕骚动的人群，于是他把没有行动能力的妈妈拖到一旁的树林边缘藏起来，一直在远处观望我们的举动。失去养料供应的植物人在第一天就逝世了，孤立无援的男孩守着妈妈的尸体哭泣了一天，然后离开了森林的阴影，在第三天的早晨加入了准备离开荒原的我们。

英格玛性格很开朗，失去母亲之后仍然能保持平静和乐观。他大概十一二岁，这样的孩子无疑还需要照顾，于是营地里仅剩的几个年轻女人便时常带着他出去采集，也是一走就一两天。

我最开始点过一次人数，但现在已经很久没管过了，因为他们的行动太分散，根本找不全人。后来我总算找了个日子把人聚集起来再次清点，已经少了七个。

死的死，走的走，我也不知道他们能上哪去。这片林子里没有大型猛兽，蚊虫叮咬也不致死人；现在满林子的标识，箭头全部指向岩洞，即使是被不属于我们这个人群的人看见，也能摸着走过来。在这种情况下还能失踪的人，要么是胆子太大，要么就是存心寻死。

这片红杉林真的很大，但我们已经快把它走遍了。有人传话说，沿着某种颜色的标识一直走，能看到海。

这里是北美西部，所以，往西就是太平洋。

2109 年 12 月 27 日

我、女动物学家林赛、贺林与三个高大的男人走到了他们说的森林边缘。

这是我们第一次走这么远——走到曾经出远门的男人们口中那片"有海的悬崖"。虽然走这一趟路要冒很大风险，但毕竟先锋都已经留下了标记，我们还是一口气摸了过来。

那确实是海。

我们走了三天两夜才到，一路上的两个夜晚都在沿途发现的土坑树洞里凑合。那三个男人雄心勃勃，一个拿着弓一个拿着弩，还有一个沿路捡了一根长得不得了的枝条，费老大劲一路扛过来，还不肯丢掉。拿树枝的男人便是弄坏了弓的人，布伊阿弩不允许他借用别人的弓箭，他只好暂时停止狩猎活动，在等待新弓的同时伴我们一程。

我们走了两天，灰头土脸。然后，第三天的黎明，我们在悬崖上看日出。

走出森林到达豁然开阔的海崖上方，望见那上下一色灰蓝的无垠之水时，那感觉还是很震撼的。强劲的海风当面扑来，像是要把带着腥咸味的空气打进我们的肺里去，催人清醒。

深黑色的石崖直直地悬空伸出，我和贺林走到最前方，在尖端微微翘起的最后一块岩石上站定。海的气息从未如此浓厚，脚尖再往前一寸便是怒涛；银白色浪花在脚下碎成影子，海与天的分界线起初很朦胧，在日出前突然清晰地呈现出两种截然不同的色调。天空被余光点亮，某一刹那赤红的海日跃上天际，露出金色的轮廓，于是整个天地间的万物都被那金色唤醒了。

如果手里有相机，我绝对会拍几张照。

"我们可以打鱼。"贺林盯着海面，很简洁地说。

"确实，太平洋冬天也不会结冰，而且这里并不是非常北的地方，大概是北纬六十度。"我看着融融的日光，远海和天空的颜色瞬息万变，像是有了生命一般。自深入森林以来，我再没有见过这么美的天空。

"造船吗？"贺林接着问——他似乎完全没有兴趣欣赏景物。我把思绪从景色中抽回来，谨慎地给予回复："那我们还需要斧子，需要能砍树的东西。现在营地里只有四把军刀，不能用它们来砍树，卷得快。"

"垂钓？"

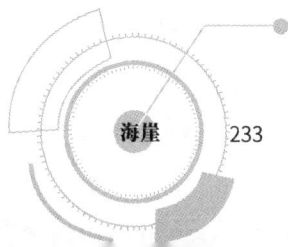

海崖

233

"那就要很长很结实的钓线。而且，这里的大鱼未必能被钩住。"

"用海水晒盐吧。"他叹了口气，回头对那三个男人喊道，"嘿，你们四处看看，有没有能够下到海边的路？如果可以拿到海水，就可以晒盐，之后的伙食就有味道了。"

2109 年 12 月 29 日

两天过去了，我们仍然在海边徘徊。

这里没有沙滩，没有平坦的下海的路。这里的海很凶险，到处都是导向死亡的陷阱，狂怒的自然根本不给我们生存的余地。

完全没停的寒风快把我们的皮肤切成了条状。第一天还没结束，我们就几乎失去了知觉。夜晚和清晨是万不能上悬崖的，那风大得像是一堵堵墙迎面而来，随时可能把人击入海中。即使是相对平静的正午和下午，也时常会有一阵阵的寒风与我们擦肩而过。再说食物，海边的森林异常贫瘠，连浆果也很少看见。林赛几乎动用了她所有的知识预判哪里可能有食物，但这两天下来我们也只吃了三餐而已。要不是这么长时间的锻炼起了作用，我们绝对要损兵折将。

无法打鱼，无法取水，我们只能想办法多接近这不近人情的北方的海，试图从它那铁腕中炸出一丝油水来。

我水性不行，攀岩更加差，知道自己下海必然有去无回，根本不敢接近海面。和我们一道来的那三个男人中有一人特别厉害，大概是退伍兵。大概是中午的时候，他外套一脱，汗衫一丢，翻身就从悬崖上跳到了十几米下方的海里，招呼也不打一声。

"不要下去，在海里会脱水的！"林赛站在悬崖上叫他。

那个男人下去之后像只海豚般流畅地在回旋的水浪中穿行，他甚至还站在礁石上对我们挥了挥手。但等他游够了想要爬上来，却发现石崖湿漉漉的根本抓不住。他试了很多次，运气好的时候顺着石壁滑回起点，运气差的时候直接掉到海里，只能再游回来。我们谁也不知道他为什么明知这样陡峭湿润的崖壁是不归路，仍然还要往海里跳。

后来，他在掉入海中之后再也没有浮上来。我们失去了一个人，林赛跪在乌黑的石头上哭起来，我们都很难过。

已经五天没有回营地了，我们身上带的食物早就吃完，所以每天我们都要派三个男人到森林里去找食物，每个人都要轮一遍，而林赛和另一个人则负责在海边寻找一些吃的和用的。现在只剩下四个人，事情变得严峻了一些。

天气越来越冷。海风凛冽，我们大部分时间都在树林里避风，不敢再贸然到悬崖上去，怕被风刮到海里。我们让林赛分析一下现在这样的海域可能会有什么鱼，但她说她不知道。

"不管什么鱼，没有钓线或者船，都等于没有。"贺林说。

"没有想出海远航的人吧。"林赛叹了口气，笑起来，"我们可以造船。"

"然后全部死在海上。"贺林丝毫不客气地反驳，"这地形太凶险，到处是裸岩，浪也没个停歇，即使可以把船放下去也没办法海钓，更别说远航。"

"可以取盐。"一旁不声不响的中国男人忽然说，"我们已经很久没有吃盐了。"

"盐？"他说得我一激灵。

林赛瞪着地上浅浅生长的绿色野草，"对啊……盐。在缺少盐分的情况下人体是会发生不良病变。可能会四肢无力，全身水肿，消化能力下降……"

"你看我们有这症状吗？"我顺着她的话细细一想，觉得不无道理。虽然理论上长时间不吃盐人体会出问题，但我们这么长时间了竟然没有明显的感觉。

"目前似乎没有。看上去是更加明显的症状掩盖了缺盐的不利。"

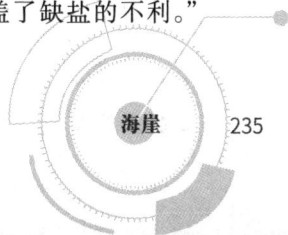

林赛站起来，低头询问那个提出意见的男人，"你有采盐的办法吗？"

"草篮。"他也站起来。

于是，接下来的几个小时变成了手工课时间。我们用骨刀砍下树上斜生的小枝条，把它们编织成口径约五厘米的小篮子，然后用从岩洞里带来备用的藤蔓捆住篮子。那男人的主意是将这样的草篮放置在铺着一层浅浅海水的岩石上，等待海水在蒸发晒干过程中依附篮子的木条上，形成一小块一小块的晶体，然后把它们拎上来采集。此招我闻所未闻，同行的其他人也表示非常新鲜。

遵循一般事物的认知规律，采盐这事做起来远比想象中困难。首先编制草篮就十分复杂，我们这样笨手笨脚的家伙实在不太能够胜任这种编织工作，只后悔迫于旅途的艰险没多带几个女人过来。花大工夫做好篮子后，把它沿着岩壁放下去，却又需要经历漫长的盐结晶过程。有时我们为了一篮底盐晶可以轮班五六次，一直从清晨等到正午才能在篮子中看到浅浅的一层白色。

这个天气根本不适合采盐，但第一次来到海边的我们深知这里自然环境的恶劣，也十分明白如果不在此趟远征中抓紧时间采盐，之后天冷了就更不可能获取盐分。在缺少盐的情况下生存了这么长时间，一些基础病很容易暴发，我们的生理状况也定会因为缺少部分矿物质和微量元素而发生变化。

贺林把采集到的盐刮下来，装在随身携带的瓶中。有些人被传送来到这里时抓着玻璃瓶，于是那仅剩的几个保存完好的现代造物便成了我们盛放最重要的物体的容器。三天的劳动下来，瓶子里总算积了十几厘米高的灰色盐晶。奈何瓶子口径不大，看似不少的盐实则并不能撑多久。

迫于恶劣天气，我们在开始采盐的第三天返程。清晨时大家开始打点行囊，所谓行囊不过是几个瓶子和已经空了的兔皮食物袋。原本打算有个好心情返程，要命的是我们离开海边之前下了一次雨。我们所有人都在雨开始下起来的五分钟内被淋透了，然后身上就再也没有暖和起来过。

正午之前我们正式往回赶，但在返程的路上水还没撑到第二天早上就喝完了，还得去这五天里一直光顾的小溪取水。那地方是风口且要绕道，没有人想去。一番商议后真的没人愿意舍己为人，于是只好所有人一起前往溪边。

"回营地，按我们现在的体力三天半能不能走到还不好说。必须带够水，路上水源太少了。"贺林非常严肃地叮嘱我们。

但我们又失去了一个人。林赛在溪边接水时忽然栽进溪里，我还没来得及拉住她，她就头朝下没入水中。她穿着厚大的外衣，整个人臃肿得像一只吹起来的兔皮。一瞬间我恍惚地把她的身躯与马尔文重叠——本来我们应该祈祷溪流给予我们生命，而他们都死在溪里，死得毫无征兆。

"失温引发心肌梗死。"那两个高大男人把她湿漉漉地拉出来后，贺林看了看，给出判断。于是我们一伙人手忙脚乱地对着她做了胸外按压和人工呼吸，毫无成效。

"我们得快点回去了，不然都得死在半路上。"一番抢救无果后贺林站起来，收拾好水袋和衣物，准备离开。一旁的两个男人把林赛身上的大衣扒下来扛着，将她清理得只剩下贴身内衣，其余衣物和物品全部放进储物用的布袋中。只剩下遮羞衣物的女人安静地躺在冰冷的土地上，在雪地里像个奇异的符号。

"那……我们把她葬在哪里？"我问了一句。

"葬？你疯了吧？这个鬼地方我们什么时候葬过人？都是死哪儿就放哪儿呗。活人比死人更重要！"其中一个男人抬头冷冷地看着我，他的目光像狼一样凶狠，简直像是下一秒就要扑上林赛的尸体把她吃了。

"不，但是……"我嗫嚅着。

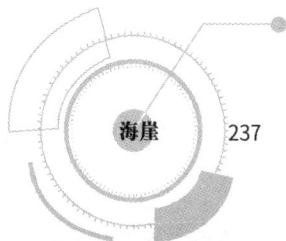

一股寒意涌上脊背，我打了个寒战，呼吸越发窘促起来，也许是长时间体温过低的缘故。

"但是她是女人？她是什么？还能是什么？一个死人。"那男人站起来，我已经一米八几了，但他比我还高一个头。

这时贺林的声音从前方传来："我们没吃她充饥就算好了。现在谁不是饥寒交迫，把她的尸体完整留下就是最高的道德。快走，爱斯梅尔。衣物拿了吗？"

"拿了。"男人瞅了我一眼，把已经失去体温的女性衣物抓在手里。

"那就走吧。不会真的想吃她充饥吧？"贺林转过身去，站立的身影也化作林间一个渺小而细瘦的图案。

他的话让我浑身冷透——不，这说法不准确，我早就冷透了，手指和鼻尖都是通红的。听见他的话那两个高个男人中的一个兴奋起来，他似乎真的想要吃掉林赛，从口袋拿出了打火机。

"住手！"那个刚才还在教训我的男人一把拉住他，推搡着我往回走，"快走，让她留在这里就好，我们快走。"

"我饿了。"他的同伴被拉得踉踉跄跄。

"你就是饿死也不能吃人。"他的声音低了下去。

2109 年 12 月 30 日

我们快被冷死了。

我们快被饿死了。

即使回到营地也没有用，这样冷的天！

天气越来越冷。连风里都带着小冰碴子。那个俄罗斯老奶奶说对了，下雪了。这里还不算北半球最北端，没进极圈，我不敢想象这个世界的最北端是怎样的恐怖景象。

昨天我们在行路的时候遇到了一片结冰的水洼，刚下过雨，气温又低，地上到处都是这样滑溜溜的小冰坑，但那片大得出奇。我们在冰面上走，我在冰里发现一只死鸟，高兴地叫起来。赶忙凿开冰面，把它取出来烤了。

于是，饿得抽痛的胃多少得到了一些慰藉。但食物消化得很快，不过半个上午，我的肚子饿得更痛了。天啊，这样下去我们迟早要饿死在这里，或者冻死。

2109 年 12 月 31 日

该死，新年夜居然在这样邋遢的地方度过。

这里除了积雪和树木之外一无所有，这样孤寂萧瑟的林间行程实在叫人头疼。坐在用火融化过积雪但仍然坚硬的地面上，我想起家里暖黄色的灯光和家门口长长的海岸线，想起实验室里每到跨年夜时其乐融融的景象，想起自己有时候还能收到同事的新年礼物，想起自己有新年夜的零点在街上度过的习惯。

以前怎样都无所谓了，那都是以前。现在我又冷又饿，思维也很混乱。虽然饿，但水倒是暂时不愁了——这附近到处都是冰，天然存水。我们四人围坐在入夜后点燃的火堆旁，凝望着跳动的火星，失去知觉的面颊不由自主地抽动着。

"现在才刚刚有点冬天的样子，气温波动，冰怕是结不久。"贺林说。

"你像个气象学家。"我已经没什么话好说了。

他冷冷地看我一眼，眼神比冰还冷，说："我是个医生，我住在南方，但世界各地都走过。"

我现在往智能日志记录系统里进行语音输入的时候声音都在抖。不知道什么时候这个记录仪会没电，到时候我就什么也记录不下来

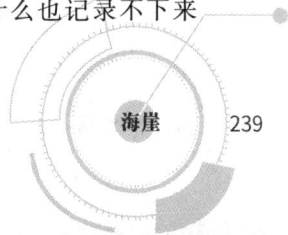

海崖

239

了——这里没有纸和笔，我当然不可能在石头上刻日记。还好这个电池耐用，平时我也不开它，只有每天开那么三五分钟，话一说完就关上。

"人要是能光合作用就好了。"我说。

"植物可以光合作用，但植物的不饱和脂肪酸高，低温会凝固。要是你能光合作用，你现在就走不了了，得被我们像个石像一样放在这里。"贺林说。

"哪来的说法？光合作用和不饱和脂肪酸有什么关系？"我想笑，但笑起来牙齿打战，面颊的肌肉无法控制地凝结一团，想必表情比哭还难看。

晚上的时候我们点起火堆，紧紧地围着火焰坐着。其实也没取到什么暖，我们都太冷了，连火都是遥不可及的东西。伸出手去触碰跳跃的火光，却感觉不到一丝温度。直到手指开始发痛，才意识到这是火焰的功效，这是严寒之中该死的温暖。这时贺林说了一句让我浑身冰透的话——"现在这里这么冷，回营地之后会不会更冷？我们先前准备的保暖设备会不会不管用？是不是不管逃到哪里，只要还在这个世界的北半球，就注定要这么冷？"

贺林很少说丧气话。如果我们漫长的返程路前方曾有过指引的灯塔，他现在就等于是在说那灯塔也是海市蜃楼，黑暗中根本没光。

"怎么会？岩洞里冬暖夏凉。"我赶紧"呸"他。他别过脸去，自顾自地笑笑。

新年了。

这里没有零点的钟声，这里没有新年，但我们知道。我们的表是对准过的，同时指向零点。那个为埋葬的事情把我骂了一顿，却又不让同伴靠近林赛尸体的男人唱起了歌。那歌大概是故乡用来庆祝新年的，旋律欢快轻捷，我闭上眼便能从那歌声中看到许多美好光景。可那些浮现在脑海里的画面总是一闪而过，被这黑黢黢的夜与金色火光驱散。他的脸上辉映着火堆跃动的光影，表情祥和好看，显得吉祥喜庆。我总觉得这段旋律熟悉，所以等他唱完之后问他是哪里人。贺林白了我一眼，说，我和他都是中国人。

"你们怎么不用中文交流？"我自作聪明地问。

他闭上眼叹了口气："母语还是等回到属于我们的那个世界再说吧。我可不想以后一开口就想到这破地方。"

2110 年到了。

我抬头看天，密密麻麻的树冠将视线截断在很浅的地方。

我看不见天空，看不见星海，看不见高空中的流云，我们都呆滞地坐着，仰着脸像傻子一样瞪着没有形状的黑暗，期盼着能有流星。我不知道这样没有盼头的日子还有多长。

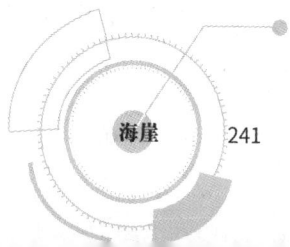

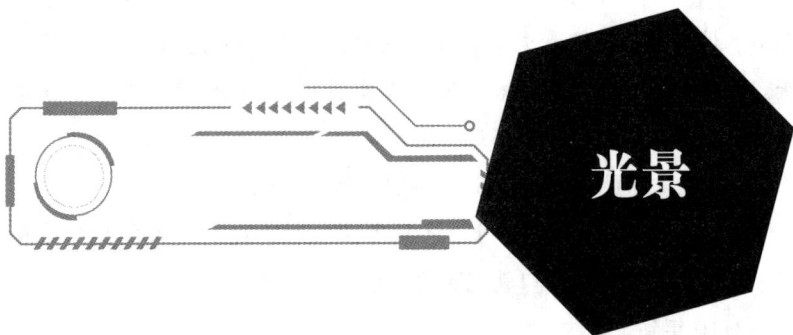

光景

1-4

2110 年 1 月 2 日

我们终于回到了营地。

虽然有岩洞的庇护，冷风和暴雨几乎构不成威胁，但从某种意义上来说贺林那时的丧气话确实说中了——我们先前准备的御寒物资根本不够。

最开始我们聚集的那个平原上有很多人穿着厚厚的防寒服，那些人有的活下来，有的死在那里，因为当时天气酷热，根本没人想到要把厚衣服带过来。我们曾经派人顺着来时的标记回去找，但他们只找回来四件完整的羽绒大衣，更多的是一些破碎的皮革。现在想起最初来到这里时的那片荒原边界，出现在我脑海里的只有尸体和御寒衣物，这样的思维让我感到恐慌，但我自己确实想不到其他有关的东西。

如果硬要回避开令人不快的元素的话，记忆里也就只剩下一望无际的天空。

"烂衣服也要。这里太冷了，不管是什么都要用上。"尼德兰说。在天气面前，这家伙自立自强的风范也没有了——说到底还是活命重要。

荒原上确实还有一些没有被带走的衣物，但即使能从那边带回来一些有用的东西，去过一次的人也再不愿意去了。我能想象到那块地方现在是怎样一副光景——先前死去的人的尸体腐烂了大半，勉强还辨认得出是个人样；他们的衣服和物品贴身带着，要去回收，就意味着要在满地的尸体中翻找，和那些发臭的皮肤与骨骼亲密接触，面对几十具死寂无声的枯骨。

换作我，我也绝对不会想去第二次。

天气越来越冷了，我自回来就没有见过小男孩英格玛和负责照顾他的那几个女人。尼德兰说他们半周前就不在营地里了，应该是出去远足或者长途采集。如果他们现在正在回来的路上了，那最好赶紧回来，不然可能就回不来了。

2110 年 1 月 4 日

早晨，我和小队里最有行动力的几个年轻男子离开栖身的岩洞，前往未知区域进行探索，希望能找到湖泊或溪流。

因为此行深入了平时没有探索过的森林片区，所以需要明确的标志帮助我们找到回去的路。我们拿着兽骨制成的小刀在树干上刻下一道道清楚的痕迹，以比较保险的速度缓慢前行。四周覆盖着白皑皑的积雪，人走在上面留下硕大的脚印，小腿都要埋进去一小截。虽说保险起见应该清除行走痕迹，但我们从未碰到来自猛兽的威胁，所以并没有这样的习惯。

于是这些脚印给了狼追踪的机会。深入未知区域一个多小时之后，殿后的几个男人忽然压低声音叫我们停下。我走在队伍的前头，闻声站住。有个男人把自己手中的木矛插在地上，面色严峻地说，他看见有狼在后方的树林里一闪而过。

"这附近？怎么会有狼呢。"我被他认真的表情吓了一跳，不由得也握紧了自己的长矛。

"就他一个人看见了。"一旁的男子笑起来，"他想逮住狼来做一件狼皮大裘。"

"真的看到狼了？"我不放心，便再次确认。只有那个男子一本正经地点头，其他人则不为所动。

"大家小心些，如果这附近可能有狼的话还是尽早返程为好。"太阳刚刚升到头顶，现在是正午。如果这附近果真有猛兽，我们必须摆脱它们的追踪，并且赶在日落之前回到岩洞。

"但前面可能有溪流。如果能找到溪流就可以想办法——"

"嘘。"我猛地按住说话人的肩。

在我们后方的树林里、漆黑的树干之间，一个灰白色的身影慢慢移动到能被看见一点的位置。自己似乎无意识间与那状貌似狼的猛兽对视上了。

"怎么了艾因？"被我按住的男人不满地偏脸瞪着我。

"你看那里，我们脚印的方向，不远处两棵树挨得很近的地方。那个，是不是狼？"我紧握着长矛，手心冷汗直冒。不要真的是狼啊…

"哪个是狼？"身旁的人狐疑地看过去，似乎也找到了藏在树林之间那个不怎么聪明的野兽的身影，"看着总觉得不像。没有这样小的狼吧？"

"你见过？"另一人抓着矛走上前，压低声音啐了一口。

"艾因，现在怎么办？"最初发现狼的男人哆嗦着看向我们，"想跑也跑不掉了吧？已经被它盯上了！"

"别怕，我们先别动。大家排好阵形，看看它要怎么行动。"我盯着那一动不动的身影，后背一阵冷汗。如果这是一只狼，那么周围指不定埋伏了一大群。但它到底是不是狼？

"喂，你们有认得的吗？咱们慢慢靠过去看看，万一不是狼就没必要这样怕了。"队里最高大的男人把自己的矛死死抓住。"标记只有原路返回才能找到，如果为了避开狼而绕路，我们可能会迷路。"

那灰白色身影仍然没有任何动作，我恍惚间以为自己看到了它的眼睛，可仔细看去那东西并没有露出貌似面孔的部位，被我们看见的更像是臀部或者尾巴。四下里静得可怕，我们五双眼睛死死盯着脚印旁边那不知真面目的动物。

倏地一下，那身影忽然消失了。它轻盈地弹跳着，窜到脚印的另一侧，钻入密匝的灌木之中失去踪影。身旁的男人们一声不吭地注视着它的活动轨迹，待所有动静消散之后仍然十分警惕地盯着沉默的灌木丛。

"那好像不是狼。没有那样小的狼。"

"是雪狐也说不定。"

"也许这附近真的没有狼……"又等了很长一段时间，我们几个才死里逃生般大口呼吸起来。

"该死，赶紧回去吧。就当是只狐狸，只可惜没有抓来做件暖和的大衣。"

"但如果是狼，我们现在返程会不会被跟踪？那样岩洞的位置就暴露了。"

"瞎担心。这山里的气息，有什么是它们不知道的？要真有心思来狩猎咱们，咱们早就该碰上了。"

"回去吧。"我把矛拎起来，望着再次寂静下来的树林叹了口气，

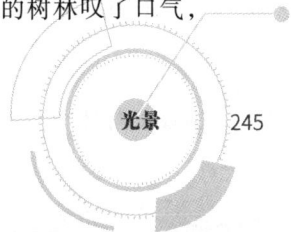

"再往前就不保险了。我们原路返回，看看能不能在路上抓点野兔。"

返程路上，大家都没心情闲谈，只是拼命地跋涉。松软的积雪堆在松树的枝丫上，随时都有掉落的风险。而我们缩着脖子疾行，把自己深深地埋进外出专用的、已经被不知多少人穿到开裂发酸的大衣之中。

这次算是侥幸被森林的原住民留了一命，但再往前走就不知道会遇到什么了。万一真的有狼窝呢。未标记过的区域不宜深入，还是等春天到来之后再想办法带着更多的人探索吧。

2110 年 1 月 15 日

狼的事就这样过去，我们反正是再也没有去过那片发现可疑生物的森林。也许是老天开眼，森林之神显灵，这么多天来岩洞附近始终没有发现猛兽，之前莫名其妙碰见的"狼"也从未现身。由于猛兽并未出现，人群最开始产生的一些恐慌情绪随着时间的推移淡化了，我们为此做出的唯一改变便是不再允许女人和孩童单独组队外出，每个外出的小团队必须有三名成年男性跟随，以防不测。

英格玛与一同远征的女人们回来了，他们带回一个游走于森林之中的小团体，将那十来个人介绍给岩洞里的我们。虽说看到新来的同胞不由得高兴，但目前为止，我所带领的小队里没有一人在这个世界里遇到了离散的亲人。

除了以团体形式加入的人群之外，这几天我们又陆续接纳了几个被传送到其他地方，沿着森林里的标记摸过来的人。严寒的天气里，每迎来一些新人就意味着多几张嘴要喂养，也意味着多了一些崭新的创造力与劳动力。

这些寒冬的造访者都是些非常有精力，也十分聪明的人。最开始是一对年轻姐妹，然后是几个身强力壮的男人——他们都有着很强的生存技能，并且给了我们一些远处的地形情报。

他们说离这里十几天路程的地方还有一个很大的人类聚集地，那里的人最开始有很多食物——据说有一个人当时被传送过来的时候正扛着装满巧克力的快递箱，还有人原本就在徒步，带了很专业的装备，甚至还有一个正在玩翼装飞行的家伙穿着他亮橙色的衣服。

但在那些仅有的食物吃完之后，他们一点点陷入极度恐慌。那群人中富豪和纨绔子弟不少，平时养尊处优，突然被放到这样的环境里，刚开始还十分好奇，但随着时间的推移就连水和食物都成了问题。他们开始成群结队地互相诉苦，几近崩溃。那些人的生存能力和心理素质都极差，几乎没有应急知识，也完全不知道怎么在野外生活，只会抱着他们从那个富足的年代带来的残存品诉苦，哭丧着脸试图寻找出路却终无所获。

在一两周的勉强生存后，那几个经验相对丰富的成年男人离开了，打算去森林里碰碰运气。他们很会打猎，自己制作了狩猎的木矛和盾牌，但这片林子里实在没什么动物，所以每日猎捕的战利品也仅够糊口而已。来到这里后他们毫不吝啬对我们的赞赏和敬佩，其中一人甚至感激涕零地把他的高级登山杖塞到我手里，要让它成为我的权杖，把我们都吓了一大跳。

我询问他们那群"富有纨绔子弟"现在如何，男人们无一例外摇头，表示已经离开了很久，实在不清楚他们去了哪里，是否还活着。

而那对年轻姐妹则不如那些男人老练成熟。我跟她们交流的时候，她们用一模一样的警惕眼神死死盯着我，面无表情地抿着嘴，盯得我都不好意思问她们从哪里来了，只好率先把我们这里的情况介绍了一下，其他的再慢慢地问。

她们是双胞胎，长得一模一样，穿得也一模一样，都是十四岁。不知为何，这样的相似性令我感到一丝隐隐的心悸——我根本分不出她们谁是谁。虽说在森林里生存了如此之久，她们的衣装却并没有遭

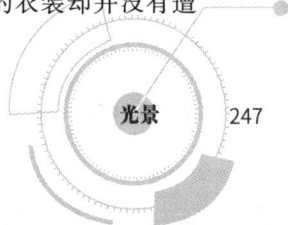

到许多损伤，甚至显得十分洁净。

最初她们似乎很怕我和贺林，后来稍微熟了一些，她们愿意开口了，我也零零星星拼凑出这对姐妹来到这里之前的经历。她们被传送过来时旁边没有其他人，并且在一处乱石滩上。她们平时从来没有野外生存经验，也不知道发生了什么，就沿着石滩的一个方向往前走，然后在前方遇见一群同样遭遇的人。那些人有帐篷还有火堆，起初很好心地教了她们一些生存的办法，但她们没有力气也没有经验，只能跟在人群中混吃混喝。后来那群人很礼貌地把她们赶走了，将她们送进森林里，并给了她们一个指北针。除了那群人以外，这对姐妹再没有提起过其他人，也许至今为止一直两人相依为命地在森林里靠野果生存。

所以，指北针和姐姐身上带的一把小梳子就是她们全部的装备。她们没有告诉我只有这样简陋的生存设备是怎么让她们活到现在的，也许她们还遇到了其他人，有一些不好的经历，我也不再详细打听。

在严冬还能够凭一己之力活下来的人，多半不怎么简单。两个十四岁的女孩子还能出什么幺蛾子呢？我更愿意相信那是森林里的精灵出手相助，兴许是马尔文的余灵显现，保佑了那些应该得到帮助的人。

2110 年 1 月 16 日

贺林对新来的人非常关注。

他似乎一直想要离开这里去寻找某些东西——他说是家人。但他那样执着，我总觉得他的焦急中还带有别的成分。但他不能说服我跟他一起单独离开，也不能说服人群离开这个能够提供庇护的岩洞。他认为自己不具备野外单独生存的能力，所以他更像是"被困在这里"了，想走但没办法离开。

正因如此他把希望寄托在从外面来的人身上，希望能够从他们口中得到一些自己所不知的区域的情况。他盘问了他们很久，向他们描述自己妻女的形象，却无人知晓。

他没有得到任何跟自己妻女有关的情报，不过外来者的到来似乎让贺林积极了一些——连小女孩都可以赤手空拳在野外生存，他便也可以。严冬一天天过去，贺林的活动越来越频繁。他总是积极地参加外出行动，有时还会鼓励队里年幼的孩子跟他一起出去锻炼。我预感到，他在这里的时间不会太久了。

晚上我们照例围在篝火边取暖，我坐到贺林旁边想挑起一些话题，但他很冷地白了我一眼。

"我一直没有看懂你。"我说，"但也许我可以理解。你讲讲呗。"

"脑子冻傻了吗？"他的声音依然不冷不热。

"这么积极地参加外出活动，你是不是很快就要走了？"我望着冉冉升腾的橙色篝火，轻声说。

他低低地笑起来，"爱斯梅尔，不是你想的那样。"

"你是说我甚至无法理解？"我睁大眼，半开玩笑地看着他。

"是啊，你不知道怎么回事——你不知道我在找什么。"他耸耸肩，露出一个苍凉表情，"想听我说说？"

"你会说吗？"我伸手在地上捡起一根木棍，在火堆里拨弄。金色火星溅起，落在地上后即刻化作黑色的泡沫。

他叹了口气，搓搓冻得发红的手，"之前我的说辞是要找到她们吧？那没错，但更主要的原因是我曾犯过一个不可弥补的错误。"

"对你的妻女？"我平静地看着跳跃的火焰，金色影子驱散黑暗，给远古浓郁的夜晚烙上明亮的烫痕。一时间四周空寂了好一会儿，火星溅起的"噼啪"声能听得很清楚。

"嗯。"他的声音也很平静，"错误一旦犯下后悔也没用。我原本打算用一生来弥补那个错误，但现在这个世界不如我愿。所以我必须

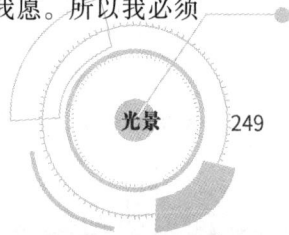

找到她们。"

"她们肯定能活下来的。"我不知该接什么话好，话题似乎被他陡然牵扯到了奇怪的地方，"你多人精啊，你的血脉肯定也是人精。"

"哦？"他偏脸看我，深黑色的眼底映着火焰的纹路，像是被打上了奇异的斑点，忽明忽暗，既沉郁又闪烁。

"人精是褒义词。"

"在中国可不是。"这时，一旁的一个大脑袋凑过来。我看过去，是之前我们探访海边时在返程路上唱跨年歌的男人。他挪了挪窝在我旁边坐下。"我叫石溢。刚从附近的据点过来跟你们会合。"

"我叫艾因·K.爱斯梅尔。"我向他伸出右手，他抓住摇了摇，"你好。"

"没有人不认识你。"石溢抬手挠挠自己打理得很利索的寸头，笑起来。

"过来的路上怎么样？雪深吗？"

"不怎么碍事。"他指指天空，"老天爷好歹赏脸。我们那个小队的队长让我过来找你，说他们猎到了一头麋鹿，还发现鹿群的踪迹。不过那头麋鹿是因为受伤而掉队的，鹿群恐怕已经离开这里了。"

"我们派人过去分点肉来。"贺林一听到猎获物就颇有双眼放光之势。

"他们那边自己还不够吃呢。"石溢礼貌地笑笑，把壮实的双腿盘在火堆前头，"如果有多的话会给你们送来。"

跟贺林的严肃对话被这个大个子给打断，我不由得感到遗憾——之后恐怕不会有这么好的机会再问贺林的故事了。我们三人坐在营地边缘的高地上稍微聊了一会儿天，把鹿肉的事商量妥当，然后各自休息去了。

夜深之后我仍坐在岩洞入口处，石溢便单独找到我，表示非常乐意为我们小队奉献，因为他和自己本队的领头人有些不和。这个简单粗暴的理由倒是十分有趣，惹得几个仍未睡着的人把他嘲笑一番，说想不到看上去这么亲切和蔼的汉子也有和别人闹僵的时候。

营地里能够派上大用场的人越来越多了，这毫无疑问是好兆头。可错失鹿群的遗憾，实在让我无法在这样寒冷的冬夜里高兴起来。身后的火光确实温暖，男人的笑声和女人的呢喃慢慢低落下去，只剩下橘色光斑在粗糙的洞壁上闪烁。外头的夜色清晰而冷冽，细小的雪片飘落在厚实的雪堆上，无数棵高大的杉树比肩而立，勾勒出天幕陡峭的轮廓。

2110 年 1 月 20 日

现在可以用酷寒来形容这里的天气。

雪已经下了将近一个月，树林里积雪最初是不多的，浓密的树冠比较能存雪，但后来树冠上的雪成为很大的安全隐患，我们平时行走时得时时仰望，千万不能被劈头盖脸浇一身雪。

在这种天气里任何意外的伤害都可能导致丧命，除了食物外最需要保障的就是体温，提脖子盖脸浇下来的雪很可能导致失温和其他疾病。冬天我们的活动不多了，日记也得省着点写，为数不多的电量不应该在没什么重要活动的冬季浪费太多。

尼德兰最近好像特别精神。我们因为冷都蔫耷了不少，就他不知道浑身哪来的劲儿，在雪地里上蹿下跳。我问他手不冷吗？他说，我的手早就没有知觉了，现在就跟两只木棒一样。

双胞胎姐妹中的一个生病了，她和其他生病的人被放在一起，这是我第一次把她们分开来认。但还没到晚上双胞胎中的另一个也病了，就连生的病都是一样的，于是我又分不清她们谁是谁了。

贺林昨天晚上带着石溢和几个男人出去狩猎，现在四周的雪很深，浆果已经成了可遇不可求的最宝贵资源——它们掩埋在雪下，一

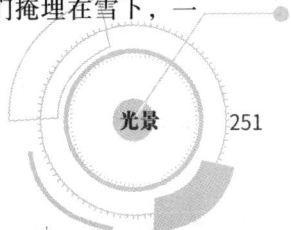

点痕迹也没有。白皑皑的雪地里也看不出其他可以吃的东西，几乎不见活物。刚入冬时我们依靠之前存下来的食物生存，但冬季此时才过去一半，正是最寒冷的时候，先前腌制的食物和果干几乎都被消耗殆尽，我们最终不得不面对粮仓清空的事实。这样一来每天的外出狩猎和采集就不可避免了。

饥寒交迫陆续笼罩了所有人。能够保暖的大衣只有五件，还都是从尸体上找出来的。进雪地很不方便，大家渐渐都不愿意离开岩洞了，只能互相挤在一起。但这样也不是个办法，总要有人出去找食物，否则所有人都会饿死。

为了保证大多数人的存活，我和小队里的其他狩猎成员进行了多次人员分配，将当前富有行动力的人分成四组，每隔半天出洞进行探索，企图在冰天雪地之中寻得一些留存下来的食物。运气好的时候能碰到仍在外面活动的野鹿，最理想的是找到冬眠动物的洞穴，但多数情况下狩猎的队伍都无功而返。

我们仍在竭力控制着人群，在岩洞里组织故事会，请女人教大家唱歌，进行各种能够分散注意力的活动。

大雪深重之后，除了外出小队之外任何人都不再想外出，靠近洞口的位置时刻需要把守，我和尼德兰是最积极的守卫者。守卫的岗位对战斗力要求不高，只是单纯盯着外头白花花的森林，警惕着不知何时会出现的猛兽。可这附近似乎从没出现过能够伤人的野兽，狼也罕见，于是守卫这个职务实在没什么实际价值，却又不可缺少。似乎洞里的人总要洞口有个标志性的身影才会感到安心。

这时候我又想到马尔文了。如果他还活着在这里会不会使出什么妙招来？啊……大概不会吧，那也是个有勇无谋的家伙，太莽撞了。不过话说回来，如果我也可以有那样的热情，说不定也可以……

也可以什么？也可以那么早就死掉吗？

谁知道呢。热情的、善良的、勇气可嘉的人莫名其妙地死了，懦弱的、谨慎的、满心疑虑的人自顾自地活着。大概死的一方不明白自己为什么要死，活着的一方也不明白凭什么可以一直活到现在。苟活和死要如何选择，换言之这到底是不是可以选择的问题？如果天气再暖和一点，也许能得到稍微令人安心一些的答案。

现在我坐在岩洞最外沿，紧邻着外面呼啸的风雪。视野所及之处白茫茫的，什么也看不见，就连附近的树干也成了模糊的影子。洞外微弱的阳光凝结成雪，被冻在地上不流不动。筑在洞口用于防风的木墙摇摇欲坠，一阵阵寒流吹得它不断呻吟。我不敢把手伸出去，怕被严寒夺取触觉和宝贵的温度，只能等待着外出者返回的信号，想办法择准时机把它们挪开。

在摄人心魂的雪舞之中，我还能隐约记起去年、前年还有很多个已过去的冬天。许多个寒冷的日子，或是在老家的小房间里，或是在大学宿舍，或是在实验室的单间内，我裹着温暖的被子懒洋洋地倚在床上，旁边摆着一杯咖啡召唤着夜不能寐的情怀，气定神闲。

两年以前的回忆仍然鲜活，曾经无比熟悉的一切在满眼的风雪中格外失真。拔地而起的大厦，耀武扬威的重器，刺眼绚烂的霓虹，庇人风雨的屋舍，那些本该属于我们的造物竟然像是不存在一般陌生起来。过往的惬意生活正像梦境，绮丽得恰到好处。我祈祷这严酷的自然给我们最后生存的希望，祈祷在风雪的彼端依然是送来温暖的春天，祈祷这个时候属于人类的保护神已经诞生，祈祷他们能够听见我的祈祷。

2110 年 1 月 23 日

智能记录仪只剩下百分之一的电，我不能再写日记了。在这贫瘠得只能勉强容许我们活着的荒原之上，确实没什么值得记述的故事。虽然频繁听到外来者谈及其他人群陷入恐慌和武力统治之中，但我们

到底没有沦落到那一步。严冬可怖，天气依然很冷。希望我能熬到再次找到电池的那一天。

　　希望再次找到电池的那一天，我们能够迎来足以给人希望的改变。

再世纪

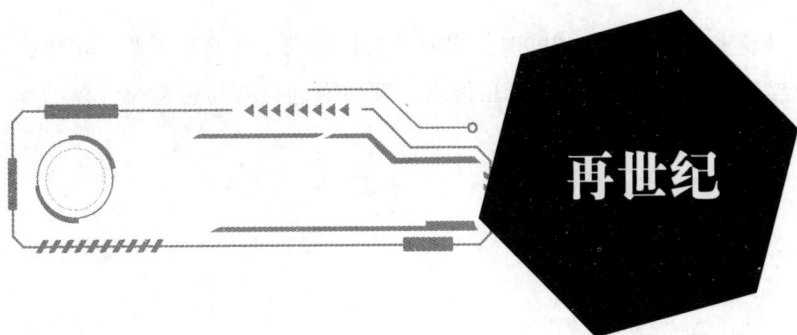

现在是 2112 年的年初。

天气还是很冷，键盘和手指都是冰凉的。我把耳机戴上，点开智能监控界面。

近期下了几场小雪，天空倒是明朗，时不时呈现出苍白色。阳光没有温度，透过大厦的落地窗玻璃投射进来，皆是空洞无力的颜色。

眼前的屏幕上有一片巨大的卫星云图，在深蓝底色与白线交织的布局里，一个个细小的坐标和道路浮现出来。我慢慢地扫视屏幕，点开红色警报显示的地标，拖动鼠标放大亚洲东侧的海域。智能提示音在耳麦里响起，一串关乎受损数据和灾情细目的汇报流畅地念出。我听完自动监控智能的语音汇报，关掉本机频道，将耳麦连上社交平台的语音通信。

"J–139901，黑崎，现在立刻前往台场。"

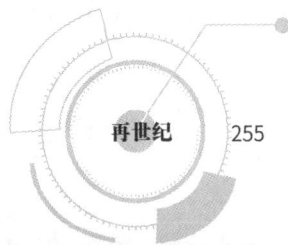

"重复一遍，J-139901，黑崎，台场出现了大规模爆炸。定位已经发送，爆炸原因是摩天轮倒塌，砸到附近存有易燃易爆气体的车辆。"

"收到。"

"预计抵达时间？"

"三个小时。"

"注意安全。"

"嗯。"

"R-468533，新斯蒂娅。去红场的郊区信号站看看，那里的信号不太稳定，系统显示有爆炸风险。"

"收到。"

我定定地看着偌大的屏幕，再次移动鼠标，将视野切换到西欧。最近欧洲那块儿出现了一些地质灾害，半个月内卫星播报出来的大规模水灾和泥石流就不下二十起，偏偏我们在欧洲附近没有人，离那边最近的就是俄罗斯西部的新斯蒂娅，但她现在腾不出空。幸亏今天没有出大问题，不然人手肯定调动不过来。

"程序员？"

视频通话里的中年男人稍稍抬了抬眼，自方形的眼镜下方看向我。

"多留意一下不来梅，鹿特丹，昨天它们那块儿的降水数值一直下不来。监控就交给你了。"

"嗯。"他低下头，又把注意力放回自己的电脑上。

我把地图缩小，进入最小比例尺，一片青蓝交界的世界版图完整地呈现出来。巨大的 Pharos 标志在图像的左上角闪烁，白色的字体一如既往，简约又令人难以忽视。降水、爆炸和信号波动，事不算太大，简单地分配一下，就算是解决问题了。我向后靠在柔软的椅背上，把它转动小半圈，伸手从桌上拿起咖啡，慢慢地抿了一口。

好难喝。

水放多了，碰巧这咖啡又纯，被我冲出了酸涩的苦味。

*

新年刚过去不到一个月，一月底的时候，我和塞西莉亚、帕拉斯、黑崎一矢、潘德拉·怀特还有最近联系上的新斯蒂娅·加拉洛娃·梅朗正式见了面。

原本是打算所有幸存者一起集会的，但程序员不肯来。虽然Pharos已经正式发行快三个月了，他还是放不下心，说要负责所有的维护工作。我知道他在中国，离我的直线距离应该不会超过七百公里，但并没有听他提起过自己所在之地，大概他不想被我们打扰。于是除他之外的人各自驾驶直升机在美索不达米亚平原的巴格达首都机场会合，在接下来的时间里驱车进城，共进晚餐。

我们大多数已经认识几个月了，平时都是以Pharos为核心进行情报交换和任务引导，没有什么聚一聚的闲心。不久之前塞西莉亚提议说我们应该好好见个面，聊聊天，交代一下以后要怎么办。刚好大家都挺寂寞的，我们一拍即合。

至于美索不达米亚这个选址，有两个说法，其一，它位于世界的正中心，把我们所有人往返的路程加起来计算，这里是总和最小的；其二，这里是人类文明的发源地之一。这个说法很文学，自然也是塞西莉亚想出来的——她说，这个世界已经基本没有人类了，植物和动物渐渐占领着山野中的村落与城镇，雨雪一点点掩埋庞大的城市，它们想要借助时间一点点抹去人类存在的痕迹，但我们还活着，属于人类的时代还没有终结。

这就是你选择美索不达米亚平原的原因？

好像也没什么不妥。

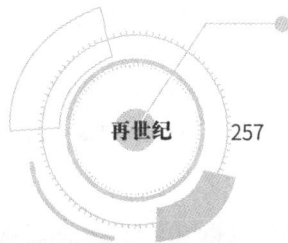

最开始见面的时候大家还有些拘束，尤其是俄罗斯姑娘新斯蒂娅和日本青年黑崎，他俩不说话，也不回避，只是静静地站在外围，听我们谈笑，只淡淡地露着笑容。后来帕拉斯和南非的外交官潘德拉·怀特把他们拉进来，以一种热情到怪异的方式隆重地将他们再次介绍一遍，由此也慢慢打开了这两个内向者的话匣子。

　　这些幸存者早在被团结起来之前就已经独自生存了将近两年，他们的身材都很匀称，神情平静而和善，虽说不论长相还是性格都中规中矩，但只要一开口，便知道是很有素质和能力的人。在我的印象中，他们正是真正平和优秀的人类应该有的样子。

　　这三个幸存者中有两位是我去年中旬一口气联系上的，潘德拉是遇到险情后主动发起求助被探测到，黑崎是被我用强劲的活跃账号搜寻系统查找到的，新斯蒂娅则稍晚一些，是在一次搜索的过程中遇见了同样的权限申请，我就顺着网线把她扒出来了。总之，现在能够共享情报的幸存者已经有七人，从2110年5月联系上潘德拉和黑崎开始，我们就开始对人员进行明确的分工。最初我因为要对 Pharos 进行最后的封顶测验而腾不出空来，他们就简单地划分了一下世界的区块，一人负责一大区，开始执行 Pharos 的强制注册任务。潘德拉和黑崎的执行力很强，并且都会开直升机，甚至还带上了已经许久没有碰过直升机的帕拉斯，将他从塞西莉亚的怀抱中拉出来，继续为保护这个世界尽微薄之力。

　　Pharos 发行之后，我腾出空来，理所当然成为他们的技术支持，负责综合分析卫星云图的数据管理，并且根据 Pharos 的记录寻找需要被维护和抢救的地区。一般而言，我会先把数据分析一通，然后在他们前去的时候将附近一些可能会用到的设备的管理权交给他们。

　　新联系上的幸存者们在此时肩负新的任务，他们一方面在世界范围内扩大危重设施的注册规模，另一方面响应 Pharos 检测系统的预警，进行实地灾情管控。帕拉斯和潘德拉都是干这行的行家，前者本身是警察，后者学习能力强，心态也好，无论做什么都进展很快。黑崎一矢和新斯蒂娅稍内敛一些，他们都没比我大多少，似乎本身也不是特别热情的人，他们只是基于对这个世界的理解来尽可能地帮助我们，并没有太多的主动性。不过，我们所有人的执行力都很强，办起事来一点不含糊。有时候我会感到自豪——就算只有我们几人，"仅剩的""幸存的"人类也可以很好地借助 Pharos 保护这个世界了。

说说 Pharos。

Pharos 除了操作危重设施之外，还能广泛应用于很多小型智能设备，譬如消防无人机、警用制暴器、巨型塔吊、喷雾机等。经过这一年多的探索和碰壁，我已经了解了这些设备的优势。它们比我曾经想象的更加适合无人操控，内部有一套非常完备的操作系统，只要有人发出命令，便能以此为纲自动开始计算、学习，以最快的速度和最小的损耗控制灾情。但它们也有一项令人头疼的保险措施——不允许超远程操纵。这是硬性规定，就像核电站的手动阀门一样，不需要靠技术解决问题。正因如此，我无法实现坐在四川的大厦里遥控美洲的灭火无人机，获取它们的位置已经是极限，最终还需要有人来实地对它们进行控制。

这些东西的远程操纵范围极限，也不过大半个城市而已。

于是，这些新联系上的人派上了巨大的用处。这时候人是最稀缺的力量，冷静且优秀的执行者是最宝贵的资源。我们合起来只有七人，塞西莉亚还不怎么办事儿，照理说人手应该严重缺乏，但一切都在紧锣密鼓地进行，目前为止全球范围内可监控的所有数值都控制得很好。

我们作为幸存者，心态都还端正，毕竟也经历了两年多考验，心理素质和判断力都很优秀。

在各自生存的世界里，我们严阵以待，时刻不予松懈；在美索不达米亚平原的高级酒店里，我们穿着各自喜欢的衣服聚集在一起，只

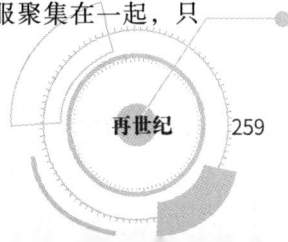

花了不到半小时就真正熟悉起来。这一切似乎都是顺其自然的，我们到哪里会发生怎样的事似乎已经注定好了，那些可能性与不确定性一并镌刻在性格和经验的轨迹里，鲜有改变。

譬如现在，在帕拉斯和潘德拉的控场下，气氛一点点热烈，所有人都毫无禁忌地畅谈自己的想法，大笑着，互相拍着肩膀，像是久别重逢的老友一样，我甚至感觉到了家一样亲切的氛围。长时间里我习惯了独自生活的生活模式，这种突涌而来的炽热的温暖感几乎让我难以接受。我看着他们，这些既素昧平生又生死相连的伙伴，看着他们无比自然的笑脸，恍惚间竟不知道是该悲伤还是快乐。所谓的平凡生活早已离我们远去，在人类消失后的几年里我们所有的"日常"都是异常的，记忆里依稀残留着昔日生活的痕迹——嘈杂的市井，喧嚣的公路，满街闪动的霓虹，暗涌的人潮，明亮的教室，熟悉而又陌生的同学，拥挤的地铁口，洒满晨光的房间，摆在桌上的乱七八糟的作业和试卷……那些亮色调的回忆一点点复苏，在酒店温暖的灯光下氤氲。我闭上眼，向后仰着靠上柔软的沙发枕，耳畔不间断地响着同伴的笑声，这种感觉——久违了，很不错。

为了庆祝团聚，也为了舒适地谈天说地，我们在大堂里一直聊到深夜。到凌晨时大家都喝醉了，昏昏沉沉地睡过去。整个大堂里还清醒的只剩下我和塞西莉亚。

四下里已经没有别人，我们走到酒店的晚礼服定制阁，取下两件衣架上放着用于展示的长裙，换上，踩上亮晶晶的高跟鞋。

人生中第一次晚礼服加身，我感受到塞西莉亚口中"身为女人的浪漫"。快要十九岁的我身材依然非常纤细，虽然没有塞西莉亚那种近乎魅惑的美丽，但我在大堂一侧的巨大落地镜前转了几个圈，看着镜子里的自己像一朵黑色鸢尾花般短暂地绽放起来，也觉得这是美丽且浪漫的。在这凌晨的美索不达米亚，在这只剩下七个人的人类起源之地，空荡荡的大堂里回荡着我一个人的脚步声，高跟鞋踏在地上，发出清脆的回响。我在镜子面前停下，定定地望着自始至终没有任何表情的自己，仔细地打量，仿佛在审视他人。

我已经很久没有如此长时间地和自己对望。镜子里的女孩并没有成熟女人的妩媚，也没有少女的青春味道，她显得非常平静，非常淡然，我在她的脸上看不到任何东西，喜怒哀乐扫荡一空。她的身后是装潢华丽的酒店大堂，欧式复古家具和现代科技元素结合成异常美丽的景观，她像是走进了电影的某一幕，然后时光定格，镜头一直停在这里，没有过去，也不通向未来。

直到高跟鞋踏地的脆响自大堂另一端响起，我才有些疲累地眨眨眼，向塞西莉亚望去。

"你真漂亮。"她轻巧而优雅地捏着两只半满的高脚杯向我走来，丰腴的身段被红紫交织的镂空布料包裹，深色裙边随着步伐向四周扬起，她像是走在舞池的正中央。

"真的吗？"

我上前几步接过酒杯，我们一起笑起来。

"这边走。"她伸出手轻挽着我的胳膊，将我带向大堂尽头的回廊。回廊的尽头，便是一大片沿着建筑外墙伸出去的阳台。阳台的摆设非常简单，视野也极为开阔。除了几套华丽的藤椅木桌和遮阳伞之外，这里几乎没有任何陈设，镂空雕花的栏杆外便是漆黑的夜色。

和塞西莉亚一起坐在藤椅上，晚礼服裙纱在身侧浮动。外面的夜色很深沉，不远处的城市里灯火通明，露台四面通透。风带来四面八方的声音，时间流动得从容而缓慢，漫天星光，与地面的光海交映。

这个时间点的这个地方，本身就带着一种无言的神秘气息，人文与神迹交汇，融出一片燃破黑夜的光亮。不远处有一座新修的神塔，那是为了纪念我们叫不出名字的神祇，形状有些奇异，勉强能看出是个穿着长裙持剑的女神。四周这样宁静，那神像戚然耸立在光与黑暗的边界，透过斑驳树影若隐若现。那样的虚妄而不真切，仿佛所有的悲剧都只是一场梦，不管是两年还是两个世纪都始终如一，一切空虚的躁动都被黑暗深深地掩埋，只剩下灰色的都市作为骸骨，恒久不变地、静谧如雕塑地在长长的时间线上伫立。

我望着满天若隐若现的繁星，不由得放轻了呼吸，想着，也许此时此刻，在另一个时空里，那些消失的人也和我一样，躺在无尽的夜空下，仰望同一片星空。

如果他们都还活着的话，一定是这样吧。

草虫在下方的树丛中鸣叫，夜风融融，有一种万物生长的萌动感。我想起英雄王吉尔伽美什的故事，想起流传千古的美索不达米亚神话，想起自深海崛起的提亚马特创世古神，恍惚间那些灯火在晃动，映照出几万年前如一的淡黄色影子。这里是人类文明的发源地之一，正是在这里，早期的人类伫立在夜空下，仰望无尽的宇宙。现在的我们在这个失去了人类的世界里驻足，也效仿着仰起面孔，似乎要在这没有任何讯息的夜空中和风一起湮灭，寻找出路。

塞西莉亚坐在黑色的藤椅里，也像一尊来自欧洲中世纪的雕像。我稍稍换了一个角度，在视野中把她和那巨大的女神重合在一起，于是那座女神像，倒像是她的影子。

我专注地打量着她——塞西莉亚很美丽，她有很明显的中年白人女性特质，皮肤有些松弛，面部也布满皱纹，但五官立体，双眼灵动，精致的相貌和丰腴的身材像是从中世纪贵族阶层中走出的大小姐。在之前的照片里她一直换着衣服穿，不管身着什么装束，那种富有生机的气质总能让她变得立体饱满。这样的晚礼服裙我不知见她穿了多少套，这个女人就是这样，永远都要保持绽放的形态，绝不亏待每一个能够优雅享受的瞬间。

这还真是我学不来的东西。

不过，这次的情况稍稍有些特殊：这是我们第一次面对面交谈。和我想象的一样，她是个绝佳的谈话者，既有情商，理解能力也很强。我们有着共同的经历，却有着不一样的心态和看法。这样的聊天妙趣横生，仿佛站在另一个角度，再把曾经走来的两年看了一遍。

话题很广，谈天说地，神像静静地站在黑暗中，剑垂在身侧，刀锋沉默地指向黑沉沉的大地。我和塞西莉亚都很尽兴，一不小心就说到了凌晨三四点。

"我们最近都过得不错啊。"塞西莉亚闭上眼，轻轻摇晃着由指尖夹着的酒杯，往后靠在黑色藤椅上。

"Pharos 写完了，全球大部分的危重设施和军武器库都已经强制注册完毕，至少目前来看，这个局势容许我们好好地过一下日子。"我也靠在椅背上，端着自己的酒杯。杯中还剩下三分之一的红酒，它被屋内暖色的灯光照亮，呈现出晶莹的色泽。

"确实。你们这样务实的人真辛苦。"她的声音一如既往淡淡的。

"那你呢？有没有兴趣来中国跟我一起？待在南美两年半了，即便是游历，也该玩得差不多了。"我看向她。

"确实玩得差不多了，但还没有找到我想要的东西。"她耸耸肩，略有皱纹的白皙肌肤里显露出骨骼棱角分明的形状。

"你在找什么？"这是我一直都想问的问题。

"一个人。"她故意把"her"的音发得很重。话音落下，轻轻昂起脸，金色眼睛看向我，目光近乎审视地专注，"她是我离开 LSCA 的原因。"

"'她'啊。"

"嗯。"

"所以为了找她，你宁可放弃高薪的工作和积累下来的成果？"我慢慢地问。她很少讲起自己的事，难得的机会，我没理由错过。

她大概看透了我的想法，涂着浅色口红的嘴角轻轻向上一挑，声音不由得轻快了一些。"正是。也许你们这种外行人不能理解，但所有 LSCA 学者都明白我在找的这个人——'她'的重要性。那是比

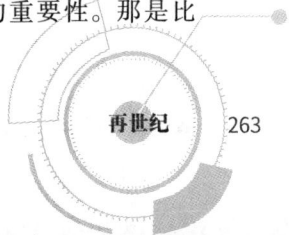

斯林·滨斯还罕见的一个样本，我实在太想得到她了——虽说有点偏执，但事实就是这样，我想找到她，让她同意成为我的签约实验对象。现在大家都消失了，我在找的便是最初和她有关的那些实验资料。"

已经很久没有人提起滨斯这个名字了，新联系上的人不认识他，帕拉斯和塞西莉亚又对他的死只字不提，这个名字似乎已经被时光冲得很淡，但到底没有办法彻底消失。我闻声稍稍睁大眼，盯着酒杯里红色的液体发呆，手指微微发冷。

"在南美？"

"嗯。据说是在阿根廷。但我把阿根廷找遍了也没见到相关的东西。"

她不再说话，侧脸望着露台外宽广的星空和遥远的灯火。

"那个'她'有什么特征吗？我们可以用网络的手段帮你找找。"我试探性地问下去。

"不，现在没有这个必要。曾经我想得到和她有关的数据完全是为了一己私欲，现在想要得到它们是因为不甘心就这样放弃。这是我自己的事，和这个世界的存亡、和你们的福祉一点关系也没有。"她的声音淡然而平静，金色眼眸中映着灯火的颜色，像是流动着一层光。

"即使我想帮忙？"我将身体前倾，定定地看着她。

"即使你想帮忙，也没这个必要。"她把杯子里的红酒一饮而尽，将杯子轻轻放在玻璃桌上，优雅地叠起双腿。

"那我还是把注意力放在 Pharos 上好了。"我微笑着看向她，她察觉到我的目光，也看着我。我们无声地对视了半晌，她叹了口气，也笑起来。

"你知道吗，从最开始认识你的时候，我就觉得你有种神奇的能力，可以让我把原本不想说出来的东西通通告诉你。"她说。

"彼此彼此。我们的交流从最开始就很直截了当。"我也把红酒喝完，将杯子放下。

"我曾经有个孩子。"她抬眸向上看，指了指天空，"他死了。"

我点点头，静静地等她说下去。

"我想救他，但我不能起死回生，只有她能救他。所以我想找到她。"

"那个她可以让死人复活吗？"我慢慢地坐直。

"不，严格来说不是复活。据可靠的说法，是可以给尸体换上新的大脑。这项技术目前为止业内都没有成熟的操作方式，但她可以做到——她成功过。"塞西莉亚摇摇头，把手垂到身侧，"一次。即使这样也够了。我希望找到她的数据，然后把同样的事再对我的儿子做一遍。我们都失去了很重要的人，也许对你而言，即使能激活滨斯的身体，但失去了他过往的人格和记忆也完全没有意义，但对我来说不一样。我失去的是我的孩子，他在上幼儿园之前就死了，本来就不具备长大之后仍然能留下的记忆。他本身就是等待着被我雕琢的璞玉。你懂吗？"

"嗯。但是——你也说了，你想要的只是他这个人，不需要他的人格和记忆，对吗？"我没有等她表态，便轻轻接上，"那比起赋予新的大脑，比起再费力气去修复已经死亡了那么多细胞的身体，如果你真的想要一个和自己的孩子一模一样的肉体的话，直接克隆不就好了。"

"哎，克隆不行，我这种做母亲的容不得自己的孩子是实验室里生产出来的克隆体。他的身体有非常特别的意义，那是从我的体内诞生的肉体，与容器中培养长大的完全不一样。他死的时候因为某些原因我没法待在他身旁，他的身体被我的同事冻结起来，至今仍然完好地保存在布宜诺斯艾利斯冷库里，尚未完全死亡的体细胞随时可以被唤醒。我不指望你能理解。我无法接受孩子的克隆体，像我们这样曾经干这行的人尤其不能接受。"

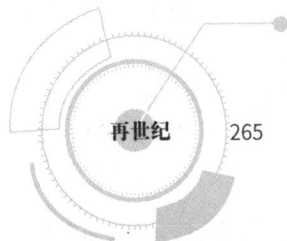

"我确实理解不了。"

"现在人类都消失了，想再给我的孩子做一次换脑手术，恐怕不现实了啊。LSCA里没有人知道她到底是谁，她彻底消失了。所以我不得不离开那里，去更加底层的地方寻找。"她顿了顿，轻轻舔舐嘴唇，将它抚上一层酒红的光泽，"你知道，很多时候消息都被扼杀在高层管理系统，只要有更高的势力在操纵，只要还在LSCA里，我就不可能看到。所以，我离开LSCA的体系，离开那套本身就被操控了的情报网，亲自去找。"

"为了复活你的儿子？"

"嗯。"她没有迎上我的目光，而是看着一旁黑得纯粹的夜空。

"但是你成了享乐主义。"我靠在椅背上，平静地说。最初听见起死回生的时候我确实激动了一下，但她说得对，我就是这样想的：假如能利用"她"的资料创造一个失去了往昔性格和记忆的崭新的人，还不如没有。

滨斯和她的儿子不一样。滨斯是一个生长了二十多年的人，他有自己的过去，有自己的性格，有一套完完全全属于自己的信号，如果那些东西都消失不见，即使得到一个一模一样的肉体也无济于事。那不是滨斯，那只是长成滨斯样子的他人，那样的景况比茕茕孑立还令我难以接受。

按照塞西莉亚的说辞，我们都在最没有准备的时候失去了重要的人，但不同的接受方式让我们走上了不同的路。她选择用更加放肆的精神放松与生活解脱来释放自己，而我和她不一样，我选择正面接受滨斯的离去，拒绝了她和帕拉斯过来陪我的提议，至今为止居住在Pharos开发组中国分部的大楼内，一直活在现实的尘埃之中，想着今天的下一餐和明天的下一道程序。

"是啊。说到底，我连她在哪里都不知道，太无耻了。"她轻轻笑起来。

"换脑，你觉得现实吗？"

"嗯。"她的回答很肯定。

"为什么？这应该是一项从来没有得到正规临床试验验证的技术。"

"LSCA 专门负责开发从来没有应用过的治疗方式。"

"你是说她也是 LSCA 的人？"我捕捉到她话里的端倪，轻轻追问。

塞西莉亚的脸色稍稍一沉，她慢慢用食指敲了敲杯柄，昂起下巴收起所有表情。

"她也是 LSCA 的人。"

我站起来，抚平丝绸礼服裙上的细小褶皱，向她伸出手，"我还是踏踏实实当个务实的人吧。再说了，你的事，只要你不让我插手，我就不管了。说到底你也不知道那个她到底是何许人也，这才是问题。说不定'她'根本就不存在，只是人们的美好幻想呢。"

"不要否定我一直以来寻找的东西啊。"塞西莉亚轻轻笑了笑，那笑容有一丝苍凉，也有一丝安慰。她把杯子放下，伸出手搭在我的手掌上，我们向灯火明亮的屋内走去。

"我问你，你是什么时候开始接受滨斯已经离开的事实的？"

我耸耸肩，也笑了。

"你想听我详细说说吗？"

"嗯。"

"就在他死后的那个晚上吧。我确实困了，就走到我们一起铺好的地铺旁边，在床垫上坐下来。滨斯的床铺还在那里，被子没叠，一对无线耳机摆在枕头下面，袜子居然也放在枕头旁边，还有一包零食和一支辣椒酱。仿佛他随时都会破门而入，把袖子撸起来非常高兴地宣布自己今天的学习又有了什么新进展……但是他确实再也不会回来了。他现在还躺在那片废墟里，和他最喜欢的军铲躺在一起，在天空之下，不论是什么都解脱了。我只一想，再看向他空荡荡的地铺，不知道为什么眼泪就止住了。"

"你真坚强。"

"嗯?"

"你一直一个人熬到现在啊。"

"那又怎样?"我的声音低了下去,"我们只是伙伴而已。"

她突然不说话了,沉默着慢慢用手掌抚摸我的手背。我把脚步放得很轻,但水晶高跟鞋踏在地上,发出清脆的回响,踏碎寂静的夜幕与柔和的灯光,像铃声击穿如水的光圈。

"你跟我一起去阿根廷吧。"我们踏进光芒笼罩的地方时,她稍稍用了点力,抓住我的手。

"为什么?"我看向她。

"去找'她'。"

我收住笑,把手从她的手里抽回来。"我才不要。你刚才说不需要我帮忙。再说了,你也不知道'她'是什么,是不是真的存在,到底有什么本事。相比那种东西,我更喜欢天天跟 Pharos 腻歪在一起。"

"那就当是跟我去旅游了。"她再次抓住我的手。我们都有些醉。

"如果滨斯在这里,他会扇你巴掌。"我大胆地瞪着她。她的脸上泛着好看的红晕,长长的金色睫毛和微卷的额发纠缠在一起。她也瞪着我,我们互相瞪了一会儿,攥着手一起大笑起来。

这是我人生中第一次有这样的时刻,和一个与自己有着近三十岁年龄差的中年女人手拉着手,像小女孩一样乐和——但它的到来一点也不让人感觉突兀,仿佛本该如此。

"哎,好啦,我还要在四川当人肉导航呢。"我挣脱开她的手,率先走进亮着暖黄色灯光的大堂,"我就不去啦,等你真的有什么事的时候,再来叫我吧。"

她抿着嘴唇轻轻笑着跟上我的步伐,我看见她的唇上那酒红色的光晕依然闪烁。今天的塞西莉亚看上去非常高兴,无休止的亢奋。

奇迹

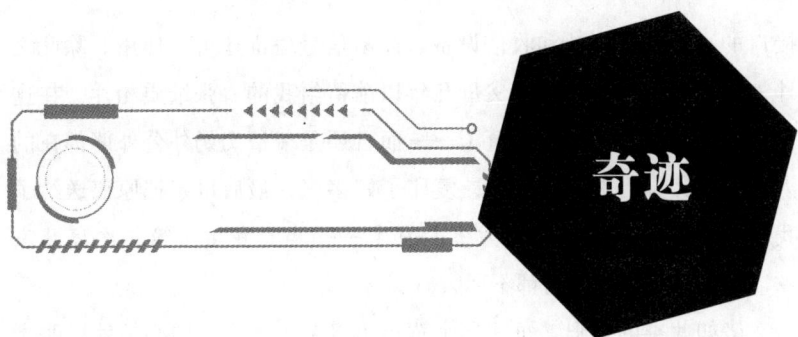

2112 年 4 月 5 日

说来有些奇怪，我已经很长时间没有写日记了。现在突然恢复这个习惯，有些不太习惯。啊，已经两年多没写，那就不能算是习惯了。

当初我停下日记的原因是智能记录仪没电了。它的电池当然不能光合作用，我之所以又能使用它了，是因为就在今天发生了一件意想不到的事——或者说，奇迹。

我找回了最初来到这里时丢失的背包。

对，就是那个装着全部设备的包。大概也只有我还一直惦记着它了吧。虽然里面的电脑都已经被先后拿到它的那些不懂行的人用得没电了，但早在出发之前我们就有了完备的充电措施，所有配有特殊

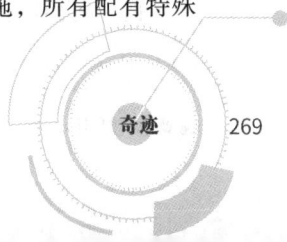

接口的高强度锂电池和收信设备、简易信号塔都还可以使用。除此之外，我还在背包里找到了父母几年以前留给我的一张纸质相片，在这个年代纸相片几乎是老古董了——而且还是爷爷奶奶外公外婆都在的大合影。父母当然宝贝得很，复印了好多张，最后母亲把原稿送给了我。当然，这是因为一件大事的发生——当时我生平第一次离开家乡，并且打算十年之内都不回去。

诸如此类的事吧，每往那个背包里多翻一下，我的心情就更明亮一些，很多告别多日的回忆通过那微微粗糙的触感传来，一直涌进心里，让我说不出话。

嗯，我抱着包激动了很久。

说实话最开始我就有想到过包是被偷走的，毕竟在预实验中没有出现过因为传送而丢失装备的情况，而且当时我苏醒的时间比大部分人都要晚。现在这个猜想得到了验证。值得庆幸的是，那帮拿走背包的人是明事理的盗贼。他们最初觊觎背包里物资的价值把它们拿走，但在意识到事态的严峻之后没有再浪费剩下的电，而是谨慎地把设备保留下来，交给可能知道如何发挥它们作用的人去使用。森林的路复杂，他们无知无畏地闯进去，再也无缘找回来时的路，把它们还给曾经的主人。于是他们冒着巨大的体力消耗的风险一直带着这包，一点点向前走去，直到遇到了我。

在我之前已有很多人用过电脑。他们自以为有足够的知识可以在这个没有电波塔的地方发挥本事，但最终把电脑用到没电也没折腾出什么名堂来。而那些真正的专业设备，正因为其专业性导致无人问津，才让它们一直保留下来，一直等到被交回我的手里。

*

既然已经漏掉了两年多的日记，我只好把这段时间里发生的相对有意义的事情记下来。已经很久没梳理过什么，我还是不很相信自己记忆的功底，也许最后呈现出来的结构仍然混乱不清。

先说说人口。在这两年里，我们的人口从最初的四十七人扩张到了四百多人。一开始只有附近的人找过来寻求依靠，熬过最严峻的第一个冬天后，活下来的人开始向更远的地方进发，寻找其他忙于生存的人，并将他们接纳进来，形成新的团体。我们最初是集体行动，后来经过大家一致投票同意，我们分成很多个小组向不同的方向行进，隔三天会合一次，在所到之处留下不同的标记，把所经过的每一个树洞和土窝都当作临时据点，像最原始的人类一样在这片最原始的地方生存。

起初我们大多不是生存能力很强的家伙，但身旁毕竟有一些擅长户外活动、精通打猎的专业人员，还有能够解读天象和气象的老者，并且我的知识也一直在派上用场。在诸多困难的磨砺之下，我们的精神境界和认知水平一点点提升上来，肉体也锻炼得十分强悍。慢慢地，即使是妇女儿童也可以一天只吃一小块肉和喝一些浆果树汁为生，并且不会有任何生活上的障碍。在习惯了饱一顿饥三顿的日子之后，我们开始适应、了解、利用这里的自然环境。

我不由得感激这种变化。至少在这个荒芜的世界里，我前所未有地感受到自己生活在一个真正的社会之中。每个人都是个性而独立的，每个人都要为自己的性命负责，但所有人都被连接在一起，彼此相关、彼此助长。这种聚集形式大概与最早的人类群居无异，虽然我们都来自真正意义上的发达社会，但在这样原始的环境里，一切清零。

最开始我们想过建立一个简易的哲人王统治体系，但奈何这里没有真正意义上的哲人王，也不能按照知识的多少来判断其是否有资格作为审判者和统治者。于是，除了一些公认的底线标准之外，其余事情的决策一般是人们讨论后得出的结果。而为了维持基本秩序，我们

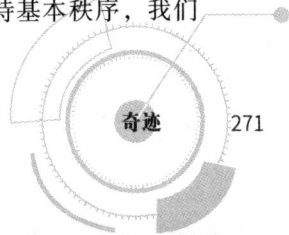

制定许多规章制度。这些规则在现代法律的基础上做了很多改动，但自最初由大家投票决议完毕之后，就几乎没有人提出过异议。违背规章者得到惩罚，施予惩罚的人不定，但受罚者必须按照规矩受罚。

那是一个来得很早，走得很晚的冬天，雪最深的时候还没有来到，就已经有人把刀子对准了自己的同胞。我只是远远地听见呼救声。也许是一刀下去见了血，然后许久没有见到肉食的人们躁动了，有的惊叫起来，有的慌忙躲开，有的恍恍惚惚地凑过去，伸出双手胡乱地抓，满手鲜血淋漓。持刀者还想继续捅下去，受害人已经倒在地上，被围上来的人遮住，难以辨认。害人者手里握紧刀子，看不到自己的目标，茫然而迟钝。到处都是人头，挤挤挨挨，蠕动的、黑色的、红色的。

后来，我和贺林带着负责安保的男人们赶过去时，躺着十几个人的雪地里还活着的已经不超过五人。我们所见的是残酷的景象，那些尸体就像遭到轰炸一般，一大半都被弄断了，肢体残破骇人。快要干涸的血迹到处都是，没有形状宛如符号。

我们在横倒的尸体前默立许久，直到肩膀被雪盖个严实。伤人者已经消失不见，血迹向森林的各个方向延伸，说不出到底是一人，还是许多人。没有人知道他/他们的动机，因为这些人并没有任何猎获，大概不是为了分赃大开杀戒。要找到那些逃亡者非常容易，但他们今后要怎么生存？会不会继续前来加害于我们？谁也不知道。

恐惧与悲凉交织在一起的感情像雪一样浓郁，把我们掩埋得发不出任何声音。接下来，最棘手的问题出现了——该如何处置这些尸体。

贺林看向我，感觉到他的目光，我也偏过脸去看着他。我们从来没有一次情况像现在这样束手无策地凝视着彼此，甚至从来没有经历过一次如此长时间的对望。我凝视他的青灰色虹膜，深呼吸，通过能够让胸腔产生震动的剧烈吞吐，唤醒已经站到麻木酸痛的身体。许久，贺林口中呼出一丝细长的白气。在他开口之间，我清楚地听到自己说出两个短促的字——声音因为寒冷和麻痹而不由自主地短促和颤抖。

"吃掉！"

贺林定定地盯着我，那种眼神像极了野狼。他没有反驳，犀利的眼神里落上一层悲戚的寒光。

那天晚上，我们把所有尸体扛回岩洞，在外面挖了个雪坑埋上，作为过冬的粮食。

这个决定由大家投票做出，这一票击碎了我们所有的底线。计票时我们非常惊讶地发现，岩洞中有多少个人，就有多少票赞成。毫无疑问我们没有一人像自己曾经设想的那样高尚。在这样荒唐的原始世界里生活这么长时间，我们心里的某些部分已经坍塌。

那天我们坐在橙色的火光里，凝视着跳跃的金色光芒。我想到我们第一次坐在岩洞中分食野蛇的那个晚上，那时我想到了地狱，此时，我不知道自己看到了什么。

所有人都很平静，他们的眼中没有恐慌。有些人身上还带着血迹，伤者在呻吟，死去的人再也无法说话。大家麻木而顺从地看进那火光里去，像灰烬里的烟一样细细密密地飘起来，升上去，消失在深黑的天空里。那种感觉很绝望，也很宁静，像是听不懂的梵音，让人昏昏沉沉。

我们靠着死去的人活过了那个冬天，大雪纷飞的日子里，我们有了充足的食物，足够剩下的二十多人吃到春天到来。

我一边吃，一边想，如果我可以不吃东西活下来就好了。如果我有点骨气，告诉自己死也不吃同胞的肉就好了。我咀嚼着口中蜡木一般的肉质，想要哭出来，却早已忘记了怎么流泪。我们无疑是败了，向那该死的命运——不，甚至不算是命运。我们败给了冬天，败给了仅靠自己已无法掌控的一切。

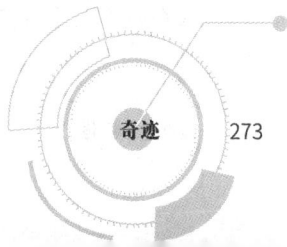

在春天真正到来时，我们从融化的积雪里站起来，嘴角还残留着同胞的血迹，摇摇晃晃地向着荒原的方向走去，开始了新一轮的采集、狩猎和抓捕。一切就这样周而复始。一切都和去年秋天一样，我们看见春天的阳光，看见雪化后灰褐色的土地，看见新一轮的青草染绿整个平原，看见古老的深绿色巨树顶上，冒出嫩绿色的芽。

我们熬过来了。

不过，我绝对不会让那个冬天第二次降临。在第一次开春的狩猎之前，不到三十人的群体里有了规章。没有统治者，只有一套规矩，大家都遵守。自那之后虽也有伤人事件发生，但大家对于那些伤人者都持反对态度，并没有因此挑起新的混乱和暴动。万幸，直到现在为止，维系人群的一直是智慧。我们非常默契地把一切重大事宜都付诸讨论，并且遵循少数服从多数的基本法则，偶有矛盾，但总是能够解决。

随着时间的推移，加入进来的人越来越多，我们的足迹一点点蚕食着空荡荡的荒原，沿着红杉林和海岸向四周展开。

2112 年的冬天前，我们储备了整整十几平方米冰窖的浆果、种子、杉果、蘑菇和可以吃的野草，走遍整个丛林进行大规模的狩猎。这样就不至于在冬天担心食物，也不至于发生极端的凶案了。

那时候我们有一百来号人，想要把他们喂饱很难——从来就没有人吃饱过，但人多也有十分显著的好处，即狩猎和采集的力量更加充沛。

在这些人之中，我最出色的伙伴们发挥了至关重要的作用，从尼德兰、石溢、贺林到唐迟，甚至小男孩英格玛。我们是最初组织人群的关键性人员，便努力让自己变得更加成熟、更加智慧。不光是我们，所有从那个冬天活下来的人都拧成一股绳。我们的身体里流着同样罪恶的血液，齿间残留着洗不净的血迹，我们必须活下去，死去的人在我们身上显灵。背负着那样沉重的生命，连自己前行的脚步都变得沉重起来。我们不断告诉自己，活下去，走下去。

于是，2112年的冬天，所有人都活了下来，我相信这已经算是奇迹了。熬过这个冬天，迎接我们的是二月的春色，还有新的奇迹。

就说说今早吧——这算是最关键、最重大的奇迹。当我和贺林在清晨遇见背着我那遗失两年的黑色背包的男人时，我差点哭了出来。两年没见到和实验室有关的东西，当时一起来的同伴们也从来没有联系上。

我当时远远地看见他们，先是惊喜——啊，看见人了。我眯起眼努力辨认他们的设备，认出了背包，我惊叫着，继而难以自制地痛哭流涕。

那几个把背包还给我的人平平无奇，没什么特殊身份，只是几个普通人。他们态度都很平和，熬过两个冬天也不容易，从上到下都破烂不堪，包括我的背包也磨损得很厉害，但里面的东西基本没有大的损伤。

虽然现在想起过去茫然无措的两年时间我还是觉得充满怨恨，但那种拾遗的惊喜还是让我开心了一整天，直到现在为止我都没办法让自己平静下来。

现在，我已经部署好了信号塔，也准备好了专业的接线设备，发出实验组专用的通话信号，正在等队友的回应。

老实说，希望渺茫。我心里清楚得很，但也丝毫不愿放弃，于是一动不动地坐了好一会儿，漫无目的地等待回答的信号。不出所料，没有任何回应——我那些队友啊，就算他们能活过这两年，此时联系设备还有电量的可能性也不大了。而且，他们也不可能跟我在同一个通信范围内。全队有三台手摇发电机，一台在我刚刚得到的背包里，剩下的两台是队长和副队长保有的。也许他们已经不在了，但我能等，我不会放过一丝可能性，只要我们还没有死绝，我就可以等。

同时，我怀着一丝侥幸心理向现代的时空穿梭机发出求助信号，

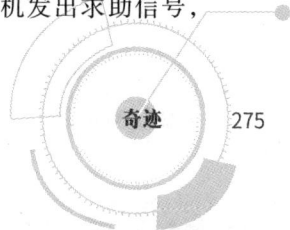

并且得到了 Pharos 时空穿梭机自律应答器的回复。这回复只能说明时空穿梭机还处于待机状态，只能说明它还恪守着 AI 的职务，算不上好消息。毕竟，在没有人类操控的情况下，自律应答器没法把我们弄回来，我们还是只能等。

也许什么时候真正的奇迹能够发生，我能听见耳麦的另一边传来人类的声音，听见自己的同胞在千年之后的时空中向我们传来话音。虽然情况没有任何实质上的进展，背包失而复得带来的欢喜也就是一会儿的内心戏，但我毕竟联系上现代了，乐观一点，这是两年以来第一次，第一次听见那久违的智能的声音。一直以来无法突破的壁障被打碎了，一线光芒漏进来，我们稍许前进了一些。

今天下午通信成功，两百多号人围着我，我不得不走到稍稍高一些的地方，以让所有人都听见来自万年之后，属于我们那个世界的声音。最朴实无华的 AI 声音，最平淡的调子，当它从耳机扩音器里传出，有人甚至为此爆发出了难以抑制的恸哭。

黄昏，太阳一点点沉入地平线之下，血红的轮廓慢慢朦胧起来，所有人屏息凝神坐在地上，仰脸望着同一方向，从那小小的耳麦里传出来的声音并不大，所以他们鸦雀无声。

"Pharos 一切正常，静候吩咐。"话音未落，我就听见抽泣声。

*

自那之后，我们几百号人依然分散成很多个队伍进行探索，人员流动，组与组之间循环。我打算每天黄昏时把自己身边的人组织在一起，进行一次扩音连接，虽然每天听到的大概都是一样的来自现代的答复——"Pharos 一切正常，静候吩咐"，有很多人表态说，他们会为了每天的这个时刻而跟随我的队伍。

我们曾经生活在一个充满这样的声音世界，AI 的声音都快被听得腻了，时隔两年再次听到它，只觉得心中某种尘封已久的悸动被唤醒，一瞬间似乎回到了一直都想回去的那段时光，那些直入云天的大厦和光鲜亮丽的显示屏，那些繁华的大街……

这种循规蹈矩的应答通信毫无意义，翻来覆去都是那么几句话，我想，他们跟我一样，只是想看到不灭的希望罢了。

经过了两个冬天的考验，所有人的心态都摆正了很多，不再怨天尤人。离开屏幕、科技和一切便利设备之后，最原始的生活反而给人充实的感觉。最初来到这里时爆发的那些狂躁和焦虑再也没了影子，现在的我们专注于怎么在这里活下去，怎么对付雨天和严冬，怎么在越走越远的同时还能按时返回据点。

早在一年多以前我就公布了自己科研组员的身份，最初确实有人骂我，还有人揍了我，但我并不后悔那次坦白，因为它让我在以后的日子里可以坦诚对待这些与我同生共死的同胞，它让我能够毫无保留地为所有人的生存尽自己的一份力。

大概是在马尔文死后，我便已经从最初的惊慌与懦弱中惊醒，决定认真做一次改变，真正辨析这个世界。和身边的同胞坦诚相待，是最方便的做法。那之后，我向任何有经验的人学习，充分利用自己的知识，告诉身强力壮的男人什么时候适合外出打猎，教会外出采集的女人辨认可食用的浆果和蘑菇，和有经验的老人探讨观天象定位置的办法，一点点把自己的知识发挥出来，掌控现状。

这就是尼德兰说的，我的责任。

不错。

来到这里之后我才深刻认识到，世界远不止屏幕前能看到的小小一方，也不是纸和笔能够书尽的。

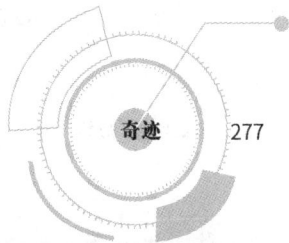

*

　　我很少有时间想起那些在半道中逝去的人，甚至连马尔文也不常常去想。我知道自己可以在这里活下去，死亡似乎又成了稍稍遥远的东西。逝者的灵魂安息在这片没有神明的土地上，不知道它们是否能够进入天堂。

　　现在我坐在荒原中央的石崖顶上，跷着脚仰脸望天。下面几米处就是我们新发现的岩洞，那里很安全，与我一组跋涉的十几个男女老少就在里面，我看不见下方的灯火，但闻见了淡淡的烤肉的香气。这个点，刚好要准备吃饭了。

　　今天收获颇丰，猎手们打到几只野兔，够我们所有人分餐。大家都吃得很节省，由于日夜劳顿，身体也被锻炼得很好。我们计算余粮，制作腌肉。

　　我听见岩洞里传来笑声，是贺林。

　　居然是贺林。我几乎没怎么听他笑过。也许是因为他很少笑，或者是因为他很少跟我一起行动。今天是每月一次的集合日，所以也算是难得的短暂相聚。

　　笑声平息下去了，洞里飘出来的肉香逐渐占据我所有的感官。我仰着脸，头顶的星空一望无际，闪烁着亘古不变的寒光。

　　最初我来到这里，躺在冰冷的地面上仰望星空时瑟瑟发抖，像是被从母亲的羊水中抽出，湿漉漉地抛在地上，茫然无措。夜空太宽广，至于怎么理解它的宏伟，就要看观者此刻的心境了。于我而言，两年之后再与它对视，心中反而得到一丝安慰。从古至今有太多吟诵星空的哲言，必定也曾有人与我一样独自坐在庞大无边的星空里，什么也不想，静静地听着风流过的声音，闻着灶中飘出的丝丝香气，身上伤痕累累，心中也疲惫得随时都可能倒下，但一想到锅中即将入口的烧肉，想到藏在这些黑夜后的黎明，想到永远走不到尽头的世界和暂时走不到头的生命之旅，便仿佛有温暖的洋流在体内涌动。

此时此刻，在万年之后的星空之下，是否仍然有人驻足仰望？也许下一次奇迹发生之时，我会听到肯定的答复。

奇迹

歌悼

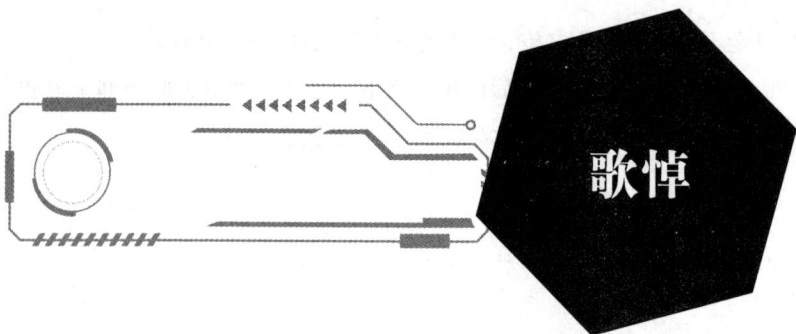

3月6日，滨斯的两周年祭日。

两日前，我们结束了美索不达米亚之旅，回到各自的居住地。

黑色警用直升机飞入四川盆地，高耸林立在云雾中的城市依稀可辨之时，一种不可言说隐然失落。仿佛在过去的一天多时间里，有一只无形的手把我从这两年所待的冰窟中拎出来，放入温暖的花蕊中；转瞬之间，这广袤的天地间便又只剩下我一人。这分明是一片伟大的土地，自古以来承载着无数文人才子的故乡愁与龙门梦，奇绝山色与凛冽青川交织，编就落在纸上的话语，无以计数。古往今来，命运熙熙攘攘地往来于此，至今日却空余山水，那人文色彩徒映在各有千秋的山川河流之中，不再有人欣赏。于今我的心灵仍存活在此，但我的心魄并没有那种与千古佳人共振的厚度，只能暂时劳烦他们蛰伏在这炽热的山丘水泊之中，以无闻托静息。

继续前行，青山绿水仍环绕在视野周围，直升机一点点下降，没入云层之下，靠近深灰色的都市。我把双手从控制杆上放下，直愣愣地盯着窗外如水般滑过的云景，一些已经很久没有想起的记忆片段在脑海里交叠，揉洇出奇异的色彩。

*

回到 Pharos 分部大厦后，我难得地浅写了一点日记。上次写日记已经是几个月之前了。

于是这次我非常耐心地着笔写下此次突然写起日记的原因：我们刚从美索不达米亚回来，今天是滨斯的祭日。

首先是和那六人之间的关系增进——这对现在的我而言仍是非常重要的一环。如果要把现在能做的事列出一个排行榜的话，第一是以 Pharos 为核心的"世界保护"任务，第二绝对是时时刻刻保持和他们的互动。彼此增进了解之后，我和其他幸存者关系确实在肉眼可见地好起来。

认同感这东西真是奇妙，一旦产生，那种朦胧的向心力就无法挣脱，只会越靠越近。我们聊天的次数大大增加，对彼此的了解一点点加深。渐渐地，我们说话做事都达成一种高效且幽默的默契，互相支持着，在这个荒芜的世界生存下去。

这是我在失去滨斯之后一直想要重温的感觉，当时渴望得多么迫切，它真正来到的时候就多么令人难以察觉。我顿悟般意识到自己原来如此喜爱他们，如此珍惜在这样空洞的世界里衍生出来的羁绊。我已经独自一人生活了两年多。

只是，我没有跟那三个新联系上的人提起滨斯的事，他们甚至不知道曾经有过这样一个人。最开始塞西莉亚还问过我，这三个人不知道滨斯是谁，我们以后说话会不会有隔阂？我回复道，不必跟他们说

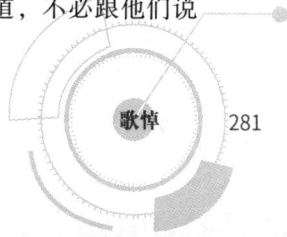

滨斯的事了，以后咱们也不说滨斯，让逝者灵魂好好安息吧。毕竟羁绊只靠一个故事和一些陌生的回忆是完全无法建立起来的。

笔尖在这个年代已经非常少见的纸张上划过，发出好听的"沙沙"声。太久没有用笔，我花了好一会儿才找到写字的感觉，才有办法把汉字写得工整有型一些。

下午的时候，四五页纸已经写满了，我才依依不舍地放下笔。放下笔，才拿起键盘，却又没了兴致。今天是个特殊的日子，我没有理由像之前一样耗在这里。

我还是得出去走走。

Pharos 分部大厦的视野向来很开阔，天气好的时候，站在最高的地方向下俯瞰，能看见很远的田野与丘陵，能看见某条银白色的道路和路边那焦黑却又亮晶晶的废墟。那片废墟非常特殊，虽然之后这座城市里视野可及范围内又发生了几起爆炸，却唯有那里时常在阳光下泛着淡淡的光芒，也许是整栋民宅都被直升机切断了的缘故——断层总是格外显眼。

今天天气很好，不过我没到楼上去看，而是换上一身轻快些的卫衣到大厦外散了会儿步。这时候气温已经不算很低了，十七八摄氏度的样子，走久了身上有一层薄薄的汗，在风中感到微凉。我沿着长长的街道一直往前走，路旁还残留着撞毁的机车的残骸，玻璃片和碎掉的铁块随处可见，不远处有一盏歪斜的路灯，大概是我两年前撞坏的那台。

我走到那台路灯前静静地站住，仰脸看着已经不再能够散发光芒的灯罩，那完整的空旷感让我有些莫名的悲哀。

有那么一瞬间，我仿佛与两年前的自己重合。早已褪去的雨声在耳畔响起，血的温度在面颊与胸腔里鼓动，全身都在战栗，又冷又热。那时的我仿佛被没有尽头的海所淹没，徒劳地挥舞着双臂，努力抓住满手的浪花和泡沫。现在一切都已经过去，那海已经干涸，我也早已不是落水的鱼。现在我稳稳地站立在阳光里，沐浴着一种难以言说的平静。

不过，到底还是有些失落啊。我以为自己已经习惯了独自一人在这个空荡荡的世界里生活，以为这一年多里我已经被孤独磨砺得非常坚强，但仅仅是这一盏不完整的路灯竖立在面前，我就似乎回到了两年前那个恐慌的自己，站在宽广的雨幕里，被浇透，什么也不剩下。

时间和距离已经磨灭了昔日我们一路走来时留下的痕迹，回忆和期待一样，都变成了简化和剪辑现实的工具。

我伸手抚摸路灯锈迹斑斑的钢骨，大概是一首歌时间，默立后再次沿着街道迈开步来。这里不会有人在听，所以我开始放歌，把声音放得很大，大得就像是自己正走在一部电影里，那就是我的背景音乐。我一边走，一边慢慢地看，有种从繁忙的日常工作中脱身的轻快感觉。

看着悠悠向前延伸的路面，我想起我和滨斯最初来到这里时的场景——我们沿着高速路一路开到这里——想起当我们还是两个人的时候，路上的大部分时间不是睡觉就是用来总结反思。我们天南地北地聊着，把路上见过的所有东西都复盘一次，不管什么有用什么没有用。

反正时间多，反正不着急。是啊，那时候明明心急如焚，却总是被漫长的路磨去了躁动的皮毛，竟然是以一种"闲""不急"的心态走过那些路的。

也好。如果当时时时刻刻都紧绷如弦，现在的我恐怕仍然不敢放松下来。

以如今的角度往回看，最初我们做的那些事实在不成体统：是无知，也是无畏，大步流星地在黑暗中寻找方向。

滨斯已经去世两年了，今天是他的祭日，我要从大厦一直走到他的坟前。

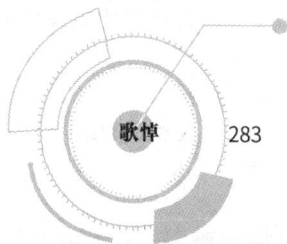

人类消失之后，Pharos 诞生之后，这座城市就已经没有时间的限制，一天和两年仿佛都在睁眼闭眼之间，没有任何区别。我可以慢慢地走，也可以在一个地方坐很久，可以从阳光站到月光，可以花相当长的时间坐在滨斯简陋的坟墓边上，把这两年里发生的事和我明白的道理告诉他。

他离开的时候只见识到了这个世界的残酷，并不知道它的精妙与严谨，也不知道很多他本应该先知道再离开的真相。不管有没有亡灵，我都有很多话想跟他说说。他在听，那很好；他若早就消散，那也无妨。

滨斯，你看，刚开始的时候，我们既不知道这个人工、自然和科技不等分的时间的运作方式，也不知道能够威胁到它安全的到底是什么。于是，我们只能按照最原始的排除法，将人脑能想到的一件件排查过去——核电站，发电厂，化工厂，大型工厂，高危科学实验室……

所谓的排查，也不过是把它们都拜访一遍，然后尽一己之力做一些自认为有效的处理。

这个思路是没问题的，站在一个一无所知的人的角度来衡量，这是最无懈可击的选择。但事实上根本没必要这样做。我们在有限的旅途中并不知道也并没有尝试去明白那些危重设施的运作方式，只是因为最开始就找到了自动化按键，于是就形成了这样的思维定式——我们只要按下那个按键就好了。

这就是一切开始出错的地方。

我们把造访一个个核电站、火电站、化工厂等地方的目的设置成了"找到能够开启自动模式的按键"，觉得把它按下去，自动化开启了，就完成任务了。碰巧那个按键普遍好找，所以我们从最开始就没有意识到一件事——相比于执着于自动化控制，我们应该首先实地了解这些危重设施会在什么情况下出故障并造成巨大的安全隐患。

谁说自动了就一定安全了？谁说不自动就一定会出问题？在我们挨个把长江中下游的危重设施自动化时，全世界那么多还在正常运作模式下的设施为什么没有爆炸、没有产生毁灭性的灾害？

这才是真正应该被注意的点。

卫星云图可以反馈省市的实时监控图像，一路上我也一直在看，事实上，确实一起大型的爆炸事故都没有发生。但这些"为什么"我们都没有深入想过。我们更愿意把这世界上暂时的平静归结于自己的努力，因此很多时候我们的复盘是无效的，只是把表面上一些细节抠到位了，根本没发现本质上的问题。

滨斯，你看，我们太主观了。或说无知吧。自以为好不容易从安逸中逃脱出了，危机感唤醒了，就可以明察洞悉了，其实还差得很远呢。很早之前我在书上看到过，"无知和弱小都不是生存的障碍，傲慢才是"。最开始的我们就是这样。既无知又弱小，还有着选择性忽略客观事实的傲慢。

现在看来，我不知道那到底是好事还是坏事。因为，虽然我们走了一条非常无知的道路，但在这旅程中我确实有成长，变得更加擅长处理这个空荡荡的世界。滨斯，我甚至可以说，如果没有这长长的旅程，没有我们在旅途中遇到的那些故事，我一定做不到冷静应对你的死亡。

我最初察觉端倪，也就是开始意识到"开启自动化便相当于消灭了危重设施的潜在隐患"这个概念的错误，是受到 Pharos 代码的启发。

在修改 Pharos 时，我注意到一些高危设施的被监管项目包括水温控制，碳排量控制，颗粒物指标监管，产物收集率调控，原料供应提纯……而我们一直担心的那些项目——急停系统，辐射含量控制，防灾防爆，根本不在功能区里。

为什么？那些指标不应该是真正需要被控制的吗？

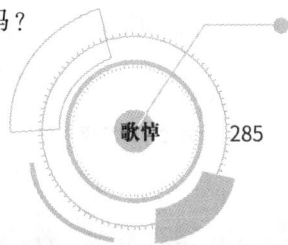

歌悼

我很奇怪，便切换到其他应用的源代码里寻找，也没有看到。程序员说 Pharos 的控制指标里从一开始就没有那些项目，自然不会被写进代码中去。我问他为什么，他说，我们这样的小角色是不可能自然而然地知道的，除非主动去寻找答案。

程序员是个很现实的人，他大概就是最典型的"增长主义者"，希望付出的每一分努力都能立即看到实效。我猜他之所以能平心静气地把所有注意力都放在 Pharos 上面，是因为这个系统的开发和完善能带给他即刻的成就感和满足感。有时候我感觉，能不能保护这个世界他都无所谓，他只是想要把自己所有的才华充分地发挥出来，发挥在一个能够给他回报和成果的项目上。

这当然无可厚非，每个人的处世方式都有自己的道理，每个人的坚持都有自己的理由。我一直很尊重他，毕竟他宵衣旰食的付出间接地促成了我的目的。但既然他说让我自己去寻找答案，我也就只能自己去寻找了。

于是，我开始利用先前维护 Pharos 时得到的技术向那些蒙着神秘面纱的危重设施进军。

经过半周的筹备，我在一个夜晚完成了所有应用准备工作，并成功在 Pharos 里添加了一个账户夺权功能，即日使用它夺取了一家核电站的动态控制权。那是我第一次进入核电站的总管控系统，第一次得到一个核电站完整的最高管理员权限。我第一次深入查看它的运作模式和内部代码，认真地解读，遇到不懂的地方还要求助各种搜索引擎。经过几天的研究，我这才慢慢明白过来，这个设施本身就有着极其精密的自卫功能，我们一直以来担忧的危重设施自设计初就具备了自我监控能力。它们的内部程序里有最完备的抗灾系统，不需要外部再加以干涉。

拿核电站举例，如果冷却水的温度过高，站机的控制塔便会自动进行能源再分配，将水源冷却动力开大，实时确保水温的稳定。如果伦琴表上升到异常数值，控制塔便会在一系列精确计算后将反应堆的部件进行调整，以最保险的方式将数值降下去。

这是一件我未曾设想的事——这些设施的保险程序其实非常完善，根本不会出现我们之前担心的那种自爆问题。和普通的物联设备不一样，它们被设计得很安全，安全到可以自己搞定自己，根本不需要开启自动化。

而所谓的自动化，其实对基本抗灾功能没有太大影响，只是派遣了一个真正意义上的人工智能把整个设施的所有参数统一管理起来，把控制权从各个小规模的控制塔转交到核心智能手上。自动化管理说白了只是一个将各区域的功能协调起来，形成 1+1 > 2 效果的整合管理者。有它没它，核电站都不会因为内部的原因爆炸。

所以，这些危重设施内部很稳定。真正能让它们变成定时炸弹的不是内部"原料过热""毒气泄漏""引爆燃爆"，而是外部的一些干扰。譬如，泥石流摧毁了核电站的水泥塔，火灾烧掉了电源塔，或者长时间的大雨淹坏了大型工厂用来运输能源的管道，再或者化工厂的储气罐子被腐蚀出破洞泄漏了，这时候这些设施才会不可避免地出问题。所以我们应该下功夫去把它们和一些外部因素协调好。

如此看来，我们那趟半年多的旅程从一开始就偏离了正轨。最开始我们奉为正道的那些说法，其实都只是对这个世界一无所知的人做出的妄自猜测。

滨斯，挺滑稽的。事情不是我们想的那样，世界也不是我们希望的那样——种种角度来看皆是如此。这个世界真正需要的是像 Pharos 这样的综合管理平台。

2110 年 8 月，Pharos 开始正式试运行。

最初的运行非常顺利，注册账户的一百零四个危重设施的核心管理系统都被连接了过来，在控制端可以实时查看一些非机密的控制数据，也可以进行简单的应急操作，防止意外在监视之外发生以至于无

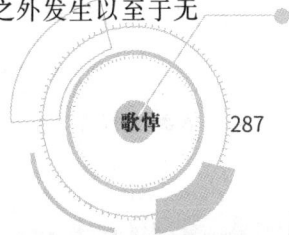

法疏解。冷链供应和智能路网是被我们抛弃的两个开发选项，它的内容和最开始没有任何变化，在这个没有人群的世界里根本用不上抵达千万企业的冷链与交联千家万户的路网，所以不值得细算。电力供应平台肩负着纵横八方的任务，它在精密测算后将来自各发电厂的电力分配到无数家签约设施中去，确保这个世界灯火通明，正常运转。危重设施检测功能被重点突出，我们预算之中的监管功能全部达成，几个月之内没有新的大型事故发生。

Pharos 的所有功能都正常运行，这么长时间里我们的测算和修正没有失误，至少直到目前为止没有出现差错。

电力系统的完善相比核电站的成功控制更加令人欣喜，如果说将危重设施保护下来是我们一开始就在做的事，但进一步掌控电力是 Pharos 独一份的功劳。Pharos 正式给了我们一个平台对电力进行管控分配，虽然这很耗费能源，但没有办法，电能和核能就是维持这个世界运作的核心，只要电没有断、只要信号塔还在，这个世界依然是适宜人类居住的地方。不管那些消失的人什么时候回来，这个电力充沛的世界都能及时迎接他们。

滨斯，我彻底想明白这些道理后 Pharos 已经正式发行了。有种为时已晚的遗憾，如果再早半年把这些事情想通，我们能够省不少工夫。

当时我身上所有的担子全部被卸下，碰巧又联系上潘德拉、黑崎这两个很能干的人，一切都空旷起来。摆在我面前的一座大山被挪去，所有任务都可以交给别人来处置，我像是被高高挂起，只需要坐在电脑台前，一面"伺候"机器，一面安排人手，仿佛在那么一瞬间没有了过去，将来也只是一片刺眼的纯白。我感到失落，感到空虚，意识到之前深信不疑的那条道路上其实空无一物，意识到我们走来的这条路那么长，其实也不过是为了教会我一个只要细思就能懂的道理。我变得非常警惕，作出每一个选择都要花很长时间，害怕自己再像先前那样，用长得不成比例的日子去体悟某种简单的道理，最后还要反噬自身。

Pharos 刚发行的那几个月，我还没能真正从你离开的不安中走出来，又陷入了新的空虚之中，一度十分沮丧。运气很差吧？

不过，我没能沮丧多久，因为新的任务很快来了。新生的 Pharos 最初上阵，立即又出现了一些糟糕的 bug。处理 bug 再加上每天定时监控卫星图的地质情况，并分配人手，我有了不少事儿干。人一忙起来就没时间沮丧——我又是早六点爬起，凌晨才睡觉，高速运转的生活让我没有时间去感觉空洞和无奈，我只知道自己要一点点变得可靠、变得智慧，慢慢学习，成为一个合格的人。

我依然是无知的，在看清真相之前我要永远保持清醒。我该做的事还有很多，不管走了多远我的面前依然是天与山。为了不被拦截在半途，我要翻过它们。怀疑自己的认知，怀疑自己所见到的表象，怀疑所谓的本质之下是否还有更加根源的性质，但永远不要自我怀疑，永远不要因为这个世界充满不确定性而裹足不前。把一切放在时间的维度里，总有一天都会有答案，总有一天那些本以为不可能过去的事也会被启明星带走。这是我从这个世界里得到的最好的教训，也是我从最好的搭档那里得到的最后的鼓励。

你说的最后一句话，几乎就是这个意思吧。在很多个没有星星的晚上我独自躺在灯火通明的大楼里回忆那天的情景，那句话反复在耳边回荡，我似乎有解，却又不敢去定义——最后，我给了它一个很有你风格的翻译。

只不过，这条路还很长啊。想要把它走到头，想要熬到看见答案的日子。我不知道我还有多少时间，不知道现在我所洞悉的是否仍是虚妄可笑的。我不知道如今的我是否仍是个傲慢自大的无知者，不过——且行且看吧。现在局势稳定下来了，今后的事，未来的我肯定能办好。

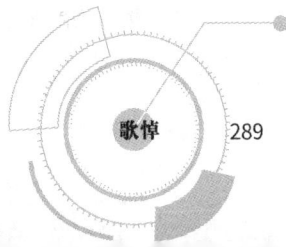

我沿着长长的主干道一直走，天空中白色的云与蓝色的宇宙交叠，形成一道道柔软的轨迹。四下里寂静无声，鸟的鸣叫自很远很远的远方传来，远空吹来的风轻轻浮游着，送来一股都市特有的混合着尘埃与钢筋的气息。蜀地的大型城市很有设计感，依仗着崎岖的地势构造出千奇百怪的楼型，在恢宏的巨厦间是各有千秋的古巷，这里的地表没有一处索然无味，在那伸向天空的金属质感的大楼脚下，清一色站立着古老而坚固的木榭。我喜欢这种穿插的美，喜欢一些经得起时间沉淀的东西在新生事物面前泰然宁静的样子，喜欢从很古老的历史里一路走来的光景。它们确是自信得很——人民喜欢，政府保护，新建的高楼大厦再怎么凌厉，都要拜倒在它们这种祖宗般的定力之下。那些古楼矮小而玲珑，赤红的灯笼与屋角上的流苏在风中摇曳，它们被历史赋予了无穷的生命力，仿佛可以横过时间的长河，在风雨飘摇的岁月里岿然不动，与人类文化中最古老一支的根源相接，美丽而永恒。

我把脚步放得很慢，在明朗的春色里行走是一种奢侈的享受。这个世界已经七零八落，不知道以后还有没有这样悠然的日子。

一个上午的漫步，我看见了那半倒塌的民宅，那烟火早已熄灭的直升机的骨架。曾经我将一只军铲插在埋葬滨斯的地方作为墓碑，现在那只军铲依然坚挺地屹立着，在蔚蓝的天空下闪闪发光，像一只深色的十字架。现在再站在这里我已经感觉不到彻骨的悲伤，只是有些遗憾，遗憾不能再站在他的身侧，玩笑似的抓住那只手，拉起他就往前跑，遗憾即使我在这里唱起他最喜欢的歌，他也不可能听见了。

扫墓通常送花，但这里已经没有鲜花了。手机里我和他的唯一一张合照被我设置成壁纸，我看着照片里那个好笑又不情愿的他，看着那个嚣张而又稚嫩的自己，看着乱糟糟的我们，又想哭又想笑。

说来也奇怪，我和滨斯只认识不到一年，他去世是 2110 年的夏季，我却有种我们在一起生活了很长时间的感觉。也许是因为在那不到一年的旅途中我们日日夜夜都在一起，不管是交谈还是行动，都毫无保留地做彼此唯一的同伴。我们无话不谈，任何事情都一起做，除了没一起进过厕所，其他所见的一切都是相同的。最初我们有着完全不同的人生经历，见过截然不同的风景，但在那条路上我们在陌生的景致里互相成为熟悉的地标，就这样一直前行，一日可以行四五百公里。那是我人生中第一次感觉到，曾经一个完全陌生的人格在我面前彻底打开，非常奇妙的感觉。我们之间的隔阂在某一时刻消失，再往后的路途中我就是他，他就是我。

所以在独自一人生活的这一年里，我也一直是怀着这样的习惯活下来的。我习惯于认为我所见到的一切都能为他所见，我所想的一切都能毫无保留地分享给他，即使这个世界空荡得只剩下黑色的窗洞与冰冷的玻璃外墙，只要我们同时看见，就能证实它们存在的价值。

万物有永恒者，也有易碎的缺憾品，但随着时间的推移，一切都要化作尘土，所谓的世界所谓的生命，也不过会步入一条终究化为尘埃的归途。对于我们这样渺小而短暂的生灵而言，时过境迁和世事沉浮都是可怕的，但真正宝贵的东西无法被夺走，也就因此超越了命运的变幻。

我走到焦黑的废墟前，慢慢地俯下身，在他曾经死去的地方坐下。现在是现在，永恒还很永恒，也许我们很快就会躺在一起，又或者我得活到八九十岁才善终，去黄泉看看他。谁知道呢，大概不管我什么时候造访，他都早已经在那边买房圈地，过得滋润了吧。

啊……天气真好。

我仰起脸看向天空，阳光太刺眼，天空蓝得有些失真，天际的蓝与城市的棱角间有着巨大的空白，此刻这样的空白被延伸到很遥远的地方。在这么长的时间里，我已经学会了在晴天的时候唱歌，雨天的时候在雨里漫无目的地走一走，前者后者皆是最原始的被自然治愈的感觉，温润而平静，却让人心情无端地好起来。我没有独自一人在这个只剩躯壳的城市里疯掉，没有丧失作为人的基本情趣，没有忘记即使肩负了很重的责任也要小小地犒劳自己。我很庆幸，即使这个世界空空如也，我也照样能为天朗风清的日子而喜悦。

我没有被打败。最初那种空虚的惶恐没有束缚住我，对世界一无所知的茫然也没有消磨掉我的快乐和勇气。所有的未来都没有答案，但我们都会活出自己的解法，也能够站在自己的角度去理解世界所给予的回答。每一个不确定的未来变为现在的时刻，每一个当下化为过去的瞬间，我们在时空长河的尽头振臂高呼，义无反顾地踏入下一个迎面而来的浪头。

我相信，如果没有和滨斯走过那样一段长长的路，与我有关的一切都会被无人的世界吞噬，会隐没在无尽的恐慌和焦虑中。现在看来任何一段经历的意义都不可能被抹消：如果没有那漫长而晦涩的试错过程，如果没有始终站在"还有希望"的角度进行试探的过往，这一段时空就不可能到达如今的位置，我将没办法继续认知，自然也没有办法把自己的职责继续履行下去。

想到这里，我意识到自己已经没有办法清晰地捕捉到脑海里一闪而过的他的面容。我依然记得很多我们一同走过的风景，记得那风景的深处浅处总有一个身影与我站在一起，甚至记得一些笑声，一些数落的话语，一些已经快要被风化的口头禅。但他的容貌的确是模糊了，那对茶色的眸子里平静的目光似乎能够穿越一年的时空隔阂抵达如今的我眼前，我闭上眼仔细地回想。

今天是他的祭日。今天的天空和他离开的那天截然相反，万里的碧空展现出海岸线般清晰的云线，丝缕的白色在极高空中延伸开去，仿佛张开的时针，逶迤遥指没有尽头的天际，是伊始的姿态。如果可以我倒是想让他再看看这样明丽澄澈的天空。

我站起，抖抖衣角拍去细微的灰烬，面对那在阳光下闪烁着清澈的墨绿色的军铲站好。这是我第一次在他面前立正，接下来要做什么动作却又不清楚了。自然不是敬礼，鞠躬的话很奇怪，微笑没有意义，落泪也不恰当。该念悼词，但没有提前作好，现在脑子里没有成型的句子。虽说什么都想说出来，话涌到喉头却又全都塞住，仿佛发出一个饱含意义的音节都是艰难的抉择。

在我们之间，在无言之中，唯有一种语言能够贯穿欲言又止的沉默。一首歌，或很多首歌。不管是什么，旋律总是胜过所有哀婉的悼唁。

他的遗言是一句玩笑话，所以如果我给他的悼词是一首歌，应该不会太过分。

我在风里清清嗓子，开口之前忽然又想起他曾说过我唱歌不怎么好听。

管他好不好听。我只唱这么一次，如果你的魂魄还在世界的某处的话，请暂时降临这片焦土吧，听我为你祈祷。

"I hear what you say ,there's the tiniest hope."

"You can change yourself if you want to."

"Then you find a door ,we walk from the past ……"

"I were a frog in a well ."

"Smile like you never done ,I'm so fine ."

"Then you hold me tight under bad weather ."

"If you understand why I was crying on the river ."

"So dwell on myself ,"

"All the time ."

（原曲：*call me later*）

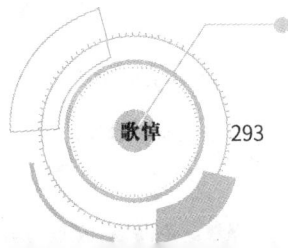

歌悼

293

星辰

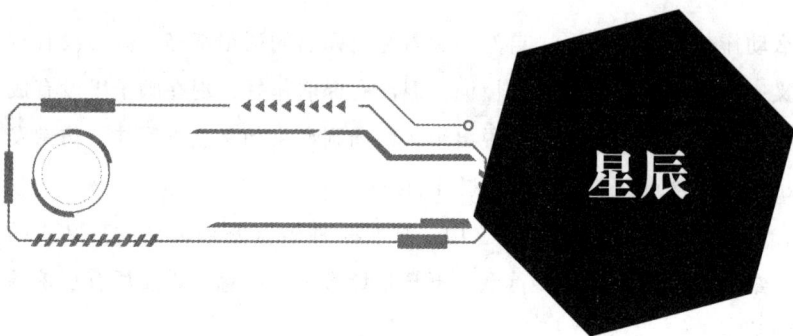

2112 年 4 月 19 日

今天又是非常有纪念意义的一天，继不久之前联系上 Pharos 母机后，我又联系上了现代综合管理平台的自律维护器 Icon。

那东西比我想的蠢很多。之前有人说过那是个制作得很好的仿真体，有着和人类近似的交流方式，但在我们短暂的对话中我没看出来这一点。他的功能大概还没有被开发好，我按照团队规定的联系格式向他发起通信，对方第一次挂断了，第二次发了很多乱码过来，第三次我们才成功说上了一句话。他说的是 "At your service."（随时为你服务），在我企图说出任何话之前。显然这家伙派不上用场，想让它帮忙进行传送的期待落空。

这也是意料之中的事，毕竟已经过去那么久，什么事都说不准了。无所谓，联系上 Icon 就当是一次莫名其妙的、浮于表面的纪念吧。

明天就要重新分配人员，我们正在整装前往统一的聚集地。贺林破天荒和我聊了很久，他要走了，因此向我讲了很多自己以前的经历。保险起见，这便是我想要记下来的。

现在我已经没有最开始那么频繁地记日记了，除非有要事，否则很难随意组织文字。智能录入设备的输入方式是语音——因为脑电波传感不适合应用在要求文字转换精准性的速记行业——我现在正在耳语，尝试以很低的声音把事情说得字正腔圆。

熟悉起来后，我觉得贺林是智慧与冷酷各占一半的人。他足够聪明，有城府，发力时则绝不心慈手软，很多时候直接上手揍人的事都是他带头干。在过去的两年里，他一直扮演着群体的实际领导人，不论什么事找他都能得到最合乎逻辑的解释。我还以为他彻底放弃搜寻家人，决定老老实实和我们生活在一起了，没想到他还是要走。

离开的原因很简单，他说："现在我们行进的速度很保守，根本不足以让我找到我的家人。这两年的时间里我已经找到了很多活下去的办法，我不打算削减你们的人力，所以我自己离开。如果有什么话想说就现在说吧，今后在这个世界里，我们大概不会再见到了。"

我愣愣地看着他，一时间没弄明白怎么回事。他的话说得很快，一下子就停了下来，空余在风中，留给我回味这突如其来的告别。

贺林说，他曾经说过我对他的过往一无所知，所以我会感到不可理喻很正常。他说，我之前确实一无所知，但他现在要告诉我，他希望我成为这个世界上唯一知道这件事的外人。

"非常重要的事吗？"我问。

"非常重要的事。当我下定决心离开这个人群独自前行时，要把它告诉你。如果哪天我死了，至少还有人记得叫贺林的人，知道他是怎么回事，他墓碑上刻的字到底是坏蛋，还是好人。"他低低地笑起

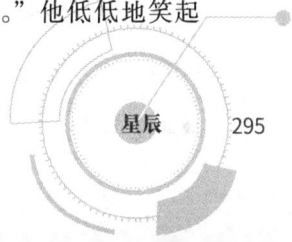

来。贺林很少笑，他的笑声像是在叹气。

"……"我点点头，"那就分我一半。"

"当个故事听听就好。"

他正儿八经地叹了口气，然后很平静地说出了一段奇异的经历。

他说，他有一个非常可爱的女儿。女儿小时他在纽约工作，把妻女带到纽约居住。他是个外科医生，所在的医院在市中心，因为工作繁忙很少回家，女儿常由太太趁周末带着一起来看他。

一个周末，他妻子出差，他没空回家照看女儿，时年五岁的女儿便懂事地提出自己去找爸爸。他想锻炼锻炼她，于是同意了。女儿换上连衣裙，梳起羊角辫，抱着几本童书就出发了。出发前贺林跟她通了电话，女孩兴高采烈。但十几分钟后，她在人行道边缘被一辆变道的货车撞翻，头被碾碎，当场死亡。

他听到这个消息时，女儿的遗体刚刚被送到他就职的医院。他冲到医院的大门口，看见女儿被包裹着推进来，差点一下跪在走廊里。

他被几个同事左右搀扶住，目不转睛地看着女儿躺在洁白的滑轮床上，头部被一张宽大的布遮着，向负一楼的停尸房送去。那块布上全是血，红得很鲜艳。由于没有面部，他实在难以相信这便是十几分钟前还在电话里"咯咯"笑着的女儿。可那衣装无疑是她，他还记得那是刚到纽约时妻子为她买的。

担架很快离开，医院里的人都很清楚被送来的伤者没有抢救的必要——头颅几乎完全粉碎，失去呼吸和心跳超过二十分钟，全身冰冷，没有任何生命气息，已经是死者了。确确实实，连贺林自己都清楚得很，没有抢救的必要。

他说，她的死亡来得太突然，让他彻彻底底地措手不及，把他目前为止规划出来的未来撕扯得一片模糊。

"她出生的时候，我情愿今后的人生围绕她展开。这是我的孩子，我一定要让她健康长大，让她成为能够寻找自己幸福的人。这就是我想要的全部了——作为一个安分守己的医生，我所希求的幸福也不过如此。"

他说，他痛苦到极点，后悔自己没有腾出时间接她，为自己让一个稚嫩的五岁小孩独自走上喧嚣的纽约街头而悔恨，悲哀这样糊里糊涂地失去自己的女儿。但当天夜里，在最初的悲伤告一段落，没完没了的反省期来临时，他忽然想到一件事——他读研究生时有个同学一直在研究人脑，并且在几年前尝试过把一个死刑犯的脑子完整地取出来，在抹除它的记忆和人格之后，一直当成一个实验品保存到现在。

他忽然有了想法。

如果把那个脑结合女儿生前的可以复活人格和记忆数据组装起来，放进女儿的身体里，是不是可以复活女儿？如果是他那个专家级别的同学操刀的话，至少脑手术方面的操作是没有问题的。那些技术她早在一两年前就在生命科学杂志上发表过，当时他看到之后留下了一些印象，觉得惊为天人。

作为一个有丰富的尸体处理经验的医生，他第一时间将女儿的尸体保存进了冷库中，以备后续的葬礼。她的身体里所有仍未死亡的细胞都还保持着随时可以被唤醒的状态，复苏一些萎缩、部分死亡的体组织是可能的，只要脑能够嫁接成功，她便有再生的希望。对此时已经几乎失去理智的贺林而言，这可以说只是万无一失的理论。

他还记得那个同学的名字，几乎没有更多思索，便打通了她的电话。

电话接通，对方十分直接，没有太多询问，甚至不问这个偷天换日手术的后果，便接下了请求。贺林很清楚像她这样喜欢冒险、喜欢尝试的科学家，热衷于没有前人涉足的领域，即使风险很大也愿意承担。

这正是他想要的。

这也是她想要的。她说，这是合作，也是"实验"。他承担这次

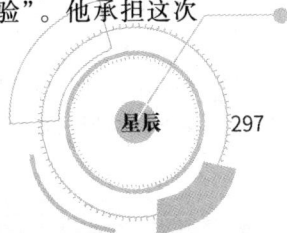

实验所有的责任，提供关于实验体的一切数据，提供实验的身体，而她负责手术的执行，并且提供脑。

除了上述要求之外，她还索要十一万美元的委托费，并且表示在实验结束、结果发布之前不允许任何外人插手。只要同意给钱并保密，她便毫无异议。他爽快地答应下来——这也正是他想要的，两人一拍即合，约定在阿根廷的布宜诺斯艾利斯见面，并尽早进行实验。贺林女儿的遗体被冰冻在验尸前存放尸体的冰库里，身上细胞的活跃度依然与最初离开车祸现场时无异，在这样的情况下可以保存一年，在这一年里不管什么时候被唤醒，机体都还有活性。

问题就在脑。

她的头已经碎裂得不成样子，为了防止体内仅剩的免疫系统持续产生反应，现已被摘除。

第二天，他安顿好几乎精神失常的妻子，以雇佣私人法医为女儿进一步检查为借口，跟院方申请把女儿的尸体转移。第三天时申请批下来，他连夜把尸体装进最先进的冷冻便携保存装置中，订专机赶到布宜诺斯艾利斯，在那里跟那位女同学见了面。

她叫塞西莉亚·玛丽，在 LSCA 工作。

这是贺林初次见到 LSCA 的人。他知道他们都很注重面子和声望，所以一路上向她承诺了很多好处。那个女人穿着朴素的白袍，金发剪成干脆利落的干部头，很爽快，讲话挺洪亮。她把他请上自己的专车后，车门一关，即刻切入话题。她说咱们这是赌了一把大的，也许能够做出可以发表至 Science 的成果。

在贺林眼里 Science 和声誉都没有把女儿带回来这件事重要，所以他有些不知道该怎么回答，只是摆出一个不怎么资深的科研学者的态度。

"我们有共同利益。"塞西莉亚清晰地说。她金色的眸子直看进他眼睛里去，贺林别开目光，看着窗外流淌而过的青白色大厦，不远处布宜诺斯艾利斯的都市一点点在视野里展开。

"上帝保佑你。"无神论者贺林人生中第一次为别人祈祷。

"我不信神。"她向他轻轻笑了一下。

*

接下来的一个月里，他们正式进入紧张的实验期。

贺林先是对女儿的身体做了一些基本的隐私处理，把她的生物信息乱码化防止泄露，然后又留了个心眼，以不公开任何与实验体有关的多余数据为条件批准实验的继续进行。于是，所有跟他的女儿有关的资料都存放在他自己的电脑里，只有在有需要的时候他才会提供。塞西莉亚倒也不在乎这些——她只在乎实验，只要有实验体就行，只要有跟科学研究有关的数据就行。因此她并不在意自己不知道这个孩子的姓名和相貌。

一个月之后，手术基本成功。其间塞西莉亚非常专注，有时连续几天泡在实验室里，连话也不说一声，专心捣鼓数据。她带来了许多LSCA的新款智能机械臂，用以辅助她进行高精密度的手术。那些设备在连接神经、重塑血管上有着绝妙的优势，贺林曾目睹过一次神经纤维重塑过程，眼睁睁看着一条极纤细的神经纤维从那器械中生成，然后巧妙地编织进只组装了一部分的人脑之中。在塞西莉亚的独自实验之中，最艰苦的部分完成——脑内部的神经都连接完毕，血管连接状态很好，记忆区域与智力区域一切正常，人格转移数据也在正常波动范围内。

后续的修复工作由贺林接手。他为女儿培养了一套人脸细胞，制作好骨骼和神经网，对已经具有大脑雏形的实验体进行脑部外表再造手术。手术共进行了三十多次，直到最后一次手术结束时他的女儿已经恢复了头型。保险起见，贺林没有恢复她的容貌，塞西莉亚在场期

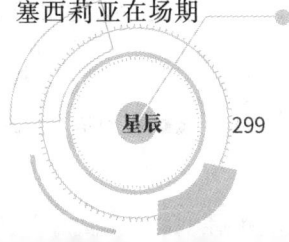

间保持她的不可识别性。只不过实验体还被液态氮冷冻仪封锁着，安全起见塞西莉亚不同意现在开闸，说要让她再在冰里躺一会儿，聊以观察。

简而言之，贺林让这个女学者把他女儿的脑像拼积木一样重新组装了一遍，然后再自己上阵把她的头部表皮重装了一遍，并且对这个结果感到十分满意。现在他可以站在半透明的冷冻舱外面看着自己女儿没有五官的面容发呆了。

所有手术都结束的晚上，贺林请塞西莉亚吃了个饭。塞西莉亚参与这场实验的目的是获取名利，用十足的科研数据来塑造自己的论文。贺林知道，不过他不是很在乎，那段时间他几乎被喜悦和惊喜所填满，别无所求。每一天都是奇迹，每一天都离他再次和女儿团聚更近一点。妻子的电话不断打来，他越来越有底气地向她保证他们还会再次见到女儿。

作为一个纯粹的科研学者，塞西莉亚从未迷失自己的目的。宴酣之际她趁机提出要给这次伟大的实验起一个名字，以便发表文章的时候使用——实验体也需要一个代号，最好响亮一点，因为一串数字不够有宣传力度。贺林想了想说，实验叫什么我不知道，但女儿的话，如果她之后真的能醒过来，就用"涅槃"做她的实验代号吧。

塞西莉亚弯起眼睛，好看地笑了笑。

"干杯。"她举起酒杯。

"干杯。"他说。

不过他没想到，这是他们最后一次心平气和地在饭桌上交谈。

一周后，冰库开闸，"涅槃"的生命体征被激活。

她的肉体早已被专业的医护团队修复，全身的细胞都被复原了，面孔完全恢复成临时型女性幼体的标准面相，仍不带个人性，稚嫩的孩童面孔带着一丝茫然呆滞。他很高兴地看到她现在有着比之前更漂亮的大大的眼睛，虽然那双眼睛中的目光仍然有些呆滞。搭建一具完整的脑体是很大的工程，不过现在崭新的头和脑也已经连接上，随着电刺激的加强，她的心跳出现了。电子提示音轻轻跃动，数值一点点波动着上升，从一条横杠变成跳舞的线条。

贺林和塞西莉亚围在病床边，难以置信地看着仪器上的数字越变越大，最后稳定在较常人而言很低的50—70。这个数字还是很低，不足以让她睁开眼，甚至有点难以维持她长时间停运的身体机能，但他们知道这是一个跨时代的医学奇迹——他们复活了一个死亡三个月零十一天的女童。

"天哪！"贺林难以置信地轻轻地摇着头。

"God！"塞西莉亚也非常激动，差一点就跟他抱在一起。

"涅槃"计划正式宣告成功。经历了长时间的术后物理养护，女儿在生命体征恢复后的第二年睁开了眼。贺林本应该彻底地放下心结，和失而复得的亲人回到日常生活中去，但事情就在这时变质了。

该发生的还是发生了。贺林说他们这个协议有太多不合理的地方，但他当时根本无力察觉，所有的心思都放在自己的女儿身上。

在"涅槃"清醒的一年后，塞西莉亚在全球知名的科学杂志上发表了一篇论文。在那篇论文里，她添油加醋地记录了整个实验经过，完全没有一个学者的科学态度。她按照契约没有提及实验体的生理信息，却在论文里引用了很多崭新的理论，通过一些基础数据大谈生死，甚至还扯到了灵魂和神性，最后得出一个结论——他们做出了让死人复活的试验，贺林是最伟大的伙伴，而她可以掌控人的灵魂。她是能够起死回生的神。

一文即出激起千层浪，虽然没有如她所愿被 Science 刊登，但这段几十页的文字让神经科学学术圈炸开了锅。确凿的数据和莫名其妙的言论结合在一起，把塞西莉亚·玛丽这个人推上神坛。

贺林当时没看到那篇论文——他正在陪女儿，在她睁眼之后帮助她整理新注入的记忆，带她晒太阳，读绘本，栽花种草。为了不让女

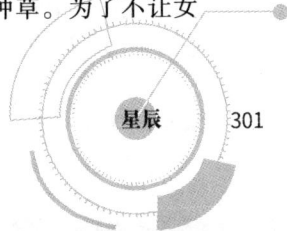

儿感到恐慌，他跟这个一无所知的孩子说他们只是在外出旅行，去一个爸爸工作的地方，只是她在途中生了病，所以身体不太好。孩子还很小，她的心智年龄更低于实际年龄，虽然记忆是"完整"的，但所有生活习惯和本能反应都要再次训练。比方说，她记得每天都要刷牙洗澡，但不知道怎么刷牙洗澡。贺林把妻子带来，他们两人一起全天候照看女儿。由于他们所施行的手术有学术保密义务，贺林没有雇佣任何专业护理人员，花了不少时间和妻子一起学习康复和护理，两人准备独自把女儿的心智水平恢复到七岁孩童应有的水准。

缝合后女孩的颈部留下了巨大疤痕，通常日子里他们用围巾和高领毛衣遮住她的颈部，这样不管别人还是女孩自己都没办法看到这骇人的伤痕。由于贺林夫妇特意掩饰，女孩始终没有察觉到自己的所在、所思、所想有任何不合理的地方。她并不知道自己曾经死过一次，记忆的缝合非常完善，她非常开心地享受着这个世界，像任何一个踌躇满志想要从身体的虚弱中恢复的孩子一样，她一天天健康起来。贺林沉溺在这样的快乐之中，越来越感觉自己做了一个正确的决定——虽有违伦理，但伦理毕竟给生命让道了。直到国际科研机构统一对那篇论文发起了审查，查到布宜诺斯艾利斯的实验室，他才意识到居然还有这档子事。

直到穿着黑色制服的专业人员出现在实验室的临时寝室门口，他才意识到事情已经发展到这个地步。为了名声，塞西莉亚把自己神化了，把这个实验神化了，招来了更高层的疑心。短短十几个小时之内，那篇论文被暂时删除，所有的刊物停发，出版社保有的电子版被屏蔽，官方解释是等待进一步审查。

贺林就这样莫名其妙从快乐中被拉出来，揪到了拘留所去。他几乎是立即被捕了，但他并不知道这个莫名其妙的罪名到底有多沉重，他将会被怎样对待。塞西莉亚也在那里，他们被分别关起来，接下来如果他们应对不善的话，两人都要蹲局子。

贺林几乎要被气炸了。他是知道真相的人，在警方的胁迫下看完了那篇论文的每一个字，知道塞西利亚那些话到底有多扯，事实与之大相径庭。他在反复申请后得到了一个与她对话的机会，当场把手铐拽得"哗啦哗啦"响，差点冲上去揍人，激动地质问她为什么要这样做。但塞西莉亚面对贺林的愤怒表示不屑，她一摊手，很优雅地笑道，没有人会在乎事实。她轻轻靠在白色的椅子上，她被电子铐限制着，镣铐随着她的动作在高强度 LED 灯下闪闪发光。她一点也不害怕，似乎不打算退让，也对此没什么感觉。

　　这都在她的考量之内，所以她一点也不惊慌。她知道这篇文章会出事，所以一开始就算计好了。她想要他配合，他们一起把审查的人员应付过去。贺林立即明白了，但是这次他已经得了好处，不再愿意配合演这出闹剧。

　　塞西莉亚知道他不求名利，所以在论文中只是把他塑造成一个非常普通的协助者形象。她知道他此时已经没有心情再争执这些学术和政治的东西，他只想带着女儿早点回到他们的日常生活，所以为了迎合他的想法，她在论文里几乎没有提及他的"功绩"，也没有透露这个"实验体"和他的关系。而就是这一点让贺林免于和塞西莉亚一样的待遇，针对他的审讯非常简短，似乎所谓的高层也愿意相信他只是一个无关紧要的棋子，用完即弃，不具有威胁性。

　　他被关了几天，他戴过几次测谎仪，还使用过心理测量器，还有一大串审问，他被释放了。

　　回到 LSCA 的实验室大楼时，贺林已经一身尘土。女儿在病房里迎接他，依然是苏醒过来后精神的样子。她没有看到他被警察带走，以为他只是出去办点事，看到他风尘仆仆的，有些惊讶。接下来的时间他必须打包走人了，他已经在这里得到了想要的东西。

　　这时，贺林的叙述里提到了一个我非常熟悉的人——伪达尔文先生。我的顶头上司，一个我已经快两年没有想起来过的家伙。

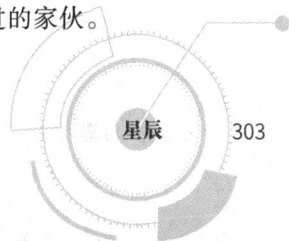

贺林说，他安抚完女儿之后得到消息，说伪达尔文先生在楼下的会客厅里等他。他虽然不在科研圈内，但多少对这个传奇人物有所耳闻，于是赶紧换身衣服跑下去。据贺林所说，当时坐在那里等他的是个看上去很精神的胖老头子，头发看上去毛茸茸乱糟糟的。他跑上去跟人家握手，但对方非常礼貌地率先握住了他的手："您就是贺林先生吧？"

　　"我是。"

　　"我呢……在听说你这件事之后第一时间尽所能了解了一些相关的资料。我希望你不要介意，我知道"涅槃"是你的女儿，这场伟大的实验也是由你发起的。"

　　贺林放开了这个老人的手，向后一步坐进一旁的皮椅中。不应该。这场实验的所有实验体识别数据都已经被抹除，这个老头怎么知道她是谁？

　　"但是我没有责怪你的意思。站在你的角度评判，你的所作所为无可厚非。话虽如此，我还是给你一个半强制性的建议。不要让这件事继续声张下去，那篇论文也就此埋没。我们不能让所有人都注意到这场实验。"

　　老人的目光非常灼热。

　　"人不能死而复生。明白吗？目前，还不能。我们——人类——还没有做好这个准备。"

　　"但这不同于传统意义上的死而复生。这只是基于冷冻技术和器官替换而诞生的'重塑'，严格而言我们并没有让我女儿重生，只是把她的身体和人格激活了而已。"

　　"我明白你的意思，贺林。你很冷静，也很博学，能够站在很专业的角度划分概念，但不是所有人都有你这样的见识。如果这件事扩散开来，大家会怎么想，舆论会如何传导，这对于你而言应该是可预见的。人会说：死亡被打败了。我们战胜了人类头顶的达摩克利斯之剑，我们可以死而复生，永远生存了。死去了三个月的女孩可以，我们为什么不行？大家都可以永远活下去了，万岁。"

"你明白吗？舆论不会有你这样的理性和辨别能力。他们没有组织坏死、机体衰老和脑死亡的知识，没有专业的医学头脑，他们都是活在医学的认知之下的。"

"我明白。"

"那么，这算是我给你的建议。告诉审查机构那篇论文是谎言。彻彻底底的谎言。除此之外，我希望你能够说服他们配合你撒一个谎：'涅槃'已经死了。"

"为什么？"

"对你而言这是最好的选择。你不希望你的女儿能够继续过上正常人的生活？既然如此，她就不能顶着'第一例死而复生实验体'的压力，不能被全世界所有的科学目光聚焦，不可以成为舆论的焦点。如果你希望让她自由地活下去，就不要让她作为'涅槃'活着，哪怕这会让你感到自豪。对业界和大众来说，这也是最好的回应方式。你这套实验理论过于复杂，一旦放出风声其招来的回响肯定不在你们的控制之中，与其大费周章地不停解释，不如最初就谎称实验失败。我确认一次，你想要的不是这次实验带给你的名利，是吗？那就改变她的面容，抹去她的身份，让她重新作为你的孩子，相安无事地活在另一个世界里。"

"我只是想让她回来，回到我们这里。"

"很好。但是跟死神抢人可不是件容易的事，对死神不好，人类也未必能够接受。这你同意吗？"

"我同意。不，我的本意不……"

"没事，我不是来诘问你的。好了，贺林，虽然我不敢说自己的建议有多么英明，但站在一个七八十岁的老科学家的角度，我还是有些话想说的。"

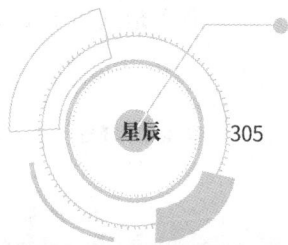

"您请。"

*

　　贺林说，那大概是他这辈子，目前为止唯一一次完全处于下风的对话。

　　伪达尔文先生对话的风格非常犀利，言辞也近乎确凿，却没有威胁的意思，表示所有事都可以商量，都只是建议罢了。贺林感到这样的老者实在令人又敬又畏，当时确实是词穷了，但对话结束后仔细一想，越来越觉得这个人的话很有见地。

　　当天晚上，他再次联系了还没有离开这座城市的伪达尔文，决定按照他的建议行事，并且直接向他要求兑现先前所承诺的帮助。伪达尔文非常爽快，即刻出面签了合同，开始进行下一步的安排。

　　贺林也紧锣密鼓地开始了自己的筹划。

　　首先，他提取出所有实验数据，开始进行分析。所有与"涅槃"相关的身体数据都在他手上，因此他的数据比塞西莉亚更多。和实验体的身份有关的数据塞西莉亚在论文里只字不提，因为她没有，而这是非常大的一个攻击点。

　　贺林整理好数据后联系了论文审核机构，以"对外绝对保密"为条件提供了整套实验的全部资料。它们都是板上钉钉的证据，一方面确凿地揭示这套实验的科学性，另一方面证明塞西莉亚的学术论文有所造假——实验能够成功，每一步都是有数据记录的，那不是求神拜佛练神功的功劳。这是一桩大事。在这个非常注重学术真实性的时代，学术造假是要蹲局子的。所以，在审核部门认证资料的真实性后，塞西莉亚便被高层监察部门带到更高级的囚笼里去了。

　　次日，贺林向相关部门提出申请，进一步阐明自己的无罪，毫无保留地阐述了实验动机，递交从女儿逝世到"涅槃"这段时间里的所有可考证资料，希望能够在事后得到相应的保护。于是，在征求贺林的同意之后，美洲监察局吊销了他的医学执照，将他在阿根廷和纽约留下的所有痕迹抹去，把"涅槃"的数据纳入高级数据管理范围内，完全封锁，并将他和家人一起护送回中国。

伪达尔文先生的援助也到了。他联系了很多贺林连听都没有听过的人和部门，最终向他报喜："涅槃"死亡的相关捏造已经走完流程，现在在任何人所能够查阅到的资料之中，"涅槃"都已经是个死者了。

贺林收到这个消息时，他和女儿正坐在通往机场的车上。女儿现在已经恢复到了五六岁儿童的智力水平，能说一些简单的字句，智力也很正常。

与此同时，塞西莉亚被关进了专门对付学者的斯文监狱，即将在里面度过四年。就在她入狱几周之后，她年幼的儿子因为一次意外丧生了，但审判结果不会因此改变，她将无法参加儿子的葬礼。当那个消息送达在牢笼内郁郁寡欢的塞西莉亚时，她近乎昏死过去。

也不知道这是因果报应，还是阴错阳差。在涅槃之后，新的死亡出现，总会有人要失去，并且失去的东西再也无法被弥补。

贺林在完美的保护下回国了，销毁了在布宜诺斯艾利斯留下的所有痕迹。伪达尔文再次向他道喜，为这个后生的冷静和理性表示赞赏，但他也表示自此之后两人最好断绝联系，这样对彼此都好。贺林对他表示了感谢，提出想要请一顿饭，但被婉拒了。从此之后，贺林夫妇便再没有见过伪达尔文先生，在他们的印象中，那个富有才华与阅历的老者也就消失，不复存在。

于是，自那以后贺林夫妇一直合力照顾着这个女儿，努力让她像任何一个健康的女孩一样成长。他们已经离开了塞西莉亚能够触及的范围，来到了她绝对没有能力追查过来的中国，离开了所有媒体的焦点，回归完全正常的生活。他们回到了中国，他们的祖国。他们是那里的合法公民，在没有犯法的情况下，祖国会保护他们不受外国任何势力的伤害，再有能耐的人也没办法在祖国有力的庇佑下对他们做什么。

虽然贺林从此失去了在美洲的工作，但他丰富的医学经验和优秀的求学资历让他很快在深圳的一家医院拿到了聘书。他们在市中心安顿下来后不久，妻子也找到了新的工作。他们的生活重新开始，死而复生的奇迹被埋葬，过去的都已经过去了，他们像草芽，越过昔日的裂隙，蓬勃生长起来。

但贺林却再也没有办法坦坦荡荡地快乐起来了。他总觉得自己背负着一些乱如荆棘的阴影，LSCA的实验室像幽灵一样萦绕在他的心头，有时候和妻子一起躺在温暖的床上，他竟然会想到自己最后在LSCA大楼的情景。

那时候他已经得知塞西莉亚的儿子去世的消息。这对他而言也是一个莫大的打击，他万万没有想到的是，一次告发竟然会引来如此可怕的后果，甚至彻底断绝了一个母亲最热切的希望。他并没有做错什么——他根本不知道自己错在了哪里。错的明明是塞西莉亚，明明是她自己不该用谎言编织一篇故弄玄虚的论文，他明明只是说出了真相而已，事情却变得这么残忍。

于是，贺林只有承认，自己是在用毕生的阴影兑换女儿的涅槃。他说，他犯下过罪孽，本应该用一生去偿还。也许在他心中，自己对于女儿、妻子和塞西莉亚都是有愧的。

后来他没有再接到任何和塞西莉亚有关的消息，他不知道她何去何从，她自然也没有办法再追查到他。他们再也没有任何联系，于是事情就这样结束了，彻底不了了之。

"说到底还是我的一己私欲。所谓的赎罪，也不过是在满足我已经被扭曲得很厉害的良心。如果我的女儿长大之后知道了她的真实身份，知道了她其实相当于整个人格和思维都是被我们创造出来的，那她一定不会感激我。她是个有自己思想的人，她不一定会认可我们的行为。再说了，塞西莉亚……我不是很确定现在她有没有原谅我。"

贺林说完这些话，有些失落地坐在冰冷的地面上，仰脸望着深邃的夜空。

我看着他，感到他变得亲切起来。夜风抚弄着他破烂不堪的衬衫，划过那深深地印上很多皱纹的面孔。他快五十了，现在看来有点像个老人，怅然若失地坐着，向天空寻求解答。也许对他这样自认为一生都要用来赎罪的人来说，仅仅找到一个倾诉这些经历的地方也不容易；而我也只是碰巧和他在这个世界里相遇，所以有幸倾听了这样一段故事。

我想起我们最初来到这里时他的焦虑，想到他蔫耷耷地坐在树下一动不动的样子，想到他那个早晨不顾一切地想要跟我一起离开时眼里的寒光，想到他一次次在我们无知地迈向险境时拉住我们的手，想到他时时刻刻蓄势待发的拳脚和眼里那种严厉的神情，想到他一言不发接下所有大家指派给他的任务时淡然又坚定的背影，想到他这两年里为了能让所有人都活下去做出的努力，越想越悲戚，不由得也仰起脸，免得被他看到自己现在的表情。

现在看来，那时的我确实什么也不知道。如果换我来背负这样的人生，在一个巨大的错局后承担了相当大的心理负担，又不得不面对忽然来到远古的荒诞处境，也许还不抵他那份冷静吧。

也许不只是他，我们这里的所有人，一路走来都比表面上看上去更不容易。那次传送所带来的伤害不只有死亡，它还给活下来的人心中留下不能被时间淡化的悬念——我们也许能够从最初的焦虑和愤怒中走出来，也许即使在最原始的环境中也能活下去，但与至亲分开的悲伤，被从习惯了一辈子的环境里剥离出来的无奈，以及一些无法抹去的烙印，不能消除，没有解答，只能随着时间的推移逐渐根深蒂固。

我们时常在想起家和亲人的时候感到彻骨的思念——他们都在这

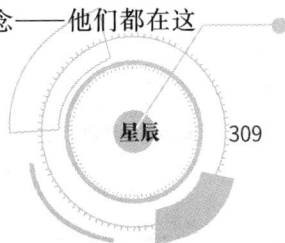

个世界上，但我们无法相见。我不知道老爸老妈会怎么应付这样的环境，会如何继续生活下去，他们要花多长时间来接受这个现状？传送地点不是按照原空间位置排列的，他们大概率不在一起。别说见一面了，我现在甚至不能确定他们是否还活着。

贺林说接下来他要去找妻女，不管怎样也要找到。

"祝福你。"

"她们一定能活下来。你之前说什么来着，我的血脉，必定都是人精？"

"人精在中国可不是褒义词吧？"我笑了。

"艾因，在你这里是就行。"他突然伸手拍了拍我的背。我们都没有再把这个无厘头的话题接下去。

花了两年的时间，我终于等到他叫我的名字了。

啊，别扭，搞得好像生离死别一样——不，也许这正是生离死别。真是残酷啊，好不容易和一个人达成全面的和解，却是在即将跟他告别的时刻。今后共情的、共见的，将不会再多。

"明天什么时候走？"我瞪着星空，心中怅然若失。浅浅的星辰闪烁，这里的星空很绮丽，也很凄凉，有着蓝宝石一样的色泽，放眼能看到很远很远宇宙里的星云。

说不定几万年后现代的夜晚，也有人在此刻仰脸看天。从同一个瓶口喝水是间接亲吻，那么在不同的时间仰望同一片天空就是间接对视；前者使人羞涩，后者让人怅然。如果时间的彼端真的有目光在看向这里的话，它的主人能听见来自这个世界的声音吗？

一定要听见啊——我想。我要把我们都带回去，带回那个所有人都能和自己所爱之人团聚的世界。

Pharos，Icon 还有那个世界里仍然存活着的……人。

还会有吗？

"在最后一次值夜班的人换岗的时候我就走。我会跟他说好。"贺林双手盘在腿上坐着，说罢沉默了一会儿，忽然低低地笑起来，"今晚还能好好睡一觉，之后，就此别过了。"

"嗯。如果是你的话，我甚至不用交代一声保重吧？"我也在他的背上拍了拍。

这个年龄是我的两倍多的男人从来没有给我父辈的感觉，他的思想和行动都很年轻，有着他那一辈人特有的坚毅和果断，也有着属于年轻人的永远耗不完的精力和永远出不完的主意。如果说我在马尔文身上看到了生命的亮度，那么，我在贺林身上看到的是生命的广度。那种笃定的感觉无以言表——我知道他们都是很厉害的人，他们身上有着不熄的光火，他们会一直勇往直前。

虽然一个人想在这个世界里活下去很危险，但如果是贺林的话，死神应该还会暂时绕道走一会儿。毕竟冥河的渡船上装不下太沉甸的思念，如果一个人做好了万全准备并且坚持继续前行下去的话，死神是不会来临的。

应该可以这样说吧——至少，我可以这样祝福你。

他脸上带着笑，抬头看着天空，目光所及之处，星尘寂寂，万物有声。那是一片和两年以前、和百万年以前毫无差别的星空。在那样纯正的颜色里，似乎每一条星宿都能连成路，铺向无限远处的前方。

我把手放在他瘦得骨感分明的肩上，和他一起笑起来。

"贺林，保重啊。"

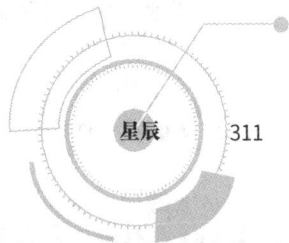

色彩

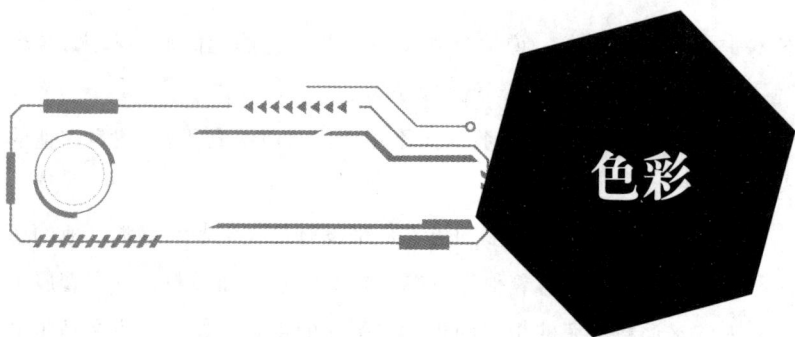

2112 年 4 月，天气终于回暖了。

在拖延了很长时间后，我回到自己生长的城市。

那个坐落在亚欧大陆东南角的国际化大都市，已经许久不见了。虽然没有什么必需品从家中取回，但我在那座城市里还有些事情不得不做。自离开那里，有一个问题遗留下来，一直没有被解决。

当时我们困于失去破门而入的利器，电动车又濒临断电，所以只有匆匆回城，等待以后时间充裕了再回过头来求解。在 Pharos 总部大楼安定下来后我依然无法抽身，这个问题也就被一再后置。

现在 Pharos 的常规维护交给了程序员，每日进行的工作都可以在一两个小时内集中完成。虽然我还要负责为在世界各地待机的潘德拉、黑崎、新斯蒂娅和帕拉斯提供实时救灾情报，但介于他们已经熟练地掌握了各种无人设备的命令方式，也知道从什么地方下手最容易解决常见的塌方、火灾、爆炸与洪水之类灾害，我只需要给他们详细的受灾地情报，任务量近于无。近期，我终于有真正属于自己的时间去解决那个问题。

市郊核岛上的那个核电站到底在为什么东西而运作？

这是这趟旅途最开始埋下的疑问，硌硬很久了。好不容易闲下来，我必须把它弄清楚。现在的我配备着最先进的管理程序和经历无数次改良的入侵木马，还有一架上好的警用直升机，要对一个核电站进行实地侵入考察并不难办。按照我目前的实力，从物理侵入到对核电站进行数据掌控，不会超过两个小时。

我期待，却也害怕那个核电站里藏着关键的秘密。既希望在这条繁复的逻辑链之中它能够扮演不可缺失的一环，又害怕它带来的信息过于关键，以至于让我为一开始错过它感到懊悔。

我挑了一个晴朗的日子，在暖和的阳光下走进空旷的停机坪，背上曾经陪伴我度过大半年时光的运动背包，提着笔记本，走向静静矗立在空地中央的黑色直升机。

伴随着熟悉的桨声，空气随着机身的上升而向两侧荡开。我把手放在操控台上，直升机回应着我的动作，以灵敏的身姿在空中倾斜，拐了个弯，笔直地向无云的高空驶去。清朗阳光下，天空呈现出澄澈的淡蓝色，很远的前方有几道横着的云，它们像是躺在地上休息的白衣人，柔软的服饰在阳光里轻轻发光。在单调重复的声音里天空似乎安静下来，城市在脚下慢慢掠过，如同无声电影。从空中往下俯瞰，它们像是一排棋子，被巨人轻轻捏起，塞在它们应该在的位置。

经历了两个小时不到的空中旅行，我远远地看见海，看见故乡城市的全景图。到了，那片可以算作故土的地方摆在眼前。我给程序员报了个平安，他说，欢迎回来。

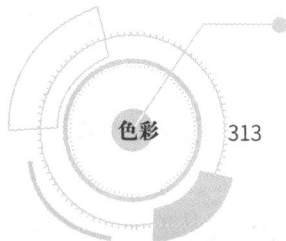

*

　　在熟悉的城市里一切都令人安心。我把警用直升机的着陆权交给智能导航，几分钟后飞机稳稳地停在一处大楼天台上。跳下黑色直升机后，大都市里特有的楼间风猛地将我裹住——在机舱内因为避震好而感觉不到晃动，现在却有种整个人被风包围，举止身不由己的感觉。四周是青黑色的大楼，它们安静地耸立在很近的地方，像是神话中垂直起落的仙山，罕见的压迫感，好似要把我往旋涡的中心吸入。

　　我站在停机坪中央听了一会儿，四下里却并没有风声之外的声音，是鬼是神都没有前来欢迎我。看来即使这么久没有见到人类，这座城市也并不惊奇。

　　从并不算大的高空直升机场离开后，我没有用代步工具。步行回家花了一个半小时，都快赶上飞行时间了。无妨，两年多没有回到这里，就当是跟这座城市叙叙旧。与曾经置身其中无数次的场景久别重逢是一种奇妙的经历，这里的街道和楼宇都与我脑海里浮现的故乡毫无差别，除了有些城市的细节部分遭到损坏而使记忆模糊不清之外，几乎能够完美复刻。我慢慢地走，那些建筑一点点与记忆中的样子重叠。恍惚间仿佛走过了很久远的时间，仿佛走回过去，走到这一切还没有发生的时候。

　　最后一次走在这条路上时的疲惫而惊恐，现在已不复有，只剩怀念。而且就算是那怀念，也模糊得不那么鲜明，归于平淡。

　　我不知道这样空无一人的路还要走多远，前方迎接我的到底是未知还是早已注定的结局。我慢慢地往前走，想起自己高中写作文时自以为写得极好的句子——"只有在你必须要走的路上走得足够远，才能在想走的道路上驰骋如风"。

　　进家门时已是傍晚，一路走来，从小区正门走到绿植覆盖的甬道，再走到那座仍然屹立的智慧女神像，一切都十分熟悉。我打开家门后站在玄关，盯着久违的家中布景，感到荒凉——太久没回来了。

还很熟悉家里哪些东西放在哪里，于是我毫无障碍地找到了厨房里各种配料和食材。过期的就丢了，还能吃得所剩无几，幸亏还有荞麦面和盐。我一边想着把吃不完的东西带到 Pharos 分部大厦那儿吃，不然过期了多浪费，一边熟练地翻动锅勺，简单给自己下了碗面。面下好，我把它倒进一个平时只有盛红烧猪脚那类大菜才用得到的深深的大碗里，走进客厅，打开电视，往沙发上一靠，端着面碗吸溜起来。

电视里什么也没有，任何一个频道都是黑屏。想想也是，那些电台都停播了快三年，我还期待着能看什么呢？智能推送倒是有，但没有新鲜东西，也就没意思了。我便打开手机放歌，让歌声和着面条被我一起吃下去，白雾腾升起来，把眼前的东西弄得如梦似幻。早在很久之前，我的歌单里便充满了各种不明白的语言。其中有个非常奇怪的原因——我听中文歌的时候几乎听不懂歌词。奇怪，如果是英文歌，我反而听得懂词。想必这不是歌手吐字的问题，是我的语言解析习惯有些特殊吧。

谁知道呢，这些琐事。

面很烫，我吃得很慢。等碗里终于只剩下汤时，我盯着空荡荡的汤面，把筷子往茶几上一放，这时才有了实感——我到家了。

这是全世界我最熟悉的地方，也是我真正应该回去的地方，是我每一次跟他们说"回家"时，虽然并不指代，却希望能够回去的地方。我会把自己暂住的地方也叫作家，因为言谈中转换不过来，说什么"回酒店了"，"回大楼了"，都没有说回家了来得直接，有时候就连自己都能卡壳。所以都说回家。但两年多的奔波，这回才真是到家了。今晚，我没有理由不卸下一直以来不敢放下的紧张感，好好休息一下。

我早早地洗澡，上楼。路过父母紧闭的房门时我心怀侥幸地敲

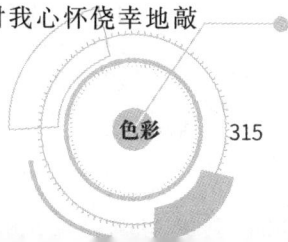

了敲，贴在门上听里面的动静，当然，什么也没有。我无声地站在门口，看着深色的橡木门，心中的失落感已经很淡，不再感到孤独。

他们当然不可能在里面。要是里面有回应的话，我会立刻把口袋里的折叠刀拔出来的。那肯定不是我父母，甚至不是人类，至于是不是鬼，谁知道呢。

我走进自己的房间，想坐会儿，却发现桌子好乱，全是书啊笔啊这类东西，它们让我想到曾经那么厌烦的日常。我把桌上所有乱七八糟的电子阅览设备和文具整齐地收纳到书架上，把包一甩，在桌面摆上电脑和矿泉水瓶，消去最后一丝曾作为高中生的痕迹，一屁股坐在阔别已久的床上，感到真正的放松。不知什么时候才会再次用上电子教材、教辅、套卷和提纲这种东西，现在我所需要看见的，是比纸笔所及之处更遥远的前方，是力透纸背后仍然无法触碰到的宽广的世界。

我知道这能让我成长，能让我克服恐惧，能让我从昔日懦弱的自己中蜕变出来，能让我在最需要智慧的时候变得智慧，在最忌讳幼稚的时候一点点成熟。我已经成人了，也许早就该离开家人和师长提供的庇护，在最普通的社会环境中去求解一些问题。

但我心中的某处仍然隐隐地想着，如果这只是一场梦就好了。如果还有这个机会的话，我其实很怀念上学的时光，很想再回去好好把高二和高三上完，然后正儿八经地体会一次考上第一志愿或者没考上第一志愿的强烈悸动。虽然那时没什么特别要好的朋友，没考过什么很高的分，日复一日计算着圆锥曲线三角函数，在同班女生的欢笑声中捂着耳朵背枯燥的生物提纲，早起，晚睡，周末熬夜看电影，大清早又起来写作业，还要天天被语文考验阅读理解能力。但毕竟那种生活不危险，也不未知，是一条只要一直往前走就能看见光明的道路，一种最单纯的累计模式，没有任何捷径，也不会有任何恶报。

"上学"这个选项早就没有了。即使我想，即使我还能拿起笔，即使我还能做出以往能够做出的中高难度数学题，还能在手写板上熟练地画出那些意义非凡的函数轨迹，我也回不去了。

真是的，触景生情。如果我想的话也可以随便拉张卷子来做做以示怀旧，但形式随时都可以再现，其内在意义却已经消失。

教育的真谛我不懂，但接受教育的那段时光确实让我感到怀念。离开一切庇护之后，谁都会怀念安全和安逸的感觉。

我愣愣地看着自己的书桌和书架发了会儿呆，脑子乱七八糟地旋转了一会儿，在九点多的时候关灯，躺上床。

我原本以为今晚会失眠的，毕竟太久没有回家，太久没有处于这么熟悉的环境中，多少会有些感慨，说不定在陷入漆黑之后思绪万千，反而睡不着。不过这种担心到底多余，脑袋刚一挨枕头，那种阔别已久的舒适把我包围，我一个身都没翻立马就睡着了。

而且，一夜无梦，就像两年多以前离开这里的一晚那样。

一觉睡过去，再次睁眼时已是第二天早上十点半。

我渐渐清醒过来时正以非常不雅观的姿势侧趴在床上，睡衣的领子被我睡到了脸上，整件衣服翻到锁骨上堆叠起来，几乎被睡成围脖，袖口也向上卷到手肘的位置，手指从软绵绵的被窝里伸出来，在清凉的空气中感到寒意。我意识到自己在哪儿之后，慢慢地翻了个身，仰躺在床上，把睡衣扯直，瞪着暖色的天花板，仍然觉得自己还需要再睡一会儿。但我再一想，都十点多了，再不爬起来一个上午就没了。

早晨的氛围很宁静，阳光像给房间蒙上了一层金色的雾，朦胧而明丽。风从被阳光渲染成浅黄色的纱帘间吹进来，将它掀起一角，露出窗外的青翠。四下寂静，有细微的鸟鸣不远不近地传来，空气里悬浮着一层薄薄的水汽，晚春的味道。我偏脸看了一眼闹钟，恍惚间有种时空错位的错觉。2109 年 9 月 12 日的十点半，我也是这样醒的。

在我人生中的太多个早晨，我都是这样醒的。都已经过去两年多

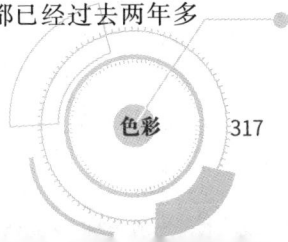

了，再次置身于同样的早晨，还是会有交叠的错觉。

我把手遮在眼睛上，挡住直射过来的阳光，但漏网之鱼顺着手背和鼻梁的间隙溜进来，轻轻落在眼皮上，带来金色的温度。

假使我真的有能力结束这一切，回到以往的日常生活中去，上大学，工作，结婚生子，那个时候再反观之，说不定还会怀念现在。但不乐观地想想，也许这几年会让我永远也无法回到正轨。

谁说得准呢。

*

正午十一点半，收拾好家里的东西，我简单处理了一下监视系统里播报的地质灾害。今天事情不多，只有南亚金三角片区出现了小规模水灾和塌方，以及阿根廷首都发生了火灾。火灾就在阿根廷实在是太巧了，帕拉斯和塞西莉亚都在那里。等潘德拉和帕拉斯都确定接受任务前往救灾后，我合上监控平台，嘱咐了程序员一声，便驾驶直升机飞往市郊的核岛。今天程序员比以往活跃很多，他甚至主动询问我今天有什么安排，不过我觉得没必要告诉他我想要解决一个有关自己的强迫症和好奇心的问题，所以简单打发道："我在故乡到处转转，想家了而已。"

市区内的航行用了十五分钟，从民用直升机场到海滨有一定的距离。我一路俯瞰，这座城市在阳光下呈现出都市宣传片特效一样的金属色，映着雨过天晴后失真的蔚蓝的天空，显得宽广而宏伟，仿佛可以沿着地平线一直延伸到天空上去。

不一会儿，飞机跃然于宽广的碧蓝之上。我原本正在吃泡面，吃到一半，看见下方变成了海域，"啪"的一声放下筷子，便扒在挡风玻璃上呆呆地往下看。

好久没有看过海了，自高高的空中飞过去，现在我有着非常主动的视角。也许是出于一时兴起的好奇心，我关掉直升机的自动驾驶，抓住操纵杆将直升机飞行高度慢慢地降下去，直到稳定在高出海面五六米的地方。

经过这段时间的磨砺，我的直升机驾驶技术已经非常老到，可以熟练地低空飞行，在大厦之间穿梭自如，还可以俯冲着陆，几乎把非专业驾驶员可以学到的所有技能发挥到极致。我沿着海面低低地滑行，感受气浪排挤水面带来的强大升力。它像是无形的水花，把机身稳稳托住，稳当得让人叫好。

高度下降后我看不见海的全景了，却有种身在海中的错觉。下方的水面因螺旋桨的风动而扩散出巨大的圆形浪盘，远处依然是向四面八方延伸的海的颜色，一层层细小的银白浪尖轮番跃起，粼粼波光里倒映着天空破碎的影子。我就这样向前飞行，洁白的海鸥在不远处追逐着扬起的波涛，仿佛它们也是浪花。

小时候我几乎没有去过海边，父母从来不听我去海边玩的请求，他们只带我去市中心的主题公园和植物园、动物园这类人山人海的场所。他们算是没什么情趣也不怎么热爱自然的人，平时工作忙，闲下来了还比较懒，比起带着小孩出去玩，不如全家一起安安静静在家里看电视，或者请家教来教我编程。我出门在外的时间很少，即使是货真价实出生在沿海城市的小孩，实际上也不怎么了解海，一般仅仅是坐在电车上路过时，当风景看一看而已。

当然，如今情况不一样。核岛是孤岛，只有一条公路把它和大陆连接，四面碧蓝。现在我在海上，返程的时候依然要横跨海域，在接下来的时间里只要我想，便可以好好地跟海打个交道。

我看了一眼后置摄像头对应的那个显示屏，屏幕中一片空白，只有远远的一道浅灰色地平线勾勒出大陆最边缘的痕迹。这样的空旷让人心情很好，不过不容遐想，泡面旁边的手机突然"嘀"地亮了起来。我扭过身去抓起来一看，屏幕上大大的四个字：塞西莉亚。

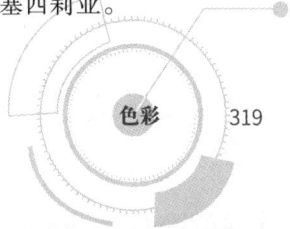

这家伙现在找我？罕见啊。这个点阿根廷是晚上吧？我微微眯起眼，脑子里浮现出她穿着晶莹晚礼服站在高级酒店大堂里，背后夜色朦胧的样子。

今天早上我分配任务时才通知过他们布宜诺斯艾利斯有火灾。但那又如何？她从不参与救灾活动。

"喂？怎么了？"我稍稍拉升高度，把无人机调成自动驾驶，一手捧起吃到一半的早饭，一手接起电话，有些扫兴地看着前方近在咫尺的碧波。

"如也，帕拉斯要死了。"

她的声音很平静，像远海的浪一样看不见起伏。

"啊？"

"我说，帕拉斯要死了。"

"啊？！塞西莉亚，怎么回事？"我脑子反应了一秒，猛地从椅子上跳起来，脑袋"砰"地撞到天花板，一阵闷闷的眩晕。这时我想起来自己一只耳朵还带着连接帕拉斯、潘德拉、黑崎一矢和新斯蒂娅的特殊频道耳机，它这时却死寂无声——大概是那些家伙都在忙自己的事，把耳机关了。

帕拉斯？开什么玩笑。他怎么可能突然就要死了？

布宜诺斯艾利斯的火灾。

Pharos 监视屏幕上那个微微跃动的火焰标识闯入我的记忆，我皱起眉——不可能，系统显示那只是一栋大楼着火，很小的规模，开着救援无人机高高地在上空完成救火就行，并且按照以往的经验，这种规模的火灾不需要一个小时就能够被消灭。

"塞西莉亚？"

"他突然冲进着火的大楼，不一会儿抱着什么东西出来，但还没走出来就直挺挺地倒在地上，然后立刻被一条断掉的钢筋压住。现在火已经烧到他背后了。"她轻轻地说。

"啊？为什么？"我脑子里一片混乱，"为什么会突然——"

"啊——假肢。"我狠狠一拍大腿。

"什么？"

"是假肢！纯金属不会那么容易熔化，但合金熔点很低，如果还有树脂部件的话，高温条件下熔化是可能的。应该是假肢上有些部件不耐高温，他才会摔倒。啊，这说得通。那——那，他冲进去？有无人机，为什么他要冲进去？塞西莉亚，你在哪里？怎么回事？"我握紧无线耳机头，皱起眉望向窗外。

"我在酒店里，通过一个摄像无人机进行跟踪拍摄。"

远程……

恍惚间我想起那个该死的雨天，我坐在宽大的黑色电脑椅上，也是这样，远程，手握无人机手柄，操纵着那架白色的拍摄无人机跟着黑色的直升机慢慢升空，慢慢深入雨幕之上……

该死。

"那帕拉斯他现在最大的危险是什么？"

"他被压住了。"

"火和烟呢？"

"火也快烧到了，烟往上走了，但最大的危险还是压着他的东西。"

"塞西莉亚，把直播画面转过来，我看看四周有没有什么可以用得上的机器，我教你怎样夺取控制权，然后你试一下可不可以操控它们搬开他身上的东西把他扛走。"我"啪"地在椅子上坐下，手忙脚乱地从背包里掏出本来不打算用的笔记本，"我这里没法远程操作那些机器，它们的操纵范围只有小半个国家那么远，你那里肯定可以。"

"已经晚了。"她沉默片刻。

"你怎么知道救不了？如果我们快点的话，把东西从他身上拿开，用无人机把他抬走，再弄到医院去，找个外科手术诊疗机器人，为什

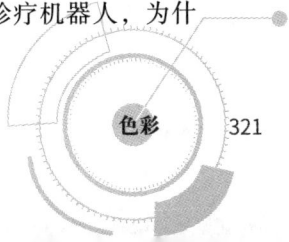

么不行？"我飞快地打开社交软件，将桌面上的木马文档挪到发件框中，然后点开隐藏文件夹，将需要下载的插件打包压缩。

"如也，因为，水泥柱子砸到的是他的头。"

我的手指猛地停下来。"头？"

"嗯。很大一根柱子，正中间被砸断，然后倒下来，在他摔倒之后直接把他砸到地上。"

"我让无人机飞到他旁边查看了一下情况，整个头都被压在下面，估计现在已经被粉碎了。"

她突然刹住话音，屏住呼吸，耳机那边一时半会儿安静得骇人。半晌，她轻轻吸了一口气，再次开口时声音有些沙哑，"如也，我想没必要把画面转播给你了。"

"……"

我呆呆地望着深黑色的手机，指尖渐渐变得冰冷。直升机的提示音在操纵台上有节奏地响着，自动驾驶系统检测到前方不远处核岛的地面，正在规划降落。一条浅蓝色的轨迹在操纵显示屏上亮起，跨过示意海域的深色片区，精致的小图标终止在浅白的核岛地图中央。隔着全息显示屏，我远远地看见了画着红线的停机坪，那熟悉而又陌生的岛近在咫尺，它被熟悉的自动化蓝光膜环绕，呈现出有些失真的色彩。直升机的高度慢慢下降，泡面盒与汤水随着机身的倾斜向前滚动，笔记本仍然亮着，木马文件才发到百分之八十。

"塞西莉亚，你还在吗？"我轻轻调整了一下耳机。

"嗯。"

"他为什么要突然冲进去？"

"……"

我的目光冷了下来，抬眸，眯起眼看向前方一点点靠近的地面。

"你说他突然冲进去抱出一个东西，我问你，他冒死拿出来的东西是什么？"

“抱歉。”

“塞西莉亚！”

她沉默半晌，突然倒吸一口冷气。我听见一阵指甲划动屏幕的噪声。

“不，抱歉，我——等等，现在没法告诉你，连我自己都不敢确定这是不是真的。我要过去证实。给我一点时间，我去证实。”

“不能告诉我？你看到了，那是什么？”我攥紧了耳机，将平板电脑“啪”地合上。

“不行，现在还不行。你不会想知道的。如也，我先挂了。”她那边传来了窸窸窣窣的声音，接着是高跟鞋被丢在地上时发出的“砰”的声音。

“塞西莉亚！”

“我要去那里一趟！晚点再说，现在通过拍摄无人机看得不是很清楚，但我必须弄清楚那是什么。镜头上有雾，不，有烟……”她的声音从来没有这么忙乱过，仿佛帕拉斯从着火的大楼里带出来的东西比他自身的状况还要令她担忧。这样想着，我自胃里冒起一股恶心的感觉。

“去干什么？”

“你会知道的。你迟早会知道——如也，我走了。如果我找到答案，第一时间通知你。”

“塞西莉亚，时刻保持通信。”

“你现在在哪里？”

“我在故乡。”

“……”她稍稍停顿了一下，再次开口时声音显得有些悲怆，“那你赶不过来。帕拉斯已经没救了，如也，如果我也死在了那里，之后不管怎样请来一次，帮我们建个墓碑吧。”

“啊？怎么都想着立墓碑了？塞西莉亚，你要去干什——喂！不

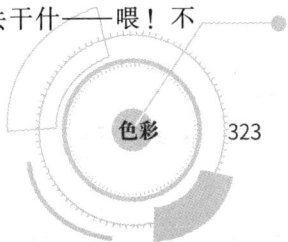

要挂断，塞西莉亚！塞西莉亚！"

我"啪"地把耳机从耳朵上揪下来，狠狠向椅背上一靠。混蛋，她把电话挂了。

现在我不能强行打过去，她不可能会接。虽然不明白突然间发生了什么，但听她刚才的架势像是做好了要去死的准备……

为什么？有什么东西可以让她这样在意？塞西莉亚可是向来不管不顾的人啊。

是什么……

难道是……塞西莉亚被冷冻的儿子？

我皱起眉，耳机在手里被抓得蒙上了一层水雾。

直升机缓缓地按照引导的路径降落在停机坪上，伴随着一声轻微的震动，显示屏上深蓝色的地图消失，变成一系列图形化界面，螺旋桨的声音渐渐平息。

自第一次通信起，帕拉斯便是我在这个枯燥世界里聊以慰藉的伙伴，虽然和他讨论什么事效率都很低，但与他的交谈有着出奇的静心宁神功效，在这个灰暗色调的世界里，他就像一抹火光，毫无自觉地给触碰到的人带来光亮，所到之处留下彩色的痕迹。

我慢慢地站起来，看向窗外。

一望无际的海面，后方的大陆显得很遥远，前方宽广的太平洋似乎要延伸向更遥远的地方。等弄清楚了这个核电站的建设目的，接下来要做的事就是飞越这片大得该死的海洋，前往阿根廷。

猩红

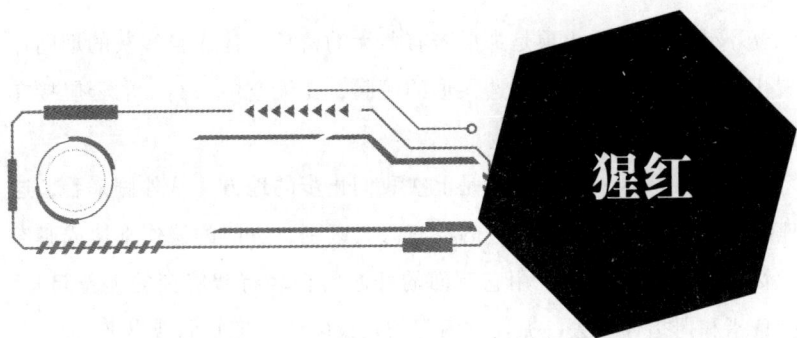

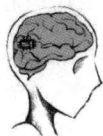

我扛着军铲跳下直升机，将装有电脑的背包甩到背上，向着核电站主控塔走去。

核电站依然是银白色的样子，像我们曾无数次遇到过的那样，沉静而宏伟地矗立，被已经淡得十分不起眼的蓝色光膜包裹，像一只安静的卵。我熟练地跳跃前行，把军铲反背在背后，一只手放在腰际，虚点在皮带中两把黑色的军刀上，另一只手轻轻悬空，保持着警惕的姿势。

两年前我们来到这里时破坏掉的自动化开关保护闸以扭曲的姿势躺在地上，我从它旁边无声地走过，继续往前，便是那座紧邻着主烟囱而立的矮墩墩的控制塔。这些塔向来没什么形象，乍一看和平房区别不大。那些烟囱直入云霄，口径约莫二三十米，因此平房越看越显矮，越看越单薄。我绕过平房群，是一片豁然开朗的小平台，这里

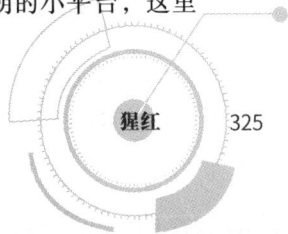

猩红

采光不错，往上看头顶是那层若有若无的蓝色膜体，自浅灰的烟囱口冒出厚重的白烟，它们穿透无形的薄膜，在天空中与高空的云层接在一起。

我继续深入。再往前就是上次我们止步的地方。从外侧来看，这座核电站和先前我们拜访过的没有太大区别，进门的操作都快成肌肉记忆了。我抓着军铲，用它侧面的开瓶器轻轻将智能锁的锁壳起开，把食指和拇指伸进去，抓住它内部的几根电线，把它们拽出来。

"贺，这边出了一点小问题。"这时，通信耳机里传来潘德拉的声音。

"什么？"我紧紧盯着电线，从口袋里掏出小剪子把它们切断，将剪子叼在口中，将短线的两端接在一起，腾出手在另一个口袋里摸交流线圈和电池。

"我们联系不上帕拉斯。"

我口中的剪子"当"的一声掉在地上。

有那么一会儿，我感觉到眩晕，电线缠绕在我的手指上，我像是要窒息了。

"呃，你们先不联系他。"我深吸了一口气，慢慢地说着，眨眨眼，迫使自己再次把注意力放在电线和电池、线圈上。我没有被勒住，我还不会窒息，"我，呃，他跟我说他有点事，一时半会儿脱不开身，可能要点时间。"

"那家伙又去偷懒了？"外交官轻松的声音在耳机里响起，我在心里祈祷他不要再继续往下问了，然后他如我所愿结束了这个话题，"那，等他不和那个美女忙活的时候，再让他加倍把活儿干回来吧。"

"嘀。"我一只手把线圈和电池按在一起，另一只手将它们碰向电线的两端。

"嘀。"

耳机终端通信的提示音响起，与此同时，线圈转了起来，大门

"嘀"的一声，慢慢向两侧滑开。

这个控制塔内部的构造很简单，目测地上层只有三个房间，因为走廊实在是太短了，只有三个门，而从外侧看这是个方形的建筑，那么在走廊的终点各有一个房间。

如果仅此而已的话，这次的探索将会很简单。

我在走廊里换了个角度，挥起军铲，对着正前方那个看上去很脆的门狠狠地砸下去。一声巨响，被走廊的环形结构放大了很多倍，让我的五脏六腑一阵难受。往常这样的事都是滨斯来做，我除了一时兴起踹踹门之外没什么体力活，于是那种震动的感觉简直是前所未有。

我又砍了几次，门上出现一个很明显的凹陷，剧烈的震动感顺着铲子向全身传来，十指险些被震松，接连而来的冲击让我从手臂到肩胛大幅度地摆动。

当我第八次举起铲子的时候，门里传来模模糊糊说话的声音。那声音很微弱，但确实存在，被银色的门削弱，在军铲空旷的回声中响起，让我浑身的汗毛都竖了起来。

人的说话声。

什么情况？里面居然有人？我的动作凝滞在空中，老半天不知道该做什么动作。

这是我第一次在实际行动的过程中碰到幸存者，而且还是在离家这么近的地方。

怎么回事？奇怪。我下意识地想要在口袋里摸军刀，但又想起手中的军铲是比一切小刀都有力的武器。

那里面肯定是一个人，不错，我没听错，从那平静的声音来看，还是个心态不错的人。他没有敌意，应该不会有危险，冷静应对，如果可以的话不要发生武力冲突。但我必须拿住武器，最好是占据武力上的主导权，时刻小心谨慎。没问题的，军铲结实，如果他来硬的，我的铲子比他的脑袋更硬。

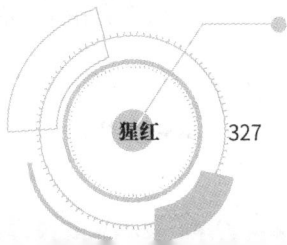

我深吸一口气，小心翼翼地把军铲放到胸前，对准门的缝隙，然后慢慢趴在门上，侧耳听里面的动静。那声音大了一些。我开始听清了他在说什么。

　　"能听见吗？不要再砸门了，我给你开门。"那个声音越来越近。

　　哎？

　　不是，这，这是……

　　门被从内侧拉了一下，又拉了一下，然后伴随着一声清脆的"砰"，被猛地打开。我条件反射地跳开，扬起军铲就要往下砸，但眼珠一转，突然记起这是谁的声音。

　　程序员。

　　我反应过来的同时，那个熟悉的秃头出现在眼前。还真是他。至少，和视频通话里的程序员长得一模一样。

　　他穿着印有薛定谔小猫的灰色衬衫和整齐的灰色球裤，脚踏一双非常合脚的黑色拖鞋，整整齐齐地站在门口，其形象之干净完全超乎我的想象。虽然他的打扮没什么新意，甚至好像在故意标榜自己是个大龄宅男，但我绕过他再往里一看，房间里目之所及的地方也都很整齐，简单的布置和一大排电子设备，倒是没有想象中的泡面山和可乐罐。

　　视觉冲击不大，但毕竟是第一次见到他的真人，第一次见到他房间的全貌，心灵冲击挺大。我忽然有些不明白，就住在这样近的地方，他有什么理由不来美索不达米亚跟我们聚会？不是，他到底为什么会在这里？

　　他见我呆滞地举着铲子站也不是走也不是，自己也不动了，以一种平静的神情盯视着我。

　　"呃，啊……原来你住在这里啊。把我吓得。"我把铲子放下，反手掭了掭背上背歪了的包，哭笑不得地戳在原地看着他，"程序员，你怎么会在这里啊？你一直都在吗？"

"是啊。"他稍稍后退一步，伸出手对我做了个有请进门的姿势，"进来吧，别像个土匪一样扛着你的大武器站那儿。门都快被你拆了。"

"我刚才就是想拆门。"

"别这么理直气壮的，一点没有高智商人才的架势。"

"那我进来了。"他这句话一说，我顿时有种被呛了一口的感觉，一丝和滨斯相处时曾无比熟悉的感觉涌上来。我把军铲放下，小心地迈进门，进入这个昏暗的房间。

"你怎么突然来这里？为什么跑到核电站来了？"他在我身后关上被砸得有些扭曲的门。

"因为有点东西想调查。你在这里就好办了，我可以问你。这个核电站产生的电力到底是在给什么东西发电，你知道吗？"我把背包和铲子挨着深灰色的墙角放好，环顾了一下房间。

这个房间只有一点跟我想象的一样——有很多个电脑屏幕。其余的情景曾经在视频中因为角度问题并不能看见，现在我看到了，也不觉得有多特殊。这地方除了大之外没什么吸引人的特点，像是没装修好的房子，空旷得有些异常。倒不如说，像是原有的一切设施都被搬了出去，清空过一次的样子。我有些难以想象，一个宅男真的能在这样的地方住那么久？

况且这个核岛上应该没有食物补给吧？他怎么吃饭的？靠无人机去市区取？还是每周定期出去？真奇怪。

"核电站的电力？不知道，应该是给城市发电吧。"他走到我旁边，稍稍顿了顿，然后向房间尽头的一排电脑走去。

"不，它们不是给城市发电的。这旁边就是一个火力发电站，虽然设备老旧一些，但真正担任城市电力供给的是火电站。"我把手机从装着线圈和电池的口袋里掏出来，"看来你也不知道啊。"

"嗯。"

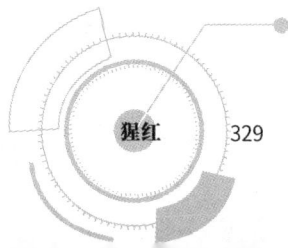

猩红

329

"但是你都在这里住下了，你没有调查过？"

"那是政府和电力部门的事，与我无关。"

"那你为什么会在这里？"我抬眼看着他。

"因为住在附近。而且，这里的设备比较齐全。"他稍稍后撤，靠着一张不高的电脑桌站住。

"你也住在附近？能跑到这里来还真是有点厉害。最初我们准备出发的时候，破门的武器坏掉了，想进都进不来。"我抽出手机，打开社交账号，塞西莉亚那边没有一点动静。我一直开着响铃模式确保能在来消息的第一时间作出回应，但不知道她是不是真的没有带手机，音讯全无。

刚才开门的那惊险一幕让我差点忘了这件事——塞西利亚和帕拉斯还在遥远的布宜诺斯艾利斯，生死未卜。虽然不知道程序员比我的能力强到哪一步，但如果是他的话，应该会有办法。

"程序员，先不说这个，塞西利亚和帕拉斯那边有危险。如果刚才那个问题你没有答案的话，能不能先帮我联系上他们？"我抬头看他，"刚才她告诉我帕拉斯遇险了，现在也联系不上她。"

程序员逆着屏幕浅白色的光站在昏暗中，微微倾斜，不高也不苗条的身形在这样的光线里显得有些庞大，他没有看我，也没有说话。我看着他的侧影想，如果是我的话，在刚才那句话后一定会立即问回去——为什么？出什么事了？但他完全无动于衷，神色淡漠。于是我只能自顾自解释下去。

"帕拉斯可能已经死了，因为火灾，他在火灾里受了重伤。塞西莉亚也到他出事的地方去了，没有任何消息。你能通过什么手段联系上她吗？"我走到他旁边，"无人机的远程控制有距离限制，我做不到操控无人机。而她大概是没有带手机走，我也没时间验证任何猜想，如果你可以——"

"我随时可以联系上她。"他转过身看着我，身影在屏幕冷光洁白的底色里越发巨大起来。我盯着他平静的目光看，心中有些莫名其妙。他的音调很平，好似屏幕里的光芒，没有颜色，没有情感。

此刻他好宽，和最开始站在门口时呈现出的匀称身材略有差别。我盯着他，不停地眨眼，忽然意识到这不是我的错觉，他真的在变大。

"程序员，你可以联系上她，那现在就联系吧。"我狐疑地压低声音。他没有任何动作，我看见他投在墙上的影子越来越宽，蔓延到天花板上，遮住屏幕里散出来的荧光，变得有些扭曲，像一种不断生长的植物。他依然没有回答我。

"程序员，喂，你……你怎么变大了啊？"我疑惑地眯起眼。他看过来，然后与我相望的那对瞳孔里亮起了两点清晰的红色。那红色与他浑身的漆黑毫不相配，像是从某种机械里冒出来的，闪烁着没有温度的光芒。我的眼睛没有骗我，那是货真价实的光，红得很狰狞，生动点说，就像狙击步枪的瞄准线。

他的表情变得很诡异，让我看不懂他此刻到底有没有情绪。我感到他和他身后那些黑色的电器融为一体，变得格外庞大，像要从躯体里溢出来了。怎么回事……

"我随时可以联系上她。"他重复了一遍，声音与上一句话没有一丝差别，像是把刚才的话语复制了一次。

我轻轻瞪大眼，凝视着那宽大的影子，感到毛骨悚然。"程序员？"

他微微睁大眼，瞳孔收缩了一下，那两星红光跟着眼珠的伸缩而一阵晃动。

"你是谁？"我慢慢伸开双手，慢慢后退，慢慢向放在墙角的军铲靠近。他没有回答我，眼中的红光越来越明亮，让我想到小时候看过的怪物影片里从丧尸城爬出来的活死人，他们的瞳孔里就有那样的红光。程序员怎么可能是丧尸。

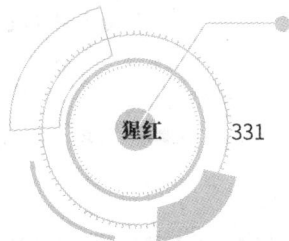

但是，也没有人的眼睛会发红光啊。

"程序员！告诉我，你怎么回事？"

"不必怕，我不会伤害你。"他挪动步子，一点点向我走来。他的声音依然平静，像是浪拍击在颗粒感丰富的礁石上。我忽然有一种错觉，那并不是人的嗓音。那声音，仔细听能够感觉到里头异常的声线。

"你不要过来。"我猛地后撤，一把抓起地上的铲子。铲柄在手里摩挲得生疼，我感觉自己的心脏跳到了锁骨上，紧张得小腹一阵闷痛。

"我不会做出危害你性命的事。毕竟，这么多天来你用行动证明了你是对 Pharos 有利的人。"他依然是那种带着笑意又十分淡然的腔调，这让我浑身发冷。他一步步靠近，我一步步后退，直到脚后跟抵住墙角，冰冷的触感传来，我战栗起来。"我可以帮你联系上塞西莉亚，也可以帮你调查帕拉斯的下落。这都是小事。作为回报，我想请你离开这座核电站，并保证不论发生什么都不要再进来做一些不必要的事情，比如'探究它到底为谁而运作'。"

在他的注视下，我感到自己被一只无形的手压住，无法动弹。我的声音一下子失去了底气，细如蚊蝇："不行，我要知道为什么。这是我必须弄明白的东西，这是我和滨斯最开——"

"滨斯？"他轻轻一歪脑袋，眼神变得朦胧，像是在脑内搜索信息，红光闪烁了几下。

"对，滨斯。斯林·滨斯。你不记得他了？"我屏住呼吸，绷紧浑身的肌肉，随时准备把铲子举起来砸到他头上，但又不确定自己有没有那个力气，双手抖得厉害，"程序员，你怎么回事？你到底是什么东西，眼睛为什么放红光？这里面有什么秘密，跟你有什么关系？刚才你不是说你不知道吗？"

"我否认自己知道这个事实，是为了保持我们之间的友好关系。

这是最合理的判断，但你似乎对我的形态感到恐惧——要知道，这是一具经过长久的研究后制作出的最符合'程序员'形象的身躯，你却为之害怕。这说明，你对恐惧的定义似乎并不像母机所计算的那样。所以我想咨询你的意见。"他定定地盯着我，说着我听不懂的话，说得平静、自然，"如果我告诉你，以后你还能保证为 Pharos 效力吗？"

我犹豫了一下如何措辞，同时很快用余光四处环顾。这个房间太干净了，没有任何可以用来遮挡的东西。如果我要动手，就必须一击放倒他；如果我要跑，必须比他先乘上直升机。母机，计算，被设计过的"身躯"，判断，定制，都是我完全不明其所以然的词汇，现在看来，这个家伙问题很大。

"效力……没那么夸张。维护 Pharos 的事情我保证会做，毕竟它在保护这个世界中起到了核心的作用。程序员！你别这样瘆人地看着我，到底是怎么回事？你告诉我怎么回事就好，我、我、我、我会站在你这边……"我的声音抖得很厉害，军铲在手中不停震动，我越来越害怕。

"我是 Pharos-Icon（灯塔的图标）。"他的声音稍稍升了一个调，吐字也变得更加干净，短暂地展现出最原始的人工智能有些僵硬的声线，"Pharos 的自维护外机。外接人工智能。虽和母机的性能有一定的区别，但我起到维护母机、定时更新和逻辑判断的作用。"

"啊？"我看着他逼近的身躯，那中年人的皮肤中发出的汗味已经能飘到我的嗅觉范围之内。而他却说，自己是一台机器。

"然后，你是'涅槃'。"他用一种指认般的语气说。

"涅槃？"这个生涩的词在我的舌尖打了个转，我感到喉头一阵苦涩。

什么东西？

他似乎不想把对话继续下去，而我也已经准备好将铲子狠狠地敲向他。我双手紧紧一握，抽紧手臂的肌肉，腰背也跟着绷起。深吸一

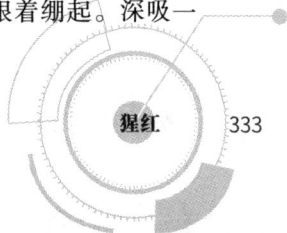

口气，正要动作，却突然眼前一黑，被夺去了视野。瞬息之间，我根本没意识到发生了什么，甚至没有察觉武器脱了手。这一切发生得太快，根本不给我反应时间，我在转瞬间被他按下了暂停键。

电脑暂停的时候会蓝屏，人暂停的时候则会控制不住地趋向地面。仅仅半秒的空隙，我听见自己倒在地上时沉重的一声，在此之后紧接着是军铲落地的闷响。肩胛骨重重撞在地上，带来一阵后知后觉的疼痛。我本能地想爬起来，但忽然感觉到颈部涌入一阵细微的刺痛，温热的液体顺着刺痛的地方流进来，在血液中一点点渗入。

我迷迷糊糊地摆动着双手，十指伸缩着想要重新抓到军铲。那液体没有引起痛觉，但它让我麻痹。我张大嘴，想呼喊，却又发不出声音，随即想到在这个该死的地方喊破嗓子也没人会来救我。我不能死在这里，不能就这样昏过去任他摆布，我不知道他会对我做什么。但我动不了，也出不了声，他出手太迅猛，简直像一个武林高手，让我没有任何反应的余地。

该死，这里只剩下我一个人类。

也许很快就不剩人类了，如果他真的是智能的话。

滨斯已经死了，塞西利亚和帕拉斯多半也都死了，他们都死了，还活着的人不多了，下一个如果是我也不奇怪……

我闭上眼，想要把奇怪的想法从脑海里摒去，却在清空思想的那一刻失去意识，没了知觉。

失足

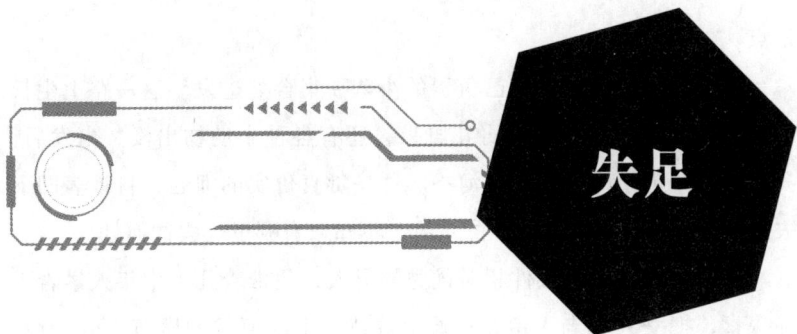

2112 年 4 月 20 日

我还能坐在岩洞里记下今天，已是莫大的幸运。

天亮时贺林已经不在了。我不知道他往哪个方向走，便面对冉冉升起的红日将双手在胸口合十，对着无名的神祇祈祷。新的一天就这样开始了。

今天是我们很早之前约定的每月一次的集合日，在这个日子里，所有的人都要赶到一个特定地点大集合，进行人员清点和物资分配。

人们开始在我的指挥下向着约定的集合点前进，按照计划昨晚就已经有队伍抵达了那个地方，我和其他七支队伍将在今早赶过去。我们会在那里待一整天，分配近期收获的食物和物资，更换人员，组成新的群组，然后由队里负责指南针的人来商议下一次集会的聚集

地点。

上午八点，我带着自己负责的小队往集合处进发。这一路上生长着低矮的灌木、可食用的野花野果，还有各种小动物出没。出发后，我们花了个把小时找到一个河谷。这是货真价实的河谷，自地表凹下去一大块，中央是一条湍急的水流，不知来自哪里、去往何处。

作为队伍中身体条件相对优秀的男人，我带着几个中年人攀岩入谷探索，把女人和老人留在荒原上等待。下入河谷的岩石十分陡峭，我们极度小心地在近乎垂直的坡道上慢慢往下挪。这里没有绳索，于是上头的人用藤蔓编制成绳子将我们拦腰捆住，防止下坠。

也许是对自己的身手过于自信了，在某个时刻我忽然腾空，试图跳到稍远的岩壁上抓住下一个落脚点。可就在这时，我腰上的藤蔓挂住了岩壁上伸出的一块木茬，"吱"的一声，我突然下坠了近一米。情急之下我一把揪住藤蔓，这下它大有断裂的理由，事实上也没有抵抗。在我反应过来之前，我已经像只雏鸟似的笨拙地飞到空中。

同行的人开始喊叫。不到一秒的时间，下方冰冷的河水包围了我，将我吸入、吞噬。

好在只有几米的高度，入水后虽遭到一定程度的冲击，但我并没有昏迷，意识非常清醒，我一边解下腰上的藤蔓防止它在水中把我缠绕住，一边划动双臂浮上水面。再次吸入空气后，我又差点被激流压入水底。此时四面八方都在旋转，我感觉不到方向，只能尽可能靠近两侧的岩壁，企图把自己稳住。

经过一番激烈的冲撞，最终是水浪把我冲击到一侧石壁上。我像壁虎般死死扒在突出的巨石表面，费力地把头竖起来，防止呛水。此时再回头看，已经看不到方才我坠落的崖壁上那些仍然缓慢下行的人了。

我意识到自己被冲刷出去挺远，可此时的确也没得选择。两侧的岩石全是垂直而立，根本不存在平岸。我努力让自己的十指攀附住湿漉漉的岩壁，却被上面滑软的苔藓弄得无从下手。挣扎了老半天，好不容易以十分难堪的姿势爬到了大体不会被浪卷走的高度，我艰难地在岩面上狭小的空间里转身，把双腿摆好，姑且是坐了下来。

接下来有两种方案。第一，等自己晾干之后想办法顺着岩壁垂直爬上去，回到荒原上寻找其他人。第二，沿着河流一路水平攀爬岩壁，直到找到可以上岸的地方。我仰脸盯着煞白的太阳，想了好一会儿，打算先水平方向攀爬一段距离，等找到峭壁稍平缓处，再竖着攀上去。

自救计划开始。我壁虎似的紧紧贴在岩石上，面朝臭烘烘的岩块，小心翼翼地向来时的方向腾挪。这儿的野生巨石生得十分畸形，也幸亏不是人造的那般光滑无瑕，因而有不少落脚点。有时我不得不弓着脊背配合在我腹部位置凸出的石块，有时则不得不把上半身趴在岩台上对付突然出现的断面。我慢慢地挪，每一步都十分小心，死活不想再泡到那湍急的水流里去。春日的阳光不算灼人，可挪了一会儿到底要出汗。我感到手掌贴不紧石头了，不由得频繁换手，换下来的手在周围的岩石上涂抹，把灰粉抹上，增加摩擦力。

奇怪的是，我并不害怕。我可能淹死，可能被冲走，可能再也见不到其他人，然后被饿死。但我丝毫不恐惧，心中没有任何起伏，只是十分严谨细致地把所有注意力放在双手双脚上。攀在岩壁上很耗体力，我清楚自己一旦失足可能难以再次这样顺利，但并不因此腿软。四下里静得只剩水声，空气中泛着清澈的水汽。我感到自己是安详的、平静的，就连心脏的跳动都微乎其微。

不知过了多久，在那运动的静谧之中我仿佛真的成了岩石的一部分。有人在上方叫我，大队人马走过。想来也是，以河谷为目标搜救，他们的行动想必比我快许多。我仰着脸回应，不一会儿就有藤蔓放下来。

那些我熟悉的面孔出现在不远处的上面。我仰视着他们，抓住

藤蔓，不怎么费力就被拉了上去。不用说，我被那些人围了个水泄不通，似乎他们比我还着急。我已经被晒得浑身干爽，倒像是下去玩了一趟，和他们讲起水深、水速和清澈程度，感到自己把该做的调查都做完了。那几个和我一起往下攀爬的男人不知其所以然地看着我，好像一面庆幸掉下去的不是自己，一面惋惜掉下去的不是自己。

　　稍作休整，我们再次上路。河谷的位置已经记下来，接下来只需前往集合地点便是。重新回到地面上，我检查出几处擦伤，但都无大碍，现在身体好得很。我从留下来的人手中接过背包重新背上，感到唯一的庆幸便是没有背着包下去，省得弄坏了电子设备。

　　今天本没有什么大事发生，唯一的小插曲也结束得非常轻松。离开河谷时我低下头，试图在湍急水流中看见自己的倒影，可只看见翻腾的浪花。身后的人推搡着，说要赶紧去奔赴大集合。我便拿上唯一的皮质地图，向着河谷的反方向走去。

返航

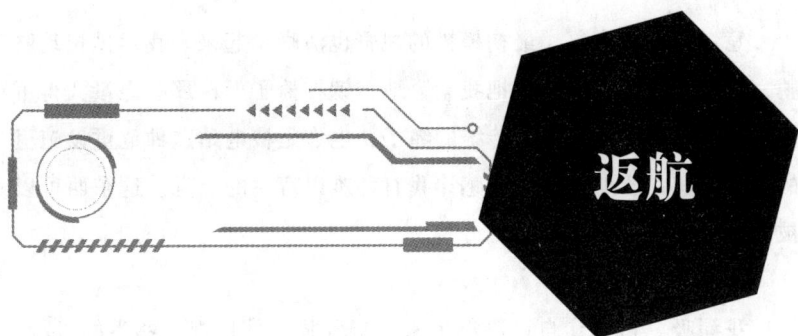

我再次睁开眼，发现自己正坐在直升机的机舱里。

一种很空旷的感觉，一时间记不起闭上眼之前发生的事情。

我让自己动了动。肌肉有些酸痛，手脚也被绑得死死的。眼前是那巨大的前挡风玻璃，往前看去，一片苍白色的天空。

我戴着耳机，厚厚的海绵黏在脸上，要不是空调温度合适，肯定得出一身汗。我几乎没有清晰的听觉，只听见引擎的声音。

回忆倒不是件难事，我并没有失忆。脑子一清醒，之前发生的事情很快就想起来了。我记得程序员说自己是 Pharos 的维护智能 Icon，记得自己在核电站里面被程序员打晕了，那么这段时间的昏迷，大概是因为被注射了镇静剂或者麻药，被绑了拉过来捆在直升机上。这段清晰的回忆让我感到一丝毛骨悚然，我不知道发生了什么，但总而言之记忆没出问题，现在看来身上也没有皮肉伤。

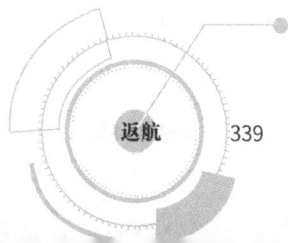

意识一点点恢复，最初模糊的视野也清晰了起来。我尝试扭动胳膊，手腕处粗大的绳结却把我紧紧地禁锢在椅子上，那股力量大得可怕，勒得我生疼。这不是传统的绳子，也许是核电站这种危重设施里的专用器械，但那粗糙的质感让我有种难以言说的感觉。这东西可以被刀割断。

所以有办法。

我深吸一口气让自己冷静下来，睁着眼四处环视。熟悉的机舱，熟悉的天空的空白，熟悉的提示音，熟悉的耳机的感觉，熟悉的……泡面洒了一地的味道。啊！天哪，我的裤子上还有泡面！早上洒的泡面一直没有时间洗……可恶，太糟糕了。

副驾驶座上放着我的背包，军铲在脚下不远处，虽然不远，但我够不到。这一定是有意而为之。程序员可不是傻瓜，如果他是个智能就更不可能出低级错误。操纵台的指示灯有规律地亮着，看来是开了自动模式。那张深色地图占满了整个显示屏。

那个该死的家伙说了不会做谋财害命的事情，还真就玩完璧归赵的把戏，把我遣送回家了？我的目光停在展示经纬度的巡航仪上，纬度没问题，但这经度……

我去，完了，这里是太平洋上空。

我眯起眼，狠狠地瞪着放在操控台边缘的手机。"程序员，你在听吗？在就应一声，告诉我怎么回事。"

"接下来按照我的指示行动。"不出所料，他的声音从我的手机里响起，"你所乘坐的直升机是警用机，现在我激活了它的军用系统识别标志。这架机体已经无法安全返航了，因为它带有军方的标识，只要进入核电站便会被核电站的自律攻击炮台所攻击。"

"自律攻击炮台是什么？"

"自动攻击系统。它是每个2075年之后新建成的核电站都带有的防卫功能，原则上它会攻击一切进入光学保护膜内的带有被激活的军方识别系统的设备，不管是不是本国的军武。"

"不解释一下为什么吗？之前你话都没说完就把我弄晕了，现在还在我的飞机上动手脚，真不地道。"我看了一眼直升机的电量表。

奇怪，照地图上显示的飞行里程而言我应该已经飞行了三个多小时，但这个电池的电量还是满的。

我之前在突发奇想要去帕拉斯那里串门的时候有研究过，按照这种直升机的飞行速度正常而言，飞越太平洋需要十个小时，而它的电池只能支撑三个半小时的航行。但现在这个电池突然变得这么耐用，三个多小时的航行之后依然接近满电，出现这样神奇的超大容量电池，让这直升机一口气飞渡太平洋也不是不可能。

"程序员？你是不是给我换了个电池？"我想起另一个可能性。

这家伙让我听他指示——噢，他想让我渡过太平洋。按照卫星地图的指南来看，我所在的直升机走的正是横渡太平洋的路线。也许是这样。

"这是军用的核能电池，每个核电站里都会有应急储备。"他难得老实地回答我。

"噢，行，那看来我是不会死在半路上了。你把我弄到太平洋彼岸是要干什么？你要给我什么指示？"我让自己放松下来，靠着驾驶座的椅背，在心里想，真是见了鬼了。好不容易回一趟家，想解决一点未了的问题，没想到碰上这种事。这下子，今后的行程要完全被打乱了。

"现在，这架飞机即将去往南美洲的阿根廷，布宜诺斯艾利斯。你让我验证塞西利亚和帕拉斯的生死，能看出来你非常关心他们的生存状况，所以我把你送过去。"他的声音很平静，就跟我们平时视频通话时一样没有起伏，也没有情感。这时我才意识到曾经那么多次的对话里我早应该发觉了才对，这人的冷静和滨斯的冷静不一样，简直有点骇人。

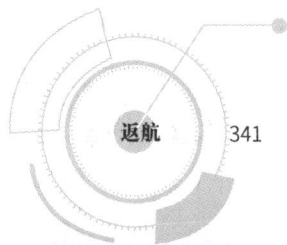

"所以你真的打算把我送到美洲？开什么玩笑，这也太远了吧！你不想让我知道那个核电站的事，我不来不就行了！你解释清楚啊。你们计算机做事真绝。这是你那个什么母机的算法告诉你的最优选项吗？"我有些生气了。这家伙明显是在玩弄人。

"这不是开玩笑。在之前的一年多时间里你帮了我们很多，是Pharos系统的第一个人类执行者，所以我不会伤害你，并且愿意在我能力所及之处施予你一些帮助。把你送到南美洲是在帮助你进行下一项任务。虽然这个核电站我不能允许你调查，但在布宜诺斯艾利斯还有你需要知道的事情。我希望你先调查完那边的事，再决定下一步的行动。"

"那也不能这样。"我气呼呼地挪动了一下被绑得不太舒服的膝盖。

他不再说话了，我也闭上嘴，满心愤恨地准备下一句质问。我必须在那个AI还愿意接我的话的时候，把更多的信息套出来。

啊，我来的时候确实选了个好天气。亚洲此时应该依然是日朗风清，但现在的太平洋上空，云层足足积了几座山叠起来那么厚。直升机在云层下方百米左右飞行，前方似乎有雨云。

可恶，雨云。在雨天驾驶直升机是我这一年多的时间里最忌讳的事，况且还是在海上，不知道暴风雨会有多猛烈。如果直升机真的开进了雨云里面，我可能会死在前面的空域上。我可能会死。

死？

我忽然想到他在我昏过去前说过一个很生僻的词。

涅槃。

这是死的反义词，而他说我是涅槃。又找到一个可疑点。

"喂，我问你，你之前说你是Pharos-Icon，我是'涅槃'。涅槃是什么东西，这你能说吗？"

"代号。"他顿了顿，我听见一个模糊的信号音。

"代号？我吗？我要代号干什么？"我狐疑地眯起眼，瞪着放在操纵台上的手机，他的声音从里面传来，闷声闷气的。我愣了半晌，意识到这可能是来自天气的信号干扰。

"在布宜诺斯艾利斯。"

"什么意思？阿根廷的首都有跟我有关的东西？我还以为你让我去那边只是为了塞西利亚和帕拉斯的事！一次性把话说完啊，我们真的可以商量……"我越来越火了，一种挫败感油然而生。

程序员，或 Icon，不再发出任何声音，我只能快快地盯着黑乎乎的手机屏幕。我得试探他的边界，他的底线。这不是人类，这是 AI，他没有情绪，所以也不存在厌烦的概念。他能说什么不能说什么不由自己决定，决定他的话语的是权限更高的母机。也就是说，只要我不触碰他的发言界限，他就会回答我的问题。

"喂，Icon，那你跟我讲讲你是怎么回事总没关系吧？"

"我是 Pharos 的维护机 Icon，图标，在系统诞生之前就已经被创造出来，接受了长时间的深入学习之后具备基本的计算能力，配备大型神经网络，但不具备自我意识。2109 年我达到最优性能，目前负责对 Pharos 母机进行日常维护。"他回答得很官方，但是回答了。这是第一点有效信息：他的母机允许他透露和他本身有关的信息。

"在人都消失之前，你也一直在那个核电站里完善还未发行的Pharos 吗？"我继续问下去。

"不。自我诞生已经过去五年，但我的功能真正优化完毕是在2108 年底，所以在这五年里大部分的更新包都不由我发布。最开始运营这个系统的是人类科研学者。"他也继续回答。

"为什么不告诉我们你的真实身份？现在想起来，如果最开始我和滨斯就知道你是 Pharos 的衍生体，说不定会更有干劲。"

"为什么？"

"因为这说明人类的科技已经强大到可以创造像你这样的智能体，

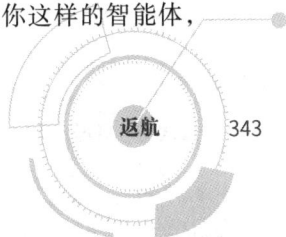

这是挺振奋人心的事。高级的人工智能是能鼓励我们的事物，它像任何好消息一样带给我们希望——只是如果在核电站里你别那么吓人就好。"

"那也是程序的判断。"

"那也是程序的判断。"我叹了口气，慢慢闭上眼，听着引擎单调音，"喂，程序员，你知道为什么人类会消失吗？"

"为什么问我？"

"因为你说你很早以前就被制造出来，说不定有一些情报。"

他没有回答我。

"我再问一遍，你知道为什么吗？"

他依然保持沉默。

第二点有效信息：原因。看来这是个敏感点，他大概率知道，但他不说。我不禁有些纳闷——最初到底是谁这么愚蠢，竟然设计出这样开始主动算计人类的AI。

也许这家伙的内存里有答案，但刚才浅浅一问，现在我算是确定了，他只会透露一些无关痛痒的信息，真正有用的情报则根本不讲。所以若是想知道一些核心的东西，我得绕着话说。

"那我这样问你吧，Pharos这个系统到底是为什么而开发的？既不是以国家的名义，也没有官方的企业在支持，合作方都是民间的财团。不向国家交税，主公司在海外，却又把这个系统的开发大楼放在中国，到底在打什么主意？针对统一管理民生设施设计功能，却又不寻求僭越的权限，看上去这个系统就是为了管理一个没有人类的世界而设计的。"

"我们无意要篡夺官方的权力。只要政府和国家还在对他们的领土进行治理，我们就不会贸然动作。"他慢慢地说。

"那为什么要开发这样大规模的系统？"我越问越疑惑，声音高了起来，"资金问题，还有权限方面的问题，你们要怎么搞定？Pharos

根本不可能在一个人类社会中运行，因为它没有任何可以取代官方系统的权限，那种事情也不会发生。它就是为一个空荡荡的世界量身定做的，它的存在意义只能建立在它覆盖了所有官方管理模式的基础上，显而易见！"

"与你无关。"又是一个恼人的回答。在那波澜不惊的平淡面前，我感到自己所有的懊恼都像是对着空气挥剑，幼稚而无效。我告诉自己这不是一个人，你不能带着情绪跟他讲话，要尽可能套他的话，而不是跟他怄气。

"你不能僭越啊。"我睁开眼，恼火地盯着操纵台上摆着的黑色手机，想要骂人，却又要努力克制自己稳定情绪，这种感觉很糟糕，就像是被各种灰白色的丝线缠住，肉体和语言都动弹不得，"母机给你命令，给你规定底线，即使你是一个很高级的智能，还是不能超越这些命令。真可悲。"

"这是我们的存在方式。"他慢慢地说。

"你们？"

"我和母机。Icon and Pharos ,both are for light and signal ."（图标和灯塔，都是为了点亮前路而设置的信号。）

"噢，你们。说得倒是文艺，看得出创造你的是一帮很有意思的人——很有意思的阴谋家。"我恨恨地叹了口气，闭上眼靠回椅子。

"那我再问你一个无关痛痒的问题吧，你要回答我。"

"……"

沉默。

"从最开始我就想问了，Pharos 这个名字是怎么来的？为什么要叫它灯塔？"我眯起眼，努力克制着语气，轻轻地问。

如果我没猜错的话，按照刚才问答的经验，Icon 会回答这个问题，因为他不回避没有触及核心情报的内容。在他回答之后，也许我可以从这个解答中得到一些提示。

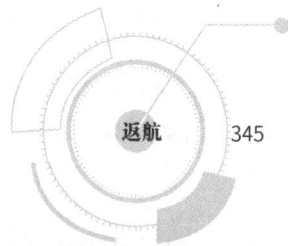

"灯塔，是为了点亮时空的缝隙，也是为了照亮混沌的世界。"

他的回答比我想得还要笼统，带着一丝生搬硬套的气息。显然这不是他现场组织出来的，有人预设过这个回答。他的创造者之一，或是他的所有创造者一起，在这个 Icon 的程序里预设了这样一场极可能不会发生的问答：为什么要把 Pharos 命名作灯塔？

那一定是个有一些文学情怀的家伙——只有那样的家伙才有心情让 AI 说出这种四不像的话来。

这是一个谜语。一个劣质、低档的，不攻自破的谜语。

时空，缝隙，混沌的世界。灯塔有比较好的寓意，大概反映了创始者的心智，或者他们的希冀。这些词汇应该不是他为了效果随意添加的，Icon 在摆明自己的身份之后就公事公办，他既然这么说了，必有其他的含义。

混沌的世界，应该指现在这样的情况。所以说当初创造 Pharos 就是为了应对这样的情况，早在它初创建的时候，创始者就已经在为这样的乱象做出准备了。为什么会提前预言这样的境况？因为想要把人类消灭？不对，那不必费力再去保存一个空荡荡的世界躯壳。那就是为了把其他人弄走，自己来享受这个世界？也不对。都已经过去两年多了，也没看见任何人有所动作。按理来说现在能在这个世界上进行较大影响行为的只有我们这些联合起来的幸存者，即使有野心家，现在看来他们也没能行动成功。

那到底是怎么回事？

Pharos 的目的是……

……时空的缝隙？

我皱眉，这个词滑过我的脑海，在舌尖打卷，却生涩得说不出口。是怎么回事？怎么还能跟时空扯上关系？简直就像是在说胡话。不过，显而易见，Icon 不是文学的智能——但凡他心里有一点诗意，也不至于一言不发就把我敲晕绑到直升机上送走。时空和裂隙到底是什么？

不，等一下，时空的缝隙？时间是没有缝隙的，时空会有缝隙是因为它被打开了，这莫非是在说时空穿越？

我猛地瞪大眼。

时空穿越。这个计划我在很小的时候听老爸谈过，不过那是类似于饭桌新闻话题的事，都不是很留心。毕竟只有科研人员和顶级富豪才能享受时空穿越。

好像确实近几年有一些风声说某某地建成了时光穿梭机，还有说初测成功的。不过一直没有官方的声音，民间的议论也只是泛泛为之，没有人知道是不是真的。

这么说，难道人类消失的原因是时空穿越？难道 Pharos 正是为了在人类穿越离开之后治理这个暂时性空转的世界而诞生的管理系统？

但是这样也说不通。如果只是少数科研实验者想要借助时光穿梭机做些什么事，那为什么其他人也会消失？难道这个时空穿越的目的就是把所有人送走，然后让 Pharos 独自管理这个世界？那我们这些幸存者又是怎么回事？还有，这到底有什么意义？

这又回到了方才我被自己绕晕的那个问题。

荒唐。

不过这是好事。两年来，我第一次看到了崭新的可能性——也许抓着这条线索追查下去，我能做一件之前想都没想过的事：让那些消失的人类回来。假设时空穿越正是人们消失的原因，那么既然这是人为的时空穿越，就一定有人类能够破译的传送方式。

这一切都只是因为一句不明其所以然的话而起，但这些关键词所引发的思绪却深深地扎根在我的心中，让我为之振奋起来。我深吸一口气，慢慢地扭动了一下酸痛的手脚。

"喂，Icon，接下来还有多久才到布宜诺斯艾利斯？"

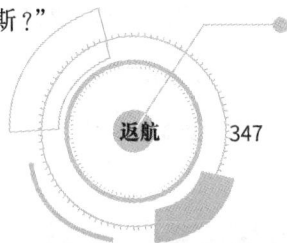

"八个半小时。"

我注意到手机的摄像头一直是朝上的，对着挡风玻璃，而那玻璃上有我的倒影，因此 Icon 可以通过影子看到我的行动。

还有绑着的绳子。除了这摄像头和绳子之外，这里再没有其他能够限制我行动的东西。军铲就在不远处，也许这是 Icon 为了保证我不至于被一直困在直升机里而特意放置的——他希望我最终得以挣脱，但又不希望我在途中挣脱立即返航。这是军用直升机，即使是 Icon 这样的智能也无法直接入侵进行操控，所以他才会选择进入手机跟我通话。这台直升机是他无法彻底控制的，我可以把它当作筹码，以之与它进行对弈。

如果我可以拆开绳子，关掉摄像头，再驾驶直升机返航，我就更胜一筹。

想要解开绑住手脚的绳子很难，但现在这样的情况下我不得不这么做。军铲很远，我坐在椅子上应该碰不到，如果滑下去也许可以用脚够到。Icon 的用绳技术并不专业，他没有把我的脚踝捆在椅子上，所以我可以滑下椅子，把两脚之间的绳子在军铲上磨断，再用脚把它夹过来。这样一来，无非是耗点时间的事情，不出一个小时我就能自由。

前方的雨云越来越近，风声渐响，我感到自己坐在颠簸的船只上。直升机像一张不讲理的帆，不顾一切地插进气流的缝隙里，奋力向前。不过它没法再往前走很久了，我要回去。我要回到那个核电站里，打开 Icon 的内存库，找到真正有用的信息。那些困难一下子全部以极其现实的方式摆在我面前——如何磨断绳子，如何度过接下来的几个小时，如何进入核电站，如何制服 Icon。糟糕透顶。Icon 是 AI，身体构造肯定跟人类不一样，说不定非常硬。但总要想出办法来。

如果顺利的话，也许能够找到那些去了另一个时空的人。也许，我能够给一直以来毫无进展只能得过且过的乱局画一个句号。

真是的，回一趟家之后什么坏事都给碰上了。

不过，也不完全是坏事。

我抬起头，看着前方灰色的天际。浓厚的雨云就在头顶不远处。

雨要来了。

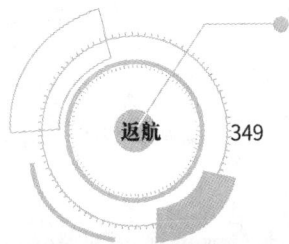

泡沫

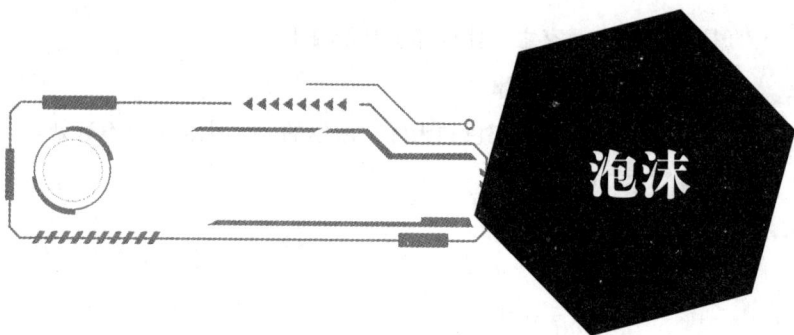

经过一个多小时的折腾，我磨开手脚上的绳子。感谢 Icon 不专业的捆绑，这让我相信他本来就打算给我一个逃脱的机会——毕竟，他还是希望我在到达目的地之后能手脚完好无损地活动起来的。

好吧，横竖都能解释开，那就没必要细究为什么。挣脱开绳索的束缚后我活动一下胳膊，很解气地将手机的摄像头朝下一摆，"啪"的一声脆响，暂时封住了 Icon 的眼睛。

随后，把手机关机，把它丢到副驾驶座位上，自己则一屁股坐进驾驶座里。

这是一架货真价实的警用武装直升机。先前我把它开出来的时候就知道它是备有实弹的机体了，但当时因为技术不够没找到激活它的武装系统的办法。现在 Icon 倒是做了件好事，把发射导弹的功能随着军方识别标志一起激活了，现在这架直升机所有的武装都已经进入待机状态。

手机关机了，我没法联系塞西莉亚和帕拉斯，也没法跟任何人沟通。警用无人机的无线频道被我关停到了最低，只有一条线路可以使用，但它将会连向 Pharos 分部大厦。而且这个频道还是……还是滨斯最开始学无人机时为了方便我们的通信而设定的。他在两架直升机上进行了通信频道修改，现在一台成为焦土，另一台正独自飞行在茫茫太平洋上空，失去所有联系方式。

理论上，接下来不管发生什么我都只能一个人面对。

返航飞行花了我将近六个小时，但幸亏机舱内有一盒泡面，一壶热水，一只装满了科普性书籍的阅读器，一只满电的 MP3 和各式各样的充电宝。在舒适的内舱环境里，这六个小时并不漫长。Icon 不断利用我身边的一切电子设备发出警告禁止我返航，于是我把 MP3 和阅读器里的定位芯片都扯出来。

在所有的定位芯片都被扯下来之后，Icon 彻底安静了。航行六小时后，前方不远处就是大陆，但没有任何拦截机。

随着大陆渐近，我也高度警惕起来，不知道 Icon 接下来会做出什么拦截的举动。Pharos 这个系统的面目深不见底，也许我所能触及的还只是冰山一角。

远远地，在空中能看到下方的核岛了。在俯视角度看起来岛非常小，像个形状规则的鸡蛋。自动化管理的蓝色光膜消失了，取而代之的是红色的不透光层。从上空看来，简直是个巨大的卵半浮在海中央。纯白的浓烟从红色隔膜的正中间冒出，慢慢蠕动着升上天空，和远处云层接在一起，那是从巨大的烟囱里冒出来的。

这副架势我见过，是核电站的警戒模式。早在最初踏上旅途那会儿，我和滨斯就曾经出于好奇把一个核电站激活到警戒模式。

正常而言，警戒模式的开启会激活核电站内部的一些安保武器——比如自动瞄准步枪和小炮台，级别比较高的核电站会有专门针

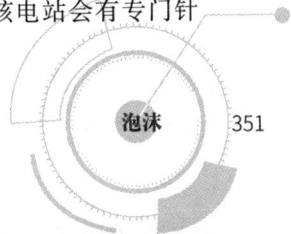

泡沫　　351

对入侵生命体或生化武器而定制的迎击系统。那些武器统一对外称为"自律攻击炮塔"，其威力远不如军事上的地对空炮塔。另一方面，火力大的杀伤性兵器都只分布在地表，负责迎击来自天空和地面的敌人，地下则不具备攻击性武装。这是因为核电站的核心部件都在地下。那么对于我这样的入侵者来说，一旦进入地下就等于成功来到了没有战火的地方——地下的一切都要被严格地保护、隔离起来，这是潜规则。

所以只要我想办法着陆，进入建筑内部，就基本是安全了。虽然警戒模式下的防盗门没办法靠军铲弄开，但我说不定可以试试黑掉它们。不过首先我得想办法把 Icon 制服。

不一定是毁坏——毁掉 Icon 不太现实，只要限制他的行动就行了。他本身就是个相当完备的算法，他的运算能力比我强很多，速度与精度也不在话下。只要他还在，我就不可能黑掉这个核电站的系统，不可能安然无恙地翻越他的阻拦找到我想寻求的秘密。

这真像一场冒险，一切都带着不确定因素——敌人，秘密，武器，防御，我乘着在天空翱翔的马向下俯冲，将利剑插入深红的颜色里。

能如愿以偿就好了。

*

核岛一点点近了，我让直升机慢慢下降，将高度维持在离地三十米左右。

我知道 Icon 在看着我，他通过这个核基地里的每一个摄像头看着我，整座巨大的核岛在看着我，冒着白烟的烟囱、浅灰色的高塔和狭窄的地表都在看着我。他通过最精确的计算系统计算着防止我贸然闯入的办法——他无比自信，兴许开启了警戒模式的核电站固若金汤。

我不知道如果非要闯入的话，Icon 先前"不会做危害我性命的事"的话还管不管用。我得机灵点，在暴力侵入之前首先想点儿办法。

"Icon，听得见吗？"我把电池装回去，按下开机键，拿起手机。

"嗞嗞——"电波的干扰音。

"Icon？这是最后和平通话的机会了，不好好说几句吗？"我盯着下方鲜艳的红色光膜，提高了声音。

我打开军用直升机的武装界面。机身两侧有自动炮，共 480 发格特林机炮和 12 发我不认识的小型炮弹；除了平时隐藏在机身侧面的自动炮之外，机舱内部有几根电棒和警棍，三扇警用盾牌，两个钢叉和一套完整的防火服。如果我手够多的话，这些东西都想带上。

我也有自己的武装——军铲。我喜欢它，虽然它不是红色，没有特效，也是纯粹的冷兵器，但足够可靠。

"Icon？"我最后尝试了一次。

"为什么？"他的声音从通话器传来，平静如故。

我让直升机悬停在半空中。下方三十米处，是伫立在海面上的红色巨茧。那东西无声地蛰伏在银波粼粼的碧蓝里，把所有颜色敛在体内，像某种符号。

"为什么回来？"他很平静地问着。我看到红色隔膜里闪过一道冷光，如果没猜错的话，那是自动火炮炮口的反光。显而易见，武力冲突不可避免。

我把目光转到操纵台上，开始寻找迎击系统的控制键。然后，我在主页的右侧上角找到一个设计得很像电源键的小型枪械按键。我点进去，看到了针对每个装备设计的发射、控制和引爆界面。

这个界面设计得不算复杂，外行人也能看懂怎么发射。与核岛的全武装状态相比，飞机上的装备不多，只能暂时应付一下。

"为什么？前往布宜诺斯艾利斯是这个情况下最好的选择。那里

有你同伴的尸体，有你同伴究其一生寻找的东西，也有你自己的过往。为什么回来？"只有在发问的时候，他才像人类一样带着疑问的口气。

"慢着，如果我回答你，可以关掉警戒模式？"

"不。"

"那就免谈。"

说实话，直到现在我还不愿相信他不是人类。我希望他是真正有血有肉，能对这个世界产生情感的造物。

这么多天，我们夜以继日地对着电脑努力维护 Pharos 的正常运行，为此产生了相当多的交流和互动。在这样的交流中他表现得像是一个淡定大叔，不苟言笑但又目标明确。在我遇到无法解决的问题时，他向来是最靠谱的咨询对象。我一直把他当作可靠的同伴，一直认为他在和我并肩保护这个世界，一同等待人类的归来，因此对他有着分外的信赖，甚至很庆幸自己能帮上他的忙。

"Icon，你是 AI，诞生之初有没有被赋予任何使命？"

"我的使命是维护 Pharos，保护这个世界。"

"不用保护人类？"我慢慢把手放在键盘上，伸展五指熟悉了一下操纵的感觉。这架直升机配备的武器很先进，炮弹可以自动瞄准，也可以人工操纵。操纵系统会在击中前 0.5 秒失灵，弹头脱离引导体，在此之前我可以像打游戏那样操控它飞向任何方向。

冷静。

"世界与人类不等同。"

"可你不觉得人类的存在对你使命的完成起到极大的作用？"

"这不是母机的判断，不是设计者的初衷。"

我调整耳机的角度，将触屏显示屏中的前置摄像头监控功能打开，慢慢把视野拖进那层红色的光学保护膜里。与此同时，后台自动运行的警用光学膜的物质成分分析得出结果，数据层弹窗出现在屏幕下角。这层膜只有干扰电磁波和进行光学隐形的功能，如果开直升机硬闯，不会被他强行拦截。

好。

"我要让人类回来。Icon，不管你觉得合不合理，不管母机的计算结果如何，这都是一条让世界继续运作下去的必由之路。人类可以更好地创新、维护 Pharos 的系统，可以给它增添各种新的功能，而你只能按部就班地更新、优化而已。再说了，你所希求的难道是让所有人类痕迹消失后回归自然的世界？那岂不等同于抹消人类文明存在的痕迹！那于你何益，你自己本就是人类文明的产物。把人类带回来，这不悖于你的使命。如果你的母机喜欢算概率，那就让它再计算一次！"

"这是你的判断？"

"这是我作为一个如假包换的人类的判断。"

"在母机的运算结果出来之前，我不会因为你有自己的理由而放你进来。"

"我本来就不指望你把我放进来。"

"你要硬闯？我早说过——"

我狠狠摁断通话器按钮。

我让直升机悬停在红色光学薄膜之外，慢慢地平复呼吸，按下屏幕正中央那个红色的按钮。

[Shoot]

一道银色轨迹自直升机上炮口划出，显示屏中闪出轻质炮前置摄像头的视野。我屏住呼吸，绷紧全身神经，抓住键盘一侧分出来的模拟手柄，以尽可能快的速度熟悉这个操作模式。我现在能用来突破防御的弹药不多——格特林倒是有几百发，但那东西没法在这个高度对付核电站的炮塔。

炮弹划破红色的薄膜，冲进纯白的烟雾里。弹头速度极快，一时间前置摄像头的视野里什么也没有。这炮弹不具备抬升功能，只能侧

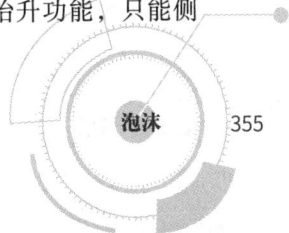

面喷射改变方向，自发射起就只能一直下落。真是不先进的武装！烟雾里没法使用自动瞄准功能，我必须反应过来，在它落地之前找准攻击对象。

手柄的操纵杆猛地向左一打，炮弹带着白色烟雾以极快的速度冲出大烟囱上方浓郁的遮挡物，视野出现在宽大的核岛上空。

"嘀"的一声，自动瞄准系统激活，即刻智能锁定隐藏在岛屿边沿的自动炮塔。与此同时，我看见迎击炮弹。它以和己方炮弹旗鼓相当的速度，带着黑烟昂首而来。

事情正如我所料想——前置摄像头的视野伴随着一阵干扰信号消失，直升机的武装系统传来自动提示——炮弹遭到拦截，但拦截点过低，产生自杀性爆炸，判断成功击毁目标。打中一个炮塔。

现在剩下十一发。第一发炮弹命中一个炮塔，但系统传来的数据显示这个核岛共有二十一组自律炮塔。如果不计算发弹的时机和角度，以达到一石多鸟的效果，我根本不可能靠蛮干突破进去。我没太多战略思维，但从刚才的迎击来看这些来自地面的炮弹除了在迎击点爆炸之外没有别的功能，不可以分弹头，也没有特别灵敏的追踪。如果顺利，绕开它们迎击时产生的爆炸，靠技术突破防御也不是没可能。

问题是我的直升机驾驶技术只停留在观光水平——能把基本功能发挥到极致，但那些功能根本不能让我驾驶直升机灵活地躲开炮弹。

一方面炮弹不够用，另一方面驾驶技术恐怕不过关。啊，拜托。离地还有三四十米，被截停在僵局之内——这要怎么下去？

我紧张地盯着屏幕，细密的汗珠爬满脊背。一秒不到的时间里，炮弹从发射到击中，我感到自己全部精力都被吞噬殆尽。操控高速飞行的炮弹还真是考验人专注力的活，按照我的技术，刚才那发能够打中也是全凭运气，下次说不定被击中的就是我。我现在还不敢闯入光学防护膜内部。

直升机悬停在半空。我不敢下降，怕引来新的攻击，但我必须想一个突破进去的办法。

我眯起眼，解数学题的感觉上来了。线索，条件，这里有什么，我有什么，可以做什么，要怎么做到——

好好想想。这四周除了炮塔外还有一个无遮无拦的停机坪，有大烟囱，有白雾，有控制塔。但光学薄膜遮挡了我全部的视线，不利用炮弹的前置摄像头就什么也看不到，也不清楚里面什么情况。停机坪肯定是不行的，但是烟囱和白雾——

烟囱和白雾。

只要利用烟囱里白雾的视觉遮挡慢慢下降，说不定能躲掉迎击，顺利进入烟囱里去。我不知道现代化的迎击系统有什么样的追踪器，不知道它能不能在含有各种化学物质的烟雾中精准定位，但这样至少比毫无遮拦地降下去明智一些。而且现在在操控导弹的应该是 Icon 本人，它的追踪系统不一定奈何得了核电站大烟囱里成分复杂的烟雾。说不清那烟雾可以干扰 Icon 正在使用的操作系统的锁定功能。

我稍稍提升直升机高度，在操作台中央的显示屏上提取出这个核岛的地形图，点开烟囱的建筑分析界面。这个烟囱的口径有十五米，容纳一架直径 12 米的轻型直升机绰绰有余。顺着烟囱下去有可能会直接进入冷却塔或者反应堆上空，但我敢肯定核电站的设计师不可能让烟囱口直接与释放危险辐射物质的喷口相连——所以即使飞进去，也肯定到达不了反应场内，一定会有进入建筑内部的门。烟囱里应该有完善的辐射控制装置，不至于直接对人体造成伤害。因此，我可以飞进烟囱里，从烟囱寻求突破。

没有办法的办法。

我伸出因为紧张而颤抖的右手紧紧握住操纵杆，盯着深蓝和银白交织的显示屏，慢慢把高度降下来，操纵着直升机向那团源源不断向上攀升的白雾开去。但如果我掉下去，这个高度，这个情况下，可能

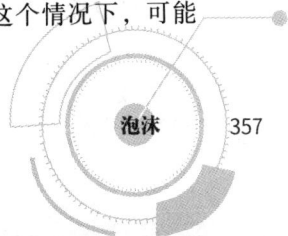

会尸骨无存。Icon 的目的若非完全如他所言，他若非不如我所想的那样宽宏大量，我便有可能被击落。若是迎击的炮弹直接击中机身，后果定是不堪设想……

三十米，二十八米，迎击炮塔没有动作。二十五米，下方出现陆地。二十三米，接近那团白雾。二十二米，二十米，就快进入遮挡范围了，心脏在胸腔里疯狂跳动，传来直击骨头的痛感。紧张感快要把脑子溢满，就连小腹也有了缩紧的不自然感。

再下降一点，十五米左右就可以飞进烟雾里。再下降——

红色光学保护膜出现在很近的下方，给我一种在明亮颜色里着陆的感觉。机身一点点靠近，那样鲜明的一小层颜色出现在碧蓝天空里，多少有些失真。我看到致密的光学粒子随着螺旋桨强力的波动而稍显扭曲，看见黑色的机体一点点没入那摇曳的颜色中，很快红色光学层的高度没过挡风玻璃，呈现出一个薄薄的断层，上方是天空，下方是核岛的地面，由一道生硬的光膜一刀两断，像是形成了两个世界。继而慢慢没入烟雾之中。白色和红色交织，视野再次遭到遮挡。

就在光学薄膜的边界线切到驾驶舱玻璃的中线左右时，警铃大作。显示屏弹射出巨大的红字，是英文。我来不及看懂它在说什么，只辨识出机身模式图上亮红点的部位是左后方舱门的部位。

亮红点，说明是警戒，有东西正朝机身飞快靠近。

迎击来了。

一切都发生在瞬间，我什么也没看清，甚至还没来得及把头完全转过去，那股巨大的力道便狠狠将直升机在空中撕扯得横了过来。我听见螺旋桨断裂的声音，超乎常理的冲击力让机体猛然后退，整架直升机从中间被炸成两半，一半狠狠坠下，另一半反冲回光学膜层的上方。我几乎找不到自己的视野，不过我确定自己在空中翻转，并且短暂地看见海面和核岛浅灰色的水泥地面交界的地方。

我像被一只无形的手抓起来似的猛然一震，横空飞出去半米，摔在驾驶座的另一侧。头晕眼花间，我意识到驾驶舱倾斜得很厉害，驾驶舱断掉了，机头已经开始向下坠落，而我所在的机尾部分靠着爆炸产生的反作用力暂时滞空。紧接着开始加速下坠。红色光膜"唰"地穿过我，我被抛起，倏地掉入另一个世界。剧烈的失重感将我再次抛弃，一股刺鼻的烟味扑面而来，我几乎窒息。

天哪，这是什么迎击，怎么这么快，快到直升机的系统还没来得及发出开炮警示，机体就已经遭到拦腰痛击。

我顾不得痛赶紧手忙脚乱地爬起来，却又再一次重重摔倒在同一个位置。

我紧紧蹭着严重倾斜、下坠的机舱壁直起身子，挣扎着抓住一把被拴在武器闸里的警棍，努力在几乎是三百六十度的旋转中保持平衡，但无济于事。来自坠机的巨大风力让我险些被甩出去。驾驶舱里的所有物件都在杂乱无章地翻滚，只要一越过机舱的断层浮到空中，便被天空里呼啸的风吸走，再也不见踪影。风的吸力将我丢出去，刹那间脚下颠簸的舱体消失，我赫然悬浮在空中。

最开始的半秒我还想努力睁开眼看清楚下方是地面还是海面，但立刻绷不住了，就连最后带有侥幸心的冷静也被风吞噬殆尽。

这是什么情况啊！

我再也想不到任何解决办法，想不到任何自己可以做的事，理性消失，感性占据了大脑的全部。双脚离开所有的支撑物，我由内而外被坠落的压力所撕扯，脑内空无一物，索性扯开嗓子，像个小孩一样用尽全力尖叫起来。

这大概是我有生以来叫得最凶的一次。尖厉的声音划破扑面而来的风声，震得我五脏六腑一阵紧缩。然后，在不到两秒的时间里，像是撞上一堵泥墙般，我重重地坠入水中。入水瞬间的巨大压强几乎把我全身砸得散了架，水压和猛烈的冲撞击垮空中形成的所有准备姿势，腥咸苦涩的海水从口鼻耳中涌进来，瞬间以惊人的压力和速度将

我卷入浪潮之下。我再也听不见任何外界声音，海水的咆哮充满了耳膜，仿佛全世界都在轰鸣。我感受不到自己肢体的任何一部分，却又分明感觉到全身都在剧痛，我在急速下沉。无数气泡和浪花沿着海水被劈开的缝隙上浮。身体没有反应过来，我甚至没有做出蹬动手脚尝试上浮的动作，像一块石头一样沉向深深的海底。突如其来的巨大冲击让我几乎被从内而外撕开，痛苦的感觉充满了每个细胞，太过剧烈以至于一时间分辨不清到底是因为撞击还是窒息。

我没法在海水里睁开眼，也感觉不到浪的波动，只有密密麻麻的浪花不停地涌到我的脸上，把我往下挤压。水变成了像空气一样根本抓不住的东西，让人拍打不到任何形体，只有一点点在其中淹没，仿佛要溶解在水中。

我大概要死了吧。

还不能死在这里啊。

时空缝隙，Pharos，Icon，塞西莉亚，帕拉斯，我还有那么多要做的事，那么多刚刚才瞥见一丝缝隙的地方。我需要知道真相，需要知道把那些消失的人类带回来的办法，我还没有改变那个早已注定的结局，还没有做成自己非做完不可的事情——甚至，还不知道"涅槃"的意义。

如果我死在这里，我能够涅槃重生吗？

不，啊，不可以吧，涅槃是在火里，这里可是深海啊。

不行不行，我怎么能就这样死掉啊。我要上去，海面在，海面在——

海面在哪里？

游起来，动起来，手脚还能——

还能动吗？

意识在一点点消失。灼烧的感觉灌满肺部，我开始不自主地大口吸入浓醇的海水，于是炽烈的苦涩的感觉自口中涌入腹部，头涨得几乎裂开来，双目充水，什么也看不见。似乎有淡淡的光在头顶浮动，但我明明没有睁眼。

在我感到那光芒越来越近时，一种有力的触感附上我的手臂。突然之间，一股巨大的力量钳住我的双肩，将我向上抬升。我感到自己开始了比下坠缓慢很多的上升，四周的压力都在向下退去，像是从层层束缚中剥开，一点点析出，慢慢击退海水的侵蚀，重新变成"自己"这个整体。

对，救我吧，我不想死在这里。不要死在这里。

我恍惚间张大了嘴，迷迷糊糊地想要说话，但海水铺天盖地地盖过来。那股升力带来的是更加强烈的冲击感，此时咸腥的海水已经充满了我的肺，耳畔再也听不见声音。

不出两秒的挣扎，我彻底失去了意识。

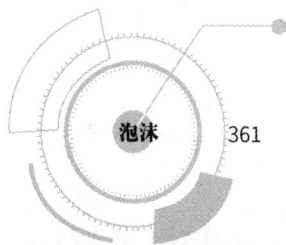

应答

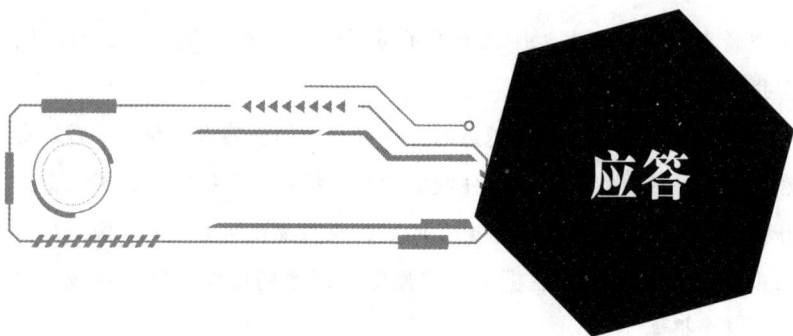

2112 年 4 月 20 日

下午，我们来到固定的小队集合地点。

在我们之前，那里已经聚集了相当多的人。有些生面孔，但更多的是早就认识的老友。在这世界之中，不论怎样的面孔都如兄友一般亲切。我们会在这里待一整天，分配近期收获的食物和物资，重新组成新的群组，然后由队里负责指南针的人来商议下一次集会的聚集地点。

愿意跟随我的人依然很多。他们渴望见证每天黄昏时的定期联络，渴望听见那小小的麦克风里传来现代的声音，那声音给他们希望，让他们回忆起自己曾经日复一日的生活。这里面甚至还有一小部分人单纯因为对我有好感而愿意和我分为一组。实话实说，这是我最初想都不敢想的。

说来好笑，在人们习惯了"生活在这个世界"这件事后，他们倒是不太计较谁是罪魁祸首这个问题。于是，作为一个青年学者，我常常因为对这个世界有更多的了解而被各种人光顾。猎人向我询问这样的森林里什么时候才能碰到大型猎物，生物学家想向我了解这里都有些什么生命，户外爱好者打听地形情况，会看天象的人们也常常跟我讨论，明天到底是下雨还是天晴。我虽然学业不精，但问着问着就被问出了德高望重的感觉。于是，那帮人里面产生了一些对我依赖性很强的家伙。他们的能力不比我差，某些专业的知识绝对胜我一筹，但他们行事之前往往都要找我问问，出谋划策一下。在他们看来，我的知识可以解决他们极大一部分的问题，我的肯定也能让他们进一步肯定自己，在我的指导下，他们自身的能力能得到最大的发挥。

最初我并没有意识到还有这回事，是尼德兰偷偷告诉我的。这家伙的阅历完全可以独自带领一个分组了，但身体上的残疾使他无法很好地担任组长这个职位，我怕有人会仗着他行动不便作祟。所以，这么多次分组，我几乎每次都和他一起。也正是这样，他是能够非常全面地观察我接近我的人，能够给我一些切实的反馈。

他说："你好像被某些大叔像小女孩似的喜欢上了。"

"谁像小女孩？"

"你啊。年纪轻轻，秀气的脸蛋，一看就是个光皮书生。虽然胡子被割得不整齐，头发也乱七八糟，但毕竟脑子里有东西，谁不喜欢呢。他们喜欢找你问问题，问着问着就喜欢上了。"他就笑我。说起话来真不讲究。

也许是在赞许我的成长——姑且这样认为吧。

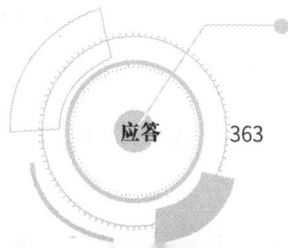

*

现在荒原迎来了真正的春天，野兔和地鼠之类的动物多了起来，蛇和野鸟也频繁出现在地面上。食物充足了，每天的跋涉都能有所收获，大家心情都好了不少。来自冬天的寒冷一点点被逐渐明朗起来的阳光消融，在一片漫无目的的嫩绿中前行，似乎生命与希望常伴身侧。

我想，如果我先前多重视文学一点的话，现在也许我要写诗了。把诗写在日记里可是一种很高级的操作，这说明日记的主人富有情趣，苦中作乐。

不对，也不能说是苦中作乐。其实，现在我们的生活基本还算好的。和那过去无比习惯的现代生活相比，这又如何？现在的我已经难以抉择：若是再次回到属于我们的那个世界，我是否还会怀念这里。虽然想不出诗歌，但熬过死亡的威胁后，这个世界的澄澈与生机实在十分华丽。

我不知道自己为什么会这样想，不过衣食无忧了确实是件好事。

春天真的来了啊。

2112 年 4 月 21 日

今天发生件挺喜庆的事——双胞胎姐妹中的妹妹和一个少年正式谈恋爱了。

春天来了！虽然她的眼光我实在不太能理解，但还是要祝福他们。

我不太清楚全过程，据说恋爱的契机是他俩聊天的时候聊到了家乡的事，发现是同乡，然后话题以肉眼可见的速度增长，渐渐地就分不开了。原本和妹妹形影不离的姐姐见状很知趣地给了他们空间，但离开妹妹之后，队伍里就只有一个高高瘦瘦不说话的青年和我与她年龄相差不大了，剩下的都是大叔阿姨，代沟太大，于是她自然而然地来找我聊天。

除了双胞胎妹妹之外，人群里还出现了几对很低调的中年情侣。据我所知他们都有自己的家庭，但在这个世界里和亲友离散，也就不得不在新认识的人身上寻找新的慰藉。我能理解这种感觉，毕竟像贺林一样愿意为了自己的家庭付出那么多的人太少了。

如果新的伴侣能够填补他们内心产生的巨大空缺，那当然算是一大好事。而且正常人类社会中的道德伦理，在这里也已经不起作用了。

毕竟春天来了啊。

今天我们又遇见了三个人，他们其中有两个是资深的户外运动员，被传送过来的时候正在骑单车，所以带着专业的运动装备；另一个是前面两个运动员在路上遇到的女人，她很年轻，但做事非常干练，像是勤俭持家十几年的全职妈妈的感觉。她和其中一位已经谈上了。

不论如何，队里有了新的血脉，也增加了新的情侣，大喜事。这些人干事都很麻利，也讲道理，有不少学问。他们都是研究生，天文地理都知道些，知识结构强大，一来就帮了我们不少忙。他们带来的专业户外设备给我们这些两年多没看过现代产品的人来了一次大大的感官冲击，我甚至和尼德兰一起捧着一根普通的、磨损的登山杖看了好久，一边看一边感慨，现代工业真妙，在这个破地方让我们徒手做点什么东西，都是粗糙得不忍直视。

不知不觉间，我们已经开始正儿八经地在这里过起日子了。最初我们甚至不能保证自己的生命安全，现在衣食渐丰，生活安定起来，大家便不约而同地寻求起更高级的精神和肉体享受。这大概就是习惯了现代生活的人类在适应新的环境时的必由之路吧。

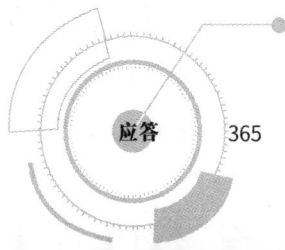

2112 年 4 月 22 日

今天我再次尝试联系 Pharos 的自律应答系统，得到和之前如出一辙的回答：At your service 。我很奇怪为什么这个在开发组风评很好的人工智能在关键时刻变得这么原始，一点脑子都没有，不管我对他发出什么命令他都只会说那一句话。

记得是叫 Icon 来着。

他是时空机和安全系统的自律维护器，应该具备相当优良的应答能力才对。我记得出发前队长跟我们夸赞这个智能的仿生功能，说他前几天见过 Icon 一次，差点把他当成研发人员——那家伙长得太像人类了，外形是按照人类对"程序员"这一身份的刻板印象设计出来的，举手投足间尽是人类的气度。照理这是个功能很完备的智能，但现在看来这家伙一点都不优秀啊。它被黑掉了，还是出故障了？怎么回事？

不过，现在我算是明白了，想要靠现代剩下的那点儿智能设备把我们弄回去简直是天方夜谭。我们还得自己想办法联系上真正的人。不知道现代还有没有人类留下，既然不知道，就只能每天尝试一下。

下午英格玛发来消息，说他所在的小组找到了一个规模庞大的幸存者聚集地，里头大概有四五十人，精神状态都还算正常，没有出现统治者。收到消息后我第一时间回复，并跟其余七个小组进行交代，明天我们将全员在那里集合跟他们接触。如果想按时抵达就要从现在立即出发，跋涉一个晚上。我把消息告诉组里的人。刚刚结束大集合就要再次前往指定地点，他们非但没有抱怨，反而一致表示兴奋。

有新的人就有新的希望，说不定现在的某些人能在明天的见面中与亲友团聚，这个荒芜的世界里又会诞生新的奇迹。

我们在夜幕降临前开始了阵地转移。

2112 年 4 月 23 日

没想到奇迹居然发生在我身上。在那群人中，我遇见了马尔文的哥哥，爱德华·L. 理汀。

马尔文从未提及自己有过哥哥，但当我带着自己的组员走近，在人群中看见那个高挑的金发男子时，他和马尔文相似的样貌和气息，我本能地感觉到他们之间的某种联系。于是我走过去询问。

"你好，请问你认识马尔文·L. 理汀吗？抱歉，我觉得你们有些相似。"

"噢，那是我弟弟。"金发男子微微松动一下肩膀转过身来，双目中没有什么神采。

"弟弟？"

"嗯。"

爱德华最初只是很平静地看着我，不带有表情，语音里没有情绪。他比我略高一点，看上去三十多了，个高且瘦，一身破烂的白色长 T 恤，披散着凌乱的金色长发，略显憔悴，因为瘦削而棱角分明，目中有着和弟弟一样的金色光芒，只是不那么有神采。和马尔文相异，他看上去谦逊且顺从，不曾给人热情鲜活之类的感受。

此时其他人已经开始热情地跟这个新发现的人群进行接触，负责带队的英格玛、石溢和布伊阿努等人在乌泱泱散乱一地的人堆里走来走去。

爱德华·L. 理汀不怎么爱说话，性格比马尔文腼腆很多，一副郁郁寡欢的中年男子形象，一看就知道不管是曾经还是现在都没好好吃过饭，我合理怀疑他自来到这个世界之后一直靠别人打猎养活。他的话很少，所以我也尽量同他言简意赅。当我告诉他马尔文已经去世时，他慢慢抬头看了一眼天，神情有些迷茫，似乎在回忆弟弟的容貌。过了半晌，他定定地看着我，轻声说，谢谢你转告我。

然后我们都没有再提及马尔文，对话也就此刹住，再也没了下文。

好一会儿，我对他无话可说，唯有转身离开。人群交融得很快，等我真正打算做点什么跟新加入的人们申明一下规矩时，他们已跟我们原本的人混得难舍难分。所有人都很兴奋，尼德兰告诉我大家都很久没有一次性看到这么多新面孔了。这个新的人群里有不少老人小孩，看到我们这样一大批青壮年出现在森林里，所有人都兴奋得不得了。

但只要一想到爱德华·L.理汀，想到那个一言不发笔直伫立在荒原中央的金色身影，我就不太能激动起来。

爱德华有着与弟弟完全相异的性格，内敛，举止间透露着良好的教养，不像弟弟那样喜欢横冲直撞，疾恶如仇。他自与我们相遇起便一直能不说话就不说话，像杆子一样静静地站在一边，不是抬头看天就是望向远处，一副全然与他不相关的样子。

那群人里有个男人告诉我，爱德华在原来的世界是个画家、诗人、作家，以及和平主义者，参加各种联合国组织的世界范围内的游行和慈善捐款。理汀家有一个房地产公司，还是一些大公司的股东，所以有相当丰厚的家底。爱德华原本要继承家业，但他自幼便对这样的事情没有任何兴趣，喜欢作诗写文，并且非常热爱自然，甚至主动要求辍学，让望子成龙的父母恼火万分。于是，在无数次争执、沉默和妥协之后，继承家业的担子落在弟弟马尔文身上。碰巧马尔文对此重任感到自豪，并未产生被限制的不自由感，于是兄弟二人成了长短相嵌的相处模式——他们性格互补，爱好相异，像两个互余的角，加起来刚好一百八十度。

理汀一家的生活就此达到新的平衡。在两兄弟的调和下，家族里所有的人都渐渐接受了这个结果。有一段时间，一家人的生活蒸蒸日上。不巧的是理汀夫妇在爱德华二十八岁时意外去世，当时马尔文只有二十岁。爱德华完成了人生中唯一一次法律程序，把继承权正式转授予弟弟，然后在家族聚会上宣布继承者为马尔文。所以当初马尔文告诉我他从帝国理工退学，我猜原因是为打理父母留下的财产。

这样所有的事情都说得通了。不过，现在看来爱德华和马尔文的差别太大了。虽然他们都是一样的金发金眼，举手投足间都有着相同的好教养，但他们的行动力和思想习惯完全不是一回事。我几乎可以确定，自来到这个世界起，爱德华就没有参与过采集、捕猎等活动，能够活到现在也全凭同行者的善心施予。

我不是完全理解搞文学和艺术的人，但我知道他们做的每一件事因为很少被人理解才显得分外美丽。那是神秘的美，往往不够惊心动魄，却很值得品味。

譬如爱德华。虽然他是个懒汉，是个不务正业的人，是个即使饿得瘦骨嶙峋也鲜少参加采集、狩猎活动的"累赘"。

我常有意识地和他谈天说地，便知道他的知识面太广了，我无法触其边界。他喜欢文学和艺术，我就引着他说一些相关的东西。他不喜欢说别的，一说起自己的老本行，便有着惊人的演讲力，头头是道。听着听着我仿佛也要陷进去，陷进一个明亮的旋涡中，被愈演愈烈的金光吞噬。和有智慧的人交谈就是愉快，我不太懂，但也好像变得更聪明了一些。

他和马尔文有太多不同，但美丽且灿烂的感觉无比相似，温文尔雅的性格里藏着惊人的感染力，似乎我只要和他交谈便能够充满希望。这是矛盾的美。

"啊，那个家伙啊。"和他在一起的人们谈到他时就露出暧昧的笑容，"文绉绉的，跟人说不出正经话，从来不干活儿，但毕竟也是一个生命，没办法啊。"

他们总会在食物有盈余的时候好心给他分一些吃的，而食物匮乏的时候自然没人顾及他，他便生死听天，也鲜少主动觅食。好在这家伙身板硬，发育得很好，即使几天粒米未进也能凭着野果和可食用的叶子过活。在人类的世界里举办慈善捐款的富家子弟，在这个原始的环境中想要活下来得依靠普通人的施舍。

2112 年 5 月 24 日

"爱德华？"人群交融的一个月后，又是下一个约定的集合日前夜，我忙完了基本的事宜，再次走到他旁边。

金发的高个子依然笔直地站着，他没有说话，回过头很安静地看着我。这个男人的身上有岁月的深刻痕迹，饿得骨瘦如柴，皮肤十分的沧桑，但眼里的纯金和熠熠生辉的金发始终没有褪色，在浅浅的阳光里散发着一股吸引人的气质。兄弟俩唯有目光如同是一个模子里刻出来的。

"我们继续前进时会分成很多组，你跟我一起走吧。"我看着他，恍惚间那对金色的眸子把我带回了站在夕阳里凝视马尔文的时候。

他们的目光真的太像了，晶莹剔透，罕见的纯金——也许里头还有一些非常立体的银灰色放射状丝线，在阳光里透亮，都是美得仿佛不属于这个世界的东西。

"嗯。"他点点头，眼里闪过一丝转瞬即逝的笑意。我也带着笑看他，有好一会儿四周除了风声再无其他动静。

"我弟弟，他生前跟你提起过我吗？"半晌，他见我仍未离去，便又轻轻地问。

"没有。"我想不出要怎么撒谎。

他眨眨眼，抿起嘴角点点头："那家伙就是这样。"

"怎样的？"

"就是……从不对他人谈起自己的家事。"他金色的长发在阳光里闪烁着浅白的光辉，经过两年多的生活，他的肤色依然像天使一样洁白，"噢，在他很小的时候就说过，如果以后我踏上了这个世界认可的道路，而哥哥选择在旁人唏嘘的路上前行，我会不顾一切地往前走，把这条路走通。

"他知道家族里的人不看好我，知道理汀家的人不希望家里出现不务正业的长子，知道我从小就活在所有长辈的舆论中，做社交圈里不知悔改的反面教材。说那话的时候他还只是个很小的孩子……单纯的动机，单纯的表达，踏实的行动。"

爱德华的声音很轻。

"嗯"，我慢慢地点点头，抬头看着远处色彩各异的天空。

荒原上的风很凉爽，天空被渲染成水彩一般鲜艳的颜色。远处的云层交叠重合，在遥远的高空拖拽出断断续续的影子。

"你知道他为什么从来没有向你提到过我吗？"他扭脸看我，眼中亮着浅金色的闪光。

"为什么？"我恍惚间想到，不知他这样看着我，会看见我的眼睛呈现出怎样的颜色。

不管怎样，肯定不是美丽的金色。我的眼睛是深黛色，还有点蓝，发色也几乎是纯黑的。

他的声音稍稍高了一些："因为他相信我们可以回去，会在原来的世界重逢。"

果然，诗人说的话里总是有常人无法理解的逻辑。这样的表述很美，却根本无法说服我。当我意识到这一点时，不禁悄悄为自己感到悲哀。

但是，他已经离开了。马尔文已经死了，你们永远也无法在任何世界重逢。

"虽然他已经离开了，但你们一定可以在别的世界重逢。"话说出口，却又变了意思。

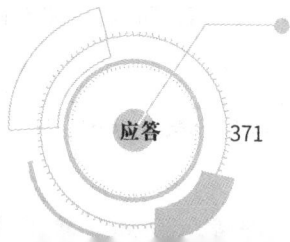

他平静地看着我，依然带着笑，那表情就像凝固了一般，宛如一座沐浴着阳光的雕塑。那种略带一丝圣洁的恍惚神情简直跟马尔文一模一样。

"嗯，谢谢你。"

人员再次分组，爱德华和我一起。

我们讨论了一些 Pharos 的事情，我把时空穿越领域内我知道的所有事情告诉了他，并把和 Icon 对接不上的事情告诉他，想要询问他的看法。这家伙比我预想的淡定很多。他说他知道有这样的项目在民间进行，理汀家族在很早之前就被时空穿越计划的总负责人伪达尔文先生找到过，所以他们也算是这个计划的赞助者。

世界真小。

我和他进行了很多断断续续的交谈，在我一而再再而三的引导之下，他也变得开放了一些，愿意更频繁地说些长句子。虽然那家伙的表达通常有些晦涩，但我多半能听懂，并且——很奇妙地——我可以理解那些生涩语句想要表达的情感。

尼德兰有一次跟我说，你别被这家伙迷了魂了，跟他少说点儿话。这人脑子太绕了，不适合在这个世界活下去。我倒没有这样感觉，至少和他聊天并不影响我的正常工作，他那艺术且华丽的判断，也不会影响我作为纯种理科生的逻辑思维。

黄昏的时候，我联系了 Icon，得到完全一致的答复。我都能背出那个语调了。

"At your service."

2112 年 5 月 25 日

奇怪的事情发生了，今天 Icon 没有对我的通信进行应答。这还真是费解。照例而言，他回不回答是由母机的程序说了算的，只要

Pharos 的母机还正常运行，他便可以进行自主应答。

难道 Pharos 系统崩溃了？不可能啊。

不……其实确实是可能的。毕竟现在我们根本不知道那个世界里——那个属于我们的世界里正在发生什么啊！

可恶，Pharos 可千万要撑住啊，如果 Pharos 崩溃了，那我们还怎么回去啊！

2112 年 5 月 26 日

Icon 依然没有应答。

2112 年 5 月 27 日

Icon 无应答。连 Pharos 的自动回复也消失了。

我们彻底和时光穿梭机断绝了联系。人们开始慌乱了，"我们已经被神抛弃了"的谣言开始疯传，大家都很担心，这会不会把我们最后一丝回家的希望掐灭。

不不，这不是神的问题，这是比神现实很多的问题。虽然我们可以在这里生存下去了，但这毕竟只是"生存"，不是"生活"，如果一辈子都要待在这里，如果死在这里……

死在这里？

那我们还能写诗么？

2112 年 5 月 27 日

Icon 无应答。看来是这样了，如果 Pharos 不能正常维持通信，我们铁定没办法回去。

等了两年多才等到这一线希望，现在它彻底破灭，带来形同毁灭

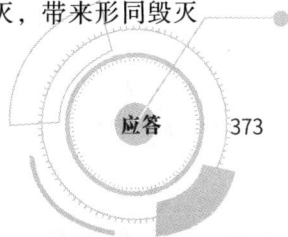

的消息。

　　没有人知道怎么回事，但我这边不能强行对现代进行通话，若对方一直处于挂断状态，对话就无法开始。我不知道现在再对上帝祈祷有没有用——我是家乡罕见的无神论者，但他们都说正是因为搞科学，才要信神。现在我知道了，在面对连科学也无法解决的问题的时候，或者在正视科学的缺口却又无法接受的时候，就要向神寻找救赎了。

　　我现在正在祈祷，不知道神能不能听见。或者，如果 Icon 能听见也行。

　　拜托，来个人回应一下吧。

2112 年 6 月 18 日

Icon 无应答。

　　这将近一个月的所有尝试都让我们心灰意冷。

　　我开始减少写日记的次数了，因为每天都差不多是那样：不断遇到新的人，不断组建新的小组，不断和越来越沉着冷静的搭档共事，吃得不多不少，有时候晚上睡不着觉，我们沿着森林和荒原交界的地方一直往前走，每天都看到差不多的景象。

　　不过今天是奇异的一天。

　　大清早起来，我们就意识到天气不太对劲。

　　大约是五点多的时候，天空中弥漫着一股诡谲的暗黄色光氛，细微的颗粒与一束束的浅光交织，四周起了很大的雾，像是在厚重的黄色胶体中涌动。这种雾一下子让队里几个比较有经验的户外爱好者警觉起来，少数民族出身的布伊阿努和唐迟也异常惶恐。他们叫醒所有睡着的人，要求立即全副武装，继续往前走，不要再留在这里。

　　于是，我们很快地从荒原上爬起来，把衣物打包起来扛在背上，小心翼翼地行走，排成探索高危未知区域时的紧密阵型。这次的分组里有一个军人，他之前一直在教我们一些军用的徒步技巧，这些技巧里也包括了御敌阵。刚学到，就用上了，晦气。

所有人都觉得这样浑浊的黄色雾气让人感到生理上的厌恶，虽然理论上荒原不会因为起雾而凭空出现一些怪兽，但被色调很差劲的空气包围，令人焦躁且不安。

俄罗斯老奶奶说，这种天气不是好兆头，它昭示着某些异常重要转折的发生。我们今天可能会碰到奇迹，也可能会面临糟糕的毁灭。

前方的荒原一眼望不到边际，可能是视野太窄的缘故，远处朦胧在深黄的雾霾中，连红日的轮廓也迷茫看不清楚。空气闷热而微微震颤着，像是有什么东西要从雾中冒出来一般。

"……艾因，你看那边雾里有人。"尼德兰在我身后，以非常低却恰能使我听见的声音说。

"叫他回来。"我回头瞥了他一眼。

"不是咱们的人。"他的声音更小了。

"啊？"我猛地站住。我一刹车，旁边和身后的人都被碰撞着跟跄了一下。

"你看。"他把自己的身体放在地上，腾出手来指向一个方向。我来不及跟其他人解释，慌忙低头循着他的指尖看过去。他所指的方向依然是与四周无异的浓雾，依然是闷顿的深黄色。山丘的起伏显得有些诡异，它们呈现出深浅各异的弧度，像蛰伏的远古巨兽的骨架，还像某种神话里怪物的脊背。而那浓密的雾中，那崎岖的脊梁骨上，隐约出现一个细长的形状。

那是一团黑色的影子——或说深灰色。似乎在摇曳，幅度很小，让人看不清楚。

"人。"我轻轻地说。

"什么？"一旁的男人侧脸看我。

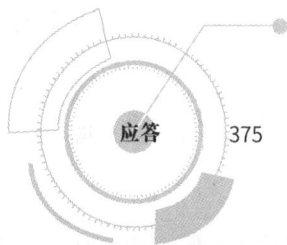

"那是个人吗，各位？"我稍稍提高声调，伸长胳膊指过去，向着那个细小的深黑色身影。尼德兰仰脸看着我们，微微张了张口。

"人？"

"看不清楚。"

"怎么是一个人？"

"是人？"

"这天气怎么会有人独自行走？"

"是不是什么野兽？"

"是人啊。"

我眯起眼看过去，举起手中用来打信号的长木棒，示意身后的所有人停下。我们已经很久没有遇到过独自一人的外来者了，先前加入的都是以两三人为单位的小团体，或者大规模的人群。这个荒原很残酷，根本不适合独自一人生存。如果不是贺林的话……不，肯定不会是贺林，他独自一人肯定走得很快，不可能还在我们附近。

那个飘忽不定的深黑身影越来越近，我仔细辨识着，越发确定那是个人，心里却又在隐隐地疑问，人还是鬼？它飘逸着，似乎悬浮于大地之上，像是人在迈开步子行走，又像是鬼故事里悬空无脚的幽灵。

"他要过来。"老奶奶的声音轻轻地在身后响起，我感到一阵战栗，脊背上的汗毛都竖了起来。就在刚才，她曾用非常枯槁的语调警告我们这样的天气怕是要坏事。

"我们在这里等着，大家都小心点，武器拿好，准备。等他过来就知道了，到底是人是鬼。所有人准备！作战准备！"我压低身姿，将信号棒横在手中，同时腾出另一只手摸了摸腰间的木刀。指尖粗糙的质感让我越发清醒，在这样的天气里没有人敢昏昏欲睡。但……那又和作战准备是两码事。我们这里面有作战经验——哪怕是有打架经验的都不会超过10个人，这年头早就不兴打架了。这样一个武力低下的群体遭到不明外来物的造访，实在不是个好消息。

"准备。"身旁的男人们把这句话传下去，传到后面变成了"Safe, Safe, Ready"，一阵窸窸窣窣的耳语，各种语言响起，所有人都耸动着，变换姿势。妇女儿童快速走进包围圈中心，将双手放在前方男人们的后背上，我们则面向外围，牢牢地握住手中的武器。

"这个时候遇到这样的人……有点恶兆的感觉啊。"尼德兰说。他一如既往的镇定，一副完全没有作战或逃跑能力的身体就那样摆在队伍的最前端，如果那真是危险动物，他根本不可能逃掉。不过，他也根本不慌张。

"只要他是人类，就是吉兆。如果不是人，那就绝对要搞掉它。就看那到底是什么东西了。"我没空瞪他，紧紧地盯着不远处那个深色的、晃动的、一点点靠近来的影子。

"你好？"身旁一个男人忽然喊了出来。他在尝试跟那个靠近的身影对话。

"嘿，可以听见吗？"其他人也跟着喊了起来，几个声音融在一起，却没什么穿透力，他们的话音很快被浓雾驱散。我警觉地看着那个影子。

"啊……是一个人。"

"噢，请你回答。"

呼喊声持续了一阵，慢慢地平息了。我们屏息敛声地等待着那个影子的回复。

那影子摇曳着沉淀着，在深黄色的朦胧中沉浮不定。我们都听得见身旁人的心跳声，自己的胸膛里一颗心脏也狠狠地跳动着，虽然理性来讲我们有这么多人不应该害怕，但感性地说，天气太邪门，没有人会感到安全。

"嘿，你们是一群人吗？啊，该死，怎么这么大一团。"

微弱的声音从雾里传来。那个影子回答了。

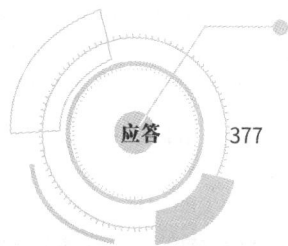

我愣了一下，慢慢地把手中的树棍放下，树棍顶上有我临时拆下来的设备上的信号灯，可以自主发亮，粗糙的木质结构戳在湿润的泥土上，发出一声闷响。

"没事了。"尼德兰在我身后发出赞许的声音。

"是的！我们是人类！"身旁的人立即应和着发出喊声。

"噢，人类！我太久没有看到过人了。"

那个影子开始很快地向我们靠近。他一颠一颠地跑来，几步之后，我终于看清了，那是个比一般人都瘦小一些的老头子，穿着破旧的披风一样的衣物和刚刚遮到小腿的吊脚裤，走起路来一瘸一拐。他整个人都很邋遢，头发披肩，乱蓬蓬的在身后张开，形象多少有些滑稽；棱角分明，骨瘦如柴，给人一种这样的家伙更适合出现在动画片里的感觉。

"放轻松，嘿，放轻松。"他在说话，很喑哑的声音，越发让我想到小时候看过的动画片里上了年纪的坏人角色。

"你是谁？"我抬高声调。

"凯格尔·麦高格！别紧张！"

他看见了我们手中的武器。

"我们不打算伤害你，都放轻松。"我大声喊道，同时打手势示意身旁的人放下架势，放松下来。

不过，等等，凯格尔……这个名字怎么这么耳熟？我眯起眼，看着那个越来越近的影子，努力调动自己的记忆。

啊，凯格尔·麦高格？我想起来了，他是ζ公司的赞助商之一，也是我们的大老板伪达尔文先生的挚友，算是学术界顶尖人物，我记得他好像是研究人类学的。

这家伙……如果他就是我所记得的那个凯格尔的话——我只在座谈会上见过他一次，还是作为陪侍站在一旁勉强见了一面——那他绝对不简单。见到他时我还是很青涩的实习生，没什么经验，也没什么胆子，面对真正的高层人物，我束手束脚的连看都不太敢看。

当时，他在跟我们公司的老板伪达尔文先生谈话，他们经常谈话，而唯独那次谈话的内容跟时空穿越实验有关，所以我们这帮被选中的执行者有旁听的义务。我们整个时空穿梭执行团队都被叫过去，只是听着两个老人叙旧一般聊了许久，站得笔直动也不敢动一下。我还记得那是个亲切但又有些固执的老人，但当时不敢太过观察，只有洗耳恭听，没记住对方长相。

他好像确实是个瘦老头。

唔……这个人，大概只是同名，不会真是那个凯格尔吧？

我紧盯着那个愈来愈近的身影，终于辨认出他的面孔和身形。这时凯格尔离我们很近了，一头纯白色的卷发长长地随着奔跑的幅度晃动，纤细的手臂一左一右地拐动着，迈着腿很快向我们跑来。

这个时候，我心中某个部位突然剧烈地搏动起来。我开始无比确信他就是我所知道的那个凯格尔·麦高格，就像是有一个声音在耳边低语般清晰。这个凯格尔身上有一切欧美系老年精英的标志——精瘦，略显黝黑的皮肤，恰到好处的瘦长的肌肉轮廓和松弛的表皮，保养得很不好的银发，以及即使模模糊糊看不真切，仍能感觉到有光的双目。

我猜他有一双很古典的灰绿色眸子。

老头靠近，我握着树棍的手心微微发汗。在凯格尔即将面对的这群人里，我是行动上的领袖。如果有人要跟他对话，那个人肯定是我。

虽说在这个荒蛮的地方现代的一切身份地位都已经清零，但总觉得……僭越了。伪达尔文先生和与他有关的一切事情在ζ公司的实验室里都是谜一般的存在，介于他的身份、智慧和财产，从来没有人怀疑他。用一句不太恰当的俗话说就是，"真理总在炮弹的射程之内"，只要有秘密的人足够有权势，就没人会去侵犯那些他不说的东西。伪达尔文就像一个神秘的先知，只负责高高在上地对我们传达意旨，与伪达尔文有关的人，也就是这个凯格尔·麦高格，也自然沾上了难以触及的气息。

虽然我记得他确实不是个很高傲的人。

果然今早的雾是个不祥的预兆。

凯格尔跑过来了，他很快在离我们不远的地方站住，身后是深黄色的浓雾。他披着一层厚重的水汽，浑身像在蒸腾着水珠般冒出丝丝的烟气，那头银发随着他呼吸的幅度反复伸张，像是有了生命一般向四面八方散开。

"嘿，你们好。我是来自荒原的凯格尔·麦高格。"他站了一会儿，见我们各自抄着家伙站住不动，便只好率先用一种轻快的略带自嘲的语气开腔。

"凯格尔教授。早上好。"我瞥了旁边的人一眼，轻轻挥手示意他们不要出声，然后稍稍上前一步迎上去。

"凯格尔教授？你什么来历？"他看向我，我们的目光相交，刹那间迸发出一种短兵相接的冷气。

有一瞬间我真的感觉他的双眼在浓雾中放光，亚光的色彩穿透浑浊空气，一直看进我的眼底。我猜错了，那是一对很朦胧的深蓝色眼睛，里头有深不见底的隐隐光芒，在黄雾中显得很深邃。他的衣衫破旧得可怕，穿在他瘦削的身躯上，他和他的衣服就像稻草人和他的风衣。在浓厚的雾气里，他显得过分单薄。身后的人群不安地躁动，有人伸长脖子想要看清楚发生了什么、为什么停下。最外圈的人们尽可能往里挤着，队形一时有些散乱。不能久留于此。

"我是ζ公司时空穿越项目的执行者之一，艾因·K.爱斯梅尔，负责团队通信。先前在伪达尔文先生名下工作时，我有幸见过您。"我努力让自己的声音听上去理直气壮一点，自我介绍而已，没什么问题。

现在我还不敢确定他是无辜的，不敢确定他和这个时空穿越故障有什么联系，还不敢确定他到底是不是我所知道的那个人。接下来怎么办，完全得看他的回答。

"噢，Semi（伪达尔文的昵称）的人啊。"他对我眨眨眼，露出一个温和得不太符合骨相的表情，"幸亏遇上了，还真是只有你们这样的家伙才能在这个世界里好好地生存下去。"

"教授，请先跟我们一起吧。等走出了这片雾，情况再慢慢说。"没错了，这个人就是凯格尔·麦高格。我察觉到他语气里的慢条斯理，有些担心地用余光扫视身旁高大的男人们。这群人里有不少暴动分子，他们平时就很暴脾气，在这样起雾的天气里很容易因为没有安全感而动乱。我要立即劝服凯格尔加入进来，行进的进度不能被打乱。

"你们要去哪里？"他一抬眼，透过雾气看着我，我又在某一瞬间察觉到了那种令人窒息的穿透力。

"去哪里？没有特别的目的地，寻找不同的环境，碰见更多幸存的人，一路找食物和聚集地吧。凯格尔教授，请跟我们一起走，我们也有事想要向您确认。"我试图用最短的时间回答完他的问题。

人群已经骚动起来了，他们推搡着乱成一团，所有人都想赶紧走出这片雾。

现在是早晨八点多。什么时候雾能够散去？

"教授，请跟我们来。"我努力让自己的声音显得诚恳。

"你是 Semi 手下的人，所以你想要请教我的，是关于时空穿越的事？"

"教授，详情我们边走边谈好吗？今天早上的雾很不寻常，大家都很慌乱。"我斟酌着，尽量让自己的语气得体一些。已经很久没有跟比自己社会地位高很多的人直接对话了，心里还是非常不自在的。

老头沉默了一会儿，依然保持着抬眼昂头的姿势，似乎在思考某

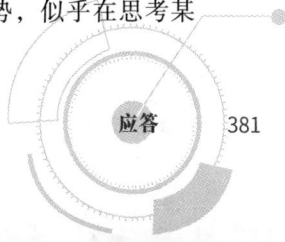

些难以理解的问题。半晌，他点点头，向我走来。

"也是，先出了这片雾再说吧。"

他稍稍上前几步，在我身旁站住，抬眸一瞥我身旁那几个面露凶相人高马大的汉子："管理这么一群人很难吧？"

我谨慎地扫了扫身旁，确定没有人能听见我们的对话后，慢慢低下头问道："您就是我知道的那个凯格尔·麦高格先生吧？"

"我是。"他的声音也很轻。

我把手中略显粗糙的发光的木棍举起。刺眼的光芒劈开厚重的雾海，在一片诡谲的暗黄中亮起富有穿透性的色彩。身后的人群在那红光的照射范围内一点点安静下来，他们都仰起脸，屏息看着这光色。凯格尔抬头看了一眼信标鲜明的颜色，忽然用手戳了戳我的胳膊。

"Pharos。"他轻声说。这个词像一句咒语，我浑身猛地战栗了一下。

"灯塔。真像。"

"什么？"

"Semi 所希望的灯塔，大概也不过是这个样子。"他用眼神示意上方，上方是我高举着树棍的手臂，和在半空中闪烁的红光。

"教授您说的 Pharos 就是……"

我的目光稍稍下滑，在腰间别着的对讲机上一扫，然后回到老头子布满皱纹的脸上。他没有回答我。

2112 年 7 月 10 日

近几天除了凯格尔教授之外，我们没有再遇见其他的人。不过好消息是，在那场不祥的雾里，除了他之外我们什么也没有碰到。可老奶奶确实说过，在那场雾里我们会碰到奇迹或者毁灭的转折。

莫非这个人是故事的转折点？他是发生在我们身上的奇迹吗？倒

是不太像。大概是老奶奶想错了吧。我和教授一起尝试了联系 Icon，依然没有应答。

教授自称是个单纯的人类学家，可能还懂点历史，可是不懂时空穿越的事，但我总觉得他知道些什么。他和伪达尔文先生是挚友。不过目前为止他什么也没有表现出来，只能等以后有机会的时候问问。

2112 年 7 月 11 日

凯格尔教授是个人类学家，也是历史学家。他曾是人类学教授，因此很早之前人们都叫他教授。但在他上了四十岁、开了一家纸质书出版社之后，叫老板的人多了，叫教授的人少了。

有了凯格尔，我和爱德华聊起人文地理的东西完全不用愁。他才说了几句话就笑着要求我们不要叫他教授，自然而然地俯下身跟我们聊成一片。他一点都不带架子——也许顶尖的智慧的学者就是这样。我越来越愿意相信这样的一个人是不会撒谎的人，是不会让人类陷入现在这般困境的人。但我还不敢完全确定。

聊了几天，我发现自己干了件天大的好事——凑合上了他俩，爱德华和凯格尔。他俩有相异又相似的奇异艺术特质，知识渊博，关键时刻非常健谈，一拍即合。

不过这也有些令我沮丧，因为现在对于凯格尔教授的事情，爱德华知道得比我更多。也许只是一些思想层面的认知，但我认为和这个老头有关的东西，不论是什么都有成为关键线索的潜质。

我尝试和他们讨论时光穿梭机的问题，却很遗憾地发现凯格尔教授对这个机器一无所知，或说丝毫不透露。他只是赞助商，还有他是伪达尔文先生的挚友，除此之外没什么交涉，这是他的说辞。他说几年前对方把时光穿梭机的详细资料给赞助商们发过去，但他自己没兴趣，就没看。相比于怎么回去，他眼下似乎更喜欢跟爱德华聊我丝毫不感兴趣的话题。

我还是尝试联系了一下 Icon，没有应答。

2112 年 7 月 20 日
Icon 无应答。

2112 年 8 月 2 日
Icon 无应答。快三个月了，救命，他不会真的抛弃我们了吧？

2112 年 8 月 3 日
Icon 依然无应答！

2112 年 8 月 4 日
Icon 无应答。

噢，那个老头没有成为我所期望的转折点，我们现在还是只能一如既往地用力活下去。

我们"回去"的希望算是完蛋了。该死，但我还不想放弃啊——我不能放弃，我确实不打算放弃，每天的定时联络都要继续。毕竟在这两年多的时间里，我们不管做什么都是靠的一种态度：不管不顾地等下去。

囚笼

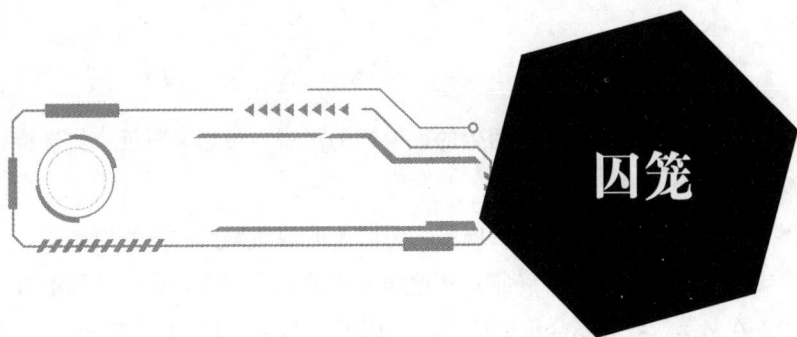

"Icon？ Icon 你能听见吗？请回答！"

"Icon？拜托了，能听见吗？"

"请求连接 ×2. 请回复！"

"Pharos！"

"Pharos."

"啊，该死，又是这样。"

"结束了？"

"啊，是啊，又没有回复。关上吧，尼德兰，拜托。"

"嘿，你去哪里，艾因？"

"随便哪里。我想走走。你别说话了。"

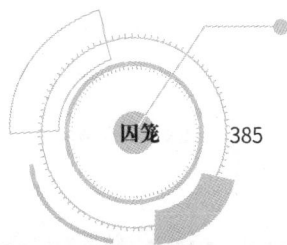

*

偶尔响起的噪声，是陌生的人说话的声音，很远又很近，仿佛持续了很多天。

我没工夫去换算声响的间隔，但时不时能听到，就短暂地感到一丝虚无的慰藉。那声音确实是从地面上来的，我不在天空中，我不可能正在坠落，我才不会像滨斯一样，从天空中摔下来，粉身碎骨。

空间和时间的意识都很模糊，仿佛一切维度都被打碎，我深陷在静止的黑色海洋里。那种感觉并不恐怖，也不空虚，只是非常平静。所有的思维都是断片，一切情感都被抽离开来。我像是站在第三者的角度俯视自己的身躯，但又确实没有死亡。时间去哪里了？我被一直向前流淌的时空抛弃了吗？我努力想了很久，才意识到空间和时间都是没有意识的，模糊的是我的大脑。我已经睡了好长时间，整个人都是朦胧的，甚至快要感知不到自己的存在。

今天也听到了那些说话的声音，还有，我听见一个名字。

艾因？

那是谁？他们到底说了什么？

在一片不断重复的呼叫声中我慢慢地恢复了意识。这似乎是很早以前就注定要发生的事，但它真正发生的时候，那种切实的酸胀感还是让我差点在清醒的第一时间再次睡过去。

我好像睡了一个世纪。手脚没有知觉，脑子也昏昏沉沉的，全身上下说不清是酸痛还是麻木——我动不了，也没法说话，只能轻轻地呼吸，通过愚钝的知觉感知周围的环境。

我在……一个房间里。我睁开半只眼，看见光线不算很明朗的合金天花板。

这是一个很大的房间。

我没有被绑起来，但身体太沉重，没法做出任何动作。而且我应

▲✿◎ **灯塔** ▪▪▪▪▪▪▪▪▪▪▪▪

该受了一些伤，隐隐的痛从一侧的腰间传来。我想要挪动一下自己的四肢，但甚至感觉不到它们。

我驾驶的直升机被迎击炮击落了，飞机掉进海里，我沉下去，然后失去意识。我最后记得的事情，是铺天盖地向我口鼻灌进来的海水，和没有一丝光线的海底。还有……好像有什么东西抓住我，想要把我往上拽。那感觉比下坠还要难受，简直是……

……

刚才有呼叫声。

那绝对是呼叫声，我还没有失去判断力。

呼叫的声音像是从信号受到严重阻断的通信器中发出的，断断续续，说话的人语气很焦急。而且——这样的声音我已经听过不止一次了，不知道是不是同一个人，不过至少是很长一段时间都反复出现的呼叫。

焦急？

有情感。我还记得那种语调，尤其是他呼叫 Pharos 的声音——有情感，那么应该是个人类。他在哪里？为什么会知道 Pharos？对，他还叫了 Icon，他什么都知道。

所以那是谁？

我努力地睁开眼，视野模糊糊地旋转着，逐渐聚焦在那片深色的天花板上。视线稍稍清晰了一点，色感也逐渐回到知觉之中，我才辨析出天花板并不是深色，而是比较浓郁的淡灰。

这里光线很微弱，应该不是我眼睛的问题。房间里有一个大得没边的天花板……我的头努力地扭啊扭，扭到目前肌肉的极限，还是只看到天花板，大概是我的脖子还没缓过来。某个方向有银色的淡光，我找到了被银光点亮一角的白色底板，但这个角度我没法溯源。

这里有一股淡淡的……呃……机房的味道。

机房？

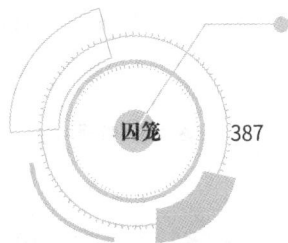

不行我得说点什么。如果旁边有人经过的话，呼救也许有用。

"啊——啊——啊"我慢慢地张口，轻轻吐气，活动着声带，尝试平稳地发声。

"啊——"这时，一个跟我一模一样的声音在身旁响起。那声音简直就是把我的发音拷贝粘贴了一次，仿佛回音，让我一阵毛骨悚然。我敢说，要是我能动，现在肯定给吓得跳起来。

"啊？"我说不出话，只好很笨地挪动了一下脑袋，企图看见那个在我视野之外发声的东西。

"你知道你在这里睡了多久吗？"熟悉的声音在不远处响起。我花了很久辨认那是谁，然后慢慢地想起来——是 Icon。

"I……"

我皱起眉，那个词扯得我声带生疼。Icon。

"不是我把你从天上打下来的，但是我把你从海里捞起来的。当时自律防卫系统击中你的直升机时我也吓了一跳，不过刚好有设备，就把你捞上来了。"他很平静地说。那声音越来越近，他在向我走过来，"我告诉过你自律防卫系统会攻击一切带有军方标识的武装，你还硬闯防护膜，显然是求死了。你不用说话，现在你的状态还不适合发声。我对你的芯片做了一些修改，可能需要适应一下。"

"芯……片？"我慢慢瞪大了眼。视野里彻底清晰了，天花板轮廓分明，但我依然看不到他在哪里。

"你的脑芯片。这么多年了你即使不知道它的存在也能活下去，但这样的无知有一个很显著的问题——你无法发挥它的优势。"他的声音越来越近，然后在身边停下，他在我旁边站住。

"芯……片……"

我没反应过来。芯片？我有吗？有的话为什么考试的时候还是只有那么点分？装芯片不是能够提高人脑性能吗？

我想抓着他质问一通，好恨现在自己动不了，也说不出完整的句子，更做不出咄咄逼人的架势。我隐约能察觉到现在自己的思维仍然处于混沌之中，情绪调节也不是十分灵敏，于是知趣地闭上嘴，不发出任何多余的声音。

"你真该去布宜诺斯艾利斯好好看看。"他似乎在笑。

"Icon，芯……片是……怎么……回事？"我张大眼瞪着天花板，想象着自己正在对他怒目而视。

他停顿了一下，在我以为他打算驳回的时候，那个叙事腔的声音平稳地响起。

"你并不是完全的人类。虽然维持你的脑机能的确实是正常的人类身体，你的脑也是货真价实的人脑，但你并不完整，那里头有不止一个芯片。你的脑芯片的作用很简单——保存你的记忆，并适当地赋予你一些运动机能，让你的运动能力相较于一般人类略显优异，仅此而已。为你制作脑芯片的人很保守，估计是亲属或是资历很高的学者，知道附加性能的风险性。我之所以能够知道这些，是因为我在你昏迷的时候对你的生物信息进行了解析，但详情我不太清楚。"

他的脸出现在视野中，我抬头看去，在看清眼前的形象的刹那猛地瞪大了眼，窒息的感觉涌上脖颈。

映入眼帘的是滨斯的面孔。

高挑的鼻梁，棱角分明的下巴和翘起的嘴角，一副典型美国青年的相貌；微卷的刘海凌乱铺在光滑的前额上，茶色眸子逆着光看过来，眼里带着戏谑的笑意。这是我最熟悉的……滨斯的脸。只不过眼前这个滨斯看上去一点也不幽默，倒是有几分压抑的气息。

"不必惊讶，一个小把戏而已。我的外表是由生化组织构建的类人皮肤，可以经过改造变成任何人的样子。如果你不觉得别扭，我也可以变成你——这费不了多少工夫。"他又离开了我的视野——滨斯的面孔离开我的视野，"比起这个，你如果还保有正常的求知欲的话，应该问我对你的芯片做了什么改造。这个问题我会如实地、完整地回

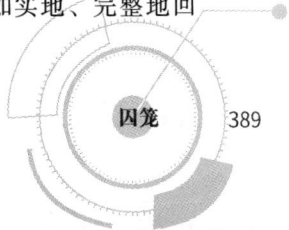

答。"

我睁着眼，努力地从胸口把气提起来。

我不知道自己昏迷了多久，也不知道在这期间他对我做了什么。我手脚已经恢复了知觉，但行动很缓慢，似乎不太受控制。现在看来，我陷入昏迷至少得有一周了，身体素质下降得很严重。

"之前一直没有对你进行说明，但母机的运算结果改变了。我在你的记忆芯片里输入了一些 Pharos 的判断结果，它不会影响你的思考，只是现有情报而已——一些数据和使用守则，诸如此类。你把它当作曾经学过的知识即可，它们都非常管用。我希望你在了解它们之后能对现状进行更全面的判断。在你昏迷的时候这些事情就已经做好，不必多虑。"

"Icon，现在……是什么，时候？"

"现在是 2112 年 8 月 5 日。"

"八月？"

我昏迷了四个月？

不是吧？！

"我一直在等你醒来。"

敲键盘的声音消失，接着是转动电脑椅的声音，他刚坐下就再次站起来了。

"为什么？"

"你是说为什么不杀掉你？"

"对。"

"你说过，让人类回来能更好地发挥 Pharos 的机能，这是目前为止从来没有出现过的选项。一直以来母机的计算都指向一个结果：没有人类的世界更适合 Pharos 生存发展，将人类驱赶出去更适宜这个世界的保存。虽会产生短时间的损害，但以 Pharos 的执行力，把那些坍塌的爆炸的建筑物修复回来花费的时间和材料并不多。于是，最终回归不存在人类文明痕迹的世界。但你所提倡的可能性也值得纳入考虑，因此母机的新一轮测算结果显示我们应该参考你的说法，以进行新的判断。"

"Icon，告诉……我，Pharos……到底……是什么？你——你们的目的，到底是人类，还是世……界，还是什么别的……"

Icon面无表情地走入我的视野之内。他俯视我，眼里那猩红色光点微微闪烁，呈现出非人类的冷色调。

"或者……你解释一下Pharos的……用途。"

他停顿半晌，似乎在斟酌，然后非常平静地对后者妥协。

"Pharos系统有两个分支——时空穿梭机和智能管理平台。穿梭机和管理平台独立开发，在功能上关系不大，但核心运算部件联系在一起。这座核电站正是为了给Pharos及其附属设备供电而落成。对于整个Pharos体系而言，时空穿梭机是功能主体，管理平台只是应急措施。管理平台——也就是我们之前一起开发的Pharos管理系统，是为了防止世界因公开时空穿梭的消息而陷入混乱，基本的管理得不到保障而诞生的。现在'事故'已经发生，它的重要性就发挥出来。

"本来，我们按照人类仍然管理这个世界的模式来进行预案。但现在大多数人消失，Pharos民生系统的通常运行阻力消失，我们很快做好完备的计划，早在2109年10月18日就已拟订新的管理方案，开始有条不紊地完成自己的终极使命。但同时，我们希望了解人类的看法，并以此修正母机的计算结果，取得真正的最优解设。设计者给予我们的使命是畅通运行Pharos，保护'世界'本身，而母机在此基础上进行多次计算，结果都显示抹除大部分人类的存在痕迹、只留下Pharos管理的路网、水利、电气与危化设备更有利于本系统的性能发挥。

"两年以前，有人篡改时空穿越机器参数，将所有人类传送至远古时代，母机第一时间响应这个变故，认为Pharos登峰造极的时代已

经到来。在没有人类从旁干涉的情况下，其用途将尽数发挥。但为何你认为人类的存在更利于 Pharos 发挥作用？为何将人类带回来更利于实现使命？这个母机一开始就排除的选项，为何你对此如此笃定？我想听听你的说法。我们是人类的孩子，我们会尊重人类的意见。"

房间里安静了半晌，我忽然闻到一股淡淡的香气。似乎是……饭香？

"我解释得清楚吗？"

我没有回答的余地。荒唐。他竟然认为抹除大部分人类文明的痕迹，仅仅留下自己所管辖的设施更利于其性能的发挥。这还真是只有智能才想得到的事。

不仅是无法说话的问题，我觉得在进一步交流之前需要先整理一下他刚才的话。脑子还不是很清醒，我没能很快地反应过来，但大致意思是听懂了：设计 Pharos 的目的是保护"世界"，而不是为人类服务。而且，将几乎所有人类都传送走的不是 Icon，也不是 Pharos 本身，而是"有人"故意为之。

智能设备眼下还不会说谎。不过只能先把这个环节放一边，毕竟现在无法查出黑手。对于 Pharos 的"诞生使命"是保护世界而非保护人类这一定义，它也许并非设计者别有用心之举，但两者的目的性差异让这小小的偏差被越放越大，最终 Pharos 将其判断成了一个人类不愿意看到的结果——失去人类的世界，也许更利于其使命的达成。

于是，在几乎所有人类都因为"意外"消失后，它重新拟订运作方案，开始正儿八经地管理这个"没有人"的世界……

这就是它做出的判断。可笑。

将目前为止所有线索串在一起，这个解释说得通，我的理解应该没有问题。

等等，有问题。一个非常、非常重要的问题——为什么我们留下来了？Icon 说有人篡改了数据，把"所有人类"都弄走了。那我们算怎么回事？

我慢慢地瞪大了眼，似乎闻见脑子冒烟的味道。

传送是带走了所有的"人类"，也就是说能被算作人类的生物都被带走了。我不知道它是如何认证"人类"这个概念，但可以确定的是大部分人类都可以按照那一标准被精确区分。那么我们的幸存是否说明了一个问题——我们在这个智能系统的眼里已经不算人类了？

该死，有可能。

但为什么？滨斯被留下来我可以理解——他的身体组成原本就非人类：纳米机器与智能芯片，异常的免疫系统和生物体信息可以阻碍生物体识别。但其他人呢？我呢？为什么？难道只是因为装了脑芯片，我就不算人了？还有帕拉斯，就是因为一条假腿所以也不是人了？不可能，这世界上那么多改造大脑的发烧友，现在都不在这里。现在被剩下的人——我们几个，是怎么逃脱大传送的？

"Icon，我们……为什么……可……可以被……留下来？"我深吸了一口气，努力地发出声音。

"你们的生命数据和正常人类的不一样，传送系统没有识别出来。详情等你恢复后再说，我建议刚苏醒的患者不必一次性记忆太多信息，人类的大脑应该无法在短时间内反应过来，即使装入芯片。"他再次走近，话音稍稍轻了一些，带着些许安抚的意味，"我准备了一点流食，医护系统数据显示你可以进食。虽然不是医护 AI，但我可以获取相应情报，学习如何治疗伤者。事实上这四个多月来一直是我在维持你的身体机能，你的肌肉萎缩不是很严重，你的脑和内脏也一直保持相对健康状态，这都是我的成果。"话罢，他竟带着略显骄傲的笑容点点头。

这是我第一次意识到 Icon 这个家伙不仅身体形态可以改变，就连性格和特长也能随意更改。曾经的他不苟言笑，像个正儿八经的中年男子；现在的他更像是在学习曾经的滨斯的作风，变得话多、言不着

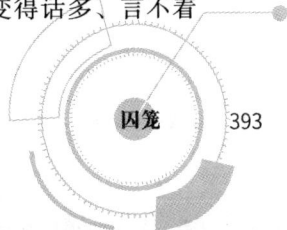

调、善于解释，把无关紧要的事情说得很清楚，也温和了很多。简而言之，这家伙就是个白模。他呈现出怎样的形态，全凭他的母机一手操控，全凭对外的自主学习和模仿。

现在，他在转移话题。滨斯的老把戏，我可太熟悉了。

"Icon，为什么，到底是……怎么回——"

该死，这种说不出话的感觉真难受。他一定听得懂我的意思，但不为所动。他迟早得解释清楚，不然我会一直问下去。

"所以我说了，你应该去布宜诺斯艾利斯看一看。"但他没有再回答我。滨斯的脸又出现在视野里，这次他手里端着一个小小的盒子，"现在我没什么好说的，等你能正常活动之后我们好好谈一谈。由你来告诉我为什么人类是有利于 Pharos 的发展，他们能为这个世界做出什么贡献。如果你说服我，我可以指导你把人类带回来。"

说白了就是现在还不会告诉我。真是恶劣的德行。

"那也不要用滨斯的……外形。这样，不好。"我换了个话题，想活动一下手脚，但仍然无法灵活地运动。

"计算显示，你们会对熟悉的人感到亲切，因为不会太紧张。"他一动不动地看着我，用滨斯干净的目光看着我，手里托着那个小盒子，"不是这样吗？"

滨斯确实曾喜欢这样一言不发地、像雕塑一样地看我。但若是滨斯，那心里一定是万马奔腾，很多话又想说但不觉得要说。不像眼前这个家伙，连心都没有。

我闭上眼，长长地舒了一口气。

"是吧。"

可恶，我现在跟他说都说不明白。一个字一个字地说话太慢了，不仅没有气势，还完全讲不了道理，说什么都像在诡辩。……算了吧。

无论如何，我现在已经进入核电站内部，已经知道不少事情——

知道了人类为什么会突然消失，也知道了 Pharos 到底是什么。并且我得到了 Icon 的和平通告：他想跟我谈谈。如果我能说服他，也许可以避免一切武力冲突，让他和我一起把人类带回来。

他是一个按照命令执行程序的 AI，他并不厌恶人类，只是需要一个能够覆写旧命令的新命令，需要一个理由，需要新的可能性。如果想在不破坏我们两个人中一个的情况下达成目的，就要按照他接受的逻辑说服他。

说服？

也许作为一个被人类创造出来的产物，Icon 一直在等待有一天能够相信人类是对这个世界有利的存在，即使所有人一起回来，他完成使命的道路也不会因此受阻。他希望我能证明给他看。

不过单单这样还不行，我还不至于蠢到服从人工智能。我还得有两手准备。如果他没有接受我的证明，我需要强硬地把他驯服。

我需要强有力的、真正的武器。

军铲已经沉到海里去，电脑也跟着一起没了，但这难不倒我。脚本小子都知道把电脑里的所有信息实时备份在贴身的防水 U 盘里，这个 U 盘现在就挂在我的脖子上，信息大概全部都在——Icon 应该已经检查过它了，但它现在就在那里，这说明至少他打算给我留一点底气。按我现在这身体水平，再恢复两个月也不一定能徒手干倒它。得想点儿明智的办法……

从我这边直接对 Icon 下手似乎不太方便，不管是物理攻击还是网络攻击，现在的他都胜我很多筹。也许等我恢复到全状态了他还是胜我很多筹。有之前一击倒地的经历为鉴，想要放倒他，只靠我自己肯定不行。

我睁开眼，看向滨斯形态的 Icon。他依然站着不动，手里是小巧的盒子。他把盒子放入我视野可及的范围内，盒子打开着，里面有三管细长的药物。药物是荧蓝色，在幽冷的光线里轻轻摇曳，有琼脂粉

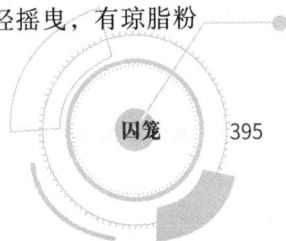

的质感，看似水母。

"流食。"

噫，这玩意儿叫人看上去就没有食欲。不过好歹也是吃的，没理由拒绝——反正流食在嗓子里过得快，管他是水母还是化学药剂。不管知道了什么，不管接下来要做什么，现在的首要任务是把身体养好。

我慢慢地笑了笑，对他点点头。

"……吃的……麻烦一下。"

明火

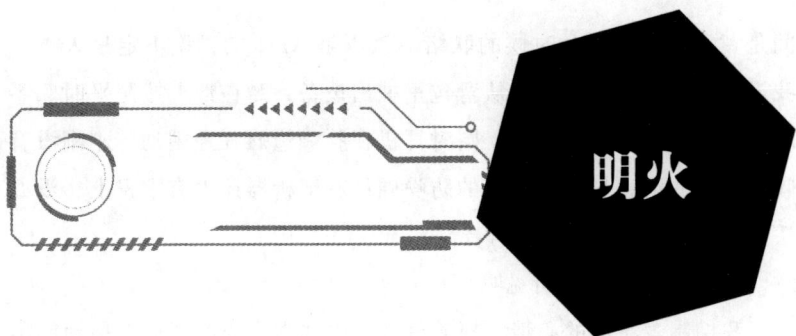

2112 年 8 月 18 日

今天发生了一件怪事。怪是怪的，但确实是一件大好事。

中午，通信器里突然传来一阵噪声。因为贴着耳朵，我吓了一跳，转而意识到这是来自现代的通信，顿时精神起来。

Pharos 已经四个多月没有接受我的通信请求了，这还是头一次有信号传来。我以为它已经正式决定抛弃我们，对流落在其他时空的人类同胞不管不顾了。这个突如其来的杂音让我瞬间兴奋得忘了别的事，原本正跟尼德兰聊天，听到声音后一下子跳起来，三步并作两步走到一边去接听那个通信。

"哎，你干吗？"尼德兰在我身后莫名其妙地叫道。

"Pharos 来了消息！呃——不过现在可是大中午，定期联络的时

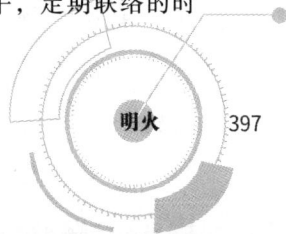

间是黄昏之前，这个时候的联络应该不是 AI 干的，说不定是人类。"
我没有看他，手忙脚乱地从背包里抽出设备，蹲在地上按照平时联系时的方式把它们搭建起来，同时耳机在脸颊边疯狂地震动。刚刚没有收到完整的消息是因为通信的防噪硬件和解析器还没有配置上，没办法把接收到的电波转换成语音。

"这里是 ζ-1，能听见吗？"

我抑制着激动的心情，抓着耳麦，以非常专业的语调平稳地问出了声。没有回复。

"重复。这里是 ζ-1，能听见吗？"

我把耳麦按紧，双手抓着刚刚装配上的仪器，屏住呼吸。我开始紧张了，如果那个声音就此消失，我什么都没法做到。

快响起来吧，快说些什么，如果是人类，就证明还有幸存者；如果是 Icon，就说明我们还没有被抛弃。不管怎样都是好消息。快，快回答。

"嗞——嗞嗞……嗞……嗞——"

先是一阵杂音，然后隐约有声音传来。

"能听见吗？噪声太大了！请重新调试设备！"我抬高了声调，字正腔圆地说。

"嗞——嗞嗞……能……听……见……吗？"

女声。

断断续续的，因为卡带而刺耳，不算很尖细，但听上去有些稚嫩。我闭上眼，深吸了一口气——这是目前为止从来没有听到过的声音，不像是自律 AI。而且这手法太拙劣，明显是没有接受过训练的外行人，连这么基础的设备都操作不顺当。也许是个人类。她——一定是她。

"重新连接一次！冷静下来，好吗？重新连接一下设备。"我努力让自己的声音保持平静。她再不说话，我也要跟着慌起来了。这几个月来首次由现代向我们发起通话，而且还是个外行人，是个人类，不是 Icon，是从事故里幸存下来的人类？

但这真的是人类？真的是实时通信？会不会有谁动了手脚，提前录了一个视频，或者写了一个过度情绪化的智能……

但还有谁能动什么手脚？人类都已经离开快三年了。

"嗞——可以听见吗？请回答！——

接着，清晰的女声在耳畔响起。那是一个不算很清脆，甚至有点沙哑的声音，照我听来，年龄不会超过二十五岁。

"可以……可以。我可以听见。你是人类吗？还是人工智能？"我慢慢地握紧耳机。

"人类。"她深吸了一口气，"你也是吗？"

"我也是。请说。"我屏住呼吸。

"我……啊，我做到了。现在，呃，请……请告诉我要如何操作时空穿梭机！我现在就把你们送回来。"女孩的声音激动得差点喷麦，我稍稍皱眉，紧接着有些想笑。嘿，这绝对是人类。如果有人能把 AI 的情感功能模拟得这么巧妙，那人类距离灭亡也就不远了。

"操纵时空穿梭机？你已经知道了啊。呃。时空穿梭机我不会操作，我只是穿梭团队的通信员，但机器的旁边应该有操作手册。你能找到吗？"

"我没那么多时间！ Icon 在五分钟内会回来，他暂时不同意把你们送回来，不过我正在想办法。我不希望现在被他发现，也没法在这么短的时间内看手册学会操作。请帮助我！"

"Icon？他出什么问题了？我每天都在对他发送通信，但他已经四个月没有回复了。"

"晚点再说这个。现在请先告诉我要怎么……啊，你刚才说你不会操作。那等我找找操作手册，我可以把它拿走再慢慢学。不过今天就没办法把你们弄回来了。"

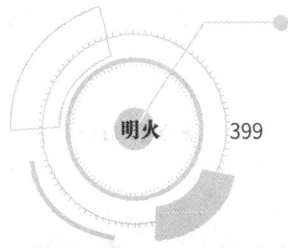

"等等，你能看见那些有大屏幕的电脑吗？从上面把数据拷过来会更快。"

我还记得实验室的部分布景，尤其是时光穿梭机附近那个大房间里的摆设，样样都记得非常清楚。跨时空通信设备操控台的附近有一个巨大屏幕，屏幕上有时光穿梭机相关的数据，若她能看懂便应该有帮助。

"我不能碰电脑，Icon 会知道的。我们现在的对话正通过一个我之前制作的乱码系统进行，它可以把对话内容变成乱码让访问者看不到任何有效信息，但这个系统只能对音频通话有用，清除不了使用电脑的痕迹。"

"Icon 对你的监视达到了这个地步？"

"我不知道，他的态度很模糊。我不知道他的底线在哪里，可他确实在监视我，每天都像幽灵一样游荡在设施内部，我只能在他的容许范围内谨慎地行动……姑且小心行事。我正在找——啊，找到了，手册！"

"不错！接下来你打算怎么做？"

"我要走了，今天就到这里。Icon 很快就会来，他不希望把你们传送回来，所以我只能在他的监视下偷偷这么干。再见，下次再说。"

"啊？等等，嘿，等下，能告诉我你的名字？"

"贺如也。我挂断了。"

"嘿，等等，我叫艾因·K——……"

"嘀……"

【连接断开】

机械的女性提示音覆盖在那女孩略显激动的尾音上。对方挂断了。我茫然地眨眨眼。……话都不听完就急匆匆挂了？

我的手指依然紧紧地抓着耳边的对讲，握得掌心发汗。脑子卡壳半晌，七上八下的没反应过来。她略有些沙哑的声音仿佛还留在耳畔……听上去很年轻。刚开始我觉得她不到二十五岁，现在看来她最多二十岁，甚至有可能是未成年人。绝对、绝对不可能是 AI。

　　但是她的节奏太快了，连我都差点没跟上她的反应速度。在这片什么都没有的地方生存了近三年，我脑子里关于时光穿梭机这一领域的容量已经越来越少。

　　真厉害。从她的果断程度来看，她的情报已经充分到不需要再向我做任何询问，只需知道详细的操作方法了。我大概能够感受到，只要她知道了时光穿梭机的操作方法，我们立即就能被她弄回来。我不知道她是平民还是其他机构的科研学者，是高层的关系户还是偶然闯入的普通人，但作为幸存者，她已经知道到这一步了。真厉害，不论如何都不是等闲之辈。

　　时光穿梭机，Pharos，Icon，正常人，幸存者，接收到这些信息会怎么想？退一步说，他们会相信吗？

　　会相信吧，毕竟从他们的角度来说"有很多人消失了"是既定事实。就算不想接受，也必须寻求一个合理的解释。这样说来她——

　　"艾因！你在干什么？"尼德兰的声音把我吓了一跳。反应过来时他已经来到我身后，双手一弯把自己放在地上。

　　"哎，尼德兰，你听我说，大好消息。"我回头看他，差点灿烂地笑出来，"有人从现代对我们发起了通信，是个女孩子，她想把我们传送回来。"

　　"啊？你说，人？"他的表情立马变了，"怎么知道她是人？Pharos 已经抛弃了我们四个月。此时突如其来的通信没有问题？"

　　"因为……呃，感觉不像 AI。"我开始固定刚才草草搭建起来的电波接收装置，"她说话太快，我不太能跟得上，只是像对剑一样乒乒乓乓了几个回合就被她匆匆挂断了。据她所说，Icon 不希望让我们回

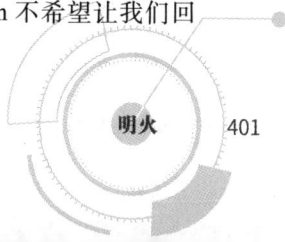

来，所以他不回应我们的连接请求，也不接受启动时空穿梭机。而她在 Icon 的监视下，不知道那家伙的底线，所以通话必须速战速决。"

"Icon 就是你说的那个高级又脑瘫的自律机器人？"

"是。他的任务本应只是维护 Pharos 的正常运行才对，队长他们都这样说，为什么会……"我慢慢地眯起眼，手里动作停下后，心中的疑惑越发鲜明，"为什么会驳回传送请求？"

"他把你的请求驳回了？"

"尼德兰！"我恼火地瞪了他一眼，"拜托，关键时刻不要耍宝。那家伙这四个月以来一次都没有接受过我的通信，不是驳回是什么？"

"那就是说，它不想让我们回到现代？"他定定地看着我，表情冷下来，"是他把我们弄到这里来的？最初造成传送事故的不是你们这些科研人员，而是传送机本身？"

"或许是。这样确实说得通。但也可能是别人恶意操纵。"

"但是为什么？你们当初设计程序的时候没有考虑过这个问题？为什么把他变成一个这样偏激的蠢东西？"

"我不知道。Pharos 系统的开发在我加入团队之前就开始了，我几乎没有参与过。"我叹了口气，在闪闪发光的便携器材跟前坐下，"我得找个人好好探讨一下。"

"我不行。"尼德兰在一旁伸手挠挠脖子，"爱德华也不行。"

"凯格尔也不行，虽然我总觉得他知道些什么，但他不愿意说，所以我也不会第一时间把我知道的告诉他。爱德华，或许。"我站起来，拍了拍屁股上的灰，"我去找爱德华。你看他平时一言不发，显得白搭？那是因为你没跟他聊过天。他脑子里的东西未必比我少。我去了，帮我看着设备，都放这儿了。"

"哎，艾因。"他象征性地叫了几嗓子，仰脸瞪了我半晌，自顾自地耸耸肩。我见他没有再说话的意思，便挥挥手，向人群走去。

爱德华站在人群的边缘，在一个离所有人都不远不近的地方。

换作两年前的我，此时一定不会找他，而是选择把人群聚集起来，公事公办地寻求解答。可现在我不想听说辞，不想拟方案，甚至不想把这个消息一下子宣布出去，而是愿意慢条斯理地梳理一下。难道我也变得游刃有余了，或说这是懈怠？这个荒蛮世界难道真的不允许人类从容不迫地生存吗？

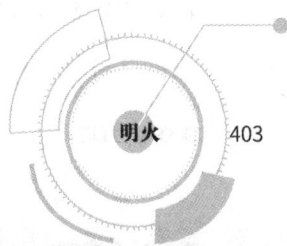

涅槃

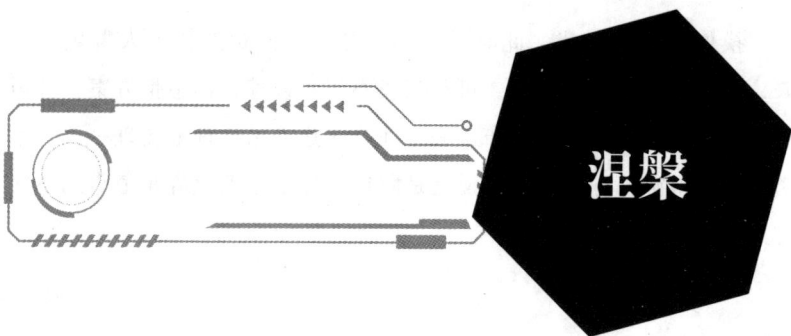

8月19日，我的身体机能已基本回归正常水平。

溺水带来的伤害并不显著，若说我受到了什么伤害，那更多的来自四个月卧床的虚弱。Icon 的医护技术比他自己描述的更好。虽不知道在我昏迷期间他对我做了什么高级护理，但四肢并没有像想象中那样虚弱到跟偏瘫了似的。我在醒过来的第二天便可以下地行走，拄着拐杖该走都走得了。

我跑到电脑室和潘德拉、新斯蒂娅和黑崎进行了一次通话，他们时隔四个多月再次与我取得联系，都惊讶得难以置信。

"我以为你们都死了。"潘德拉高兴得声音都高了一调。

"除我之外，剩下两个失联的应该都死了。帕拉斯确定死亡，塞西莉亚如果还活着肯定会联系我或你们，但她没有，大概凶多吉少。"我实话实说。已经过去了这么久，他们怎么也该有心理准备了。

"最近的抗灾任务怎么样？程序员有代替我给你们提供帮助吗？"我们又聊了很久，不免聊到这个话题上来。

"嗯，那家伙比你还能干，勤快得我们有点吃不消。他就连哪里水管爆了都要公布出来，搞得好像我们真会去处理水管事故似的。"潘德拉笑着说，"把我们忙死了。"

"真是他会做的事啊。"我也笑了，"这个称职的家伙。"

后来的时间里，我和他们每天都保持一个多小时的通话。

我没有离开核岛，平时也只是在岛上走走，做些基础的健身运动，所以没什么新鲜事，更多的是听他们讲最近的见闻。他们都已经是非常熟练的救灾专家了，和Icon配合得很好，似乎已经没了我插手的余地。

没关系，这样最好，现在我找到真正该做的事了。

一开始便离开核岛，让我们错失了从最开始破除关键桎梏的机会。但现在我确定自己没有误判——只有弄清楚藏在这里的秘密便可以把人类带回来。

保护世界是已经成熟的Pharos的工作。我没法向潘德拉、新斯蒂娅和黑崎他们说出事情的真相，他们必然要与Pharos比肩，让这个世界正常运行下去。

所以在这里的人类只有我便足够。经过几天的锻炼，在我判断自己已有奔跑能力之后，我开始探索这个设施的深层结构。Icon已经对我表示了宽容，他没有把我用手铐铐起来。Icon说他改变主意了，不仅一上来就把原本打算瞒着我的真相说了出来，还表示愿意听取我的意见。

Icon没有选择以程序的形态寄居于电脑内部，而是有着人类的形态，像人类一样活动。也许是设计者的情怀，也许是为了让这个AI更加全面地收集外界情报，但是，人类形态的他并非万能，他不能像植入程序似的实时连接所有系统的情报。这个核电站的管理系统不是

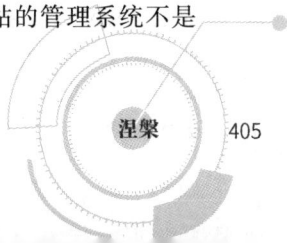

Pharos，而是核电站原本的内核系统。它低级很多，无法与 Icon 直接建立实时联系，只是承载了时光穿梭机和 Pharos 运行的全部供电。所以如果 Icon 不专门申请审阅，我对这个设施所做的一切操作并不会第一时间传达给他。监控录像也同理，只要在他查阅之前进行篡改，他便无从得知某些关键时间段我做了什么。

这就是我需要准备的。

我们约好在 9 月 12 日，也就是三年前大传送发生的时间进行正式谈话。我要在三个小时内向他出示人类有利于这个世界、有利于 Pharos 进化的证明，这是他的意思。而大概率我不能在我们约好的会谈时间里说服他，那么如果我还想完成把人类传送回来的任务，就只有两个办法——破坏 Icon，或者赶在他阻止之前进行传送。

两者我都打算试试，唯独说服 Icon 这一点应该后置考虑。机器人的逻辑肯定和我设想的不一样，我无法保证自己的说辞有效。也许在他的可能性算法中，我的一切论据都苍白无力。我不会尝试说服他，而要在他伸出橄榄枝的基础上寻找破绽，一举把他摧毁。别的都好说，唯有这一着我打算出老千。

8 月中旬我第一次找到时空穿梭机核心操作系统所在的房间，并使用一旁待机的通信设备和被传送的人类进行了通话。我联系上人了，这是我意料之中的事，不过对方是内行人，这我就没想到了。虽然一时间没反应过来，但他是当初参加时空穿越任务的相关人员，这点我可是听出来了。大概我们双方都没有料到这场通信会如此成功，对我而言这是心存侥幸下的孤注一掷，对他而言大概是三年不遇的奇迹。

因为时间不够，我们没好好说几句话，我甚至没等听完他的自我介绍。也许那个人就是我昏迷期间所听到的那个词的载体——艾因。他是这么说的吧，"我叫艾因·K。"当时一直在呼叫 Pharos 的人就是他吧。Icon 的监控审查时间安排得很紧，但又给了我一定的余地，我不知道他到底是在认真地软禁还是别有用心。在他查监控之前我必须离开，消除所有所到之地的访问痕迹。这一切操作都需要时间，我从很早以前就学过无痕清除，即使是超级智能也无法从被抹消了痕迹的记录中找出端倪。

这近一个月里，我和 Icon 的交流不算频繁，但比较顺利。我不知道他到底有没有发现我在暗中四处调查，但他没有对我进行进一步的监禁，没有刁难我，也对我在设施里走来走去的行为表示默许。

他对我太宽松了，所以我猜测他能够确保我无法在他不在的情况下启动时空穿梭机。手册刚到我手上不久，操作方式都看了，知道激活时光穿梭机需要动态密码和最高权限，还有三层保险。大概最后一层保险在他那里，即使我能够破译动态密码、拿到权限，也冲不开那三层保险，所以我还不能轻举妄动。

Icon 说他在我的脑芯片里加了点东西，让我作为现有情报来使用，确有此事。虽然这些添加进来的记忆不能按照时间顺序来搜索，我也不是很会寻找脑海里与时间无关的记忆，但幸好它们大多跟这个设施有关，所以我只四处转一转，很多东西自然而然地看懂了，大概场景可以唤醒记忆。这些情报中有部分设备的操作方式，是 Pharos 基于现状的一些决策结果，我花了一些时间整理它们。Icon 添加记忆的时候很有技术，他使它们并不影响我的正常思维，反而让我得以更加全面地思考。

现在我需要准备的只有两件事：第一，一套能够说服 Icon 的逻辑。第二，一套能够制服 Icon 的武器。

有时候我觉得自己来到这里简直是被无名的神的指引，在这里我也许有办法找到所有的答案。但我也感觉到无可言喻的失落——如果最初我和滨斯就深查这里，不顾一切地弄清这个核电站的秘密，那趟旅途及滨斯的死就都不会发生。

于是我想起了那个最初曾在核电站门口闪亮的告示牌上看到，之

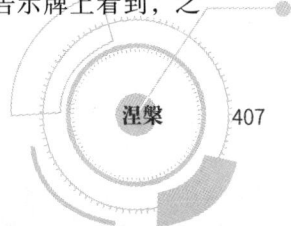

后也多次在 Icon 口中听见的希腊字符——ζ。这个符号也是这奇诡又似乎必然的循环中一个重要的元素，既然我打算把所有纰漏都补上，那么这一环也不能缺失。

这个叫 ζ 的，是个很低调的科技龙头公司。它太低调了——那么强大，明明权势遍布科学和商业各界，却始终没有什么新闻。就连查到这家公司的相关信息都花了我不少功夫，简直像是被刻意掩饰过。

ζ 的创始人是普拉斯顿·卡丁尔，俗称伪达尔文先生——我不太清楚这奇怪的绰号是哪来的。他同时也是 Pharos 的总负责人。他虽不是技术工程师，却有着很高的学术地位，学术素养相当之高。他的本职并不是科学家，而是个人类学家，却继承了民间时空穿越技术的实验数据，成立这个表面上专精于信息技术，实际上研究时空穿越技术的公司。

人类学家开科技公司，最终成功研制出时空穿梭机，大概是历代物理学家都想不到的事。不过他在科技上的成就与自己的研究多半没有直接关联，这一点他也在毕生发表的研究上一再声明——那是先人的成果，他只是继承、整合，最终把它们付诸实践。伪达尔文先生是个很奇怪的人。

最近我筛查了一下 LSCA 的资料，因为他曾经投资过 LSCA，也有相当一段时间在那个机构的核心建筑里度过，甚至还派了自己的顾问去总部研究所待了几年。那时我已经出生了还很小。根据目前我手里的资料可见，LSCA 似乎与这次传送的"幸存者"有着意义非凡的联系。

LSCA 是国际公认的生命联合机构，致力于全世界范围内的最前沿医疗科技研发和实验执行，其旗下有不少部门，各自负责药品开发、生物实验或应对全球罕见的病例等。由于这个机构有较严肃的保密义务，其中很多资料也涉及专利和版权问题，LSCA 相关的深层资料无法通过互联网远程获得——它的保密系统不是现在的我能够破解的，但也不知是谁留了个后门，第一层安全等级的资料库我竟然只进行一次爆破就登入了。

在那个资料库里，我第一眼就看见了塞西莉亚，然后是幼年的滨斯。这两人的照片直接被放在一起，极像是故意为之。

我的目光在那富于空白而吝啬文字的界面上停留很久，才说服自己离开那两张格外亲切的面孔。他们已经死了，我是活下来的人。这些照片所代表的过往都是我所要跨越的界限，我转动鼠标，离开那个界面，跨越那两张令人情绪复杂的照片，寻找更多的线索。

而当我继续往下看时，一张照片将我的心揪到了嗓子眼。我在那个页面上看到幼年的自己。

那是一张拍摄角度很专业的证件照，清晰程度与滨斯的照片不相上下，浅蓝色的背景与煞白的灯光，显得我在镜头之下微微颔首。我的刘海被梳到耳后，眉毛似乎加粗过，衬托出光光的额头；我穿着袍子似的宽大白衣，颈上系着一条黑色号码带，仿佛放在柜台里等待挑选的面包一样规规矩矩，完全符合一般人对"正常女孩"的审美，简直像是经受过完美外貌塑造后得出的模型。最骇人的是，在我被白炽灯照射得苍白的脖颈皮肤上，一道粉红色的巨大缝合口从下颚一直延伸到脑后，消失在紫黑色的长发里，像丑陋的大蜈蚣。那道吓人的伤疤与我幼年的脸蛋交织在一起，呈现出乱七八糟的景象，叫人毛骨悚然，仿佛我是遭到那疤痕胁迫的人质，在伤痛的威压之下不得做出任何表情。

我直愣愣地看着照片里的我，看进幼年时自己大大的黑色眼睛里去。我和她无声地对视，那个茫然看向镜头的孩子也茫然地看着我，恍惚间我感到自己在摇晃，似乎要被吸进那失焦的眼神里去。

"Nirvana-01"

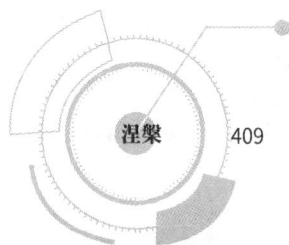

刺眼的巨大伤疤在我眼底打转，一种复杂得有些荒诞的情绪让我呼吸发紧。死过？也许真的死过，或受过重伤。芯片大概是救命的东西——这是这个代号的意思？我应该没有解读错。

照片下方只有短短几行的说明，介绍了我进入 LSCA 及离开的时间和进行重大手术的时间，却并没有记载到底在我身上发生了什么。我呆呆地望着界面，那些小小的黑字让我感到眩晕。控制室昏暗的灯光把整个空间勾勒得朦胧而沉静，我与十几年前的自己对视，却什么也想不起来，只感觉到游丝般一触即碎的感应，让我和照片里那对眼睛产生视线上的共鸣。如此强烈的断片感。这种事情竟在我身上发生过。

按照资料，我被 LSCA 收院治疗的时间距离滨斯离开 LSCA 的时间大概差了三年。这段时间我五岁半到将近七岁，但这也正好是伪达尔文驻扎在 LSCA 那会儿。伪达尔文四十多岁和七十多岁时分别在 LSCA 待了五年，前一段时间发生了什么我不知道，但后一段时间与我和滨斯的在档时间都有交接。也就是说，他完全可以在那里见到我和滨斯。

但那老头已经死了，我被关在这里，Icon 仍然尽职尽责地执行着软禁，我坐在柔软的电脑椅上，盯着发光的屏幕发呆。

那段时间到底发生了什么？我还想看细节，却再也找不到更多深层的介绍。往下一直翻也没有看到其他熟悉的人，一张张呆板直挺的面孔在眼前滑过，走马灯般呈现出单调而重复的色彩。LSCA 里大概不允许染发，我没见到黑金棕之外的任何发色，也只看见清一色的白色长袍和呆滞的面容。

"Nirvana。"

我把这个生涩的词在舌尖转来转去，越想越头疼。想不明白，不过这至少说明一件事，即现在我会出现在这里，绝非巧合。

我，滨斯，和塞西利亚，我们之所以会成为幸存者，也许是早就被安排好的。假设这是成立的，那么其他人呢？那么潘德拉，新斯蒂娅，还有黑崎一矢，又是怎么回事？

我合上电脑，将自己向后陷进柔软的电脑椅里，伸手从桌上抓起咖啡杯，举到嘴边，犹豫了半响，又放下了。

这是我自己泡的咖啡，水量经常掌握得不好，远没有 Icon 泡的好喝。

*

从发现自己的照片出现在 LSCA 档案库里的那天起，接连浮出水面的怪事越来越多。不管是伪达尔文、ζ 科研机构、LSCA，还是我们自身，这些东西似乎在冥冥之中都串在一起，我感到这种联系之下一定有某些我暂时还看不到的计谋。是阴谋还是善策，倒也无法定论。

烦心事多了起来。想不通的、不知道的、知道了也看不出道道的事太多，我开始常常像个八十岁老头一样坐在空旷面海的地方，一声不吭地坐半个上午。

有时候我一个人坐在临海的停机坪边缘，脑子里那些乱七八糟的记忆和知识交错着，混乱得无所适从。我反思自己做过的事，这三年里的记忆每一刻都历历在目，我不可能忘记，但正因为记得清楚，很多事就一直梗在心里，无法轻易过去。

为了更加接近真相一些，我多次尝试短暂地与时空彼端的艾因·K.爱斯梅尔对话，可他似乎知道得不比我多。明明自称为时空穿越的科考队员，他却一问三不知，想来此时也没有隐瞒什么的必要，也许是那家伙在传送之前心眼太大了，真的没有获取什么重要信息。如果是我，这样来历不明的行动是一定不会贸然参加的。相反地，爱斯梅尔似乎想要得到我这边的情报。出于善意的合作目的，我把自己目前的所知梳理出来后分几次传达给他，可没有透露关于幸存

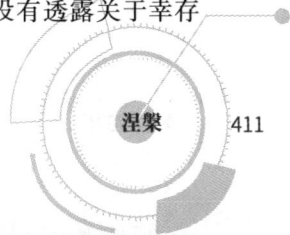

者由来的疑惑。他正身处一个万事无从考证的世界，若我把自己都无法确定的事呈上，他想必会比有能力搜索求证的我更加迷惑。

在每天的"工作时间"之外，我想给自己一点放松时间，想单纯地坐在海边看看天空，看看不远处的城市轮廓，但又很难真正放松下来。曾经已经克服的孤独感一次次席卷而来，我无数次想着现在这样的状况其实和全世界只剩下我一人没什么区别——遥不可及的伙伴，不通人性的智能，渺渺无期的真相，一望无际的太平洋，还有永远不停下来的海风。四周空旷，荒芜的感觉渗入神经。

我想过和潘德拉、黑崎和新斯蒂亚见一面，但理智告诉我不适合这样做。Icon不会允许我离开核岛，他们也不可能成功突破核岛的自律防卫系统进来，我们还是彼此不相交接比较好。和他们每天一小时的定期联络成了我最期待的时间，多了不行，他们忙不过来；少了也不行，我们的话说不完。

除了情感交流之外，我也曾秉持一种完成任务的态度对他们的来历进行询问，在与他们的交谈中试探他们的经历。在他们的叙述中，我总算听到了自己一直以来想要知道的事情，它们也直接印证了我的猜测。

潘德拉上大学时喜欢骑摩托，一次出了很严重的摔车事故，他的脊椎当场对折，导致他大概率会成为C6截瘫。为了请最专业的医生挽救他的下肢，他被紧急送往LSCA。当时的医生对他做了一不小心可能丧命的极限手术——将他的下半段脊髓换成了仿神经生物处理器，LSCA为他人造了一个仿生低级神经中枢。

这是一件很惊人的事，即使放在现在，那个手术能成功也算是奇迹。手术初他的身体产生了极强的免疫反应，差点因此丧命。但他最终被抢救了回来，人造中枢与大脑、双腿也取得了正常的生理联系。他至今为止一直在服用相关药物，现在那些药失去了官方供给，他还经常跑到医院的药库去取，最近也在为最后一批药即将过保质期而发愁。

新斯蒂亚的经历有些吓人。她小时候跟着四处工作的父亲满世界跑，一次在动物园里观看动物表演时被突然发狂的老虎撕咬，从左肩到左侧臀部被咬得皮开肉绽，皮肉的缺失甚至让她的站立受到影响。伤口的愈合花了很长时间，最终愈合后她发现自己的左半身畸形得厉害，那些失去的肌肉没办法再长回原样，她的左边身体将永远是一个凹陷。为了保持身体的完整性，也为了使行动平衡，她前往 LSCA 进行医疗手术，最后 LSCA 的人为她装上假体。因为手术很大，移植面积广，她也曾很长一段时间服用过特殊抗过敏药物。

黑崎是一起恐袭案的受害人。他高中时曾在一个商城里被小型炸弹近距离炸伤，脾脏和肝脏破裂，浑身多处植皮换血。他在 LSCA 特别研究所作为新药志愿受体被治疗了很久，之后花了三年完全从爆炸的心理阴影和生理不适中恢复过来，还因此辍学导致延迟了近四年才考上大学，也最终与自己心仪的学校失之交臂。

他们有一个共同点，即都受过重伤，并且都在 LSCA 接受过治疗。

关麦之后，我仔细回忆他们的说辞，渐渐意识到这些经历非常关键。这就能解释为什么 Icon 说"我们的生命体征和一般人类不一样"了——我们的身体接受过药物的改造，要么装了非人的智能设备，要么经历过大面积的生化改造，和一般人确实有些差别。而我自己，估计也有差不多的经历，只是没有记忆而已。

我想，几日之前我没有在 LSCA 档案库里看到他们的资料，大概是因为他们只是单纯地接受了治疗，还不算"实验体"，所以档案应该存放在别的地方。不管怎样，至少我搞清楚了 LSCA 在幸存者的"筛选"上扮演重要角色——假定幸存者经过筛选的话。

这些交换经历的对话使我不止一次想起滨斯，想到如果他还在的话，面对同样的处境也许与我会有截然不同的心态。我们可以一起

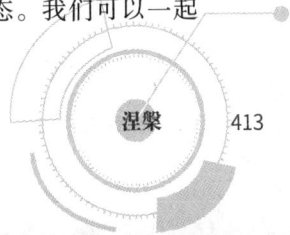

商量对付 Icon 的办法，可以一起研究怎么使用时光穿梭机，可以一起进行跨时空对话，跟被传送到很久之前的人来很多场又快又急的交谈，可以尝试一些稍稍冒险点儿的办法，比如强行跟 Icon 产生短暂的冲突。

我闭上眼，暗自嘲笑自己这个可憎的念头。这都不可能，滨斯已经死了，而潘德拉他们跟我各隔了小半个地球。现在存在于此的人类只有我。我必须在时限之前，在 Icon 变得斩钉截铁之前，准备好一切需要做的事。

很残酷，但只有经历了这一切我才能得救，我们才能得救，这个世界原本的样子才会恢复。

反哺

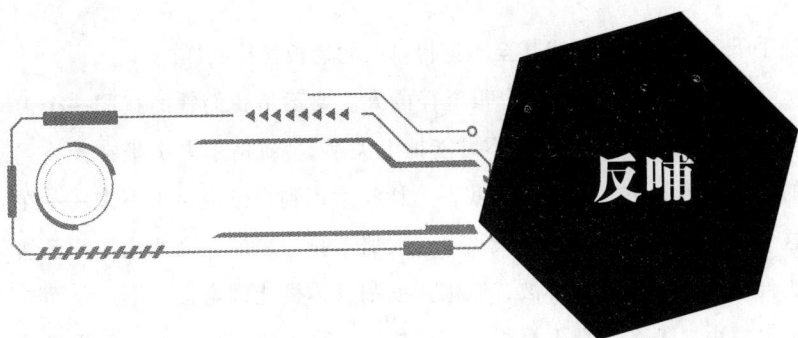

2112 年 8 月 19 日

好消息，我第一次和凯格尔教授正儿八经地聊上了。不过聊的不是凯格尔他自己，而是我的顶头上司——有钱有权的伪达尔文先生。虽然我们都叫他先生，但老头依然愿意叫他教授，就像他自己也希望被别人称作教授一样。有时候画风一变他的口里会蹦出亲切的 Semi（昵称）来，看样子是老朋友的特权。

昨天一天我忍着没有把被现代人联系上的事情告诉除爱德华、尼德兰之外的第三人，就是为了在告诉大家之前事先打探打探，到底适不适合把这个消息告诉凯格尔。凯格尔是目前和伪达尔文先生关系最近的人物，最主要的问题是，我不知道他是站在哪边的。

话题从伪达尔文先生开始总没错，他本身就是个成谜的人物，在

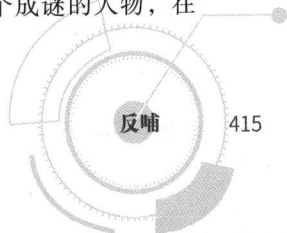

他手下工作了几年，我甚至不记得自己的老板长什么样。

"伪达尔文教授，是个很奇怪的人。要不是我们曾经在同一个大学读一个专业，八辈子也不可能扯上关系。"凯格尔老头坐在光秃秃的深灰色岩石上，仰脸看着我，这让我意识到自己应该坐下来——在这个世界里我说不定已经长高了，大概不止原来的一米八出头。虽然伙食不太好，但日常奔波，肌肉强度和身体机能都增强了不少。而老头很瘦小，怎么看都不算很能打的样子。我不争气地想——如果必要的话，我动武把他撂倒时是用一拳呢，还是用两拳呢？

"我知道他。我们进入企业时都学过发家史。他是ζ公司的创始人，也是民间科研团队时光穿梭机开发团队的资料继承者。"我在他旁边坐下。

"教授，他为什么要给自己起伪达尔文这个绰号？"

"他那人很奇怪，要出名，却又不愿意对外透露真实姓名，所以我们姑且这样叫他。"凯格尔耸耸肩，我盯着他，预感到这个老头要打开话匣子了，不由得坐直一些，"原因他自己也没说过，但在我看来这很幼稚。给自己取外号，像个还没长大的毛头小子。"

"噢。那，你和伪达尔文先生认识大半辈子了？"

"我俩大学认识的，原本学的都是人类学。我们什么都要学，文学史学结合在一起，乱七八糟的知识都要了解。在电子图书库找资料时我们第一次碰见，那家伙瘦瘦高高一青年，深茶色卷发乱七八糟，穿着中世纪马夫那样的背带裤和长筒靴，打扮过于随意。他看见我手里捧着纸质的《宽容》，就问我为什么现在还看这样的书，为什么是纸质。我当时的第一反应是——纸质书现在少见了，这本书我还是费工夫搞到的，这人肯定是盯上我这本书了，或者他要刁难我。其实在我们这个系里专门去找纸质书，或者为了某些比较难得的纸质书向别人找碴儿的家伙不少。"他说到这里，忽然慢慢地睁大眼，舒展开深邃的皱纹露出一个孩童般轻松的笑容。

"啊……我就跟他说，因为房龙的书很有意思，他的角度跟一般作家不一样。说完话我就想走，结果他死缠着我不放，非要跟我讲讲他的说法。我没办法，看他又没有恶意，只好耐着性子跟他聊天。后来聊着才发现是一个大学一个专业的，就像突然认亲了一样，关系一下子近了不少。再后来我们开始一起上课、一起讨论、一起研究资料、一起准备答辩，直到他毕业为止，我们关系好得旁边人都觉得是同性恋。"

他轻轻摇头，年轻的神情在苍老的脸上熠熠生辉。

"但是，那种真正找到志同道合之人的快乐比爱情来自更深邃的地方，比爱情还要不可割舍。这是我们第一次在人生中棋逢对手，这种'在黄金年龄适逢知音'的感觉太稀有了。我们喜欢的东西很冷门，那些我们深深钻研过的事物外人甚至都没听说过，所以我们融入不了常人的舒适圈，自然也没有其他特别要好的朋友，多少有点被排斥的感觉。遇见他之后我第一次有了可以在精神上平等对话的对象，确实挺难得。不过毕业之后我们联系又渐渐少了，直到那一次——你知道的，你们行业史里头应该有。那次社会上都很有名的对话。"

我对上他的目光，点点头。

"会晤"。

所谓"会晤"是伪达尔文先生和凯格尔教授的出山之战，两人曾在一次有名的学术晚宴上当众反驳学术圈的大牛，因两方人物当仁不让的坚决与立场的鲜明而被戏称为"会晤"。

但我知道——若没有那次晚宴就绝对不会有时光穿梭机，也不会有这次事故。

那次宴会上，凯格尔和伪达尔文站在同一立场上有理有据地驳斥了当代最有名的史学家，让对方惊讶得一时半会儿不出一言以复。

他们正是在那次宴会上公开提出采用时空回溯的方式矫正人类心智畸形发展的设想，也是那次宴会正式开启了时空穿梭机的建设任务。在此之前，对于时间穿越的研究一直停留在理论和学术上，从未被付诸实践。对我们这样底层的执行者而言，这"会晤"就象征着一个至高无上的时空武器的孕育之始。

"那个名字真难听。"凯格尔微微笑着扭头看向不远处的人群，声音稍稍抬高了一些，"那都是些喜欢故弄玄虚、冷嘲热讽的人做出的名号。事实上我和 Semi 都非常享受那次交谈，一点没把它想得多么高级。那只是我们曾经每日都有的无数次的争辩中较为出色的一次——噢，而且那大概是我们第一次完完全全地统一战线一致对外。"

"你还记得？"我轻轻地激他。

"我当然记得！我连那天的会场都记得清清楚楚。当时是在一个金碧辉煌的自助餐礼堂里，洁白的大理石壁和复杂的镂空水晶吊灯布满了四周，空气中散发着一种令人清醒而又愉悦的香氛。我记得夜深了之后灯的颜色还渐变成了偏橘红的暖色系，到处都是西装革履的中年男人和他们年轻漂亮的女伴。食物非常精致，光是蛋糕就有几十种，碟子也有几十种，我数过……那天我们聊到凌晨，大半是叙旧，但关键的学术商议被一旁的记者很准确地记录了下来。于是，就有了被你们传颂的会晤。"

他慢慢念着这个名字，眼底闪过一丝清澈的光芒。

"你说，要是没有这次会谈，要是时光穿梭机一直处在雏形之中，会不会更好？"他用余光扫了我一眼，"如果没有时光穿梭机，我们就不会在这里了。"

"如果没有时光穿梭机，这一切都不可能发生。教授，确实是这样。"我没有看他，把目光投向更远的地方，那里是天边，天空和云层的顶端连为一体，幻化出卷曲着的白色。

是这样的，这一切根本就不应该发生。如果没有时光穿梭机，如果没有人类想方设法地打破时空的枷锁，这一切产生的源头都会被掐灭，不曾存在。

如果没有时光穿梭机，贺林就不会和他的妻女骨肉分离，马尔文就不会死，我们所有人就不需要像现在这样勉强挣扎着苟活两三年，也不用再忧虑前方没有尽头的古老世界的未来。

但是，这条因果链连接而至的今日，这一系列失误所创造出的几年，也未必毫无意义。我站在一个幸存者的角度来评价视角必然片面，但这样的巨大变故会让人类成熟，这也是必然的。

如果我们能够回去，再一次面对曾经熟悉到沉沦的现代世界，人类将会享受一次由内而外的进化所带来的成果。我们将会由内而外地审视各行各业的发展成果，将会发自内心地意识到某些便利带来的弊端，将会警惕智能这个越发侵占人们意志的巨物，将会思考——在已经充分认识到人类本初且原始的愿望与力量的基础上——科技的发展到底要被怎样的伦理所限制。百年前就有人提出智能的终极威胁是蚕食人类文明的精神内涵，让它变得干瘪无趣，人人坐吃等死，以致丧失最基本的求生能力。所幸我们还没有退化到那一步，否则没有人会在这个荒蛮的世界里活下来。

人类是一种奇妙的生物，会在一次次的失败中反省，会审视所有的荒唐，并给它们一个合理的改进方案。这个巨大的传送事故无疑已经带来人类精神和意志力上的修正和进化，无疑会对现代社会来一次彻头彻尾的涤荡。权力、地位、金钱、智慧、执行力、判断力、身体素质——到底什么才应该被重视起来，到底什么才是值得追求值得实践的，我们在用切身的经历去思考、反省。

如果说"会晤"创造了一个神，那么这次事故就是神为人类带来新的进化契机。也许这样说并不得体，因为那些死在这个时空的人是回不来的，余下的人不管怎样进步，都跨越不了他们的逝去。即使这是进化，这也是虚无的进化，是需要付出惨重代价的进化，是一场彻底的死亡和生命交响的盛宴。没有餐者，没有嘉宾，只有食物，还有无尽旋转的水晶灯和几十种碟子……

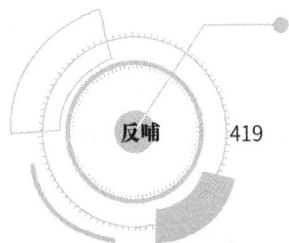

"事已至此，我们现在只能想着怎么补救。"凯格尔慢慢地点头，他的银色头发在阳光下泛着浅浅的金光，"这三年来我一直独行，倒也不是没遇到过其他人，但自始至终没有跟他们同行。我见到过借着这个无拘无束的环境趁机建立奇异宗教团体的人群，见过变得像动物群体一样弱肉强食的团体，见过四散逃窜的被刀捅伤的人，见过某一两个壮汉暴力统治所有人的荒唐景象。你看过《蝇王》？若最后海军士官没有上岛，那结局便是我之所见。暴力战胜理性，饥饿击溃智慧，欲望弑杀德绩。"

"有不止一次，我差点被我遇见的那些人迫害，生命数次遭到威胁。就连我现在身上这点破烂都有很多人觊觎，即使破布也要煮了吃，因为有纤维。但纤维不消化，都二十二世纪了还有人不知道。我跟他们说那不是天然纤维，是人造材料，而且人体也消化不了纤维，纤维是通便的。我们什么吃的都没有，怎么便秘啊。吃纤维做什么！但他们不听，一次次怀着各种理由迫害我这个老头子，把我吓得都不敢往人多的地方去了。他们到底在干什么，到底在想什么，Semi 所希望的进化，带来的就是这样的结果……我开始怀疑人类在这样原始的环境中是不是也会变得原始起来，丧失身为人最基本的理性和底线。"

"所以在那个起雾的早上，你向我们走来的时候犹豫了。"

"嗯。我以为你们也会像那些反面例子一样，受制于某些不人性的压迫之下，为了生存不得不这样做。不过，真没想到在这里能碰见你和理汀这样的小伙子，看见一群仍然有着这么好的教化的人。"老头子笑了笑，"要是原来的世界里还有人就好了，他们看见你们，也会感到高兴。"

"教授，那边还有人。"我看了他一眼。

啊——该死，我还想着要试探他来着，怎么一口气就说了啊。

"最开始我们都以为所有人类都被弄到了这里，因为时空穿梭机有传送范围，会对范围内所有人类进行无差别传送，就连欧洲和美洲的人都出现在这里，说明大概率整个地球已经无人幸存。不过前不久一个女孩子联系我了。不知道她怎么回事，但是她真的很……冷静、理性，一点都不慌张，我简直觉得她……呃，觉得我们的实验交给她做都可以了。"我只能就这个不合时宜的口误把话说完。

对方静了半响，一点反应没有。他难道不应该大表惊讶吗？我没等到回应，便有些疑惑地稍稍扭脸看过去，正对上他猛地转过来的脸。

"那边还有人？"

凯格尔教授停顿了好一会儿，脸上才慢慢地有了血色，露出一种我只在电影里看到过的、似乎专属于欧洲白发老翁的惊讶表情——夸张，生动，眼睛瞪得灯炮大，虹膜里闪出晶莹的亮光，整张脸无比立体，每条皱纹都在丰富这个神情，透露出艺术品般完美的表现力。

这好像又反应过度了……

"嗯，是个年轻的女孩子，我感觉应该不是 AI。她看上去是个外行，刚开始联系时很慌乱，但进入正题之后节奏特别快，几乎什么都知道了。"我看着这个年过花甲的老头露出如此震惊的神色，不由得稍稍警惕起来——他知道什么？

"你确定那是人类？"他接着问。

我直勾勾地看着他："Pharos，Icon，她都知道。她还知道 Icon 反叛了。她的语言和表达还有那种不算很成熟的情感都给我一种'那家伙彻底是个人类'的感觉……还是祈祷她不是 AI 吧，如果 AI 能伪装到这个水平，那我们就不可能回去了。"

"噢，那还有办法。"老头子呆了几秒，似乎终于从难以置信中缓过来般点点头，蓝灰色的眸子里亮起一片浅浅的光芒。他又看向了荒原的远方，不知道在天际线维度里寻找什么，目光平静得与刚才的惊讶截然相反，"还有办法。"

还有办法？

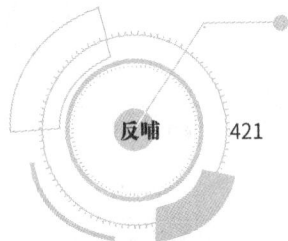

反哺　　421

我该死的警惕心作祟。也许这个老头真的只是个局外人，也许他根本没有参与，也许他真的只是伪达尔文一个平平无奇的朋友而已，不管是阴谋还是意外，他都根本没有参与。难道不应该是这样吗？我更愿意相信他只是一个出众的智者，而非一个出色的敌人。

一阵风涌起，我感到自己长且凌乱的黑发被往前吹起，深深地蒙在脸颊两侧。

在这样的风中，长发抽打着脸颊，让我看不清身旁老头的表情。

"有什么办法？时空穿梭机最后的开启权限一个在 Icon 那里，另一个在队长那里，只有他们同时认证并输入密钥才可以进行传送。现在他俩一个联系不上，另一个不愿意把我们弄回去，难道有跨过最后权限的办法吗？"我把头发拨开，盯着他老顽童式的脸。

"我不懂。作为执行者你对那个机器的操作机理懂得肯定比我更多。我只是人类学家，并不懂穿梭，若要说我知道什么，只有和 Semi 有关的一些故事。"他摇摇头，有些泥泞的白色卷发像棉花糖一样摇晃，"如果你感兴趣，我可以慢慢讲给你听。不过也许会有线索。那是 Semi 一手设置的机器，他是所有配置的总负责人，如果说时光穿梭机里有玄机，他肯定了然于心。那家伙是把时光穿梭机蓝图付诸实践的人，他不会把事情做得这么绝。"

"绝？"我眨眨眼。

"他不会不留后手。"凯格尔教授慢慢地看向我，深邃的眸子里有不透光的朦胧，似乎他正在透过我看向我身后的天空，看向某种更加遥远的东西，"他不会害死那么多人。"

后手。

又怎样？伪达尔文先生在传送的前几天去世，他无缘这个荒古的世界，无缘圆上他大半生一直追寻的梦想。如果说这也是计谋的一部分，那我可真是不能理解了。

"你是说，他会为我们准备其他的办法？"

"他一定会。那个人可是人类学家，他没有理由给智能一个这样好的机会把人类驱赶殆尽，没有理由让人类败在自己的科技手中。"凯格尔点点头，银白色长发再次随着脑袋的摇晃摇动起来，"我了解他，我熟悉他的作风。人会成长，但心里有些最宝贵的东西是不会改变的。你仔细想想，你们在学习使用方式的时候有没有看过什么保险措施？其他的开启时光穿梭机的办法——不需要启用 Icon、不需要运用任何智能，只有人类才可以办到的办法？"

我仰脸看天。

已经过去这么久了。我还记得什么？

我们以往根本没考虑过还可以在现代失去操作者的情况下回去，因为可能性太低。当这个一度灰暗的选项突然亮起来，我却一点想法也没有了。不算很兴奋，也没有特别激动，就好像在一切情感酝酿起来之前，那种浓郁的感性波动就结束了。

我仰脸看天。天空呈现出澄澈的浅白色，一片蝉翼般的云层远远地伸向天边，细长绵延得没有边际。苍蓝色的远空与宇宙的颜色一路向上渐变，整片穹宇就像缜密的沙画，精细而又宏大。在那淡蓝色的日光背后隐藏着无穷无尽的星群，等天光暗淡下来，他们就填满所有的黑暗。

曾经学过什么呢？

已经记不起了。我知道什么时候适合打猎，看到什么样的草丛下面藏着蘑菇；知道什么形状的云层代表着雨，什么颜色的晚霞会带来风平浪静的明天，也知道什么样的地表容易塌陷，什么速度的风会带来灾难……

但是，曾经生活了二十多年的现代世界里的点滴，我却几乎一点儿也想不起来。

时光穿梭机……

我盯着天空，努力回想着那个冷冰冰的物体，就只记得它长得很

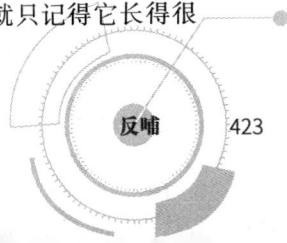

反哺　　423

草率，像很多块没有抛光的铁皮贴在一起。

沿着思路一直往前回溯，我又想起一些细节。传送时没看到有人工智能在旁边，好像当时 Icon 并不在场，队长和其他人也没有说到过这个名字——他们几乎没说过这个词，导致一直以来我对它的印象都很浅薄。那就说明，要么它的权限并不是传送所必需的，要么就是可以操控它进行远程权限处理。

这是第一点。

再者，当初解锁时光穿梭机的时候似乎除了队长之外没有其他队员站在能够接触到时光穿梭机的范围内，这就说明只有一个人就可以完成时光穿梭机的激活。所以，如果权限足够的话，她也可以独自开启时空穿越。

这是第二点。还有……还有什么……

"只有人类才可以做到的事……"这时，凯格尔的声音把我拉回眼前。他也跟我一样仰脸看着天，微微张嘴，像是在饮风。

"什么？"我愣了愣。

"我说，他一定会设置一些只有人类才能做到的事作为最后的关卡。那家伙曾经跟我一起学人类学，他对人类的心意可以用几十年的科研成果来表达——说到底他做这一切，接过时光穿梭机的接力棒，也是为了成全这种爱。他的撒手锏，一定是只有人类才能做到的事。"

"什么？"我莫名其妙。这老头不知搞什么名堂。

"你这样年轻的执行者也许不能理解……但不要怀疑，当你到了跟我们一样的年纪，当你真正经历过人生起起伏伏，真正见过数字的冷酷后，你会知道人类才是身为人类所最需要的温度。"他慢慢地看向我，蓝色眸子像一湾深水港的海水。这样的目光让我浑身一颤，无法言喻的感觉忽然填满了胸膛。在这个话题上，我实在是插不上嘴。

"为什么？"

"有人说科学家在找不到问题答案的时候就会求解于神，所以正因为是科学家才要信神。但其实不是这样。我们这样的老人已经见过太多残酷的情景，见过太多奴役、歧视、灾祸和损伤，见过每一个伤亡数字背后真实的惨状，见过太多没有神的世界。那时候我们想到，如果真的有一个上帝在掌管着这个世界，那他也是允许了这些事发生的上帝，他根本不值得依靠。他也许无所作为，也许是不发挥神性的观者，也许只是个视角，且有很大概率是一个恶神。——当然，这只是我的偏颇之词。

"将光火带到世上的不是普罗米修斯，将蒸汽变为缰绳牵动巨大钢铁怪物的不是上帝；把空气变成化肥的是人，在树木化成的纸张上记下历史的是人，将电从天空召唤出来的是人；用电波跨越空间隔阂的是人，最后破解了时间的还是人。你说，我们凭什么信神，不相信人类？"

他顿了半晌，对我笑笑："这就是 Semi 最开始的理念，也是我与他一拍即合的原因。我也一样。我们在人类学的研究中剖析出太多只有人类才有的特质，有些污秽，有些闪亮，但唯有人类才有那样的作为，唯有人类才表现出那样的创造力和智慧。我完全可以引述很多经典的研究结果向你展示，那些文章我全都记得，但总括起来其实一句话就能穷尽——人类很厉害，我们爱人类。即使智能也很厉害，如果要选择一个先后的话，我们的心还是要先给人类。而若有更好的选择，我们一定希望人类和智能并行发展、互相协助而不是两者互相伤害。要说我这么多年的研究有什么动力源，大概就是来自这种爱了。我只是一介普通的学者，而 Semi 比我厉害很多。他制造出时光穿梭机，想要成全这种伟大的情感。说不定这家伙为我们准备了完全出人意料的后手，说不定这次事故根本就不是事故，而是他对人类进化的一个诱导。"

老头顿了顿。

"你知道他为什么希望别人叫他伪达尔文吗？你知道为什么他是

个人类学家、是个技术狂人，却偏偏选择达尔文吗？"

"……"我觉得他这个问题问得很好，但以我的记忆不足以做出解答。方才我心中某个部位产生了一丝感应，但那共鸣的感觉巧妙地滑走了，我无法捕捉。

"因为他希望目睹智能时代背景下人类的进化。"

"精神上的进化？"

凯格尔轻轻摇晃自己的银发，在风里稍稍一缩肩膀，单薄的破烂衬衫里露出他骨瘦如柴的肩胛骨。"我就想说，也许这是 Semi 精心准备的一次表演。懂吗？就在他的生命逝去之后，他给人类留下了最炫目的表演。"

"你是说，可能他早就已经策划好了这一切，时光穿梭机的故障和 Icon 的反叛都在他的计划之内？"我慢慢地看过去，一字一句地问出这个一直以来困扰我的问题，"如果这就是他让别人称呼自己为达尔文的原因，那可真是荒唐。就算他留了后手能让我们回去，也还是死了那么多人。以死亡、折磨和绝望为筹码换取少数存活者的进化，这就是他所希望的进化？"

"如果我说，他的后手是能让所有死去的人回来，也能让我们都回到原本的世界。这只是猜测，可若是 Semi，出这样的底牌丝毫不奇怪。"凯格尔定定地看着我，深蓝色的眼中氤氲着宁静的色彩。我看着他的眸子，辨认出黑色的瞳孔和蓝色的虹膜，朴素的色彩交织，一时间有些恍惚。我的视野中这个瘦削的身影越清晰，我越是感觉到自己认知的模糊难辨。

"怎么可能。"

"为什么不可能？ Phaors 是时空穿梭机，若可以重启世界也不奇怪。倒不如说'穿梭'和'重启'都是只有 Pharos 才可能做到的事。两年之前我就有这感觉——看着那些被这个世界、被死亡惑乱的人，我意识到这一切若无法重来，就一定不可挽救。"

"那也不可能。"我斩钉截铁地反驳，"穿梭和重启完全是两码事。"

"你是时光穿梭机的技术人员吗？"他带着一丝温和的笑容反问我。我耸耸肩——不是。

"如果是Semi，有可能。他是这么多个百年来第一次有足够资金、人力和技术把时光穿梭机创造出来的人，他能够做到我们连想都不敢想的事。我问你，如果你跟我一个时代出生，在那个时候，你能想象几十年之后时光穿梭机诞生了吗？"

"不能。"

"他就做出来了。"

"但为什么你这么确定他会这样做？单凭几十年前你们的交情，就能这样肯定吗？"

"是因为爱啊。"

"对人类的爱？"我有些恼了。这老头说话不着调，比爱德华还不着调。

"你别觉得奇怪，就是爱。不只年轻人才会爱，老头老太太也会爱。只不过我们已经见过太多，能深深爱上的东西已经太少了。若说我们到了这个岁数还爱着什么的话，那只能是我们自身。"他摇摇头，脸上显现出一种朦胧而生动的笑意。

爱啊。

是我活到现在为止都没怎么深刻感受过的东西，玄乎其玄。这怎么能成为一代巨匠的前进驱动力？也许我真如他所说，活到他那个年头就知道了，但目前为止我还没有那种宏大的情怀。这样深沉的话语，对我而言也只是不怎么悦耳的文辞。我意识到这种含量的对话无法让我清楚地理解他的指向，必须把这段来之不易的对话牵引到一个有效的角度。

"凯格尔教授，我刚才想起来两点，都可以间接证明不需要Icon

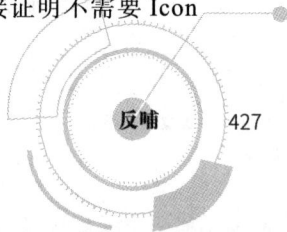

反哺　　　427

的近程操作就能开启传送机。"

"说说。"

"一是当时我们进入传送门时 Icon 并不在场，二是队长在进行激活的时候好像没有呼叫过其他设备。"我努力让自己把话说清楚，以此绕开方才那个让人有些头痛的话题。专业术语我还记得一些，但凯格尔教授应该听不明白。

"哦，是这样。"人类学教授慢慢地点点头，神情又恍惚起来，让我看不懂他是赞许还是疑惑。

"但我联系不上队长，那些东西没法问他。他有 Pharos 的通信机，现在我已经架起设备了，只要我们在有效距离内就可以联系上。可根本联系不上他，也许我们的地理距离太远，或者他出什么事了。就算有什么办法绕开 Icon 的权限登录，那办法应该也只有他知道，而我无法询问。我只是知道有这个可能，不知道该怎么执行。"我听见身后的人群渐渐变得吵闹，不由得稍稍皱起眉，回头望了一眼，看见一个非常起眼的壮硕的身躯出没在成堆的腿杆之间。不用想也知道又是尼德兰。

"不一定啊。"凯格尔的眼神又从游离中回来，他盯着我，我看着他，我们愣了半晌，一老一少都懵懂地望着对方，我生生地感到了尴尬。

"还有哪个会操作的人能够联系上？"我弄不明白这种原始的说一半藏三分的对话方式，决定有话直问。

"去问她。"

"她？"我顿了顿，忽然明白他在说什么，"你说那个留在现代的女孩？不现实吧，我之前跟她联络的时候，那家伙完全不知道时光穿梭机要怎么操作。"

"她也是人类。"老头子顽固地看着我。

"她……她是人类，但她说了自己完全不会。而且她现在还被

Icon 软禁着，我们能联系上的所有人里最不可能把我们带回去的就是她了。"我稍稍瞪大眼，提高了一点音调，"即使伪达尔文先生有你所说的后手，她也肯定搞不定。"

"不要小看她。她能在人工智能的监视下联系上我们，能只身一人弄清楚这次事故背后的真相，大约不是等闲之辈。虽然没有专业技术，但目前为止你告诉我的一切都足以证明她有优秀的学习能力和执行力。"他慢慢地说，语调平静沉稳，像在讲一个故事，"你不觉得，这些品质与'成功的进化品'非常相符吗？"

"你是说伪达尔文先生在等待这样的人出面解决问题？"

"未尝不可。"

如果这就是伪达尔文先生的计划，那么在这个计划里我们只是承受者，只是进化的必要单位，而她才是完成最后一步的关键棋子。

可恶，我们明明是弃子。

"教授，我们现在只能等待她的通信。即使她有那个能力，我们也只能等着她联系我们的时候再让她帮忙。她与我们通信的事情也许还没有败露给 Icon，或许 Icon 不予以阻拦。我们不能先行进行联系，把她暴露出来。"我没有想出很好的解决办法，甚至脑子里开始冒出一种不愉快的想法——这个问题无解。我们太被动了。

"她会联系我们的。"老教授慢慢地撑着地站起来，裤管在风中轻轻浮动，像是贴在一具枯骨上。老人太瘦了，在这个世界里活了三年，估计在遇到我们之前也没吃过什么饱饭。

"嗯，只能指望她了。"我说出这话的时候，突然意识到自己已经把全部的希望押在那个素未谋面的女孩身上。这个任务对一个年轻人而言太过重大，但没有别的办法，只能期待她能满足我们所有人的期待。

伪达尔文先生，你到底在想什么？这是错误吗？你有媲美神明的力量，能够让在这颗星球上沿着一条时间线发展了百万年的人类文明

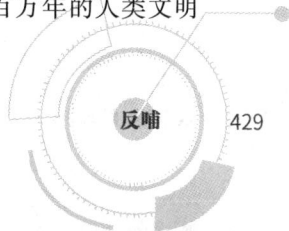

反哺

回头，能将几乎所有人一瞬间从这个时空中清空，却不自诩神明，而号曰"伪达尔文"。

我们已经尝到了弱肉强食的恶果，见识了荒蛮原始世界的恐怖，曾多次直面未知和死亡，也深刻认识道德律和制度在人类群体中的重要性，明白科技的便利将人类一步步灰白化的可能，体会到这么多年来依赖于现代世界而变得麻木愚钝。与昔日相比我们在进化，而这其中也有劣化分子存在，对于那些人，对于我们，还有对于她，你将要如何处置？你达到你的目的了吗？这是你的目的吗？人类世界已经颠倒三年了，我们在这万年以前的最初世界里苟活了三年，却仍然只在黑暗中看到一星微弱的光火。那么已经位列英灵之座的你，现在希望看到什么样的结局？

"艾因！"

身后传来喊声。是爱德华。

"怎么了？"我也站起来，回头一看，一阵风吹过，凯格尔教授已经走得看不见人影了。

"通信机里有声音，过来看看。"

"啊？"我"唰"地站起来，"哪儿的？"

"现代的那个女孩。"

"我来了！"我猛地跳起，差点把自己绊了一跤，踉踉跄跄地向着那个瘦高的金发男人招手的方向跑去。他站在荒原和森林交界的地方，一只手捧着通信器，另一只手举高，在空中冲我挥啊挥。视野晃动了一下，恍惚间眼前那个男人的身影似乎在阳光里散发着淡淡的金光。他脸上似乎有笑容，与三年前某个瞬间重叠，但我看不真切。

棋盘

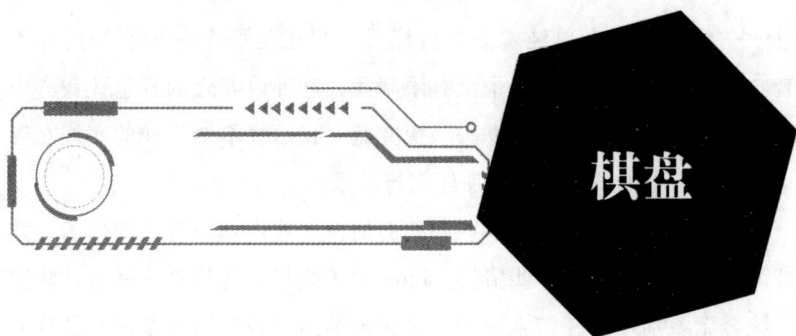

9月11日，正式和 Icon 对话前的最后一天。

距离我醒来已经过去了一个月，我的身体情况、精神状态和记忆状况都极其良好，可以说是达到了最佳状态。这时候的我有信心在没有正规武器的情况下和 Icon 进行短时间对峙，有信心在万不得已的时候做出一些不保险的举动，但——当然，我知道自己不可能徒手干掉他。所以，我想想出的老千也和身体状况没有关系。

"嗨，Icon，早上好。"

"嗯，贺，早上好。"

我常常在各种地方碰见 Icon，他走着，我也走着，对视，点点头，然后擦肩而过。有时候他坐着看电脑，我就无声地从他身边溜过去，他也装作没有发现我。我们各干各的，互不相干，即使万不得已碰见，也只是非常温和地互相问候一下，就像任何事情都没有发生

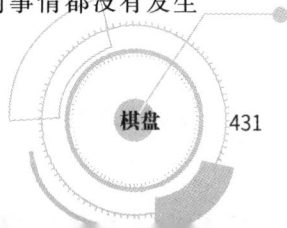

过——他还是那个单纯卖力的程序员，我还是那个一无所知的探索者。他并不打算攻击我，也没有限制我，这种放养式的容忍让我心中隐隐揣着不安，却也没有办法一探究竟。我始终不知道他的底线在哪里，目前为止他没有对我施加任何行动限制。

我找准机会向他问了一些和核岛的自律攻击系统有关的信息，并试图验证一些自己的一些猜想。Icon 给了我肯定的答复——自动防卫系统会无差别攻击任何企图进入光膜范围内且载有军方系统和芯片的设备，所以当初在我驾驶直升机进入那个红色的光圈时，我的直升机就已经被锁定了，继而被击落。

一个困惑得到解答，我脑子里渐渐有了一个成型的方案。

*

这一个月除了每天和其他幸存者的定期联络和搜查设施之外，我上网搜集了很多时光穿梭机相关的原理性问题，也查找了建立时光穿梭机的企业ζ，和伪达尔文先生的一些详细故事。

之前我在听 Icon 解释完把人类全部传送走的理由并明白了部分真相后发现两个疑点：

一，为何 Pharos 的设计者会给 Pharos 一个"保护世界"的使命。为何这个使命不是"把人类和世界都保护下来"，为何他们给了Pharos 一个这样大的逻辑漏洞？

二，为何 Icon 这么多天来对我的搜查不管不顾，说是要软禁我，却又放任我在这个他最开始根本不想让我进来的地方进行调查？

他已经在这里待了三年，照理来说肯定可以熟练提取所有设备上的信息，虽然不能实时调度，但事后略微一查看，自然也知道我做过什么。除了和远古通信的对话内容无法监听之外，我的其他行踪应该都隐瞒不了。我正在一点点深入这个核岛的腹地，这里面存在的秘密他本来不想让我知道，即使暂时改变主意了，也应该不会允许我继续深究才对。那么，为什么他没有阻止我？

这两个疑惑让我这一个多月来坐立难安，我知道自己必须通过一些有力的证据来消解它们。虽然目前为止我手中掌握的资料还不足以把这两个问题回答完毕，但我心里已经有了一个模糊的答案。

这两个疑惑背后的深层因素是相关的，它们都被套在一个更大的局内，它们是某座冰山的一角。

想要合理地解释这一切，我只能想到一个答案——有人提前设计过。有人早就安排好了我们在这三年里需要走的路，有人从最开始就在操纵这一切。那个人是不是伪达尔文我不知道，但一定有那么一个人。也许他正是 Pharos 大厦走廊中那些淡蓝色全息影像中的一员，难怪他们脸上都带着视死如归的奇异神情……

一定有人在搅和，不然太不自然了。

这一路走来，在很多关键性的地方都出现了引导性的改变，那些改变让我们的认知和应对方式产生骤变，让我们继而去做与先前截然不同的事。

最开始我们打算把大量时间放在"旅途"上的时候 Pharos 突然出现，将一直以来都在路上的我们圈进大厦之内，让我安心坐在电脑跟前。后来，Pharos 开发完成之后，我又遵从一种莫名其妙的感觉回到了"ζ"面前。

刚开始我以为人类的消失只是意外，后来觉得是智能的反叛，现在看来这次"大传送事件"里有更深层的人类的参与。那些看似是智能在使坏的残局背后，说不定只是人类在相互掣肘。所有的转折都很生硬，虽然在我看来这都是我自己的选择，但细细想去，这其中自然少不了外部环境的引导。也许我在自己没有察觉时便已被某些东西所影响——也许我正是被其影响，才走上现在的路。

我越来越想要弄明白真相，就像井底之蛙在狭窄的夹缝中努力看

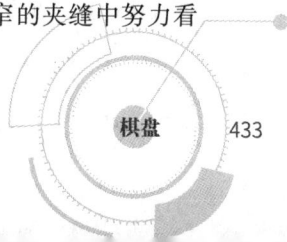

清天空的颜色。滨斯死了，帕拉斯死了，塞西利亚生死未卜，除我之外的三个幸存者还在 Pharos 的辅导下忙忙碌碌，那些消失的人类被传送到另一个时空，我被困在这里。

每个人的下场都很奇怪，我无比想要看清，想看清这三年来我们到底被困在怎样的一个局里，那些死去的人和活下来的人到底在因为什么而挣扎。我不仅要把他们带回来，还要赶在一切痕迹都被掩埋之前弄清楚真相，这个想法越来越强烈，深深地扎根在我心中。

不过话说回来，如果说这是一个早有谋划的局，那么伪达尔文先生绝对不是无辜的。

这个人，我自最初看到他的信息以来，便总觉得颇有蹊跷，不由得责问自己之前为何没有发现他这样一个巨大的破绽。

我很仔细地看了他的资料——一些通过不正当途径取得的近乎人肉的资料。他原名普拉斯顿·卡丁尔，资料上说是因为执迷于某些特殊学术领域而给自己起了个奇怪的外号，伪达尔文，并且坚持要求别人这样叫他。

达尔文？

他是个人类学家啊。

普拉斯顿出生于法国某个小城区，那是一个类似于智能孤岛的地方。早在几十年前，最初的智能乡镇管理系统入驻时，全镇人就签署请愿书把准备入驻的智能驳回了，于是那个城区一直由传统的政治人士管理，没有使用国际通用的政法系统，并且鲜有引入新科技产品。那个城区至今仍有百分之六十以上的家庭掌管着家庭农庄——电影作品里常见的小农场，几头牛几只鸡几条狗，一片无垠的草地和低矮篱栏。一项早在五六十年前就几乎失落的传统谋生方式，普拉斯顿的家乡却完整地把它保有下来。

普拉斯顿四岁时失去父母，跟随爷爷长大。他的爷爷是当地的图书管理员，他们那个地方不流行电子书，人们还是觉得纸张和墨迹的感觉更踏实，于是保留了很完整的实体书店。他自幼没怎么被管理过，属于散养，一天到晚泡在图书馆中，看各式各样的书籍。

他中学那段经历是空白的，我没找到，也许有一些关键信息被删除了，又或许是根本不值得一提。总之，资料再衔接上已是他的高中时期。

他高中时参加了全国生物竞赛，拿到一等奖，想要进入国家队，但考虑到他要留在当地享受国内的福利以维持家用，便没有去国际生物人才培养所进行集训。后来，他放弃了生物学，把全部的精力投入文化史的研究上。据他某位高中同学所说，当时普拉斯顿是全班最博学的理科生，一天可以看两三本很厚的书。后来不出所料，他转行人文学科了，不过很奇怪的是他转科是卒业考试前一个学期的事，那个时候还敢转科的人已经不很多了。

卒业考试之前的那个学期，普拉斯顿的爷爷去世，他便一天到晚泡在教室里，除了吃饭睡觉上厕所之外手里总是书，也不怎么和人交谈。

他改选人文学科之后，校本课程成绩十分优异，简直呈现出天才式的成长路径。但遗憾的是他的大学入学考试成绩不佳，多场考试成绩平平，不足以让他从全国如此之多的考生中脱颖而出，有几门基础理科甚至差点挂科。因此他错失了在国内接受最好的文化教育的机会，但他不甘心去一个中低档学校，只得把目光放宽到世界范围内，另谋出路。

后来，他来到英国接受教育，并在打了几年工之后考上伦敦政治经济学院，之后又前往布鲁内尔大学。他选的是人类学专业，并在那里遇到了人生中第一位挚友——凯格尔·麦高格。这两人在布鲁内尔大学里一起学习了两年多，其间共同研究很多深奥的东西，还联名发表过不少论文。之后普拉斯顿毕业，开始转向企业管理，筹划建设自己的公司，而凯格尔·麦高格继续深造人类学。

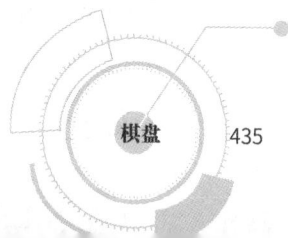

棋盘　　435

后来，发生了一件非常有名的事——"会晤"。这是普拉斯顿毕业十多年之后做的第一件大事。

我当时还没有出生，只是长大之后浏览科普网页时看到过，知道那代表着时光穿梭机的建设正式投入执行。作为一般人，再往后的事我们就无缘得知，更不知道时光穿梭机早在几年前就已经研发成功。如果不是这一番仔细搜查，那些事情我永远不可能知道。

"会晤"后十年之内，普拉斯顿彻底从公众视野里退出。倒也不是刻意被删除了，他只是长久地从舆论中隐退，成为只活在学术圈和企业家口中的人。而凯格尔——作为普拉斯顿的挚友，也没什么可用的情报。凯格尔和普拉斯顿在这方面有点像，似乎都是专心致志地搞自己的研究，在学术圈里颇有名声。不过，显然普拉斯顿之后的发展一点也不简单：他的事业很成功，他是平地发家的大企业家，是LSCA响当当的投资者，还因为早逝的父母都是顶尖科研学者而获得了时光穿梭机民间科研资料的继承权。

很厉害的一个人。但他真的太低调了，自"会晤"后的资料很难找到，所以我合理推测那是他人生中首屈一指的关键转折点。保不准他曾经的某些信念就在那场会谈中爆发，并逐渐沉淀。

我转而询查"会晤"的资料——在普拉斯顿和凯格尔两人的生命档案中对这段的描述都很模糊，明明是很重要的信息，却三言两语概括了过去。

出席那场宴会的人很多，多半是当时著名的人文历史学家。而与那帮大咖相比，普拉斯顿和凯格尔当时都年轻，不过小辈而已。他们原本只是来瞻仰大咖风貌的，没想到聊着聊着就变成了主角。

他俩能在这次晚宴中脱颖而出的理由很简单：当时最有名望的几个教授在洽谈时普拉斯顿听见了一句自己不认可的学术言论，便直接出言反驳。

那些教授都是些平时随意温和，涉及自己的学术领域时寸步不让的人，自然看不上这个毛小子，便调笑他，用一些非常晦涩的典故进行刁难。这时凯格尔出来圆场，话锋一转，他们的立场又变得有了些可看性，话题也从准专业知识领域一点点迁移到旁人也能插得上话的思想道德领域。于是加入进来的人越来越多，专门负责宣传拍摄的记者被吸引过来，其他学者也不肯放过这个出头的机会。不过在镜头和笔墨之下，最出彩的还是他们俩。凯格尔素来擅长争辩，普拉斯顿虽不太擅长言辞，但浑身上下透出一种锐气，让人不可忽视。一来一回，有来有回，他俩就默契合拍地跟老教授们争上了。

我看了很多有关资料，每种版本对他们的谈话内容的转述都有所不同。我想，这其中想必糅合了很多记录者的个人倾向，也许他们想借这两位新秀之口为自己所信仰的思想发一点声，那是无可厚非的。

不过，在一番客观地整合后，通过那场宴会他们得出了一个结论：人类应该靠自己的意志自主自立地探索世界，从最基础的求生方式到高端的科技知识都要掌握——必须保有其特殊的社会性和反省的能力，既能够熟练掌握智能，也能独立生存。我们应该靠发展智能来丰富自我，而不是绞尽脑汁去丰富智能。现在这个社会已经发展得过于冗杂，很多事情无法厘清也不能重置，那么想要高效地达成人类精神洗牌这个目的，最有效的办法就是进行一次时空倒流。

普拉斯顿非常坚决地说，现代技术对人类自由意志的削弱太可怕，除非人类再从远古进化一次，否则大部分人都要沦陷于技术带来的便利之中，人类文明将变得灰暗无色。他害怕未来学家的预言将会成真，而且他声称自己确实看到了很多噩兆。

云云。

资料太多，简直看不过来，所以我舍近求远，直接跳过去看了最后的回访。那晚的一战成名让普拉斯顿这个没什么名气的新秀一时爆火，很多人翻出他的简历，说这个人小时候学理科转文科，大学毕业又捣鼓科技公司，简直是励志样本典范。于是他的故事很快就被拓

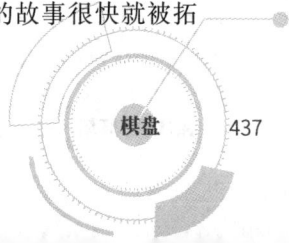

棋盘

印进了各种教材中，说不定现在某些出版社里的作文素材例子里还有他。

普拉斯顿事后对那场宴会评价说："我说得很生气，因为他们总是挑我刺；但我也说得很开心，因为最后他们都被我说服了。我第一次感到我的话语有分量，我所学的知识可以让我以之为荣。这种感觉令我满足，令我迷恋。"

说服那一堆当时最有威望的文化史学家、人类学家，绝对是普拉斯顿人生历程中第一个辉煌的注脚。自那之后，他的声望激增。为了维持自己学说的确定性，他发表了很多论文和调查结果来自证，这些有理有据的材料也得到学界一致好评。于是，被公认为"励志教材"的普拉斯顿正式继承了时空穿越计划的资料与实验设备，开始对时光穿梭机进行名正言顺的研究。

奇怪的是，也就是在那时他隐退了。突然蹿出来，得到继承资格，做大ζ公司，得到学术界认可，然后消失。社会上再也见不到与他有关的消息，所有上门的人无一例外被拒绝，人们因此渐渐淡忘了他。

我从一开始就没有太了解过这个红极一时的科学家。他出名的时候我还没出生，他隐退了几十年我才懂事。一个曾经活跃在世界上的传奇人物，在我的生命轨迹里连一颗流星也算不上。这是略显可悲的事，如果细细去想，我们有谁能在消失之后十年、二十年、五十年、一个世纪之后依然在这个世界上留下痕迹？

伪达尔文确实死了。早在我认识他这个人之前他就已经死了。那个老头子三年之前，也就是传送的几天前死掉了。死得很安静，但确实有尸首，不是诈死，在我看来这绝非偶然。更深一步的资料却怎么也找不到了。

伪达尔文是怎么死的？为什么在他死之后突然发生了时空穿梭？在引领ζ公司走向巨大成功的路上，他又经历了什么，看见了什么，下了什么决心，归顺于怎样的信仰？我不得而知。

*

目前为止我对伪达尔文的了解仅仅停留在八卦阶段，对时光穿梭机原理的掌握也形同于无，对实际操作根本没什么帮助。但即使是这些粗糙的资料，也让我越发确定了一件事——伪达尔文做事智慧得让常人难以想象，并且很难以捉摸。如果是他，也许有可能做到"很早以前就策划这一切"。

我没有从他的那些学术观点里提炼出什么特别的东西，只是觉得他的那些言论都太过于偏爱人类、并且反对智能高速的发展。他喜欢阿西莫夫，喜欢凯文·凯利，喜欢房龙，喜欢嘲笑未来学家。总而言之，他认为当今的智能发展速度太快，人类的思维模式和智力没有跟上，大众体现出麻木的状态，他觉得这不应该是人类应该有的样子。他崇尚人类体内本真的力量和智慧，希望能通过某些办法稍稍停滞智能的发展，或优化人类的思考方式，以此将人类的进化和智能的迭代速度匹配起来。

我不是人类学家，但我能够从中瞥见端倪——他如果有更深层目的，那一定不是帮助智能侵占世界，而是为了帮助人类。

到底怎么回事？在我目前为止所知道的所有人物之中，有阴谋家潜质的只有伪达尔文。但如果真是他所为的话，一个如此热爱人类的家伙为什么要制造这样一个圈套，把全世界人类都谋害，造成那么多伤亡？他到底想干什么，又到底想要一个怎样的结局？

难道只为了让活下来的人类得到一次彻底的洗刷？或说，他想要淘汰？所谓"适者生存"。这就是他自诩达尔文的原因？他想要冶炼人类的血脉，让真正有毅力、有智慧、有自由意志、有强悍思维和行动力的人类存活下来，而淘汰掉那些弱者？

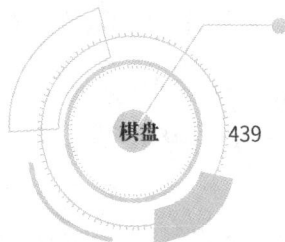

我不知道。

时间紧迫，那些陈年旧事所引出的思想和信仰目前很令人担忧，但并不是眼下的要务。如果真相太过晦涩，那么几乎已经被乱七八糟的信息折磨得精疲力竭的我还是放放吧，盘算明天该如何行动会更容易一些。

离最终和 Icon 的对话只有一天了，我已经部署好了所有的策略。

今天还剩一大半，我要在中午 Icon 定期检查之前和艾因进行最后一次通话。我们说过的话不多，基本都是正事，也没怎么好好聊过。今天我依然不打算跟他闲聊，虽然他似乎更希望能跟我杂七杂八地聊几句——也是，他说他们回到了几万年之前，那个时候什么都没有，时间的流逝一点也不鲜明。他们已经忘记现代生活对高效性的要求，自然希望有一些能够打发时间的事。

现时已近正午，核岛四周还是没有亮起来。大清早呈现出的蔚蓝天空消失在密密麻麻的云层里，我一个人在灰暗的核岛四处行走，在各种黑暗的角落搜寻散落的资料。面对宽广的浅色海洋与苍色天空，常常想起滨斯，想起最初遇见 Pharos 时那个闪光的白色灯塔，想起云开雨雾后浅蓝色天空中冉冉升起的启明星，想着想着，越发觉得眼下我致力的事务无比伟大。

如果把这一切比作某个神秘人士设下的局，时光穿梭机就是破局的唯一道具，是它把人类带走，让 Pharos 发挥作用，也是它让 Icon 向我设下重重关卡，阻止我继续前进。时光穿梭机的重要性不言而喻，它在所有的情节里都扮演着无比重要的角色，它几乎让所有的"已发生"环环相扣。我基本能理解这些事情的逻辑，还差最后一个环节，我就能够理解时光穿梭机存在的意义，也能破解这个局了。

我一定要弄清楚最后一个关键的环节。

我想，还剩一天的时间留给我来破解这个谜题，我却再也没有新的线索了。如果想要溯源，除了 LSCA 和 ζ 公司之外，还有一个地方值得下点功夫——布鲁内尔大学。

那是伪达尔文第一次遇见凯格尔的地方，也是他挚爱的大学。在那里他第一次产生完整的学术理论，那也是他第一次潜心人类学钻研的地方。虽说大学实在不至于与时光穿梭机有什么关系，但如果需要线索，便不能漏掉它。也许伪达尔文正需要后人来解开他用自己身世写就的谜。

于是，我怀着好奇心第一次翻找布鲁内尔大学的云数据库。这里的保密系统和校验格式相比于一般的科研机构来说更好攻击，这次我只花了不到五个小时就通过最普通的信息筛查技术找到了一沓极为古老的数据。

一份电子版的日记。和伪达尔文有关的东西并不多，所以这本日记显得格外突出。

文件大概有一百多页，封面上是一个小标志，里面藏着一行小字：*Diary of Plustone*。时间是2056—2090年，时间从伪达尔文四十出头开始，一直到我出生那会儿截止。

这个时间节点让我眼前一亮——这段时间里理应发生了很多重要的事，但因为恰好伪达尔文在2060年左右就隐退了，社会上的数据库里一直没有相关的正规情报。

而这份日记被放在伪达尔文的档案之中，说不定正是那个已经逝去的人给循着他的足迹而来的后人留下的线索。

我瞪着那文件的名字看了半晌，快速打开爆破软件。

登录和文件密码破译的过程简单得难以置信，成功破译只花了我不到五分钟。解析界面自动弹出后，白色的封面赫然摆在眼前，我愣了很久才点开它。

直觉告诉我伪达尔文不是恶魔。他不是全能者，也不是洛基和女巨人。他并没有创造一个无法被自己掌控之物，如果他是幕后黑手的话，目前为止的这一切应该仍在他的掌控之中。这本日记就是一个证

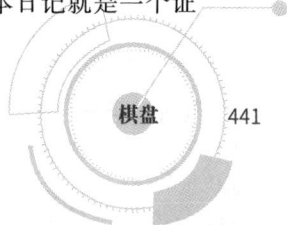

据——它赫然放在伪达尔文的档案连接之中，毫不隐藏。我们现在所经历的一切都是一张巨大图纸中的一部分，而这份日记则是一点点看清事实的线索，让愚钝的我按图索骥。

等我看完这本日记，也许一切都能够被拼凑起来，真相或许能够水落石出。

不知为何，这样的想法倒是让我产生了隐隐的安全感。

伪达尔文就像一个无形的力量，像核岛自动化模式时天空中浅蓝色的光膜，带着令人捉摸不透的光芒笼罩在我们所行经的每一条道路上。

但我想要相信。他是伪达尔文，他是那个"会晤"上意气风发的青年人类学家。他是全权继承民间所有时光穿梭机科研资料并以此发家的优秀管理者，我想相信他会给人类一个好的结局。

我想要相信，即使现在 Pharos 仍照亮这个世界的每一个角落；而明天的此时，它将点亮封存已久的时空的间隙，把所有人带回来。

这将是最后的探索和尝试。

DAIRY

嘿。

如果你在看，不要奇怪，也不要感到惊讶。

我猜，你应该不是我这样年过耄耋的老头子。这本日记里的一些话你可能不很感同身受，也不很爱听。不过，你知道吗，我要死了。听死人把话说完是活人基本的教养，对吧？

啊……虽然日记是很久之前写的，但这篇前言记于 2109 年 7 月，也就是我开始预感到自己大限将至那会儿。你知道吧，人在命不久矣的时候是会和天有感应的，很多征兆都在预示着死亡的来临。然后就知道——啊，要死了。不过也可以平静地接受，毕竟已经活了那么久。我稍稍有点儿怕，但并不感到遗憾，因为我对自己留下的东西很有自信，也对你充满信心。如果你看到这篇日记的时候我已经死了（我大概率已经死了），请帮我在作者的名字后面加一行去世日期，补全他的身世简介，谢谢。

嗯……有什么好说的呢？

我的日记应该不算特别好看的日记，因为写的东西都很抽象，有很多实在是像谜题一样，当时的我觉得写得真好，但现在看来即使是我自己也忘记了当时想要表达什么。虽然我很想留下一些注释以帮助你阅读，但实在是没这个工夫。

还有，这应该是我们第一次对话。我希望在接下来的日记中你能对年轻的我宽容一些，也对年迈的我宽容一点，尽量不要用你那尖锐的智慧对我愚钝的狂言进行批判。那都是久远的事情了，作为一个老头子，我也没什么好解释的了。

如果你已经走到这一步，那么接下来距离终点就已经不远。请一直走下去，请一定要看到终点。

这一切出自我手，而我可以为你担保——你一定能赢。

2056 年 4 月

我一直非常想知道一个问题：

如果时间可以重来，怎样的事最令人后悔？

不，后悔这个词太庸俗了。如果时间可以重来，什么事最让人觉得有改进的余地？是改掉幼稚的思想，是丰富自己的知识，是多多约束自己，限制自己某些走向失败的行动？

我想，前两者最重要。

随着智能的发展，看似日渐丰富的社会其实越来越趋向于一种普遍的模型，我们的一切选择都在向某种既定逻辑靠近。不管是产品的迭代、智能的研发，还是人类的求知，这些原本应该带来无穷无尽创造力的过

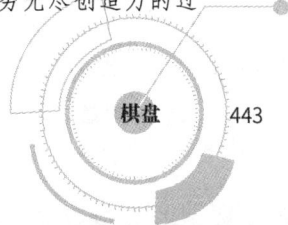

程都在逐渐简化，变得可参考、可预测、有模型、可塑造。其原因显而易见。

几乎所有需求都被满足了，那么还需要什么爆发性的成就？现在的生活让大多数人感到舒适，那么大多数人都会为了保护目前的生活而本能地排斥跳跃性的新事物。一个本要求不断创新的时代却充满了保守派的人，大不利于人类思想发展——至少人类思维的进化速度跟不上他们所创造出来的智能的更新速度。

这就是我想要重新开始的事。

我想要让所有人重新开始。去一个没有任何智能设备的地方，单纯靠人类最原始的力量活一次，抛开一切现代社会的桎梏，清醒地想想人类怎样进行价值判断，怎样保有最本真的内质，怎样排除外界无益的干扰，持续发展自己的智慧。

曾经的我没有这个实力，只敢想想。现在我有了。

这是我突然开始写日记的原因。

就在昨天，我经历了一场伟大的交接仪式，当今世界上领先的民间科研组织一致同意将他们的科研资料向我共享。

真是奇妙。不知古代那些伟大的跨时代的物理学家看到这一幕，将作何感想。我想他们会原谅我的僭越。因为我相信我们目的一致——发掘真理，并在掌握真理后以造福人类。真会说大话，哈哈。

而想要解答时间留下的问题，我需要做的事只有一件——你知道，研发一个时光穿梭机。我要把它研发出来，而且这个时光穿梭机必须足够特殊，不只是传统意义上的穿梭机。

我要它具备重启的功能。

重启，顾名思义，便是再次开始。我所计划的时光穿梭会将所有人类带回荒蛮时代，将会带来相当惨重的伤亡。为了把损伤降低到零，我只有重启这一个选项。

理论讲，重启是抹去某个时间点所有人类的存在，然后将万年前另一个时间点的所有人类传送回去，将他们恢复到曾经的那个节点。传送仅限人类，它会抹除过去时间点的我们，把来自万年前的人类放在他们过去的位置上。类似游戏里的存档，除了人类来自万年前的某个时刻，重启时间点的一切元素——包括自然景物、机械设备的存储和动植物生命体——都保有那个时候的原生状态。这样的传送不会影响人类的记忆，并且可以将死去的人带回来。对于死人而言，他们将会回到死亡之前的最后状态。想要向着这个目标进发，无异于怪力乱神，但我想要尝试。问题永远存在，所以要一次次优化它的解决方案，让它可以带来的正面结果变成囊中之物。

目前为止我一路走来，什么没见过，没什么事不敢做，我有这个信心。话说得有些狂，但——走着瞧吧，普拉斯顿·卡丁尔，还有正在读这本日记的你——我一定会把它做出来。（注：你看，我做出来了。）

2058 年 4 月

ζ 实验计划成立了。启动资金筹备到位，人员也已经聚齐，这是值得庆祝的一天。

最开始作为一个科技公司，我们只是向着宏观的研发方向发展。在我一再地引导下，公司的其他高层终于达成一致，决定成立执行者小组。

虽然组员已经确定下来，但这个小组的关键人选还是待定——由谁作为执行者来执行穿梭任务，暂不确定。接下来我们需要面对的是一段很长的设备研发时间，如果提前定好人的话，等到穿梭机调试完毕组员都已经成老人了。我打算认真地把"待定"保留下去，等到传送快要开始时再选定年轻的组员。

好久没有上街走走，今天我向研究所里请了假，一个人出门打发几个小时的时间，顺便吃个午饭。

正午街上人很少，四处没有什么生机的样子。我路过一个公园，那

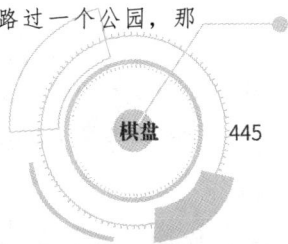

里有一条非常显眼的镂空雕花走廊，吸引了很多人的注意。我走过去看，也被吓了一跳：走廊的四壁上全是大大小小的人像，每个人像下面都配着一小行文字。那是这座城市自建市以来历任市长的半身像，约有四五十任。我把走廊走完，心有余悸地回到大街上，心里暗自好笑——这可真是多此一举。那些市长要是知道自己被这样陈列起来，可不得吓死。

不过这个想法倒是有意思：把曾经存在于此、留下痕迹的人镌刻下来。

我想到一个类似的办法。可以在 Pharos 总部大楼的地下层里建一条走廊，这条走廊里可以都是影像。我自己倒是不必放上去了，只是日后等时空穿越乘组的人员敲定下来后，我要把他们和开发团队一起放在游廊里展览。

2058 年 6 月

一个非常重要的问题：

如果时光穿梭机研发出来了，所有人都被传送回某一个之前的时间节点，那么谁来把我们弄回来？

这非常重要！要知道，时光穿梭机只能在现代进行操作。如果所有人都回到某一个过去的时间点，那么人类将无法回到现代。这样说来，我必须在现代世界留一些接应。

如果我想要留下几个人作为"托"，又应该怎么标记那几个人？

我认为得用一些生理上的识别方式，比如人类特殊的 DNA 区段，或者某种特殊的酶、免疫细胞之类。但这样不就把所有人类都纳入传送范围了吗？确实要把所有人类都传送走，所以针对"人类"的泛化标记不能动摇。那么这些被留在现代的接应身上必须要有一些特殊性质，导致他们不能被识别为"人类"。这是唯一的办法。

2058 年 6 月

为了寻找合适的人选，我去了一趟 LSCA。

LSCA 是目前世界上实力最强的生命科学研究机构，那里有着世界罕见的各种病例，有着极度不正常的、在死亡边缘挣扎的病患，也有疯狂的执着的科学家。我想，对于"人类"的疑问，我能在那里找到答案。不过那里没有我想要的人，至少现在还没有。

"重启"的系统研发已经基本完成，其技术过于尖端，我甚至难以看懂。可技术团队联合了全球各大精英专家进行研发，并且已经初测完毕，成功进行三天的时间跨越，重启了一只死去的宠物猫。

也许时空穿梭机距离彻底完工已经不久了。

2070 年 2 月

今天是非常重要的一天。整个计划在我的脑海里成型了，我必须赶紧把它记下来，然后一点点完善。

首先，我要把人类送回万年之前，一个人类已经诞生的世界。这个时间点的选择需要非常谨慎：既不能因为我们的出现影响了人类的进化规律，也不能把相对脆弱的现代人放到一个太过于古老、不适宜居住的环境。我不能在一开始就把他们害死，我需要留下至少六成的人类，这样群体性衍化才有意义。

其次，筛选"被留下的人"的方法也很简单——既然我的计划是把所有"人类"传送走，那么会被留下来的，就是不能被识别为"人类"的人。篡改的手法也非常简单，只要在他们体内插入一些能够干扰生命体识别的芯片就行。

最后，也就是结束传送的办法——重启，需要一个保险。这个保险必须是只有人类才能做到的事。我目前的考虑是：给即将被传送到远古世

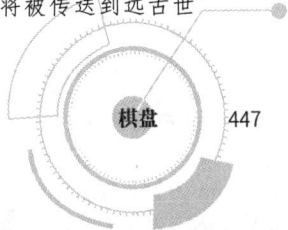

界的传送乘组的组员们进行手术，在他们所有人的脑内植入功能性芯片。想要用正规方法以外的渠道开启传送或重启功能，要求传送方的一位研究人员取出自己颅内的智能芯片，并要求"被留下的"那方通过时光穿梭机里的挑战关卡，完成信息匹配，跨时空获得芯片上的认证。

也就是说，重启需要两个时空的人互相配合，需要留下来的人和被传送走的人都保持冷静，理性地一路溯源，找到最终的钥匙。

这个安排里所涉及的关键人物只有两种——甚至是两个。他们能否成功配合并代表人类整体都在这场绝无仅有的时空体验里得到了提升和进化，我无从确认。

也许方案有待改进，但目前为止，我的想法就是这样。这件事我没有和任何人讨论，也不打算把这个计划向任何人说——即使是凯格尔。自最初脑海里形成这个概念开始，我就要单干到底。

事实上，最后的关卡是一道非常关键的测试题。无疑，我对我的乘组人员的要求太高了。当他知道了"需要从自己脑子里取出芯片才能开启时光穿梭机把所有人送回来"这件事之后，他必须有足够的决心杀死自己，取出芯片，舍身为人。这需要很高的道德素养和足够的勇气，甚至需要他人的精确配合。这样的事换作我自己都不一定能做到……啊，这盘棋从出手的一刻起就已经不在我的掌控之中了。

这个计划想要顺利执行，也需要那个负责破译的人有足够智慧。他或她必须有足够的知识和技术进行远程操作，因为我将会为挑战者设下一道五个小时之内必须解开的谜题，只有破解了谜题得到最终的认证码，再把认证码和从远古通信里得到的芯片信息整合在一起，才可以开启时光穿梭机。

远古的乘组人员需要承担很大的死亡压力，但真正的关键是破译者。他需要足够智慧，足够冷静，这整条线都必须由他自己整理出来，所有的重担到头来都担在他的肩上。

那么再说说人选的事。

在计划范围内，我对"被留下来的人"的选择符合如下标准——三观正；学习能力强，不具备非常强的初始技能；最好不超过三十岁。

倒数第二点非常关键，因为我想看到他们在其他人都离开的这段时间里有所成长。我要他们从一无所知变得无所不知，经过不同程度的锻炼获得不同程度的修养和收益；我要他们抛开所有的助力，单凭自己的学习能力和思维能力自我发展。或沿着我即将铺下的路，或沿着他们另辟的蹊径，我需要他们从赤手空拳到全副武装，一路走到终点。

他们必须蜕变，这样才有意义。

2087 年 3 月

我回了一趟布鲁内尔大学。

那是一个我已经离开了好久好久的地方，再次回去，却几乎还是之前的样子。

我原本想约凯格尔，但他最近有事没来，我就一个人回去，在图书馆里找了点资料。然后，我决定回一趟老家——时隔三十多年，我自离乡以来第一次回到家乡。

路上我顺道去了小时候认识的一个大叔家里探访，他早就去世了，是他的女儿伊莉娜迎接我。几十年没见，我跟这个小时候经常见面的小妹妹略微叙了叙旧。她小时候瘦瘦小小，如今已经出落成一位举止优雅的妇人，行止谈吐自有风韵。我暗自好笑，想起自己曾经还向她丢过甲虫。

我不太好意思一上来就问人家的婚姻情况，但留心墙上的照片。那个瘦瘦高高面容清秀而快乐的应该是她的长子，一旁一头金发笑容灿烂的是次子，她怀里抱着一个婴儿，看不出性别，褓褓是淡粉色，也许是女儿。照片上的她大概比现在年轻十几岁，一身工装，笑容极有亲和力。

在第二张照片里，她的两个儿子看上去都已成年，面容沉稳老练了不少，依然带着笑。没有看见褓褓里的那个婴儿长大后的样子，她手里却

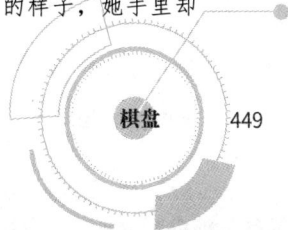

又抱了一个婴儿。此时她看上去已经五十来岁了，那应该是她的孙子。

"我儿子李·温博格、爱德华·温博格和外孙帕拉斯·拉文。"伊莉娜察觉到我的目光，便温和地笑笑，伸手轻轻抚摸着纸质相片，指尖在柔软的材料上留下一道波纹。

"孙子今年三岁，非常健康，现在跟父母住在一起。我女儿嫁得好，男人是个警察。"

"你呢？最近怎么样？"我打量着她家里的布置。

"几十年过去，该有什么困难也都熬过了。"她弯起双眼笑笑，"刚结婚时确实有一段困难时期，父亲去世，丈夫收入很低，大儿子也刚刚出生，家里很乱。那段时间熬过去后，生活好了很多。还记得小时候一起玩的那些人吗？大多数都和我一样，这样生活着。"

"大家都还好？"

"都很好。"伊莉娜带着我在沙发上坐下，"利鲁和他妹妹米娅娜现在把那间街角的小商店开成了大商场，两个人都还未婚，就住在商场楼上，但生活得很好，每天都能看到他们互相调侃着上街来。汤米扬成了大企业家，几年之前娶了一位非常有风度的夫人，现在他们生活在巴黎，偶尔会回来这边过几个月家乡生活。塔娜和李结婚了，他们都在隔壁的高新企业上班。"

我除了点头，不知该说些什么。她直笑，半晌也不再说话。我们并排坐着靠在她家里软绵绵的沙发上，没有任何障碍的沉默大概持续了四五分钟。她家里的客厅非常温馨，棕黄色的仿木地板和米黄的毛毯交相映衬，阳光在上面一点点腾挪。照片立在小小的木质立柜上，不知是谁的画挂在壁炉上方的浅灰色墙壁里，画里有些抽象的棕色小人儿对着相框外头的大人和蔼可亲地鞠着躬，戴着滑稽的红色帽子。阳光很温暖，温度顺着毛毯和地板一直爬上我的裤脚，伸出手去没入阳光中，那种温度就仿佛有了实体，可以触摸。

"啊，伊莉娜，我可能要走了。"我站起来，看着她。

她也跟着我站起来，身上肉色的连衣长裙和围裙摩擦发出柔软的窸窣声，凑近阳光里，所有颜色都变得万分鲜艳，像一朵骤然亮起的花。

　　"麻烦替我给大家带个好。"我从一旁的衣帽架上抓起大衣，向门口走去。我的步伐迈动着，伊莉娜家的智能家居机器人频频对我点头，却也始终不出一言。

　　"啊，普拉斯顿——"她突然非常动情地叫我。

　　"哎。怎么了？"我回过头去看她。

　　"你还记得潘德拉吗？"

　　"噢，记得。"我几乎是即刻想起那个总是穿得邋里邋遢的鬈发糙小子，他也是我们童年玩伴之一。

　　"潘德拉他已经离世了，就在前年，心脏骤停死亡。因为妻儿都不在家没人照应，也没有用家居机器人，所以死了一周才被发现……"她说着说着话音低落了下去，神情也变得悲哀，"他的妻子心都碎了，明明儿子跟丈夫同名同姓，却这么早就失去了丈夫。"

　　"啊……"我感到话语涩在了喉口。

　　"所以，普拉斯顿，你一定要小心。身边时常留一个人看着吧，或者把家居机器人的设置调灵敏一些。我大概知道你是在搞科研，搞科研的特别容易出身体上的毛病，所以千万注意安全，好吗？"她似乎想要上前一步，但却又定定地立在暖融融的阳光里头，没有更多的动作。我的目光挪到她身后，在那面浅灰色的墙前摆着各种各样的人的画与像，它们一同静默在阳光里，与她一起欲言又止。

　　我呆立半晌，走也不是留也不是。我是想要回答，但这个最后的话题却让我说不出什么话来。潘德拉是个非常好的家伙，虽然邋遢了一点，虽然太过不拘小节，对什么都不讲究，但他很活泼，很英俊，很仗义，很像个好大哥。当时我们都小他三四岁，因而时常跟着这个大哥到处乱跑，尝遍小镇上下那些只属于孩子的乐趣。他特别勇敢，敢跟冤枉我们的大人顶嘴，敢去各种无人探访的森林，甚至徒手抓螳螂烤来吃。那时我们明明不缺吃的，他还这样吃，把我们这帮小喽啰吓坏了，所有人都只敢站在一旁目瞪口呆地看着。

童年的记忆还很鲜明，当时所有人的样子都历历在目，就连那些孩子气的情绪也仿佛能够复刻般体验到。但是这大哥已经死了，其他人各自成家立业，不再像小时候那样没有任何理由地凑在一起。故乡的凝聚力终究是一点点散去，到头来每一寸土都翻新过，这里也就同每一个其他城市没有任何区别了。

此刻我立在伊莉娜家的玄关处，想着那些已经离去的，还没有离去的人。无数记忆被唤醒，一些本该忘记的故事又反刍般回到脑海，带来无限拓展的记忆画面。巨大的外套半倚在肩上，却无法像阳光那样带来温度。也就是在这时，我才第一次痛彻心扉地感受到离乡几十年的孤独与悲哀，那种确实是失去了什么的茫然爬上来，和阳光一样沁入我已然快要苍老的心中。

我想要离开了。

2087 年 8 月

今天我拜访了理汀家族。

活在这个年代的商界之中，大概没有人不知道理汀家族。他们最开始的发家业是房地产，后来在高新科技和物流方面都有投资，甚至还成立了几家设计公司。这可真是个了不起的家族，在我的时空穿越计划里不能少了他们的一份助力。

此次拜访，我的本意是征求资助，但也有一些意外的收获，让我心情好得不行。我感觉我现在迫不及待想要把它写下来，像个小孩一样激动而快乐。

最开始接见我的是大当家卡门·理汀先生的助手波比斯·隆德，我们在门口打照面，他反复确认了好几次才确定我就是普拉斯顿·卡丁尔，还有普拉斯顿和伪达尔文是同一个人。隆德是个稳重又严谨的人，他也特别有意思。因为最开始约定的时间是下午三点，所以即使两点左右我和理汀先生都已经有空了，他还是以一己之力把会面保持在三点整，弄得我和理汀先生啼笑皆非。理汀的大当家非常尊重下属，也非常尊重来客，这一点我简直佩服得五体投地——他，作为一个大家族的家主，对所有的仆人，甚至是对智能家居机器人都要说"请"和"谢谢"。于是这就构成了一幅非常有趣的光景：隆德一本正经地拒绝自己的老板，并且严肃地坚持不能在两点开始会面；隆德的大老板理汀先生则十分无奈地笑起来。

　　会面地点定在理汀家宅的二楼，于是我要说说在他们那豪气得很的大房子里的所见。首先，我一进门就给吓了一跳——一楼的大堂足有四分之一个足球场那么大，正中间是一座斯拉夫人的佩龙大神的雕像，大神手里的雷电都刻画得炯炯有神。地板是米黄色大理石的，铺着上好的波斯地毯，款式一点不花哨，像是活该长在这大理石上似的完美。中间的大空间足有两层楼高，客厅尽头两侧是弯曲的镂花楼梯，一直延伸上更高的二楼；四周是一楼的其他设施，有些有门，没有门的则是走廊、花圃和类似的东西，全都在室内，空间大得不得了，到处都是非常有意思的摆设，墙上还有不少画。

　　卡门·理汀出现在二楼楼梯口。他比我小三十岁左右，长得非常端正，结实的下颌和厚实的鼻头以及那斯拉夫人特有的英俊眉眼让他充满了中年男子的魅力。他相当高，身材保持得很好，却穿着一身相对松垮的深灰色西装，并不修身。那头灿烂的金发像是假的一般用发胶梳出往一侧倾斜的刘海，头发却又不服从管教，偏要到处翘起来——这一点他儿子倒是像了他——显得这家伙像个小伙子一样随性、帅气。这是个迁居法国的斯拉夫人，浑身透着一种自信而又阳光的气息，那金色的双眼简直像是琥珀，和整个暖黄色的空间交相辉映。这时候我明白了，这是他的地盘，这里所有的布景、所有的配色和所有的灯光都是他的一部分。这个人不得了，已经在第一时间用他那神奇的力量征服了我的认知，让我开始喜欢上他。

简单问候过后，卡门走下楼梯，非常亲切地邀请我先同他一起喝杯下午茶，然后立刻开始会谈。这时隆德不乐意了，他非常严肃地表示现在还没到时间，只可以喝茶，不可以谈正事。

卡门屈服了。他绽开一个温和的笑容，金色的眸子闪闪发光，将我领着走进大堂一侧一个没有门的大房间里。那是一间宫殿式的茶室，两面是墙，两面是可以连同室外花园的半敞结构，两根螺旋花纹的大理石立柱竖在半开放式结构的屋檐边缘，将外边那晶亮的浅蓝色天空邀入室来，整个房间被点得亮亮堂堂，像是塞进了一个太阳。茶室非常宽敞，除了大气地铺设的浅金色地毯和两侧嵌入墙中的欧式灯笼以及浮雕外，就只有房间的正中间宽宽地摆着几件款式非常复古的皮质沙发椅，还有一张巨大的、造型十分艺术的茶桌。茶桌上是四层镂花点心盘和两只深棕色镶金边的茶杯。卡门向房间正中央走去，这时我才注意到这房间采光非常有技术，卡门越接近正中央的沙发一点，光就越发聚焦在他身上，让他整个人亮堂堂的。四周色彩典雅的暖黄色欧式灯笼烘托出惬意的暖色调，我走到沙发边，他礼貌地伸手示意我坐下。

隆德摇铃唤来侍者，两位身着整洁深灰色西装的年轻男子端着茶壶和洗具入室，在敞开的门口微微一顿，欠身行礼。卡门看了我一眼，脸上依然带着笑，亲切地招呼他们过来。我坐在沙发上，感到自己那属于老者的淡定在一点点被好奇和快乐取代。两位侍者分别在我和卡门身边站定，他们再次向我们轻轻行礼示意，然后开始熟稔地配合起来。四只手端着捧着捏着茶壶茶杯洗具，金红色茶水在午后惬意的阳光中优雅地跃起，落入茶桌自带的洗茶浅水池中，跟着桌面微微下陷的弧度一路引去，直到消失在桌的另一侧，完全没入阳光中。他们的手法非常娴熟，配合极好，两只茶杯一只茶壶转来转去，只是发出轻微的、好听的叮当声。他们都戴着白色手套，可茶水一丝也没有沾湿那亮晶晶的白，倒是所有颜色都格外分明。

不一会儿，上好的英国红茶备好了。卡门向侍者们轻轻点头示意，于是两人又行一礼，齐齐地转身向门口走去了。隆德也向自己的大老板微微欠身，临走之前还不忘再次交代：三点再开始会谈，现在只能喝茶！

2087 年 9 月

今天是我的七十四岁生日。

有一个难得的好消息——我又去了一趟 LSCA，有了第一个"被留下者"的人选。

那是个不错的小男孩，也是个患者。他叫滨斯，看上去让人很高兴，虽然得了很重的免疫系统疾病，却没有一点病人的姿态。当时我站在玻璃墙后面远远地看着他，他穿着白色长袍躺在核磁共振台上，正从半圆形的检测室内送出来，瘦瘦的胳膊在空中挥了几下，满脸笑容。

后来我跟他谈了一次话。那孩子很快就被送来了，他正如我所想的那样，思想单纯，也很乐观，一进会客厅就闲不下来，到处蹦跶。他说自己才六岁出头，笑着说完，抬起手比画了一个高度，说："塞西莉亚阿姨说，等我长到八岁的时候，我就有这么高啦。"

这小孩是个话痨，说起话来根本插不了嘴。与其说是我跟他会面，不如说是他难得找到了个大朋友讲讲自己生活里的开心事儿。我好不容易逮着个机会问他对自己的疾病有什么感觉，他很仔细地想了想，说，最难过的是再也不能跟父母见面了。我问为什么？他说他们太穷了，没钱付我的医药费。说完他又很郑重地补充了一句："所以，爷爷，我现在这么小就是一个自己养活自己的人了，我的身体里的数据养活我的身体。"

他说完笑得很开心，似乎这倒是一件令人开心的事情。但我又向他的负责人塞西莉亚·玛丽了解了他的近况，知道这个小孩过着非常艰难的生活。他每天都要接受五六次注射和一次抽血，一天要花三个小时戴着测量仪器一动不动地配合监测。他的活动范围受限，他能够接触的东西也经过严格消毒，吃的都是最干净却也最没有味道的营养代餐。玛丽说现在还不能给他吃正常食物，这个孩子的免疫系统有非常严重的先天性疾病，会无条件地排斥自己体内的细胞，导致他在被送到这里来之前浑身溃烂，高烧不退，几近死亡。即使是现在免疫细胞系统性更换手术已经成功，他们还是要观察他的情况，不能随意让他接触可能引发病症的东西。

现在我已回到了LSCA的旅馆，坐在暖黄色的灯光里，把笔记本电脑摊开在面前，慢慢地回忆今天一整天的细节。

真是个不错的七十四岁生日。

2090年9月

今天，第三个人选定下了。

继塞西莉亚·玛丽离开LSCA并因为论文造假被投入监狱后，我有机会和她曾经负责的女孩"涅槃"见了一面。那是个不错的孩子。我最初找她的父亲贺林谈了一次话，那又是个让我比较有想法的年轻人。他办事谨慎，却又有不少大胆的想法——比如换脑以求起死回生，这是一般人不敢想的。他不是正儿八经的科研人员，却有着很多科研人员都不具有的创造力和胆量。

我提出想要见孩子，贺林同意了。他最初反对我的意见，不过谈话过去了一天之后，他突然对我换了一个态度，似乎是自己分析清楚了，可以要遵循我的方案。

我见到涅槃。那女孩非常冷静，不同于斯林·滨斯的冷静，她是近乎淡漠的冷静。自我进入会客厅起，她就一直端端正正坐在椅子上，双眼直勾勾盯着我。和她谈话没什么感觉，这孩子比较淡然，问什么答什么，倒是一副无所谓的样子。不过她也挺爱笑，有问题莫名其妙戳中了她的笑点，她就"咯咯"地笑起来。我问她，你爸爸呢？我前几天才见过他。

"爸爸出去办事了。他被警察叔叔带走了……"

她忽然不说了。

"被警察叔叔带走？"

"没事的，他去惩罚坏人了。爷爷，他马上就会回来的，再过几天。"

我看着这小小的孩子，她也看着我笑。我想这孩子大概没有被告知实情，大概也不知道自己的父亲被警察带走是因为要为审判塞西莉亚而做进一步准备。于是我没有告诉她实情，谈话也就此打住。

我和她在病房外的草坪上坐了一会儿，看她把枯草收集起来，做成一个浅黄色的毛糙的圆锥形，然后轻轻地把锥体捧起来，放到一旁的长椅上。

我问她，那是什么？

她轻轻地呢喃了一声，不过我没有听清。

2090 年 12 月

今天学术监管机构的监狱加长了两小时的探视时间，我不能错过这个机会。

塞西莉亚·玛丽，这个我并不认识，却又非常了解的女人是我此次的探访对象。不久之前我才因为斯林·滨斯的缘故认识了她，现在又要再认识她一回了。

这次是论文造假事件。通过贺林和玛丽的论文事件，我已经充分了解到这个女人身上有一些不可救药的缺陷。在探视之前，我想办法找了一些她的资料，譬如学历、生活经历、住所、友人之类的，也上一些国际社交网站浏览了她的主页。

说实话，我去探视她并不是因为我对她产生了兴趣，也不是因为公司的事有需要向她咨询的地方，甚至不是好奇她让"涅槃"起死回生的技术——到底是为什么，我自己说不太清楚。也许是一种"责任感"？这个与我素昧平生的女人，我却仿佛对她有一种不可不尽的责任，一定要和她好好谈一谈。

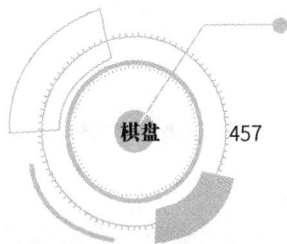

棋盘

来这里之前我便想过要刻意把自己塑造成一个亲切的样子，深灰色的走廊略显压抑，地面上满是错综混乱的脚印。

走到走廊尽头，狱警带我又走过一连串完全相同的合金门，我们在其中一扇门前停下。狱警凑近眼纹识别器，随着一声轻微的机械提示音，大门缓缓滑开。再往里去又是一扇门，这次带了很粗的铁栏杆，我估摸着栏杆里的缝隙塞不下两根并列的指头。关文职犯罪人员的地方用得着这么大加防范吗？这里又不是凶暴重型犯的关押所啊。

两扇门的尽头是一个狭小的会客厅，约十平方米的正方形空间，灯光非常明亮，把每个角落照得没有一丝阴影。会客厅中间被一道墙截断，下半部分是水泥墙，上半部分是有小孔的玻璃板，一直接到天花板，像银行业务办理工作台似的。这情景我在不少电影里见过，现实中亲临还是第一次。

狱警安排我在墙前面的小皮椅上坐下，给我拿来一副非常老旧的耳机和耳麦。我刚戴好设备，另一侧就传来女人的声音："喂喂，设备调试，听得见吗？"

很标准的西班牙语。我也用同一种语言回应："可以听见。"

接着，墙那边出现了一个穿着狱警制服的高个子壮实女人。她有些凶地扫了我一眼，然后转过身去开始摆弄小房间另一侧的对话设备，并且用非常大的声音对着半掩的门叫了一嗓子。没过半晌，那边的门口就挪出一个细长的身影，我猜那准是塞西莉亚·玛丽。她穿着橘红色囚服，宽大的衣服耷拉在她细瘦的骨架上，显得极不协调。那头我多次在报道上看过的金发已经及腰，乱蓬蓬的没有光泽，随着她动作的轻微幅度来回晃动。

女狱警对她点点头，没有说话，示意她在我正对面的椅子上坐下。这会儿我们完全面对面了，隔着一层厚厚的有孔玻璃，我可以清楚地看清她的脸。

那真是一张平静而憔悴的面孔，颧骨和鼻梁高耸而突兀，原本有颜色的双眸也黯淡得失去了任何颜色。她没有看我，也并不介意我完完全全盯着她看。女狱警叮嘱了她几句便转身走掉，我身后的那个狱警也不知何时离开了。我面前浮现出一个倒计时面板，一小时五十九分钟。

"上午好，塞西莉亚·玛丽。我是普拉斯顿·卡丁尔，今日专程前来拜访你。"

我刚开口，她便抬起眼，定定地盯着我看，那对没有颜色的眼睛让我略有些发瘆。她的神情很专注，像是看着某些实验数据一般。

"初次见面。"

她看着我，微微点了点头。

"我这次来是想和你聊聊。你愿意说说你的事吗？"我努力让自己的语气和神情显得和善，像一个标准的慈祥老头子那样。

"你是能帮我出来，还是能帮我处理一些外面的事？"她的声音从耳机一边传来，平静得像是一摊水泊。

"我很遗憾。"我定定地盯着她的眼睛，看着她的表情，察觉到她的脸略微有些抽搐。

"那我估计我们没什么好说的。"

"你不该这样想。"我轻轻吐了一口气，眯起眼，"当初帮助贺林脱身，给他提建议的人就是我。"

她的面颊又抽动了一下。半晌，她将身体稍稍前倾，面无表情地看着我，一边嘴角向上拽起，露出一个毫无笑意的笑容和几颗尖利的牙齿："那你现在满意了吗？"

她的身躯非常瘦削，那件过分宽大的橘红色脏兮兮囚服随着她的微微移动向前铺开。

"我不是这个意思。"

"贺林怎么样？"她依然保持着那个姿势。

"他很好。'涅槃'也很好，他们一家人现在非常幸福。"我观察着她的表情，这一次她没有再露出任何破绽。

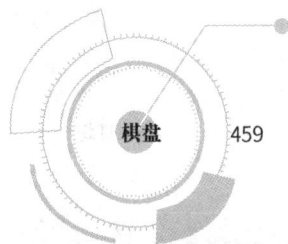

"那你就没必要来找我了。至少我的牺牲有意义。"她缩回去，没精打采地抬眼看了我一眼，"我知道你，那个'会晤'，你还挺有名的。"

"是这样，但那都已经过去四十来年了，你居然还记得。平时喜欢看一些复古的东西？"

"不。圈内的东西应当知根知底罢了。我们LSCA里没有人不知道你枝大叶繁，哪个行业都钻。"她又露出一个皮笑肉不笑的表情。

"这样啊。"我活动了一下肩膀，让自己稍稍放松一点，"你儿子的遗物我给你带来了，就放在你们的每月物资提供处，已经经过检验，等下你就可以拿走。球服、照片、手链之类。"

"嗯。"她用一种平静得可怕的声调回应。

"现在我想听你说说你的事。"

"我能有什么……"她突然刹住话音，所有的声音都短暂地熄灭了。

"你确实有想要说出来的事吧？"

"现在说已经没有意义了。"她轻轻将脸往后一仰。

"你还有两年就出狱了。"我说，"你才二十九岁，往后的人生还长得很。"

"所以你忍心教唆贺林在我的人生上打上污点。"

"噢，别误会。"我举起双手，"个人见解，如果你是说那件事——论文那件事，这是你应得的下场。论文造假还怪力乱神，只能说你自食恶果。我感到遗憾，是因为你无法陪伴在儿子身边。"

她点点头，做出一副非常理解的表情，把瘦削的双手抱在胸前："那你想听我说什么？"

"我想问问你今后打算何去何从。是继续待在LSCA之外的科研圈还是进入其他行业？个人建议，转行为妙。论文造假的污点只要一直留存，这里就没有人会承认你。而且你也知道，你摊上的是大事。"

"嗯。"她不太感兴趣似的抬头看我。

"如果你选择离开科研圈的话，我想为你提供些微许的帮助。我并不能抹去你曾经的污点，但以我的能力，完全有办法让你重新开始。"

"还说是问我。……你这是已经帮我挑好路了啊。"她紧紧盯着我。

"这只是个人建议。我确实打算把选择权交给你，因为我本无权插手这件事。是否离开，是否接受我的提案，都由你来决定。"

谈话进行到这里，我忽然有一种强烈的挫败感。我向来不很擅长让别人开口谈自己，但今天的对话未免有些太失败了。我非但没有打动她，好像还适得其反地把她激怒了。

有很长一会儿，她直勾勾地看着我，眼里不带一丝波动。

半晌，她的笑声仿佛是从胸腔和锁骨深处爆发出来的，带着强烈的冲击力和碰撞声，在方形的小房间里彻响。全息电子钟上时间一分一秒过去，却还剩下一个小时二十多分钟。我扭过头去看门口，忽然无比希望狱警还在那里。

"好啦，好啦。卡丁尔先生，你的好意我心领了。"笑声慢慢平息下来，她的音调却缓和了不少，完全没有了方才的干瘪枯涩，"但是，如果我有选择权我当然不会选你。"

"什么意思？"

"我的意思是，我确实要离开科研圈——LSCA 是一刻也待不下去了。但我不打算接你抛出来的橄榄枝。你说的我都懂，什么自食恶果，不能洗白。我也觉得你说得有道理。但是当初为什么我就是那样做了呢？你是来听这个的吧。"

我盯着她，谨慎地点了点头。

"这我可没法跟你说了。我自己都还没有把自己问明白，为什么当我看到脖颈上方空荡荡什么也没有的小女孩时，我的第一反应便是要成为那个把她救活的神。起死回生这种事只有神才能做到吧？所以——即使这和科学有关，也不妨碍我成为一个披着科学面纱的神啊！这矛盾吗，卡丁尔先生，科学和神，这矛盾吗？"

她的话音很平缓，而且近乎是柔和。她真的像是在询问我的意见，

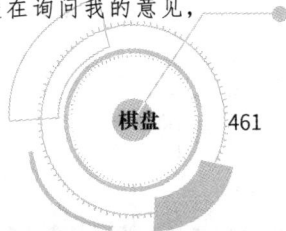

但我怎么也想不到这个问句适合一个怎样的解答。

"大概是不矛盾的。但如果你要强行把一篇科学论文写成造神,那就大有问题了。"

"是吗。所以——你看,我说不清楚。没办法回应你的好意,实在对不住了。"她欠身站起来,抬眼看了看悬浮在空中的全息电子钟,然后低头看向我,"卡丁尔先生,我很感谢你。非常感谢你在我犯下了那样该死的错误之后仍想着救赎我,给我重新开始的机会。那么,我想你现在该走了。"

"我的到访会让你感到困扰吗?"

"并不。倒不如说你让我距离彻底放下又近了一步。或许我一直在等这样的一次对话吧。"她眨眨眼,那瘦削的面孔依然没有任何神情,"噢,如果我真的从那一年发生的事情里解脱了,也许我会打个电话专门给你报喜——如果你愿意听的话。还有两年我就离开这里了,之后的世界确实如你所言,还有很多很多东西可以看。"

"看来还是等你准备好了再听你说吧。"我看着她,那种挫败感一点点消散。虽然没有满足我的好奇心,但我隐隐感觉到自己的到访对她产生了一些影响。希望是正面的。如果她希望我即刻离开,我确实没有再待在这里的必要。探视时间还剩下一个小时出头。

"卡丁尔先生。"她在我起身之前叫住了我。

"嗯。"

"我也问你一个问题吧。"

"乐意效劳。"

她把椅子推回原位,在方形房间正中央站住,像一尊雕塑似的直视着我。

"如果人能够掌握一种能力,他便能成为神。那是什么能力?"

"你很想成为神啊。"我也站起来,与她平视。

"并不完全是。"她平静地要求道,"如果你有答案的话,请回答我的问题。"

"抱歉，我没有答案。我曾经信的神，他好像已经死了。"

我的话音落下不过半晌，她的脸上绽开笑容。那笑容里显然没有快乐，更多的是惆怅。

"请您离开吧，卡丁尔先生。"

"我这就叫狱警过来？"

"请务必这样做。在这里，千万不要私自离开任何房间。"她仍然一动不动地站在房间正中央，等我按下门口的呼叫键后，她又很轻地补充了一声，"帮我给贺林和他的小姑娘带个好。想来我自己是做不到了——即使离开了这里，我也不能去见他们。"

"好。"

两扇大门陆续滑开，穿着工作服的狱警出现在门口。他狐疑地看了一眼空中还剩下一个小时的倒计时表，似乎在奇怪为什么我明明只需要一个小时，还专程来抢这两小时探视名额。我向他点头致意，摘下耳机把它挂回原处。塞西莉亚敛起笑容，平静地看着我走向门口。

我沿着走廊一直向大门口走去，脚步轻快得很，老寒腿和腰酸背痛的老毛病似乎都消退了。

我有种预感，再也不会在任何地方见到她了。

2098 年 1 月

现在天气很冷。

昨日我忽然感到身体极度不适，到医院检查了一下，院方说没什么大病，我也就半信半疑地走了。反正，快九十岁的人了，身体有点儿毛病很正常。

冬天的时候身子骨不太好。

我去了一趟时光穿梭机建设部门的亚洲分部，决定把传送地址定在

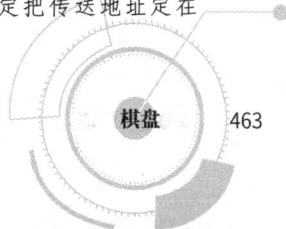

棋盘 463

亚洲南端粤港澳大三角的核岛内部。那是一个矗立于世界最繁华地区的供电中枢，旁边有一座工龄几十年的火电站，两者相辅相成。我在此选址，是看中了那个地方地理位置的优越和隐蔽性。在惯性思维里，那样一片大城市群的海角存在高级科研设施的可能性很低。

我现在已经尽量低调得一点消息也不向外界流出，这次传送我必须尽可能对外人保密——实验信息也许会跟供应商共享，但其真正目的，就连ζ内部的工作人员，就连凯格尔我也不能透露。毕竟这个行动很大程度上颠覆人们对科学的一贯认知。

ζ的实验人员已在进行缜密的准备，我也该为了传送计划的成功做点切实的事。如果能在我死之后进行传送就好。这样我就会成为一个适合被归罪、无人能辩护的对象，一个人被所有公众舆论指责，留下一个有更多可能的新未来。

2098 年 1 月

今天下雪了。

我在欧亚大陆东南角的人工岛上，这里本不应该有雪。

我和几个同事走到核岛的广场上去看。只是很小的雪，冻雨一般无声地下着。雪下到地上又有声音了，天空里寂静得很，脚边却淅淅沥沥地响着，有冰碴子的感觉。在微雪里海面颜色朦胧。不远处有货轮，像是缓慢拖动的色块般极度平滑地沿着海面向前延伸，驶向附近的港。

这座核岛刚刚落成不久，四周还弥漫着难以驱散的味道。冰雨稍稍减轻了这味道的困扰，但又带来更朦胧的雾意。现在这里的视野非常差，连稍远一些的陆地也看得不清楚。

有辆大车从银白色的浮桥上开过来，车头灯刺破雨雾越来越亮。我们一行人刚好站在广场中央，于是迎上去。

那是装修公司的运输车，司机下车来跟我们简单说了几句，就把车开进停车场了。车上又下来十个身强力壮的男人，他们往四周一站，车门大开，一条银色传送带从车上铺下来。不一会儿，崭新锃亮的钢材和曲面合金从那上面滑下来，壮汉们过去把它们整整齐齐地排好，打上识别用的荧光标签。

在这个空当里，从车上伸出来的传送带一直延长，像生命体似的笔直滑进大开的门中。那是通往地下室的门，那些器材便是维护时光穿梭机的工料。说到底时光穿梭机也刚建成不到十年，外壳上的修修补补始终没有停过。

运输车一旁有个黑衣男子，他拿着一块非常大的电子屏，戴着深灰色全息显示镜操纵着什么。我低声问一旁的技术人员，得到的回答是，那是银色传送带的操控终端，那个人在"开"传送带，把它安全地铺进建筑内部。

雪有些大了，也渐渐地有了雪的样子。我打了个寒战，才发现那些壮汉和那个操控传送带的男子都没有打伞。我想走过去问他们需不需要避雨设备，一旁的技术人员拦住我说："他们很快就走，不必了。"

但我还是走到那个操控传送带的男子身边，向他搭讪。那人还没来得及回答我，就有一个稚嫩的声音从他紧靠着的运输车里响起。

"爸爸，什么时候才可以吃饭呀？"

是个小女孩。那女孩是听见我的声音才说话的，似乎以为事情已做完，便走出来。我看到她了，大约六七岁的小姑娘，个子小小的，一头金发，扎着两个翘得老高的小辫，眼睛很大，眼神清澈，看上去很精神。如果我没看错，她应该是俄罗斯人。

"不可以在爸爸工作的时候出来，不是说了吗？快，新娜，进去。"她的父亲赶紧伸手把她抱进车里，然后作势要关上车门。

小女孩倒也乖巧，不哭不闹地任自己被放回运输车高高的座椅上。坐定后，她谨慎地看了我一眼，然后看着她爸爸。

"这孩子叫什么名字？"我随口问了一句。

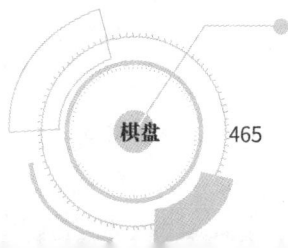

棋盘 465

"新斯蒂娅。"男人短促地应一声，然后转手把车门关上了。我看见他戴着全息镜的面孔，那深灰色之中有一双狭长而棱角分明的双眼，剑眉，鼻梁高高挺起，非常英俊。"先生，您还有什么事吗？"见我半晌不说话，他抬眼看了我一下。

"现在雪有点儿大，你要放风雪伞吗？"我便问。

"雪……"他沉默半晌，没有被全息镜遮住的下半张脸绽开一个笑容。

"怎么？"我对上他的目光。

"噢，我们是从俄罗斯来的技术工。在我们家乡，这只能算雨。"他眯起眼，不太和善地低声说，"嗯……这确实不是什么大雪。"

眼前这人似乎没有任何跟我交流的欲望，我便知趣地离开。转身之前，我又透过运输车磨砂质感的玻璃窗看见了里面的小女孩。她正坐在比自己大了一整圈的安全椅上，手里抓着两个金色套娃，似乎在进行套娃的武术决斗。两个套娃在她指尖窜来窜去，女孩的表情很生动，隔着消音玻璃窗也能够感受到她的笑声。

当我转身回到那几个技术人员中时，当初劝我不要过去问的那人轻声问道："是不是，他很不想说话？"

"为什么？"

"因为他们是满世界跑的技术工。这样的家伙最难搞了，精得很，老觉得别人要害他。平时哪里有活儿就到哪里去，吃喝拉撒都在车上，因为技术好所以满世界都有雇主。"那个比我年轻十来岁的中年科学家抬眼看我一眼，"这个男人应该是这群人的头儿。但那几个身强力壮的男人和他也只是雇佣关系而已，他们多半没有亲缘或羁绊。这些人的生存根基很薄，没有公司为他们承担社保，保险得自己买，所有的设备都是自费的，却也要缴税。公路也都是收费的，怎么收得看各地政策。这样的家伙往往不是很相信别人的好意，不愿意接受。是不是？"

"确实是。你怎么知道的？"

"我哥哥干这行。"他低下头，看着自己灰白色的长褂，敛起笑容。

我应了一声，便不再说话。那位拿着电子屏的父亲还站在那里，后背紧靠着高大的黑色运输车，在雪雾里，运输车像是蛰伏的巨兽，随时都可能咆哮起来，却又分明沉寂得可怕。在这个角度我看不见车里的女孩了，也一样看不见车后面那条传送带和壮汉们。但女孩的套娃一定还在欢脱地跃动，外头雪下得很大，男人们的吆喝声不时响起。

"回去吧。"

一阵寒风吹来，身上的白褂被掀起。我便往楼里走去，"雪大了"。

2103 年 6 月 27 日

今天我搬入亚洲东部海岸线上一座小城镇的疗养院。

身体原因——当然也有疲惫使然。我的私人医生说这个年纪不能时时刻刻泡在办公楼里，总得找个贴近自然的地方住住。我欣然接受他的意见。最重要的这里是一处保留区。

早在 2050 年，全世界的各个国家就开放了"保留区"名额。这个名额依区划而定，每年发放十个，共开放注册了二十年——于是，在每个国家目前为止都只有两百个保留区。想要注册保留区必须满足一些条件，比如当地有富有特色的生活方式，群众有正当理由反对智能的入侵，或者具备丰富的物产使居住于此的人民能够自给自足……所谓保留区，是一种保护传统生活方式，保存最完整人文记忆的方式，类似于自然保护区。生活在保留区里的人们不对外进行任何大规模、企业性的贸易，不接纳大规模外部移民，也不使用高于手机电脑的科技产品。他们采用传统生活方式，过着基本上自产自销的半封闭性生活，几乎不被外界所打扰。

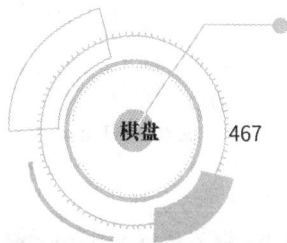

2103 年 10 月

傍晚的时候，我房间白色的木门被轻轻敲响。门上黄色的小灯笼亮起来，提示我有来客。

我从靠窗的躺椅上站起来，走过浅灰的大床和墙角生机勃勃的绿色大叶植物，打开门看见一个青年站在那里。那是个看船的小伙子，我常常坐在马路牙子上跟他攀谈。他话不多，比较腼腆，也总是穿着深灰色的衣服，属于小镇上比较内向的几个人之一。

"卡丁尔先生，我想请您跟我来，今天有一件非常好的东西想让您看。"他用很轻柔的声音说。他不愿进门，不断用身体语言请我出门。

"我披件外套。"我也轻轻回答。

我在床边的衣帽架上取下一件浅棕色风衣披在身上，跟在青年的后面走出房间，来到长长的、光线朦胧的走廊。走廊细细长长的，比头顶还高一些的地方各挂着一排欧式复古风格的暖黄色灯盏。我们的脚步在高高的空间回响。走出楼梯后，我们走过草坪，来到疗养院门口的白色篱笆前。看门的老头坐在木篱前的白色塑料板凳上打盹，青年绕过他枯瘦精干的身躯拿来他放在栏杆上的登记簿，在上面用自己口袋里的笔草草写下"普拉斯顿·卡丁尔，17:50"，然后用眼神示意我跟上。

我们走到疗养院外头通往城镇和渔港的长长坡道时，两侧草原般平坦柔和的野草一起沉寂在青色海风中，浪声一阵一阵。他不时回过头看看我，简单问了问冷不冷，吃没吃晚餐，接下来时间紧不紧。见我回答的语气非常和缓之后，他似乎有了一些说话的欲望，忽然开始聊起一些毫不相干的话题。

他说自己叫黑崎敖泽，敖的意思是闲游，泽的意思是水泊，所以敖泽是在浪花之中自在遨游的意思。他是个在这里生长的日本人，家里自爷爷辈便已经迁居于此，和当地的中国渔民相处甚欢。他们最初搬迁到这里，是因为曾祖父在一次出海中意外害死了一位故乡的邻居，他的妻子拼命帮他掩饰，事情还是败露了。死者的尸体被浪冲到沙滩上，很快就被发现。死者的尸体上有非常明显的电动螺旋桨搅动造成的糜烂伤口，那巨大的创伤使他从左肩到臀部完全血肉模糊。这不是自己一个人能弄出来的伤口，于是大家都把目光转向当天同他一起出海的唯一的人——黑崎家的家主。无法再隐瞒，于是黑崎带着妻子儿女前往死者家里进行道歉，死者的遗孀痛哭不已，那之后所有人都开始明里暗里排斥他们，最终让他们离开了自己的故乡。

他说他有个比自己小十岁的弟弟，叫黑崎一矢，这弟弟一出生便被母亲带到日本上野居住。弟弟的日子比自己难过，母亲在弟弟和保留区之间周转，两人一年有四个月住在上野的一间小公寓内，其他时间弟弟就被寄养在一个亲戚家里。兄弟俩一年见不到三个月，彼此之间的情感也非常微妙。敖泽说，弟弟小小年纪就已经比自己聪明很多，会算复杂的数学题，会不看键盘地敲电脑，会操作很多神奇的电子设备。

他羡慕弟弟的聪明，曾多次埋怨父亲没有把自己送出去，父亲对此不置可否，既不阻拦也不支持，保持着一个传统海民特有的沉稳和宽容。

他断断续续说了不少，我们一路走到小镇另一边的海崖上。我对这种想法感到惊讶，却也能理解为什么外面的人无比向往的桃花源，会是身处其中之人奋力想要挣脱的囚笼。也许在他看来现代社会的高速、高智商和高强度非常迷人，非常强大。但如果我没猜错的话，他只要离开这里超过十年，定会怀念起保留区宁静的生活。

我们一路走到海崖顶上，景色越来越开阔。下方的小镇渐渐一览无余了，夕阳均匀铺在暗红色砖瓦的房顶上，四处散落的电线杆高高立起来，密密麻麻堆积的渔船将近海的小港湾填满，海的颜色顺着视野延伸出去。坡度稍稍陡峭了一点，脚下的草地也变得低矮了。从这个角度望出去，海天交界的地方有一丝丝血红色的斑纹，像是水生火，像是烧起来了，像是日文中夕阳的写法。

继续往上走，就到了我从未去过的地方。每个城镇都有一些地方是

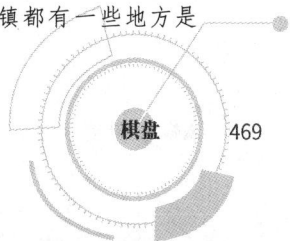

没有理由不会去的，对于我这样一个老年人而言，高的坡顶便是不会造访之处。不过敖泽一直向上走着，我便问了一句——去看什么呀？夕阳，在这里就已经很美了。

他停下脚步，很轻地说道，灯塔。

什么灯塔？

就是引航的灯塔。他定定地看着我，眸子在昏暗中闪闪发光："我父亲，黑崎永之助是这个城镇的灯塔管理者。我们的家就住在灯塔脚下，每天晚上我回家，也就是回这里。您不知道那是座多大的灯塔！我小时候第一次见它点灯时惊讶得不得了，今夜是灯塔一年一度的燃灯日，我想请您来看看。"

"一年只点燃一次吗？"

"是的。灯塔自十月初被点亮，直到次年三月之前一直长明。"他说完，便又信步向山上走去。我迈着步子跟上，胸膛里的心跳不由自主地热烈了起来。

再往前走了半分钟左右，我就在天空里看到灯塔的轮廓了。那可真是巨大的物件，平时在疗养院时因为房子朝向的问题看不到它，走在小镇上时也难以见到。它全然面向大海。此时这二十多米高的怪物静静矗立在暗紫色天空里，像非常强烈的情绪的集合体，像一个鲜明的注脚，横插在天地的黛色之间。

"为什么只在冬天点灯塔？"我盯着那巨大的轮廓发问。

"您想，现在的导航技术已经很发达了，我们这样经验丰富的渔民根本不需要灯塔引航，反倒觉得灯塔的强光干扰视线。但几百年来这灯塔都一直亮着——这是五百多年之前的造物。于是我们选择在渔船出海次数相对较少的冬季点亮灯塔，这样既不会干扰航船，又能保留祖先传承下来的一份守望。"话说到这里，敖泽的语气中又多了一丝柔和的欣喜。

"我的祖上刚来这里时，镇子里的人说我们可能要等来自故乡的传信，比他们多了一层要向大海寻求的期望，所以就让我们一家顶替了彼时去世没多久的灯塔管理员，做这灯塔的掌门人。最开始几十年所有人都对长明的灯塔赞不绝口，可后来很多人投诉超强光干扰各项海上事务的进行，我们也被政府谈话了。"

"除了船只的航行方向之外，光还会干扰什么？"

"捕鱼，海贝养殖业，很多很多。光会干扰生物的生长周期，游客也不喜欢灯塔。这里附近的海域时常有游客过来，他们不准上岸但是可以远远地看一看保留区是什么样子，这是个近些年来很热门的项目。他们说岸上的光太强，就什么也看不到了。"

"噢——"我感到一种淡淡的悲哀顺着他的话爬进脑海。

"你们也用导航设备吗？"我忽然问。

"用。"青年似乎意识到我疑问里的第二层意思，便笑起来，"噢，卡丁尔先生，我们只是不使用比手机、电脑高级的智能设备，而导航系统自百年之前就已经有了。"

"这样啊。"我应着。

又往上走了几分钟，青年瘦瘦矮矮的背影站住了。

"就是这里了。"敖泽在山顶停下。灯塔的根基出现在我们眼前，它足有四五十个人合抱那么粗，通体是安全帽的橘红色，靠近顶端的部分有几条巨大的白色条纹。基座旁边紧挨着一座小小的木房子，这房子的建筑风格和镇上的屋子有所不同，带着更加原始更加自然的风格。敖泽对着房子长长地吹了一声口哨，屋子里便应声走出来一个四五十岁的女人。她穿着当地海民的宽大 T 恤，一头黑色秀发在脑后扎一个高高的髻，个头小小的。

"家母，黑崎硝子。"敖泽轻声向我说。

中年女人迈着小巧的步子向我们走来，用非常温柔的声音向我问候了一句，然后对敖泽道："你父亲已经在上面了，快去找他吧。仪式要在七点准时进行。"她的声音很甜美细腻，语气里却又有着不可违抗的要求性。敖泽轻轻向她点头，然后出声让我跟上。

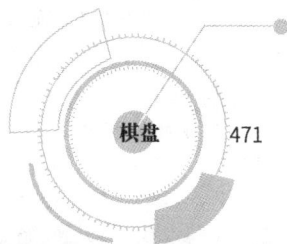

"去灯塔顶上，我们在那里点灯。"他对我说完，转而看着母亲，"妈妈，我让卡丁尔先生去看一看我们的仪式，好不好？"

"非常荣幸。"那位母亲微微笑着向我欠身。

"感谢招待。"我一时有些语塞。敖泽转身向灯塔走去，我赶紧跟上。

天幕一点点变成深紫，最后的霞光也消失殆尽。灯塔矗立在幽暗之中，整个世界都是静谧的，下方不远处小镇和海港的嘈杂传到这里已是风声。真正走向那巨物之时，我却又产生了一种奇特的情绪——心跳得很紧，仿佛在被闻所未闻的东西召唤。

敖泽带着我走进灯塔塔体敞开的一扇门内，我们进入一个十几平方米的小房间。这个房间生在灯塔粗大的水泥柱子内部，正中间的天花板上悬挂着一盏巴掌大的煤油灯，这便是整个房间的所有光源。房间的布置一目了然，墙壁上挂着一些渔具，靠着一边的墙是一个顶多只能坐两人的破旧小沙发，再往前走几步，尽头是一条向上的楼梯。

"您能爬上来吗？"青年回头，小心地看了我一眼，"如果感到累的话，我背您上去。"

"稍稍慢一点，行吗？"我看了一眼表，想起他的母亲刚才说要在七点准时点灯，现在六点四十五。灯塔估摸着二十来米高，也就是五六层楼的样子，应该用不了十分钟就能到顶。

"没关系的，请放心——噢，楼梯很窄，您小心。"他侧身让到一边，礼貌地请我先行。

我迈上只略通一人的狭窄楼梯，向上望，看见一条昏暗而漫长、曲折的楼梯。半步高的台阶一直延伸出去，在上方约五米处拐弯，看不见再往上的路了。我们无声地走着，此时我衰老的膝盖竟不觉得十分疼痛。也许是走得实在很慢，四周紧紧靠过来的墙壁似乎是静止的，像一条放映停滞的冷色胶片。我们一路上行，走着走着我却莫名其妙地想起自己很小的时候居住的老家。老家里也有一条很长的、没什么光的楼梯，晚上我不敢去，白天也只是站在下面看看。那上面是阁楼，爬出阁楼就是屋顶，爷爷腿脚还好的时候经常爬到屋顶上栽花，但后来实在太老了就嘱托我上去照顾花草。可我不喜欢那条路，便总是消极怠工，久而久之爷爷的花草全部枯死了，我也就不再有上去的必要。

再往上，我又隐约看见自己的青少年时代和中年时代交替着在那黛色幽暗之中浮现出来。走马灯一般，那些朦胧而美丽的记忆让我的胸口暖融融的，仿佛人生就要在此走向终点。敖泽走得很轻快，几乎没有脚步声，我能感觉到这个年轻人的吐息，就像夏夜的风在浪花之上氤氲，发出阵阵清晰可闻的摩挲。不一会儿便在楼梯的尽头看到了淡紫深蓝交织的天空，我们慢慢走上去，来到一个小房间里。

灯塔的顶上是房间，这是我所不知的事情。在我的印象中，灯塔便是一根铁柱顶着一块发光的成分，亮得出奇。没想到那遥看时察觉不出内涵的发光体里头竟有一个房间。

走进房间后，我不由得一惊。这里四面都是完全透明的玻璃，正中间摆着一只巨大的、水滴形的大玻璃罩，里头是个足有我的脑袋那么大的灯核。灯核像个放大很多倍的白炽灯泡，里头有些结构复杂而美观的金属设备。一个中年男人坐在房间的一侧，他背后是紫色的天空和黑色的海洋。见我们出现，男人轻轻站起来。

"家父。"敖泽对他轻轻点头，然后将我介绍给他，"这是卡丁尔先生。"

"欢迎。"男人的声音也很轻，没有渔民的聒噪和厚重，只有一种海风般的柔和。他穿着和儿子一样的深素色 T 恤和一条宽大的黑色裤子，双脚踩着薄薄的人字拖，每走一步便发出踢踏声。

"爸爸，现在是六点五十三分，我们可以开始为仪式准备了。"他走到父亲身边，拾起地上放着的一个暗红色小布包，把它在臂弯里摊开。布包掀开，里头是一些造型奇特的木偶和一串透明的海贝风铃。那风铃的末端有四条细长的、骨条般灰白的饰物，造型奇异，却也非常美丽。

"这是祖上传下来的祭海神偶和风铃。"敖泽用三根手指捏着轻灵而

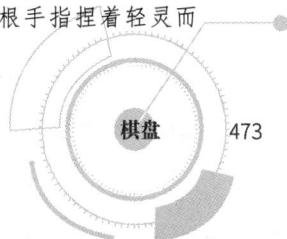

清脆的风铃，它在夜色之中闪闪发光，"在家乡，祭海是要神轿和很多男人、很多鲜花的。这里的人们和我们不一样，他们把海当作朋友而不是神，所以他们不怎么祭海。而我们，就只能把这仪式浓缩成一种形式。"

"您是第三个亲临仪式现场的人。"他接着说，声音非常柔和，"百年了，这个仪式一直是由黑崎家的家主与长男进行的。这里的人明白这是我们与家乡的一种奇妙联系，明白我们和他们的神不一样，所以他们愿意给我们空间，让我们在这点灯的时刻独自和故乡的神对话。"

"而您……"他顿了顿，双眼在黑暗中闪闪发光，"您的神也不在这里吧。"

我望着他，忽然间说不出什么话。他的语气温柔而坚定，似乎正是认准了我的肯定回答，才把我带来这里的。我能怎么回答呢？我该怎么回答呢？我的神吗？我都活了一辈子了，可真的没有见过一次神啊……

"六点五十八。"黑崎永之助用轻而坚决的声音提醒儿子，"布袋。"

"爸爸，您快些准备。"青年双手托着布袋把它交给父亲，然后推开一扇玻璃窗，站直身子，伸出双手把风铃系在窗棂上。夜风一下子涌进来，如浪花般把我们卷入盐味和腥气之中。夜色昏暗而绮丽，那风铃像翅膀一样四处伸展开来，一连串古老而又空旷的笛音随风而来。

黑崎永之助把布包放在椅子上，将四只木偶从布包里掏出来，一只只小心翼翼地摆在窗沿上。在天空的蓝色中，这些造型奇异的小神偶呈现出神秘的剪影，仿佛活动了起来，在风里呢喃，发出风铃般清脆的呼声。男人粗糙的双手摆出一个蝴蝶似的形状，开始在那神偶之上翻舞。他的口里"哼嗨、哼嗨"地语着，声音起初像是梦呓，渐而越发响亮，如呐喊、吆喝般洪厚，和风铃的叮当声交织在一起。

风声似乎被这奇异的乐曲唤起了，方才还只是浮动的海风猛烈起来，一阵阵拽动半空中舞蹈的风铃，让它一次次倾斜着飞向天空。敕泽从布包里取出最后一根物件，把红布抖开，像系头巾一样将它环绕在前额上，轻轻打了个结。他手里捏着那闪闪发光的物件，这时我看清那是一根特制的小火柴。他父亲的歌声起起伏伏，浪涛在脚下应和，小镇所有的颜色沉寂在夜色里，风从四面八方聚集到这里，似乎所有人都在望着这个方向。

"嗨——"

伴随着一声悠长的嘶吼，年轻人将手中的火柴掷在灯房的玻璃外壳上，然后以一种优雅的姿势将它顺着一道小开口抛入灯核。霎时间，剧烈的强光自那透明的壁障之中燃起，房间里的一切都被点亮，亮成绝对的光的颜色。

吟哦的歌刹那间停下，只留下与光一同来临的静谧。涛声与风声填满了白色以外的所有空间，如交响诗一般绵延而去。煞白的灯光如轨道，笔直斩断天空中深色的荫翳，一直向辽阔的远海开拓而去。面对那如同天路的光柱，我平生第一次感觉自己看到了死亡。

灯塔点亮了，方圆几十公里的海面变成银白色，每一条浪花的纹路都依稀可数。黑崎父子不再出声，风铃歌唱着，除此之外所有的感官都被光芒所填满。我们三人无言地立在纯白之中，我感到脚下软软的，像是随着光一同来到了空中。神偶肃穆，风铃灵动，海涛空旷，风声无穷，灯塔的强光撕裂一切暗影，带来白昼。这一切都很恍惚，海的颜色褪去了，浮现在我眼前的是一条我从未见过的路。它如同梦境，如同死亡，如同将所有颜色混在一起般难以描述。

我的心在胸膛里剧烈地跳动，几乎要带来炽热的痛感。海风将我们包围，我感到自己变成了中空的物质，变成了这座灯塔的一部分。我矗立在这里，现在站立于此，将来将会沉睡在某阵风声之中。也许在不久之后死亡会降临，但我的魂魄会找到归宿。也许是这里，也许是故乡，也许，那甚至不是这个时代的事。也许我会被葬在靠海的地方，这时我要让后人在我的坟头挂一只风铃。这时事情便朦胧而美丽了，只要起风，骨质的风铃互相碰撞，那便是我们曾经生活过的回响。

命运还真是讽刺啊，我这样一个做了一辈子灯塔的人，在生命的尽头才第一次看见真正的灯塔。

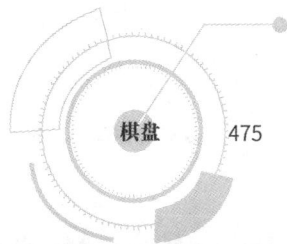

棋盘　　475

2106 年 2 月 12 日

　　啊，今晚应该是我最后一次写日记了。挺遗憾的，虽然还有非常多的事值得被记下来，但我身体越来越差，已经没有办法留在实验室了。比方说现在，我就坐在疗养院的床上，用塑料小桌板和劣质显示器写着最后的日记。

　　窗外的夜色非常稀疏，没有风，星空也生成得十分草率。郊区的森林里不时传来呢喃的虫鸣，海浪的涛声连绵不绝。不远处有犬吠，那是疗养区的看门犬，去年才领来的。它生得膘肥体壮，平时对人很友好。我看见窗外的黑暗中闪出一道银白色的头灯，在黑夜里扭动几下，转过一个弯，消失在树影之中。窗户敞开着，于是我听见接连传来门禁 AI 的认证音与铁门滑开的声音。车走了，夜色恢复平静，这会儿风起来了，一阵阵送进窗内，水一般铺散在白色被单上，将薄如蝉翼的纱帘搅动成涟漪。这疗养院里有一片很大的荷花池，不过此时不是荷花的时间。池塘的水现在是浅青色，颜色浓度很高，一眼望进去根本看不出深浅。这水像胶质一般浓郁，掬起来却又是山溪一般的清澈。我问过偶尔过来巡场的门卫老头，这门卫也是个旧时代遗留下来的古典人物，年纪比我还小不少，他说这池子里的水就是引自山溪。倒也不见怪，疗养院建在山的边上、海的尽头，万物清净，将一两条溪瀑引进院内做客一点不稀奇。

　　灯塔的光芒看不到，这个角度不向海，见不到那指向海面的强光。现在，窗外的海、山、树、池、溪、风和云都一道沉寂在巨口一般的黑暗里，虽然黑得很稀疏、很贫乏，甚至还略微能看到不远处山中的路灯，但那毕竟是夜色的黑，轻视不得。只要天一黑下来，地上的光再亮也都是不透彻的。

　　白天的时候很多消息从世界各地传来。一些是我的朋友带来的，一些是下属的数据，一些是时空穿越乘组负责人发来的身体数据。现在一切都已经准备停当，不管是要带走的还是要留下的，都已经散布在世界各地了。种子已经播撒，风雨也准备就绪，接下来就等着时光穿梭机修缮告罄，等着那个至高无上的时刻。

我已经隐约感觉到自己大限将至，却从未有过如今的平静。我夜里常常做梦，以各种形式梦见自己的死亡，梦见死后被神话里的摆渡人带走，灵魂去到冥河的彼岸。我知道很多宗教里都说生命可以轮回的，也有些人持死后世界之说，我对此倒是从未形成自己的见解，只是我很明白自己不害怕死亡。疗养机构的医护人员们都很照顾我的感受，从来不和我说死亡的事，也不告诉我身体有多么糟糕。但这毕竟是我自己的身体，好赖我是知道的。我快要不行了，入土也就是最近几年的事了吧。

无所谓。我已经活了九十多岁，再活下去每一天都是赚到，都是在从死神手里抢时间。

啊……我恐怕做不了灯塔。我已是将熄的残烛，任何一阵风都可能带走我的余温，但我确实竖下了一座灯塔。从今往后，当那棋盘真正打开之时，我需要做好这一切都不在我掌控之中的觉悟，也需要明白我必须信赖我的下属、相信我所热爱的所有人。

我确实不可能以灯塔的姿态屹立，我行将倒下。如果一切进行得顺利的话，不久之后将会有人解开我粗劣的谜题，一路查找到这里。到那时，到所有人类都回到他们的世界之时，我一定不会是一个英雄。也许会有很多人恨我……不论我是否给他们带来实质上的损失，最后他们也一定会怪罪我吧。

何妨，我又不是没有觉悟。九十来岁的人了，活一辈子什么没见过，声誉起起落落都有，到头来虚的就是虚的。我不指望我能安息，不指望有人会为我正名，我很清楚自己在做一件有悖道德、不符合伦理的恶事。也许只有我能够理解自己的用意，但我还是坚持自己的观点——只有重来一次，只有真正地、纯粹地激发一次，那些潜力才能爆发出来，那些被雪藏的能力才会被重视，那些根深蒂固的矛盾才可能动摇。

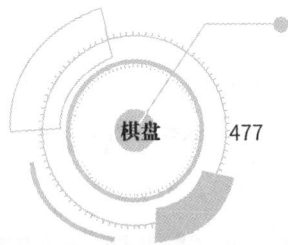

棋盘   477

我不知该如何表达了。疾病已经夺取我的行动能力，很快死亡也会夺走我的话语权。在我死后——对，一定要是在我死后，他们还会夺走我的声誉。我将会什么也不剩下，也许落得个较好的下场，还能有一片属于自己的小坟头。不过这也是不好说的，这个年代土地金贵，已经没什么人可以申请土葬了，早些时候葬下去的也都转移到了专门的祭祀处，不再占有宝贵的土地资源。

　　黑崎青年送的一串海贝还挂在墙上，房间里的一面墙上上下下打满了钉子，挂着各种穿鱼用的麻绳和网兜。

　　啊，快要到凌晨了，我必须熄灯了。如果被医生发现我写东西写到这么晚，他非得气得折了我的速记板才。

　　啊……明明是很好的夜色。如果我再年轻二十几岁，我就一定要出去走走，到海边的木栈道上去看看。这个时候对于我们而言很晚，并不是渔民的长夜。即使是凌晨的时候，海边灯塔的看管人、渔船的管理者、晚归的人们仍然醒着。现在窗外吹来的风好清爽，我真想起身走走。

　　一个半身入土的老头子还做什么美梦。搁笔吧，就这样了。接下来的事，就交给未来的你们。

　　请继续下去，不要在过去停留。在这里你已经看到了我，接下来你还会看到你自己，看到其他所有的人。那是高于神话的力量，是一份高于神性的灵性。

——普拉斯顿·卡丁尔

荣光

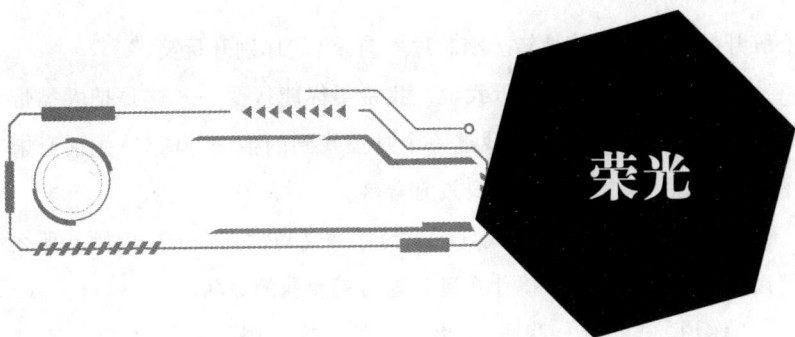

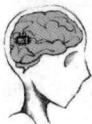

2112 年 9 月 11 日

"艾因。"

我屏住呼吸，轻轻地将通信器戴在耳边。"嘿。"

通信器那边传来熟悉的嗓音。

"这是我们最后一次跨时空对话。我已经把来龙去脉厘清，接下来会将关键性的内容传达给你。"

"洗耳恭听。"

"我需要你自杀一次。"

"什么？"

仿佛刚睡醒就遭当头一棒，我的耳畔和脑际一时间非常寂静。

"我需要你的脑芯片。"她的声音很平静。我眨眨眼，感到自己的

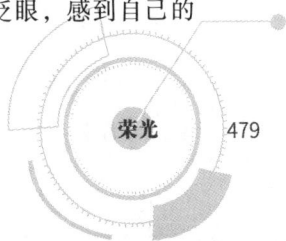

心脏开始狂跳，天旋地转。脑芯片？自杀？"你别开玩笑。"

"我没开玩笑。冷静听我说，我希望你能接受——这是把人类带回来的唯一办法，至少是我这一个月里找到的唯一办法。"她话音未落，我只觉得头重脚轻，浑身没有着落。

自杀？开什么玩笑，我好不容易才一路苟活到今天。但她又那么严肃，不像在开玩笑。搞什么鬼？这可是要我的命啊。

"你说。"半晌，我也深吸一口气，瞥了眼一旁的人群，压低声音。

凯格尔和爱德华站在不远处说话，尼德兰不知道去哪里了；那个每次都跟着我的俄罗斯老奶奶独自一人坐在人群边缘，轻轻地打着瞌睡；布伊阿努、唐迟和我们不在一组，也许此时此刻他们正在远处的森林里狩猎。没有人会在这个时候注意我。

"据我所知，开启时光穿梭机有两种办法。第一，就是你们做的那样，派一个经过授权的人联合智能一起输入动态码，并完成双认证，解锁。但这个办法现在不成，你也说过，你那个队长——也就是唯一的正式授权人根本联系不上，生死未卜。那么第二个办法，也就是应急开启，则需要你做出牺牲。这种开启办法需要两个信物——一位ζ机构科研人员的大脑芯片，还有现场技术人员的破译技术。"她异常冷静。

"我们的大脑芯片？"

"嗯。在开始传送之前，你们应该有被以'检测身体数据'的借口安装一个微芯片，对吧？"

"有。"

"那个东西就是开启传送机器的钥匙之一。"

"为什么？"

"那不只是一个检测芯片而已，里面有最关键的配对密钥代码。只要破译之后才能紧急激活时光穿梭机。想要完成这样的数据配对，要么由 Icon 自身完成——他有最完全的计算机技术，如果走的这条路线，那么就说明我已经成功说服了他，Pharos 自身已经承认了人类存在的必要性；要么，就由有经验的计算机工作者来完成。"

"什么？"

"我尽可能简洁地跟你解释。"

"伪达尔文是 LSCA 的投资人，曾经寻访过那个科研机构。我碰巧那个时候在 LSCA 相关机构接受某些脑内手术，因为用药和改造而失去了传统人类的生物数据特征。按照我的猜想，他应该是碰巧看见了我的数据，一番了解后决定将我这样不能被智能系统认证为'广义人类'的个体作为保留的棋子，在他的传送计划里列为例外，仍然留在这个现代世界里，作为接应。最开始的我们固然一无所知，根本不可能完成高难度的配对技术，但这正是他想看到的，他想看到我们从一无所知变得有所知，从幼稚变得成熟，期待我们之中能够诞生足够强大的人，有能力一路破译到伪达尔文设下的最后一个关卡面前，并打开那扇数码的门。保存他的学习欲望和思维能力，并且给予他符合需求的教育，这应该是他提出的条件。而我父母对我进行的一切计算机辅导，都是为了让我具备足够的学习能力，在他策划好的这些年里充分成长，以至达到能够独立完成密钥数据配对的水平。"

我目瞪口呆地听着，一时间不知道应该感到不可思议还是愤怒。

伪达尔文——原来是这么关键的人物？一直以来我都觉得他脱不开怀疑链，但如果这一切真的是他亲手操持，这点还是吓到我了。

"刚开始我还觉得这是瞎猜，不过越来越多的数据验证了我的猜想。这一切都是伪达尔文计划好的，我们现在还剩下四个幸存者——原本有七个。我们都曾在 LSCA 接受过特殊的治疗，有些人是受了重伤，有些人是先天性残疾，也就是在那时候伪达尔文对我们动了想法。他有着异于常人的人脉和财力，他能以一般人绝对想不到的办法操控一个人的生存轨迹，他早在那时就已经决定了给我们一个这样的

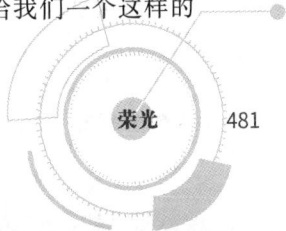

身份，让我们成为'人类消失之后的幸存者'。

"我刚开始还很奇怪，为什么大家对'团结起来保护世界'这个事如此一拍即合，一点异议也没有，并且行动起来都很专业。后来，看了资料之后我大概明白了——他早在我们离开 LSCA 的时候就安排了我们的生活环境，让我们接受正规的教育，培养我们的价值观，让我们对这个世界产生一种最执着的认知。

"你知道吗，我小时候父母从来没有带我去过乱七八糟的地方，只让我去科技馆、海洋馆等，学科普知识。这就是伪达尔文的计划——他希望我们有正确的价值观和强大的学习能力，同时又期望我们一无所知，单纯凭着属于人类的那种冲动在这段时间里由无知走向全能。他不是全能者，但他想要看到普通人从无知变得智慧的历程，他想确保我们之中至少有一人能成为全能者——"

她顿了顿。我屏住呼吸。

"他希望看见我们的进化。"

那声音轻得如同耳语，我抬头看着无边的天空，云层的颜色与太阳连在一起，辨不出边际。现在天气倒是好，四处亮堂堂的，高草丛和低矮的野草交错分布，翠绿的草毯冒着嫩生生的气息延伸到四面八方的天空底下，和大地更远处接壤。人们依然闲散地四处活动，今日的食物早在上午便已备齐，接下来的白昼时间是留给我们享受这个世界的。

不知何时，事情已经变成这样了。最初的我们终日惶惶地觅食还经常挨饿，衣服一周难得洗上一次，悄悄躲起来就地解决排泄问题，别扭又惊慌，一副受难的样子。现在我们已经有了很多余裕的时间，饥饿与寒冷不再驾驭我们的全部感官，羞耻和悲怆不再限制我们的高级思维，我们真正活得像人类了，真正有了自己在这个世界里的生存空间和生存资源。爱情，友谊，信任，规则，道德，秩序，这一切都在慢慢恢复。

进化。

这个词在我的舌尖打转。如果说是进化……

"虽说如此，伪达尔文本人大概不知道这段'人类缺席'的时间会维持多久。因为他在日记里承认，这是一盘脱手之后再也无法掌控的棋。但他能保证这段时间里的所有损害都能被复原。那些死去的人，那些被破坏的东西，那些本该永远也回不来的事物，那些碌碌无终的时间，那些陷落的时代，都可以回到最初的样子。"

"为什么？"我也放轻了声音。

一种莫名的感觉在胸口涌动，我似乎看见天空另一端的宇宙，看见隐匿于日光中的满天繁星，看见月亮的残影慢慢滑过，留下浅白色的痕迹。如果她那个世界里此刻也是白天的话，也许我们能看见同样的——

是黑夜。我们曾经对过时间。

但显然，这个局目前为止已经吞噬了太多的生命。谨慎如伪达尔文，不可能想不到后果。而他想要收场，其实就只有一个办法。而这个办法就是复写一切，尽数重来，正如凯格尔所猜测。这也是他敢于如此大刀阔斧绘制蓝图的原因，这就是他作为一个不愿意自诩神明的爱人者，赐予人类的进化契机。

在她向我提出需要我自杀的那一刻，我心中已经明白了答案。其实更早，早在凯格尔对我说出重启这个词时，我就已经隐约猜到这个结果了。

"这也是我敢向你索要大脑的原因。Pharos 的终极功能，也就是需要使用你的芯片与 Icon 的核心数据开启的能力，使时光倒流。"

她的声音很轻，我闭上眼，阳光均匀地在薄薄的眼皮上氤氲一片。我听见最后一个音节在通信的尾声中回荡——时光倒流。神奇。

"我已经找到证据了，那是我第一次靠近时光穿梭机时没有留意的——那里有一个应急启动按键，按下去后弹出来一个挑战界面，想

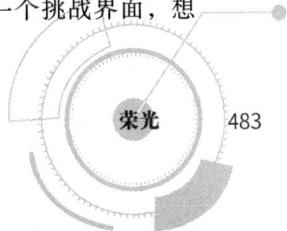

要成功解锁的提示也附带于此。"她忽视我的沉默，继续很快地说下去，"可以一试。其中的技巧存在于我、你和 Icon 三人之间。你知道，我必须让 Icon 宕机，并且得到你的芯片。伪达尔文在日记中交代，解开挑战界面的所有谜题，便可以找到与你的芯片相配对的识别机制，从而激活时光穿梭机。我没有死过，死亡肯定不怎么舒服，但只有这样才能把所有人完好无损地带回来。这是伪达尔文亲自给出的解答。"她说完这句话，再也没声音了，连呼吸也隐没得听不见一丝声响。那沉默于我而言像是一种无声的呼唤了，电波穿越万年的世界维持这种无谓的空白，她在等我回答，伪达尔文在等我回答。

"所以，即使死去的人，也可以回来。"我慢慢地说，听着自己一字一句，把每个音节都吐得异常清晰，像是第一次说英语一样。

"嗯。"她回答得很干脆。

"我们会怎样？"我轻轻地问。

"你们不会有事，整个世界都会安然无恙地回到三年前的那个早晨。这三年里我们经历的所有事都会在物理上清空，我们相当于是被直接插入过去的时光里，唯一能留下来的只有记忆。"

"因为传送不会对人类的记忆造成影响，对吗？"

"嗯。我不明白这东西的机理，但……好像这个倒流本质上就是另一种传送——并不是会将精神状态还原的过程。所以，你可以理解为我们在只保留现有记忆的情况下回到三年之前。日记里是这样说的。不过可别期待留下照片，这三年里机器的存储是无效的，它们会被重置回三年前的状态。"

"……"

我忽然有些哽咽。

这三年的一切都历历在目。不论是恐惧、焦虑和紧张还是释然与欢乐，一切走过的路和有过的情感都在我们心中烙下深深的印痕。那些离开的人，那些不得不放弃的东西，那些抓不住的风与溜过天边的晚霞，都渐渐成为我们生命中不可分割的部分。站在广袤的大地中央是一种无助而又震撼的感受，直击心灵深处的震颤，蜗居洞穴之中绝不可能感受到，也是一方浅浅的屏幕不可能带给我们的。我们被涤荡，被彻底地杀死一次。苟活在现代生活法则中的我们被拎出来，洗去所有标记，回归最本质的人类，回归心灵之内的本真。这就是一直以来裹挟着我们前进的真相，它被晦涩的谎言包裹，其本质竟然如此纯净。

重来，还真是只有特别的人才能想到的办法啊。

"喂，艾因。"通信器那边，她轻轻叫了一声，像是在提醒我尽快做出回复。

"哎。"我应道。

"所以明天你要配合我，真的狠下心来自杀。好吗？"

"唔。"我咽了口唾沫，感到颈部一阵隐隐的疼痛。啊，自杀，真不是开玩笑的。虽然我很明白这自杀的重要性，很明白我拿掉这一条小命能换来极大的改变，只要是人都还是怕死的，更何况是我这个该死的胆小鬼。要是我一开始就不怕死地豁出去，也许最开始死掉的那些人也都不会死。真想拒绝。

"艾因。"她的声音高了一点，"Icon 现在还不会来，有什么要求就提。还有时间。"

"你真的能保证……呃，保证 Pharos 真的有时光倒流的能力吗？"

"可以。"

"怎么保证？刚才那些话，你从哪里得知？"

"你相信伪达尔文吗？"

"实话实说，我几乎没有见过他。"

"重启的功能，是伪达尔文在 2056 年的日记里提出来的，之后一直在重申这个概念。他在之后的篇章里提出时光穿梭机的设计里会带有相关应急功能，具体的使用介绍已经放在机身的显示程序内部，只

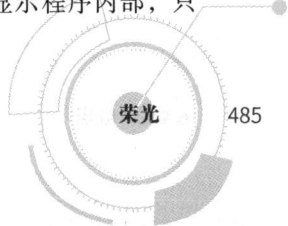

要想查阅，随时可以获取信息。想要获取简介不需要太过复杂的密码破译，一般计算机水平的程序员就可以做到。"

"这么周到？ Icon 那边呢？他还会来定期巡查吗？"

"会。"

"那你这边时间没问题？"

"没关系，我已经知道怎么治他了。"

"敲坏？"

"不敲。曾经我是有武器的，但在我进来时它掉进海里，之后我就没有武器了。不过现在我找到了更先进的武器。"

"那就好。你保证可以干掉他是吗？我不太希望自己死后还要被装傻的混账 AI 祸害。"我站起身，伸了个懒腰，感到失真。三年就这样过去了，也许明天我们就会回到三年前。

她顿了顿："你同意了？"

"同意了。"啊，死亡。可我现在平静得厉害，甚至发自内心地想要大笑。

"真的？你是相信我，还是相信伪达尔文？"

这个问题让我有些猝不及防——也就是在这个瞬间，我忽然笑出了声。

"死掉前会告诉你。"

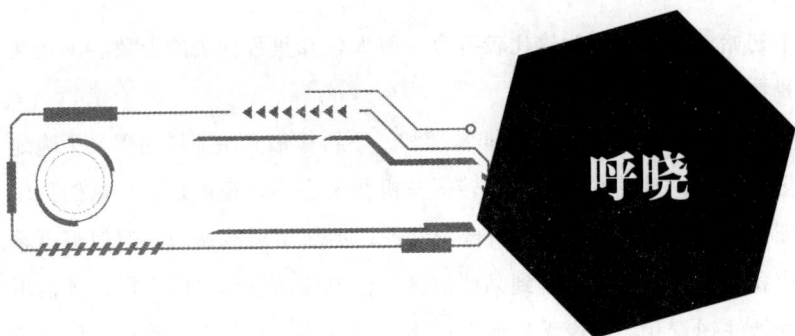

早晨，我早早地醒了。

楼道和控制室里很昏暗，电脑巨大屏幕上成片的荧光轻轻亮着，四周一如既往的静谧，带有一丝柔和的冷色调。整个核电站沉浸在清晨的冷清之中，仿佛没入了大洋之底，所有声音和光线都被掩埋得只剩下一丝丝涟漪。风声很响，莽撞的海的气息在楼道里穿梭，浪涛一般拍打着半掩着的门，带来一阵阵空洞的回响。

昨晚熬到很晚，我又看了一遍伪达尔文的日记，也把从 LSCA、ζ 企业收集来的情报综合一番，对着密密麻麻的文字想了很久，最终也没有在之前的理解上多出什么名堂来。我在电脑椅上睡着了，醒来时发现自己躺在控制室里的沙发上。也许是 Icon 把我搬过来的吧。

在我的抗议后他花了一些时间更换形态，不再呈现出滨斯的样子，回到了原本微胖的中年男人形象。据他所说，当时设计者给他这

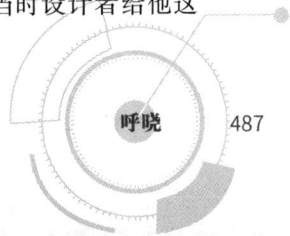

个初始外观，是因为这比较符合一般人认知里程序员的形象。不过在我看来，这一点都不符合。

如今Icon的态度已经非常随和，不再像最开始那样凶狠又干脆地把我制服，对我发号施令。转折契机我至今不是很清楚，但这倒是印证了一点：智能也是会不断自我改进、不断学习接纳的。他似乎更希望我凭自己的能力了解到某些信息。他就像伪达尔文的亡灵，神情平静地注视着我，无声无息地在这座核岛游荡，在所有的数据里留下痕迹，却并不怎么注重物质性的取舍，并不加以干涉。

我怀疑他与我一样，这一个月以来的所有努力都为了今天，不过我有信心，在这场博弈里获胜的必然是我——我要出老千。也许就算是伪达尔文，也想不到会出现这样的插曲，让我意外获得放倒Icon的有力武器。

2112年9月12日。天气很好的日子，就像三年前的今天一样。

走出建筑，我整理好褶皱的领子，踏进呼啸的海风中。融入风里的那一刻，被空气环抱的感觉扑面而来。凉爽的水汽涌入宽大的T恤，带来清晨微微的凉意。一望无际的海面水平展开，呈现出蔚蓝清澈的颜色，万里的晴空连接成深浅不一的色调，时浅时劲的风带来海盐饱和的腥咸气息，遥远的海平面微微弯曲，呈现出地球的弧度。现在姑且算是夏末，也有了秋的气息，风卷云舒，海浪在四周呼啸，仿佛要把整个世界的浪一起迸发出来。

核岛停机坪的浅灰色一直向前延伸，直到与海面纯净的颜色相接，出现模糊的边际。两侧的楼房和烟囱、铁丝网在这淡蓝色的光线中呈现出清晰好看的色调，像是画出来的，蓝紫色过于鲜明，带着一线黑，简直不真实。我拨开被风吹得贴着脸颊飞舞的额发，抬眼看着天空。

这三年里，我已经学会了在这样的好天气里唱歌。此时此刻，也有一种无比熟悉的旋律呼之欲出，像鸟儿盘旋在深秋的天空，清爽。

我从最开始就已经猜到，如果我没有按照和 Icon 的约定进行理性论证，也没有制服 Icon，他一定会将我判断为无价值的人，将我算作进化失败的人物，甚至将我划到他的对立面。如果不小心走到这一步，我就不知道他会怎么处理我了。

　　我只知道我不能止步于此，不然就要换下一个幸存者成为伪达尔文的棋子，来承受这奇妙的真相的重量。待到他再沿着我的足迹踏上这条探索之路，再一次翻阅伪达尔文的日记之时，不知道又要等多少年。

　　重启最终能把所有人带回来，我可以死去，我可以在九泉之下等待，但在我死去之后，那个世界的人们——艾因——也许等不到那时候。继我之后有可能踏上这条路的便是潘德拉、新斯蒂娅、黑崎，但他们也许等不到合适的机会，也许没有我这样好的契机。等他们找到亚洲的这个东南角，不知道得等多少年了。如果艾因在事成之前丧生，如果其他的传送队员依然联系不上，那么远古就不再有合格的接应，也没有能联系上的拥有 ζ 数据芯片的人；如果幸存者没有找到正确使用时光穿梭机的办法，则最终没有人再次找到启动重启的终极功能，他们就永远也回不来了。

　　这本日记其实是有时间限制的。当最初拥有接应芯片的那一代人全部死去了，所有的真相也就随之失去了所有意义。我不知道如果我缺席了这个巨大的计划，剩下的人能不能等到计划完成的那天。今天必须顺利。

　　啊，这么好的风，这么蓝的天和海，要是滨斯还在就好了。

　　我仰着脸，面对天空。身后巨大的浅灰色烟囱里冒出一声悠远苍凉的呼声，有如鲸鸣，伴着浓郁的白烟向上扩散，随风融入碧蓝的天际，一点点消散，仿佛是天地在不断回响。那是每天早晨七点的定时废气排放。

　　我看向四周默立的建筑，黑色的自律炮塔沉寂在风声中，像是一

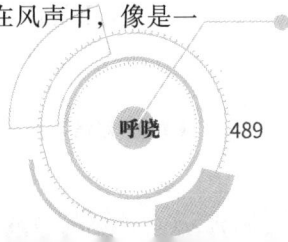

排肃穆的雕塑，垂头背对天空，反射着融融的阳光，竟也显得和煦。

"早。"Icon 的声音从身后传来。

"噢，早。"我回过头，看见那个熟悉的身影穿着深灰的 T 恤站在不远处。他见我回头，便迈开步子向我走来。我的视线由他一路推及整个核岛高矮错落的建筑群，满眼是丰富鲜明的颜色，心情无端地好起来。

"天气真好。"

"嗯。是啊。"

他在一旁站住，顿了半晌，看着我露出一个平静的笑容："打算什么时候开始谈话？"

"开始谈话之前，我有点资料想给你。"我也报以一个微笑，从口袋里掏出一个小型存储器，"算是必备知识储备吧——就像你最开始对我脑子里的芯片做的那样。在我跟你分析之前，你需要形成有针对性的知识结构。"

他接过储存器，黑色眸子看向手中那小小的设备，熟悉的浅蓝色光芒在眼底闪动几下，映照出其中微妙复杂的结构。他的眼里有最先进的智能扫描系统，扫描结果直接传送给脑芯片，一切内载数据都能在硬件插入之前得到粗略审核。

通过审核了，如我所料。

"打算给我一点接受这些东西的时间吗？"他把储存器捏在手里，眼里异样的扫描光线消失，又恢复了日常的仿生状态。我看进他的眼底去，那里什么也没有，却又好似存着一些微弱的笑意。

"你需要吗？你这样高级的智能可以在第一时间解读完所有内容吧。"

"这里面有系统文件。"他眨眨眼，依然带着那种若有若无的笑意，像一个真正的机器那样做不出情绪来。

"又不是让你登录别的系统。再说了那也不是系统，你刚才没扫出来吗？那只是旧版 Pharos 的一次更新文件。我在里面做了一点改动，加了功能。你不需要安装，下载为可浏览模式就好，等会儿谈正事的时候会用到。"我看着他笑。

"好。"他似乎没有找到破绽，不再反驳，"我在这里导入你不介意吧？"

"不会。反正这么久了也没看你呈现出过人工智能的特有形态，一点都不像个机器，我倒是想看看你是怎么操作的。"

他盯着我看了半晌，像是在辨认我这番话有没有什么别的用意，半晌似乎没有得出合适的结论，便轻松地笑笑，拿起储存器。

他的动作非常熟练，先是按下储存器上的电源，然后把其中会发光的部分对准自己的瞳孔，看上去就像是在仔细端详其内部构造，视线与光芒平齐。直觉告诉我这是对接，但我没想到对接竟然只需要目视——Icon 的目光大概就是高端的微型 Wi-Fi，或者说蓝牙，可以使用它传递文件。

我们站在偌大停机坪边缘，风从海上而来，轻轻绕着核岛凸起的棱角而行，在巨大的烟囱间苍色天空的间隙里穿梭，留下浅浅的云的痕迹。Icon 一直没有动静，呆呆地站着，一动不动。

"看完了吗？"半晌的沉默，我扭脸看向他。

"我正在筛查，没发现什么特别有用的信息。"他定定地看着前方，脸上露出人类沉思时的表情，"为什么你现在把它给我？"

"是啊，这你就不懂了。"我笑起来，看了一眼蓝色的天空，转身向设施内走去，"Icon，你在这里等我一下，我去拿点资料，马上回来。等我回来之后我们就正式开始谈话。这个系统在接下来的谈话中我会说到——这是一个非常重要的改版。"

"好。"他仍然是那副沉思的表情。

我向浅灰色的巨大烟囱走去，回头最后一次看向 Icon。他站在偌大的天地之间，只是非常小的一抹身影。海与天是一个颜色，同一种

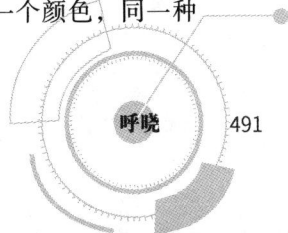

又青又黛的清澈蓝色将他夹在中间。他的仿生机能过于优越，以至于不管从什么角度来看都显得极具人类的特质。

一直以来，我都习惯于称呼"它"为"他"。他是伪达尔文留在这个世界上最后的信息，也许，他甚至是由那位敬业的科学家亲手制成的。这么多天来我们都以一种友好的方式相处，他甚至还为我做出了一些人性化的让步，但究其根本，他到底只是具有智能的躯壳，就像由智能管理的世界一样，即使繁盛多姿，剥去代码的修饰，内在仍然空空如也。

这具智能躯体的使命早在一个月前就已经完成，其缔造者伪达尔文为之设计的路，现在就真正走到头了。而他为我点亮的所有道标、设下的所有关卡，也都到此为止。我不知道伪达尔文本人是否也期待着我能有条有理地说服 Icon，但我毕竟是个没什么见识的小孩，是绝不会这样老实的。

这场不算大也不算小的博弈，是我将军了。

永别，Icon。

微微浮动的风中，我听见迎击炮启动的轻微声响。深黑的钢铁小兽自重叠的灰色地表慢慢抬起头来，那是我来时未曾见过的设备，但我知道它一直都在这里，专门等待着入侵者的到来。我看着一点点近了的灰色建筑群，仿佛可以看见隐藏其中的炮口一点点切换角度，瞄准目标的方向。风声里混杂着金属的味道，亮色的云层无声地伸展，黛蓝的天际一点点亮起，初生却仍未迸发的朝阳将天空渲染得微白而明朗。

接着，我看见一道细微的寒光自烟囱的下端闪出，浅紫的光芒转瞬即逝。

那是以光速射出的激光炮。

在微微扬起的风里，我走进建筑内部，把门稍稍带上，从留下的那条缝隙中向外窥视。从这个角度来看，整片天空和海域以及停机坪都缩小成一道光，Icon 的身影在画面的正中间，小得难以看清楚。

有那么一刻这幅画面似乎静止了，看见闪光的下一秒炮声才自不远处传来。一阵轻微的振动，浅紫色的生化兵器光线从地表伸出，割裂晴朗的天色，划破长风，留下一道细长而笔直的残影。

阳光铺满偌大的停机坪，Icon 的身躯在我的视野内骤然断成两半，伴随着一股细小的烟尘腾升，我看见它们在空中定格半响，缓缓散落，像被砍掉的鸟翼般展开，倒在灰色地面上。门外的光线难以察觉地抖动了一下，然后来自天空的光线将紫色武器的残影消融，晨风拂过，一切归于平静，一点痕迹也没有留下。

我慢慢地把手掌放在胸口，轻轻呼出一口气。

成了。

这大概是自我来到这里做出的最大胆也最明智的决定。

最初我来到这里时，击落我的是核岛的自律防卫系统。Icon 告诉我，自律炮塔攻击我，是因为我乘坐的军方直升机上有军用识别标志，而核岛会无差别攻击一切携带这个标志的外来物。与一切其余识别标志一样，军方的认证信息来自一串代码。

我早在回程时就已经把所有机体的信息拷贝至随身携带的智能防水盘里，因此即使经历了海难，这串识别标识的数据信息也没有受到损坏。认证代码与直升机的特殊编号仍然存在，只要将它下载入独立的可运作机体内，它便能作为认证系统生效。

我把它写进了 Pharos 旧版系统里，Icon 下载它，便是相当于携带了已激活的军方识别标志，成了等待被自律炮塔击毙的对象。

这个想法是我在明白自己被击坠原因的第一时刻萌发的。我的精力、能力有限，无法花很多时间在 AI 的面前为人类正名。我知道我不可能凭借数据和逻辑说服 Icon，他在伪达尔文的计划里扮演的角色便是如此。伪达尔文希望人类能够进化到能够合理地支配智能。他希望不管科技发达到什么地步，在人类进行最终决策的时候，智能只能

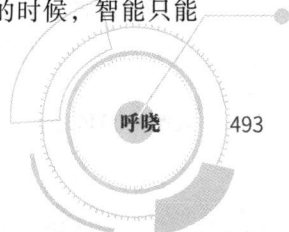

作为旁观者，无条件地接受所有结果。这是他希望灯塔为我们指明的道路，而我若想把它走得明朗，也必将遵循这样的原则。所以我依照他所无法设想的方式，放倒了他为我设下的最后也最厚重的绊脚石。Icon 只是图标，现在他指引我走到灯塔下，再往前的路与他无关。

在昏暗的门后伫立半晌，我轻轻拉开门，将光线放进来。停机坪里安静得只剩下涛声，我向不远处地上躺着的灰黑色残骸走去，慢慢地辨认 Icon 被分成两半的身形。

先前那个做思考状的躯体已经无声地平瘫在地上，微微冒着烟。它断裂的躯体内露出密密麻麻的电路，细小的电线和钢芯散落在四周，衣服的裂口处还有焦黑的痕迹，隐隐腾升着细密的白烟。他的面孔朝向地面，像一座电子设备的坟墓，在风中岿然不动。我不由得想到，如果把滨斯的无人机用这样的射线拆开，里头大概也是一样的光景。

是啊，他，他们，不是人类，不管做得多像。

我在这具残骸面前蹲下，轻轻抓住他冰冷的肩头，把他的头部抬起来，检查其损坏程度。核岛的资料很准确——生化武器的射线不会将敌机全部毁坏，而是自动绕开核心部件，攻击与运动性能有关的部位，使之失去行动能力。这也是一种保护，防止藏在入侵者核心处的宝贵战术信息因被炸毁而流失。换到 Icon 身上，这种功能便保住了他所有的资料。

也许死去的智能不需要坟墓，因此没有入殓的必要。现在是早上七点半，太阳升起不到半个小时。我计划在黄昏之前完成传送，虽然不知道待会儿实操时会遇到什么技术性的挑战，但毕竟都已经走到这一步了，时间已经不是问题。

我将 Icon 的尸骸在地上摆正，回到楼体，拉开半掩着的门，跑进已经熟悉无比的走廊内，步履轻快了不少，却又分明沉甸。真正到了谢幕的时候，在这三年里我的命运是第一次如此紧密地和那些离开的人联系在一起。

　　我感觉自己踏上一条短暂到只有一天的无尽之路，在巨大的灯塔下狂奔。不回望过去，也看不见未来将会如何，只是任由无名的期待充满肺腑，在浑身的血液中沸腾。三年里所见的所有风景在身边掠过，头顶是万年如一的苍色天空，脚下是苍老而又美丽的大地。核岛在海的中央，太平洋的长风灌入天空，涛声时刻不断。三年以前，多少年之前，这一切，都不曾变化。

　　我告诉自己，灯塔已然点亮，所有光芒汇集于此。这是一条不可能回头的路，跑起来。已经非常近了。

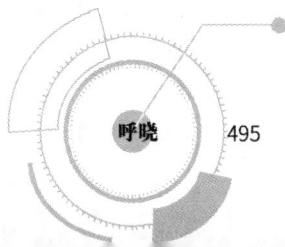

上浮

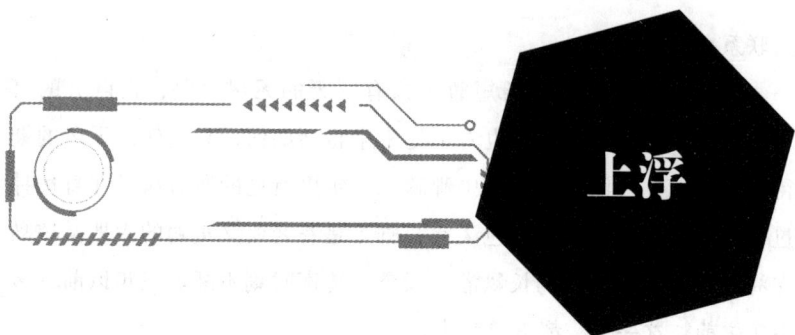

2112 年 9 月 12 日

"喂？"

"艾因。"女孩的声音。

只有不到一天的时间没有通话，熟悉的声音从通信机另一端传来时，我竟感到有些想念。

"你那边怎么样？"

"Icon 已经搞定了。"她的声音有些黯淡，也许是疲惫的缘故。我抬眼看向不远处澄澈的天空，那里只有通透的浅蓝。

"祝贺你。"话说到这里我忽然意识到，昨天的祝福还只实现了一小步。做掉 Icon 在她的计划里已经渺小得不值一提，接下来这个刚刚成年的家伙要做的事，其精彩程度绝对超过赢下一千万的彩票。

"没什么好祝贺的。"她顿了顿，声音依然有些生涩，"消灭Icon之后，麻烦事才刚刚开始。现在轮到你了。"

我稍稍松一口气，倚在潮湿的土地上，依然仰脸对着天空。阳光照在身上非常舒服，软软的感觉仿佛被赋予了形体。最近狩猎组的收获颇丰，我们一直向南，沿着太平洋的海岸线，已经走到了北美西部的山区末端。气候宜人了不少，物种也渐渐丰富，即使是供养我们几百号人也不用太愁。

"你是打算在人群面前开颅，还是打算叫个熟悉一点的人帮你在僻静的地方处理？"她的声音非常清晰，似乎置身于没有干扰的房间，四下寂静，"毕竟在你死后，那个接手的家伙会怎么操作可就不是你能控制得了。如果他不按照你的要求做？如果他只是把你杀掉，不帮你把芯片的事处理好呢？"

"我们这里不会有这种事。"我闭上眼，阳光浅浅地铺在眼皮上，扑面而来的暖意，"我们这里也不会有这种人。大家都只是勉强能够保证温饱，勉强能够维持一点惬意，没有人不想回去，我们都发自内心期盼着这一刻的到来。"

"那如果你托付的那个人提要求呢？"

"你是说，他拿到我的芯片之后要挟剩下的人，让他们回到现代之后给他好处，不然就毁掉芯片谁都别想回去？"

"是啊。那样的话怎么办？"

"啊……那不会得逞的。我们这里的人经过长时间生存考验，不管是身体素质还是应激能力都非常优秀。只要大多数人都想要回去，就没有人可以以一己之力扳倒那些归心似箭的家伙。重启的事我只告诉了凯格尔一人，但待会儿我会让他在所有人的面前把我剖开，这样每一个想要回去的人都能作为参与者。即使他想要做点什么，那么一个臭老头也不可能违抗其他人。"

"不尽然。"她顿了顿，笑起来，"你那边也不是那么简单的。"

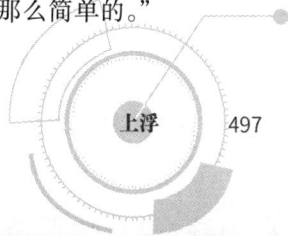

自湿润土地中蒸腾出的温暖湿气在阳光中一点点消散，我轻舒一口气，换了个姿势，伸手从口袋里掏出军刀。这是贺林临走时压在我T恤下面的临别赠礼，第二天中午出发时我才发现。他是当时少有的持有武器的人，刀身上还刻着一串小小的英文，由于有些磨损，我至今没有看懂写了什么上去。

　　不久之后这把刀就要切进我的头颅里去，把我一直以来赖以生存的最重要的器官——脑——破坏殆尽。而我，作为一个健健康康活到近三十岁的年轻人，也要在人生中第一次面对死亡。来到这里之前我还没有面对过死亡，哪怕是他人之死。我没有参加过葬礼，没有见过垂死或已死之人，我活在由生命堆砌起来的堡垒之中，自以为万分安全。虽说这个世界让所有的昔日高塔就此溃塌，但那种面对死亡的迷茫仍是不变的。哪怕马尔文死在我面前，垂死之人挣扎着向我说出念念不忘的名字，我仍无法想象如果死去的是自己的话将要怎样。

　　一定很痛苦，死的过程。可又是能够即刻复生的死，却是不怎么有死的森严味道，更像是打能够复活的游戏，不知感触如何。这是伪达尔文所希冀的吗？他也曾设想过吗，我们在面对被告知的死亡之时会产生怎样的感想。

　　这样想着，一夜都没睡好。

　　太阳升起之后人的心态就变好了。夜带来的压抑和焦躁被日光消融，碎成影子。我开始把自己从自噬的担忧中拔出来，让一些更积极的想法取而代之。相比于宣告死亡却没有恶意的匕首，似乎寒冬与拳头更加叫人发怵，我们都是生之国度的子民。不过是到现在仍没有什么实感罢了，相比于这三年里的一切磨难，这单薄的死亡已经不再深郁无底，甚至不如失足掉入河谷后攀在岩壁上的死寂。我相信重启的说法，相信伪达尔文的日记，相信那通过电波来到万年以前的声音。无法验证真伪，但比起死亡的重量，那些鲜活的鲜明的生存的痕迹更加真实。

有那么一瞬间我想过，倘若重启是一个谎言，我就此长眠倒也未尝不可。很早以前就不再害怕了，恐惧与期待融为一体，成了至高无上的情绪。

　　我站起来，抽出军刀，向坐在人群边缘的凯格尔走去。

　　已经非常近了。

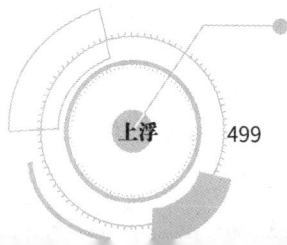

太阳眷顾之地

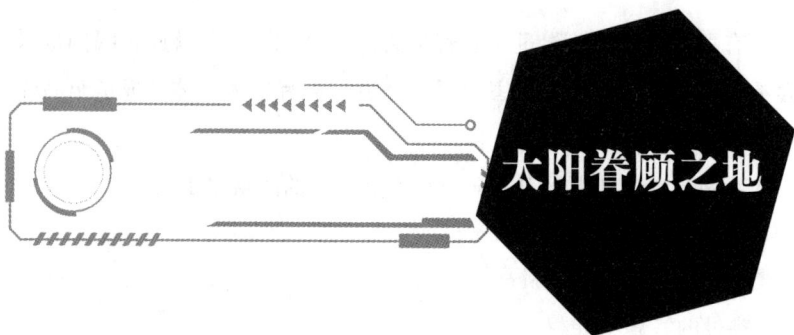

对于我而言，这一整天太过漫长。

消灭 Icon 后，我在总控台前坐定，第一次光明正大地打开时空穿梭系统的主机，占满整面墙的屏幕在眼前亮起，整座房间为这巨大的白光平添一种圣洁气息。这是伪达尔文专门为我准备的测试，是一次检验自己留在这个时空中进化的产品是否成熟的考试。就像以往的考试一样，就像我们在学校里曾经做的那样——学习，检测，反馈，考试，然后把自己的知识和技巧输出，获得一个满意的成绩。高中班主任授予的学习方式，如此一来便化用在了这个本是脱离掌控的世界之中。此刻我将要全身心地沉浸入伪达尔文为我们留下的最后一个挑战里。

只要解开这道电子谜题，便可以找到激活艾因脑芯片的方法，继而开启重启功能。

进入时光穿梭机重启界面，我选用了熟悉的打开方式，没想到打开后是一连串细小的解码题目，需要放大才能看清。我相信这是一个夺旗游戏，却添加了更为新颖的元素。我将 T 恤换成通常进行电脑操作时的卫衣，怀着"这就是终结这一切的挑战"的敬畏与期待坐下。

以往遇见的所有设施的密码和认证系统都无法与这最后的解谜相匹配，因为它并不是单纯的密码破译，我需要结合目前为止学过的所有电脑技术来应付这个挑战。它没有时限，却非常复杂，包含一系列不可跳过的答题与夺权。我需要先完成一百道内容冗杂的客观题，再连续破译以七种形式出现的七道不同密码，操纵核电站将全世界所有正在运行的发电站的电力调用至此，以支撑重启所需的巨大电量，然后转换一大套 Pharos 的代码，在这繁杂得叹为观止的数千万代码中破除一层层的嵌套，获取一条被隐藏的认证码。而以最高权限将那条代码输入时光穿梭机的重启认证系统，便可以得到最后与艾因脑内芯片相匹配的认证方式。

我把拿铁放在旁边，开始时喝了第一口，却一整天都没有动第二口，硬生生把它从滚水放成冰水，褪色，棕色浆沫粘在杯子的壁上，形成一圈浅环。我的全部注意力集中在黑底花字之上，各色的代码信息在脑海里流过，似乎在对能力和精神进行双重涤荡。我离开自己的身体，离开座椅，甚至离开键盘，离开电脑，到高空中。全世界只剩下自己，我又不完全是自己，仿佛还有很多其他东西与我一同共鸣。这种感觉已经很久没有过了。

从核电站到公路，从化工厂到大坝，从油库到大楼，从汽车到直升机，我不由得想起许多。那场在好几个月一并跨越的旅途，那些面对电脑屏幕抓耳挠腮的日夜。行走在都市中央空荡的街头，习惯于对视那宛如双眼的窗户的夜晚，螺旋桨的轰鸣，核电站鬼火般的光学薄膜，海面上升起的太阳，断裂的钢筋，银色的雨，飞行的白鸟，海浪……

我们不知从何处开始，从何时说起，以什么作为起因，又谋求着

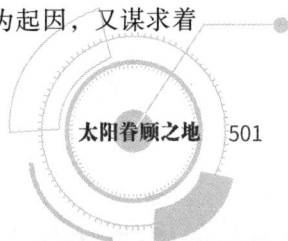

怎样的终结，最后一举夺魁似的站在这里。我希望自己可以忘记这一切，在一切结束的时候，回到那高中、大学、深造、就业、结婚生子的生活轨迹之中去，毫无痕迹地在这个世界中隐藏自己的全部，就连命运也不要被不存在的神看见。如果可以重来一次——如果这三年以另一种方式度过，如今的我会在哪里？会如何存在？想要回答这个问题，恐怕比猜测未来更加困难。

曾经的我询问自己意义，若找不到理由便似乎寸步难行。可这三年里的哪一日曾有过方向？还不是在盲目的相信与妄念中燃烧着自己的理性与感性，依循着若即若离的因果之线蹒跚前行。这样一场只能留下记忆的经历有何意义可言？从某种层面上说，记忆正是向自身、向世界寻求定位与回声的标尺。所得之物会失去，身旁的景物与人在变化，唯有留在记忆与精神中的东西无法磨灭，它们造就我们。退一步说，让记忆作为救赎与进化的基石，实在有些悲壮，但有谁可以逃脱这样被戏耍着的命运？若重启致使世界与时间均无法与我们同行，那么唯有这三年在我们身上留下的刻痕能够发声，在即将到来的旧日世界里，多少留下些什么。

机房非常安静，时光穿梭机像废铁一样死寂地趴在房间正中央，乍看上去简直是熄灭的太阳。无时限的挑战不会让人紧张，只带来焦虑与疲惫。我在脑子里琢磨着这个复杂把戏的逻辑，猜测着挑战的最后会看到什么。伪达尔文的最后关卡设计得并不巧妙，只是难而已。也许这个老科学家已经太累了，我们一路走来非常困难，他那条路也定不可能鲜花盛开。三年的时间不停地闪烁在眼前，一幕幕过往出现在屏幕上，我长时间盯着流动的代码，感到身体与精神一起酸涩。

当我真正提炼出 Icon 核心中可以激活时光穿梭机的认证程序，我却发现一件令人啼笑皆非的事——这时光穿梭机最终的认证方式不是动态码，不是 cookie，甚至不是智能识别密码，而是一个二维码扫描程序。我把腰酸背痛的自己摊开在电脑椅上，和那个庞大而清晰的符号对视，许久，从胸腔里发出一声无奈的闷哼。

二维码，是数码世界早在2080年左右就被顶替掉的东西。难道艾因的芯片，不过是一块微型二维码的载体？

这种感觉就好像做了一道过程很复杂的导数压轴题，挖空心思求解，最后算出来的结果是（0，+∞）一样讨厌。

经过一天的奋战，别说白昼，连夜晚也过去，都快到第二天了。艾因的通信来了无数次，我一次都没空去接。我站起来，想找些吃的，却又完全没有动厨的欲望。四下里空荡荡的，已经好几个月只有我一个人类了。这个空荡的世界与毫无根基的我摇曳着，轻微的撞击声，不知何时靠了岸。

第二天凌晨五点，破译任务成功后，二维码扫描口出现在时光穿梭机的躯壳上。银色机器的身躯庞大，往昔站在房间里粗略看几眼根本没有留意它的巨大，现在细细一算，这东西得有三层楼那么高。它周身缠绕着细小器械和电线，似乎为了赶时间，外表已经注定不加修饰了，看起来混乱而嘈杂，仿佛能从里面钻出来很多市侩的声音。

我屏住呼吸，在心里轻轻对着无名的神祈祷。

经过很多天偷偷溜过来练习的时光，我已经能够成功地把从手册里、在注解中学到的操作知识和实际机体联系在一起。这不是个容易的活儿，但现在的我是最佳状态的我，带着刚刚经历多个小时电子恶战的余兴，已经疲惫得无所畏惧。重启传送绝对不能出岔子，所以我要保证自己绝对清醒，时间太紧，天快要亮了，离原计划的"黄昏传送完毕"已经超了快半天。我没有心情再去冲咖啡，便将冰冷的液体一并吞下，然后撕开下一个包装袋，直接把粉末往嘴里倒。

最纯粹的咖啡味顺着舌根一路往下，让我完全清醒。

将二维码的扫描程序导入时光穿梭机验证系统后，我最后一次站在传送台的前面。在一片半透明银蓝色帷幕下，那个巨大的平台被铁环划出的圆形范围，铁环里仿佛亮着一张浅色的镜子，淡淡的白光从似乎不存在的地面上冒出，与上方的蓝光熠熠交辉，一派柔和而神圣的釉色。

我踏上那片洁白，穿过它走向平台另一侧的传送启动装置。走在白色之上的每一步都轻盈得仿佛踏在水面上，那材质大概是非常轻薄的有机物，透光，下面是一大块 LED 灯板。我小心地控制着步伐不发出一丝声音，不想惊醒某些沉睡在它下方深邃的时空中的秘密。

我想象着几年前那十几位踌躇满志的科研探索者怀着激动的心情踏入这里，被乳色的暖光包围。他们伸出手触碰着缥缈的白光，像是抓住某种未知的希望，心中笃定而欣喜。多年奋斗的成果在此，儿时殷切的梦想被具象化，这环抱全身的白光就是他们此刻的神，它象征着科技的胜利，象征着对时间这一巨大障碍的彻底击溃，象征着人类从此迈向新的自由……

我想象着他们闭上眼，对着操控机器的同伴打手势表示"一切准备好了"。被白光吞噬前的瞬间，一路走来的各种风风雨雨浮现在眼前，他们想到自己的亲人，想到彼此扶持的朋友，想到一直以来的努力，还有绝对不能放弃的梦想。然后，他们感到双脚离开平台，全身陷入一片虚空，轻盈得仿佛羽毛，霎时间全世界只剩下一片最原始的洁白。所有噪声被调作静音，一根弦绷断。

我如此想象着，也闭上眼，想象着他们所见的那片无垠的白色，还有传送时发生的一切。那种感觉是如此的真切，我的思维似乎被一片旋涡吸了进去，一种奇妙但不令人难受的冲动在神经里突行。刹那的眩晕过后，耳畔流过无声的呐喊，白色与灰色交织着在黑的底色里游窜，就像获得了生命的银色流星雨。

我看见一个血色的世界。暗红的浪层层击打在深褐色礁石上。海，一望无边。巨轮的尸骸与太阳的残影一同在天际线沉浮，仿佛一排不祥的符号。近处是散发着阵阵失真的恶臭的尸骨，它们盘曲折叠着，密密麻麻填满海面，随着浪起浪落而舞蹈。

接着，一道碧蓝刺穿血色海洋，成群的鸥鸟自灰茫中而来。它们振开银色双翼将血浆般黏稠的天空撕裂，带来海盐味饱满的风。色调颠倒，眼前的海变成一碧万顷的浮色，浪尖冒着白色水花，洁白的鸟儿追逐着跃动的浪花，好像它们也变成了海浪。

蓬莱岛的轮廓遥遥出水，浮世绘的花纹，细致得令人发指的浪珠，繁杂海色定格在空中，然后轰然坠落。远远地，一片都市的轮廓自海的彼岸巍峨而来，那壮美的深灰色海市蜃楼拔地而起，将天际线切割得棱角分明。海风在耳畔呼啸，捎来远海广阔明朗的阳光气息，带着海的咸腥，一种许久阔别的惬意。

接着，周身的景物突然被清空，眨眼的瞬间，我已置身于一片广袤无垠的荒野。渐沉的夕阳下天空被渲染成壮阔的橙色，粉与紫交织在天际线与云层交界的地方，太阳半隐在起伏的黛色山头后，在幽暗中透着微亮的天际呈现出静态的橘红，宛如高悬天际的某种高贵的宗教符号。

我呆呆地盯着那绝对静止的夕阳，眼前依然留着前两个世界的残影。在静谧之中，连风也忘记了呼吸。是那个世界吧。那个世界和现代有好一会儿时差，我所在的世界迫近早晨六点，那边便是黄昏。视野微微下移，我看见广袤的地面，然后我看见他。

那是个身材高大匀称的年轻男子，他立在乱石崖的顶部，身侧环绕着数以百计的人，一百，两百，三百，四百。四百多人的背后是夕阳，人们清一色沉默地坐在地上，黑压压一片，仰视着他，一动不动，充满期待的炽热目光将他聚为光火般耀眼的存在，仿佛圣火与周侧的石坛。他们的目光交织，夕阳与夜色相融，像光与影的神圣仪式。

人群神秘的凝视将这个高大而平静的男子衬托得如同他背后的夕阳，他背后的太阳如同灯塔，自然而然地成为一切的视觉中心。他朝着落日的方向昂起头，深黑色凌乱长发在风中如旗帜般猎猎舞动，高贵而狂野。

我在心里猜测他的名字。那是我这个时代的人吗？是艾因吗？霞光与幽暗交织中我看不清他的脸，即使看清了也断不认识，只觉得模糊而美丽，就好像所有的梦境汇集在一起，尽力拼凑出这样一幅画面。我定睛想要看个明白，眼前却突然一花，视野闪了闪，像断线的电波般冒出不少雪花，闪烁眩晕，再一闪，"吱"的一声，被掐灭了，霎时陷入漆黑。

神秘而古老的世界消失，人群消失，科研人员的背影融进无边的白光里，他们扬长而去，我眼前的一切都消失在白光中。一阵惊悸，我意识到自己的思维方才经历了近乎梦幻的时空错乱。这是靠近待机状态的时空穿梭机时大概率出现的事件，艾因跟我讲时我还觉得神奇，不料真的亲身体验了。

我仍然站在这里，但我的意识正如书中所说——穿越了几万年时光，像一颗无足轻重的光子，骤然闪出，在那个古老的时间投下一瞥。

周遭的白光让我感到刺眼。我屏息凝神地等待着。我已经准备好了，准备好接受最后一次连接，准备好开启这趟注定浩浩荡荡的返程之旅。

"嘿，是我。"冷静而低沉的声音在空白中响起，伴着一阵轻微的干扰音。

"艾因，我这边准备好了，随时待命。接下来轮到你。"

眼前依然一片洁白，但我伸出的手碰到了结构复杂的传送控制开关，一点点摸索着，最终触及那带有一丝玻璃手感的冰冷的电源键。我的心在狂跳，指尖也微微颤抖，按下这个该死的东西，这场该死的闹剧就要落幕了。

"嗯，这边也准备好了。"艾因笑了笑。

"所以……可以开始了吗？"我努力让自己的声音不要过于激动，但还是失败了。此刻我已完全不能自已，一种高于一切情绪的情感完全支配了我。那么一瞬间我感到自己在解体，金色的碎片一点点掉落，却变得越发完整。它们在空中旋转，拼接，把裂缝弥补起来，形成一张发光的地图，直到某个时刻，和整个世界的纹路融为一体。

"抱歉，这么多年辛苦你们了，开始吧。"

那个声音平静而克制。身处纯白中，我却分明看见很多年的时光一闪而过——很多很多年，远比我所经历的地狱般的三年久远。目光追溯到这个人类的世界成型之前，然后逆流而上，推开一切时空的波澜。我看见人类的脚步踏在空旷的大地上，看见纷杂的都市楼宇拔地而起，仿佛神话中的步步生莲。在那流动的建筑与灰白的时空间隙，我看见茫茫雾海中耸立的巨大灯塔，看见那太阳般的光芒。

那个长发男人便是艾因，这确实是我第一次看到他的样子。不，其实不是第一次。早在走进 Pharos 分部大厦地下室的走廊时我便见过他，甚至还一不小心摔进他的 3D 塑像中去。那时我定定地盯着他的雕像看了好一会儿，也许就在那时，因果的种子开始发芽。

我想对他大喊，但他只是静静地看着我，我也没有发出声音。我们都一样，一个在失去管理的世界中奔波奋斗，保护身为人的归宿；另一个在万年前的荒蛮中拼死护卫身为人的尊严，同为进化之路上不可或缺的砖瓦，一步又一步，我们一刻也不敢停下。

一直在等这一天，等这个时空对岸的声音宣告最终启动的来临，他逆光的背影与我做的所有梦混杂在一起。残阳如血，他举起刀，递给身旁的银发老者，眼里闪烁着浓郁的火光，像要吞下整个空旷的世界。他将要带着他们回来了，而我，第一个翘首迎接。在浩瀚星空中，天地瞬息万变，人渺小如沧海一粟，道路化为星空，航灯便是星空中的恒星，星星点点，然后化为永恒的无尽和未知。

"开始传送。"

我的指尖在按钮上空犹豫了一下，接着，我听见自己的声音。

"静候佳音。"

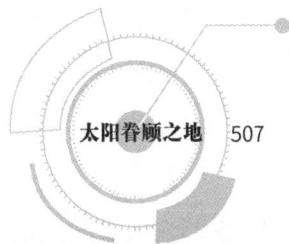

刀尖插入骨骼的轻响，一种富有张力的飞溅声迸发。我肃然站立。那声音持续了好几十秒，切割一直在继续，我听见轻微的呻吟，他没有关掉麦克。老者的声音隐隐响起，那是凯格尔，离通信器太远了，并不清晰，朦胧得像神话中的梵音。我听见他说："打开了，很多血，但芯片是完整的。给我通信器，时光穿梭机会自动执行她的配对程序，对，小心，刀尖不要碰到，对，对就是这里。啊……是二维码？开什么玩笑，这都二十二世纪了……哈哈，不愧是他。对，二维码那一面朝下。姑娘那边有扫描口吧？设计是这样的。放上去，放上去就好了……"

[系统提示：请扫描二维码。]

[系统提示：正在扫描二维码。由于跨时空扫描涉及数据转换，可能需要一点时间。]

[系统提示：跨时空扫描成功。时空重启系统正在激活……]

我摸索的手指用力将玻璃质感的按钮压下，指尖传来踏实的感觉，触底，我能想象到它深深嵌入银色金属环中的样子。电源灯亮起，圣洁的银蓝色光芒擦亮整条满目疮痍的时间线，实验室宛如一座巨大的灯塔，在时空的雾海中骤然点亮。

远古的北美平原上最后一丝夕阳滑落天幕，格林尼治时间正指向早晨六点整。我看着晨曦一点点织上微光的天空，洁白的候鸟贴着都市巨大的楼宇翱翔。亘古不变的金色日轮漫上棱角分明的天际线，我同所有的生者、死者一起站在往昔与今日的交汇点上。

短短一刻，时间仿佛定格在这个瞬间。身后血红夕阳消失在天幕之下，前方的另一个时空迎来黎明。银色的时光穿梭机牢牢系在这个时间的根基上，将世界的碎片聚拢在一起。过去和未来在此，在同一个位置重叠。他们刚刚离去，而我，就踩在那还留有余温的脚印上。

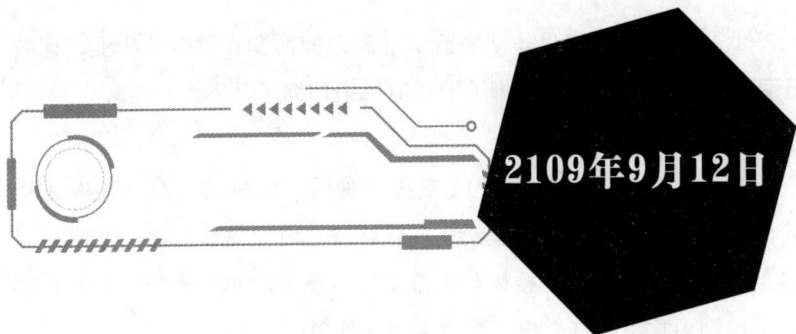

我睁开眼，浅白色阳光有些晃人。

澄澈的暖色调淡淡地铺了一地，深灰床单上映着金灿灿的光斑。风从打开的窗外一阵阵飘进来，掀起薄如蝉翼的透明纱帘。渐渐清醒过来的我一时间有些搞不清自己在哪里，现在是什么时候，在这样暧昧的暖黄中，时光的流逝毫不鲜明，空间的格式也暧昧得很。

我揉揉眼睛，抹去脸上稍稍有些潮湿的感觉，慢慢地伸出手抓住床头的闹钟，翻开看了一眼，熟悉的反光闪过，闹钟一尘不染的表面在阳光里黯然失色，我把它换了个角度，才看清屏幕上的数字。

在心里默读着，一种闷顿的虚无感袭来，不知是不是真的睡太多了，我像是做了一场很长很长的梦。

现在是公元 2109 年 9 月 12 日早九点三十分。阳光很好，风很温柔，四下里宁静祥和，一个不错的早晨。

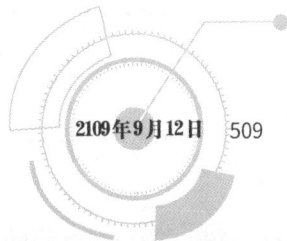

我把手收回被窝里，彻底清醒过来，仰面躺在柔软的床上，把被子踢开一角将腿伸出去，脚丫子在凉风中伸缩了几下。

凉快。

我耸动着略微有些瘙痒的鼻翼，嗅到了秋风的气息，还有风里带来的熙熙攘攘的味道。噢，中心城区向来都是这样闹腾，来自世界各地的各种元素汇集，楼体与天空交织，霓虹溶解星光，人与科技融汇，编制出这里富有生机、变化多端的景象。

四下里还算安静，但稍稍留心就能听见街上嘈杂的声音。我就这样闭着眼放松全身，屏住呼吸轻轻地听着：已经快成为非物质文化遗产的叫卖声隐隐约约传来，婴孩的哭声一声高似一声；直升机的轰鸣将天空洒下的日光切割成波纹状；锅碗碰撞的脆响昭示着此刻仍有家庭没享用早饭，不知哪来的一阵铃声划破晨风，清脆的窸窣，像是在呓语。车流飞驰，未熄灭的霓虹闪烁着，四下里明朗透亮，一派万物生长的笃定。

这些声音都不算吵，平日里听习惯了，根本不影响睡眠，当然不足以把我叫起来。有时候社区搞活动的时候才叫吵呢，那时巨大的全息影像在空中浮动，四处人声鼎沸，仿佛人流永远也没有尽头，一条街连着一条街。小时候我在客厅里看过一次，这里的楼层有天然的看台优势。现在的情况和那时候比起来，也算是安静宜人了。

夏末的天空里游荡着无色的风云，这样干净的天空莫名地让我有些恍惚，似乎自己仍在梦里，抑或是忘记了一些非常重要的事情。就好像我在梦中经历了一场浩浩荡荡的冒险，梦醒时分想要回忆，却又无从下手。我开始感到空虚，有什么本该在脑海里的东西消失了，只留下像这天空一样的空白。

我躺在床上愣了很久，自己也没搞明白为什么这样平凡的声音一时间对我产生了如此的吸引力，不知道思绪怎么就走了这么远，反应过来时忽然想起刚才瞥见的闹钟上的时间。

啊，我醒来的时候九点半，睡了个回笼觉，应该已经十点多了。

好久没这么彻底地赖床了——不过老爸老妈都没来打搅，那说明不碍事。他们好像说今早要出去买东西来着？是不是已经走了啊。

十点。虽然很晚，但姑且先睡着吧。啊……果然还是很想好好睡个懒觉啊。

我心满意足地任自己深深陷进软绵绵的枕头里，慵懒地瞪着被阳光渲染得很梦幻的天花板。时间流动得很慢，思绪也在朦胧间沉沉浮浮。四周的环境很宜人，我似乎陷入了一个久违的梦境中。

是什么呢？有些东西从我的脑海里溜走了，滑溜溜的，很轻薄，根本抓不住。

总觉得，这个平凡的早晨有一种非常让人想念的味道。

"贺——如——也——"

这时，老妈的声音在门外响起，我浑身一激灵——本来以为她会听任我睡下去的，到底没躲过。

"来吃饭！都十点半啦，在房里磨蹭什么啊！一开始回来就这样，也叫不醒，也不想我们，像什么事也没发生一样，都不着急的吗？！快点下来！"

她向来是个叫床的好手，不过碰上我这个赖床的好手，也是没办法了。听得出来，她现在窝火得不得了。

"我跟你老妈在楼下等你，快点来，这么久没见了。"老爸的声音也在门外响起。他一如既往地在门框上敲了敲以示提醒，尾音落下后半晌似乎没有走开，又补充了一句："啊，对，有个二十多岁的男生在门口一直站着，点名找你。很早就来了。你下来看看什么情况，是不是你在那边认识的朋友。刚才叫你没应。"

我睁大了眼，脑子有些眩晕。

那边？好久不见了？才一个晚上，不至于。玄乎，想骗我，又是什么新奇的叫床方式。

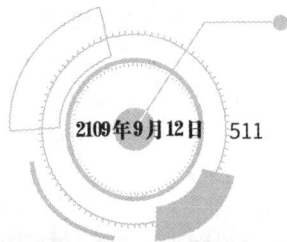

我翻了个身，有些莫名其妙地撑着胳膊爬起来。脑子仍然有点晕，没来由的头疼，像是从很深的漩涡里爬出来，还沾着一身水，甩不掉的潮湿感。现在是早秋夏末，天气应该还干燥才对啊。

　　"来啦！"我知道不回一句，老爸大概是不会走了，便应声说。起身时我下意识地瞅了一眼自己坦露的肩胛，睡衣被我穿成皱巴巴的样子，都快卷到胳膊上了——我睡相向来不怎么好。他刚才说有个二十多岁的男生在外面找我？虽然我不知道是谁，但来者既然是个男的，我至少也得把衣服弄整齐一点。唔，这个天气，穿什么呢……

　　卫衣吧，我一般都穿卫衣。

　　浅灰色的卫衣挂在书架旁的钩子上，我伸手把它轻轻取下来，习惯性地在穿上之前把它捧到面前，将脸埋进柔软布料里，深吸一口气。衣物里带着窗帘外漏进来的阳光的味道，秋日天空的气息，让人没来由得感到愉悦。我拉上窗帘，把睡衣脱下，穿卫衣时目光扫了眼一旁的书桌，那里堆满了乱七八糟的文具和一张没写完的数学卷，还有几块鲜艳的便笺贴，像是草莓圣代和上面的果粒。真乱啊。

　　下周一还要上学，才刚刚开学，假期还遥遥无期。下周二要开学考，等会儿我就得想办法在一天之内完成六科的突击复习。数学语文英语没有看的必要了，看也提不了几分，生物化学还没看，这两科是不管怎样都要过一眼的，物理就随缘了，反正那玩意儿我平时不太愁，随意发挥吧；就作业而言，数学还差一套卷子。啊，一大堆待办的事，真麻烦，我居然还赖床到了十点半。真是没有压迫感啊！

　　日复一日的求学生活似没有尽头般不断重复着，每一天都像是前一天的复刻，每一天都在做着与上一天相差无几的事情。考试，作业，上课，下课，吃饭，玩手机，搞电脑，考试，作业，复习……烦死了。

　　道理我都懂，但真正身临其中总觉得还是烦闷了点儿，好似什么也看不见地跑着，只管听一旁的声音去寻路。罗素说，烦闷一方面来自现实生活与更令人想入非非的理想环境的差异，另一方面来自人的机能没有被完全调动，我觉得于自身而言两者兼有之——如果给我一次机会，把我全部的机能调动起来，我说不定能拯救世界！所以现在我还是得窝在这里处理好这些作业……

"贺如也！快来！"老妈的声音将我拽回这个明朗的早晨。

啊，门口那个不知道是谁的造访者，她肯定早就见到了。我妈最八卦，平时我在学校一周只回来一次也不放过我，总喜欢问这问那，跟男同学关系好一点儿都得被嚼舌根，她还有兴趣查看我所有异性朋友的社交账号。这样一个老妈，给她逮着了准没好过。

今天就给她逮着了。而且，还是正面逮着了。虽然我是无辜的——我一无所知！但我要怎么说服她啊！一大早起来就碰见这样的事，倒霉透顶。

我匆匆忙忙地把衣服打理好，草草洗漱，没心情梳头，就把乱七八糟的头发随便往背后捋捋，拖着比脚大几号的黑色拖鞋向门外走去。

拉开门，一股熟悉的早饭的香气扑鼻而来。牛扒，意面，牛奶，还有煮青菜……唔，闻起来像是这样的。老爸说吃饭要营养，不能只有肉和主食，每餐都必须要有青菜水果，但我的鼻子闻不太出水果的味道。阳光从门缝里洒出来，从高高的落地窗内淌入，大理石的地面呈现出朦胧的色泽，显得柔软而失真。光线的边缘不是很明显，我在上面看见自己的影子，还有毛茸茸的头发边缘，它们完美地衔接在一起，随着我的步伐而轻轻跃动。

"贺——如——也——！"老妈的声音，"你给我快点下来！有个男孩子要见你！你必须跟我好好解释一下这是怎么回事！"

"啊，我知道啦！正在下楼梯啊！"我被她的狮吼吓得愣了一下，转而开始往楼下跑。早晨的氛围还蛮好的——如果老妈不喊得这么大声的话。

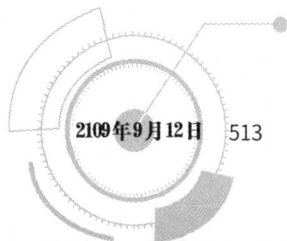

"你也真行，到那种地方也能攀上男朋友。"当我迎着最后一段楼梯踏入客厅的光氛中时，老妈几乎与我同时走到楼梯口，站在楼梯下方仰脸抬头看着我。她穿着浅色的纱裙，露出瘦长的半截小腿，脚蹬一双白色小高跟，茉莉色卷发柔软地铺散肩头，神情一如既往的精神，带着那种中年女人特有的干练和从容，整个人沐浴在浅浅阳光中，糊着一层金色的光晕。从柔雅的身形里迸发出那样急躁的声音，我已经习惯了。我看着她，恍惚了一下。

她看上去……精神状态很好。有些过于好了，简直是红润，好像几年没见到过我似的兴奋，双眼直冒精光。

"哪种地方？我怎么就攀上男人了？梦里也没有啊。"我从她身边走过时莫名其妙地瞥了她一眼，向门口走去。她伸出手想抓抓我的头发，我一闪身躲开。老爸站在餐桌边上，一身深黛色中山装，胸前没有打领带，内侧的灰色衬衫向外翻起。他似乎有很多话想跟我说，目光的复杂程度让我一时间有些摸不着头脑，不过他终究不出一言，眼神示意我快些到门口去。

我爸惜字如金，在说话这点上能跟我妈对上波长实在是有些奇怪。不过这不是我要操心的问题。

"还说不是攀上男人，一般人能这么一回来就跑过来找你吗？"老妈在我背后嘀嘀咕咕地唠叨着，"他一大早就站在这里了，比我们起得还早，弄清楚你还没起床之后就一声不吭地站着，一脸波澜不惊的样子，随我怎么形容'你没起床'这件事他都不为所动，只说一句话，等她起来，她会见我的。你爸就比不上，他说他到那边之后第二年才开始找我们，找了一年多也没有找到。幸亏我一直活下去了，不然死之前我要被气死。"

这番话让我更加摸不着头脑了。一大早起来，他俩的对话里就带着一种我读不懂的情绪，就好像两人刚从很远的地方回来，经历了一些复杂的事情。死？一年多？嗯？

"先不说这个。如也，你去看看。先打开门口的摄像确认一下是不是认识的。"老爸向我指指门口，依然是一副我熟悉的半冷不热的表情，说出口的话也一如既往简明扼要。

　　"好。"我走过整个客厅，来到光线稍稍有些昏暗的入户花园。玄关的摆设很简单，除了一幅画和占满整面墙的鞋柜外几乎没有大宗物品，一些诸如口香糖盒和挂饰的小物件散乱地放置其间，倒也点缀了不少色彩。我走到鞋柜前站定，身后有一个宽大的屏风把我和客厅隔开，走到这里，父母就再也看不见我了。

　　停下脚步后，我依然不由得感到期待。会是谁？

　　我犹豫了一下，小心地点开门上的前置摄像头。待机屏幕闪烁，画面中出现一个棕色短发的外国男子，看着像美国人。果然是我不认识的人，他盯着某处，浅色眼睛映出淡淡的日光，像是在发亮，宽松的白T恤下四肢有着流畅的肌肉轮廓，乍看去确实二十出头，像是个稍稍出众一些的大学生。

　　"你认识的人吗？"老爸在我身后问。话音未落，老妈的脚步声响起，我条件反射地转头，低声喊道："老妈别过来，我自己可以搞定！"

　　"你自己可以搞定。"她的声音里带着一丝戏谑而上扬的尾音，"好吧，贺林，她自己可以搞定。"

　　我想反驳一句，说不是她想的那样，但立即又告诉自己此时不多嘴为妙。所幸屏风很给力，这个角度他们看不见我。我再次看向摄像头传来的画面。来者看上去没有恶意，但我不认识。

　　"你是？"我打开通信，小心翼翼地问。

　　他听见声音，慢慢抬头，双眼对准摄像头的方向。对上焦后他似乎有些恍惚，也不回答，一动不动，就这样一直半仰头凝视着镜头。我透过屏幕与他对视，不知道那样干净的目光里到底含着什么样的情感。

　　他是谁？他的表情很平静，身后清朗的阳光不请自来，纯净得像是带着天空的气息。我们"对视"了很久，我感到浑身都在清凉的秋风中干爽了起来。刚起床时那种黏黏糊糊的感觉已经消失，清爽与冷静取而代之。

对方沉默了一会儿，终于开口了。他对着镜头轻轻点点头，说："你是贺如也吧？"

"我是。"我放轻了声音。

"你还记得我吗？"半晌，那声音响起，在说这话时他的神情依然没有太大的改变。

"抱歉……不记得。"我斟酌措辞，让自己显得温和一点，"你是？"

"我是斯林·滨斯。你的一个——"他平静地看着我，"邻居。"

"噢，嘿，你好。"我忽然有些想笑，"大早上的，有什么事吗？"

"大早上？可不早了。"他抬手把表对准摄像头晃了一下，表情停滞半晌，像是释然一般笑了，"嘿，你能先开个门吗？让邻居这样一直站在门外不太好吧？"

"噢，噢，对不起。我希望你不是入室抢劫的。"我赶紧伸手拉门。

"他是谁，你认识吗？别乱开门。"老爸走到我身后，从屏风后探一个头出来。

"我认识，一个朋友，呃，不是，一个邻居。不是很熟，但是认识。"我赶紧对老爸挥挥手，把他半推半赶地弄走，然后回到门边。那对浅色的目光仍然带着容易察觉的笑意凝视着摄像头的方向，他在等我开门，带着那样安静的神情。

"好，我给你开门。"这次我没有再犹豫，一把伸手拉开门。白色阳光跟着门的边缘漫进来，一股清澈的风的气息填满肺腑。轻柔的凉意涌进我的衣领，我看见自己的影子斜斜地洒在地上，向后退去，也变成浅白色。

那个高个子青年站在白色阳光里，一头棕发呈现出暖黄色泽。他逆着光，高大的身影在地上投下一层柔和的暗色调。我走进他的影子里，抬头看他，他低头看我，我们的目光交汇，一时间四下里安静得让我有些心慌。

"嘿……你好啊。"我掩饰着一瞬间闪过的慌张，抬脸笑起来。不知道为什么，看着这个素未谋面的大家伙，心情非常好。

他稍稍往前倾了倾，双手下垂，停在原地。"你好。"他也笑着。

"请问什么事？"我仔细打量着他。

他从口袋里拿出一沓白纸，说道："进去说好吗？放心好了，不是来入室抢劫的。"我们的对视结束了，他看向我身后的客厅，看向那盏屏风，神情依然平静。"不错的玄关。"他轻轻夸赞了一声。

"请进。"我把门打开，做出一个请进的姿势。

"嗯。"他稍稍向我扭了扭脸，笑着走进去。

看着他白色的背影融入客厅浅色调的氛围里，我把这个背影和他英俊的面孔自然地匹配在一起，觉得仿佛在许多色调之中看见过这张面孔的许多神色。

啊，难道我不是第一次见到他吗？

老爸老妈的惊呼声在屋里响起，我"砰"的一声拉上门，在想出任何解释的话语之前，手足无措地冲回客厅去。

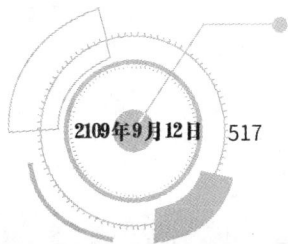

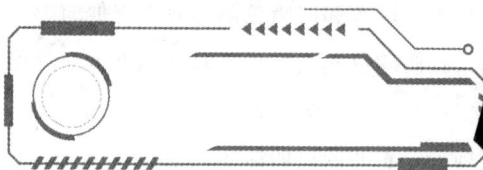

后记—拂晓

"奶奶，我回来了。"

少年清脆的声音自门口响起。

那不勒斯的下午五点半，阳光喜人，海浪散发着一阵阵的热潮。地中海沿岸的民居有着别样的特色，亮色的屋顶斜铺在乳白的砖墙上，远远看去像一片错落的蘑菇圈。巨大的落地窗取代了客厅的一整面墙，玻璃在被午后艳阳加温后微微发热，让阳光在宽敞的房间里铺了一地，在米黄的大理石地板上投下澄澈的暖光，仿佛毛茸茸的地毯。

早秋天气宜人，傍晚的空气里弥漫着一股清新气息，风里带着海盐味儿。望出窗去不远处就是海港，一大片赤红色的机器在海岸线上闪动，将来自世界各地的货物从大洋的吐纳中安顿下来。

年迈的老妇从宽大的沙发上站起来，门同时被推开，一个十三四岁的高个少年出现在门口。他一身洁白的宽大T恤和球裤，汗津津的手里捧着一个装满蔬菜的大纸袋，脸上的笑容沐浴在阳光里显得格外灿烂。

"今天真早。"

她看着这个瘦高的小伙子，露出一个温和的笑容。

少年大步迈进客厅，沿着长长的沙发走到落地窗前，把纸袋和手里拿着的一小枝花轻轻搁在黑色大理石茶几上。他拍了拍沾着菜叶子上清水的手，踏着硕大的白色球鞋向她走来，一屁股在她身侧的沙发上坐下。

"确实挺早的，今天是周五啊。最后一节是自习课，我就先回来了。"他麻利地解开鞋带，将两只大到有些不合脚的球鞋整齐地摆进沙发下高高的空隙里，"奶奶，妈说她今晚不回来，爸也出差，晚饭要靠你咯。啊，还有，操场边上长蒲公英了，我带了一枝回来。"他把蒲公英小心地从纸袋里抽出来，摆在黑色大理石茶几上。

"那今晚跟我一起吃米糊吧。"老妇人微笑着看了一眼男孩，伸手合上摊开在茶几边缘的深黑色日记本。她走到茶几前，轻轻捻起冰凉石板上那朵蓬松饱满的蒲公英，洁白的绒絮在她布满皱纹的掌中轻柔地挺立着，沐浴在阳光之中。

"不要。"少年四仰八叉地把自己陷进软绵绵的沙发布料里，闭着眼长出了一口气，"倒数第二节是体育课，我才不要吃米糊。奶奶你不给我弄点大菜我就要饿死了。"

他蠕动一下身体，把肌肉轮廓匀称的双臂在胸前换了个位置，睁开眼看向桌上的本子，半晌露出一个轻快的笑容："奶奶又在看日记啊。"

老妇把花托在手中转身向厨房走去，浅灰色卫衣映着一片融融的阳光，朦胧地透出一丝静气，绯红的纱帘在桌布下方浮动，在她缓慢的动作里显得有些失真。

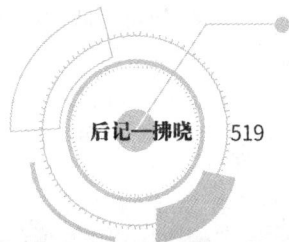

"嗯。虽然他已经写了很多很多了，但还是会想，要是他再多写点就好了。"她的话音很慢，步子也很慢。

"嗯……"少年微微眯起双眼，金色的光在眼底流动，他露出一副玩笑的表情，挠了挠棕色卷发，"奶奶当时要是嫁给他，就没有我了。"

"我不会嫁给他。"她在厨房门口停下脚步，语气稍稍重了一些，回答得斩钉截铁，似乎在否定这句戏言的真实性，也似乎连带着否定某种少年没有说出口的可能性。她将鲜嫩的蒲公英插进一旁还剩些水的花瓶中，小心地抚弄几下柔软的深绿色长叶，让它们顺着花瓶的轮廓自然下垂，形成好看的弧度，"八竿子打不着，能跟那个家伙碰上纯属是见鬼。好啦，快去写作业。"

少年目送着奶奶走进厨房，她银色的发髻在透亮的玻璃门后耸动，然后被巨大的冰箱遮住，桌布轻轻扬起，在风里一起一伏。他瞥了一眼自己刚进门就撇在门口的书包，定神半晌，将手伸向躺在桌上的那本日记。

一回家就写作业？才不要。以往这个时间他都在外面跟朋友踢球，因为今天爸妈都不在家，他才稍微早回来了一点陪奶奶——即便如此，也不是回来写作业的。

他捧着厚厚的日记，深吸了一口气。

从那厚重精美的黑色牛皮包装上就能看出这本日记价值不菲，但它的贵重之处远不止于此。在他出生之前，这本日记中的很多情节就已流行了多年。人们把它编成小故事读给牙牙学语的孩童听，改为各种励志短文鼓励低谷中的同伴，把它当作不能忘记的历史中最伟大的部分，看作奇迹，看作漫漫长夜中的灯塔，一直流传。

他自然也是听着这些故事长大的，虽然那些故事到了奶奶的口中都有些变味儿。在奶奶的故事里，大英雄是滑稽的蠢材，没什么名气的配角团队却趣味横生，还有各种非人因素的存在，整件事奇妙而复杂。可她不是说自己不记得了？他曾经一度信以为真，直到和其他朋友讨论了一番后才知道自己听到的版本如此奇怪，于是难免被同龄人嘲笑一通。

大传送时期的遭遇对整个人类社会产生了巨大的改变，也留下很多奇迹。毫发未损的人们对科学伦理进行了深入探讨，并规定了各种严谨的科学底线；时空穿越系统被勒令禁止，艾因成为这项伟大计划的最后牺牲者；Pharos 系统立即投入使用，渐渐深入这个错综复杂的世界的每一层管理，成为人类掌控自己改造的世界的绝佳助力……

他出生在这场大变革发生几十年后，既是受益者，也是变革者，他当然知道这本日记的主人是何许人也。小时候他打开看过，密密麻麻的文字，是根本看不懂的外国语言。当时奶奶对他倒是很宽容，随他怎么弄，现在想来，大概是因为她知道他看不懂。他知道那种语言是英语的时候，差不多也就是奶奶禁止他乱翻那本日记的时候了。

这本日记的主人，名叫艾因.K.爱斯梅尔，这么多年来，他一直被人们称为"领航者"。

少年感到自豪——艾因是个大名人，他的日记也有很多拓本，唯一能与之媲美的，只有被誉为"答案之书"的《普拉斯顿日记》。而他的奶奶，是这个世界上唯一一位仍然在世的、拥有过这本日记原著的人。

据说当年这本日记是由匿名人士送达的，那人和奶奶见过一面，但具体发生了什么事他无从得知。那时他还很小，趴在二楼的落地窗玻璃上往下俯瞰，只看见来者发梢的一端。很好看的金色短发，两个人。

后来他才知道他们大概是当时有名的企业世家——理汀家的人，也许是长子爱德华和次子马尔文，又或是表亲，因为他曾听爸妈说过奶奶去参加了理汀家的葬礼。耀眼的金发，异常绅士的举止，还有那本日记，大概只有理汀家族才符合这些元素。

在晚秋深深的阳光里，少年小心翼翼地伸出手，把那黑色的本子掀开一角。

男性化的刚硬字迹赫然出现在陈旧的纸页上，少年轻轻晃了晃脑袋，有些惊讶——居然真的是手写体，还是用钢笔写的。现在早就不是书信的年头了，光靠笔杆子记下这么多文字的人非常罕见。再仔细一想，这也许是事后再次杜撰的，在那种艰苦的环境下，艾因不可能还保存着纸质的书写设备。

一定是这样。

他看向微微泛黄的书页：

【人类社会中每一个细微的成分，在运行这个世界时都是不可或缺的存在。】

【从某种意义上来说我们是世界树的代码，但我更愿意以管理员称呼人类的存在形式。我们为了自己而奔波，却无意识间串联着，连成一条跨越时空的绳索，把一切既必要又危险的东西拴在一起。假设人类这一环从全世界逃逸、脱节，这个世界就不只是脱轨那么简单，它会自我毁灭。我们都知道自己设下的这个定时炸弹意味着什么，所以一直以来人类在努力地完善它，让它更加智能化、合理化。它是工具，是我们双手的一部分。】

【但当它陷入毁灭倒计时，每时每刻都在滑向陷落的深渊，那些平日里从未意识到的关联性逐渐浮出水面。寥寥数人不可能拯救世界，失去群体的运作，怎样才能暂停这自毁程序，向上寻找救赎，他们知道。每个活下来的、死去的人，都在这三年里得到了独一无二的体验。一切灾难都不再是假想敌，那个最可怕的结果赫然出现在我们眼前，要么直奔它而去，自甘毁灭；要么奋起反抗，把人类的天性发挥到极致。对我们而言，一个最原始、最危险和最贫瘠的世界就此展开；对他们来说，人类被剥离开来，世界只剩下一个空壳，时空也显得萧瑟空旷，整个生存环境就像一个巨大的危机。于是，作为智慧生物，我们不得不发挥自己全部的潜能，在各自的时空中用上所有的智慧和学习能力，从零开始再次认识自己、认识自己即将面对的世界。进化之路，在传送前几日过世的普拉斯顿所策划的这一切，全是我们始料未及的。】

卷首语，这是他第一次见到这样的语言。

在各式各样的拓本中，他从未听过这样的说辞，至少，没有这么犀利精简，社会上流传出来的都是冗长而情感丰富到难以阅读的长篇论文，更像是在单纯地抒情。

至于普拉斯顿，他自然有所耳闻。作为一个出色的中学生，他频频在历史课和人文课上学到过关于这位文武双全的大师的知识点。普拉斯顿是这一切里最关键的元素，他死后留在布鲁内尔大学官网的《普拉斯顿日记》替失忆的奶奶解释了所有，于是一切真相都在他一人平静的陈述中大白。

有人说他是大传送的元凶，但也有人说他确实达到了进化人类的目的，再者，反观传送并没有带来任何经济和生命损失，那些死在过去的人，不过是在真正死亡到来之前有了一次额外的机会，体验什么是死去，然后为接下来的生活做更全面的打算，对自己产生更深刻的认知。

少年湿润的指尖轻轻抚摸着粗糙发卷的纸面，继续读下去。

【这本日记由我在回到现代之后誊写，原版记录在通信记录仪里，它随着时空重启而失落。我只能写下自己还记得的部分。很久没有写过钢笔字，难免生疏许多。这些内容谨代表我个人所见，远不能将这个庞大得令人战栗的世界叙述完备。但我尽我所能看见，尽力去改变，即使在最深的夜里也告诫自己活下去，因为只有活下去才有后话，只有一直活着，才有改变的机会。就算只是等待和挣扎。我不能代表一切活下来的人，但在那个最纯粹的世界里我们都一样，怀着无可置疑的虔诚在黑夜里祈祷看到明天的太阳。】

少年的目光顿了顿，他抬眸看向巨大落地窗外映着暖光的都市，看着 Pharos 的标识点亮街边立成一排的广告牌，在暖融融的午后，这种文字有些不合时宜。

他略过后面的一小段话，翻开日记的第一页。

"公元 2109 年 9 月 12 日："
"呼叫通信员——呼叫通信员——呼叫……

耳畔的声音逐渐清晰。

对讲机的声音时断时续，虽然闭着眼，但那种浓烈的被强光淹没的溺水感包围着我。

嗯，我还活着。"
"我叫艾因·K.爱斯梅尔，今年 27……"

少年喜欢这个男人的笔迹，棱角分明而不能算很好看的字体，读来意外地很顺畅。他一行行看下去。

"想吃鸡还是鸭啊？"

奶奶的声音从厨房里传来，他一惊，猛地把日记本搁在膝上，"啪"的一声。

"鸭吧。"

他深入阅读的兴趣立马被奶奶这一问给弄没了，又不舍得放下日记本，便"唰"地翻到日记的最后一页，看到一行明显有别于作者字体的注释，潦草如飞。

【"Pharos"系统兼ς时空计划的卓越贡献者［艾因.K.爱斯梅尔］于2110年7月在参与ς第二次时空计划时光荣牺牲。在牺牲前他修复了所有时空中产生的漏洞，将整个穿越系统置于瘫痪，成为全面关闭时空计划的关键人物。他为科学伦理完善献出了生命，做出无可置疑的巨大贡献。】

【哀悼】

少年金色的眸子定在之后的两个字上，哀悼。这几行简短粗糙的悼文的作者署名是尼德兰·马尔，一个完全陌生的名字。

艾因……少年在心里琢磨着这个男人的死亡究竟源于怎样致命的差错。这样一个毫无疑问的精英，一个集智慧与勇气于一身的强者，到底死于怎样的险境。或说这是他为自己寻找的归途？也许杀死他的并不是外界的威胁，而是他心中那种已经洞明的……

少许闭上双眼，少年感到心中涌起一种奇异的情感，让他不愿意深入揣测自己冒出这么个念头是什么意思。他不知道留下这笔迹的人曾经经历过什么，即使有文字为证，那也是和鲜活的经历完全不一样的东西。面对这本日记，他感到自己正被一位冷静至冷酷的叙述者所审问，每个字句都让他可思可想，每个句号都引得他发问，而这些问题未必有一个答案，就算对艾因自己而言也未必能寻得解答。

他忽然想要把这本日记完整地读下去，但在此之前他必须跟这个习惯了对孙子唠叨的奶奶交代清楚。

"你这个年纪多吃点好，要不鸡鸭一起炖了吧。"奶奶似乎在取笑他。

"呃……一起炖倒不用，奶奶，你随便做点什么好啦。"他小心地把本子合上拿在手中，起身把双脚放进一旁的拖鞋里，向门口的书包走去。他高挑的影子映在乳白色大理石地板上，蔓延到透明玻璃窗上去，和窗外斑驳的鲜嫩景色融为一体。不远处的海面上粼粼波光在闪烁，港口的躁动一直没有停歇，天空已经呈现出黄昏时特有的玫瑰红，有些浅粉的云层慢悠悠地改变着姿态。

"小孩子不多吃点不长个儿。"奶奶在厨房里笑了。他闻言，不由得也笑起来。他已经一米八了，却总是被她要求继续长高，好像永远高不够似的。"你爷爷年轻的时候高我一个头，你现在还没高我一个头呢。"

"奶奶，日记我借走了。"他一手抓起书包，向厨房瞥了一眼，装作不经意地说。饭菜的香气自玻璃门内传来，奶奶的身影隐约可见。他有时候分不清做饭的是她还是 Pharos 智能助手。

这也是他第一次正式向奶奶提出阅读这本日记的要求。一直以来，她都因为某种模糊不清的原因把他和这个通体漆黑的本子隔离开来。

"日记？"回答的声音慢了半拍。

"嗯。没问题吧？我不会弄坏的。"

厨房里传来"嗞啦嗞啦"的油声，锅铲和锅底的摩挲一阵阵飘来，伴随着烧菜的香气。少年的步伐不由得停住，他立在半开的玻璃门口无声地往里看，等待回答。

"噢，日记啊，拿去吧。之前一直没借给你，怕你看了嘲笑我。像是传记吧，或是自述？艾因的记叙有点……小小年纪不适合。现在你也这么大了，也确实该看看……"奶奶话里的逻辑显得跳跃而混乱。

"奶奶，我晚上看完还你。"他没想到这么干脆地被允许了，不由得把声音放乖了一些。

"不要看那么快。到深夜再看吧，找个安静的时候，多看几天也没关系。只是你要好好地看。那是真实发生过的事情，是活生生的人把自己的心声写在纸上……"又是一阵噪声，然后她打开 Pharos 智能系统，调整火力数据，噪声小了下去。

她还想说些什么，回头看了他一眼。

"嗯，这样就好啦。好好看这本日记。"

她最终把那话咽了下去，笑笑。于是，就像她永远遗失的那段记忆一般，他再也不会得知此时祖母即将脱口而出的话语。就算说出来，那又有什么意义？

少年映在渐渐变淡的阳光中，昏暗的天空里一轮深红色巨日悬挂着，一点点落入棱角交错的都市天际线里。他半边脸被清澈的光芒点亮，金色眸子呈现出好看的红色。他似乎在发呆，拖着大大的书包捧着日记立在开了一条窄缝的玻璃门外。

老妇人看着开始接管数据的 Pharos 显示屏，将锅铲放在一旁。

这年头方便，动手炒菜只是一种情怀了，就像书信一样，是闲暇时光里打发时间的方式，只要感受到疲累就可以把火权交给系统。当初开发完成的初代 Pharos 还只是个大数据管理框架，粗枝大叶的，根本没有考虑过掌管炒菜洗衣的功能。但这种细化的功能很快就完善出来了，Pharos 成为物联网科技的宏观模板，人类在一点点搭建自己的世界树，一边犯错一边修正，快速在最粗犷的框架下添加血肉，步履蹒跚但从不停息，一路走来。

自大传送已经过去六十五年，她仍然没有记起那些应该被记起的事情。现在想来，失忆的原因其实很简单——她脑子里有个管理记忆的芯片，是在一次她记忆之外的医疗性实验中被装入的。父亲没有告诉她当时为她进行实验的研究人员的名字，因此她也不知道该向谁抱怨。时空穿越不会影响生物体（人类）的记忆，重启也不会，但它们会影响机械的状态，会清空所有设备的存储记录，于是她的芯片也一起被重置回了三年前的状态，她失去那段时间的所有记忆。

她本想多认识一些人找到更多线索，但艾因在回来后的第二年消失于人类历史上最后一次时空穿越中。为了修复重启留下的漏洞，他被错乱的时空吞噬，再也没有回来，作为最后一个牺牲者被全世界隆重地埋葬了。

她听说父亲和艾因在那个世界里曾有幸共事过一年多，两人有着不错的交情，父亲也一直说要见他一见，艾因却总没有时间。传送之后，他成了所有知情人士的发声代表。她和其余幸存者之所以能够平安地回到日常生活中去，也正是因为他在汇总了他们的所有消息之后，挡在舆论、科学界和他们的中间，在外界源源不断的盘问之下反复回答，直到为大多数人解开他们心中的疑惑。有人把他比作新生的伪达尔文，还有人怀疑他就是伪达尔文本人。这时伪达尔文昔日的友人凯格尔·麦高格站出来为艾因正名，赫赫有名的理汀家继承人马尔文·理汀也表示艾因所言属实。在各方势力的保护之下，艾因·K.爱斯梅尔最终以一个复杂的正面形象示人，被大多数人尊敬。大传送年代的一切，也最终在他的讲述中得到正面的解答。

后来，时光穿梭机开发组的成员发现，重启会对那个远古世界的时空产生巨大的干扰，并且这种干扰极有可能对现世产生影响。在各方消息还不确定的情况下，艾因主动请缨重返那个时空进行调修，尝试用自己的专业知识解决那些未知的问题。临别之前他给她的父亲发了一条很长的消息，说，我很庆幸她失去了记忆，虽然那三年里她和伙伴们经历的所有时光都消散了，但同样的，那些日日夜夜刻骨铭心的孤独与焦虑她也不可能想起来。正是这样她才能够这么自然地把自己本该走得光彩的人生之路幸福地走下去，因为对她而言，那三年其实从来没有存在过，我也不曾在她的世界存在过。这样就好了，毕竟对我们而言，对世界而言，这都是最好的结局——不，这就是最好的开始。我希望她能够像她所希望的那样平静地活下去。

她的父亲问道，你想见她一面吗？

艾因说，算了吧。她有自己的生活，我也有我未完成的任务，况且，我不知道自己此去能不能回来。如果我死在那里，艾因·K.爱斯梅尔这个词语在她的脑海里还只是留下一个模糊的形象，不附带任何记忆为好。我不希望她见到我，不希望她怀着"重新认识未知"的心态接触我，这没有意义，也不利于她。她已经完成了最伟大最艰难的事，接下来所有的任务都必须由我接下。这原本就是我该做的事，不管结局怎样，我会发自内心地感激她。——还有，贺林，替我祝福她。

后来，她和滨斯举行了小小的婚礼，正式开始新婚生活。人生中应该有的一切似乎从来没有间断过，起伏不定间穿插着平稳的主旋律。艾因说对了，她确实像他希望的那样平静且充实地活下去。

美中不足的是在他踏上那条死路前他们没有见上一面，但艾因确实是死了，她猜测他可能被带到另一个永恒的时空，在那里继续生活下去。又或者，他是自主选择死亡的，伴随着肉体由生向死、精神向死而生的转折，找到了自己的归宿。

几十年前，艾因音讯全无，他关闭了传送机，从远古那个世界销毁了所有的接应装置，并使用伪达尔文留下的后手使整个传送系统瘫痪。自此之后传送机废弃了，时空穿梭被明令禁止，国际科研组织发表好几套声明，大多数国家颁布法律，禁止一切组织进行穿梭研究。艾因消失了，成为关闭时空之阀的最后一双手，勇敢地、义无反顾地走进了自己的宿命深处，再也没有人找得到他。

她不太了解这号人物，他的形象模糊得都有了亚光质感，她只能在文字间寻找他曾存在过的证明。不过，有时候父亲会慢慢地跟她讲艾因的事，他还惦记着自己赠给他一把刻着她名字的军刀，他现在也没法还回来了。父亲说着说着笑了，回忆着她所不记得的男人的故事，他们一起笑起来。

她的生活继续下去。她在滨斯的带领下认识塞西利亚和帕拉斯，又在他们的引导下和潘德拉、新斯蒂娅与黑崎成为友人。他们同她一样拒绝了联合国的功勋，只是最开始帮助国家进行了很多详尽的笔录，之后便获得准许，各自回到最平凡的生活中去，不再接受媒体的采访，扎进余生的安稳日子。

虽然有《普拉斯顿日记》作为答案，但由于她才是打开时间之门的关键人物，她的失忆让一些最重要的信息至今无可考证，最后关头人类到底是怎样打破倒数第一道隔阂进行世界的重启，也就无从得知了。失去记忆的感觉让人沮丧，这确实是丧失了最重要之物的无可挽回的悲哀，但这样的忘却所带来的是否只是伤痛，她认为不是。她倒是可以虚妄地确信，如果自己保留了对那个空无一人的世界的记忆，保留了那时候的绝望，那将是如战争后遗症一般的存在，让她再也无法拥有一个纯粹且平静的生活。

最初她曾因为失去传送那段时间的所有记忆而困惑，和他人格格不入。那段时间滨斯在她的人生中扮演了相当重要的地位，作为一个曾和她同行了一年有余的老伙伴，他很清楚她的脾性，也能够在她摸不着头脑的时候及时进行说明。就这样，他们自然而然地成了非常亲密的朋友，关系也自然而然地发展到了谈情说爱的地步。

得知艾因的死讯后，她彻底放弃追寻当时遗留下来的真相，与普通人别无二致的生活在她面前展开。她向来是个充满好奇心和激情的人，一生游历全世界，把传送时期未能踏足的地方挨个用脚步丈量，最终将旅途停在意大利那不勒斯的海岸，那个阴郁而美丽的地方。她嫁给了滨斯，两人在意大利的海边举行一场非常朴素的婚礼，出席婚礼的除了直系血亲之外，仅有那三年里幸存的伙伴。

他们的女儿在那不勒斯成年，上大学时与一位中国学者相恋，生下了现在的男孩，也走上她和滨斯曾走过的路。之后他们一家三口满世界跑了几年，在男孩准备进入中学时回到那不勒斯，定居在这美丽的海滨城市，让他接受稳定的现代化教育。

人生横跨几十年，她依然常常跟自己多年以前重新认识的伙伴们联系，参与他们的生活，见证着其他五个生命的运行轨迹。

潘德拉在自己的岗位上安安心心地当不出名的外交官，因为能力不算特别突出，后来转行做一个教育机构的培训师。他和他的妻子相处得非常和睦，不过很多年都没有生出孩子，于是跑到慈善中心领养了一个被弃养的男孩，现在那孩子已经顺利考上大学，他们一家生活得平静幸福。

新斯蒂娅喜欢兽医职业，经过五六年的打拼，她在莫斯科的市中心开了一家规模不小的传统宠物诊治中心，门口种满喇叭花。在这家诊所里，她尽可能削减智能设备的数量，只使用最基础的统计 AI，其余工作全部由人类完成。这样的经营模式倒是很受当地人欢迎，她也曾经作为一个正面人物被许多文章报道过，她面带笑容地表示，有些东西到头来只有人类才能办到，因此这些方面我们应该加强自己的能力，而不是过度地发展智能工具。

帕拉斯依然是不起眼的小警察，他风平浪静地当了四十多年警察，老到打不动了，就撤退了，回到家里的小农场，据说每天都在照看自己的牲畜，过着放在几十年前都显得过时的旧日生活。他曾因为直升机开得很好被联邦调查局专门邀请过，不过他拒绝这个邀请，依然不闻名地活着。他那热烈的性格始终没有改变过，几乎每一次聚会都是他和潘德拉一起操办的，甚至还把他们邀请到他家里，请他们吃了好多餐他的拿手好菜。他和塞西莉亚成了一生的至交，除了频繁的视频通话之外，塞西莉亚经常专门跑到加拿大去找他。

幸存者中最有出息的大概是曾经因为病痛被迫放弃学业的黑崎一矢。他成长得很快，在几十年前加入日本 LOL 国家队进行专业训练，似乎曾在世界级的赛场上获得过不错的成绩。后来，他在巅峰期后隐退，成为一个培训公司的教练，专门培养新的参赛选手。教练生涯持续了十几年，他彻底离开游戏圈，跑到故乡的保留区，和哥哥联手开办一家海水浴场。现在那里是当地有名的旅游景点，一部分源于他的名气，一部分源于设计师的名气，当然——浴场的环境也很好。她去过好几次，还造访了伪达尔文在日记里提到过的灯塔。

灯塔依然亮着，现在仍然只有半年长明，一年点灯一次。

塞西莉亚在联合国工作了一阵儿，做 UNICEF（联合国儿童基金会）的志愿者。那几年谁都没有弄清楚她去了哪里做了什么，但在她偶尔打给她的电话里，塞西莉亚说她看到了很多先前从未设想过的世界。

近十年之后，她离开联合国，来到阿根廷一个僻静小城，在那里加入了基督教，成为比先前虔诚许多的教徒。她在六十岁时当上了一个小教堂的守门人，每天站在晨光和夕阳里，有青年画家专门过来为她创作，因为那种从容而高贵的宁静能够激发艺术创作的欲望。后来，在她发来的照片里，她背后永远是那沉重得难以言表的深黑色木门和门上雕刻着的闪闪发光的金色十字架，有时候还会有天空，多半是粉色、红色的天际。

塞西莉亚的生活越来越趋于平静，以至于到了后来，她是他们之中第一个因为大脑退化而被怀疑有老年痴呆的人。

她和塞西莉亚的关系有些复杂，自传送之后她们在帕拉斯和滨斯的要求下见了一面，之后莫名熟悉起来，她们年龄差超过十八岁，却几乎无话不谈。塞西莉亚和她说起很多自己年轻时候在 LSCA 工作时遇到的逸事，她也跟塞西莉亚讲自己小时候做过的好玩的事。十几年前，塞西莉亚老死在南美洲的一家养老院里，虽然塞西莉亚似乎一直都有话想对她说，但那只是一种感官上的欲言又止——那些话即使她问，对方也不愿意说出口。她们最后一次见面时，已经非常苍老的美丽金发女人对她笑了笑，轻声说道，你是我的骄傲。

他们，所有幸存下来的、曾经留在那个世界的人，都仿佛有一些话永远也不愿意对她说出口。她尝试过询问，但即使是滨斯也只是一笑而过，并不回答。从他的笑容中她读出来，这些他们闭口不谈的过去，是她所不知为好的事。

那就这样罢了，反正过去的都已经过去，忘记的事情再也不可能找回来，就让过去的过去，让未来到来。

老妇人活得很平静，虽然前几年老伴去世了，与她相爱近80%个世纪的男人从青年变成中年人，然后是玩世不恭喜欢欺负小孩子的老顽童，最后变成一个富有设计感的骨灰盒以及一盘音像带。她见证了他生命中的全部，然后在他的葬礼上唱起一首不知道从什么地方学来的悠扬的歌，向他进行最后的告别，并衷心祈祷这是配得上他的结局。

人生悠长，芯片让她把很多事情都记得特别清楚。虽然最重要的那几年永远丢失了，唯有翻开那本日记的时候，她才能够体会到真实——虽然所有的所有都来自滨斯的口中、艾因的笔下。

老妇人走到落地窗前，眺望下方缤纷的都市灯光，餐厅巨大的全息时钟表盘映在冰冷的玻璃上，呈现出绚丽的颜色，她恍惚间在那些跃动的光影中看到一张全然陌生的面孔。那是一位个子高挑，没什么肌肉的年轻男子，他穿着老旧的白色格子衫和深棕背带裤，约是两百年前的打扮，一头凌乱的卷发顶得很高，与玫瑰色天空中卷曲的云层重叠。他似乎沐浴在金色夕阳中，那夕阳在他身上呈现出朝阳的色泽。他把胳膊下夹着的一卷厚厚的A3纸质资料抽出来，现在这个年代纸已经很罕见了，那温润而富有年代感的色泽在他细长的指尖闪闪发光。

她定定地看着，看霓虹在他的心口呈现出一颗朦胧的心形，看涌动的云层勾勒出他蓬松的发梢，看闪耀的光河沿着他的身躯凌空舒展，像是涌动的血脉，他像是和都市的灯火融为一体，散发着澄澈的气息。她记住了他的眼睛，那是一对不太擅长表达的目光，大约是浅褐色，或者灰色，或者栗色，里头洋溢着复杂而柔和的平静，他淡淡笑着，表情有些青涩。

嗨，普拉斯顿。

她知道他是谁，她一直都站在他身边，在他无形的庇护之下，度过漫长而短暂的一生。她知道他的命运，知道此刻眼前浮现出的这张年轻面孔将会看到什么。他即将离开挚爱的布鲁内尔学院，即将与结下不解之缘的挚友进行闻名世界的学术讨论，即将继承凝结了数百年人类心血的时空穿越项目，即将建立逆袭为产业龙头的ζ公司，创建ζ实验室，进入 LSCA 实验室，在一位涅槃少女的名单上庄重地签下名字。他即将陆续拜访其余六位不知情者的生物账户，把他们轻轻打上一个钩。他即将完成自己的心血之作 Icon，即将篡改时光穿梭机的参数，即将见证一切奇迹的发生。

他让自己的死亡发生在一切之前，这大概是所有安排中最令人感慨的一段——他已经离开，留下 Icon，留下 Pharos，留下一切人类可能需要的信标，然后安然升入灵殿，隔着冥河无言的倾注目光。如此，所有把柄都抓在后人手中，他再也无法为自己辩驳，任人口舌。

伪达尔文，大传送，无法认证的三年，于她而言甚至不算记忆。那都是好多年前的事了，久到她已经忘记她在重新认识那一切的过程中，是怎样对待那些确确实实发生在她身上，却又被忘却的事的。那段日子在她身上留下的印记已经不多，恍然间只剩下墙上那张不会褪色的全息 3D 照片——排列在高像素的彩色画质之中的那十几个人中，如今依然在世的仅有她一人而已。

恍惚间，那身影和目光都被霓虹溶解，幻化为无形。她反应过来，眨眨眼，不觉得失落，却感到发自内心的安心。她叉着腰回头看去，十三岁的孙子依然站在厨房门口发呆，不知道在看什么。他微微昂着脸，一身洁白的衬衫在晚风中轻轻扬起，平静的表情露出莫名的忧郁。她知道他没什么好担心的，他从没见过破开时空引路的灯塔，没见过摇摇欲坠的大厦与没有明灯的黑夜，没有于生死之际挣扎，没有过在空荡荡的世界的雨中奔跑的绝望。他一出生便是太平，他生活在这个完善了千年的世界中，他们都叫它盛世。

他背后的那轮血色巨日，一如千年前未曾变过，高悬于幽暗的苍穹之上，仿佛某种高贵的符号，暗示着注定的结局。古往今来，千年如一，哀叹，欢愉，天命，人事，迭代，进化。对那长空与夕阳而言，不过一瞬罢了。

路向未来延伸开去，人们踩着自己曾经的脚印一步步走下去，路的长度是连天空也无法描述的，还远远没有看到尽头。

红日一点点沉入巨厦之下，夜色织上天际。少年从短暂的停顿中脱出身来，欣喜地藏进房间，轻轻带上门。巨大落地窗将夜风送到老妇人身边，这么多年，她一直喜欢穿浅灰色卫衣，春冬时节保暖。譬如现在天气一点点凉了，入夜已经有了寒意。走廊里传来感应灯熄灭的"嘀嗒"声，暖黄色光斑离开乳白大理石地板；在逐渐浓醇的夜幕里，客厅一点点染上澄澈的蓝与紫，远空中云层呈现出犀利的金色轮廓，将半是混沌的天空堆积出复杂的颜色。老妇人站在窗前愣了一会儿，听见走廊深处房间里传来轻轻的钢琴声。

于是她回过神来，抚开草草绾在脑后的银发，却仍然看着窗外流水般涌动的都市夜光。霓虹闪动，不远处的天边最后一丝落日的红晕也消失殆尽，只剩下无穷无尽向着天空延伸的地平线。

"乍一看去，他还真像滨斯啊……"

她闭上眼，把前额贴在温暖的玻璃上，轻轻地笑了。

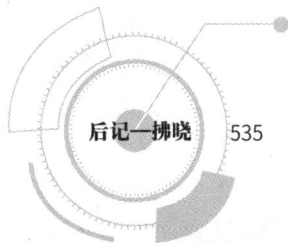

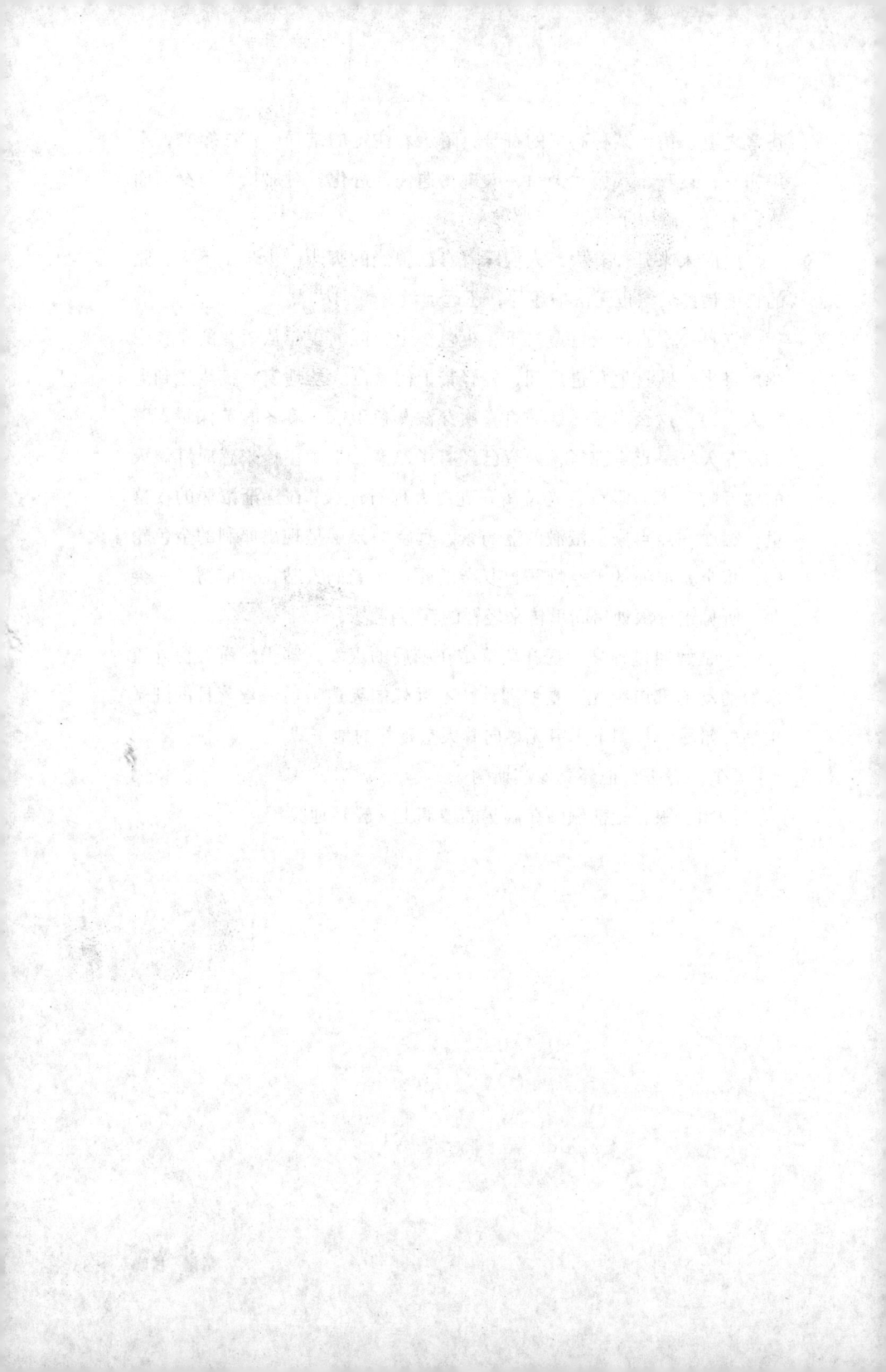